For Valerie

22.07.2022

P.B.W. Klemann

Geschichten aus Alana

Der Stern des Nordens

münsterverlag

P.B.W. Klemann

Geschichten aus

Alana

Der Stern des Nordens

Roman

Münster Verlag

IMPRESSUM

1. Auflage Juli 2024

Verlag: Münster Verlag, Zürich und D-Singen

Lektorat: Sibylle Kappel
Umschlag und Satz: Cedric Gruber
unter Verwendung von Bildern: © shutterstock

Klappentext: Nico Klemann
Druck und Einband: CPI books GmbH, Printed in Germany

ISBN: 978-3-907301-74-6

Verlagsanschrift:
Münster Verlag Deutschland
Auf der Höhe 6, D-78224 Singen
Tel: +49 (0)7731-8380
muenster@unterwegs.de
www.muensterverlag.ch

Dieses Buch ist auch als E-Book erhältlich.

MIX
Papier | Fördert
gute Waldnutzung
FSC® C083411

*Für mein **Glück**,*
*und meine **Seele**,*
*für meine **Sonne** und meinen **Mond**,*
*in **Liebe***

P.

The Big Blue

Gootland
Invergow
Groughtburgh
Wallens
Skyhard
Aree
Rover
Lotsend
Westpool
Norland
Nothan
Liston
Deepforest
Martinshain
Blue Bay
Cardow
Voder
Southgate
Tumber
Bondui
Balrust
Longine

The Coldsee
(Nordsee)
Leportan
The Peaks
Frisien
Erinshain
Greenwood
Devilhorns
Starksend
Lange Flur
Breaktown
Avion
Bolm
Esten Swamps
Estceter
Panalles-
Gebirge
Charldi
Ader
Karlsburg
Das Reich

~ 1. Kapitel ~

Kathryn

Mittig auf dem weiten Platz stand die Bühne bereit, um das bevorstehende Trauerspiel darauf aufzuführen. Starr blickte Kathryn auf das Schafott. Die Menge darum grölte und jubelte, schrie allerhand Unflätiges. Der Henker, Kopf und Körper von schwarzem Tuch verhüllt, war bereit, sein ehrloses Werk zu verrichten. Die Axtklinge blitzte im Sonnenlicht. Aufrecht stand Kathryn da, die Miene regungslos und steinern, einer Statue gleich, denn sie wusste, sie wurde beobachtet. Das Spektakel würde sogleich beginnen und Kathryn schluckte den bitteren Geschmack in ihrem Mund herunter und fühlte die Last der Todgeweihten. Doch nicht ihren Kopf würden sie heute von seinem Rumpf trennen, und nicht an ihr war es, den letzten Gang anzutreten. Noch nicht. Und nicht im Mindesten würde es sie berührt haben ... wäre nicht die leidige Erinnerung.

In ihren Träumen quälte sie sie, ließ sie den Tag, den Augenblick, ein ums andere Mal wiedererleben, schreckte sie aus dem Schlaf und kalter Schweiß rann ihr dann über den ganzen Körper. Im Wachen manchmal auch. Dann nur dieser Klang, dieses eine Geräusch. Es war ihr geblieben. Ein *Klog*, anders könnte sie es nicht beschreiben. Jenes Geräusch, als die Axt niederging, sauber Fleisch und Knochen durchtrennte und in das Holz darunter drang. Laut musste es damals gewesen sein, wie es jetzt auch laut war, und doch hallte dieser eine Klang so sauber und fein in ihren Ohren wider, als wäre es das einzige Geräusch überhaupt gewesen. Das *Klog* würde ihr immer bleiben.

Und der Rest? Er verblasste. Ein klein wenig nur jeden Tag, doch viele Tage waren es seitdem gewesen. Sechs Jahre war sie alt gewesen, und fünfzehn jetzt, und immer undeutlicher schienen ihr die Bilder im Kopf, wenn sie daran dachte. Auch ihre Träume hatten sich verändert. Sie begannen zu variieren und undeutlicher zu werden, und immer öfter war ihr Platz nicht mehr unter den

Zuschauern, ihr Platz war auf dem Schafott. Doch auch diese hatten zuletzt abgenommen, waren seltener geworden, und weniger häufig wachte sie des Nachts schweißgebadet auf.

Und nun stand sie erneut hier. Neun Jahre nach jenem Tag stand sie am selben Ort, auf demselben Balkon, mit bester Sicht auf das Geschehen, und selbst durch den Schleier des Vergessens hindurch schien ihr alles gleich. Der grölende Pöbel, der gesichtslose Henker, das Schafott. Der Duke mit seinem Leibdiener zu ihrer Rechten, die Duchess links, und Ann versetzt hinter ihr. Die Träume würden wieder zunehmen.

Der Karren kam. Von zwei Ochsen gezogen, zwischen einem Spalier von Wachen hindurch. Zorn befiel den Pöbel, die Verwünschungen und Unflätigkeiten nahmen zu. Unrat und altes Gemüse flogen durch die Luft, trafen die gebeugte Gestalt, die an einen Pfahl auf dem Karren gefesselt war. Reglos nahm sie es. Lange, braune Haare bedeckten das Gesicht, dass kein Erkennen möglich war.

War es damals ebenso gewesen? Kathryn versuchte sich zu erinnern, doch die Bilder wollten nicht so recht erscheinen. Der Weg jedenfalls musste der gleiche gewesen sein. Womöglich war es sogar der gleiche Wagen. Und hingesehen hatte sie, das wusste sie, doch verschwunden waren die Bilder tief im Reich des Vergessens. Vielleicht war es besser so.

Der Wagen war am Schafott angelangt. Man band die Frau, die ihre Stiefmutter war, vom Pfahl und führte sie aufs Schafott. Zum ersten Mal wagte die Verurteilte einen flüchtigen Blick unter dem Vorhang ihrer Haare hindurch, blickte in ruckartigen Bewegungen zum Pöbel, dann hinauf zum Balkon, als suche sie jemanden.

Da fiel es Kathryn wieder ein! Auch damals war es so gewesen. Dieser suchende Blick. Auch sie hatte aufgeschaut. Aber um was zu sehen? Hatte Kathryn der damalige Blick gegolten? Sie hatte es geglaubt, vielleicht gehofft. Dieser Blick jedenfalls galt ihr nicht, denn sie hatte die Frau, die sie mit Mutter anzureden hatte, nie wirklich gekannt und nie gemocht, und umgekehrt wohl ebenso.

Wem also dann? An Vertrauten am Hof waren ihrer Stiefmutter keine mehr geblieben und ihre Tochter lag noch in den Windeln. *Er ist es, den sie sucht!*, ging es Kathryn durch den Kopf: *Der König.*

Doch er war nicht gekommen. Heute nicht und damals nicht, und vielleicht hatten beide Frauen ihn gesucht, als der Hoffnung letzter Funken. Beide vergebens!

Der Kopf war wieder zu Boden gerichtet, das Gesicht wieder von den Haaren verdeckt. Neben Richtblock und Scharfrichter wurde sie geführt. Ein Gerichtsschreier trat hervor, entrollte ein Pergament und verlas das Urteil. Reichlich hatten sie sich einfallen lassen, von Blutschande bis hin zum Verrat, und natürlich Hexerei… immer Hexerei. Dabei wusste ein jeder, wessen sie sich wirklich schuldig gemacht hatte. Einer Frau steht es nun mal nicht zu, ihrem Herzen zu folgen. Insbesondere, wenn sie mit dem König verheiratet ist.

Nachdem das Pergament zu Ende gelesen war, rollte der Schreier es zusammen, um zuletzt zu verkünden, dass das Urteil des Königs nun zu vollstrecken sei. Ein eigentümlicher Moment der Ruhe kehrte ein und mit einem Mal war Kathryn wieder dort.

Klein war sie und ängstlich und verwirrt, und starrte zwischen den Gittern des Balkongeländers hinab auf das erbärmliche Schauspiel. Sie spürte die brennende Verzweiflung in sich, die sinnlose Hoffnung auf ein Wunder, den Glauben, dass unmöglich geschehen konnte, was zu geschehen kurz bevorstand, und zugleich das Wissen, dass es keine Rettung geben würde. „Seht nicht hin, Mylady!“, hörte sie die damalige Ann ihr ins Ohr flüstern.

Doch sie hatte hingesehen. Die Sicht von Tränen getrübt, doch sie hatte hingesehen. Sah genau wie jetzt, neun Jahre später, eine Frau sich vor dem Richtblock niederknien, sich vornüberbeugen und den Kopf sachte darauf betten. Sah die vermummte Gestalt des Henkers, das enorme Richtbeil, die blitzende Klinge. Langsam, gefühlvoll beinah, hob er an zum Schlag. Kein Mucks war mehr vom Pöbel zu hören. Stille umgab alles. *Klog!*

Sauber war der Kopf gekappt und fiel hinab in den bereitgestellten Korb, das Gesicht genau in ihre Richtung gewandt.

Doch der falsche Kopf war es! Und zwischen wirrem, rotem Haar sah sie ins tote Antlitz ihrer Mutter. Kathryn schloss fest die Augen, zwang sich zur Ruhe und ärgerte sich ihrer Schwäche wegen.

Als sie die Augen wieder öffnete, waren die roten Haare braun geworden und das Gesicht der Toten abgekehrt. Sie bemerkte, dass Ann ihr sanft die Hand auf den Arm gelegt hatte. Stocksteif stand sie da, regungslos, immer noch, denn trotz allem hatte sie kaum eine Miene verzogen. Da spürte sie Feuchtigkeit auf ihrer Backe, spürte eine einzelne Träne langsam hinabgleiten. Und sie verfluchte sich innerlich, nicht stark genug geblieben zu sein. Sie drehte sich um, dabei ärgerlich die Träne aus dem Gesicht wischend, und schritt davon.

~ 2. Kapitel ~

Aris

Nichts als ein Würfelspiel ist das Söldnerleben, dachte sich Aris, während er den Becher schüttelte. Heißt es nicht so? Auf das Glück kam es an. Und Glück war leider etwas, von dem er nie besonders viel besessen hatte. Nicht im Leben und nicht im Spiel, nur im Kampf. Dumpf hallten die Würfel aus dem ledernen Becher. Bortos grinste ihm breit entgegen. Aris hasste dieses Grinsen. Seine Chancen standen schlecht, das wusste er selbst. Doch was gab er schon auf Chancen? Was hatte das Leben ihm für Chancen gegeben? Kräftig schlug er den Becher auf den Holzklotz, den sie zum Tisch bestimmt hatten. Er deckte auf. Teufelsaugen! Natürlich. Aus dem Grinsen Bortos wurde ein schallendes Lachen. Ein Fluch entfuhr Aris Lippen, den Becher warf er wütend gegen die Zeltwand.

„Teufel, ein Glück hat der immer, ein verdammtes Glück, dieser elende Sohn einer dreckigen Hure…“, schimpfte er gen Himmel.

„He, lass Mama aus dem Spiel! Kann nichts dafür, dass du so scheiße würfelst“, erwiderte Bortos und sammelte die gewonnenen Münzen ein.

Er hatte recht. Mama hatte damit nichts zu tun. Man muss die Würfel nehmen, wie sie kommen!

Aris griff nach seiner Pfeife, stopfte sie mit dem letzten trockenen Kraut, das er besaß, und griff nach einem glühenden Zweig im Feuer, um sich die Pfeife zu entzünden. Tief sog er ein, langsam und genussvoll hauchte er aus. Er fuhr sich über seine Narbe, die ihn zu jucken begann, wie oft. Dann sah er sich um. Bald zwei Wochen lagerten sie nun schon hier. Das Jahr war noch jung und die Kälte des Winters auf dem Rückzug. Nur vereinzelt waren kleine Inseln schmelzenden Schnees zu erkennen, bald würde der Boden fest und die ersten Blumen würden seiner Oberfläche erwachsen. Beste Zeit zum Plündern. Die Höfe und Dörfer der Umlande hatten Herbst und Winter gehabt, um sich ein wenig vom Krieg zu erholen, und auch wenn die Vorratskammern gewiss noch leer waren, gab es dennoch genug anderes, was eine schöne Beute abgab. Und trotzdem vertrieben sie sich die Zeit mit Würfeln und Wache halten, und wurde zur Abwechslung einmal der Sold ausbezahlt, ein wenig mit den Huren.

Die Oberen waren am Verhandeln und hatten jede Kriegshandlung untersagt. Den ganzen Winter über schon. Manche sprachen gar von Frieden. Frieden! Aris konnte das Wort nicht ausstehen. Frieden war schlecht fürs Geschäft. Nicht dass er in seinem Leben viel davon erlebt hätte. Er kannte ihn in Wahrheit gar nicht. Und trotzdem verabscheute er ihn. Der Krieg war schließlich seine Heimat, und wer sieht seine Heimat schon gerne in Gefahr?

Seine Augen schweiften über das Feldlager. Ein Meer aus Zelten und Wagen, voller Menschen und Ratten und räudigen Hunden, die sich allesamt mühten, sich die Zeit zu vertreiben und den klammen Bauch voll zu bekommen.

Da fiel ihm der neue Korporal ins Auge. In der Ferne sah er ihn eilig durch das Lager laufen, zielstrebig, genau in ihre Richtung, und Aris schwante irgendwie, dass sie selbst sein Ziel sein würden.

Aris konnte ihn nicht ausstehen. Friedrich von irgendwas, ein edler Kaminhocker, frisch wie Frühlingstau, der zeitlebens noch keine Schlacht, nicht einmal ein Scharmützel miterlebt hatte. Keine achtzehn Jahre dürfte er zählen, und doch war er ihm vorgesetzt und besaß einen Rang, für den Aris zehn Jahre Dienst aufweisen müsste, und bald würde er in Bereiche aufsteigen, die Aris oder Bortos für immer verwehrt waren. Er tröstete sich mit dem Gedanken, dass der Adelsspross wahrscheinlich kein Jahr überstehen würde. Solche Frischlinge starben noch stets wie die Fliegen im Feld.

Er deutete mit dem Kopf in Richtung Korporal: „Da kommt was auf uns zu!“

Bortos grunzte unverständlich, biss ein Stück Bitterblatt ab und begann zu kauen. Er trug wie immer seine seltsame Melone als Hut, von der er sich einfach nicht trennen wollte, und die langen Haare hatte er zu einem Zopf geflochten. Bei einem anderen Mann würde es lächerlich ausgesehen haben, bei Bortos nicht. Er war einen Kopf größer als die meisten großen Männer, und nicht wenige fragten sich, ob sein Erzeuger womöglich ein gorgischer Riese gewesen sei. Sein rundes Gesicht ließ ihn gemütlich und tumb wirken, und täuschte so manchem eine unvorhandene Langsamkeit vor. An seiner Kraft indes zweifelte niemand.

Bei ihnen angekommen, stützte sich der junge Korporal auf seine Knie ab und sog gierig nach Luft. Offenbar war er weit gerannt.

„Der Hauptmann schickt mich", stammelte er, kaum wieder zu Atem gekommen. „Man will euch hängen!"

Bortos spuckte eine Ladung dunkelroten Bitterblatts aus. Der dunkle Klecks landete knapp neben des Korporals Stiefel: „Schon wieder?"

Der Korporal schaute irritiert. Er hatte mit einer anderen Reaktion gerechnet. „Was heißt hier *schon wieder*? Passiert euch das öfter?"

Aris blies in Ruhe einen Schwall Rauch aus und zuckte mit den Schultern: „In letzter Zeit jedenfalls zu oft für meinen Geschmack. Was rät der Hauptmann?"

Eilig hatten sie gepackt, dabei das gute Zelt stehen gelassen, damit ihr Verschwinden nicht zu sehr auffalle, genau wie der Hauptmann ihnen empfohlen hatte. Ihre Waffen führten sie freilich mit sich; Bortos seinen großen, gewellten Zweihänder und seinen Katzenkopf, Aris seinen sippanischen Degen und seine storzische Pistole. Ihre Hüte hatten sie aufgesetzt, Bortos seinen dicken Brustpanzer angelegt, ohne den er nicht sein wollte, Aris seinen kettenverstärkten Lederkoller, der schon mehr als eine Klinge aufgehalten hatte. Dazu ihre guten Büchsen samt Pulvergürtel, eines jeden Kriegsknechts Grundausstattung, ihre Beile und Feuersteine, gutes Pulver und Decken, und manches Nützliche mehr, was der Söldner eben so braucht, waren sie doch altgediente Veteranen, obwohl sie beide keine zwanzig Jahre zählten. Nur an Proviant mangelte es ihnen, denn mit dem plötzlichen Aufbruch hatten sie nicht gerechnet.

Auf einer Lichtung im Wald unweit des Lagers warteten sie im Geäst verborgen, wo sie gute Sicht aufs Umfeld hatten. Der Hauptmann wollte sie später aufsuchen, wie der Korporal ihnen mitgeteilt hatte. Es dämmerte beinahe, als er endlich zwischen den Büschen auftauchte, schleichend und offenbar darauf bedacht, dass ihn keiner verfolge. *Die Lage ist ernst,* dachte Aris bei sich. Sie gaben sich zu erkennen und der Hauptmann kam direkt auf sie zu. Ein letztes Mal sah er sich um.

„Mir scheint keiner gefolgt zu sein." Dann an die beiden gewandt: „Teufel, Männer, da habt ihr euch aber eine Suppe geschöpft!"

Was Sache sei?, fragten die beiden, denn sie waren sich keineswegs sicher, was ihnen zur Last gelegt wurde.

„Habt ihr eine Kutsche überfallen? Vor ein paar Tagen muss es gewesen sein. Nicht weit vom Lager bei Roost."

Die beiden nickten. Bei ihrem Freigang war es gewesen. Sie waren auf Beutesuche gezogen, wie üblich im Krieg, und dabei war ihnen eine mäßig bewachte Kutsche begegnet. Gute Beute hatten sie gemacht.

„War darin eine junge Dame, zu der ihr nicht gerade freundlich wart?"

„Wir befinden uns auf Feindesland, Herr Hauptmann. Ihr wisst, wie es ist", erwiderte Aris abwehrend.

Der Hauptmann ging darauf nicht ein und fragte weiter: „Das Mädchen mag nicht zufällig erwähnt haben, dass sie zum Reich gehört?"

Bortos zuckte mit den Schultern: „Irgendwas sagen die doch immer."

Der Hauptmann zog eine Grimasse, die schwer zu deuten war.

„Nun, bei dieser Dame hättet ihr besser zuhören sollen. Denn diese gehörte tatsächlich zu uns. Sie ist die Nichte des Richtenstein."

„Vom Obristen? Tausend Teufel!", stieß Aris aus und auch Bortos hatte einen Fluch auf den Lippen.

„Allerdings! Und das hübsche Ding singt nun fleißig ein Liedchen von den zwei üblen Gaunern, die ihr das raubten, was nicht zurückgegeben werden kann, und spricht dabei von räudigen Galgenvögeln, der eine riesig und breit, mit einer Melone als Hut und die Haare zu einem langen Zopf gebunden, der andere blauäugig und schwarzhaarig, mit einer langen Narbe vom Auge bis zur Backe hinab."

Unweigerlich fuhr sich Aris die Schmarre entlang. Bald ein Jahr war es inzwischen her, als ein Storzer ihm sein Andenken verpasst hatte. *Götterschmiss* nannte man es unter Söldnern. Ein Zeichen, dass man nochmal davongekommen war. Er war davongekommen, der Storzer nicht. Sie war gut verheilt und schadete seinem Aussehen kaum, verlieh ihm im Gegenteil etwas Verwegenes, wie er fand, doch blieb sie ein unerwünschtes Erkennungsmerkmal.

Aris musterte seinen Hauptmann. Richard von Brennan, so ein solches Adelsgeschlecht überhaupt existierte. *Den Glücklichen* nannten sie ihn hinter seinem Rücken. Um die dreißig Jahre musste er sein und von so dünnem Blut, dass ein höherer Rang für ihn kaum möglich schien. Ein erfahrener Eisenfresser, hart und streng und ein guter Mann.

„Bekommen die nicht spitz, dass Ihr uns gewarnt habt?", fragte Aris.

„Ich krieg meinen Hals schon aus der Schlinge, keine Sorge. Euch allerdings erwartet der Strick, und das nur, wenn ihr Glück habt."

„Was ratet Ihr uns?", fragte Aris weiter.

„Den Wams werdet ihr ablegen müssen, daran führt kein Weg vorbei."

Er deutete auf den rot-weißen Wams, den alle Soldaten des Reiches trugen, egal ob sie Söldner waren oder nicht.

"Könnt freilich zu den Barben. Liegen keine zehn Meilen von hier." Er spuckte aus. „Aber ich kann den Barbmann nicht ausstehen, und an Kommiss ist da nicht zu denken. Könnt zu den Nordlern. Die führen Krieg gegen Sippan und suchen Männer, wie's heißt. Sind meine Leute. Da sähe ich euch lieber. Aber ohne Schiff ist's weit. Im Norden liegt Karlstadt, fünf lange Meilen, vielleicht auch sechs, da ist ein Hafen."

Bortos und Aris sahen sich an, tauschten einen Blick und verstanden sich. Wieder an den Hauptmann gewandt, sprach Aris: „Ihr wart gut zu uns. Besser als die Meisten. Bekomme ich Euch mal vors Korn, schieße ich daneben, darauf mein Wort!"

Der Hauptmann verzog den Mund zu einem schiefen Grinsen: „Oder du schaust, dass er sauber sitzt!"

„Oder das!"

Die Freunde legten beide die rechte Faust auf die Brust, den Zeigefinger gespreizt, das Zeichen der Kriegsknechte.

„Langes Leben, fette Beute!", sprachen sie aus einem Mund.

Der Hauptmann tat es ihnen gleich.

„Langes Leben, fette Beute!"

Dann zogen sie ab.

~ 3. Kapitel ~

Kathryn

Ann hatte ihr Tee gemacht. Dampfend stand die Tasse am Rande des runden Spieltisches. Eine raakischer Tisch, aus dunkler Roteiche gefertigt und reichlich verziert, die Figuren aus hellem Walknochen und schwarzem Holz geschnitzt. Das Königsspiel! Sie liebte es. Auch wenn sie in letzter Zeit nur mit sich alleine spielen konnte. Sogar eine Link hatte sie gefragt, ob sie mit ihr spiele. Ein aufgewecktes kleines Ding, das Tissy hieß, und unter diesen schweigsamen Wesen zu den gesprächigeren gehörte. Doch sie hatte sich nicht getraut, obwohl Kathryn in den großen, bernsteinfarbenen Augen den Wunsch, es zu versuchen, durchaus zu erkennen geglaubt hatte. Vielleicht war es besser so, denn der Duke hätte sie bestimmt bestraft, so er sie dabei gesehen hätte. Einem Link stand es nun mal nicht zu, mit einem Menschen zu spielen, weniger noch mit einem adligen Menschen. Der Duke war streng in diesen Dingen.

In ihrem liebsten Raum von Schloss Steffordsgrave befand Kathryn sich, was immer das heißen mochte, im Wintergarten, einem großen, ganz von feinen Glasfenstern umschlossenen Gewölbe. Fremdländische Pflanzen wuchsen aus Beeten und großen Töpfen, ragten struppig hinauf bis unter die Decke, dass man sich beinahe wie im Freien fühlte. Durch das gläserne Dach sah sie zum Himmel hinauf. Das Jahr war noch jung und es dunkelte früh, und auf dem azurnen Grund zeichnete sich bereits der Komet ab. Seit wenigen Tagen erst war er am Himmel erschienen, groß und leuchtend, mit einem langen, goldenen Schweif. Unheimlich sah er aus und verheißungsvoll. Ann hatte sich bei seinem Anblick sogleich das Dreieck auf die Brust gemalt und voller Angst vom Ende aller Tage gesprochen und mancher Diener hatte ihr furchtsam beigepflichtet. Doch wenn Kathryn ihn ansah, fühlte sie keine Furcht. Schön war er.

Sie senkte den Blick, um sich ihren Figuren zu widmen. Kathryn hatte den schweren Spieltisch von den Links hierherbringen lassen, was gewiss niemanden stören würde, denn außer ihr spielte ohnehin keiner auf ihm, wie auch kaum einer je den schönen Wintergarten besuchte.

Die Duchess hielt sich meist verborgen in ihren Räumlichkeiten auf, war sie doch kränklich und von melancholischem Gemüt, wie es hieß, während der Duke seine Zeit mit politischen Ränkeschmieden in Lidium verbrachte. Heute allerdings war Letzterer da. Er hatte das Frühstück mit Kathryn eingenommen und sogar ein wenig mit ihr geredet.

Jahrelang hatte er Kathryn keines Blickes gewürdigt, geschweige denn mit ihr gesprochen. Und war er anwesend, tat es ihm die Duchess gleich, dass sich Kathryn noch stets wie ein Stück Dekor vorkam, wenn sie sich mal zu dritt in einem Raum befanden.

Über das Spiel gebeugt studierte Kathryn die Stellung, die sie selbst verursacht hatte. So sehr war sie in ihr Tun vertieft, dass der ferne Lärm nur nach und nach in ihre Ohren drang. Schließlich hob sie den Kopf und runzelte die Stirn. Offenbar war Besuch eingetroffen. Da kam Johnson schon herein, der erste Diener, und sagte in seiner steifen Art, Kathryn solle sich augenblicklich im vorderen Salon einfinden. Der König sei eingetroffen.

Sie folgte Johnson über den Flur. Jahre war ihre letzte Begegnung mit der Majestät her, drei oder vier bestimmt, sie konnte es nicht einmal mehr sagen, doch so lange es auch her war, es war ihr bei weitem nicht lange genug. Zwei königliche Gardisten standen vor dem Eingang des Salons, ließen sie aber reglos passieren. Johnson hielt ihr die Türe auf. Kathryn trat in den Salon.

Der König stand in der Mitte des Raumes. Jakob Griffin der Achte, König Norlands und Istlands, Herrscher des Nordens und der Ewigen Marsch, und ihr Vater. Die üppige Kleidung mit den geplusterten Schultern und Ärmeln, der Pluderhose und dem dicken Fellumhang, ließ die massige Gestalt noch massiger aussehen. Das aufgedunsene Gesicht, mit den geschwollenen Mandelaugen und dem kurz geschnittenen Bart, der Pausbacken und Kinn wie ein Halbmond umschloss, wandte sich in ihre Richtung. Er sah älter aus, als sie ihn in Erinnerung hatte. Und fetter. Sie machte einen artigen Knicks und sagte: „Seid gegrüßt, Eure Majestät, mein lieber Vater."

Er erwiderte ihren Gruß nicht, sah hinüber zu seinem Bruder.

„Sie sieht aus wie ihre Mutter."

Es war nicht zu deuten, ob es positiv oder negativ gemeint war. Der Duke nickte, stammelte etwas, das nach Zustimmung klang, und bat seinen Bruder, Platz zu nehmen. Offenbar war er ebenfalls von dessen Besuch überrascht. Kathryn setzte sich auf den entferntesten Stuhl, derweil der König das kleine Sofa ganz für sich beanspruchte. Der Duke setzte sich ihm gegenüber und erst jetzt bemerkte Kathryn, dass die Duchess ebenfalls da war, neben dem Duke sitzend, den Kopf geziert gesenkt. Ihr Gesicht sah fahl und eingefallen aus.

„Wie kann ich Eurer Hoheit zu Diensten sein?", fragte der Duke.

Nichts hatten die beiden Brüder gemein. Der Duke entstammte einer anderen Mutter, wie Kathryn wusste, war hager und kantig, mit scharfem Blick und fahler Haut, und wie der König laut und hitzig war, war dieser kalt und berechnend. Nur das rötliche Haar der Griffins besaßen beide.

„Du kannst mir berichten, wie es gewesen ist, Bruder. Wie ist sie gestorben?"

Drei Tage war die Hinrichtung her und Kathryn fragte sich, ob dies die erste Erkundung war, die der König einholte. Der Duke dachte kurz nach, um dann zu erwidern: „Sie ist in Würde gestorben, Eure Majestät. Es verlief alles..." – kurz suchte er nach dem geeigneten Wort – „ordnungsgemäß. Das Volk schien zufrieden."

Was es wohl hieß, in Würde zu sterben?, dachte Kathryn bei sich. War es wirklich das, was sie vor drei Tagen bezeugt hatte?

„Sie hat nicht geheult oder gejammert?"

„Nein, Eure Majestät", antwortete der Duke.

„Hat sie sich selbst über den Block gebeugt, oder musste sie gehalten werden?", fragte der König weiter.

„Sie beugte sich aus eigenem Antrieb. Ein Zeichen gewiss, dass sie ihre Schuld eingesehen hat."

Auch ihre Mutter hatte sich gebeugt. Hatte den Kopf brav auf den Richtblock gelegt, wie es von ihr erwartet worden war. War sie auch schuldig gewesen? Nichts von all dem, wessen ihre Mutter angeklagt worden war, hatte Kathryn je bei ihr erlebt. Keine dunklen Kräfte oder seltsamen Rituale, mit denen sie den König verzaubert hätte. Keine Unterhaltungen mit Katzen oder Geistern oder Toten, wie sie den Dienern des Dunklen nachgesagt wurden. Sie war keine Hexe gewesen, das wusste Kathryn. Und dennoch hatte niemand etwas getan, als man ihre Mutter holen gekommen war, und niemand sie verteidigt, als man sie schuldig gesprochen hatte.

„Das ist gut!", sagte der König. „Immerhin etwas."

Er schnippte mit dem Finger und einer der beiden Diener im Hintergrund beeilte sich, dem König einen Becher Wein zu reichen. Er trank großzügig.

„Wie konnte sie es wagen, mir das anzutun? Mir!", stieß der König plötzlich hitzig aus. „Der Teufel hole sie!"

Der Duke räusperte sich. Fragte dann: „So ist denn an den Gerüchten etwas Wahres dran?"

Mit einem Mal bedachte der König seinen Bruder mit einem gefährlichen Blick.

„Du siehst deinen König wohl gern gehörnt vor aller Welt Augen, lieber Bruder?"

Der Duke verzog keine Miene, als er sagte: „Keineswegs, Eure Majestät."

Dem König schien es zu genügen, denn er wandte die Augen ab und fuhr fort: „Wahr oder nicht, was macht's? Die Gerüchte sind mir Spott genug." Dann plötzlich spie er voller Zorn aus: „Die Eingeweide habe ich dem Räudigen herausschneiden lassen, Stück für Stück, während er selbst dabei zusehen durfte. Seine Männlichkeit sparte ich für den Schluss. Ich selbst habe sie ihm in sein treuloses Maul gesteckt. Ein Kammerdiener!" – er schrie das Wort – „Kammerdiener! Mich selbst bediente er!" Wieder nahm er einen tiefen Zug von seinem Wein.

„Kein Mann kommt mehr in meines nächsten Weibes Nähe! Nur Links sollen sie bedienen. Am besten weibliche. Vier weitere

Diener habe ich noch aufs Schafott geschickt, weil sie es wussten, aber nichts gesagt haben. Oder zu viel gesagt haben." Er hielt den Becher hoch als Zeichen, dass man nachfülle, und als sein Mundschenk dem nachkam, bedachte er ihn mit einem misstrauischen Blick.

„Niemandem kann ich mehr trauen, Bruder. Niemandem! Alle haben sie mich hintergangen. Die Frauen vor allem. Sie vor allem. Was ist nur mit diesen verdammten Weibern? Da ist man gut zu ihnen, erfüllt ihnen jeden Wunsch, überhäuft sie mit Geschenken und Ehren und allem, was man sich vorstellen kann. Und wie vergelten sie es einem? Mit Undank! Undank und Untreue."

Er schüttelte energisch den Kopf.

„Nur eine verdammte Pflicht haben sie auf Erden und selbst diese können sie nicht anständig verrichten. Uns Söhne zu schenken."

Er sah zur Duchess, die immer noch den Kopf gesenkt hatte.

„Aber wem erzähle ich das? Entweder werden sie nicht schwanger, oder sie bilden es sich nur ein."

Ein unterdrücktes Schluchzen kam von der Duchess. Im letzten Jahr war es gewesen, da war der Bauch der Duchess dick geworden, ihre Brüste angeschwollen und bald wurde verkündet, dass man froher Hoffnung sei. Nie hatte Kathryn sie so ausgelassen erlebt, wie in jener Zeit, denn trotz vieler Jahre Ehe waren der Duke und sie kinderlos geblieben. Viel hatte sie gelacht, sich liebevoll den runden Bauch gestreichelt und sogar mit Kathryn Zeit verbracht. Doch die Monate waren vergangen und nichts war geschehen, bis irgendwann klar war, dass auch nichts mehr geschehen würde. Seither hatte sie kaum mehr ihre Gemächer verlassen, in der Hoffnung vielleicht, der Spott möge sie hinter ihren geschlossenen Türen nicht erreichen. Hier jedenfalls traf er sie mitten ins Gesicht.

Der König fuhr fort, das Schluchzen der Duchess ignorierend.

„Oder sie werfen nur ihresgleichen." Ein flüchtiger Blick in Kathryns Richtung.

„Nur meine Jade hat alle ihre Pflichten erfüllt. Sie allein war ein anständiges Eheweib. War immer brav. Wusste immer, was sich gehörte und war mir nie eine Last! Wenn sie noch leben würde. Eine solche Schande hätte niemals geschehen können."

Der König war berüchtigt dafür, schnell das Interesse an seinen Frauen zu verlieren, und Kathryn zweifelte doch sehr, dass es mit dieser anders gewesen wäre, hätte die Ehe mehr als die knappen zwei Jahre gedauert, die sie hatte. Nicht umsonst hatte er seine sechs Ehen gehabt, die fünf der glücklichen Bräute nicht überlebt hatten, ihre eigene Mutter mit eingerechnet.

„Drei Weiße Schwestern waren bei der Geburt dabei. Drei!", jammerte der König weiter. „Haben gesungen und gesungen, und doch ist sie mir weggestorben. Hingerichtet hätten sie alle drei gehört! Aber nicht einmal das haben sie mich machen lassen. Man dürfe Erleuchtete Javes nicht einfach hinrichten. Da sieht man, was es heißt, in diesem Land König zu sein. Nichts lassen sie einen tun, wie man will."

Er machte eine Pause und spülte seinen Frust mit einem ordentlichen Schluck hinunter.

„Wenigstens der Junge ist mir geblieben."

„Wie geht es dem Prinzen?", fragte der Duke. Er schien seine schluchzende Frau ebenfalls nicht zu bemerken, aber über die Jahre hatte Kathryn gelernt, ihn zu deuten, und wusste es besser. Ein kalter Mann war er, Francis Griffin Duke von Fargold, kalt wie der nordische Winter, und gerade Kathryn hatte keinen Grund, Gutes von ihm zu sprechen, doch seiner Frau gegenüber war er stets liebevoll, und wahrscheinlich war sie der einzige Mensch, der dem Duke etwas bedeutete.

„Es geht ihm gut. So sagt man mir zumindest. Er sei oft kränklich, heißt es. Aber ich lasse viel für ihn beten und singen. Er wird es schon machen. Mehr können mich die Götter unmöglich strafen", sagte der König und dann, als sei ihm eine Kleinigkeit eingefallen: „Ach, das Mädchen ist aber gestorben."

Zuerst verstand Kathryn nicht, wen der König meinte, und auch der Duke runzelte die Stirn. Dann dämmerte es beiden.

„Prinzessin Margareth? Ich bedaure Euren Verlust, Eure Majestät", sagte der Duke.

Wie ein Schatten senkte sich die Bedeutung der Information über Kathryn.

Stirbt der König, stirbt auch sie!

Der König lehnte sich leicht zur Seite und furzte laut, fuhr dann fort, als sei nichts gewesen.

„Ja, sehr bedauerlich. Aber vielleicht auch besser so, es ist nicht leicht für ein Mädchen, ohne Mutter aufzuwachsen", sagte er und ließ sich wieder nachschenken.

Und in diesem Moment überkam Kathryn eine Welle glühend heißen Hasses, von der sie nicht gewusst hatte, sie in sich zu haben. Pulsierte durch ihren Körper, ließ ihr Blut kochen und erfüllte sie mit einer Erkenntnis, der sie sich noch stets verwehrt hatte. Sie hasste ihn! Bis aufs Blut hasste sie ihn, diesen fetten, widerlichen Menschen, der ihr Vater war. Und sie bohrte ihre Fingernägel in die Oberschenkel vor ohnmächtiger Wut.

„Wie verlaufen die Verhandlungen mit dem Reich?", fragte nun der Duke, offenbar wollte er lieber das Thema wechseln. „Wird der Imperator Partei nehmen? Ich hörte, Sippan habe fast dreißigtausend Mann aufgestellt."

Nur mäßig schien der König am Thema interessiert.

„Was Siegdahl macht und denkt, wissen selbst die Götter nicht. Die Berichte, die ich über ihn erhalte, geben aber wenig Grund zur Sorge. Seit über einem Jahr hat ihn niemand mehr zu Gesicht bekommen, außer seinen Leibdienern. Er haust irgendwo in den Tiefen des Steins und will von keiner Menschenseele etwas wissen. Er scheint mittlerweile gänzlich seines Verstandes verlustig. Er war immer verrückt, aber nun… er ist ein lausiger Herrscher, bei den Göttern. König Antonio hat vor kurzem verkündet, dass er die Verlobung seiner Tochter mit dem Obersten gelöst hat. Selbst der eigene Vetter hat die Geduld mit ihm verloren. Seit über zehn Jahren wartet das arme Ding bereits, dass der Imperator sich erbarme und sie endlich bespringe, und doch konnte er sich einfach nicht dazu durchringen. Nun ist es selbst dem Sippaner zu viel. Lägen wir nicht gerade im Krieg, mag die Verschmähte eine passable Partie für mich sein. Ich hörte, sie sei ganz gut anzuschauen." Er zuckte mit den Schultern. „Das Haus Warstein befindet sich jedenfalls im Zwist, ein Bündnis ist unwahrscheinlich."

„Nun, das sind gute Nachrichten. Sippan scheint mir recht entschlossen diesmal. Ein beträchtliches Heer steht bald an unseren Grenzen und die Gooten sind ebenfalls kriegshungrig. Einen weiteren Feind können wir uns wahrlich nicht leisten."

Der König zuckte gelangweilt mit den Schultern. „Das Piratentum ist, was Antonio nicht schmeckt. Er kann nicht leiden, dass auch wir unseren Teil vom südlichen Gold abbekommen. Soll er seine Truppen schicken. Der Bär wird sich ihnen in Balrust stellen."

„Das Inland ungeschützt zu lassen, mag ein Fehler sein, Majestät. In solchen Zeiten ist besser Vorsicht geboten."

Wieder brauste der Zorn des Königs unvermittelt auf.

„Nicht an deinem Kopf ist es, dir darüber Sorgen zu machen! Und nicht deinem Kopf ist es bestimmt, die Bürde der Krone zu tragen! Die Räte jammern mir bereits genug die Ohren voll. Ihr müsst dieses beachten, Eure Majestät, und jenes bedenken, Eure Majestät." – der König äffte sie mit verstellter Stimme nach – „Ich weiß schon, was ich tue. Der Norden wird sich schon wieder beruhigen und der Bär wird tun, wozu er geschaffen ist. Und die Tumber hält! Sie hat immer gehalten."

Der Duke rührte keine Miene über die Schelte.

„Dieser General Spinola ist ehrgeizig und jung. Wenn ihn sein König lässt, wird er zuschlagen. Ihr solltet sie nicht unterschätzen, Eure Majestät. Der Winter war hart und die Ernte schlecht. Wütet dann noch der Goote im Land, wird es kaum mehr für das Hungerbrot reichen. Dann liegen bald die Toten auf den Straßen."

„Bin ich nun auch noch für das Wetter verantwortlich? Und dass die Bauern gut schaffen? Ist es denn an mir allein, mich um alles zu kümmern? Das Volk muss schon selbst schauen, wo es sein Essen herbekommt. Kochen kann ich nicht auch noch für sie!"

Er knallte beleidigt seinen Becher auf den Tisch.

„Es gelingt dir noch stets, mir auch den letzten Rest an guter Laune zu verderben, Bruder", schimpfte der König.

„Verzeiht, Eure Majestät, das war keineswegs meine Absicht", erwiderte der Duke emotionslos.

„Nun weiß ich wieder, warum ich dich nicht mehr im Rat haben wollte."

„Verzeiht, wenn ich Euch verärgert habe, Eure Majestät", wiederholte der Duke seine Entschuldigung.

Der König winkte ab.

„Ach, schon gut. Sei's drum. Genug haben wir geplaudert. Ich bin zur Jagd geladen beim Herzog von Werrington. Sie soll morgen stattfinden, schau doch vorbei, so du Zeit findest. Nur von Erbaulichem wird dann aber geredet! Soll die verdammte Politik mir nicht auch noch die Jagd vergällen."

Er erhob sich schwerfällig vom Sofa. Nickte der Duchess beiläufig zu, die immer noch betreten zu Boden schaute, sah dann zu Kathryn.

„Hast du für ihre Ausbildung gesorgt, wie ich dir aufgetragen habe?", fragte der König an den Duke gewandt.

„Natürlich, Eure Majestät. Sie hat eine umfassende Ausbildung erhalten, ganz wie es sich für ihren Stand gebührt. Eine renommierte Gouvernante hat sich ihrer angenommen, sie wird von einem Lehrer der Rhetorik und Standeskunde unterrichtet, spricht die Gemeinsprache so gut wie das Nordisch und Barbisch, beherrscht Runenschrift und wie mir ihre Lehrer versichern, ist selbst ihr Alt-Karnisch passabel. Zudem wird sie in der Juristerei und Politik unterrichtet, und ihr Lehrer der Mathematik und Naturlehre hat inzwischen sogar die Erleuchtung erfahren."

„Ein Magier also!" Der König machte eine anerkennende Geste. „Nur Schickliches soll er sie aber lehren. Man weiß ja nie. Wo wir dabei sind; ich denke, es ist an der Zeit, dass sie wieder in den Hof eingeführt wird. Sie ist von meinem Blute immerhin, es schickt sich nicht, sie hier versteckt zu halten."

Er sagte es, als sei die Situation ganz ohne sein Zutun entstanden. Als sei nicht er es gewesen, der sie verstoßen und über Jahre verleugnet hatte.

„Zum großen Bankett nächsten Monat! Bringt sie dorthin mit. Dann wird sie wieder gesehen. Danach sehen wir weiter." Der Duke nickte als Zeichen, dass er verstanden habe.

Dann trat der König vor seinen Bruder.

„Du weißt, es gibt Möglichkeiten." Er deutete leicht mit dem Kopf in Richtung der Duchess. „Es ist nicht zu spät. Der alte Glaube ist überkommen. Komm zu uns. Es lebt sich leichter, wenn die Prediger des Guten einem nicht allen Spaß verderben." Er nickte dem Duke zu. Die Anspielung war so plump, dass er es auch einfach hätte aussprechen können. Immerhin wurde offen behauptet, dass ihr Vater den Glauben nur gewechselt hatte, weil er sich von seiner ersten Frau hatte scheiden lassen wollen.

„Nun denn, Bruder. Gehab dich wohl." Damit marschierte er, von seinen Dienern gefolgt, aus dem Salon.

Kaum war er draußen, erhob sich die Duchess und stürmte zur anderen Tür. Der Duke rief ihr nach.

„Beth!", so nannte er sie nur, wenn sie sich alleine glaubten. Aber sie reagierte nicht und war schon aus dem Raum gelaufen.

Ärgerlich schüttelte der Duke den Kopf, zog seine Meerholzpfeife, ohne sie aber anzuzünden, blickte dann zur Tür, aus der der König verschwunden war. Er schnaubte verächtlich.

„*...einen König zu haben, voll Tugend und Anstand*", zitierte er.

Und, ohne zu überlegen, fügte Kathryn an: „*Der um sein Volk sich sorgt, gleich um seine Kinder.*"

Überrascht drehte sich der Duke zu ihr um. Offenbar hatte er ganz vergessen, dass Kathryn sich noch im Raum befand. Er betrachtete sie kurz verwundert, dann umspielte ein Lächeln seine Lippen und er nickte ihr zu. Sie lächelte zurück, ein eigentümlich inniger Moment war es. Dann verließ er den Raum.

Kaum war er draußen, erstarb das Lächeln auf Kathryns Gesicht, verzog sich zu einer unglücklichen Grimasse. *Stirbt der König, stirbt auch sie!* Düster blickte sie dem Duke hinterher. *Vergiss nie, was er dir ist!*, ermahnte sie sich. *Vergiss es nie!*

Oben, zwischen den Zinnen und verwinkelten Dächern von Steffordsgrave, lag die achtjährige Kathryn auf einem breiten Stützbalken und puhlte gedankenverloren trockenes Moos aus den Ziegelritzen. Es war Sommer und heiß strahlte die Sonne auf die Dächer des Schlosses, dass sich Schlieren dicht über der Oberfläche bildeten. Kathryn genoss die Hitze. Der Platz war ihre neueste Entdeckung. Über den Dachstuhl des Westflügels war sie hinaufgeklettert, und so verwittert wie Ziegel und Balken aussahen, musste seit Jahren niemand mehr hier oben gewesen sein. Sie war allein und würde es auch bleiben, genau, wie es ihr beliebte. Ihr Vater sei krank, hatte irgendjemand gesagt. Es war ihr egal. *Soll er doch sterben*, dachte sie sich. Der Duft des nordischen Flieders, der entlang der Fassaden des Schlosses emporwuchs, machte die Luft süß und schwer. Zwei Jahre lebte sie schon auf Steffordsgrave, zwei Jahre mit dem verfluchten Duke und der verfluchten Duchess.

Nach der Hinrichtung ihrer Mutter sollte Kathryn aus dem Ivoryhouse, dem königlichen Palast in Lidium, verschwinden. Der König wollte sie nicht länger um sich haben, doch keiner der Höflinge sah sich bereit, die Tochter ihrer Mutter aufzunehmen. Die Tochter einer Hexe.

Bis eines Tages der Duke in ihr Zimmer gekommen war. Eine Pfeife in der Hand, seinen Leibdiener hinter sich, war er dagestanden, hatte sie aus seinen kalten Augen angeschaut und verkündet, dass sie mit ihm kommen werde.

Nur vage vermochte sie sich an jene Zeit erinnern, die Zeit zwischen der Hinrichtung und ihrem Auszug, denn die Trauer hatte sie in einen Zustand versetzt, der sie kaum wahrnehmen ließ, was um sie herum geschah. Fremd und zwecklos war ihr alles erschienen, von jedem Sinn und jeder Freude entleert, und wie ein wandelnder Toter aus den alten Geschichten war sie sich vorgekommen.

Und so fand sie sich irgendwann hier wieder, der riesigen Anlage von Steffordsgrave, auf einer alten Wehranlage erbaut, in der einstmals irgendein König begraben worden sei. Nur Ann hatten sie an ihrer Seite gelassen, ihre Amme, der einzige Mensch auf der Welt, dem sie etwas bedeutete. Der einzige Mensch, der ihr geblieben war. Ansonsten gab es nur stumme Wachen und stumme Diener, die kaum ein Wort mit ihr sprachen, genau wie ihre Herren.

Sie legte sich auf den Rücken, ließ die Sonne auf sich niederbrennen und beobachtete den wolkenlosen Himmel. Ein Milan flog spähend über die Dächer, ein vierflügeliger, ein Göttervogel, und sie folgte seinem Flug mit den Augen. Sie hatte ihn schon öfter über die Anlage fliegen sehen.

Da drangen ferne Stimmen an ihr Ohr. Männerstimmen. Sie richtete sich auf. Waren sie schon auf der Suche nach ihr? Irgendwann suchten sie sie immer. Meistens erst, wenn es dunkel wurde. Dann riefen sie und riefen und es war ihr egal, bis sie die arme Ann hörte, mit ihrer verzweifelten Stimme. Dann zeigte sie sich und Ann nahm sie in den Arm und weinte und Kathryn tat es leid. Und doch tat sie es immer wieder.

Die ersten Male hatte man sie noch vor den Duke geführt. Sie hatte ihn angesehen, gespannt und schuldbewusst, den Kopf gesenkt, die Kinderaugen nach oben schauend. Er dagegen hatte sie wie ein kurioses Tier betrachtet, die Schultern gezuckt, und gemeint, der Hunger werde sie das nächste Mal schon von alleine hervortreiben. Es war ihm egal gewesen, wie alles, was sie tat, ihm egal war. Wie sie selbst ihm egal war.

Die Stimmen waren zu leise, um sie verstehen zu können, klangen aber ruhig und unaufgeregt, dass es sicher niemand war, der sie aufzuspüren versuchte. Die Neugier ließ sie auf allen vieren die Dachsparren entlangklettern, den Stimmen entgegen. Sie wurden deutlicher. Schließlich kam sie an einem Schornstein vorüber, einem alten, rußigen Rohr aus Blech, wie sie vielfach aus den Dächern des Schlosses hervorsprossen, gleich Pilzen aus einem morschen Baumstamm. Sie legte ihr Ohr sacht daran. Nun konnte sie sie besser verstehen. Die Stimmen des Dukes und eines weiteren Mannes waren es. Leise zwar, und doch verstand sie jedes Wort.

„Steht es wirklich so schlecht um ihn?“, fragte die fremde Stimme.

„So heißt es.“ Es war der Duke. „Die Priester sagen, sie könnten nichts mehr tun. Nun haben sie einen Druiden gerufen.“

„Und angenommen, er stirbt tatsächlich. Was dann?“, fragte die fremde Stimme weiter.

„Dann werde ich König!“, sagte die Stimme des Dukes. Alter Gram klang zwischen der Entschlossenheit der Worte hindurch.

Nach einer Pause fragte der Fremde: „Und das Mädchen?“

„Stirbt der König, stirbt auch sie!“, antwortete der Duke.

Eine weitere Pause.

„Einfach so?“

„Ja! Norland kann es sich nicht leisten, von einer Göre regiert zu werden. Ein Weib auf dem Thron! Niemand kann das wollen, noch weniger in diesen Zeiten. Zuviel hat mein Bruder mit seinen Mätzchen dem Land geschadet.“

„Und ihr Tod wird einfach akzeptiert werden?“, fragte der Fremde.

„Es wird sich schon etwas Passendes finden“, sprach der Duke.

„Und meine Rolle in dieser edlen Geschichte?“

„Die kennt Ihr genau. Zusammen kann es uns gelingen, das wisst Ihr.“

„Dann kommen wir doch zur wichtigsten Frage; aus welchem Grund sollte ich Eure Gnaden wohl unterstützen?“, fragte der Fremde.

„Ihr habt viel erreicht, keine Frage. Aber ein Mann, wie Ihr es seid, will immer mehr. Macht mich zum König, und ich erhebe Euch in den Grafenstand. Es sitzt sich besser bei uns Noblen, und wer weiß, wohin Euch Euer Weg von dort aus noch führen kann? Ich bin mir Eurer Fähigkeiten bewusst und gedenke, sie auch einzusetzen. Vergeudet sind Eure Talente, wo Ihr Euch jetzt befindet. Na, was sagt Ihr?“

Der Fremde überlegte geraume Zeit.

„Es kann auch ohne Euch geschehen. Ich bin der beste Kandidat. Dann allerdings habt Ihr, eines guten Freundes statt, einen mächtigen Feind!“, warnte der Duke.

„So sei es denn. Wie sprach nochmal der große Dichter: *Bekleckert man sich nicht mit Ruhm, so doch wenigstens mit Titeln.*“

~ 4. Kapitel ~

Aris

Das monotone Lautspiel der Dampfmaschine, dazu die dicke Büffelfelldecke, die ihn angenehm wärmte, hatten Aris in einen Dämmerzustand versetzt. Seine Augen schweiften dröge vom gewaltigen Kessel, der kupfern über ihnen hing, hinüber zum steuernden Fährmann, hinter seinem großen, runden Steuerrad. Ein langer Streifen dunklen Rauchs erstreckte sich hinter ihnen, gleich einem langen, grauen Wurm. Ein milder Nordwind vertrieb den unangenehmen Rauchgeruch und ließ das Schiff angenehm schaukeln, dass Aris bei sich dachte; kein angenehmeres Verreisen könne man sich wünschen.

Er sah zu Bortos. Man hätte ihn nicht fragen brauchen, um zu erkennen, dass dieser gänzlich anderer Ansicht war. Zusammengekauert saß der Hüne da, bleich das Gesicht, die Augen geschlossen und auf den Lippen manchen Fluch ausstoßend.

„Siehst aus wie ausgespuckt, Dicker!“, stellte Aris fest.

„Halt's Maul!“, gab Bortos zurück. „Kein Mensch sollte so reisen, potztausend. Das ist nicht gut. Wir sind dafür nicht gemacht.“

Aris zuckte mit den Schultern und beschloss, den Dämmerzustand zu vertreiben. Er erhob sich. Die Decke beließ er umgehängt, denn es zog reichlich frisch hier oben. Er trat an die innere Reling und sah hinab auf die Landschaft. Die Fähre flog tief. Felder und Häuser waren noch gut erkennbar, und manches Vieh und manchen Wagen konnte er ausmachen. Während des Krieges wurde nie zu hoch geflogen. Nur hoch genug, nicht vom Boden aus beschossen zu werden.

Seine Augen wanderten über die Passagiere. Über zwanzig Menschen waren an Bord. Die Fähre musste einiges an Flux im Kessel haben, um ein solches Gewicht befördern zu können. Eine Familie stand an der Reling, Vater und Mutter gut gekleidet, die beiden Kinder, ein Junge und ein Mädchen, deuteten aufgeregt in die Ferne. Es war eine gefährliche Zeit, mit seinen Kindern zu verreisen, dachte sich Aris, selbst zu Luft. Ein alter Mann mit rotem Halstuch saß bei einem jüngeren, seinem Gehilfen, mutmaßte Aris, eine kleine Gruppe Männer hatte den Bug für sich beansprucht und mancher lag ausgestreckt auf dem Deck und schlief. Eine alte Dame stand allein an der äußeren Reling, in der Hand eines dieser Fernrohre, um in die Weite sehen zu können, und betrachtete durch ihr Rohr, was dem bloßen Auge entging. Aris wollte schon lange eines besitzen, doch sie waren teuer und selten. Dicht bei der Dame, zu Boden aber, saß ein Mann mit breitem Hut, dessen Krempe derart tief hing, dass man nur Nase und Mund erkennen konnte. Weit in den Südlanden trug man solche, in Asyrien und Tyrien, um sich vor dem Regen zu schützen, doch hier im Norden waren sie ein seltener Anblick.

Der alte Mann mit dem roten Tuch trat an die Reling zu Aris, allein und ohne Gehilfen, die Haare grau, die Haut durchsetzt von tiefen Furchen. Er stopfte sich eine Pfeife und mühte sich vergeblich, sie mit dem Feuerzeug anzuschlagen. Aris fragte ihn, ob er noch Kraut zu verkaufen habe? Der Alte musterte ihn, nickte dann verhalten. Fünf Groschen den Zapfen, verlangte er. Dann ging er zu seinem Begleiter hinüber und kam zurück mit einem kleinen, gebundenen Lederbeutel und reichte ihn Aris.

„Händler?", fragte Aris. Jeder andere hätte ihm etwas aus dem eigenen Krautbeutel verkauft, keinen verschnürten. Der Alte nickte. Aris zog ein Stück Lunte, wie jeder Soldat sie allzeit mit sich führt, und schlug sie geschickt an. Das Feld hatte ihn gelehrt, unter den widrigsten Gegebenheiten seine Pfeife anzubekommen. Er reichte die glühende Lunte dem Alten. Dieser nickte dankend, als seine Pfeife zu qualmen begann, und gab die Lunte zurück. Bald standen beide da, bliesen genüsslich große, weiße Wolken aus.

„Führt Ihr viel an Ware mit?", fragte Aris. Das Kraut war gut.

„Nur was ich nicht losgeworden bin", gab der Alte achselzuckend zurück, die Stimme tief, der Akzent nordisch.

„Ein paar Beutel noch an Kraut und ein, zwei gute Pfeifen dazu, ein wenig Pfeffer, ein wenig Öl."

Er log. Frische Waren aus dem Süden waren es, die er führte, zweifellos, um sie im Norden zu versilbern.

„Kennt Ihr die Gegend?", fragte Aris.

„Aye, sind über Balrust schon. Dort. 'S muss Berga sein." Er deutete auf eine fortifizierte Stadt in weiter Ferne. Dann hinab.

„Dort ist Charloi, und das dort mag Bolms sein. 'S ist gut Handeln hier. Zumindest früher mal."

„Jetzt nicht mehr?", fragte Aris.

„Euer Volk macht's schwer", erwiderte der Alte.

Aris runzelte die Stirn.

„Unser Volk?"

Der alte Händler drehte den Kopf zu Aris, musterte ihn kurz von unten nach oben.

„Soldateska!"

Es bedurfte keiner besonderen Ohren, um den Abscheu aus dem Wort herauszuhören, wie keiner besonderen Augen, um in Aris einen Söldner zu sehen. Seinesgleichen waren nicht gerade beliebt, und bei allem, was Aris erlebt hatte, wem wollte er es verdenken? Er nickte ohne Groll. Zog an der Pfeife.

Der Abend war fortgeschritten und das Blau des Himmels verdunkelte sich bereits. Der riesige Komet wurde langsam sichtbar, prangte am Himmelszelt, gleich einer leuchtenden Fackel. Vor zwei Tagen war er zuerst erschienen, vielleicht auch vor drei. Blau und Weiß leuchtete sein Kern, rot und gewaltig war sein Schweif. Etwas Vergleichbares hatte Aris noch niemals gesehen und landauf, landab, deuteten die Leute mit dem Finger in den Himmel und wunderten sich, was er wohl bedeuten möge. Aris gehörte nicht eben zu denen, die schon wieder das Ende aller Zeiten gekommen sahen, doch auch er konnte nicht umhin, zu gestehen, dass der Anblick Eindruck machte.

Kurz überlegte er, dem Alten seine Gedanken mitzuteilen, in letzter Zeit aber hatte er schon zur Genüge darüber gesprochen. Wäre der letzte aller Tage nahe, könnte er ohnehin nichts daran ändern.

Er sagte: „Wie steht die Sache in Norland? Manch seltsame Geschichte über den König ist mir zu Ohren gekommen."

„Waren sie seltsam, die Geschichten, werden sie wohl stimmen. Der Mann treibt manches merkwürdige Spiel. Hat seinen Glauben gewechselt, bloß um sein Weib loszuwerden. Schimpft sich Unist. Sechs Frauen hat er bereits verbraucht, oder waren es sieben? Die letzte hat er in den Krähenturm gesperrt, als ich los bin. Inzwischen mag er sie gar den Kopf kürzer gemacht haben. Den Göttern sei's gedankt, dass wir Prinz Edward haben. Der Alte hätte noch halb Norland besprungen, um endlich seinen Thronfolger zu bekommen. Möge Edward lange leben und ihm die Götter einigen Anstand mitgegeben haben." Er hob die Pfeife gleich einem Becher zum Trinkspruch.

„So taugt er also nicht, euer Jakob?", fragte Aris weiter.

„Bei uns heißt's: Manche Könige sind schlecht und andere schlechter. Dieser gehört zu letzteren. Aber man kann sich seinen König nun mal nicht aussuchen." Er sagte es, als gäbe es dazu nicht mehr zu sagen.

„Und wie steht es mit dem Krieg?", fragte Aris.

„Manche sagen, im Norden braue sich was zusammen." Der Alte zuckte mit den Schultern.

„Sie sind ein wildes Volk, die Gooten."

„Sind Trinisten, oder?", meinte Aris.

Der Alte warf ihm einen wägenden Blick zu.

„Die meisten von uns sind auch noch vom wahren Glauben."

„So wie ich!", sagte Aris.

Der Alte nickte zufrieden.

„Hat damit jedenfalls nix zu tun. So sind die Gooten einfach. Haben so viele Stämme, wie sie Dörfer haben, da oben. Und haben sie genug, sich gegenseitig die Köpfe blutig zu hauen, kommen sie eben hinab, sich an uns zu probieren. Ziehen ein paar Meilen ins Land, schatzen ein paar Dörfer, dann ist's wieder gut. 'S war immer so. Wird immer so bleiben." Er blies einen Schwall Rauch hinaus. Dann fuhr er fort: „Im Süden gibt's mehr zu bedenken. Sippan ist stark. Sehr stark. Und ihr General Spinola sei ein ehrgeiziger Hund. Vom Blutigen Baron höchstpersönlich soll er gelernt haben. Aber die Tumber hält! 'S ist noch keinem gelungen, hinter dem Fluss eine Stellung zu halten. Auch den Sippanern nicht. Aber sie versuchen es weiter. Und wir schlagen sie weiter zurück. Die Tumber hält! Das alleine zählt." Als sei ihm eben etwas eingefallen, bedachte er Aris mit einem misstrauischen Blick.

„Für wen wollt Ihr überhaupt streiten, Soldat?", fragte er.

Aris lächelte schief: „Na, für euereins." Längst bestand kein Zweifel mehr, woher der Alte stammte.

„Immerhin", gab der Alte zurück.

„So läuft er also gut, der Krieg?"

„Kein Krieg läuft jemals gut, Junge!" Der Tonfall plötzlich streng. „Kein Krieg!", wiederholte er.

„'S ist ein Graus, was ihr bei euch da unten anstellt." Aris war sich nicht sicher, was der Alte mit *euch da unten* meinte. Er ordnete Aris jedenfalls dem Süden zu.

„Immer Krieg. Wie lange schon? Zehn Jahre?"

„Es waren verschiedene Kriege", erwiderte Aris. Es war wahr und auch nicht, denn ein Krieg war dem anderen gefolgt und kein Jahr der letzten zehn war vergangen, ohne dass eine große Schlacht geschlagen wurde.

„Einer, zehn, zwanzig. Was macht's? Irgendwo ist immer Krieg, die ganze Zeit. Was ist nur aus dem Reich geworden? Statt für Ordnung zu sorgen, kämpfen die Kurfürsten plötzlich untereinander. 'S ist dieser ganze Quatsch mit dem neuen Glauben. 'S steigt den Menschen zu Kopf und macht sie wirr. Macht Streit und zerstört die gute Ordnung. Bin alt genug, mich an ne Zeit davor zu erinnern. Als es nur einen Glauben gab, der allen gut genug war, und das Reich alles beherrscht und für Ruhe gesorgt hat. Als der Imperator noch einer war und sich nicht in seiner Burg verkrochen hat, während sein Land vor die Hunde geht. Als Frieden war, meistenteils jedenfalls. Hab Handel getrieben mein Leben lang. Überall war ich, und überall kannte ich Leute. Gute Leute. Bald die Hälfte ist jetzt tot, tot oder verschwunden. Und nicht das Alter hat sie geholt. Ein wenig Krieg, das ist normal, so ist der Mensch nun mal. Aber was die vergangenen Jahre war, das ist weit über Maß. Man sieht bald mehr von euresgleichen durch die Landschaft ziehen, als normales Volk. Nichts zu beißen gibt's, schlechte Ernten, allerlei Seuchen. An jeder Ecke lauert der Tod. Eine Schande ist's, bei den Göttern. Was habe ich für Dinge gesehen, was für Dinge erlebt?" Er schüttelte den Kopf. „Eine Schande ist's, was ihr da treibt!"

Deutlich war der Seitenhieb, wie ihn Aris selten hörte, und der Groll in der Stimme des Händlers war unverhohlen.

„Wir treiben Übles, ich werde es nicht leugnen. Aber vergesst nicht, auf wessen Geheiß. Die da oben sind es, die bestimmen. Die spielen die Musik. Wir tanzen nur danach", erwiderte Aris. Er verstand den Alten, verstand ihn sogar gut, und doch drängte es ihn, sich zu verteidigen.

„Gut gesprochen", gab der Alte zurück. Die Rage, in die er sich geredet hatte, war abgeflaut, und müde und erschöpft klang er mit einem Mal, als er fragte: „Seit wann bist du im Feld, Junge?"

Schon wieder *Junge*. Aris mochte nicht so genannt werden und merkte, wie er allmählich ärgerlich wurde. Dennoch antwortete er ruhig: „Bin im Tross geboren."

„Vom Tross an im Felde?", der Alte sah ihn an, mitleidig. Er schien zu wissen, was es hieß, im Tross geboren zu sein. Aufzuwachsen zwischen Huren und Soldaten, und nichts anderes zu kennen als Krieg und Feldzug. Kein Heim, das einen solchen Namen verdient. Kein Land, das einem Heimat ist.

„Vom Tross an! Dann musst du nichts mehr sagen. Dann hast du mehr als genug mitgemacht." Er machte eine Pause, zog gedankenverloren an der Pfeife.

„Weißt du, ich hatte mal einen Sohn. So alt wie du war er. Sah sogar etwas aus wie du. Ein guter Junge war's." Schmerzvoll war, woran er dachte, Aris konnte es spüren.

„Etwas vorlaut war er, aber im Großen und Ganzen ein guter Junge. Und vielleicht bist du auch ein guter Junge. Aber ich bin alt und habe zu viel gesehen." Er sah trübe zu Aris hinüber. „Du allein weißt, was an deinen Fingern klebt, nur du allein. Aber sauber, da bin ich sicher, sind sie nicht. Was wäre wohl, liefen wir uns dort unten über die Quere?" – er deutete hinab auf das Land, das sich so friedvoll unter ihnen erstreckte. – „Was dann? Meine Waren würdest du mir nehmen, ist's nicht so? Meine Waren und alles, was ich bei mir führte. Und zum Dank würdest du mir am Ende wahrscheinlich noch die Gurgel aufschneiden." Er sah Aris streng an, deutete mit dem Stiel der Pfeife auf ihn. Aris erwiderte kalt den Blick. Widersprechen tat er nicht.

„Die dort oben spielen die Musik, wohl wahr. Die Sünden aber lastet man der eigenen Seele auf, mein Junge."

„Ich bin nicht Euer Junge!", gab Aris zum ersten Mal gereizt zurück.

„Will keinen Streit mit dir", sagte der Alte milde und hielt die flache Hand vor sich. „Könnte ihn ohnehin nicht gewinnen. Ich bin müde, weißt du. Vielleicht ist's das Alter. Vielleicht vertrage ich das Kraut nicht mehr so gut wie auch schon. Ich seh dich und sehe meinen Sohn. Und denke an ihn, und traurig macht es mich. Ich will dir nichts Böses, glaub mir."

Er klopfte die Pfeife aus und machte sich dann daran, zurück an seinen Platz zu gehen.

„Mach's gut, mein Junge", sagte der Alte und klopfte Aris sanft auf die Schulter. „Und pass auf dich auf."

Er meinte es ehrlich, das wusste Aris.

Eine Weile noch blieb er an der Reling stehen, vom Kraut benebelt und verwirrt von dem seltsamen Gespräch. Dann setzte er sich wieder zu Bortos, der nicht besser aussah als zuvor.

„Wer war der Kerl, mit dem du gesprochen hast?", fragte Bortos.

„Ein Händler", antwortete Aris.

„Mit guter Ware? Nehmen wir ihn uns vor, wenn wir angekommen sind?", fragte Bortos weiter.

Aris überlegte lange, schüttelte dann den Kopf.

„Ist nicht viel zu holen!"

In der Fährstation hatten sie erfahren, wo das nächstgelegene Werbezelt zu finden sei. Wie in ganz Alana zogen auch hier Kriegswerber durch die Lande, bauten ihre großen, weißen Zelte auf, um kriegswilliges Volk zu rekrutieren. Etliche von ihnen seien unterwegs, hieß es in der Station, ließ Norland doch groß zu den Fahnen trommeln, nachdem der dreijährige Frieden mit Sippan im Frühjahr ausgelaufen war und es im Süden bereits zu Kämpfen gekommen war.

Zahlreiche Kriegsschiffe hatten Aris und Bortos entlang der Tumber entdeckt. Dicht unter der Wolkendecke patrouillierten sie, zogen ihre Bahnen wie flügellose Vögel. Entlang des Flusses gab es keinen Berg und keine Anhöhe, die nicht ein Fort oder eine Festung zierte, die Türme mit Kanonen gespickt, und hohe Säulen mit Warnfeuern standen darauf, bereit, die Umlande zu warnen, falls der Feind es wagte, über die Tumber hinüberzusetzen. Und Aris verstand, was der Alte gemeint hatte. Sich diesseits des Flusses festzusetzen, dürfte selbst für die stärkste Armada eine kaum zu bewältigende Herausforderung sein, denn der breite Fluss versperrte die Zufuhr aus dem Süden und von allen Seiten war man nur von Feind und Festungen umgeben.

Am nächsten Morgen marschierten sie in Richtung des nächsten Werbezeltes. Unterwegs fand sich schon der ein oder andere zukünftige Soldat. Meistenteils nordische Bauern und anderes Landvolk, aber auch einige Kriegsknechte aus dem Süden und Osten. Das Zelt befand sich auf einer Anhöhe, und Aris und Bortos reihten sich in die Schlange der zu Musternden. Ein Feldscher schaute den Männern in Maul und Augen, gab dann seine Zustimmung an den Werber weiter. Dieser war ein herrischer Kerl, mit spitzer Kampfhaube behelmt, strengen Augen und einem gewaltigen Schnauzbart, dessen Enden gezwirbelt waren und beinahe bis zu den Ohren abstanden. Er ließ kaum mit sich feilschen.

„Mach dein Zeichen oder verschwinde!“, herrschte er gerade auf Nordisch einen jungen Burschen an, als letzterer seinen Mund zur Begutachtung weit aufmachte. Der Junge wagte keinen Widerspruch und machte sein Kreuz, wo ihm gewiesen wurde. Dann waren Aris und Bortos an der Reihe. Der Feldscher hatte schon seine Zustimmung signalisiert, wie bei eigentlich jedem der Anwerber. Der Werber sah die beiden an.

„Gehört zusammen, was? Wie heißt ihr Vögel?“ Aris und Bortos antworteten und der Werber schrieb ihre Namen auf eine ausgebreitete Pergamentrolle, die vor ihm auf einem Tisch lag.

„Keine Zunamen? Mir solls recht sein. Vier Kronen Sold den Monat gibt's. Macht euer Zeichen hier."

Er deutete auf das Pergament, wo nunmehr ihre beiden Namen standen.

„Musst uns schon etwas mehr bieten. Sind es auch wert!", sagte Aris, grinste den Werber schief an. Er kannte das Spiel.

„So? Wer sagt das? Für mich seht ihr wie die frischesten Frischlinge aus, die ich je gesehen habe! Macht euer Zeichen!", forderte er barsch.

„Wisst Ihr, woher das hier stammt?", fragte Aris und deutete auf seine Narbe.

„Hat dir die Amme verpasst, weil du ihr in den Nippel gebissen hast?", gab der Werber zurück. Aber Aris wusste, der Kerl war ein alter Haudegen und hatte sie längst richtig eingeschätzt.

„Ist ein Andenken von Grabstett", sagte Aris und fuhr sich die Narbe entlang. „War ein Storzer Hauptmann. Und der sieht schlechter aus als ich."

„Grabstett? Das storzische Hauen? Und das soll ich euch glauben?"

„Ob Ihr's glaubt oder nicht, ändert nichts daran, dass es die Wahrheit ist", sagte Aris.

„Muss ein ordentliches Spektakel gewesen sein. Welche Seite?"

„Karn!", antwortete Aris.

„Obrist?"

„Richtenstein. Blaue Kompanie unter Richard von Brennan, ein guter Mann, einer von hier."

Der Werber sah von einem zum anderen.

„So wie ihr zwei Galgenvögel ausseht, brauch ich nach einem Dienstzeugnis gar nicht erst zu fragen, was? Gebe euch acht, aber seid's mir ja auch wert."

Jetzt sprach Bortos zum ersten Mal:

„Die sind wir wert! Und mehr noch. Ihr werdet sehen." Und er machte sein Zeichen. Aris auch.

Es war schon spät, als endlich die letzten Bewerber abgefertigt waren. Dann fanden sich alle frisch Rekrutierten neben dem Zelt wieder und der Werber stellte sich vor die Truppe hin.

„Mein Name ist Yorick Rumford, meines Namens Korporal im ehrenvollen Regiment von Lord Henry Stannisford. Und ihr Feldratten seid jetzt meine Kameraden. Nicht, dass es mich mit Stolz erfüllte, denn sehe ich euch räudigen Haufen an, sehe ich mehr Grünschnäbel und Hosenscheißer als in der Priesterschule. Aber keine Sorge. Wir machen schon Männer aus euch Lumpenpack, und wenn nicht wir, dann macht's der Krieg." Er schritt die Reihen entlang, die Arme hinter dem Rücken verschränkt.

„Wem Büchse und Gürtel fehlen, kann sie statt dem Handgeld vom Feldweibel Sheppard bekommen." Er deutete auf einen grimmigen Kerl, dem ein Auge und ein Ohr fehlten.

„Morgen marschieren wir los. Voder ist unser Ziel, dort lagert unser Regiment. Dort werdet ihr lernen, wie es im Felde zugeht. Wie es bei uns zugeht! Denn ihr seid nun Teil der norländischen Armee, und das will was heißen. Seit vierhundert Jahren hat es kein verfluchter Südländer geschafft, einen Fuß auf unser geliebtes Land zu setzen, ohne dass wir ihm ordentlich die Schnauze grün und blau geschlagen hätten und er mit eingezogenem Schwanz Richtung Heimat geflohen wäre. Und geht es nach mir, soll das noch weitere vierhundert Jahre so bleiben. Ihr seid Teil der härtesten Armee Alanas, und darauf könnt ihr verdammt stolz sein. Und kann mir einer von euch Feldratten auch sagen, warum Norland die beste Armee auf der ganzen Welt hat?" Er schaute streng in die Runde.

Ein junger Norländer streckte die Hand und sagte: „Weil wir die besten Krieger haben?"

„Spricht der Kerl, der noch die Milch der Mutter ums Maul kleben hat! Wir haben gute Krieger, ja! Aber der Süden hat auch die seinen. Nein! Wir sind die verdammt nochmal beste Armee, weil wir das verdammt nochmal beste Bier haben!"

Entschlossenen Schrittes stampfte er zu einem offenen Fass, das auf einem Ziehwagen stand. Er griff nach einem großen Zinnkrug, tauchte selbigen hinein und hob ihn voll und tropfend vor die Mannschaft.

„Nordisches Feldbier! Nicht die verdammte Pisse, die ihr im Süden zu saufen bekommt. Kein Pissbräu aus Storzen, oder Frisien, oder Bolsen, das nach Priesterfurz schmeckt und einen kräftig scheißen lässt. Kein verdammter Pisswein der Barbonen oder Sippaner, der einem die Galle hochkommen lässt und das Gedärm verbrennt. Nordisches Feldbier!" Demonstrativ hob er den Krug an den Mund, trank gierig, dass ihm ein Teil über die Backen und den gewaltigen Schnauzer lief. Er rülpste.

„Es gibt euch Kraft! Es gibt euch Mut!" Wieder setzte er an und trank mit kräftigen Zügen.

Das Maul voll Schaum brüllte er: „Und es schmeckt verdammt nochmal köstlich!"

Wild schaute er um sich, ob es jemand wage, an seinen Worten zu zweifeln. Dann wischte er sich mit dem Ärmel über den Mund und sagte: „Einen halben Eimer für jeden gibt es am Tag, dazu einen Laib Brot als Kommiss. Und jetzt genug der schönen Worte. Holt euch einen Krug und stoßt auf unseren König an, und unseren Prinzen. Willkommen in der nordischen Armee."

~ 5. Kapitel ~

Kathryn

Mister Brooks betrat den Raum mit dem Gesicht eines Menschen, der mit sich selbst überaus zufrieden ist. *Magister Brooks!*, rief sich Kathryn in Erinnerung, und entsprechend fiel ihr Gruß aus.

„Wie geht es meiner liebsten Schülerin?“, fragte Brooks herzlich.

Drei Monate hatten sie sich nicht gesehen und Kathryn hatte ihren Lehrer vermisst. Das plumpe, runde Antlitz strahlte ihr entgegen, die Backen rot und sommersprossig, die Glatze verborgen unter einer grauen Kappe. Sein Gesicht sah wie immer aus, seine Kleidung nicht. Stark war der Kontrast der auffälligen, schwarzen Magierrobe zu der ehemals schlichten Gelehrtenkleidung, die er früher getragen hatte. Richtig deutete er ihren musternden Blick.

„Ja, das letzte Kleidungsstück, das ich im Leben tragen werde. Gewöhnen muss ich mich allerdings noch daran. Vor allem an die Blicke, die es anzieht.“ Er streichelte den samtenen Stoff der Robe entlang.

„Ich gratuliere Euch, Brooks. Ihr habt es verdient“, meinte Kathryn ehrlich.

Er setzte sich auf den Platz neben ihr, legte seine Ledertasche ab und sagte: „Na dann, fragt mich!“, forderte der Magister auf.

„Was soll ich Euch fragen?“, wunderte sich Kathryn.

„Na, was jeder fragt. Wie es war?“, er lächelte sie breit an und sie erwiderte: „Also; wie war es?“

„Es war wunderbar! Und auch seltsam. Aber vor allem wunderbar.“ Sein Blick wurde verträumt. „In meinem Alter noch. Ich habe nicht mehr gewagt, daran zu glauben. Kaum jemand über vierzig wird noch erleuchtet.“ Er schüttelte ungläubig den Kopf, fuhr dann mit der Erzählung fort.

„Ich arbeitete an einem Beweis, einem mathematischen Beweis, an dem ich mich schon lange versucht habe. Und nie kam ich weiter als zu einem gewissen Punkt. Nie ist es mir gelungen, ihn zu vollenden. Es wollte einfach nicht in meinen störrischen Kopf, so sehr ich mich auch mühte. Als sei es die natürliche Grenze dessen, was mein armes Hirn vermag. Aber diesmal war irgendetwas anders. Diesmal kam ich weiter. Mit einem Mal schien mir alles klarer und verständlicher. Und ich spürte, dass ich der Lösung ganz nahe war. Und dann kam dieser Moment. Dieser Augenblick, wenn man endlich versteht. Ich habe es schon früher erlebt. Beim Studium oder noch öfter beim Königsspiel. Dieser bestimmte Moment, wenn sich einem die Lösung auftut, und man den entscheidenden Zug erkennt." Er schaute Kathryn eindringlich an und sie nickte. Sie kannte solche Momente nur zu gut.

„Aber so wie diesmal war es noch nie... Viel intensiver war das Gefühl. Nicht nur die richtige Lösung meines Beweises erkannte ich, für eine Sekunde, oder auch nur den Bruchteil einer Sekunde, schien ich alles zu verstehen. Alles! Die Mathematik, die Welt, das Leben, einfach alles! Ich kann es nicht anders beschreiben. Es war ein unglaubliches Gefühl. Und so schnell der Augenblick auch verflog, ich wusste sogleich, Sophis hatte mich soeben erleuchtet."

Wie ein kleiner Junge klang er, ging es Kathryn durch den Kopf, und sie schmunzelte über die kindliche Freude ihres sonst so ernsthaften Lehrers.

„Und nun? Könnt Ihr... Ihr wisst schon. Könnt Ihr zaubern?"

Brooks lachte.

„Naja, ich versuche es zumindest. Ich sollte es eigentlich nicht für Vorführungen missbrauchen, aber ich denke, Sophis wird es mir vergeben."

Er griff nach der Öllampe, die auf dem Tisch stand, und entzündete sie. Dann rückte er sie in die Mitte des Tisches und nahm davor Position. Er atmete einmal durch. Mit konzentrierten Augen fixierte er die Flamme, die Hände vorgestreckt, die Finger Klauen gleich gespreizt. Seine Lippen begannen stumm, unbekannte Worte aufzusagen, und die Finger bewegten sich rhythmisch. Kathryn sah gebannt dem Treiben zu, beobachtete dabei genau die kleine Flamme der Lampe. Es brauchte eine Weile, bis sie es sah. Die Flamme bewegte sich. Unmerklich zuerst, dann immer deutlicher, folgte den Bewegungen von Brooks Fingern. Er endete, schnaufte erschöpft und lachte fröhlich.

„Habt Ihr es gesehen?“, fragte er. „Nicht gerade eindrucksvoll, was? Aber es geht. Mein Geist ist offen. Ich kann die Elemente spüren.“

Es fiel Kathryn nicht gerade leicht, ihre Enttäuschung zu verbergen, und Brook las ihr die Empfindung aus dem Gesicht. Er lachte unbeschwert.

„Ja, jeder erwartet mehr. Jahre der Übung braucht es, bis man wirklich etwas bewirken kann. Jahre auch des Studiums. Hunderte von Büchern warten nun auf mich, als wäre ich wieder ein frischer Student. Ein Novize bin ich nun, wenngleich der einzige, dem bereits die Haare ausgehen. Acht Tage in der Woche muss ich im Magistrat büffeln. Eine ganz neue Welt. Es soll mir recht sein. Ihr wisst, Bücher habe ich nie gescheut, und die Tätigkeiten des Geistes auch nicht.“

„Aber Ihr werdet mich doch auch weiterhin unterrichten, oder, Brooks?“, fragte Kathryn. Sorge schwang in ihrer Stimme mit, denn er war ihr liebster Lehrer, und sie waren sich nah. Zu den wenigen Menschen zählte er, mit denen sie häufig Umgang hatte, und er war es auch, der ihr das Königsspiel beigebracht hatte.

„Kein Zauber kann mich fern von Euch halten, Majestät“, sagte er. Nur er nannte sie so.

Sie nickte dankbar.

„Wie fühlt es sich an?“, fragte sie.

„Fühlt sich was an?“

„Das, was Ihr da tut. Das mit dem Feuer. Was heißt; Ihr könnt die Elemente spüren?“

Der Magister ging in sich.

„Oh, wie soll ich das nur erklären? Viel habe ich darüber nachgedacht, wie Ihr Euch denken könnt. Dachte an Kollegen und Freunde in früheren Jahren, die ihre Erleuchtung erfahren hatten und denen ich dieselbe Frage stellte. Keiner konnte es mir erklären, und erst jetzt fange ich an, ihre Worte zu begreifen. Wie erkläre ich einem Blinden, wie sich Sehen anfühlt? Und wie die Farbe Rot?“

Er fuhr mit der Hand einen Fingerbreit über den Tisch, schloss dabei seine Augen.

„Ich spüre den Tisch. Spüre seine Form, sein Wesen."

Die Hand glitt hinüber zur Lampe.

„Ich spüre das Feuer. Nicht nur die Wärme. Nein, das Feuer selbst! Seine Energie. Es ist, als sei es immer da gewesen, als hätte ich es stets gekonnt, und doch weiß ich, dass es nicht so war."

Er öffnete die Augen und schaute Kathryn an.

„Ungenügend sind Euch meine Antworten, ich weiß. Ich wünschte, ich könnte es Euch selbst erfahren lassen", sagte er.

„Das wird wohl nie geschehen, außer Ihr lernt, mich in einen Mann zu zaubern", erwiderte Kathryn trocken.

Brooks bedachte sie mit einem fragenden Blick.

„Dann könnte ich auf die Universität", erläuterte Kathryn.

„Wärt Ihr ein Mann, dürftet Ihr, so fürchte ich, ebenso wenig die Universität besuchen. Nicht als Thronfolger. Aber vergesst nicht, Euer Geschlecht muss Euch nicht daran hindern, Königin zu werden." Er zwinkerte ihr aufmunternd zu. „Wer weiß schon, was die Zukunft bringt?"

Er wagte sich auf gefährliches Terrain, indem er das sagte, das wusste Kathryn, und umso mehr schätzte sie sein Bemühen. Aber er verstand ihre Situation nicht.

Kein Wort hatte Kathryn über das Gehörte verloren, hatte die Worte tief in sich begraben, denn niemand auf der Welt war ihr eingefallen, an den sie sich hätte wenden können. Vor allem niemand, der in der Lage gewesen wäre, ihr zu helfen. Einen Onkel ihrer Mutter gab es wohl, doch nie war sie ihm begegnet, noch wusste sie, wo er zu finden wäre. Die Verräter am Hof hatten schon ihre Mutter verraten und der König… an ihn dachte sie zuletzt.

Wer hätte ihr auch geglaubt, der Hexentochter, deren Mutter schon niemand geglaubt hatte. Ann hätte es! Ja, sie hätte es, und wenn Kathryn es ihr gesagt hätte, eines der vielen Male, dass sie auf dem Bett gelegen, die Arme über dem Kopf verschränkt, weinend oder schweigend, und Ann ihr tröstend den Rücken gestreichelt hatte, dann würde sie es geglaubt haben und nicht mehr alleine wäre Kathryn gewesen in ihrem Kummer und ihrer Angst.

Doch brachte sie es einfach nicht über sich. So viel an Sorgen hatte sie ihrer treuen Amme schon bereitet, dem einzigen Menschen, dem sie etwas bedeutete. Ann, die sie mit liebenden Augen ansah, an ihre üppige Brust drückte und mit ihr weinte. Viel mehr als eine Amme war sie Kathryn geworden. Und helfen hätte sie Kathryn ohnehin nicht können.

Geflohen war sie, viermal oder fünfmal, oder noch öfter, war aus Fenstern geklettert und über Mauern gestiegen, hatte sich im Wald versteckt, auf feuchten Böden und in dunklen Höhlen geschlafen, oder in den Scheunen und Schöpfen der umliegenden Höfe, hatte sich von Beeren und Nüssen und gestohlenen Eiern ernährt, bis sie irgendwann gefunden worden war, oder sie der Hunger zurück ins Schloss getrieben hatte. Dann hatte man sie vor den Duke geführt, schmutzig und hungernd, mit zerrissenen Kleidern und aufgeschürften Knien, und der Duke hatte an seiner Pfeife gesaugt und sie mit jenem gleichgültigen Blick bedacht, der ihr sagte, dass es ihn nicht gekümmert hätte, würde man ihre Leiche gefunden haben.

Und so gab sie schließlich auf, Ann zu Liebe, aber auch, weil ihr einfach kein Ort einfallen wollte, wohin sie hätte fliehen können. Und die Zeit des Wartens begann.

Gewartet hatte sie, Tage und Wochen, gewartet, dass man sie holen würde. Manchmal hatte sie sich sogar danach gesehnt. Dann wären die ganze Last und die Leere endlich vorüber gewesen, wären Warten und Ungewissheit zu Ende. Sie war des vielen Fürchtens müde. Dann hatte sie sich vorgestellt, wie ihre Mutter sie erwartet hätte, dort, wo alle Menschen sich letztlich wiedersehen.

Doch es war niemand gekommen und irgendwann, nach Monaten der Unsicherheit, traf die Nachricht ein, dass ihr Vater sich erholt habe. Sie war gerettet, zumindest vorerst, denn nur ihr Vater stand zwischen ihr und dem Tod. Bis kein Jahr nach der Gesundung eine weitere Nachricht eintraf; dem König sei eine Tochter geboren worden. Kaum neun Jahre war Kathryn alt gewesen und doch hatte ihr kindlicher Verstand begriffen, was es bedeutete. Vor allem, was es für sie bedeutete. Ihr Tod konnte für den Duke nur dann von Nutzen sein, wenn niemand anderes einen Anspruch auf die Krone hätte. Zwei Menschen waren es nun, die zwischen ihr und dem Unausweichlichen standen. Als das Mädchen nach wenigen Monaten verstarb, war mancher gewiss verwundert über die bitteren Tränen, die Kathryn der toten Prinzessin wegen vergoss, die sie doch niemals kennengelernt hatte.

Doch nicht lange sollte ihre Trauer währen, denn bald darauf wurde das nächste Kind geboren, ein besseres noch und sichereres, ein Junge nämlich, der Prinz und lang ersehnte Thronfolger, und kaum weniger froh als der König dürfte Kathryn über die Geburt gewesen sein. Er war ihr Schutz und ihre Versicherung und solange er nur lebte, war sie gerettet. Ihr Leben lag plötzlich unbestimmt vor ihr und sie fühlte sich so sicher, dass die Gedanken an die Gefahr nach und nach versiegten und sich Platz in den Tiefen der Seele suchten, wo sie sich nur gelegentlich über Träume in Erinnerung riefen.

„Ich werde niemals Königin werden, und ich will es auch nicht!“, sagte Kathryn mit Nachdruck. „Und die Götter wissen, meinem lieben Bruder wünsche ich das längste aller Leben. Wenn ich könnte, würde ich für alle Zeit auf diese verdammte Krone verzichten, damit sie mich nur in Ruhe lassen. Die Wissenschaften allerdings würde ich zu gerne lernen. Die Mathematik, die Geometrie, die Naturwissenschaften. Und Magie vielleicht mehr als alles andere.“

„Nun, an Geisteskraft mangelt es Euch nicht. Und eine Universität ist nicht der einzige Weg, Wissen zu erlangen. Soweit es in meiner Macht steht, Majestät, ist es mir eine Freude, Euch alles an bescheidenem Wissen zu vermitteln, das ich besitze. Vielleicht erbarmt sich Sophis Eurer. Ich würde es Euch wünschen. Die Krone bleibt Euch dann allerdings verwehrt. Niemand, der der Magie kundig ist, darf den Thron innehaben.“

Kathryn runzelte die Stirn.

„Frauen können keine Magier werden", sagte sie.

„Das ist so nicht richtig. Frauen werden zwar an der Universität nicht zugelassen, aber es gibt durchaus Beispiele von weiblichen Magierinnen. Auch Frauen können die Erleuchtung erfahren. Und tun sie es, müssen sie ebenfalls in der Gilde aufgenommen werden. Sophis ist weiblich, vergesst das nicht", antwortete Brooks.

„Dann gibt es Frauen im Magistrat?", fragte Kathryn verwundert.

„Nein, im Moment gibt es keine. Aber es gab sie durchaus. Ich selbst kenne sie nur aus Büchern. Bernadetta von Basini etwa war eine Magisterin aus Karn, die im letzten Jahrhundert lebte und einige Bücher geschrieben hat, Lorelai Yorksire war Norländerin und studierte hier am Magistrat bis vor wenigen Jahrzehnten. Im Fernen Süden gibt es noch öfter weibliche Magier. Dort lassen sie ihre Frauen sogar mit den Männern an den Universitäten zu. Eines der ersten Bücher, die ich im Magistrat erhielt, ist von einer berühmten Magisterin aus Al'Sharaph verfasst, die Dalia ib Daharam heißt."

„Und weshalb dürfen Frauen hier dann nicht an der Universität lernen?", fragte Kathryn.

Brooks blickte drein, als habe er sich eine solche Frage nie gestellt.

„Nun, ich nehme an, dass sich ohnehin nicht viele dafür entscheiden würden. Frauen haben doch gemeinhin andere Dinge im Sinn." Er lächelte versöhnlich, doch aus irgendeinem Grund ärgerte es Kathryn besonders.

„Ich würde es aber!", sagte sie bestimmt. Alles würde sie für die Gelegenheit geben.

„Ihr seid ja auch keine gewöhnliche junge Dame. Ihr seid klug wie kein Junge, den ich kenne, und wissbegierig, wie man sich einen Schüler nicht besser wünschen könnte. Wären alle Frauen wir Ihr, würden Frauen gewiss schon längst an den Universitäten aufgenommen werden", erwiderte Brooks.

„Aber vielleicht sind alle wie ich", meinte Kathryn und klang dabei trotziger, als sie es beabsichtigt hatte.

Brooks beugte sich zu ihr und sagte: „Nein, das sind sie nicht. Ihr seid etwas Besonderes, Majestät. Drum lasst uns bitte nicht streiten und widmen wir uns dem Lernen. Wollt Ihr Eure Ziele erreichen, ist Fleiß das oberste aller Gebote."

Sie wollte sich nicht streiten und wusste, er meinte es gut. Sie hatte ihren Lehrer die letzten Monate schmerzlich vermisst und manches Mal befürchtet, er werde womöglich gar nicht wiederkommen. Ihr erstes Wiedersehen wollte sie nicht mit einer Auseinandersetzung beginnen. Sie nickte entschlossen und lächelte nun auch.

Sie saß über das Spielbrett gebeugt. Brooks war gegangen. Manches Spiel hatten sie sich geliefert, und keines hatte Kathryn für sich entscheiden können. Nur selten gelang ihr ein Sieg gegen ihren Lehrer, doch diesmal war er ihr besonders stark vorgekommen. Ob es an der Erleuchtung lag?, ging es ihr durch den Kopf.

Schritte hallten durch den Flur, kein Gang, den Kathryn zuordnen konnte, energisch war der Rhythmus. Ein fremder Mann erschien an der Tür des Salons, in dem Kathryn sich aufhielt, und schien überrascht, sie darin vorzufinden.

„Verzeiht, Mylady. Euer Diener, Johnson heißt er, denke ich, schickte mich hierher. Ich solle mir hier wohl die Zeit vertreiben, während ich auf den Duke warte. Ich rechnete nicht damit, dass jemand hier sei." Er zögerte kurz, dann fragte er: „So dürfte ich Euch denn etwas Gesellschaft leisten?"

Kathryn musterte den Fremden. Seine Haare standen ihm wild vom Kopf ab, waren von Grau durchzogen, wenngleich sie noch dicht und voll gewachsen waren. Seine Kleidung war auffällig, farbenstark und von guter Qualität, und eine rote Schleife zierte seinen Hals. Von Adel war er aber nicht. Gerne dürfte er ihr Gesellschaft leisten, sagte Kathryn und fragte, ob sie nach den Links läuten solle, ihm etwas zu trinken zu bringen.

„Im Moment fehlt es mir an nichts, Mylady, vielen Dank. Dürfte ich fragen, mit wem ich wohl die Ehre habe?", fragte er und nahm nahe des Kamins Platz.

Als Kathryn ihm antwortete, hatte sie das unbestimmte Gefühl, dass er längst gewusst hatte, wer sie war.

„Ach, Mylady Kathryn, welche Freude, Euch kennenzulernen. Mein Name ist Oliver Steward, aber Ihr könnt mich gerne *Breadhead* nennen, Mylady, das tun nämlich alle."

„Seid Ihr ein Freund meines Onkels?", fragte Kathryn.

„Ein Freund? Nun, das hätte wohl noch niemand angenommen." Sein Lächeln machte die Aussage für Kathryn noch verwirrender.

„Breadhead?", wiederholte sie darauf. „Warum nennen sie Euch Breadhead?", fragte sie. Es schien ihr ein Spottname zu sein.

„Das ist eine alte Geschichte, die ich vielleicht schon zu oft erzählt habe."

„Wenn Ihr sie so oft erzählt habt, könnt Ihr sie doch noch ein weiteres Mal erzählen", sagte Kathryn.

„Wir Ihr wünscht, Mylady", erwiderte Breadhead. „Ich bin in Brechton aufgewachsen, dem Stadtteil Lidiums. Und eines Tages – ich war gerade mit meinem Studium fertig – da kam mir die vermessene Idee, es doch mit der Politik zu versuchen. Das war im Jahr der Götter 957 – Beim Einen, ist das lange her! – jedenfalls herrschte damals eine arge Hungersnot, in ganz Norland, auch in Lidium. Das Jahr zuvor war die Schwarze umgegangen und hatte so viele Rinder, Büffel und Schweine dahingerafft, wie Menschen. Und nun drohte der Hunger nochmal so viele Leben zu kosten. Also kratzte ich alles Geld zusammen, das mir mein seliger Vater hinterlassen hatte – er war Händler gewesen – und kaufte Mehl. Von überall her kaufte ich es, aus Balrust, aus Barbon, aus Frisien, ich kaufte alles, was zu bekommen war, und ließ es mit Schiffen einfliegen. Und damit ließ ich Brote backen, tausende Brote, und verteilte sie unter dem Volk. Jeder aus meinem Bezirk sollte ein Brot bekommen, *a bread each head*, so sagten wir dazu. Und ich versprach, dass jeder Bürger Lidiums, dem in Zeiten des Hungers nichts zu essen verbliebe, das Recht haben solle, vom Staat einen Laib Brot am Tag zu erhalten. Und wenn sie mich ins Parlament wählen würden, würde ich ein solches Gesetz fordern."

„Das Hungerbrot!", sagte Kathryn.

„Allerdings! Das Hungerbrot. Als wir fertig waren, besaß ich keinen Kupferling mehr und war vollständig ruiniert, aber ich wurde gewählt. Und es gelang mir tatsächlich, das Gesetz durchzusetzen. Zweifellos eine der besseren Taten meines Lebens. Jedenfalls nannten mich darauf die Menschen meines Bezirks alle *Breadhead*, was von den lieben Kollegen im Parlament bald aufgegriffen wurde. Und so war mein neuer Name geboren."

Er zuckte mit den Schultern und zog die Brauen hoch.

„Manchmal können wir uns die Namen nicht aussuchen, mit denen wir gerufen werden. Es könnte schlimmer sein. Dieser erinnert mich immerhin daran, woher ich komme."

Er blickte auf das Spielbrett vor Kathryn.

„Wie ich sehe, spielt Ihr das Königsspiel. Wie schön! Wollen wir vielleicht eine kleine Partie wagen?", fragte er.

„Gerne", antwortete Kathryn. „Seid Ihr ein guter Spieler?"

„Oh nein. Die Politik hält mich leider meist vom Spielen ab. Während meines Studiums spielte ich allerdings ganz passabel, wie ich mir einzubilden erlaube."

Sie zweifelte keine Sekunde, einen guten Spieler vor sich zu haben, und wenige Züge brauchte es, ihre Annahme zu bestätigen. Er zog sehr schnell und selbstsicher, und redete dazwischen mit Kathryn, fragte sie über ihr Leben aus und wie es ihr auf Steffordsgrave gefalle. Zog sie, nickte er meist anerkennend, aber sie spürte, er nahm sie als Gegnerin nicht ernst.

Sie kannte solchen Umgang. Eine Zeit lang hatte sie gegen die Töchter der Arlingtons gespielt. Besonders gegen die älteste Tochter Felicita. Eines Tages hatte der Baron zugesehen und Kathryn angeboten, eine Partie mit ihm zu spielen. Er war ein guter Spieler, hatte seinen Töchtern das Spiel beigebracht und pflegte viel mit seinen Freunden zu spielen. Wie Breadhead hatte er schnell gezogen, hatte dabei geredet, sie mit seinem frettchenhaften Gesicht angelächelt und sich an Späßen versucht. Bis er es gemerkt hatte.

Es hatte gedauert. Das Gerede war nach und nach verstummt, die Dauer der Züge hatte nach und nach zugenommen. Aber endlich hatte er es gesehen. Hatte realisiert, er würde verlieren, ganz gleich, was er auch machte. Dann hatte er aufgeschaut, die kleinen Wieselaugen vor Überraschung geweitet. Beinahe entsetzt hatte er sie angestarrt, war wortlos aufgestanden und einfach gegangen. Seitdem hatte er nie wieder mit ihr gespielt.

Das Vorgeplänkel war vorüber. Die Reihen hatten sich gelichtet, die verbliebenen Kämpfer standen in Position. Sie waren gleichauf an Material. Es war ihr die liebste Phase des Spiels, wenn das Kombinieren begann, das Positionieren, wenn alles noch offen war und doch schon jeder Fehler entscheiden konnte. Breadhead zog noch immer schnell, dachte wenig nach, nutzte die Wartezeit, um, wie es Kathryn vorkam, sie ein wenig über Duke und Duchess auszuhorchen.

Ob sich die Duchess von ihrer Übelkeit erholt habe?, fragte er etwa, oder; wann ihr Vater zuletzt zu Besuch gewesen sei?

Hof und eigenes Leben hatten sie zur Genüge gelehrt, unverfänglich zu antworten, und so lächelte sie, gab nichtssagende Antworten, und tat, als denke sie nur oberflächlich über ihre Züge nach.

„Nutze, wie dein Gegner dich sieht!", hatte Brooks einmal gesagt. „Hält er dich für schwach, so täusche diese Schwäche vor. Hält er dich für dumm, täusche Dummheit vor, für tollkühn, so täusche Tollkühnheit vor. Ihr könnt es zu Eurem Vorteil nutzen. Ich etwa halte Eure Ungeduld für Eure größte Schwäche. So täuscht sie vor, bleibt dabei aber unbedingt geduldig. Wandelt Eure Schwäche so zu Eurer Stärke, was könnte effektiver sein?"

Bei Breadhead fiel es ihr nicht schwer. Sie kicherte, sprach laut mit sich selber, welcher Zug welche Folgen hatte, und blieb geduldig, bis die Möglichkeit sich bot. Ein Opfer. Es hätte sich nicht besser anbieten können. Einen Priester, sie stellte ihn scheinbar unbewacht, dass Breadheads Königin ihn ungehindert schlagen konnte. Ein wirklich guter Spieler mochte es erkannt haben. Ein Brooks hätte es gewiss. Aber Brooks kannte nun mal auch Kathryn.

Als er schlug, tat er es mit einer entschuldigenden Geste. Bei ihrem nächsten Zug runzelte er zum ersten Mal die Stirn. Er zog, und er zog gut, aber ihr Angriff war nicht mehr aufzuhalten. Beinahe augenblicklich machte sie ihren Zug. Sah ihm dabei ganz unschuldig ins Gesicht. Er dachte noch länger nach. Als er sich endlich entschlossen hatte, tat sie ihre Erwiderung mit derselben entschuldigenden Geste wie er zuvor. Er sah auf das Brett, dann zu Kathryn. Und lachte plötzlich laut auf.

„Wunderbar! Beim Einen. Ganz wunderbar. Da hat mir Mylady aber eine schöne Lektion erteilt."

Er blickte sie an, als sehe er sie zum ersten Mal wirklich.

„Ich unterschätzte Euch, und es tut mir aufrichtig leid. Als Politiker ist so etwas doppelt sträflich. Ich hoffe, Ihr könnt mir verzeihen."

„Wieso? Was bedeutet es, dass Ihr Politiker seid?", fragte Kathryn.

„Was es bedeutet? Oh, Mylady, was könnte ich Euch darauf wohl antworten, was Euch nicht zu sehr erschrecken würde?", sagte er und lächelte hinterlistig.

„Ich bin so leicht nicht zu erschrecken", gab Kathryn zurück.

Eine Weile dachte er nach und betrachtete sein Gegenüber. Dann erwiderte er: „Als Belohnung für Euren schönen Sieg will ich einmal ehrlich sein, eine Sache, für die wir Politiker nun nicht gerade bekannt sind. Also hört gut zu. Jeder Politiker, der diesen Namen verdient, zeichnet sich vor allem durch zwei zentrale Merkmale aus. Erstens, er wird alles dafür tun, die Macht, die er besitzt, zu erhalten. Und zweitens, er wird alles dafür tun, die eigene Macht zu vergrößern."

Er lehnte sich zurück und zwinkerte ihr zu.

„Denkt immer daran, wenn Ihr es mit einem unserer Art zu tun habt, und Ihr werdet uns besser einschätzen können. Und nun, Mylady. Gebt mir die Gelegenheit, Euch eine angemessene Partie zu liefern. Ich werde Euch gewiss nicht noch einmal unterschätzen."

Leichter Regen nieselte über die grüne Landschaft, und weiche Nebelschleier hingen wie Baiser über den Blätterdächern der

Wälder. Schönstes nordisches Frühlingswetter. Kathryn spazierte einen schmalen Pfad entlang in Richtung Woodhill, Schloss und Anlage der Arlingtons. George folgte ihr mit einigem Abstand. Ein stiller Mann war er, ein alter Söldner mit mürrischer Miene und gegerbter Haut. Ein altes, schartiges Schwert hing ihm an der Seite und eine Büchse über seiner Schulter. Nach ihren ersten Ausbruchsversuchen hatte der Duke befohlen, dass George sie immer begleiten solle, wenn Kathryn draußen war oder irgendwohin wollte, und so war er ihr steter Begleiter geworden, bei den vielen Spaziergängen, die sie machte. Mittlerweile, glaubte Kathryn, würde der Duke sie auch alleine umherstreifen lassen, wenn sie denn gefragt hätte, und manchmal glaubte sie, dass George ihr inzwischen nur aus alter Gewohnheit folgte. Doch sie beließ es dabei, beachtete ihn nicht weiter, und vielleicht war es auch bei ihr die Gewohnheit, die sie George wie einen zweiten Schatten hinter sich her trotten ließ.

Ann hatte ihr einen dieser neuen, modischen Schirme mitgegeben, aber Kathryn ließ ihn zusammengeklappt und genoss lieber den kühlen Niesel auf ihrem Gesicht.

Woodhill war weit weniger eindrucksvoll und weitläufig als Steffordsgrave, die Wiesen waren ungepflegt und von Unkraut übersät, die Bäume und Hecken wild und unbeschnitten.

Die Arlingtons waren ein altes Adelsgeschlecht, dessen große Zeiten lange vorüber waren, und nicht viel an Ländereien verblieben ihnen, ihren Lebensunterhalt standesgemäß zu bestreiten. Nicht einmal ein Schiff konnten sie mehr unterhalten, wie es sich für ein altes Adelsgeschlecht eigentlich gebührte. Der Baron versuchte ständig, in die Gesellschaft des Dukes zu gelangen, und als dessen nächste Nachbarn von Stand, konnte sich dieser dem nicht gänzlich entziehen. Sie erinnerte sich, wie er einst zu Besuch gewesen war, sich nach Kräften beim Duke eingeschmeichelt hatte. Dann hatte er zu ihr gesehen und dem Duke vorgeschlagen, dass Kathryn sie in Woodhill besuchen könne, um mit seinen Töchtern Zeit zu verbringen. Und, zu Kathryns Überraschung, hatte der Duke sich einverstanden erklärt.

Stuart, der Hausdiener, nahm sie in Empfang und kündigte ihr Kommen an.

„Seht bitte nach meinem Begleiter. Er schätzt einen Schluck guten Bieres", sagte Kathryn zum Diener. Anfänglich hatte George immer im Freien auf Kathryn gewartet, so er sie irgendwohin hatte begleiten müssen, doch irgendwann hatte Kathryn begonnen, sich einen Spaß daraus zu machen, George immer gut versorgen zu lassen und ihn zu behandeln, als sei er ihr persönlicher Leibdiener.

Die Baroness erwartete sie im Flur, die Haltung steif, die Haare perfekt gerichtet, die Garderobe so förmlich, als ginge sie auf einen Ball. Mit reinem Willen stemmte sich die stolze Frau gegen den schleichenden Niedergang ihres Hauses und kompromisslos war ihr Anspruch an standesgemäße Etikette. Sie musterte Kathryn von oben nach unten, schürzte leicht die Lippen und sah in diesem Moment aus wie Madame Borchard, Kathryns Gouvernante. Erst jetzt bemerkte Kathryn, wie nass sie tatsächlich war. Als sie an sich hinabblickte, klebten Grashalme und allerhand anderes Grünzeug am Saum und Stoff ihres Kleides.

„Mylady Kathryn", begann die Baroness. „Wie schön, dass Ihr uns besuchen kommt. Gewiss hätte sich eine Kutsche an solch regnerischem Tage bewährt."

„Ich wollte lieber das Wetter genießen, Baroness. Und ich spaziere doch so gerne."

Wieder hatte der Gesichtsausdruck der Baroness frappierende Ähnlichkeit mit dem von Madame Borchard, wenn Kathryn sich mal wieder danebenbenahm.

„Soll Stuart Euch eine Decke bringen?", fragte die Baroness. Die Arlingtons konnten sich keine Links leisten und Stuart war, neben dem einfachen Gesinde, ihr einziger wirklicher Diener.

„Das wird wohl nicht nötig sein. Ist Colette da? Ich würde gerne zu ihr."

„Ist sie. Sie hantiert in ihrem Zimmer herum, wie immer. Sie könnte Euch ja neu einkleiden, dann täte sie mal etwas Vernünftiges. Es wäre ihr außerdem eine Freude."

Das wäre es zweifellos, dachte Kathryn bei sich.

„Dann sehe ich mal nach ihr, habt Dank, Baroness."

Kathryn stieg die Treppe hinauf zu den Privatgemächern, da richtete die Baroness nochmal das Wort an sie.

„Übrigens, Ihr seid gewiss im Bilde darüber, dass Euer Onkel anfragen ließ, ob wir Euch zum Bankett des Königs begleiten wollten", sagte die Baroness.

Kathryn wusste von nichts dergleichen und war von der Ankündigung nicht wenig überrascht. Der Duke hatte ihr gegenüber kein Wort verlauten lassen, was keineswegs ungewöhnlich war. Was allerdings ungewöhnlich war, war, dass Kathryn spontan kein anderer Grund einfallen wollte, weshalb er die Arlingtons eingeladen hatte, außer ihr einen Gefallen zu tun. Er wusste um ihre Freundschaft mit Colette Arlington und sicher auch, wie schwer es Kathryn fallen würde, wieder mit dem Hofstaat zusammenzutreffen. Mit einer Freundin an der Seite wäre das Bankett leichter zu ertragen. Sie antwortete der Baroness: „Es wäre mir eine Freude, würdet ihr mich zu meines Vaters Bankett begleiten. Und meinem Onkel freilich ebenfalls."

Die Baroness nickte langsam und würdevoll mit dem Kopf und verkündete dann: „Es soll uns eine Ehre sein."

Sie sprach es in ihrer steifen, förmlichen Art, doch Kathryn sah in ihren Augen, dass es ihr mehr bedeutete, am Tisch des Königs zu speisen, als sie preiszugeben bereit war. Im Mindesten so viel, wie Kathryn daran lag, sich dem entziehen zu können.

Auf dem Weg zu Colettes Zimmer dachte sie über die Einladung des Dukes nach und warum er sie wohl ausgesprochen hatte. Am Baron jedenfalls lag es nicht, denn der Duke konnte ihn eigentlich nicht leiden. Sie erinnerte sich noch, wie er einmal zu seinem Leibdiener geschaut hatte, kaum dass der Baron von einem Besuch gegangen war, und die Augen verdreht hatte. Und auch sonst waren seine Kommentare meist abfällig, redete er über seinen Nachbarn, was Kathryn ihm allerdings nicht verdenken konnte, denn der Baron war dem Duke gegenüber derart kriecherisch, dass allein das Zuhören schmerzte. Nein, ihretwegen musste ihr Onkel die Einladung ausgesprochen haben und kurz rührte sie der Gedanke. Doch nur kurz. Ihr Onkel? Wie seltsam klang allein das Wort in ihren Ohren. Sie hatte ihn nie als Onkel gesehen und niemals Onkel genannt. Onkel klang vertraulich und nah, wie für andere Leute wohl das Wort Vater klang, doch er war ihr weder das eine noch das andere. *Vergiss nie, was er dir ist!*, ermahnte sie sich.

Sie fand Colette in ihrem Zimmer zusammen mit Nicole, der jüngsten der vier Arlington Schwestern. Das Zimmer war ordentlich und unordentlich zugleich, denn überall fanden sich Fadenrollen in Gestellen oder Regalen, die nach Farben sortiert waren, Stoffrollen auf Haltern oder einfach auf dem Boden liegend, fanden sich Tische voller Scheren und Nadelkissen und Kistchen voller Fingerhüte, Maßbänder und Stoffreste hingen über Stuhllehnen, mehrere Schneiderbüsten standen auf dem Boden und etliche Kleidungsstücke hingen entlang der Wände.

„Ah! Kathryn!“, stieß Colette aus, als sie ihre Freundin erblickte, und eilte, sie zu umarmen.

Sie hatte die gehöckerte Nase und das leicht fliehende Kinn des Vaters geerbt, ansonsten aber war sie die reizendste Person.

„Du warst das mit dem Bankett, hab ich recht? Hab ich recht? Mutter hat es uns gesagt. Ein Bankett am Königshof!“

Kathryn wünschte sich, sie wäre bei der Aussicht darauf ebenso freudig.

„Tatsächlich nicht! Es war allein die Idee meines Onkels. Bis eben wusste ich nicht einmal davon“, sagte Kathryn.

„Der Duke?“, wunderte sich Colette. Nicht alles hatte Kathryn ihr über den Duke erzählt, doch genug, dass sie die Vorstellung überraschte.

„Wirklich? Warum würde er das tun?“

„Um mir eine Freude zu machen vielleicht?“, sagte Kathryn, zog dabei eine Grimasse, als Zeichen, wie unwahrscheinlich es ihr schien.

„Ich freue mich jedenfalls, dass du dabei bist.“

Colette war ihre beste Freundin. Und auch wenn sich Kathryn sehr wohl bewusst darüber war, dass die Chancen, dass Colette ihre beste Freundin wurde, schon allein deshalb übermäßig hoch gestanden hatten, weil sie tatsächlich ihre einzige Freundin war, sogar das einzige Mädchen im selben Alter, das sie überhaupt kannte, wollte sie glauben, dass selbst wenn sie tausend andere Mädchen gekannt und hunderte Freundinnen gehabt hätte, Colette immer noch ihre beste Freundin sein würde.

„Und ich mich erst! Und Mutter, bei allen Göttern! *Die Arlingtons an der Tafel des Königs!*“ – Letzteres hatte Colette mit künstlich ehrwürdiger Stimme gesprochen – „Vater kommt natürlich auch, und Felicita ebenso. Ich bin ja so aufgeregt.“

„Warum darf ich nicht mit?“, quengelte Nicole. „Ich will auch mit. Ich will den König sehen.“

„Sei ruhig, du bist zu klein!“

„Bin ich gar nicht!“

Colette verdrehte genervt die Augen. Sie strahlte aber sogleich wieder und meinte: „Ich werde uns einkleiden, Ohja! Und für mich werde ich extra ein neues Kleid machen.“

Vor Aufregung klatschte sie einige Male in die Hände.

„Bitte lass mich dich auch ankleiden. Bitte!“ Das letzte *Bitte* hatte sie ganz langgezogen.

Seit Colette und Kathryn sich kennengelernt hatten, wollte Colette sie unbedingt einkleiden. Von ihrer Amme hatte sie das Nähen gelernt und ihre große Leidenschaft war es geworden. Und obgleich ihre Mutter sich noch ein jedes Mal abfällig über diese so unstandesgemäße Tätigkeit ihrer Tochter ausließ, profitierte die Familie, die, wie Kathryn wusste, kaum Geld hatte, ihren Lebenswandel aufrechtzuerhalten, indem Colette sie mit schönen Kleidern und Hüten versah. Inzwischen nähte Colette sogar die Kleidung für manche Dame der örtlichen Gesellschaft, und rümpfte die Baroness wegen solcher Art des Geldverdienens auch die Nase, war das zusätzliche Einkommen durchaus willkommen.

Bisher hatte sich Kathryn davor gedrückt. Wozu brauchte sie schon ein schönes Kleid, wenn es ohnehin niemanden gab, den sie damit beeindruckt haben könnte. Seit sie auf Steffordsgrave lebte, war sie auf keinem Ball oder anderer Gesellschaft mehr gewesen.

Und eitel war sie ebenfalls nicht. Das Bankett stellte allerdings tatsächlich einen idealen Grund dar, sich schön anzuziehen.

„Na schön", sagte Kathryn. „Du kannst mich einkleiden."

Wieder klatschte Colette vor Aufregung in die Hände.

„Endlich, endlich!"

Aber sofort legte sich ihre Stirn in sorgenvolle Falten.

„Oh", sagte sie, mit dem Ausdruck eines Menschen, dem ein unangenehmes Problem in den Sinn gekommen war.

„Aber du kannst natürlich auch ein anderes Kleid nehmen. Dein Onkel und deine Tante holen dir sicher ein teures Kleid aus Lidium. Wahrscheinlich von der Hofschneiderei."

Sie senkte den Kopf.

„Du bist immerhin die Prinzessin, da musst du auch so aussehen."

Kathryn scherte sich nicht darum, wie eine Prinzessin auszusehen.

„Ein Kleid von dir ist mir lieber als zehn von der Hofschneiderei. Ich nehme auf jeden Fall, was du mir schneiderst."

Colette strahlte kurz, um gleich darauf wieder bekümmert dreinzublicken.

„Für dich bräuchte ich allerdings guten Stoff, sippanische Seide vielleicht oder Samt aus Flamen und gestärkte Spitze für den Kragen. Goldfaser…" Als sie das letzte Wort sagte, schien ihr klar zu werden, was sie da wollte.

„Das wird alles sehr teuer."

Kathryn verstand, was ihr durch den Kopf ging. Colette konnte ihr die Kosten für das Kleid unmöglich auslegen. Sie selbst besaß aber kein Geld, denn das Vermögen ihrer Mutter war nach ihrer Verurteilung an die Krone gegangen.

„Ich werde den Duke fragen, ob er mir Geld dafür gibt", hörte sie sich sagen, und kaum war es ausgesprochen, zweifelte sie selbst daran. Sie hasste es, den Duke um irgendetwas zu bitten, ganz gleich, was es war.

Colette dachte sich scheinbar dasselbe, denn in ihrem Antlitz stand die Enttäuschung.

„Hast du den Kometen gesehen?“, wechselte Kathryn das Thema.

„Ohja!“, rief Colette. „Unheimlich, nicht wahr? Man kann ihn fast schon bei Tage sehen. Neulich beim Ball haben alle davon gesprochen.“

„Wie war der Ball überhaupt?“, fragte Kathryn neugierig.

Felicita und Colette waren auf den Frühjahrsball gegangen, einem der größten gesellschaftlichen Ereignisse des hiesigen Landadels. Colette hatte Kathryn gebeten, mitzukommen, aber sie hatte sich nicht dazu durchringen können, den Duke zu fragen, ob sie denn dürfe.

„Es war sehr schön“, sagte Colette und errötete entzückend.

„Der Earl von Wallshire hat sie zum Tanz aufgefordert!“, plapperte die kleine Nicole los. „Ganze drei Mal! Die halbe Nacht haben sie getanzt, sagt Felicita.“

„Er war nur höflich!“, sagte Colette ohne Ernsthaftigkeit in der Stimme.

Seit einigen Jahren war der Earl Colettes Schwarm und eine stattliche Partie, wie die Baroness es ausgedrückt hätte.

„Das ist ja großartig, Colette, erzähl mir alles“, forderte sie Kathryn auf.

Colette begann von dem Ball zu berichten, von Felicita, die mit ihrem Verlobten dort war, und davon, wie der Earl plötzlich zu ihr hinübergekommen war, um sie zum Tanz aufzufordern, indessen Nicole durch das Zimmer tänzelte und dabei vor sich hinsang.

„Er wird sie küssen, er wird sie lieben, er wird sie heiraten…“

„Sei ruhig, Nicole!“, sagte Colette zu ihrer kleinen Schwester, die sich davon aber wenig beeindrucken ließ.

Ein wenig verschämt erzählte Colette weiter, dass er sie ein weiteres Mal aufgefordert habe, und wie aller Augen auf sie gerichtet gewesen seien.

„Sie werden sich küssen, sie werden sich lieben, sie werden heiraten…“, sang Nicole.

Da rief Colette: „Sei jetzt ruhig!“ und warf kurzerhand ein Kissen nach ihrer kleinen Schwester. Diese war gerade über das Bett gehüpft, als das Kissen sie traf und sie rückwärts vom Bett hinabstürzte.

„Oh, Götter, Nicole!", rief Colette erschrocken und eilte zu ihrer Schwester.

Kaum hatte Nicole sich vom Schrecken ihres Sturzes erholt, begann sie lauthals zu weinen.

„Du hast mir weh getan!", heulte sie. „Ich sag's Mutter!"

Colette nahm sie in den Arm und streichelte ihr über die Haare. „Tut mir leid, das wollte ich nicht. Aber du hast mich geärgert."

„Ich sag's Mutter!"

„Es tut mir ja leid, es war aber auch deine Schuld."

„War es gar nicht!", schimpfte die Kleine und heulte weiter.

Colette schaute zu Kathryn, verdrehte die Augen, dass es Nicole nicht sah, und musste schmunzeln.

„Du hast mir weh getan!", wiederholte die Kleine nochmals trotzig, die Tränen waren inzwischen beinahe versiegt.

„Aber jetzt ist es wieder gut, oder?"

Nicole gab ein unentschlossenes Brummen von sich. Colette fuhr mit ihrer Erzählung fort.

„Es war jedenfalls richtig schön. Felicita meint, dass der Earl bestimmt bald hier aufwarten wird." Sie errötete wieder bei dem Gedanken. „Glaubst du auch, er wird?", fragte sie erwartungsvoll Kathryn.

Kathryn wusste es nicht. Sie verstand die Regeln nicht, nach denen gespielt wurde. Zu lange war sie außen vor gelassen worden. Nie war sie in die Gesellschaft eingeführt worden, wie üblich in ihrem Alter, keine Mutter oder Tante oder Schwester war da gewesen, ihr zu erklären, was eine junge Frau ihres Standes denken und glauben und fühlen sollte. Keinem Mann war sie je begegnet, der Begehren in ihr geweckt hätte, obwohl sie längst im richtigen Alter war.

„Das wird er bestimmt", sagte sie zu ihrer Freundin und Colette schenkte ihr ein Lächeln.

So anders waren ihre Leben, so verschieden ihre Sorgen und plötzlich spürte sie einen Stich der Eifersucht. Würde es ihr auch einstmals vergönnt sein, so zu empfinden wie Colette? Vergönnt sein, auf einen Ball zu gehen, ganz unbeschwert und frei, zu hoffen, zum Tanz gefordert zu werden und sich zu freuen, wenn es denn geschah. In einem Daheim darauf zu hoffen, sehnsüchtig zu hoffen, dass ein Geliebter seine Aufwartung macht?

„Schade, dass du nicht dabei warst!“, sagte Colette, als habe sie ihre Gedanken gelesen.

„Ja!“, sagte Kathryn. „Aber dafür gehen wir beide jetzt zusammen auf ein königliches Bankett.“

~ 6. Kapitel ~

Aris

Tausende Zelte bildeten das Feldlager vor Voder, reihten sich unweit der befestigten Stadt aneinander, und der übliche Geruch von Pulver, Rauch und Exkrement hing in der Luft. Knapp sechstausend Soldaten von zwei Regimentern lagerten hier, dazu der ganze Tross, beinahe nochmal so viel an Soldatenweibern und Soldatenkindern, an Huren und Sudlern, Marketendern und Krämern, und allem möglichen weiteren Kriegsvolk. Es war laut und betriebig und stank zum Himmel, und Aris fühlte sich sogleich heimisch.

Yorick Rumford führte sie zum Regiment Stannisford und dort zur weißen Kompanie, der die Neulinge zugeteilt werden sollten. Sie nahmen Aufstellung. Der Fähnrich erschien, ein monströser Norländer mit einem grau durchsetzten Bart, der ihm bis zur Brust reichte, schwang an einem langen Stock die wellend weiße Kompaniefahne, die der Kompanie den Namen verlieh. Auf weißem Grund war golden aufgemalt das kirchliche Dreieck. Kein allzu häufiges Motiv mehr in Norland, seit König Jakob seinen Glauben gewechselt hatte, aber ihr Obrist Lord Stannisford war dem Alten Glauben treu geblieben und die meisten seiner Hauptmänner ebenso.

Gleich hinter dem Fähnrich tauchte ein gerüsteter Offizier in glänzendem Harnisch auf. Der Stahl war so sauber poliert, dass er wie frisch aus der Schmiede wirkte, mit verzierten Brust- und Schulterstücken und hohem Stahlkragen, und Aris fand, dass er mehr schick als nützlich aussah. Statt dazugehöriger Haube trug er einen teuren Hut mit großer, weißer Feder. Sein Gesicht war glatt rasiert mit einem schmalen Schnauzer, der mehr an einen Hof gepasst hätte als ins Feld. An die dreißig Jahre dürfte er zählen, schätzte Aris, das feine Söhnlein eines Barons oder Earls oder sogar Dukes, der im Krieg seine Ehre einzufordern suchte und bei seinem Eintritt ins Militär sich schon Offizier nennen durfte.

Versetzt hinter ihm stand sein Leiblink, bartlos wie alle Links, die Haut fahl für einen ihrer Art, die Augen weniger groß als üblich, dass er seinem Herrn seltsam ähnlich sah.

„Mein Name lautet Sir Daniel Grimmton, der siebte Earl von Ristol. Und ihr dürft mich Hauptmann Grimmton nennen", stellte sich der Hauptmann vor. Er sprach nordisch und so leise, dass man die Ohren spitzen musste, ihn zu verstehen. Seine Stimme war hoch, beinahe weibisch.

Er stellte seine Offiziere vor. Sein Leutnant war ein junger Kerl, Peter Crawford mit Namen, rothaarig und bleich, mit hellen, blauen Augen. Kaum achtzehn Jahre dürfte er zählen, und sein Schnauzer war mehr Flaum als Bart. Aris las ihm den butterweichen Frischling an der Nasenspitze ab und er erinnerte ihn an Leutnant Friedrich, obwohl sie äußerlich grundverschieden waren. Weiter der Fähnrich, Arthur McGrail, hart und grimmig. Ein Gemeiner ohne Frage, der sich seinen Posten durch Mut und Kampf verdient hatte. Es folgten die Unteroffiziere, die beiden Korporale Rumford und Scott Wicks, und zuletzt die beiden Feldweibel Sheppard und eine kleiner stämmiger Kerl, bald so breit wie hoch, den selbst der Hauptmann nur *Beezy* nannte.

„Ihr werdet feststellen, dass ich streng bin, aber gerecht. Meine Regeln sind einfach. Tut das, was ich von euch erwarte, dann wird es euch gut ergehen. Tut es nicht, dann wird es euch nicht gut ergehen." Er deutete auf die Kompaniefahne. „*Treu bis in den Tod*, steht dort geschrieben, und genau das sollt ihr sein. Treu! Treu mir gegenüber und treu Norland gegenüber."

„Was zum Teufel redet der Kerl, ich verstehe kein Wort", flüsterte jemand in gemeiner Sprache und ein junger Kerl neben Aris flüsterte zurück: „Weil er nordisch spricht oder weil er sein verdammtes Maul nicht aufkriegt?"

Einige verhielten sich geräuschvoll das Lachen.

Auch Grimmton hatte die Unruhe bemerkt. Er schritt gemächlich dicht vor die Soldaten, von denen die Geräusche kamen, die Miene unergründlich, sein Mund bildete ein harmloses Lächeln. Schweigend sah Grimmton von einem zum anderen, bis völlige

Ruhe herrschte. Auch Aris und Bortos standen dort, hatten am Gespött jedoch nicht teilgenommen. So affektiert und höfisch wie Grimmton auch wirkte, seine Augen waren grau und kalt, und sie waren Aris eine Warnung. Die Augen und die Stimme. Die Leisen waren stets die gefährlicheren Offiziere. Die Lauten waren ihm lieber.

Grimmton sah den jungen Kerl neben Aris an und fragte dann in Gemeinsprache: „Den Herren amüsieren meine Ausführungen?“

Pass auf, Junge, dachte Aris bei sich.

„Nein, Sir, Herr Hauptmann“, sagte der Rekrut, hielt dabei den Blick gesenkt.

„Wie heißt du, Soldat?“

„Torban“, antwortete dieser. „Torban Mertens.“

„Und woher stammst du? Ich meine, einen balrusischen Klang bei bei dir zu vernehmen.“

„Ja, Herr, ich stamme aus Balrust. Aus Odental bei Gramfort.“

„Ein Söldner also, der gegen sein eigenes Volk und seine Nachbarn in den Krieg zieht.... dafür scheinst du mir allzu fröhlich. Doch die eigene Ehre ...“

„Sippan ist es, gegen die wir in den Krieg ziehen!“, unterbrach ihn der Junge.

Die Ohrfeige, die Grimmton ihm verpasste, war emotionslos geschlagen, als würde er ein unartiges Kind bestrafen.

„Rede ich, schweigt ihr!“

Immer noch sprach er unangebracht leise für die Situation.

Torban hielt sich die geschlagene Backe, das Gesicht vor Scham und Zorn rot verfärbt. Grimmton wartete, ob der Junge eine weitere Erwiderung wagen würde, doch dieser beließ es bei einem wütenden Blick. Schließlich sagte Grimmton: „Die eigene Ehre wird an verschiedenen Orten verschieden bewertet, nehme ich an!“

Aris wusste, dass er den Jungen nur provozieren wollte, denn oftmals waren mehr als die Hälfte der Soldaten in einem Heer Söldner, die aus einem anderen Land stammten und nicht selten kam es vor, dass sie gegen das eigene Geburtsland ins Felde zogen, zumal in diesem Fall die gegnerische Kriegspartei tatsächlich Sippan hieß und nicht dessen Vasall Balrust. Torban verhielt sich weiterhin jede Erwiderung und Aris war froh darum, denn es wäre gewiss ein unseliges Omen gewesen, die Einkehr in ein neues Heer blutig zu beginnen.

Als Grimmton merkte, dass nichts mehr kommen würde, wandte er sich ab und schritt zum Fähnrich zurück.

„Rede ich, habt ihr zu schweigen!", wiederholte er. „Rufe ich, habt ihr zu kommen. Und befehle ich, habt ihr zu folgen. Von nun an kämpft ihr für Norland. Für Norland, für diese Fahne" – er deutete darauf – „und für mich. Morgen werdet ihr den Fahneneid leisten. Auf die Drei werdet ihr schwören und auf den König, und mit eurem Blut werdet ihr den Schwur besiegeln, wie es sich gehört. Von da an gehört ihr mir."

Nicht nur für Aris musste es wie eine Drohung geklungen haben.

„Leutnant Crawford hier wird euch nun in Rotten einteilen und zeigen, wo ihr lagern könnt, und für den Kommiss ist Korporal Wicks zuständig. Jeder erhält ein Feldzeichen, blau ist die Farbe Norlands, und ihr werdet es zu jeder Zeit sichtbar um den Arm tragen. Sorgt für eure Bewaffnung, jeder ist für sein Gewehr selbst verantwortlich. Ich erwarte alle morgen früh zum Appell. Abgetreten!"

Um ein Feuer herum saßen sie, Aris und Bortos zusammen mit den Kameraden ihrer frisch zusammengestellten Rotte, alles Veteranen, die nicht norländisch waren und aus allen möglichen Teilen Alanas entstammten. Darunter Torban, der junge, hitzige Balruser, der es nicht lassen konnte, über den Hauptmann zu schimpfen, der ihm so sehr an die Ehre gegangen war. Da war Oskar, ein alter Karner, der schon überall gekämpft hatte, und dessen Haare sich bereits grau färbten. Sie hatten ihn zum Rottenmeister bestimmt. Packo, ein schlanker Pirianer, mit einer ähnlichen Narbe auf der Backe wie Aris, die diesem allerdings bis an den Mund reichte und eine große Lücke zwischen Oberlippe und Mundwinkel hinterließ, dass man stets einige seiner Zähne sah. Weiter die Brüder Zorba aus Bolgarn, zwei kräftige Kerle, die sich so ähnlich sahen, dass man sie für Zwillinge hätte halten können, und die schon im fernen Marunien gekämpft hatten. Markus, ein Storze, der damals in Grabstett auf der anderen Seite der Schlacht gestanden hatte als Aris und Bortos, und dem ein Auge fehlte, weshalb sie ihn jetzt schon *Einauge* nannten. Und zuletzt ein finsterer Geselle, der sich Marcio nannte, und über sich nicht mehr als den Namen preisgeben wollte. *Gute Leute!*, dachte sich Aris.

Sie wetteten gerade auf einige Norländer, die in einer Schlammpfütze miteinander rangen.

Ein gewaltiger Norländer hatte eben seinen Gegner besiegt, reckte die Arme in die Höhe und ließ sich von den Seinen bejubeln. Und mit ihnen jubelten die Gebrüder Zorba und Bortos, die auf seinen Sieg gewettet hatten. Der Norländer sah zu ihnen herüber und stellte sich vor der Gruppe um Aris auf. Ein riesiger Kerl, beinahe so groß wie Bortos, mit breiter, haariger Brust. Er hatte den Oberkörper frei und seine Beine bedeckte nur eine kurze, schlammverkrustete Hose.

„Wie sieht es aus? Wagt einer von euch südländischem Gesinde einen Tanz mit mir?"

Er lachte, als keiner Anstalten machte, dem nachzukommen.

„Was ist mit dir, Großer?", sagte er zu Bortos. „Siehst stark aus für einen aus dem Süden."

„Ich bin Norländer!", sagte Bortos und der Herausforderer runzelte die Stirn.

Aris verdrehte leicht die Augen, verkniff sich aber einen Kommentar. Er kannte Bortos.

„Dann solltest du für ein Tänzchen ja bereit sein", meinte der Norländer.

„Wie genau sind denn die Regeln?", fragte Bortos.

„Willst Norländer sein und kennst die Regeln eines Schlammkampfs nicht?" Er lachte laut.

„Schwer sind sie nicht. Keine Finger in die Augen oder den Hals drücken. Kein Beißen. Und keine Schläge oder Tritte zwischen die

Beine. Vor allem, weil ich sonst wütend werde. Wer aufgibt oder die Besinnung verliert, verliert. Noch Fragen?"

Bortos sah zu Aris, dann wandte er sich an den Norländer.

„Versuchen kann ich's ja mal", sagte er und erhob sich.

Hinter dem Großen tauchten zwei weitere Norländer auf.

„Wie wär's mit einer kleinen Wette auf euren Mann?", fragte ein dürrer, pockennarbiger Kerl, von dem Aris wusste, dass sie ihn Pickett riefen.

„Ist mein erster Kampf, potztausend", meinte Bortos. „Lasst es mich erst mal versuchen."

„Na was? So wenig Vertrauen in euren Mann?", spottete Pickett. „Ich nehme auch kleine Münzen an."

Aris stellte sich zu Bortos, spuckte aus und meinte: „Dann müsst ihr uns aber schon eine anständige Quote bieten."

„Ich gebe zwei auf jede Münze. Mehr wird es nicht, was sagt ihr?"

Aris sah Bortos an, der mit dem Kopf wackelte und unentschlossen schaute.

„Und wie viel der Einsatz?", fragte Aris.

„Vier Kronen, sage ich", sagte Pickett und grinste herausfordernd.

„Also gut!", erwiderte Aris und kramte acht Kronen aus den Tiefen seines Mantels und reichte sie Pickett.

„Nein!", sagte dieser grinsend. „Ihr setzt die vier."

Aris runzelte die Stirn.

„Ihr seid doch zu zweit, also Acht. Und sechzehn für uns, sollte der Dicke gewinnen."

Zum ersten Mal wirkte Pickett ein wenig verunsichert, denn sechzehn Kronen waren für einen einfachen Soldaten eine stattliche Summe.

„Gut!", sagte er schließlich. Das Grinsen war verschwunden.

Dafür zauberte sich Bortos nun ein Lächeln auf die Lippen. Alle vorherige Unsicherheit schien plötzlich aus seinem Antlitz verschwunden und er begann seinen muskulösen Oberkörper frei zu machen.

„War ein guter Kampf!", fand Bortos und renkte sich den Nacken ein, indem er den Kopf weit nach rechts und nach links lehnte, was seine Wirbel knacken ließ. Er spuckte einen Schwall Speichel und Blut aus, um sich dann einen Bissen Bitterblatts zu genehmigen.

„Teufel, du hättest beinahe verloren!", schimpfte Aris.

„Was, verloren? Ich hatte alles unter Kontrolle. Aber der Kerl war gut! Hat Spaß gemacht."

Er besah sich seine Kleidung und seinen schlammbeschmierten Körper.

„Was machen wir jetzt? Ich könnte ein Bad vertragen. Und wir haben die Huren hier noch nicht ausprobiert."

„Mir soll's recht sein. Lassen wir uns sauber schrubben."

Sie machten sich auf zu den Spiel- und Hurenzelten, da hielt Bortos inne. Er wies Aris an zu warten und ging zum großen Norländer hinüber, der mit zerschlagenem Gesicht trüb in ein Feuer starrte. Als Bortos bei ihm war, sah er missmutig auf.

„Was willst du noch? Hast mich nicht genug gedemütigt?", fragte er.

„War ein guter Kampf, Freund! Kein Grund so dreinzublicken. Du könntest auch ein Bad vertragen, wie du aussiehst. Weißt sicher, wo's die besten Weiber hier hat. Komm mit, es geht auf uns. Wie heißt du eigentlich?"

„Ben heiße ich. Und ja, der Kampf war gut. Hast mich ganz schön schlecht aussehen lassen. Ist lange her, dass mir sowas passiert ist. Kann ich wenigstens behaupten, es war wirklich ein Norländer, der mich so gedrillt hat?"

„Das kannst du, mein Wort darauf."

Jetzt lachte der Norländer und streckte Bortos die Hand aus, damit er ihm auf die Beine half.

„Na dann. Der Dunkle hole mich, verschmähte ich eine Dirne, die mir spendiert wird. Zu Miltras müssen wir. Da sind sie sauber und fleißig. Werdet's sehen. Bortos war der Name, stimmt's?"

Bortos nickte, klopfte Ben freundschaftlich auf den Rücken.

„So ist es. Und nun auf. Lassen wir uns sauber machen und ein wenig mit den Damen ringen. Nichts tut besser nach einem solchen Kampf."

Sie schlossen zu Aris auf und wollten sich gemeinsam auf den Weg machen, als Pickett und zwei weitere Norländer auftauchten.

„Du hast mich reingelegt!", sagte Pickett und stellte sich vor Aris. Er schaute gefährlich und seine beiden Kameraden hatten die Hände auf den Waffen liegen.

„Lass ihn in Ruhe, Pickett!", mischte sich Ben ein.

„Einen Dreck werde ich!", schimpfte dieser auf Nordisch. „Wahrscheinlich steckst du mit ihnen unter einer Decke! Die Sache war abgekartet, sag ich!"

„Nichts war abgekartet. Hast doch zugeschaut. Sah es für dich faul aus?", erwiderte Ben.

„Erzähl mir nichts! Der Teufel hat hier die Finger im Spiel, das weiß ich."

„Was will er?", fragte Bortos, er verstand das Nordisch nicht gut.

„Ich will mein Geld zurück", sagte Pickett auf Gemeinsprache.

Aris hatte genug gehört. Er legte ebenfalls seine Hand auf seine Waffe, baute sich dicht vor Pickett auf und schaute ihm direkt in die Augen.

„Eine ehrliche Wette war es. Und ehrlich habt ihr verloren. Aber wenn du es anders siehst, so können wir die Sache freilich auch wie Ehrenmänner aus der Welt schaffen. Sag mir wann und sag mir wo, ich werde da sein."

Neun Duelle hatte Aris in seinem Leben bestritten, und nur eines verloren. Sein erstes. Einen sippanischen Söldner hatte er herausgefordert. Etwa fünfzehn Jahre musste Aris gezählt haben. Der Sippaner hatte angenommen. Die Lippen hatte er zu einem schiefen Grinsen verzogen, den Kopf leicht geschüttelt, dann Ort und Zeit genannt. Die dunklen, stechenden Augen hatten ihn beinahe mitleidig angesehen. Alles an diesem Mann hatte Gefahr ausgestrahlt, die stechenden Augen, die Adlernase, das Rapier an seiner Seite. Aris hätte es besser wissen müssen, doch jung war er gewesen und dumm, und hatte sich für unbesiegbar gehalten.

„Du musst das nicht tun. Und ich auch nicht", hatte der Kerl gesprochen, als sie sich im Morgengrauen gegenüberstanden. „Lass es sein, Junge!" Vielleicht hätte Aris das Angebot angenommen, hätte er ihn nicht Junge genannt.

Die Klinge war ihm sauber durch die Schulter gefahren. Er hatte es nie gesagt, aber Aris wusste, der Söldner hatte ihn bewusst nicht in Lunge oder Gedärm getroffen. Der Schmerz war auch so unglaublich gewesen und Wochen hatte Aris gebraucht, um sich zu erholen.

Als der Schmerz soweit abgeklungen war, dass er sich wieder einigermaßen bewegen konnte, hatte er den Kerl aufgesucht. Auf den Boden hatte er sich geworfen und den Mann um Verzeihung gebeten und gebettelt, er möge ihm zeigen, wie man so mit einer Klinge umgeht. Nie wieder hatte er seitdem verloren.

Seit der Erstürmung Lautheims hing ein sippanischer Degen an seiner Seite, ein edles Stück aus feinstem, tarsischem Stahl, die Glocke schlicht um die Hand geschwungen. Ein daumengroßes Loch klaffte über dem Handrücken, worin ein blauer Saphir gesteckt hatte. Im Schloss der Stadt war er zu seiner Beute geworden. Aus der Waffenkammer des Herzogs selbst. Eine Waffe, viel zu kostbar, um an der Seite eines gemeinen Kriegsknechts zu hängen, aber Aris hatte es nie übers Herz gebracht, sie zu versetzen. Den Saphir ja, das Schwert niemals.

Nun war er derjenige, vor dem es sich zu fürchten galt, und keinen Kupferling würde er auf seinen Gegner setzen, sollte dieser so töricht sein, seine Herausforderung anzunehmen.

Pickett erbleichte, sei es aus Angst oder aus Zorn, konnte Aris nicht sagen. Er zögerte. Rang mit sich. Ein harter Kerl war er bestimmt, aber kein Eisenfresser wie Aris. Kurz glitt sein Blick über den schönen Degen an Aris Seite. Dann traf er eine bessere Entscheidung als Aris damals.

„Das werdet ihr mir bereuen!", zischte er. Drehte sich um und zog mit seinen Kameraden davon.

Als er weg war, meinte Ben:

„Seit vorsichtig, ist ein gefährlicher Mann, unser Pickett!"

Aris zuckte gleichgültig mit den Schultern.

„Sind wir das nicht alle?"

Früh des Morgens weckten die Trommeln Aris zum Appell. Er stand auf und fühlte sich prächtig. Die Dirnen hatten gute Arbeit geleistet und fröhlich war der vorherige Abend verlaufen. Voll und laut war es in den Spielzelten zugegangen. Es hatte nach Rauch und Bier gestunken, und bis spät in die Nacht hinein hatten sie gesoffen und die Würfel rollen lassen. Fern waren noch die Sorgen und Nöte des Kriegsalltags. Früh genug würden sie sie heimsuchen.

Bortos schlüpfte zeitgleich aus dem Zelt, streckte sich und spuckte aus. Einiges an Aufmarsch war im Gange. Aus allen Richtungen erklangen die Trommeln, müde Soldaten entstiegen ihren Zelten und die Feldweibel und Korporale schrien die verbliebenen Männer wach, befahlen, sich zu richten und kampfbereit zu machen, und schwer gerüstete Kommandanten schritten im Hintergrund zwischen den Reihen der Zelte umher. Der Fahneneid stand ihnen bevor.

Aris und Bortos legten Waffen und Pulvergürtel an und schulterten ihre Gewehre.

„Auf die Drei schwören?", sagte einer der Gebrüder Zorba verächtlich, Zlatko oder Gabor, Aris konnte sie nicht auseinanderhalten, und spuckte aus.

„Bin doch Unist, zum Teufel! Dachte, in dem Land hier seien sie inzwischen auch vom guten Glauben!"

Der alte Oskar sah ihn an und erwiderte: „Tausend und mehr Jahre war das Dreieck gut genug, und jetzt kommt euereins daher mit eurem neuen Scheiß. Schwör auf die verdammte Fahne und halt dein Maul! Mir scheint sie gerade recht."

Junge Soldaten konnten hart und weich und alles dazwischen sein. Alte Soldaten nur hart.

Die beiden Zorba Brüder schauten Oskar tödlich an, aber dem alten Eisenfresser konnten sie nicht mehr als ein Schulterzucken entlocken.

„Schlimmer ist, dass es die Fahne von diesem eitlen Gockel ist. Ein verdammter Höfling, mehr nicht. Und habt ihr den Leutnant gesehen? Hätte ich das gewusst, hätte ich eine andere Kompanie gewählt", sagte Torban missmutig.

„Noch kannst du ja abhauen", meinte Markus der Einäugige.

„Du hast das Handgeld genommen", warnte Aris. „Tu deinen Schwur und halt dein Maul geschlossen. Der Kerl scheißt Seil, das seh ich. Lass es gut sein, Junge."

Seilscheißer. Aris hatte genug von ihnen kennengelernt. Edle Offiziere aus gutem Haus, die allzu große Freude daran hatte, ihre Untergebenen an langen Seilen aufzuknüpfen. Dieser hier roch ihm sehr nach Seilscheißer.

„Nenn mich nicht Junge!", gab Torban bissig zurück und Aris musste schmunzeln.

„Mach einfach deinen Schwur. Bedeutet doch nix. Eine Fahne ist wie die andere, glaub mir", meinte Packo.

Seiner Narbe, vielleicht auch seiner Herkunft wegen, sprach er die Gemeinsprache undeutlich und mit starkem Dialekt. „Sag deinen Spruch und gut."

Er hatte allerdings den falschen Zeitpunkt gewählt, um ein solches Urteil auszusprechen, denn Korporal Rumford war gerade in Hörweite vorbeigegangen. Augenblicklich packte er den Packo an der Gurgel. Rot wurde sein Kopf, und anders als die meisten Menschen kniff er im Zorn seine Augen nicht zusammen, sondern machte sie groß, dass man glaubte, sie könnten ihm aus den Höhlen fallen, und sah dabei fürchterlich aus.

„Was hast du gesagt?", schrie er den entsetzten Packo an. „Der Schwur bedeutet dir nix? Du treuloser Hund, du räudiger. Mit deinem Blut wirst du auf diese heilige Fahne schwören, bei allen Göttern, und mit deinem Blut wirst du sie verteidigen, oder eigenhändig schneide ich dir dein ehrloses Herz aus dem Leib und lege es der Fahne zum Tribut. Hast du verstanden, du Lump?"

Letzteres hatte er derart gebrüllt, dass sich etliche Köpfe zu ihnen umdrehten. Packo stammelte irgendwelche Beschwichtigungen, worauf ihn der Korporal zu Boden warf. Dann wandte er sich an die ganze Rotte.

„Ihr kämpft ab jetzt für Norland! Mein Land! Und ihr werdet es verdammt nochmal ordentlich machen, sonst, bei allen Göttern, knöpfe ich mir euch eigenhändig vor."

Drohend sah er einen nach dem anderen an. Als er bei Aris angelangt war, lächelte dieser und neigte zustimmend den Kopf. Die Lauten waren ihm lieber.

Sie begaben sich zum Exerzierplatz, auf dem die Zeremonie stattfinden würde. Fähnrich McGrail war schon da, hielt die Stange steif in die Höhe, und die Fahne wehte im kühlen Morgenwind, als steckte etwas Lebendiges in ihr. Hauptmann Grimmton stand davor, neben ihm sein junger Leutnant. Ein Grafensohn, wie Aris inzwischen erfahren hatte, und sein Seidenhemd und die passend geschusterten Stiefel deuteten auf seinen Stand. Ein edles Rapier hing ihm an der Seite und eine gute Pistole steckte in seinem Gurt. Wie ein Krieger wollte er aussehen, die zarten Augen allerdings verrieten, dass er Lebtags noch nie den Klang zischender Kugeln vernommen hatte. Die Stiefel waren aber schön.

Die übrigen Offiziere und die bereits eingeschworenen Söldner und Soldaten standen in Reih und Glied dahinter und die Spielleute trommelten den nordischen Soldatenmarsch.

Beidseitig des Platzes befanden sich die Hundetreiber umgeben von je einer Meute nordischer Kriegshunde. Riesige, furchterregende Kläffer, die einem ausgewachsenen Mann bis an die Brust reichten, mit rostfarbenem Fell und hochgezogenen Lefzen, die scharfen Zahnreihen warnend entblößt. Sie geiferten und bellten und schnappten nach jedem, der zu nahe an sie herankam. Schreckliche Widersacher mussten sie sein, wenn sie im Gewirr einer Schlacht auf den Gegner losgelassen wurden, dachte sich Aris.

Bisher hatte er noch nie gegen eine norländische Armee gestanden, und noch nie zuvor in einer gedient, aber einiges und mehr hatte er über sie gehört. Für ihre Tiere und Bestien war sie bekannt. Hunde und Wölfe, riesige Wollmammuts und Mähnenbären und nordische Greife, die in den Tiefen der ewigen Wälder und den eisigen Höhen der Wallens hausten. Mit ihnen gemeinsam würden die harten, wilden Norländer in die Schlacht gehen, und Gnade demjenigen, der sich ihnen entgegenstellte.

So hatte Aris es gehört, doch außer den kläffenden Hunden hatte er noch nichts zu Gesicht bekommen. Ben hatte ihnen am Vorabend erzählt, dass die Druiden mit der Krone im Streit lägen.

„Sind ein seltsames Volk, die Druiden, machen nur, wie's ihnen beliebt. Und keiner hat ihnen was zu sagen, nicht einmal der König. Und ohne Druiden, keine Bestien. Wird der Krieg aber ins Land getragen, dann werden sie schon kommen. Und dann siehst du deine Viecher", hatte Ben gesagt.

Zu gerne hätte Aris sie gesehen. Mähnenbären vor allem, furchterregende Biester, groß wie zwei ausgewachsene Männer, mit tödlichen Pranken und gewaltigen Kiefern. Und einen nordischen Druiden würde er ebenfalls gerne zu Gesicht bekommen.

Auch im Süden gab es das Waldvolk, die Erleuchteten Gayas. Nicht in solcher Zahl wie im Norden, aber es gab sie. Mit Tieren könnten sie sprechen, sagten die einen, und in Tiere sich verwandeln, erzählten andere, lebten in den Wäldern nur unter sich und trieben allerhand seltsame Rituale. Im Sippaner Heer war Aris mal einer begegnet, doch nichts dergleichen hatte er bezeugt. Nur Kräuter und Salben hatte sie verkauft und nicht anders ausgesehen als eine gewöhnliche Landstreicherin. Und in Armeen dienten sie im Süden nie.

Aris und Bortos stellten sich zu den anderen ihrer Rotte. Bald würde das Zeremoniell beginnen. Die Trommler stellten ihr Spiel ein und gespannte Ruhe breitete sich aus. Der Kompanieschreiber trat vor, ein gerolltes Pergament in der Hand.

„Ich werde euch der Reihe nach aufrufen. Hört ihr euren Namen, dann tretet ihr vor die Fahne und sprecht mir den Fahnenschwur nach. Den Schwur besiegelt ihr mit eurem Blut, auf dass er vor den Göttern und Menschen Bestand habe."

Er rief den ersten Namen auf. Ein junger Norländer trat hervor, stellte sich vor die Fahne. Der Schreiber fragte ihn, in welcher Sprache er den Schwur leisten wolle, dann sagte er ihm die Worte vor, die er nachzusprechen hatte.

„Ich, Jacob Lewis, schwöre bei den drei guten Göttern, diese Fahne mit meinem Leib und meinem Leben zu beschützen. Ich schwöre Norland und der Fahne zu dienen, treu und mit allem, was ich zu bieten habe. Ich schwöre meinem Hauptmann und Obristen zu gehorchen, keinen Befehl zu verweigern und jeden, so gut wie mir möglich ist, zu befolgen. Dies alles schwöre ich, bei meiner Ehre und meinem Blute. Mögen die Drei meine Zeugen sein."

Nachdem der Anwerber fertig war, nahm er ein Messer und schnitt sich in die linke Handfläche. Er trat vor die Fahne, die schräg gehalten vom Fähnrich im auffrischenden Winde wehte, und umklammerte mit seiner geschnittenen Hand den Fahnenstock, auf dass sein Blut auf dem Stock zurückblieb. Dann küsste er den Saum der Fahne und stellte sich zu den Soldaten dahinter, die ihn herzlich umarmten, auf die Schultern klopften und ihn als einen der ihren begrüßten.

So ging es in einem fort, und nach und nach lichteten sich die Reihen der Anwerber. Schließlich kam Bortos an die Reihe, der in Gemeinsprache seinen Schwur tat, während der gleich darauf folgende Aris sich kurzfristig entschloss, auf Nordisch der norländischen Armee beizutreten, was ihm nur richtig schien.

Bald darauf kam der junge Torban an die Reihe. Er wollte eben seinen Schwur tun, da sagte Grimmton: „Kein Blut bei diesem! Sein Schwur soll genügen. Ich will nicht das Blut eines Mannes an meiner Fahne, der gegen die eigenen Leute kämpft."

Mach jetzt keinen Fehler, Junge, dachte Aris bei sich, denn das Gesicht Torbans hatte bereits eine gefährliche Färbung angenommen.

Dieser trat vor die Fahne, griff nach dem Saum und spuckte darauf.

„Meine Spucke ist gut genug dafür!", sagte er.

Ein Raunen ging durch die ganze Kompanie. Augenblicklich packten ihn die zwei Korporale und setzten ihn fest. Torban wehrte sich und rief: „Ich bin noch nicht eingeschworen, ihr habt kein Recht, mich festzusetzen."

Der Hauptmann stellte sich vor den jungen Balruser, das Antlitz ohne jeden Ausdruck.

„Ist dem so?", fragte er leise. „Nun, dann kannst du wohl gehen."

Mit einem Wink deutete er den beiden Korporalen an, den Jungen freizulassen. Mit einem letzten hasserfüllten Blick auf Grimmton wandte sich Torban ab und stapfte davon.

Während dieser vom Platz lief und auf einen Weg zu, der aus dem Lager herausführte, war Grimmton gemächlich zu einem der Hundetreiber gelaufen.

„Lasst sie los", befahl er leise.

Die Treiber zögerten nicht.

„Geift, greift!", brüllte einer der Treiber den Hunden zu, deutete dabei auf den sich entfernenden Torban und löste die Ketten.

Die Hunde sprinteten los, fauchend und knurrend. Torban sah zurück, sah die Gefahr und rannte los. Doch es war kein Entkommen. Schon waren sie über ihm. Ein markerschütternder Schrei erklang. Noch einer. Dann drang nur noch das Geräusch der Hunde zur schweigenden Kompanie herüber, die einen Menschen zerfleischten.

Grimmton stand indessen wieder vor der Fahne und durch die Stille hindurch hörte Aris ihn zum bleich gewordenen Leutnant Crawford sagen: „Das ist gut, so kommen sie auf den richtigen Geschmack."

~ 7. Kapitel ~

Kathryn

Bäuchlings lag sie unter einer dichten Hecke am Rande von Steffordsgrave und spähte zwischen Geäst und Pflanzenhalmen auf die Katze, die etwa zwanzig Schritt von ihr entfernt in ganz ähnlicher Position auf der Lauer lag. Ein junger Schattenluchs. Flach lag er im Gras, die vorstehenden Schulterknochen höher als der geduckte Kopf, der Schwanz gesenkt. Das schwarze Fell schimmerte in der Morgensonne. Kathryn glaubte zu wissen, dass diese Luchse üblicherweise des Nachts jagten, wo ihr schwarzes Fell mit der Dunkelheit verschmolz. Dieser war aber offenbar auf Pirsch. Seine Beute hatte Kathryn allerdings noch nicht ausmachen können. Langsam, eine Pfote vor die andere setzend, schlich er vorwärts auf ein unsichtbares Ziel zu.

Kathryn hörte Schritte auf dem Rasen hinter sich. Eine Person sprach zu sich selbst.

„Wo steckt sie nur schon wieder?“ Die Stimme Madame Borchards war es. Kathryn erkannte die Konturen ihrer Gouvernanten durch die Hecke hindurch. Mit einem leisen Zischen machte sie sich bemerkbar. Die Gouvernante zuckte vor Schreck zusammen.

„Götter! Mylady. Ihr habt mich erschreckt. Was treibt Ihr dort unten?“

Sie bückte sich, um Kathryn unter der Hecke hindurch besser zu sehen.

„Seid bitte still, Madame Borchard. Ich komme gleich, nur noch einen Moment.“

Die Katze hatte sie scheinbar nicht bemerkt, pirschte unbeirrt Stück für Stück weiter auf ihr Ziel zu. Kurz hielt sie inne. Der Körper spannte sich wie eine Bogensehne. Pfeilgleich schoss sie vor. Zwei, drei Sätze, dann der gezielte Sprung. Als der Kopf wieder auftauchte, steckte ein toter Vogel darin. Ein Königsschwirl, ein schöner, seltener Vogel, dessen zwei lange, rote Schwanzfedern manchen teuren Damenhut zierten.

„Ohje, der schöne Vogel", hörte Kathryn Madame Borchard sagen, die den Vorgang durch die Hecke verfolgt hatte.

Die Katze trottete in Richtung Wald, die Beute im Maul. Kurz vor dem Waldrand wandte sie plötzlich den Kopf und schaute direkt zu Kathryn. Ihre Blicke kreuzten sich. Auge in Auge sahen sie einander an. Die roten Federn des Swirls wanden sich um den Kopf der Katze, gleich einem Diadem. Diese senkte den Kopf, misstrauisch, als fürchte sie in Kathryn eine Feindin. Dann aber, als habe sie ihre Meinung geändert, hob sie den Kopf wieder, und mit einem kurzen Nicken verschwand sie im Wald.

„Die Starken fressen die Schwachen. Ist es nicht so?", meinte Kathryn.

„Ich weiß zumindest nicht, ob es so sein muss. Und nun steht bitte auf, Mylady. Eine solche Position gebührt sich wahrlich nicht für eine Dame Eures Standes."

Kathryn kroch unter der Hecke hervor, stand auf und klopfte sich nachlässig den Schmutz von ihrem Kleid. Madame Borchard verdrehte die Augen und machte sich daran, sie ordentlich zu säubern.

„Eure Tante sucht Euch, Mylady. Ihr sollt sie in ihren Gemächern aufsuchen."

Kathryn machte große Augen. Die Duchess rief sie nie in ihre Gemächer, wie sie auch sonst nie nach ihr rufen ließ. Madame Borchard bemaß sie mit einem letzten kritischen Blick, der auszudrücken schien, dass bei ihr ohnehin alle Hoffnung vergebens sei. Kathryn strahlte sie an und ging dann schnell los zur Duchess, bevor Madame Borchard auf die Idee käme, sie müsse sich noch umziehen.

Die Link der Duchess führte Kathryn in die Gemächer im Südflügel Steffordsgraves, den ältesten Teil des Schlosses, mit Böden aus Eichenholz und Gold bemaltem Stuck an Decken und Wänden, der an vielen Stellen bereits rissig war und abzublättern drohte. Sie fand die Duchess in ihrem Schlafgemach, auf einem breiten Sessel sitzend und vor einem mit bunten Bleiglasfenstern verzierten Erker. Sie hatte eine Wolldecke über den Beinen, obwohl der

Raum so warm war wie der Wintergarten im Sommer. Ihr Gesicht war blass und kränklich, die Wangen blutleer und eingefallen. Ein eigenwilliger Geruch ging von ihr aus, beißend und süßlich.

Die Duchess war krank, soviel hatte Kathryn selbst erraten, ohne dass man sie informiert hätte. Etwas mit ihrer Schwangerschaft musste es zu tun haben, und täglich kam eine Weiße Schwester vorbei, um die Duchess mit ihrem Gesang zu stärken und mit ihren Ritualen Kraft zu geben. Nach Kathryns Empfinden ohne Erfolg.

Die Duchess lächelte, als sie Kathryn erblickte.

„Tritt näher, mein Kind", sagte sie. „Setz dich, ich wollte mit dir über das bevorstehende Bankett reden."

Nach den schweren ersten Jahren, die Kathryn auf Steffordsgrave lebte, war die Duchess zunehmend freundlicher zu ihr geworden, und, war nicht gerade der Duke zugegen, redete sie durchaus mit Kathryn, und manches Mal hatten sie sogar zusammen gelacht. Und doch schien es Kathryn, dass etwas zwischen ihnen stand, etwas, das sie nicht verstand, oder von dem sie nichts wusste. Sie waren jedenfalls nie in jene Bereiche der Vertraulichkeit gelangt, von denen man annehmen sollte, dass sie zwei Menschen erreichen, die so lange Jahre unter demselben Dach gelebt haben.

„Schön bist du geworden, mein Kind! Schön und groß. Eine richtige Frau bist du geworden."

Ihre Lippen formten ein seltsames Lächeln. „Wir waren dir dabei keine große Hilfe, nehme ich an. Bei den Göttern, wir waren dir in nichts eine Hilfe."

Beinahe entschuldigend klang es und in den Augen der Duchess erkannte Kathryn echtes Mitleid. Sie wusste nicht, was sie antworten sollte.

„Du musst nichts sagen, mein Kind. Wir wissen beide, wie es ist. Wir hätten dir mehr sein müssen, als wir waren. So ist es nun mal."

Für einen Augenblick fürchtete Kathryn, die Duchess könne zu weinen anfangen, aber da hatte sie sich schon wieder gefangen, verscheucht war die Traurigkeit und beinahe fröhlich klang ihre Stimme, als sie weitersprach.

„Das Bankett steht bevor, mein Kind, und du brauchst noch ein Kleid. Es muss etwas Besonderes sein, schließlich wirst du am Hofe manche Blicke auf dich ziehen. Ich habe deshalb mit meinem Mann gesprochen, ob wir nicht einen bekannten Schneider kommen lassen können, den ich kenne. Er macht die wundervollsten Kleider und ich garantiere dir, du wirst die schönste junge Dame der ganzen Gesellschaft sein. Was meinst du?"

Erwartungsvoll sah sie Kathryn an. Es war eine Freundlichkeit, wie sie Kathryn kaum je von ihrer Tante erfahren hatte. Umso mehr schmerzte es sie, ihre Antwort zu geben. Sie hatte sich geziert, den Duke um Geld zu bitten, hatte es einfach nicht über sich gebracht. Und eigentlich hatte sie sich bereits damit abgefunden, zu tragen, was immer man ihr bereitlegen würde. Aber hier bot sich eine Gelegenheit, die sie unmöglich auslassen konnte. Sie war es ihrer Freundin schuldig.

„Es ist ein wirklich großzügiges Angebot, Mylady, und ich freue mich darüber. Ich freue mich wirklich. Aber wenn es für Mylady in Ordnung wäre, würde ich mir lieber von Colette das Kleid schneidern lassen. Allerdings bräuchte ich dazu wohl etwas Geld."

Die Duchess runzelte die Stirn.

„Colette? Von den Arlingtons? Kann sie denn schneidern? Sie ist doch kaum älter, als du es bist", sagte die Duchess zweifelnd.

„Ja, Colette Arlington. Sie schneidert schon lange. Und sie ist gut, denke ich. Und sie ist … meine Freundin", sagte Kathryn.

Zu ihrer Überraschung lächelte die Duchess.

„Sie ist deine Freundin. Und viele Freundinnen wirst du nicht haben", stellte sie fest.

Kathryn schüttelte den Kopf.

„Wenn das dein Wunsch ist, dann soll es so sein. Ich fürchte allerdings, das Kleid deiner Freundin könnte eine große Enttäuschung werden. Aber das ist vielleicht auch nicht so wichtig. Ich werde Johnson veranlassen, dir das Geld auszuhändigen."

Kathryn bedanke sich und die Duchess tätschelte ihr zufrieden die Hand. Dann sah die Duchess hinaus aus den Fenstern des Erkers auf den inneren Schlosshof. Flieder wuchs entlang des

Rundgangs bis hinauf zu den Dächern, zwei Springbrunnen mit muschelförmigen Becken und steinernen Figuren, aus deren Mündern das Wasser sprudelte, standen links und rechts des Weges, der zur Götterkapelle führte. Sie war nicht groß, die Kapelle, dafür schlicht und schön, wie von der Natur selbst erschaffen. Die dreiseitige Pyramide, wie sie auf den Dächern aller alten Kirchen zu finden war, wurde von dicken Granitsäulen getragen, an denen sich Efeu empor rankte, und sie sah aus, als würde sie dort schon tausend Jahre stehen.

„Ich habe schon als Kind davon geträumt, einst meine eigenen Kinder hier spielen zu sehen", sagte die Duchess.

„Ihr wart schon als Kind hier?", wunderte sich Kathryn. Steffordsgrave und der Duke gehörten für Kathryn irgendwie zusammen, und sie hatte geglaubt, dass das Schloss seines wäre.

„Es ist der Stammsitz der Bourgshires. Dein Onkel ist wegen mir hierher gezogen, weil ich keinen anderen hier wohnen sehen wollte. Ein altes Geschlecht sind wir, die Bourgshires, das hier schon lebte, als es noch kein Reich gab und die Nerowinger im Norden herrschten und der Norden noch unvereint war und den nordischen Völkern ganz allein gehörte. Bis zu den Zeiten der Avalanen reicht unser Blut zurück."

Sie deutet mit der Hand hinter sich auf ein uraltes Gemälde, das eine finster dreinschauende Frau zeigte, mit einer spitzen, altmodischen Haube, einem weißen, gefächerten Kragen und einem schwarz-roten Kleid; Mode vergangener Jahrhunderte. In der Hand hielt sie ein Zepter mit der Pyramide der guten Götter als Spitze.

„Elisabeth die Fromme war eine Bourgshire und es wäre ihr bestimmt gewesen, Könige zu gebären, wenn ihren Mann nicht der frühe Tod ereilt hätte. Sie war die erste Frau im Norden, die unter dem Licht der guten Götter getauft wurde. Der Heilige Gustavus selbst soll sie gesegnet haben. Richard der Eroberer war der Vetter eines Urvaters von mir. Wir haben geholfen, die alten Vielgötter aus dem Volk zu treiben und den rechten Glauben zu verbreiten, haben das Waldvolk der guten Kirche hinzugefügt. Mein Ur-Ur-

Großvater väterlicherseits war General im Istländischen Krieg und hat Thorag den Wilden besiegt bei der Schlacht von Igorsclam. Brandon Bourgshire war Feldmarschall und hat bei Estweak gekämpft und Norland davor bewahrt, ein Teil des Reiches zu werden. Ein Bourgshire war bei allen großen Ereignissen Norlands beteiligt. Und jetzt werden wir aussterben, wie der richtige Glaube auszusterben droht, und kein Bourgshire wird mehr Großes vollbringen. Steffordsgrave… ein Grab in der Tat." Sie tupfte sich die wenigen Tränen ab, die aus den trüben Augen liefen.

„Verzeih, mein Kind. Ich jammere dich voll. So ist es eben, wenn man älter wird. Endlos scheint einem die Zeit, ist man so jung, wie du es bist, und endlos die Möglichkeiten, die man hat. Und auf einmal sind die Zeiten nicht mehr endlos und die Möglichkeiten sind es auch nicht mehr, und man fragt sich, wo nur alles geblieben ist. Aber genug, genug. Geh, mein Kind, geh, Johnson wird dich gleich aufsuchen mit dem Geld."

Kathryn wollte sich erheben, da griff die Duchess nach ihrer Hand, zog sie zu sich her und legte ihre Hand auf Kathryns Backe.

„Vielleicht wärst du eine würdige Bourgshire geworden. Vielleicht fließt irgendwo in dir drin sogar noch ein Tropfen unseres alten Blutes. Deine Mutter stammte immerhin aus einer alten nordischen Familie, und kaum eines der alten Geschlechter sollte es geben, das nicht ein klein wenig von uns Bourgshires in sich trägt."

Nein!, dachte Kathryn bei sich, *ich bin eine Griffin, das Blut von Königen fließt in meinen Adern, ob sie es nun wollen oder nicht.*

„Ja, du hättest es vielleicht werden können, hättest mir Tochter sein können. Aber nun ist es zu spät, denke ich. Viel zu spät. Geh, Kind, geh", schloss die Duchess.

Kathryn las Trauer und Bedauern aus den Augen der Duchess, wie sie sie noch nie in ihr gesehen hatte, für Mitleid aber war ihr Herz zu vernarbt. Es war zu spät, die Duchess hatte recht.

Der Abend dämmerte bereits über Steffordsgrave, tief stand die Sonne am Horizont und die langen Schatten mussten von zwei großen Kerzen vertrieben werden. Meister Locke unterrichtete sie am Siebten immer nachmittags und Kathryn hatte sich beeilen müssen, rechtzeitig zum Unterricht zu erscheinen. Bei den Arlingtons war sie gewesen und hatte Colette das Geld gebracht. Hundert nordische Kronen. Colette hatte die Hände vor dem Mund zusammengeschlagen und gerufen, dass sie damit drei Kleider herstellen könne. Kathryn hatte gelacht und gemeint, dass eines wohl genügen würde und Colette den Rest des Geldes behalten solle. Dann hatten sie sich umarmt. Kathryn musste schmunzeln, dachte sie an ihre Freundin.

„Mylady scheint mit ihren Gedanken nicht bei den Imperatoren zu sein, oder täusche ich mich?“ Locke sah sie mit seiner immer gleichen Miene an. Sein Gesicht schien auf einen einzigen Ausdruck beschränkt und Kathryns ganze Fantasie vermochte nicht, sich diesen Menschen lachend oder weinend vorzustellen. Ein *kalter Fisch*, so hatte Ann ihn einmal genannt, als sei damit alles geklärt. Doch Kathryn mochte ihn. Sie mochte alle ihre Lehrer, denn sie gehörten zu den wenigen Menschen, die mit ihr redeten und sich mit ihr beschäftigten, und war Locke auch kein Brooks, sie mochte ihn dennoch. Und er sie ebenso. Sie erlas es aus seinen grauen, ausdruckslosen Augen, obwohl er ihr nie irgendein Zeichen der Zuneigung entgegengebracht hatte.

„Verzeiht, jetzt bin ich ganz bei den Imperatoren.“

„Und bei welchen sind wir?“ Ein Blick in Kathryns Gesicht genügte, sich die Frage selbst zu beantworten. „Bei den grausamen vier sind wir. Kastor der Barbar, Eremias der Stille, Komenidus und Nedal der Schreckliche. Was fällt Euch auf, was hatten sie alle gemeinsam?“

„Sie waren alle Männer“, antwortete Kathryn sofort.

„Das auch, aber ich denke nicht, dass das entscheidend war“, erwiderte Locke, er zog eine Augenbraue hoch, ein Maximum, dessen er an Mimik fähig zu sein schien. Als eine Erwiderung von Kathryn ausblieb, dozierte er selbst.

„Sie wurden alle ohne Mutter aufgezogen. Kastors und Nedals starben bei der Geburt, Eremias Mutter wurde von seinem Vorgänger Justinus verbannt und starb in der Verbannung. Und

Komenidus Mutter wurde im Zuge der gescheiterten Intrige gegen Imperator Amastor zum Tode verurteilt, da war er gerade einmal zwei Jahre alt. Zudem waren sie alle umfassend gebildet, lehnten während ihrer Herrschaft aber jedwede Beratung ab, da sie sich für fähiger als alle Berater hielten. Sie alle wuchsen ohne Gleichaltrige oder Geschwister auf. Sie alle wurden im Viert geboren, unter einem roten Mond, wie die Chroniken schreiben, und im Aszendenten der Eule. Sie alle sollten niemals eheliche Kinder zeugen und keinen Nachfolger benennen."

Na, wie gut, dass ich im Dritt geboren wurde, dachte sich Kathryn und überlegte, ob Locke sich der vielen Gemeinsamkeiten zu ihrem eigenen Leben bewusst war.

„Ich mag meine Gemeinsamkeit lieber", sagte sie trocken.

Locke besaß die Gabe, schmunzeln zu können, ohne dass sich seine Lippen dabei verzogen.

Da klopfte Johnson an der Tür. Er spähte in den Raum und teilte Kathryn mit, dass Oliver Steward da sei und nach ihr gefragt habe. Breadhead hatte Kathryn seit ihrem ersten Treffen in erstaunlicher Regelmäßigkeit besucht. Meist hatte er zuvor oder danach Angelegenheiten mit dem Duke zu besprechen gehabt, doch das ein oder andere Mal schien es Kathryn, dass er nur gekommen war, um mit ihr einige Partien des Königsspiels zu spielen. Dann saßen sie zusammen, meist im Wintergarten, sprachen wenig und spielten viel. Sie konnte nicht verhehlen, sich geschmeichelt zu fühlen, musste er schließlich jedes Mal aus Lidium anreisen, was mit einer schnellen Hunde- oder Schreiterkutsche beinahe eine Stunde in Anspruch nehmen dürfte.

„Geht nur, Mylady, wir wären hier ohnehin fast fertig", meinte Locke.

Johnson führte Kathryn in den vorderen Salon, wo Breadhead sie erwartete, mit einem bunten Frack, farbenfrohen Pluderhosen und seiner typischen roten Schleife um den Hals.

„Ich war zufällig in der Gegend, Mylady Kathryn, um dem Duke einen Rapport zu erstatten, doch wie ich erfahren habe, ist er ausgeflogen. Und da ich schon einmal hier bin und damit mein

Besuch nicht ganz vergebens bleibt, wagte ich zu hoffen, dass Ihr mir die Ehre eines kleinen Spielchens gönnt."

„Lieber Breadhead, so häufig, wie Ihr mich nun schon besucht habt, wird man noch glauben, wir planten irgendeine Intrige", antwortete Kathryn.

„Und man würde sich täuschen. Zu meinem Bedauern seid Ihr eine der wenigen Personen, mit denen ich noch keine Intrige spinne. Allein die Freude am Spiel und Eurer Gesellschaft treibt mich her", erwiderte er galant.

„Wie bedauerlich, vielleicht können wir uns eines Tages zu beiderlei zusammensetzen", sagte Kathryn und wunderte sich selbst über ihre Koketterie.

Breadhead lachte.

„Ich hoffe es. Vorerst aber belassen wir es aber beim Spiel. Seid Ihr eines Tages in der Politik ebenso geschickt, werde ich mit Euch zu jeder Intrige bereit sein."

„Ich nehme Euch beim Wort. Was wolltet Ihr denn von meinem Onkel?", fragte Kathryn.

„Oh, ich war im Auftrag der Krone in Martinshain und er wollte gerne über die Entwicklungen informiert sein. Außerdem hatte er noch einen kleinen Auftrag für mich."

„Man hat Euch zu den Druiden geschickt? Wie sind sie?", fragte Kathryn gespannt. So manche Geschichte hatte sie schon von ihnen gehört, niemals jedoch selbst einen Druiden kennengelernt. Sie nahmen Platz und Breadhead begann zu erzählen.

„Ein wunderliches Volk sind sie, ganz ohne Frage. Martinshain ist gewaltig, wie eine Stadt so groß, eine Stadt mitten im Wald. Ohne Mauern und ohne Ziegeln und ohne feste Wege. Ihre Erleuchteten können die Bäume und Pflanzen wachsen lassen, wie es ihnen beliebt, und sie lassen die riesigen Mammutbäume so wachsen, dass sie Hohlräume bilden, in denen sie wohnen können, wie hölzerne Häuser, die aus dem Boden sprießen, manche mit mehreren Stöcken, die den Baum hinaufreichen, mit Treppen, Möbeln und Fenstern, alles aus gewachsenem Holz. Man kann es sich kaum vorstellen. Und überall sind Tiere. Überall! Rotwild und Gämse, Büffel und Rinder. Es gibt zame Bären und Wölfe, die neben Ziegen und Federvieh umherlaufen. Ich sah zwei Wollmammuts, jedes groß wie ein Haus, mit Stoßzähnen länger als ein ausgewachsener Mann!“

„Dass sie mit Wildtieren zusammenleben, weiß doch jeder, wozu aber die Rinder und Ziegen? Ich dachte, die Druiden essen kein Fleisch?“, wunderte sich Kathryn.

„Tun sie auch nicht, aber die Milch ist ihnen als Gabe Gayas erlaubt und sie machen trefflichen Käse und Butter daraus. Glaubt mir, ich habe sie gekostet. Wir waren jedenfalls bei ihrem Fürsten geladen, Gwydion, ein Mann so haarig und wild, dass er selbst halb ein Tier zu sein scheint. Er ist berühmt für seine Kunst, vor allem seine Heilkunst. Er empfing uns in einem Haus, das aus mehreren riesigen Mammutbäumen bestand, die ineinander verwachsen waren und sich zu einem Ganzen zusammenfügten, groß wie ein kleiner Palast. Er saß auf einem Thron, der aus dem Boden wuchs, mit Ästen als Lehne und Blättern als Polsterung. Er war der einzige Mann im Raum und wir wurden von einer Handvoll junger Frauen bedient, in knappen Leinen bekleidet, mit haarigen Beinen und haarigen Achseln. Vielleicht waren es seine Töchter oder auch seine Frauen, wer weiß. Vielweiberei ist bei ihnen üblich, hörte ich. Sie leben nach ihren eigenen Regeln und Gesetzen. Gwydion schien nun offenbar eine Vorliebe für eine ganz bestimmte Tierart zu haben.“

Breadhead verzog den Mund und schüttelte sich kurz, lehnte sich dann vor, als würde er gleich das Fürchterlichste aussprechen.

„Vögel, Mylady. Vögel!“

Kathryn lachte.

„Ihr lacht, Mylady, aber ich kann die kleinen, gefiederten Dinger nicht leiden. Vielleicht liegt es daran, dass ich ein Kind Lidiums bin. Besonders viele hat es davon bei uns nun mal nicht und meist sind es schmutzige Tauben oder Krähen oben auf den Hausdächern. Wie dem auch sei, der gute Gwydion liebt Vögel augenscheinlich über alles, denn anders ließe sich nicht erklären, dass deren Hunderte sich in seinem Haus befanden. Hunderte!

Sie hockten ihm auf den Schultern, auf den Armen und auf dem haarigen Kopf, flogen im ganzen Gebäude umher, nisteten zwischen den Spalten der Wände und der hohen Decke, und ihr Kot bedeckte den Boden." Erneut schüttelte er sich. "Es war widerlich. Das Erstaunlichste aber war, dass seine kleinen Federfreunde ihn zu verstehen und zu gehorchen schienen. Als sei es eine Schar gefiederter kleiner Diener. Fehlte ihm irgendwas, sandte er einfach eines seiner Vögelchen."

„Ihr erlaubt Euch einen Spaß mit mir, Breadhead", lachte Kathryn.

„Wenn ich es Euch doch sage, Mylady. Ein Pergament fehlte ihm, schon schoss ein Vögelchen los, es zu holen; eine Feder zum schreiben?, das nächste Vögelchen machte sich auf den Weg; Tinte?, angeflogen kam sie. Es war zum Erstaunen!"

Er lehnte sich zufrieden zurück und schüttelte selig den Kopf.

„Ach, schön ist die Welt, in der wir leben, schön und voller Wunder. Auch wenn ich mir nun gewiss bin, dass ich zum Druiden wahrlich schlecht getaugt hätte; aber zu sehen, wie sie leben und zu was sie imstande sind, nötigt einem unweigerlich Respekt ab. Selbst da wir uneinig geschieden sind."

„Und welchen Zweck hatte denn Eure Reise?", fragte Kathryn.

„Wir sollten wegen des Krieges mit Sippan verhandeln. Ich und einige Kollegen und Diplomaten. Die Druiden verweigern der Krone ihre Unterstützung."

„Weswegen tun sie das?"

„Aus den immer gleichen Gründen. Sie wollen mehr Geld. Das Waldvolk hängt nun mal an ihren lieben Tieren und sie sehen diese nicht gerne im Büchsenfeuer zu Grunde gehen. Daher verlangen sie für ihre Unterstützung Geld oder Land, und beides ist die Krone im Moment zu geben nicht bereit."

„Wieso? Gibt es Streit mit meinem Vater und den Druiden?", fragte Kathryn weiter.

„Im Gegenteil, Euer Vater steht dem Waldvolk überaus wohlwollend gegenüber. Gwydion vor allem. Er selbst war es, der Euren Vater damals von seiner schweren Krankheit kurierte, als selbst die begabtesten Stimmen Javes keine Wirkung mehr brachten. Nein, damit hat es nichts zu tun. Streit gibt es nur insoweit, als dass die Höhe der Bezahlung, die sie fordern, dem König zu hoch ist. Seht, die königliche Kasse ist alles andere als gut gefüllt und um es direkt zu sagen, die Krone kann sich die Hilfe schlechterdings nicht leisten. Euer lieber Vater ist, was die Ausgaben des Hofes anbelangt, nun, sagen wir, großzügig. Und Krieg kostet nun einmal Geld. Es gibt zur Zeit wohl kein undankbareres Amt als das des königlichen Schatzmeisters, was mein werter Kollege Cornelius Fletcher innehat, der arme Kerl, und kein Tag vergeht, an dem er nicht über die finanziellen Zustände jammert, und kein Tag, an dem der König ihn nicht ordentlich zusammenstaucht, er solle mehr Geld auftreiben, und ziehe er es sich, verzeiht den Ausdruck, Mylady, aus seinem Allerwertesten. Beim Einen, der gute Mann kann einem leidtun."

Breadhead machte eine Geste der Aussichtslosigkeit.

„Doch nun erzählt mir von Euch. Hat sich etwas Erzählenswertes in Eurem kleinen Reich zugetragen?"

„Ich bin auf das Königliche Bankett geladen", antwortete Kathryn prompt.

„Oh, dann stimmt es also, was die Vögelchen von den Dächern zwitschern, und der König hat den Anstand, seine eigene Tochter wieder bei Hofe einzuführen? Es ist gewiss das Beste für alle. Vor allem für mich, denn so kann ich mir die Hundekutsche sparen, um mit Euch zu spielen."

Kathryn trotzte sich ein Lächeln ab. Je näher das Bankett rückte, desto bedrückter wurde sie. Dabei stand noch nicht einmal fest, was die Pläne ihres Vaters waren, ob und wann sie wieder in Ivoryhouse einziehen sollte. Und doch sorgte schon die Aussicht, wieder unter all jenen Gesichtern von damals zu leben, dafür, dass Kathryns Brust sich zuschnürte und sie nachts aus dem Schlaf schreckte. Sie war sich der Absurdität sehr wohl bewusst, lieber im Haus eines Mannes leben zu wollen, von dem sie wusste, er würde sie umbringen lassen, wenn er dadurch an die Macht käme. Und doch war es so.

Breadhead sah sich durchdringend an.

„Am Hofe solltet Ihr Eure Gedanken besser verbergen.“ Er lächelte mitfühlend. „Es wird nicht leicht für Euch, ich verstehe das. Das mit Eurer Mutter war fürchterlich. Aber, so hart es klingen mag, der Umgang Eures Vaters mit seinen letzten Gemahlinnen hat zumindest dafür gesorgt, dass am Hofe niemand ernsthaft glaubt, wessen sie bezichtigt wurde. Wird man spotten? Gewiss. Es ist schließlich der Hof. Aber mehr auch nicht. Außerdem hatte ich mittlerweile das Vergnügen, Euch ein wenig kennenzulernen und ich glaube wirklich, Ihr könntet dort Großes erreichen. Ihr seid schlau, viel schlauer, als ich je erwartet hätte, verzeiht, wenn ich es so offen sage. Ivoryhouse mag ein Schlangennest sein, und das ist es!, aber es ist auch der Ort, an dem die Geschicke dieses Landes entschieden werden. Vielleicht mehr noch als im Parlament. Lernt die Regeln des Spiels, und keine Sekunde zweifle ich, Ihr wärt hervorragend darin. Mir jedenfalls wird es eine Ehre sein, Euch beiseitezustehen. Hier“ – er deutete vage durch den Salon – „erwartete Euch nur Kummer und Trübsal. Es wird für Euch Zeit, die große Bühne zu betreten.“

Es waren schöne Worte und sie freuten Kathryn aufrichtig. Noch stets war ihr Ivoryhouse wie eine Bedrohung erschienen, als käme sie von einem Gefängnis in ein größeres. Niemals aber hatte sie es als Gelegenheit gesehen.

„Werdet Ihr ebenfalls beim Bankett sein?“, fragte sie Breadhead.

„Mein Blut, so fürchte ich, Mylady, ist nicht dick genug, um es an des Königs eigene Tafel zu schaffen.“

„Oh“, sagte sie enttäuscht. „Ihr seid ein Gemeiner, stimmt.“

Da fiel ihr ein, was sie Breadhead schon lange fragen wollte. „Und Ihr seid Unist.“

Oft hatte sie ihn „beim Einen“ sagen hören und auch sonst hatte er einige Dinge gesagt, die sie zu dem Schluss hatten kommen lassen.

Breadhead nickte: „Auch das!“ Er fragte nicht, woher sie es wisse.

„Dann glaubt Ihr daran, dass es einen Gott gibt, der über allem steht?“, fragte Kathryn.

„Ja, daran glauben wir. *Vier Götter gibt es, von denen wir wissen, und einen, an den wir glauben,* so sagen wir. Der eine Gott, der keinen Namen hat und kein Geschlecht."

„Und Ihr glaubt, dass ein Abgesandter des Einen oder so etwas zu uns kommen wird?"

„Ja. Ein Erlöser, der die Welt ins Gleichgewicht bringen soll. So ist es prophezeit worden." „Die 73 Prophezeiungen, ich weiß. Der Duke nennt sie die 73 Lügenmärchen."

Breadhead war nicht überrascht.

„Tja, Euer Onkel wird seine Meinung dazu auch nicht mehr ändern. Aber es sind reichlich viele Prophezeiungen, wenn Ihr mich fragt. Am Ende muss schließlich nur eine einzige davon wahr sein. Die erste Prophezeiung stammt sogar von der Heiligen Anna von Lippo selbst, auch wenn sie heute von der karnischen Kirche verleugnet wird. In ihr heißt es, dass der Himmel ein Zeichen senden würde, das die Ankunft des Einen ankündigt. Und manche glauben, der Komet sei dieses Zeichen. Nun, wir werden sehen…" Er zog eine ironische Grimasse. „Aber was ist mit Euch? Woran glaubt Ihr? Eure Mutter war wahrscheinlich eine der bekanntesten Unisten im Land, obwohl ich nicht weiß, wie es um ihren Glauben wirklich bestellt war. Und doch klingt es, als wüsstet Ihr nichts über unseren Glauben. Ist es nicht auch Euer Glaube?"

Er war es nicht. Wenn, dann waren die Drei ihre Götter. So war es immer gewesen, ohne dass sie hätte sagen können, wieso. Vielleicht lag es an Ann, die mit ihr zusammen schon als kleines Mädchen die kleinen Hände gefaltet hatte, vor dem Bett niedergekniet war, um zu den drei guten Göttern zu beten, ihr einen wohligen Schlaf zu gewähren. Und immer noch sandte sie ihre Stoßgebete zu Sophis, dass sie ihr einen Geistesblitz eingeben möge, lag sie beim Spiel hinten, oder sie betete zu Gaya, dass sie ihr den Hunger stillen möge, wenn sie mal wieder ausgebrochen war. Nur zu dem letzten der Drei hatte sie nie wieder gebetet, seit damals nicht. Zu sehr hatte er sie im Stich gelassen.

„Dazu weiß ich zu wenig über ihn", gestand Kathryn. „Der Duke ist nicht gerade ein Freund des neuen Glaubens und die Duchess, so das möglich ist, noch weniger. Ich wurde nie darin unterwiesen."

„Ja, das ist wohl wahr. Und nun wollt Ihr von mir mehr darüber erfahren", schloss Breadhead und lächelte sie an. „Nun, Mylady, ich weiß wirklich nicht, ob gerade ich zum Theologen tauge. Ich bin in diesen Dingen eher pragmatisch, würde ich sagen. Aber versuchen kann ich es ja."

„Ihr zweifelt also nicht, dass es die anderen Götter gibt?", fragte Kathryn.

„Welcher vernünftige Mensch würde das tun? Sehen wir nicht jeden Tag ihre Wirkung und ihre Wunder?"

„Aber ihr glaubt doch, dass es in Wahrheit nur einen Gott gäbe?", fragte Kathryn weiter.

„So ist es. Aber nicht, wie Ihr zu denken scheint. Wir zweifeln die Viergötterlehre nicht an. Wir glauben lediglich, dass die bekannten Götter, Jave, Sophis, Gaya und der Dunkle, in Wahrheit nur bestimmte Aspekte des Einen sind. Die vier Götter sind nur Teile des einen, wahren Gottes, der alles geschaffen hat, die Welt, das Universum, und alles darin."

„Dann stimmt es. Ihr glaubt, dass auch der böse Gott ein Teil des Einen ist? Ist dann aber der Eine nicht ebenfalls bösartig? Und was ist mit den… Anhängern des Dunklen?"

Unausgesprochen stand das Wort *Hexe* zwischen ihnen.

„Ja, diesen Aspekt der Lehre wussten die Gegner der Unisten schon immer gut für sich zu nutzen. Wir seien Teufelsanbeter, heißt es dann, oder wir würden Jave mit dem Dunklen gleichsetzen. Ketzer nennen sie uns. Nicht wenige haben ihre Überzeugung mit dem Leben bezahlt. Wisst Ihr, wie man Euren Großvater unter den Gemeinen nennt?"

Kathryn schüttelte den Kopf.

„Jacob den Brenner. Von hier bis Westpool brannten damals die Scheiterhaufen. Die Zeit des Feuers sagen wir Unisten dazu. Und jetzt werden die Feuer wieder geschürt. Nicht hier, aber im Süden überall, und wieder werden unsere Brüder ins Feuer geschickt, diesmal von der Inquisition. Aber sie konnten unseren Glauben damals nicht aufhalten, als sie Jeronimus verbrannt haben, und nicht, als sie uns hier im Norden ins Feuer geschickt haben. Auch diesmal werden sie uns nicht aufhalten."

Für einen Augenblick meinte sie, echte Leidenschaft aus seiner Stimme zu vernehmen. Breadhead machte eine Pause, lächelte dann, und alle Leidenschaft war wieder verschwunden.

„Nichts davon ist wahr, Mylady. Wir haben nichts mit Hexenwerk zu schaffen und kein Unist betet den Teufel an. Im Gegenteil. Seht Ihr, mit dem Einen verhält es sich ähnlich wie mit uns Menschen. Haben wir nicht alle ein wenig Böses in uns? Böse Gedanken, die wir keinem erzählen und niemals laut aussprechen. Die schlimm und schrecklich sind, und derer wir uns vielleicht sogar schämen. Ganz gleich, wie sehr wir auch versuchen, sie aus unseren Köpfen zu bannen, dennoch sind sie da."

Er bedachte Kathryn mit einem wissenden Blick.

„Machen sie uns zu bösen Menschen? Ich denke nicht. Wir alle tragen jeden Aspekt des Einen in uns. Sie sind Teile von uns. Die Demut und Güte Javes, die Klugheit, die uns Sophis eingibt, wir sind Teil der Natur Gayas und ebenso haben wir eine dunkle Seite in uns. Die einen mehr, die anderen weniger. Das Gute kann nicht ohne das Böse sein, wie Wärme nicht ohne Kälte. Das Böse steckt in uns allen, aber der Eine schenkte uns den freien Willen, um selbst zu entscheiden, ob wir dem nachgeben oder nicht. Wie es an uns selbst ist, sich der Lehre Gayas zuzuwenden und im Einklang mit der Natur zu leben, oder sich dem Studium und den Wissenschaften zu widmen und den Geist zu schärfen, und in Sophis Sinne zu leben, oder auch ein keusches, mönchisches Dasein zu führen, um dem Guten Gott zu dienen. Oder sich einer ganz anderen Sache zu verschreiben. Der Eine hat uns nach seinem Bilde geschaffen und nach seiner Art. Er versteht uns, mit all unseren Vorzügen und Fehlern, denn er ist wie wir, und wenn wir in die Posterität übergehen, nimmt er uns auf und vergibt uns, solange wir uns selbst vergeben können. *Wir sind gut und böse, sauber und schmutzig, dumm und klug, faul und fleißig, sind alles und sein Gegenteil, und eines nur ist gewiss, dass er uns liebt*. So steht es in der Einigen Bibel."

Das Gesagte, vor allem in der Art, wie Breadhead es gesagt hatte, wollte so gar nicht in das Bild des zynischen Menschen passen, den er verkörperte.

„So, ich denke, das war genug der Theologie und Politik für einen Tag, Mylady. Nun wird es Zeit, uns den Figuren zu widmen."

Gebeugt und konzentriert, saßen die Gegenspieler über das Brett gebeugt. Die erste Partie war es noch und ihr Höhepunkt näherte sich. Kathryn stand besser, das wusste sie, ohne sagen zu können, woher, doch jeder Fehler könnte ihr Untergang sein. Da hörte sie die dumpfen Geräusche einer Dampfmaschine. Zeitgleich sahen sie auf, blickten zum Fenster in den Hof hinaus.

Wie alle großen Lords unterhielt auch der Duke ein eigenes Schiff, ein imposantes Kriegsschiff mit mehreren Kanonen und einem gewaltigen Kessel. Ein fünfzig Tonner, wie er gerne erwähnte, und neigte er auch sonst zu vornehmer Bescheidenheit, seine *Atraxis* war sein ganzer Stolz. Kathryn hatte ihn einst gefragt, was der Name bedeute. Er hatte tatsächlich geantwortet und vielleicht war es das längste, was er je zu Kathryn am Stück gesprochen hatte. Atraxis, Tochter der schönen Pelingula und Aerus, dem Göttervater, die die Tochter des Windes genannt wurde in den alten Sagen des ersten Reiches. Eine Halbgöttin und Kriegerin, die durch die Lüfte fliegen und mit ihren Schwert *Windschnitter* ganze Berge entzweischlagen konnte. Kathryn hatte die Geschichte gefallen.

„Sieh an, Euer lieber Onkel gibt sich die Ehre."

Sie traten an das Fenster. Der Duke war ganz zuvorderst am Bug zu erkennen, gleich hinter der großen Bugkanone, seine Pfeife rauchend. Er war kein Mann der vielen Laster und nie hatte Kathryn ihn trinkend oder gar betrunken erlebt, seine Pfeife aber liebte der Duke.

„Ich denke, wir werden unsere Partie wohl verschieben müssen. Einigen wir uns auf ein Unentschieden?"

Als er ihren Blick sah, lachte Breadhead.

Sie begaben sich vor das Tor, der Atraxis beim Landen zuzusehen. Schwerelos schwebte das prächtige Schiff gen Boden, weiß zerstäubte der Rauch zwischen den beiden Heckrotoren, die gemächlich drehten. Der Kessel war nicht messingfarben oder kupfern, wie bei den meisten Schiffen oder Fähren, sondern gepanzert und dunkel eingefärbt. Die Atraxis war ein Kriegsschiff. Zwei Banner hingen zu beiden Seiten im lauen Wind, das Wappen der Griffins darauf, den zweiköpfigen Greifen.

„Wie mächtig ist mein Onkel eigentlich?", fragte Kathryn. Das Bild, das sich vor ihr auftat, beeindruckte sie. Als Breadhead sie zuerst nur fragend ansah, sagte Kathryn: „Mein Onkel ist sparsam mit seinen Worten mir gegenüber, und ich habe nur eine ungenaue Vorstellung davon, wie sein Stand ist."

„Und dabei hätte er in Euch doch eine würdige Gesprächspartnerin… Seit Euer Vater ihn als Erzkanzler abberufen hat, mag sein Einfluss eingebüßt haben. Sein Ehrgeiz allerdings nicht. Im Gegenteil, ich glaube, er hat sogar noch zugenommen. Und er hat seine gewonnene Zeit zu nutzen gewusst. Im Parlament ist er inzwischen der einflussreichste unter den Lords. Er beherrscht etwa die Hälfte aller Stimmen der Noblen. Dazu sein Reichtum. Der Mann hat wahrlich überall seine Finger im Spiel."

„Nun, er ist ein Griffin", meinte Kathryn. Selbstverständlich war er reich.

„Seid Ihr nicht auch eine Griffin?", fragte Breadhead sie schmunzelnd, fuhr dann fort, ohne eine Erwiderung abzuwarten. „Die Abstammung Eures Onkels ist nicht der Ursprung seines Reichtums. Das, was er jetzt besitzt, hat er sich erarbeitet, und das meine ich, wie ich es sage. Er handelt mit allen Göttern und allen Ländern, wie man unter Händlern sagt. Er besitzt sechs Handelsschiffe, die unter seiner Fahne fliegen. Er kontrolliert den Salzhandel im gesamten Süden des Landes. Kein Körnchen Salz geht über den Tisch, ohne dass Euer Onkel nicht mindestens beteiligt ist. Ihm gehören etliche Kupferminen im Norden und einige Silberminen auch. Und er hat Verträge mit Frisien, Storzen und dem Reich für den Kupfer-, Zinn- und Eisenhandel. In Lidium arbeiten mittlerweile bald tausend Mann für ihn."

„Ihr bewundert ihn", stellte Kathryn überrascht fest.

„Bewundern? Ich weiß nicht, ob das das Wort ist, das ich verwenden würde. Ich respektiere ihn.“ Er schaute Kathryn in die Augen. Sie sah ihm an, er wägte, was er ihr sagen konnte.

„Wisst Ihr, es gab eine Zeit, eine lange Zeit, da habe ich euereins fürchterlich beneidet.“

„Unsereins?“

„Euch Adlige. Wie schön muss es sein, dachte ich, sein Leben so sorgenfrei zu verbringen. Alles ist einem schon gegeben, nichts muss man selber schaffen, alles wird für einen gemacht. Man hat Stand und Status und Geld und alles nur, weil man aus dem passenden Schoß gekrochen ist.“ Die Worte schienen Kathryn ungewohnt hart für Breadhead.

„Doch mittlerweile sehe ich es anders. Es klingt so sehr nach Vorteil, in Wahrheit aber ist es ein Nachteil. Es macht euch behäbig und ideenlos.“ Kathryn runzelte die Stirn.

„Oh, Mylady, nicht alle Adligen! Aber die meisten. Die Adligen, die ich kenne, könnten sich einen guten Handel nicht einmal im Traum ausdecken. Wozu auch? Sie haben alles und mehr, was sie im Leben brauchen, und ihre Sorge gilt allein ihrer Ehre und an wen sie ihre Töchter verheiraten können. Sie wissen nicht, was es heißt, zu arbeiten, um etwas zu essen zu haben, um anständig leben zu können. Euer Onkel ist nicht so, und das hat auch seinen Grund. Ich kenne kaum einen Mann, der mehr arbeitet und kaum einen Adligen, der so viel Geschäftssinn hat. Er ist viel mehr Händler als Adliger, und auch wenn es nicht so klingt, ich meine es als Kompliment.“ Er bedachte Kathryn mit einem Blick, der beinahe entschuldigend war.

„Man mag vom Duke halten, was man will, aber er ist ein fähiger Mann und das nötigt mir Respekt ab.“

Eben jener näherte sich nun, seine Pfeife paffend, sein Leibdiener Frederick Woodrich und sein Leiblink Vaggan auf dem Fuße. Bei ihnen angekommen, musterte er zuerst Kathryn, dann Breadhead.

„Was für eine ungewöhnliche Begrüßung. Was führt euch beide denn hier zusammen?“, fragte er.

„Oh, Mylady Kathryn besaß nur die Freundlichkeit, mir mit einer Partie des Königsspiels die Zeit zu vertreiben“, sagte Breadhead lächelnd.

„Ist dem so? Mir scheint es nicht das erste Mal gewesen zu sein, dass Ihr mit meiner Nichte spielt. Wir wollen doch nicht, dass es zu übler Nachrede kommt, mein lieber Breadhead?“

Er schaute zu Kathryn und sie spürte seine Wut. Erschrak beinahe. Was hatte sie schon getan? Nichts, außer gespielt und sich einige Neckereien erlaubt. Nichts Unredliches oder Verwerfliches. Und wieso kümmerte sie überhaupt, was er dachte? Er, der sie tot sehen wollte. Es sollte sie nicht kümmern. Und mit einem Mal dachte sie sich, vielleicht war es wirklich besser, aus diesem Haus zu entkommen, mit seinem Wachtmeister, und sei es, um in ein Nest voller Nattern zu ziehen. Sie hob den Kopf und trotzte seinem kalten Blick.

„Ach, wer würde bei mir schon Übles denken?“, sagte Breadhead lachend und es schien, als bemerke er nichts von der Wut.

„Und nicht Mylady Kathryn führte mich hierher, sondern Eure Person war es, die ich aufzufinden hoffte. Ich komme eben von unserer kleinen diplomatischen Reise und Ihr wünschtet doch Bericht.“

Als der Duke zu Breadhead sprach, war keine Spur von Ärger herauszuhören.

„Ihr wart bereits in Martinshain? Ich erwartete nicht, dass die Reise schon geschehen sei. Konntet Ihr mein Gesuch übermitteln? War es Gwydion selbst, mit dem Ihr gesprochen habt? Kommt, lasst uns in meine Gemächer gehen und Ihr berichtet mir.“

„Ich bitte darum, denn es dunkelt bereits, und wie sagte der große Dichter noch gleich: *Nur in eine Richtung vermag die Zeit zu fließen.*“

Während Breadhead und der Duke in das Schloss gingen, blieb Kathryn zurück, regungslos, die Stirn in tiefe Falten gelegt.

~ 8. Kapitel ~

Aris

Der Takt unzähliger Trommelschläge geleitete die tausenden Soldaten auf ihrem Marsch. Ein Strom aus Menschen und Wagen und wehenden Fahnen, blitzenden Waffen und ernsten, männlichen Gesichtern. Der Befehl war bald gekommen. Fünf Tagesmärsche von Voder entfernt standen die eigenen Truppen, deren Reihen sie verstärken würden. Gemeinsam wären sie eine Armada von beinahe fünfundzwanzigtausend Mann. Nun galt es, sich den Sold zu verdienen und den Marsch in den Krieg anzutreten.

Wie viel waren er und Bortos schon marschiert? Wie viel noch, bis sie an der Reihe waren?

Er sah sich um. Musterte den riesigen Strom seiner neuen Waffenbrüder. Sah das norländische Blau als Feldzeichen um den linken Arm getragen, mancher hatte sich zusätzlich blau gefärbte Tücher um den Hals oder den Hut gebunden, um die Spitzen ihrer kurzen Kampfspeere oder um die Scheiden ihrer Schwerter. Er sah alte, von Zeit und Leben gegerbte Antlitze, erfahrene Kriegsknechte, die schon manchen Feldzug hinter sich hatten, dann wieder junge, fast bartlose Gesichter, frische Rekruten, die noch nichts von Krieg und Feld verstanden. Feldzüge waren so verschieden wie die darin kämpfenden Soldaten, doch tödlich waren sie alle und etwa jeder Dritte, schätzte Aris, würde auf diesem Abenteuer sein Leben lassen. Wäre er auch darunter? Oder Bortos? Übliche Gedanken auf dem Weg ins Feld.

Hinab zum Fluss führte der Weg, zur Heraldsbrücke, der größten Brücke, die Aris jemals zu Gesicht bekommen hatte. Gigantisch und steinern trotzte sie der kräftigen Strömung der Tumber, führte auf gewaltigen Pfeilern über den Fluss. Eine Traube von Menschen, Tieren und Wagen hatte sich davor gebildet, dicht gedrängtes Kriegsvolk, das hinübersetzen wollte, hinüber in den Krieg.

„Platz! Platz gemacht!“, hörte Aris hinter sich gebrüllt.

Er drehte sich um und machte augenblicklich einige Schritte Platz, denn ein riesiges Tier bahnte sich den Weg durch die Menge und auf die Brücke zu.

„Teufel, was ist das?“, stieß er aus.

Da tauchte Ben neben ihnen auf und lachte.

„Wolltest du nicht deine Tiere sehen? Das ist Simson, ein Steppenmammut aus dem Norden.“

„Du kennst das Vieh beim Namen?“, wunderte sich Bortos.

„Ich und jeder andere Norländer“, erwiderte Ben. Viele der Soldaten hatten sich die Feldzeichen vom Arm genommen und wirbelten sie nun durch die Luft, als Zeichen des Respekts.

„Ich kenne ihn nicht“, sagte Bortos und schaute streng.

„Na, du bist ja auch ein äußerst seltsamer Norländer“, lachte Ben. „Aber gerne nehme ich dich als einen der unseren an und jetzt kennst du seinen Namen ja. Und mehr noch als den Namen Simson solltest du dir den von dem Kerl da obendrauf merken.“ Er deutete auf den Reiter.

„Butterbear!“ Er sprach das Wort wie eine Offenbarung.

Butterbear! Der nordische Bär! Aris hatte geglaubt, er müsse bereits an der Front als General sein. Die nordische Legende, ein Mann, dessen Geschichten sich wie die alten Sagen des ersten Reiches anhörten, Geschichten von Helden und Wundern, die man Kindern vor dem Schlafengehen erzählt, von einem Menistodos, der gegen Riesen und Bardypen kämpft, einem Dalodos, dem Göttersohn, der mit einem Schwertstreich ein ganzes Heer niederringt. Butterbear. Einer der großen Drei, der berühmtesten Feldherren Alanas, Raphael de Tornedo, der *blutige Baron* aus Sippan, Faller, der Brabese, der für das Reich kämpft und den sie *den Eisernen* nennen, und endlich dieser hier, Butterbear, der berühmteste von allen, Sohn eines gemeinen Hauptmanns, ohne jeden Ahnenstamm, im Feld geboren, wie Aris auch.

„Warum ist er nicht schon im Feld?“, fragte Aris und Ben zuckte mit den Schultern.

„Er zieht jedenfalls mit uns und ist das Heer vereint, wird er die Generalität übernehmen. Und das ist verdammt gut so, denn einen besseren gibt's nicht und scheiße, wir lieben unseren General. Butterbear!" Letzteres rief Ben laut aus und der Ruf vermengte sich mit vielen weiteren der umstehenden Soldaten, ein lauter Chor, der im steten Rhythmus „Butter!" rief, dann, wie als Antwort, „Bear!"

Der alte Recke ließ sich von dem Jubel nicht beeindrucken, wippte im Takt des Laufschritts, sein Blick schweifte gelassen über den strömenden Fluss. Auf dem Rücken des Ungetüms sah der Reiter unpassend klein aus, obwohl er im mindesten Bens Statur besaß.

Schwarz war sein Kürass, schwarz der Helm, geriffelt und mit spitzen Kanten. Metallisch schimmerte er im Sonnenlicht.

Ein Bärenfell trug er als Umhang, braun und schwarz gescheckt, der ausgestopfte Kopf des Tieres hing ihm über der einen Schulter und diente als übergroße Fiedel. Sollte das Bildnis eines Mannes je seinem Ruf entsprochen haben, dann hier.

„Schwarzstahl!", sagte Aris.

„Aje", bestätigte Ben. „Der Imperator hat ihm den Panzer geschenkt, zu Ehren seines Sieges bei Wostag."

„Der Bluttanz im Schnee, ich habe davon gehört", sagte Aris und musterte die Rüstung. Aus den magischen Essen von Lyris stammend, der einzige Ort, wo solcher Stahl gefertigt werden konnte, wie Diamant so hart und wie Gold so wertvoll.

„Da können unsere Panzer nicht mithalten, was, Bortos? Auch wenn mir deiner von ausgesprochener Qualität erscheint", meinte Ben. Er trug ebenfalls einen Harnisch.

„Das will ich meinen! Hab ihm einer Klinge abgenommen. Storzischer Stahl! Es heißt, die storzischen Schmiede würden auch mit Magie härten. Ist kugelfest! Hab selbst gesehen, wie die Kugeln an dem Kerl abgeprallt sind, dass ich mit dem Schwert ran musste."

„Eine Klinge willst du getötet haben? An mich brauchst du deine Märchen nicht verschwenden", sagte Ben.

„Kannst es glauben oder nicht. Hier schau, das Siegel des Kurfürsten ist eingestanzt." Bortos zeigte Ben den zweiköpfigen Hochadler an der Halskrause.

„Hat es mir nicht leicht gemacht, aber am Ende hab ich ihm seinen Helm verbeult, dass er nicht wieder aufgestanden ist. Den

Rest der Rüstung hab ich für gutes Geld versetzt, den Panzer habe ich aber behalten und will nicht mehr ohne sein. Er hat mir schon das ein oder andere Mal den Hals gerettet." Es war nicht Bortos Art, zu protzen, und mehr dazu würde er nicht sagen.

„Tod und Teufel, Bruder, meine Niederlage lässt sich wahrlich leichter verschmerzen, jetzt, wo ich weiß, dass du ein Klingentöter bist." Ben lachte auf und klopfte Bortos auf den Panzer. Dieser deutete auf das Mammut.

„Und das Biest ist zahm? Ich dachte, Mammuts könnten nur von Druiden gehalten werden", fragte Bortos.

„So zahm, wie es eben geht. Es heißt, Butterbear habe ihn als Kalb gefunden, oben in den Davenshore Steppen, wo er her ist, und hat ihn selbst aufgezogen."

Die Leibwachen des Generals drängten die Soldaten zur Seite. Der Mammut stapfte gemächlich vorwärts. Zwei gebogene Stoßzähne erwuchsen seinem Maul, lang wie Bidenhänder, eisengraue Panzerplatten schützten den enormen Schädel, die baumstammdicken Beine und die Seiten.

„Potztausend, so einen will ich auch!", sagte Bortos mit leuchtenden Augen und meinte das Mammut. Er liebte alles, was groß war.

„Ich weiß nicht. Sieht schick aus, aber eine gute Salve oder eine glückliche Kanonenkugel, und es ist nur noch ein großes Stück Fleisch", meinte Aris.

„Glaub's nicht! Ich habe schon gesehen, wie drei von denen auf einen Haufen Knechte gehetzt wurden. Da flogen die Kerle nur so durch die Luft."

Sie drängten sich hinter dem Mammut auf die Brücke und Aris sah, dass Ben einen Schild auf dem Rücken trug.

„Bist Schildler, was?", fragte ihn Aris. „Euereins sieht man selten im Süden."

Kein Wunder, dass er Ben nie mit den Schützen hatte exerzieren sehen. Die Schilde waren aus gestärktem Eisen und in einem Guss hergestellt. Schwer und unhandlich waren sie, boten aber auch trefflichen Schutz vor feindlichen Gewehrsalven.

„Ha, einer muss euch doch die Kugeln vom Leib halten. Kein Schwarzstahl, aber dafür daumendick, die Rückseite ist dazu mit gestärktem Leder beschichtet, da kommt so leicht keine Kugel durch. Glaub mir, es schießt sich leichter hinter einem Wall von meinesgleichen. Bei euch da unten zählt das Leben des Soldaten wenig. Hier geben wir noch aufeinander Acht", meinte Ben.

Wenn es doch so wäre, dachte Aris. Dass Schildträger wirkungsvoll waren, wusste Aris allerdings, denn er hatte einige schon im Einsatz erlebt und gesehen, wie effektiv sie sein konnten. Dass man sie im Süden wenig sah, lag eher daran, dass die Schilde teuer in der Herstellung waren, und sakrisch schwer noch dazu.

„Ihr versteckt euch hinter euren Schilden und wir machen die Arbeit, ich versteh schon", sagte Bortos, meinte es aber neckisch.

„Ha! Ich sorge schon dafür, selbst was zu tun zu haben."

Er zog eine riesige, zweiläufige Pistole hervor.

„Hier, meine Freundin. Die dicke Betzy. Von einem Büchsenmacher aus Liston. Sie schickt Küsse in die Welt, von denen man sich schwerlich erholt. Und was hängt dir da Schönes über der Schulter, Bortos?"

Bortos befreite seinen Katzenkopf vom Leder, das ihn schützte.

„Ist mein kleiner Freund! Ein schöner Salut aus dem Kerl und du bist selbst hinter deinem Schild nicht sicher! Und auf den Dicken da oben würde ich keinen Kupferling setzen, nehme ich ihn damit aufs Korn."

„Vorsicht, was du sagst! Unser Butterbear ist heilig. Und wer weiß, ob die Magier dem Panzer nicht noch so manchen Zauber mitgegeben haben. Auf meinem Schild will ich das Teil allerdings nicht zu spüren bekommen. Wie heißt es?"

„Katzenkopf nennt man sowas im Süden. Oft sehen tut man sie aber auch bei uns nicht. Sind den meisten zu schwer."

Er zog das gewaltige Gewehr über die Schulter und reichte es Ben zur Musterung.

„Tausend Teufel Bortos, das Ding ist viel mehr Kanone als Gewehr! Warum Katzenkopf?"

Bortos zuckte mit den Schultern: „Vielleicht, weil die passende Kugel die Größe eines Katzenkopfs haben müsste?“

„Hast so eine Kugel bei dir?“, fragte Ben.

„Ich wollt, ich hätte. Ich stopf sie mit dreifacher Ladung, einer Hand voll normaler Kugeln und mache einen guten Klumpen Talk obendrauf. Bei allen Göttern schwöre ich, damit mal drei Kerle auf einen Streich ins Jenseits geschickt zu haben. Zeig mal deine Betzy her!“

Beider Augen leuchteten bei der Begutachtung der gegebenen Waffen. Und Aris musste schmunzeln, wie ähnlich sie sich waren. Bortos hatte es noch stets verstanden, schnell Freundschaften zu schließen, und dieser hier, dachte sich Aris, würde ihnen noch ein guter Kamerad sein.

„Ein solche Brücke habe ich noch nie gesehen“, sagte Aris. „Sieht aus, als würde sie das Ende der Welt noch miterleben.“

„Ja, die hier, die Conquerors Bridge in Lidium und die Richardsbridge in Starksend sind die größten Brücken im Land. Aber das Ende aller Tage? Fällt das dort“- er deutete auf die sternförmig fortifizierte Siedlung, auf die sie zuliefen – „in Feindeshand, wird gesprengt. In jedem zweiten Pfeiler stecken einige Fässer Ladung. Dann knallt's ordentlich.“

„Wieso? Macht ihr es so dem Feind nicht leicht? Was, wenn sie bei Nacht und Nebel selbst die Brücke sprengen?“, fragte Bortos.

„Na, du nähst die Möse doch nicht zu, die du noch ficken willst“, erwiderte Aris und Ben lachte schallend.

„Bei den Göttern, was der Hundsfott spricht!“ Rumford war hinter ihnen gelaufen und hatte scheinbar zugehört.

„Die Möse zunähen! Ist's zu glauben? An dir ist wohl ein verdammter Dichter verloren gegangen!“, rief der Korporal und schüttelte den Kopf.

Aris lachte.

Die Siedlung hinter der Brücke nannte sich schlicht Südvoder und war aufs Beste bewehrt. Sternförmig umschlossen breite Wälle die sieben Schritt hohe Stadtmauer. Wehrtürme waren mit Schießscharten durchsiebt und zuoberst mit Kanonen bestückt, und ein breiter, gefluteter Graben umschloss die ganze Anlage. Nur wenig Zeit verblieb ihnen aber, die stattlichen Wehranlagen zu bewundern, denn lange hielten sie sich dort nicht auf. Vor den schützenden Mauern formierte sich die kleine Armee und schon ging der Marsch weiter.

Aris blickte in den Himmel, beobachtete die Flotte Luftschiffe, die hoch über ihnen schwebte wie flügellose Vögel mit einem Schweif aus grauem Rauch. Nicht allein des Schutzes wegen waren sie da, sie vor feindlichen Schiffen und ihren Granaten zu verteidigen, sondern vor allem, den Feind frühzeitig zu erspähen, sollte er denn auftauchen. Über ein Dutzend waren es, kleine, schnelle Fregatten mit kaum einem Dutzend Mann an Besatzung. Von den unzähligen norländischen Landadligen besaßen viele ein eigenes Schiff und verdingten sich damit als Kapitän in der Armee, oder versuchten sich unter der schwarzen Flagge als Piraten. Norland setzte dabei auf Wendigkeit und Anzahl, während Sippan mit seinen alten, reichen Geschlechtern für seine riesigen, kanonenschweren Kampfschiffe bekannt war.

Einiges an Artillerie hatten sie auch dabei, sechs große Kanonen, die von Ochsen gezogen werden mussten, dazu etliche kleinere, die der Soldat Falken nennt. Sogar zwei Dampfpanzer stärkten ihre Reihen, ebenfalls mit Kanonen ausgestattet, ältere Modelle, mit mehr Holz als Stahl versehen und hohen Schornsteinen mit sternförmigen Auslässen. Gefährlich und eindrucksvoll sahen sie aus, aber Aris wusste, wie unzuverlässig sie sein konnten. Vier schnaufende Dardabüffel zogen je einen. Erst in der Schlacht würden sie von ihrer Dampfmaschine Gebrauch machen.

Bald veränderte sich die Landschaft und die ersten Zeugnisse eines vom Krieg heimgesuchten Landes zeichneten sich ab. Jung war das Jahr und erst wenige Monate lang hatte der Krieg Einzug gehalten, und doch zeigten sich seine Spuren überall. *Kriegsland*, sagten die Söldner dazu, und gleich wo in Alana man über solche Erde schritt, dasselbe Bild zeichnete sich ab. Verschwunden war der gemeine Mensch, hatte sich mit Hab und Gut in die Wälder oder Berge zurückgezogen, fern der raubenden und plündernden

Soldateska, und die klügsten von ihnen mögen gleich das Land verlassen haben. Unbestellt lagen die Felder da, inmitten einer Zeit, in der die Aussaat längst stattgefunden haben müsste, ungepflügt die Äcker, unbenutzt und abgetragen waren Wege und Straßen, und die Wiesen und Felder entbehrten dem üblichen Nutzvieh. Des Tages sangen Aaskrähen krächzend ihre scheußlichen Lieder, begeiteten die Soldaten auf ihren Märschen, während des Nachts Wölfe zu einem heulenden Chor anstimmten und Waldwürmer ihr schrilles Kreischen ausstießen, dass die unerfahrenen Rekruten kaum ein Auge zubekamen.

„Was zu plündern wäre fein. Vielleicht hat's noch ein frisches Dorf in der Nähe", sagte Einauge hoffnungsfroh.

„Das Land hier ist abgegrast. Schau dich doch um", meinte der alte Oskar und deutete vage um sich. „Müssen die anderen Norländer gewesen sein. Und sie waren scheinbar gründlich."

„Weiter im Westen wird's schon noch frisches Land geben. Vielleicht belagern wir Bondui, heißt es. Soll ne große Stadt sein. Da gibt's sicher gut was abzugreifen", sagte Bortos.

„Ist gutes Land dort an der Küste", meinte Packo bestätigend. „Bin übers Wasser her, über Quist und Lonegine. Ist gutes Land. Viel Beute."

„Und ich seh das Blaue", sagte Oskar.

„Nie das Blaue gesehen?", fragte Aris verwundert.

„Nie. Die Götter wissen, in wie vielen Ländern ich schon war, aber ans große Blaue bin ich nie gekommen. Als Gör hat mich mein Vater mal nach Frisien mitgenommen. Da hab ich Wasser gesehn, wie Lebtags nie wieder. Die Nordsee. Schön war's. Wasser, soweit das Auge schauen konnte. Wasser und Schnee. Sowas sieht man im Reich nicht. Hat mir gefallen. Nur die verdammte Kälte nicht."

„Wir marschieren schnell. Wirst dein Wasser bald zu sehen bekommen", meinte Packo.

Aris musterte Packos Hals.

„Was hast denn du da hängen? Sieht ja aus wie ein getrockneter Hundepimmel", sagte Aris und Bortos und der alte Oskar lachten auf.

„Hehe, lacht ihr nur. Ist Stück von echtem Hexenbaum, mit Feenblut bestrichen obendrauf. Ist das Beste, was es gibt! Lässt die Kugeln wegfliegen. Einfach weg. Seit ich es habe, nie auch nur ein Kratzer. Zehn Kronen hat's gekostet." Aris begutachtete das schwarz-bräunliche Ding, an dem kleine Flecken getrockneten Blutes klebten.

„Einen Hundepimmel haben sie dir angedreht, sag ich! Der wehrt höchstens Dirnen ab!", gab Aris zurück und drumherum erklang erneut lautes Lachen.

„Du wirst sehen, keine Kugel kommt in meine Nähe! Du wirst sehen", sagte Packo trotzig.

„Und wenn doch, wirst du dich beim Händler wohl nicht mehr beschweren können", spottete Aris, meinte es aber nicht böse und milderte den Spott mit einem Augenzwinkern.

Kaum einen Soldaten gab es im Feld, der nicht irgendeine Zauberei oder einen Glücksbringer mit sich führte, von denen er meinte, sie brächten ihm Glück oder Schutz oder beides. Um Bortos Hals hing ein Anhänger in Form einer zweischneidigen Axt, das Zeichen Kogans, dem Gott der Krieger und Söldner, den Bortos verehrte. Und auch Aris besaß einen Talisman. Einen allerdings, den er keinem seiner Kameraden und auch keinem sonst zeigen würde, und von dem nur Bortos wusste.

„Ich kannte mal einen, der hatte eine Tinktur, die einen kugelfest macht", sagte Einauge. „War aus irgendeinem Blut gemacht. Hat sie immer aufbewahrt, in so nem kleinen Fläschchen, und wollt es für die große Schlacht aufsparen. Dann hats ihn im Winter aufs Maul gelegt und das Fläschchen ist zersprungen. Und kurz darauf ist er an einem Fieber gestorben. Hab nie erfahren, obs gewirkt hätte."

„Kann schon wirken, sowas", meinte Oskar. „War bei der Belagerung von Gralstadt dabei. Da hat ein Kamerad sowas getrunken und ist dann vor dem Stadtgraben gestanden und hat in aller Ruhe reingepisst, während die ihn von der Mauer aus mit Kugeln eingedeckt haben. Hat sie sich einfach von der Brust gewischt, die Kugeln. Hemd und Mantel waren danach hin, aber er war heil."

„Hast du es selbst gesehen?“, fragte Aris interessiert.

„Das nicht, aber von mehr als einem gehört. Machte damals große Runde, kannst es mir also ruhig glauben.“

„Götter, für so einen Trank würde ich was geben“, meinte Einauge.

„Ich sag; Vorsicht mit solchem Teufelszeug“, mahnte der Rottenmeister. „Wie heißt's; *der Teufel gibt nichts ohne Wucherzins!* Wer weiß, was einen die Nutzung im Nachhinein kostet. Sowas verdirbt die Seele und davon hat man nur eine. Halte es da lieber mit den Gaben der Guten Drei.“

„Hast auch was, um dich zu schützen?“, fragte ihn Aris.

Der Alte zog ein kleines Medaillon unter seinem Lederkoller hervor. Oval die Form, das kirchliche Dreieck mittig darauf geprägt. Er öffnete es.

„Ist ein Stück Knochen der heiligen Anna von Lippo.“

„Der Heilerin? Tod und Teufel Oskar, das muss dich aber gekostet haben“, sagte Einauge beeindruckt und beugte sich zu Oskar. Auch Packo musterte es interessiert.

„Lässt die Wunden besser heilen, heißt's, war immerhin die größte Heilerin, die je auf der Götter Boden wandelte.“

Markus und Packo betrachteten ehrfürchtig den winzigen Knochensplitter.

„In Karlstadt gibt's ne ganze Kirche ihr zu Ehren. Das Weib war heilig wie kein anderes.“ Einauge stammte aus Karlstadt, der dritte Sohn eines Schusters, dem nichts verblieb, als seinen Lebensunterhalt außerhalb der Familie zu suchen. „Ist jemand krank, legt man einen Strauß Tulpen in der Kirche ab, vorne beim Altar. Es stehen Vasen da und kein Tag vergeht, dass nicht alles voller Tulpen ist. Dann wirft man eine Münze in den Brunnen davor, um für den Segen zu bezahlen. Haben's bei einem meiner Brüder gemacht. Hat geholfen. Es heißt, außer dem Tod konnte sie alles heilen.“

„Hätte dir dein Auge wieder wachsen lassen können“, meinte Aris zu Einauge. Der rieb sich mit dem Finger unter seiner dürftigen Augenklappe.

„Sowas vermag es leider nicht, glaube ich. Aber ich würde was drum geben. Juckt mir ständig, das verdammte Ding", sagte Einauge, was Aris gut nachempfinden konnte, der sich unwillkürlich selbst die Narbe kratzte.

„Wie ist es eigentlich passiert?", fragte Bortos.

„Ach", winkte Einauge ab, „ist kaum ihre Worte wert, die Geschichte. War nicht mal im Kampf. War im Winterquartier. Hatten Drill am Gewehr, und ein Kamerad von mir, der dumme Hund, legt sein glühendes Rohr ans Pulverfass. Das Ding geht hoch und nimmt ihm beide Beine weg, und mir fliegt ein Stück Holz geradewegs ins Auge. Dummheit kostet ihren Preis, heißt's doch. Der Hund hat's am Ende mit dem Leben bezahlt und mein Auge waren die verdammten Zinsen." An Oskar gewandt sagte Einauge: „Vielleicht kannst mir das Medallion bei Zeiten mal verleihen. Sein Zauber mag stark genug sein. Ich werd's dir nicht schuldig bleiben, wenn's klappt. Ich trag's über Nacht, und wer weiß…morgens wach ich auf, und mein Auge ist wieder da."

Er lachte bei der Vorstellung.

Packo befingerte immer noch gierig das Amulett um Oskars Hals, dass dieser ihn mit kritischem Blick bemaß.

„Bringt's auch Glück?", fragte Packo.

Oskar zuckte mit den Schultern, zog es aus Packos gierigen Fingern und verbarg es wieder unter seinem Koller.

„Kann ich nicht behaupten, sonst wär ich wohl nicht hier mit euch Feldratten unterwegs."

„Was hat dich eigentlich hergeführt?", fragte Aris. Er hatte Oskar schon länger fragen wollen, denn dieser war offenbar ein guter Soldat und müsste längst höheren Ranges sein.

Oskar zögerte, überlegte offenbar, wie viel er preisgeben wollte. Dann sagte er: „War schon Feldweibel, weiß du. Bei den Reichstruppen im Osten. Zum Korporal hat nicht viel gefehlt, die Götter sind meine Zeugen. Hab gern fürs Reich gekämpft und lang, und auch gut, will ich meinen, ist immerhin meine Heimat. Komme aus einem kleinen Dorf im Kernland und schon mein Vater war Soldat fürs Reich gewesen. Aber dann hab ich meinen Hauptmann bei meiner Miriam erwischt." Miriam war Oskars Tochter. Aris hatte sie nur einmal gesehen, ein verschüchtertes kleines Ding, dünn wie ein Weizenhalm. Er schätzte sie auf kaum mehr als zwölf Jahre.

Oskar spuckte auf den Boden. Den Blick leer auf vergangene Zeiten gerichtet.

„Er wird's nicht wieder tun, der Hundesohn. Wenigstens das." Er klopfte auf seinen alten Schützendegen. Das Leder der Scheide war spröde, der Griff von Jahren des Gebrauchs eingedrückt und vom Handschweiß verfärbt. Allabendlich schärfte er ihn mit einem länglichen Schleifstein, bis er wie ein Barbiermesser glänzte, vielleicht in Erinnerung an vergangene Dienste.

„Mussten dann weg. In derselben Nacht noch sind wir auf und davon. Ich wollte wieder ins Heer. Was auch sonst? Habe nichts anderes gelernt. Da dachte ich an den Norden. Ich hörte von dem Krieg mit Sippan und dass sie Leute suchen. Ich konnte die verdammten Sippaner nie leiden. Haben mir meine Frau verschleppt. Nicht die jetzt, eine andere. Meine erste. Ich mochte das verdammte Weib, bei allen Göttern, wie ich sie mochte. Hab sie nie wieder gesehen. Da dachte ich, wieso nicht für den Norden mein Blut versilbern und ein paar Sippanern den Garaus machen?"

Es wäre gewiss der falsche Zeitpunkt gewesen, Oskar zu erzählen, dass er und Bortos ihr halbes Leben für Sippan gekämpft hatten.

„So ist's eben als Soldat. Mal hast Glück, dann wieder Pech."

„Ein Würfelspiel!", sagte Aris.

„Aye, ein Würfelspiel", stimmte der Alte zu.

Gen Abend erreichten sie ein geplündertes Dorf. Kein Haus hatten sie ausgelassen, und eine Sammlung rußiger Holzskelette bildete, was ehemals ein lebhafter Ort gewesen sein mochte. Die Wege waren von Unrat übersät, kein lebendes Tier war mehr zu finden, außer Hundertschaften von Ratten. Dafür lag mancher verwesender Kadaver von Rind oder Schaf herum. Von einigen Menschen auch. Hier schlugen sie ihr Lager auf.

Früh am Morgen wurden sie geweckt. Dunkel war es noch und nur vage ließen sich die ersten Strahlen der aufgehenden Sonne am Horizont erahnen. Butterbear wollte die Armeen so schnell wie möglich vereint wissen, um mit vereinter Stärke die westlichen Truppen zur Schlacht zu zwingen, erzählte ihnen Rumford. Ein harter Marsch stand ihnen bevor.

Von Beginn an wurde im schnellen Takt getrommelt und vormittags schon schmerzten Aris die Beine. Die wenigen Priester Javes, die sie hatten, sangen stärkende Lieder, doch waren sie viel zu wenige, und die Kraft des Gesangs verging schnell. Das erste Maulen war unter den Soldaten zu hören, vor allem unter den Frischlingen, die noch nicht wussten, wie es im Felde zugeht. Und bei Aris machte sich das vertraute Prickeln breit, das Wissen, dass von nun an jederzeit und überall etwas geschehen konnte. Auf Kriegsland schritten sie.

Aris spähte den Himmel ab. Sein erster Feldweibel hatte mal zu ihm gesagt: „Behalt stets den Himmel im Auge. Dort entdeckst du den Feind zuerst." Der Rat war ihm geblieben. Schiffe und Rauch, sie waren die Vorboten. Schiffe waren außer den eigenen keine zu sehen, doch einige dunkle Rauchsäulen meinte Aris in der Ferne zu entdecken, dünne, feine Striche, die der Landschaft erwuchsen wie Weizenhalme. Schwer zu sehen waren sie, aber seine Augen waren gut und er täuschte sich selten. Sorgen machte er sich keine. Zu viele waren sie, als dass eine Truppe Späher, selbst eine größere Vortruppe der gegnerischen Armee, ihnen hätte gefährlich werden können.

Die Sonne hatte ihren Zenit schon geraume Zeit hinter sich gelassen, als sie endlich Rast machten. Erschöpft warfen sich die Soldaten zu Boden. Aris lehnte sich flach auf sein Felleisen, zog seine Pfeife und stopfte sie. Bortos teilte sich mit dem alten Oskar seinen letzten Steifen Bitterblatts.

„Macht's euch nicht zu gemütlich, die Damen. Sind zur Späh eingeteilt", sagte Korporal Rumford und die Soldaten stießen Flüche aus. Mancher wollte sich gar weigern.

„Der verdammte Sold will verdient sein, ihr Hundesöhne! Sind hier nicht beim verdammten Frühjahrstanz!", rief Rumford wild und schaute gefährlich, kurz darauf fuhr er milde fort: „Aufgepasst an alle! Ich hab was für euch." Feldweibel Sheppard und Beezy zogen einen Ziehkarren hinter sich her, darauf befanden sich ein Fass Bier und ein großer Korb.

„So, jeder nimmt sich einen guten Krug Feldbier. Und dazu eins hiervon", Rumford hatte sich einen Krug eingeschenkt und griff in den Korb. Als seine Hand wieder erschien, war ein großes Ei darin. Er schlug es am Krug auf und ließ es ins Bier gleiten. „Ist von nordischen Moorhennen. Schlagt es auf und dann rein mit der Suppe. Und vergesst danach nicht, noch zu den Priestern zu gehen, damit sie für euch singen. Eine halbe Stunde, dann ziehn wir los! Wohl bekomm's!" Er setzte seinen Krug an und lehrte ihn in einem Zug. Die Männer stellten sich an, um ihren Teil zu erhalten.

Aris schlug das Ei in seinen Krug und prostete den Anderen zu.

„Kann ich mit auf die Späh?", fragte der kleine Karl. Er war der Sohn von Oskar.

„Nein! Kommst noch früh genug ins Feld." Oskar spuckte einen Klumpen Bitterblatts aus. „Pass auf deine Mutter auf und deine Schwester. Ab mit dir!"

Karl verzog sich beleidigt zum Trossvolk. Der Tross war noch klein. Die meisten der jungen Soldaten und Söldner hatten noch keine Familie, die ihnen folgte, und die übliche Bande von verkrüppelten Kämpfern und verschlepptem Bauernvolk fehlte ebenfalls noch. Dafür lungerten hunderte von Huren und Dirnen vor den klapprigen Trosswagen herum, die Kunden oder besser noch einen Ehemann suchten, und an Kupplerinnen mangelte es ebenfalls nicht. Aris nahm sich vor, baldigst eine passende Dirne zu suchen, bevor die besten schon vergeben waren.

Schnelle Einmannkutschen flankierten ihre Kompanie, von Kriegshunden gezogen. Die Norländer verstanden sich auf ihre Hundekutschen, so schmal und wendig waren sie, dass sie selbst durch bewaldetes Gebiet einigermaßen vorankamen, und auf Wegen oder Feldern schnell wie Windhunde über den Boden sausten.

Ihre weiße Kompanie sollte die linke Seite des Marschweges erspähen, die grüne Kompanie die rechte. Zunehmend zerklüfteter wurde die Landschaft, felsige Hügel und Berge ragten aus bewaldeten Landstrichen und schmale Flüsse bahnten sich in tiefen Tälern

Weg. Dunkle Wolken zogen auf, bedeckten nach und nach den Frühjahrshimmel. Immer noch standen nur die eigenen Schiffe am Himmel, und vom Feind war nichts zu sehen.

Ein schriller Pfiff von einer Hundekutsche ertönte. Der Fahrer gab mit Handzeichen zu verstehen, dass er Menschen im Wald gesehen habe.

„Bauernvolk?", sagte Bortos.

Aris nickte ohne Überzeugung.

Ein paar Läufer wurden mit den Hundekutschen geschickt. Junge Kerle mit guter Kondition, die den halben Tag rennen konnten, ohne umzufallen. Aber sie entdeckten niemanden mehr und so marschierten sie weiter.

Aris schärfte seine Sinne, spähte mit geschultem Söldnerblick in die Wälder hinein und den Himmel ab. Bortos spürte seine Anspannung.

„Was ist?", fragte er.

„Nichts", erwiderte Aris.

Der alte Oskar warf ihm einen Seitenblick zu.

„Juckt dir auch der Nacken, was? Mir auch. Ist zu wenig los. Wann haben wir das letzte Tier gesehen? Ein Reh oder einen Hasen oder Baumspringer? Selbst die verdammten Krähen schweigen. Und schau da." Er deutete auf eine alte, von Baumhöhlen durchsetzte Eiche am Waldrand. „Siehst du ihn?"

Aris kniff die Augen zusammen. Dann sah er ihn. Ein braungrauer Waldkauz kauerte in einer Nische des Baums, verfolgte die marschierenden Soldaten mit seinen großen, schwarzen Augen.

„Weißt, wie man bei uns sagt?", fragte Oskar.

Aris wusste es.

„Kommt Eule, kommt Tod!"

„Aye, so sagt man", bestätigte der alte Oskar.

Sie zogen weiter. Ein Berg tat sich rechterseits von ihnen auf, mit steilen Felswänden, dass sie links ausweichen musste, hinab in ein bewaldetes Tal. Wind zog auf und der Geruch aufkommenden Regens mischte sich mit dem Gestank von Pulver und Leder und trockenem Schweiß, der von den Männern ausging.

„Wird regnen!", urteilte Oskar. „Haltet Pulver und Büchse trocken."

„In Storzen haben wir bessere Rohre. Bei den Göttern, mit den rostigen Dingern hier müssen bereits unsere Großväter gestritten haben", meinte Einauge abfällig und wischte missmutig über sein rostiges Gewehr.

„Sprichst Wahres, Junge. Bei uns im Reich hieß es: *Schießt nen Storzen, nimm sein Rohr.* Hab mich dran gehalten. Schau." Er hielt sein Gewehr Einauge hin. Ein schönes Rohr mit gezogenem Lauf.

„Oha! Ein schönes Ding. Da es von einem meiner lieben Landsmänner hast, ist's nur recht und billig, dass es mir zusteht, wenn sie dein Lichtlein ausblasen. Was sagst du?"

Er lachte laut und mit Freude, dann platzte ihm der Kopf. Der Knall folgte in einem Wimpernschlag. Plötzlich knallte es von allen Seiten, und zischend sausten die Kugeln durch die Luft. Zwischen den Bäumen um sie herum pufften unzählige Rauchwolken wie Pilze aus dem Boden.

„Deckung!", wurde geschrien, da hatten sich Aris und Bortos schon zu Boden geworfen, der alte Oskar dicht bei ihnen. Kugeln peitschten in den Boden, spritzten Schlamm und Erde hoch, schlugen klirrend auf die ersten hochgehaltenen Schilde ein und dumpf, wenn sie auf Fleisch und Knochen trafen. Die ersten Schreie erklangen.

„Wall bilden!", hörte Aris Korporal Rumford brüllen. „Ordnung halten!"

Aris versuchte, die Lage einzuschätzen. Das Gros des Feindes stand südlich, hatte sich im Wald versteckt gehalten, und die Anzahl der Schüsse und Dichte des Pulverdampfs bedeuteten im Mindesten zwei Kompanien. Auch nördlich gegenüber auf dem felsigen Berghang wurden Feuer und Rauch gespien. Beidseitig standen sie unter Beschuss.

Die erste große Salve war verschossen, unregelmäßiger flogen die Kugeln. Zum Gegenfeuer wurde angehoben. Die Arbeit der Schützen begann. Ihre Arbeit!

Oskar schrie Befehle und ihre Rotte machte sich ans Werk. Sie sprangen auf, Aris und Bortos Seite an Seite, wie in unzähligen

Gefechten zuvor, und legten an. Voll von Feinden war der Wald. An Zielen mangelte es nicht. Schuss! Zeit, die Wirkung zu beobachten, verblieb nicht. Ans Laden ging es. Gewehr hinab, Pulver ins Rohr, Kugel hinterher, gestopft, Zündkraut auf die Pfanne, Hahn gespannt, wieder zum Schuss bereit. Bis ins Blut hatte Aris jeden Kniff und jede Bewegung verinnerlicht, tausendfach geübt und sie im Kampf erprobt. Den dritten Schuss hatten er und Bortos abgegeben, da war mancher Frischling noch am Stopfen der zweiten Kugel.

Die Schildler waren von den Offizieren in Position geschrien worden und gen Süden schlugen sie ihre Schilde in den Boden und bildeten einen kugelsicheren Wall. Oskar befahl ihrer Rotte, hinter den Schildlern Aufstellung zu nehmen. Aris sah Ben seine Betzy über den Schildrand halten und ihre Küsse versenden. Sah Packo und die Zorba Brüder feuern und laden. Hörte Bortos neben sich fluchen, wie stets im Kampf.

Für den Moment schien einigermaßen Ordnung zu bestehen, doch von den Felsen her konnte der Feind unbehelligt auf sie niederschießen. Ihre Position war auf Dauer nicht zu halten. Grimmton musste zum selben Schluss gekommen sein, denn er befahl geordneten Rückzug. Die Schildler hoben ihre Schilde wieder an, bildeten den Schluss der Kompanie, die Schritt für Schritt versuchte, aus dem Tal zu gelangen.

Bis hinauf auf die Anhöhe, über die sie gekommen waren, zogen sie zurück, gaben weiter Schuss um Schuss im Rückwärtsgehen ab. Der Rand war bald erreicht. Der Schießlärm musste noch weit in der Ferne zu hören sein. Verstärkung konnte nicht lange auf sich warten lassen. Nur kurz brauchten sie durchzuhalten, nur wenige Schritte, bis sie oben wären. Dann brach die dunkle Hölle über sie herein.

Drei stahlgestärkte Kriegswagen, von bewehrten Auerochsen gezogen, brachen aus dem Wald heraus, trafen sie in die ungedeckte Flanke. Krachend und berstend der Lärm von Stahl und Menschenbein, das aufeinanderschlug. Die Auerochsen grunzten und blökten, und pflügten durch ihre Reihen wie Fische durch

Wasser. Mit ihren langen Hörnern schlugen sie nach beiden Seiten aus. Auch Treiber und Besatzung der Wagen waren gepanzert, führten Pistole und kurze Kampfspeere. Alle Ordnung war verloren, und ohne Ordnung beginnt das Sterben.

Aris sah einen der Zorba Brüder niedergehen, eine Pistolenkugel fuhr ihm sauber durch den Kopf. Er sah Splitter und Dreck fliegen, hörte Schreie und Schüsse und anderen Schlachtenlärm, und etliche Kameraden lagen blutend auf dem Boden.

„Sturm! Sturm!", hörte man den Feind schreien, begleitet vom schnellen Trommelschlag des Angriffs. Der Feind wollte sie im Nahkampf gänzlich aufreiben. Aris schloss die Augen, nur eine kurze Sekunde lang, sandte sein Gebet zu seinem Gott und sprach stumm seine Worte: *Te, mia Alma!* Zeit zum Kämpfen war es.

„Zum Kampf, Dicker!", schrie Aris Bortos zu. „Zum Kampf!" Und deutete auf den nächsten Ochsenwagen. Seine Büchse warf er weg, zog Degen und Pistole.

Der Wagen war zum Stehen gekommen. Einer ihrer Kameraden klemmte zwischen Rad und Wagen und schrie aus Leibeskräften. Aus dem Augenwinkel sah Aris, dass Bortos seinen Zweihänder hoch über den Kopf hielt. Auf den Nacken eines der Auerochsen ließ er ihn niederfahren. Das Tier ging augenblicklich in die Knie. Fiel seitlich um. Sein Kompagnon grunzte panisch. Vom Gewicht des anderen zur Seite gedrückt, schlug es wild um sich mit Hufen und Hörnern.

Bortos Schwert war tief in den Nacken des Tieres eingefahren und er mühte sich vergeblich, es zu befreien. Da stieß ein Treiber mit dem Speer nach ihm. Aris warf sich dazwischen, wehrte die Waffe mit seinem Degen ab. Er setzte dem Kerl seine Pistole unter die Achsel, wo der Panzer dünn ist, drückte ab. Der Kerl schrie auf und ging nieder. Ein weiterer tauchte auf, nahm Aris mit seiner Pistole aufs Korn. Aris warf sich ihm entgegen, drückte die Pistole beiseite, gerade, als es blitzte. Mündungsfeuer versengte ihm Backe und Haar. Ein schrilles Pfeifen dröhnte in seinem Ohr. Mit Knauf und Glocke des Degens haute er auf seinen Gegner ein, als die nächste Pistole in seine Richtung zielte.

Ein Donner, einer Kanone gleich, ging an seiner Seite los. Ein Lichtblitz ließ die Welt weiß und rot erscheinen. Bortos mit seinem Katzenkopf! Weg waren beide Gegner. Zurück verblieb nur ein blutiger Niesel. Aller Lärm war plötzlich verschwunden, nur dumpf und fern drangen die Geräusche an Aris Ohr, wie Licht durch dichten Nebel. Ein Piepsen überdeckte alles.

Er sah sich um im wilden Getümmel. Vom Schlachtenlärm befreit, ergab sich ein Moment seltsamer Ruhe. Kämpfe tobten, Soldaten starben, und Aris beobachtete das stille Treiben, als wäre es ein Schauspiel und er nur staunender Zuschauer. Dann sah er Grimmton. Die Augen aufgerissen, der schicke Hut vom Kopf geweht, ruderte er mit seinen Armen. Ihre Blicke kreuzten sich. Nur kurz, doch Aris erkannte die Furcht in seinem Hauptmann, panische Furcht, und musste unweigerlich grinsen. Der edle Kaminhocker hatte die Hosen gestrichen voll. Er winkte in eine Richtung und stumm brüllten seine Lippen irgendwelche Befehle, die Aris nicht hören konnte. Er brauchte es auch nicht, denn auch so verstand er; ihr Hauptmann rief zum Rückzug. Schon drehte Grimmton sich um und rannte los.

Da packte ihn jemand. Bortos war es, und mit einem Mal hörte Aris wieder.

„Komm mit!", rief ihm sein Bruder zu und drängte ihn in die andere Richtung, dem Feind entgegen.

„Nein", rief Aris. „Lass abhauen! Wir ziehen uns zurück."

„Schau doch, Rumford! Die Fahne ist noch da!" schrie Bortos zurück. Es stimmte, hoch über blinkenden Klingen und dem Pulverdampf wehte weiß die Kompaniefahne.

Die Ochsenwagen hatten eine Schneise durch ihre Formation gezogen, und während die Kompanie dahinter sich in Auflösung befand und die Flucht ergriff, kämpften die davor für Ehre und Fahne. Ganz zu vorderst Korporal Rumford, die Augen riesig und mit dem Degen um sich schlagend. Mit einer Gruppe von Männern versuchte er, ihren Fähnrich vom Feind abzuschirmen. Grimmton hatte tatsächlich seine Fahne zurückgelassen!

„Laden!", schrie Aris. Er und Bortos hatten noch niemals eine Fahne eingebüßt und er dachte nicht daran, hier damit anzufangen. Hinter den Ochsenwagen warfen sie sich in Deckung und beeilten sich, Pistole und Katzenkopf neu zu laden. Seinen Zweihänder hatte Bortos wieder bei sich. Sie sprangen auf und rannten um den Wagen herum, die Waffen bereit für den Kampf.

Von allen Seiten war die Fahne inzwischen bedrängt. Auge in Auge und mit der Klinge in der Hand wurde die Entscheidung gesucht. Aris und Bortos stürmten zu ihren Kameraden.

Einem unvorsichtigen Kerl stieß Aris seinen Degen in die Seite. Spitz und scharf war der Schrei. Bortos schwang einhändig den Zweihänder und verscheuchte jeden, der sich ihnen in den Weg stellte. Kurz bevor sie die Ihren erreichten, stürmte eine Meute Kriegsknechte heran. Degen und Zweihänder stachen zu. Aris parierte die erste Klinge, schoss dem Führer mitten ins Gesicht. Bortos schlug einem anderen das Schwert aus der Hand, versetzte ihm daraufhin einen gewaltigen Streich und spaltete ihm die Schulter bis zur Brust. Einen Hieb, der Bortos galt, lenkte Aris ins Nichts, versetzte dem Angreifer dafür einen Kopfstoß, dass ihm der Hut davonflog. Eine Klinge flog Aris entgegen, die Bortos mit seinem Katzenkopf abwehrte, bevor er dem Gegner die Parierstange seines Schwerts ins Auge trieb. Sie passten aufeinander auf, wie immer.

Der Feind merkte, dass mit diesen zwei kein gutes Auskommen war, und sie gaben ein wenig Platz. Da legte Bortos seinen Katzenkopf an und drückte ab. Nur einhändig hatte er ihn gehalten und der Rückstoß ließ Arm und Katzenkopf weit nach hinten schnellen. Nach vorne aber war der Schaden endlos größer. Wie Blätter im Sturm pustete es drei der Gegner einfach weg und plötzlich war der Weg frei.

Sie rannten zu den Kameraden, Kleidung und Klingen fett vom Blut. Fähnrich McGrail stand in ihrer Mitte, die Fahnenstange in der einen, Pistole in der anderen Hand. Ben war da, sein Schild dem Feind entgegenstreckend, in der Hand seiner Betsy statt einen kurzen Degen. Leutnant Crawford bleich und zitternd, der hässliche Feldweibel Sheppard, Beezy und etliche mehr, dreißig Mann vielleicht, schätzte Aris. Rumford hatte ihr Kommen beobachtet, drückte beiden die Schulter und schaute sie mit großen Augen anerkennend an. Für mehr Begrüßung blieb keine Zeit.

Wild tobte der Kampf. Zwei, gar dreifach war die Überzahl. Klingen überall. Die Schildler deckten gut, erwiesen auch im Nahkampf ihren Nutzen, ließen die feindlichen Klingen am Wall von Schilden und Panzern abprallen, während Aris und Bortos und die anderen mit ihren Schwertern über sie hinweg hieben, und das Blut der ungepanzerten Kriegsknechte spritzte durch die Luft.

Aris keuchte und schnaufte, der Arm wurde ihm schwer, die Beine lahm. Schweiß und Blut rannen ihm beidermaßen übers Gesicht, brannten in seinen Augen. Es roch nach Eisen und menschlichem Dunst. Roch nach Tod.

„Sie bereiten eine Salve vor!", rief jemand, und Aris sah, zwischen zwei Degenstößen hindurch, wie eine ordentliche Menge ihre Büchsen lud. Steilwand und Felsen hatten sie im Rücken, und der einzige Fluchtweg war von den inzwischen toten Auerochsen und Kriegswagen versperrt. Eine Salve auf solch kurze Distanz, da half kein Schild und kein Wegducken. Es würde ihr Ende sein.

Kein Platz blieb für derlei Gedanken, der nächste Schwerthieb wollte abgewehrt sein. Aris schlug einen Konter nach dem Kopf seines Gegners, dieser wich nach hinten aus, zog sich plötzlich ganz zurück. Auch die anderen Gegner zogen sich zurück. Und auf einmal standen sie unbedrängt da, gehetzten Tieren gleich, die Klingen vor sich haltend. Und keine zehn Schritte vor ihnen machten sich zwei lange Reihen zum Schuss bereit, die vorderen kniend, die hinteren stehend. Es gab kein Entkommen. Mit offenen Augen sah Aris seinem Ende entgegen.

Ein langgezogener Laut. Tief und grummelnd aus einem riesigen Rüssel ausgestoßen. Der Boden bebte, und wie eine Lawine aus Horn und Stahl und braunem Fell brach Simson über den Feind.

Männer flogen durch die Luft, wurden niedergetrampelt und aufgespießt. Butterbear hatte zwei Pistolen in den Händen, deren lange Läufe Äxte waren, schoss vom Sattel aus und hieb nach den Köpfen. Gleich dahinter die Hundekutschen der Nordler, mit Sensen an den Rädern und die Führer mit langen Säbeln bewaffnet.

Die ersten nordischen Kriegsknechte erschienen am Rande des Tals. Nun war es am Feind, sein Leben zu retten.

Mancher ihrer kleinen Truppe ging in die Knie, sei es vor Erschöpfung oder Erleichterung. Zwei Norländer kotzten sich die Seele aus dem Leib. Ein junger Kerl heulte ungeniert. Aris und Bortos sahen sich an und aus einem Mund sprachen sie: „Noch nicht!" Gaben sich eine kurze feste Umarmung, und begannen zu tanzen. Tanzten wie Kogan nach der Schlacht, um das Leben zu ehren und die Toten. Ein Korporal hatte ihnen den Tanz gelehrt, Bull Pacharan hatte er geheißen, ein harter gootischer Kriegsknecht, der eine Art Mentor war für die Brüder, für Bortos vielleicht noch mehr. Er selbst hatte seinen letzten Tanz bereits hinter sich, bei Grabstett war es geschehen, Aris und Bortos aber noch nicht.

Da kam Rumford auf sie zu.

„Tanzt weiter, Freunde, tanzt!", lachte er. Die Reste des Kriegsfeuers glimmten noch in seinen Augen. Der Zustand, wenn das Blut in den Adern kocht, man nichts ist außer Rage und Reaktion. Er packte Bortos am Hals und drückte seine Stirn an die von Bortos.

„Bei allen Göttern, den Sold seid ihr wert! Der Teufel hole mich, wenn ich lüge!", schrie er. Und Bortos: „Ich sagte es ja, potztausend! Ich sagte es. Und mit euch an der Seite ist's gut kämpfen!" Sie lachten sich ins Gesicht. Aris erwartete die gleiche Behandlung.

Danach fiel Aris Blick auf Leutnant Crawford. Tot lag er da, die jungen Augen blau und offen. Er hatte sich eingepisst, ob vor dem Tod oder danach, wer weiß. Seine Stiefel waren immer noch schön und schienen gerade Aris Größe zu haben.

Aris deutete auf den Leutnant.

„Sind schöne Stiefel, die er hat. Sehen aus, als könnten sie mir passen."

Rumford musterte den Toten, zuckte dann mit den Schultern: „Er kann nicht mehr viel mit ihnen anfangen, schätze ich. Nimm die Stiefel, aber kein Fleddern. Gehört sich nicht bei den eigenen. Liegt genug an totem Feind herum."

Er legte die Faust auf seine Brust, der eine Finger gespreizt.
„Langes Leben, fette Beute, Brüder! Zieht los und holt euch euren Teil. Ihr habt's verdient!"
Es ging ans Plündern.

~ 9. Kapitel ~

Kathryn

Der Himmel war bedeckt von einer Vielfalt weißer bis grauer Wolken, und kündete von baldigem Regen. Kühl umschmiegte der auffrischende Wind Kathryns Gesicht. Vorn am Bug stand sie, neben der Bugkanone, wie vor einigen Tagen noch der Duke, lehnte sich gegen die von Stahl verstärkte Reling und bestaunte die tausenden Häuser und Mauern und Türme, die sich wie ein unstetes Meer unter ihr ausbreiteten. Colette war an ihrer Seite. Der Duke war bereits vor zwei Tagen nach Lidium geflogen und hatte daraufhin die Atraxis geschickt, die Kathryn und die anderen abholen sollte.

Viele Jahre war Kathryn nicht mehr in Lidium gewesen, lange genug, die Ausmaße der zweitgrößten Stadt Alanas vergessen zu haben, und ähnlich beeindruckt wie Colette schaute sie nun auf das Häusermeer. Über hunderttausend Menschen wimmelten irgendwo unter ihnen, doppelt so viel wie in jeder anderen Stadt Norlands, und bis in den Himmel reichten ihre Ausdünstungen und ihr Gestank, dass Kathryn und Colette ihre Nasen rümpfen mussten. Hunderttausend Leben, jedes mit eigenen Sorgen und Hoffnungen, und seltsam klein fühlte sich Kathryn bei dem Gedanken.

Während Colette vor Freude und Aufregung auf alles Mögliche deutete, was ihre umher huschenden Augen entdeckten – die dampfpustende Stadtbahn, die ihre Kreise um die äußeren Viertel zog, die imposante Sankt Martensius Kathedrale oder die enorme Pyramide des Parlaments –, sie in die Hände klatschte und auf den Fersen hoch und runter hüpfte, gaben sich ihre Mutter und Schwester so unbeeindruckt, als reisten sie auf solche Weise jede Woche in die große Stadt. Felicita war das Abbild ihrer Mutter und Kathryn glaubte, dass sie sie nie wirklich hatte leiden können. Bei ihren ersten Besuchen auf Woodhill hatte Kathryn mit ihr das Königsspiel gespielt. Zu Beginn war Felicita besser gewesen, doch bald hatte sich das Blatt gewendet und Felicita keine Chance mehr gegen Kathryn gehabt, und immer missmutiger war Felicita bei ihren Spielen geworden.

Kathryn erinnerte sich noch gut an ein bestimmtes. Zu früh hatte sie ihre Königin vorgezogen und manchen Aufwand hatte sie betreiben müssen, ihre Figur nicht zu verlieren. Felicita hatte gespottet: „Du beschützt die Königin, als sei sie deine einzige Figur."

Worauf Colette gesagt hatte: „Sie wird ja selbst vielleicht mal eine werden." Da hatte Felicita aufgelacht und gesagt: „Sie wird niemals Königin." Es war Kathryn geblieben.

Wie ein großer, grüner Teich inmitten grauen Steins und karmesinfarbener Dächer erstreckte sich unter ihnen der Kingsgarden, und gleich einer Schar Enten belagerten ihn an diesem Tag allerlei Luftschiffe und Fähren, mit den bunten Bannern und den Fahnen ihrer Besitzer geschmückt, glitten sie darüber hinweg oder ankerten über den Wiesen, und die verzierten Kupfer- und Messingkessel schimmerten goldgelb im schalen Licht.

Sanft schwebte die Atraxis hinab und setzte auf einem freien Flecken Wiese auf. Die Königliche Garde hatte den Park nach allen Seiten hin abgesperrt, damit sich Norlands Adel sorgenlos darüber, vom Pöbel belästigt zu werden, auf den Weg hinüber zum Ivoryhouse begeben konnte. Vieles, was sie bisher zu Gesicht bekommen hatten, war für Kathryn im Reich des Vergessens verschwunden gewesen, an den Ivoryhouse aber entsann sie sich noch gut. Groß und glänzend weiß erstreckte er sich längs des Parks, von dunklem Blau waren die Zinnen und Ziegel der vielen Spitzdächer und Dachvorsprünge, und die drei bogenförmigen Zugänge des Godsgates luden die Besucher in eine Welt, in der Mangel jedweder Art etwas Unbekanntes war.

Die Gangway wurde ausgefahren und sie legten die dicken Wolldecken ab, die sie der Kühle der Luft wegen übergezogen hatten, und begaben sich über die Wiesen und Wege gen Ivoryhouse. Im Innenhof empfingen die Neuankömmlinge die ersten Diener, in schwarzen Stoff und weißen Kragen gekleidet, die sich sogleich der

Gäste annahmen und von einer Meute Links unterstützt wurden, jene Tätigkeiten zu übernehmen, die dem Menschen gemeinhin zuwider waren.

Hier trafen sie auf den Duke. Abseits stand er, zusammen mit Frederick und Vaggan und einigen weiteren seiner Männer. Eine Gruppe von Priestern mit ihren unverwechselbaren, bodenlangen, cremefarbenen Roben befand sich ebenfalls bei ihm. Zwei der Robenträger stachen insbesondere aus der ohnehin schon auffälligen Gruppe heraus. Der eine war ein trinischer Bischof, der seinen Stand durch eine rot-goldene Mitra zur Schau stellte, und dazu eine mit Ornamenten und Runen verzierte, schwere Goldkette trug, die ihm über die Schultern bis hinab an die Brust hing. Der andere hatte zwar nur die zierlose Robe eines gewöhnlichen Javepriesters an, dafür aber hing ihm ein Schwert über der Schulter, das so riesig war, dass die in der Scheide steckende Klinge beinahe den Boden berührte, und die breite Parierstange sich bis zu den Schultern erstreckte. Ein seltsam anmutender Hut mit großer, herabhängender Krempe, der den größten Teil seines Gesichts verbarg, dass nur das bartlose Kinn sichtbar blieb, ließ ihn eher wie einen Tyrischen Söldner aussehen als einen Priester.

Die Duchess steuert sogleich auf ihren Gatten zu, die übrigen folgten.

„Hallo, Liebes", begrüßte sie der Duke mit einem Backenkuss. „Ihr seid gut angekommen. Ich habe euch Räume zur Verfügung stellen lassen. Für sie selbstverständlich auch" – er meinte die Arlingtons – „Die Diener werden sich des Gepäcks annehmen und euch die Räumlichkeiten zeigen, wann immer ihr wünscht. Für Diener und Gesinde ist ebenfalls gesorgt, Fredrick wird sich darum kümmern." Der Leibdiener des Dukes nickte, dass er verstanden habe.

Dann drehte sich der Duke zu dem Bischof.

„Darf ich euch Bischof Eugenius vorstellen? Die Kirche hat ihn uns aus Karn an den Hof entsandt. Auf Geheiß der Stimme höchstselbst ist er uns geschickt worden", sagte der Duke. War die karnische Kirsche auch nicht mehr die offizielle Kirche Norlands, war es durchaus nicht ungewöhnlich, einen ihrer Vertreter bei Hofe zu erblicken.

An den Bischof gewandt sagte der Duke: „Dies sind meine Frau, die Duchess of Bourgshire, Mylady Kathryn Griffin und die Arlingtons aus Woodhill."

Der Bischof verneigte sich leicht zum Gruß. Der Anhänger der Inquisition baumelte ihm um den Hals, das Dreieck mit der Sonne darin. Ein hagerer Mann war er, mit fein geschwungenem Mund und strengen, dunklen Augen. Man sah ihm das Alter an, obwohl der Zahn der Zeit Haut und Haare weitestens verschont zu haben schien.

„Erlauben Sie mir, Ihnen den Segen des guten Gottes zu singen?", sagte er.

Er wandte sich zuerst an Kathryn.

„Seid Ihr bereit, den Segen des Guten Gottes zu empfangen, Mylady, auf dass sein Licht Euer Inneres erleuchte?"

Mein Inneres ist viel zu dunkel, als dass sein Licht es erreichen könnte, dachte Kathryn bei sich, wie sie es noch immer tat, wenn ein Priester Javes ihr den Segen singen wollte.

Sagen tat sie aber: „Ich bin bereit!"

Kurz schloss der Bischof die Augen, füllte die Brust mit einem tiefen Atemzug, dann begann er seinen Sang. Sanft und kräftig zugleich erklang seine sonore Stimme und stimmte Laute an, so kräftig und wunderschön, dass es Kathryn berührte und durchströmte, wie sie es noch nie zuvor erlebt hatte. Schon viele Priester hatten für Kathryn den Segen gesungen, junge und alte, dicke und dünne, alle von Jave erleuchtet und mit seiner Stimme gesegnet. Jeden Zehnt ließen der Duke und die Duchess in ihrer Kapelle eine Andacht abhalten, und nicht selten ließen sie bekannte Stimmen Javes zu sich kommen aus allen Teilen Norlands, um sie zu segnen und für sie zu singen, und oft war Kathryn dabei. Doch keiner jener vielen Priester und kein Sang, den sie angestimmt hatten, hatte je etwas Derartiges in Kathryn auszulösen vermocht. Tatsächlich hatte sie niemals etwas gefühlt und nie hatte sie die Stimme Javes so berührt, wie sie andere zu berühren schien. Hier aber überkam es sie und vielleicht zum ersten Mal spürte Kathryn die Göttlichkeit Javes durch den Mund eines seiner Erleuchteten.

Sie schloss die Augen, um sich ganz dem Gesang hinzugeben. Ein Gefühl der Geborgenheit flutete ihren Körper, drang von der Brust aus bis in Kopf und Glieder, beließ sie mit einer inneren Zufriedenheit, wie sie sie in ihrem Leben kaum je gespürt hatte. Unwillkürlich fasste sich Kathryn ans Herz, als könnte sie ihr Empfinden für immer darin speichern.

Plötzlich aber verspürte sie noch ein weiteres Gefühl. Leicht und verborgen zuerst, kaum wahrnehmbar, einem fernen Kitzel gleich. Tief aus ihrem Inneren drang es, kam nach und nach herauf, und verdrängte Stück für Stück das wohlige Gefühl; widerstrebend und unschön entstieg es ihrer Brust, glitt über Nacken und Gehirn hinweg bis in die Augen, und Kathryn spürte Tränen aus den geschlossenen Lidern laufen. Sie wehrte sich, kämpfte stumm dagegen an und drängte es zurück. Als der Sang endlich endete, brauchte sie noch einige Augenblicke, bis das seltsame Gefühl gänzlich verschwunden war, und als sie schließlich die tränenden Augen öffnete, starrte ihr der Bischof direkt ins Gesicht, den Kopf dicht an ihrem. Er musterte sie streng.

„Hat dich der Segen des guten Gottes berührt, mein Kind?", fragte der Bischof, strich ihr mit einem Finger einige Tränen von der Backe, und Kathryn las etwas in seinen Augen, das ihr gar nicht gefiel.

„Ja, Hochwürden, es war wundervoll", sagte sie. Es war nur halb gelogen.

Er malte ihr das Dreieck auf die Stirn.

„Öffnet Eure Ohren für die wahre Lehre. Und Euer Herz. Möge Jave Euch beschützen", sagte er, dann ließ er endlich von ihr ab.

Auch die Anderen segnete der Bischof und als er geendet hatte, verabschiedete er sich und zog mit den anderen Kuttenträgern davon. Der seltsame Fremde mit dem riesigen Schwert folgte ihm ebenfalls, wortlos, ohne sich vorgestellt oder verabschiedet zu haben.

„Ein heiliger Mann ist er!", sprach die Baroness mit Inbrunst, kaum dass sie außer Hörweite waren. „Wie kann bei einer solchen

Gabe jemand noch Zweifel haben, dass unserer der wahre Glaube ist? Die Drei auf seinen Wegen und dass Jave ihn gut schütze." Die Arlingtons waren Trinisten.

„Ja, er ist ein begabter Mann, unser guter Bischof. Manche glauben, er könnte die nächste Stimme werden. Und so, wie er singen kann, mag es tatsächlich so kommen. Und doch fürchte ich, selbst er wird meinen lieben Bruder nicht dazu bringen können, dem falschen Glauben abzuschwören. Eine Schande ist es, für wahr. Nun denn, ich werde meine Frau kurz in ihre Gemächer begleiten, sie scheint mir ein wenig erschöpft vom Flug."

Die Duchess sah in der Tat erschöpft aus und sie schenkte ihrem Mann ein dankbares Lächeln.

„Kathryn, führe unsere Gäste doch durch den Palast. Wir sehen uns dann später."

Er reichte der Duchess den Arm und sie verließen sie in Richtung Palast. Kathryn blieb zurück, immer noch jenem seltsamen Gefühl nachhängend.

Einem schönen Monster gleich ragte der Eingang des Palastes vor Kathryn auf, die breite Treppe hinauf sein Bart, die riesigen Eingangspforten mit ihren Türen das Maul samt Zähnen, die blauen Dächer und Zinnen und verzierten Giebel sein Haar und die vier großen Rundbogenfenster seine unheimlichen Augen. Freiwillig würde sie sich in seinen Schlund begeben, begleitet von lauter fröhlichen und lachenden Gesichtern, und ihr alleine war das Herz so schwer, dass jeder Schritt sie Überwindung kostete. Colette hakte sich bei ihr ein, die Augen groß vor gespannter Erwartung, und Kathryn ließ sich von ihrer Freundin die Treppen hinaufziehen. Ein Oberdiener nahm sie in Empfang und fragte, ob er sie herumführen oder zu den Gemächern begleiten lassen solle, aber Kathryn winkte ab. Sie kannte den Palast noch gut genug, um selbst die Führerin zu geben.

Der Boden des Atriums war aus weißem und schwarzem Marmor in viereckigen Platten gelegt, dass es wie ein riesiges Brett des Königsspiels aussah. Der Marmor war grau und weiß geädert, spiegelglatt und beim Gehen klackerten die Schuhe auf der harten Oberfläche. Gewaltige Schädel und Hörner verschiedenster Bestien zierten Wände und Decken, bildeten in Silber gefasst Lampen und Leuchter, oder standen Blumensträußen gleich um die Säulen herum, und das Elfenbein wand sich in tausenderlei Form. Die Decke bestand aus Bögen und Kuppeln, mit weißem Stuck und kunstvollen Malereien verziert. Greifenschädel hingen an den Bögen und Wänden, mit ihren riesigen Schnäbeln, weiß gebleicht die Schädelknochen, und die unvorhandenen Augen blickten ins Nichts. So viele waren es, dass Kathryn bei sich dachte; kein Wunder waren die Tiere außer in den Druidenhainen kaum noch zu finden und hatten sich in die Gipfel und Berge der Wallens verzogen. Groß war alles und eindrucksvoll, aber auch kalt und unheimlich, und Kathryn schauderte es unwillkürlich.

Sie schritten durch die weiten Hallen und langen Gänge, durch die sie als Kind unbekümmert gerannt war und in denen sie gespielt hatte. Alles war ihr damals so normal und selbstverständlich vorgekommen, nun aber war der Eindruck von Größe und Imposanz tausendfach intensiviert.

Kathryn führte die Arlingtons in den Waffensaal, in dem die kostbarsten Rüstungen und Waffen ihres Vaters zur Schau gestellt wurden. Mit Colette an ihrer Seite standen sie vor einem Ganzkörperpanzer, der unmöglich die jetzige Statur des Königs in sich aufnehmen konnte, ja nicht einmal die Hälfte. Aus seiner Jugend musste er stammen und Kathryn bemerkte, wie Colette hinab zum Gemächtschutz schaute. Das Ding war so groß, dass es mühelos das Gemächt eines ausgewachsenen Bullen hätte schützen können. Auch die übrigen Panzer und Kürasse besaßen einen ähnlichen Schutz, und Kathryn sah ihrer spitzzüngigen Freundin an, dass ihr ein Kommentar auf den Lippen lag, doch sie verhielt ihn sich.

Sie kamen in den Oldpalace, den ältesten Teil des Ivoryhouse, wo der Boden aus dicken Teppichen bestand, in denen man beim Gehen leicht einsank. Alles sah älter aus, uralt sogar, mit alten Gemälden, die ausgeblichen waren und von feinen Rissen durchzogen, alten Statuen mit abgegriffenen Oberflächen und von vielen Jahren verformten und verfärbten Holztäfelungen.

Mehr Menschen als zuvor tummelten sich hier. In teurem, buntem Stoff und feinen Kleidern, in tyrischer Seide und karnischem Samt, mit hohen Krägen und weiten Röcken. Gäste des bevorstehenden Banketts oder Teile des riesigen Hofstaates, den ihr Vater unterhielt. Hier war stets das meiste Leben im Palast. Und irgendwo hier würden sie auch lauern, dachte Kathryn bei sich. Die ganzen Gesichter, die sie so fürchtete.

Es brauchte nicht lange, bis die ersten Köpfe sich zu ihr umdrehten, sich zueinander neigten und zu tuscheln begannen. Gespräche wurden eingestellt, unauffällig in ihre Richtung gedeutet, als bemerke sie es nicht. Und bei jedem Gesicht, das sich ihr zuwandte, fürchtete sie, eines der Gesichter von damals zu erblicken, und auf einmal hätte sie alles darum gegeben, unsichtbar zu sein.

Colette flüsterte ihr erstaunt zu: „Die schauen dich alle an!" Und bedachte sie mit einem Blick, der Kathryn verriet, dass sie bisher nicht verstanden hatte, wie es für Kathryn sein würde.

„Ja", sagte Kathryn tonlos.

Sie kannten sie und tuschelten über sie, und wie auch nicht? Vom gemeinen Laufburschen bis zum größten Lord kannte jeder ihre Geschichte. Sie, die Hexentochter, deren Mutter wegen der König mit der Stimme und der karnischen Kirche gebrochen hatte und Unist geworden war. Die Geschichte der Hexe, die den König verzaubert hatte, und der dafür der Kopf abgeschlagen worden war. Gespickt mit all jenen Ingredienzien, nach denen es Hof und Volk jedes Zeitalters so gierig dürstet. Eine Geschichte von Liebe und Betrug und tödlichem Verrat, von Königen und Königinnen, von Hexen und dem Teufel, und einem Ende auf dem Schafott. Zu leicht war es, in der Abgeschiedenheit von Steffordsgrave zu vergessen, wer sie war und dass alle Welt ihren Namen wusste. Der Tag würde nicht leicht werden, dachte Kathryn bei sich, und er hatte gerade erst begonnen.

Sie ließen den Oldpalace hinter sich, und Kathryn führte sie in Richtung der inneren Gärten, einer kreisrunden Gartenanlage inmitten des Ivoryhouses. Mit Skulpturen besetzte Brunnen spritzten hier Fontänen in die Höhe und waren mit künstlichen Bächlein verbunden. Man lief über weiche, makellose Wiesen, die wie Teppiche aussahen, durch schmale Alleen umgeben von zurechtgestutzten Hecken und Bäumen. Überall waren Blumen.

Es war der liebste Platz ihrer Mutter gewesen und Kathryn sah sie vor sich, wie sie auf einer der Bänke saß oder auf einer Wiese lag, lachte und strahlte und glücklich war. Sah, wie ihr junges Selbst mit ihr spielte. Ebenfalls glücklich war.

Die Arlingtons staunten über dieses und jenes, plauderten vergnügt und Kathryn brachte kaum ein Wort über die Lippen. Sie erreichten den großen Salon. Es war ein von zahllosen Fenstern umschlossener Raum, der Blick auf die Gärten bot. Eine Menge Menschen hielten sich hier auf, unterhielten sich mit gestellten Stimmen und Diener reichten Wein aus feinen, gläsernen Kelchen, und zusammen sorgten sie für ein rauschendes Gewirr aus Stimmen, klirrenden Gläsern und klackernden Schuhen auf dem marmornen Boden.

Sie waren kaum durch die Eingangspforte hindurch, da fiel Kathryns Blick auf den fettesten Mann im Raum, ihren Vater. Und im selben Augenblick, als sie ihn erblickte, sah auch er zu ihr.

„Tochter!“, rief er laut genug, dass etliche Köpfe sich in ihre Richtung drehten. Das Stimmengewirr klang merklich ab und zahllose Augenpaare fixierten Kathryn. Sie holte einmal tief Luft, versuchte, die bohrenden Blicke auszublenden, zwang sich zu einer aufrechten Haltung, wie Madame Borchard sie immer predigte. Langsam schritt sie dem König entgegen. In angemessenem Abstand machte sie eine tiefe Verbeugung.

„Eure Majestät, mein lieber Vater. Ich danke Euch für die Einladung. Es ist mir eine Ehre, hier zu sein.“

Der König schien bester Laune und strahlte ihr breit entgegen. Seine Wangen waren gerötet, die Augen bereits etwas glasig. In der Hand hielt er einen prunkvollen Becher.

„Seht sie euch an, meine Tochter. Was für eine bezaubernde Erscheinung! Ist sie nicht bezaubernd?“, fragte er auffordernd in die Runde.

Und da waren sie! Die Gesichter von damals. Vielleicht waren einige neue hinzugekommen oder einige alte verschwunden, wie bei Hofe üblich, je nachdem, wer die königliche Gunst gerade erlangt oder verloren hatte, und Kathryn konnte bei weitem nicht alle zuordnen und mit Namen versehen, doch genug, an die sie sich erinnerte, waren es allemal. Ein Schwall überschwänglicher Komplimente scholl ihr entgegen, über ihr Aussehen, ihr Kleid, wie groß sie geworden sei und wie schön, und Kathryns nach oben gezogene Mundwinkel waren so verkrampft, dass sie zu schmerzen begannen.

Die Baroness von Sankt Aussie war dabei, die engste Freundin ihrer Mutter damals, die Tag und Nacht zusammen gewesen waren und auf deren Schoß Kathryn so oft gesessen hatte, was sie alles nicht daran gehindert hatte, gegen ihre Mutter im Prozess auszusagen. Die beiden Duberque Schwestern, Hofdamen, die mit ihrer Mutter gelacht und getratscht hatten, um danach Kathryn keines Blickes mehr zu würdigen. Der Graf von Benswig, der mit ihr Ball gespielt und sie gekitzelt hatte, die Duchess von Estceter, mit deren Hund sie immer getollt hatte. Sie und viele mehr, die sie so schwach und hilflos gesehen hatten, die sie um Hilfe angefleht, und die ihr dennoch alle Hilfe versagt hatten. Die sich Freunde genannt hatten und später ihre Mutter eine Hexe. Niemals würde sie ihnen vergeben. Sie hasste sie alle.

„Dein Bruder fühlt sich heute leider etwas krank", sagte der König gerade. „Ich meine, du hast ihn noch nicht kennengelernt. Wenn es ihm besser geht, könnt ihr vielleicht ein wenig zusammen spielen."

Kathryn fragte sich kurz, ob ihr Vater wisse, wie alt sie sei, sagte aber: „Es soll mir eine Freude sein, Eure Majestät."

Ein Moment der Stille trat ein und Kathryn fiel nichts Günstiges zu sagen ein, weswegen sie mit einer Handbewegung auf die Arlingtons deutete und sie vorstellte. Der König bedachte die Arlingtons mit königlicher Geringschätzung.

„Komm Tochter, ich werde dich ein wenig herumführen. Es ist lange her, dass du zuletzt hier warst." Ihr Vater legte bestimmend den Arm um sie und führte sie von den Arlingtons weg.

„Und älter bist du nun auch. Lass mich dir die wichtigsten Leute am Hof vorstellen. Du brauchst von der Politik nichts verstehen, aber selbst als Frau solltest du wissen, wer die entscheidenden Männer sind. Zudem hat auch der Hof sein Recht, dich kennenzulernen. Du bist ja immerhin meine Tochter."

Kathryn warf ihrem Vater einen Seitenblick zu. Wie fremd ihr dieses tumbe Antlitz war, die dicken, schlaffen Wangen, die kleinen Augen, die nichts als sich selbst sahen. So harmlos wirkte diese Gestalt, die über Kathryns Leben bestimmen konnte, wie es ihr beliebte.

„Da haben wir schon einen von ihnen. Meister Belcher! Kommt, ich will Euch meiner Tochter vorstellen." Der alte Mann verneigte sich. Grau war sein Bart, der ihm glatt gebürstet bis hinab in den Schritt reichte, Grau auch seine Augen, von dicken Tränensäcken umschlossen. Er trug eine Gelehrtenkappe und den Gelehrtenrock, dazu reichlich Schmuck; an jedem Finger prangte ein dicker Edelstein oder metallenes Emblem und Ketten in allen Größen hingen ihm um den Hals.

„Meister Belcher ist der oberste Sterndeuter der Krone. Du glaubst nicht, was er aus den Sternen alles erlesen kann. Manche sagen, er müsse vom Blute des Krysippos sein. Ohne seinen Rat geschieht hier nichts. Ist es nicht so, Meister Belcher?"

Kathryn nickte dem Sterndeuter zu und sagte: „Man hat Euch bestimmt schon häufig gefragt, aber was bedeutet der Komet? Ich glaube, einen so großen noch nie zuvor gesehen zu haben."

Der Sterndeuter lächelte wissend: „Ja, es ist selbstredend das Thema der Stunde. Und zu Recht! Ihr sagt, Ihr habt einen solchen noch nie gesehen, Mylady? Und ich sage, keiner von uns hat es zu Lebzeiten. Es gibt Berichte von Kometen ähnlicher Größe. Zu Jesajas Geburt heißt es, sei ein großer Komet erschienen, wenngleich manche sagen, es sei ein oder zwei Jahre zuvor gewesen, um jene anzukündigen. 303 wurde eine großer Komet gesichtet, der, da sind sich die meisten Kundigen einig, die Gründung der Kirche der guten Götter voraussagte. 501 sei ein Komet ganze fünfzig Tage am Himmel zu sehen gewesen, und was anderes als die Geburt von Franziskus des Großen hätte er ankündigen können? Dann gibt es freilich noch denjenigen, der von Theodus in seiner Saga des großen Krieges der Stern der Hoffnung genannt wird und der im ersten Jahr am Himmel erschienen ist. Auch bei diesem soll es sich um einen Kometen gehandelt haben, und nichts anderes als den Sieg der Menschheit über die Armeen der Finsternis hat er prophezeit. Ja, es sind bedeutungsvolle Jahre und bedeutlungsvolle Ereignisse, die uns die Kometen voraussagen und dieser hier erscheint auch noch in einem Götterjahr. Großes steht uns bevor – und mit Umsicht müssen wir ihm begegnen."

„Ich wusste gar nicht, dass wir uns in einem Götterjahr befinden", gestand Kathryn.

„Allerdings! Hier im Norden vergessen wir es gerne. Wir bekommen die heilige Insel ja nicht zu Gesicht. Doch meine Kollegen berichten mir, dass Kaskaya von Karn aus bereits zu sehen ist, und sich schon über dem Festland befinde. Es ist das hundertvierzigste Götterjahr seit Beginn der Zählung und seit dem großen Krieg haben uns die Götter kein solches Zeichen mehr gesandt, während die heilige Insel über Alana schwebte. Ohne Frage ein mächtiges Omen. Große Veränderungen stehen uns bevor! Ob zum Guten oder Schlechten, bleibt abzuwarten. Wie ich Eurem Vater bereits sagte, dies Jahr gilt es, auf Eierschalen zu laufen, und zwar für uns alle, und jeden Schritt mit großem Bedacht zu setzen."

„Für die Vorsicht habe ich ja Euch, Meister Belcher!", sagte der König leichthin. „Ich hab's! Ist meine Tochter wieder bei Hofe, lasse ich Euch ihr Horoskop bestimmen. Du wirst viel über deine Zukunft erfahren, Tochter."

"Ganz wie Eure Majestät es wünscht", sagte der Alte mit einer Verbeugung, dann an Kathryn gewandt. „Seid aber gewarnt, Mylady. Die Sternendeutung ist keine genaue Wissenschaft und auch den Erfahrensten von uns passieren mitunter Fehler. Des Weiteren kann der Blick in die Zukunft erschrecken und den Menschen zu törichten Handlungen bewegen. Nur Narren sträuben sich ihrem Schicksal. Gerne stehe ich Mylady aber zur Seite, um aus dem, was die Götter uns sagen, auch Nutzen zu ziehen. Es würde mich faszinieren, Euer Schicksal zu deuten, es ist gewiss von großem Interesse."

Wie er es sagte, schien Kathryn, als glaubte er nicht sonderlich daran.

„Oh, und da haben wir schon das nächste Mitglied meines Rates." Der König winkte einen Mann zu sich her. „Du weißt, was der Kronrat ist?", fragte der König Kathryn.

„Er berät Euch in Fragen der Politik, Vater. Er hat üblicherweise neun Mitglieder. Den Bischof von Lidium, den Hohepriester Javes, den Obersten Hofmagus und den Obersten Sterndeuter als die geistlichen Vertreter. Den Erzkanzler, den Lord Sprecher, den Lord Schatzmeister und den Hochrichter als die weltlichen Vertreter. Das letzte Mitglied ist für gewöhnlich der Thronfolger."

Den letzten Satz hatte sie zögerlich ausgesprochen, denn ihr Vater würde sie ganz gewiss nie in den Rat berufen, selbst wenn sie erneut erster Thronfolger wäre.

Der König bemaß sie mit einem abfälligen Blick.

„Es steckt zu viel von deiner Mutter in dir. Dein Hochmut ist hier fehl am Platz. Demut und Zurückhaltung stehen einer Königstochter besser an. Genau wie einem Eheweib."

Kathryn errötete.

„Majestät haben mich hergerufen", sagte der Mann, dem ihr Vater gewunken hatte.

Ein Mann mittleren Alters war er, mit einem seltsam lippenlosen Mund, glattrasiertem Gesicht und welligem, blondem Haar. Er trug eine schlichte, braune Kutte, mit einfacher Lederkordel zugebunden, und Kathryn sah, dass sein Haupt oben rund rasiert war, beinahe wie bei einem Priester Javes, nur dass die vordere Stirn noch behaart verblieb. Um seinen Hals hing groß ein Kreuz mit einem Edelstein in der Mitte. Ein Unist.

„Branaged, ich wollte Euch meine Tochter vorstellen, ich glaube, Ihr kennt sie noch nicht."

„Mylady Kathryn. Der Eine mit Euch", sprach der Unist zu Kathryn. „Wenn Ihr erlaubt, mich Euch vorzustellen, ich bin

Bischof Branaged. Wie schön, Euch wieder am Hofe zu wissen.“ Seine Stimme war nasal und weich.

„Ich danke Euch, Hochwürden“, sagte Kathryn und hoffte, es möge die richtige Anrede gewesen sein. Die Schlichtheit seiner ganzen Erscheinung bildete einen bemerkenswerten Kontrast zu der des karnischen Bischofs.

„Verzeiht, ich bin noch nie zuvor einem unistischen Bischof begegnet.“ Sie sagte es ohne bestimmten Grund, mehr um ihrer Unsicherheit Ausdruck zu verleihen.

„Oh, das wäre dann doch gewiss nicht Euer Verschulden. Zumal es so ganz auch nicht stimmen kann. Soweit ich weiß, oblag es nämlich meinem Vorgänger, Euch im Lichte des Einen zu taufen, Mylady. Bischof Sibirius durfte sich dieser Ehre rühmen.“

„Das ist richtig“, meinte ihr Vater. „Du warst nur zu klein, um dich zu erinnern. Und Ihr kennt ja meinen lieben Bruder, Branaged. Er ist kein Freund Eurer Kirche und hat dem Kind bestimmt nichts über den guten Glauben beigebracht.“

„Unserer Kirche, wenn ich anmerken darf, Eure Majestät.“

„Natürlich. Unserer Kirche“, stimmte ihr Vater ihm zu. „Wenn sie wieder bei Hofe ist, müsst Ihr sie in Eure Obhut nehmen.“ Dann an Kathrin gewandt. „Der Bischof hat schon bei deinem Bruder viel bewirkt. Er ist ein überzeugter Unist und jeden Tag betet er fleißig den Einen an. Es wäre gut, wenn du dich ebenfalls zum neuen Glauben bekennst. Es würde den Gerüchten Vorschub leisten. Du weißt … wegen deiner Mutter.“ Er sah sie streng an.

Sie war keine Hexe!, schrie es in Kathryns Kopf.

Sagen tat sie: „Ja, Vater.“

„Aber man hat mir ohnehin versichert, dass jene Geschichte keine Auswirkungen auf dich haben sollte. Immerhin bist du von meinem Blut. Das sollte dich gegen die dunklen Mächte feien. Ist es nicht so, Branaged?“

„Ja, Majestät“, bestätigte der Bischof, dann an Kathryn gewandt: „Der Teufel ist mächtig, mein Kind, mächtig und allgegenwärtig. Aber Euer königliches Blut bietet einigen Schutz. Wenn Ihr zudem noch Euer Herz dem Einen öffnet, so kann Euch gewiss nichts mehr geschehen."

„Und du willst doch nicht, dass ich bereue, dich zurückgeholt zu haben?", fragte der König.

„Nein, Vater", sagte Kathryn.

Manchen mehr lernte sie noch kennen, den Schatzmeister der Krone, Cornelius Fletcher, ein schlanker, bieder wirkender Mann, den ersten Hofmagus, Ignatius Thompson, hoch gewachsen, mit tiefem Blick und stechenden Augen, den Lord Sprecher, Francis Cunningham, ein fülliger Mann mit weißblondem Haar und sonorer Stimme, und den Hohepriester Javes, Richard Menning, ein rotgesichtiger Mann mit hängenden Backen, dessen Gesicht aussah, als habe es lange nicht mehr gelacht.

Als der König sie endlich entließ, wollte Kathryn nichts als weg. Sie suchte den Saal nach den Arlingtons ab, konnte sie aber nicht entdecken, beschloss daher, zu den Gästequartieren zu gehen und sich ihr Zimmer zeigen zu lassen. Alleine wollte sie sein, weg von allem und jedem.

Sie lief um eine Ecke in einen Vorraum, stieß dabei fast mit einer Gruppe Damen zusammen, die sich angeregt unterhielten. Sie entschuldigte sich und wollte weiter, doch eine der Frauen versperrte ihr den Weg. Kathryn sah auf. Ein altes Gesicht blickte ihr entgegen, mit tiefen Krähenfüßen an den Augen und einem faltigen Mund. Die Haut unter dem Kinn hing herab, dass ihr Aussehen Kathryn unwillkürlich an eine Ziege erinnerte.

„Sieh an, wen haben wir da, meine Damen. Die neue Attraktion bei Hofe. Das Hexenkind." Nichts als Hass und Verachtung las Kathryn aus den grauen Augen, und es ließ sie einen Schritt zurückweichen. Die anderen Damen kicherten hämisch.

„Na, junge Dame, hat man dich denn kein Benehmen gelehrt. Mach artig deinen Knicks und stell dich uns vor."

Kathryn wusste nicht, wie sie reagieren sollte. Sie wusste sehr wohl, wie man sich vorstellte, doch auch, dass sie hier verspottet wurde.

„Hat es dem Ding die Sprache verschlagen?", sagte die Alte.

„Vielleicht ist sie dumm?", meinte eine der anderen Damen kichernd.

„Schaut ihr lieber nicht in die Augen", lachte eine weitere.

Kathryn überlegte, sich einfach umzudrehen und einen anderen Weg hinaus zu suchen.

Da erklang die Stimme eines Mannes.

„Die Damen!" Ein älterer Mann erschien hinter den Frauen. Er war klein und ging gebeugt, und doch strahlte er eine natürliche Autorität aus.

„Und wen haben wir da? Mylady Kathryn, nehme ich an?" Er neigte kurz den Kopf, Kathryn zum Gruße, sah sich dann die Damen, die Kathryn belagerten, der Reihe nach an.

„Sechs so kultivierte Ladys, die um eine junge Prinzessin herumstehen. Zweifellos, um sie bei Hofe willkommen zu heißen."

Die Alte hob stolz den Kopf und zauberte sich ein falsches Lächeln ins Gesicht.

„Mylord Kanzler. Wie recht Ihr habt. Genau darin bestand unsere Absicht."

„So verzeiht mir denn, verehrte Duchess, dass ich das fröhliche Kennenlernen unterbreche, doch wollte ich gerne mit Mylady Kathryn einige Worte wechseln. Ich bedaure also, sie den Damen entführen zu müssen." Er bot ihr den Ellenbogen an und dankbar hakte Kathryn sich ein.

„Ich danke Euch, Mylord", sagte Kathryn, kaum dass sie außer Hörweite waren.

„Dann habe ich die Situation also richtig gedeutet und die Raubkatzen hatten ihre Beute gestellt?"

„So könnte man wohl sagen", antwortete Kathryn. Sie betrachtete den Mann neben sich. Die kleine Statur wurde von einem Hut kompensiert, der mehr hoch als breit war. Dazu trug er einen langen, schwarzen Mantel und führte einen Gehstock. Wie die ganze Gestalt, war auch sein Gang eigentümlich, bei dem er ein Bein dem anderen nachzog.

„Ihr seid Kanzler Townsend?"

„Derselbe, Mylady, derselbe. Und Ihr seid Mylady Kathryn Griffin. Nun, da wir uns vorgestellt haben, lasst mich Euch herzlich bei Hofe willkommen heißen. Euer Vater berichtete uns bereits, dass Ihr wieder im Ivoryhouse einzuziehen gedenkt." Der Kanzler hielt an und nestelte eine dicke Rauchstange aus seinem langen Mantel hervor. Geschickt schlug er sie an, nahm einen großen Zug und blies einen dichten, blauen Rauch aus.

„Über die Pläne meines Vaters bin ich leider wenig informiert. Aber er wird sie mir schon beizeiten mitteilen." Der Klang des Gesagten war bitterer, als Kathryn beabsichtigt hatte, weshalb sie schnell das Thema wechselte.

„Wer war die Dame eben?"

„Oh, das war die Duchess von Northam, ein garstiges altes Biest, wenn Ihr mir das zu sagen erlaubt. So sympathisch, wie sie schön ist." Der Spott ging ihm leicht von den Lippen, hinter den kleinen Augen aber sah Kathryn nicht nur einen spöttischen Höfling, wie es sie hier zuhauf gab, sondern sie war sich sicher, einen Mann von Verstand vor sich zu haben. Irgendwie erinnerte er sie an Breadhead.

„Ja, sie war mir nicht eben freundlich gesinnt", sagte Kathryn.

„Das ist sie den Wenigsten, keine Sorge. Bei Euch allerdings ist die Ursache dafür unschwer zu erraten, nicht wahr."

Kathryn wusste nicht, was der Kanzler meinte, und selbes sah er ihr an.

„Ach, Ihr wisst gar nicht, wer sie ist? Die Duchess war die erste Gemahlin Eures Vaters. Die erste Königin. Ihr versteht. Wie geht nochmal das Sprichwort mit dem verschmähten Eheweib? Hier war es jedenfalls nicht Euer Vater, der den Zorn der Verschmähten zu spüren bekam."

Mutter bekam ihn zu spüren, begriff Kathryn.

„Und sie lebt bei Hofe?", fragte sie verwundert.

„Mal hier, mal in ihrer Grafschaft. Euer Vater und sie scheinen ihre Differenzen beigelegt zu haben, obwohl er sie so schändlich verstoßen hat. Eigentlich sollte sie sich ja glücklich schätzen. Von allen Ehefrauen Eures Vaters hat sie es beileibe noch am besten erwischt."

Er machte eine spöttische Geste, wurde dann aber ernst.

„Was Eurer Mutter angetan wurde, mein Kind, war ein furchtbares Unrecht. Man weiß hier sehr wohl, was die Gründe dafür waren, auch wenn Ihr es laut nicht zu hören bekommen werdet. Der Schatten dieser Tat wird für Euch wohl immer über diesem Ort liegen. Ich hoffe dennoch, Ihr findet hier Euren Platz."

Kathryn fiel spontan keine Erwiderung ein, so ergriffen war sie. Es überraschte sie selbst, wie dankbar sie diesem fremden Mann für seine Worte war.

„Und nun sollten wir uns besser verabschieden, Euer Gefängniswärter beobachtet uns nämlich."

Kathryn drehte sich um. Der Duke stand am Ende des Ganges und schaute zu ihnen.

„So denn, Mylady, es war mir eine Freude, Euch kennengelernt zu haben. Ich hoffe, wir sehen uns in Zukunft noch öfter." Er zwinkerte ihr zum Abschied zu und verließ sie in entgegengesetzter Richtung zum Duke.

Kathryn ging auf ihren Onkel zu, der aber, kaum dass sie losgelaufen war, ebenfalls loslief. Sie folgte ihm durch einige Gänge hindurch, zurück in den Old Palace, bis der Duke durch eine breite Tür verschwand. Unschlüssig, ob sie ihm hinterher sollte, zögerte sie zuerst, doch hatte sie das unbestimmte Gefühl, dass er wollte, dass sie ihm folge, weshalb sie schließlich ebenfalls durch die Türe schritt.

Im Thronsaal fand sie sich wieder, breit und hoch der Raum, alles in Tönen von Weiß und Rot und strahlendem Gold. Die verzierten Decken und Bögen, der spiegelglatte Boden und die enormen Kronleuchter, die in Reihe von der Decke hingen. Am Ende des Raumes stand alleine auf einer vierstufigen Erhöhung, von Baldachin und Gobelins umschlossen, der Thron. Der Duke stand mit hinter dem Rücken verschränkten Armen in der Mitte des Saals, seine Augen auf Kathryn gerichtet. Er hatte sie erwartet.

Kathryn erreichte ihren Onkel zeitgleich mit zwei Wachen, denen offenbar die Aufgabe zustand, den Saal zu bewachen. Unsicher wagte der eine das Wort an den Duke zu richten: „Verzeiht, Mylord, aber der Thronsaal ist um diese Zeit für Besucher gesperrt." Der Duke bemaß den Kerl mit einem Blick, der einem unerwünschten Insekt hätte gelten mögen.

„Verschwindet!", war alles, was er sagte.

Die beiden Wachen tauschten einen Blick. An offener Konfrontation schien ihnen alles andere als gelegen zu sein und mit einem ergebenen Nicken zogen sie sich zurück.

„Was wollte der alte Townsend von dir?"

Kathryn runzelte die Stirn über den Beginn des Gespräches. Dann erzählte sie dem Duke von der Duchess von Northam und wie der Kanzler sie aus der Situation befreit hatte.

„Nimm dich vor ihm in Acht. Er ist talentiert darin, sich Leute geneigt zu machen, doch er zögert auch nicht, sie fallen zu lassen."

„Ihr könnt ihn nicht leiden", stellte Kathryn fest.

„Er ist ein gefährlicher Mann", sagte der Duke, und Kathryn dachte bei sich; *spricht der Bär über den Wolf.*

„Was hat die Duchess zu dir gesagt?", fragte der Duke, das Thema wechselnd.

Kathryn zögerte kurz.

„Sie hat mich eine Hexentochter genannt."

„Hexentochter? Und das hat dich verletzt?", fragte er.

Ihre Antwort bestand aus einem stummen Blick.

„Merk dir; Beleidigungen sind die letzte Waffe des Machtlosen. Der alten Vettel ist nichts anderes mehr geblieben. Das verschmähte Weib. Ihr Stolz hat es ihr verboten, einen anderen Mann zu heiraten, und jetzt ist sie alt und verbittert, und findet Vergnügen darin, andere zu quälen. Wörter können einem nichts anhaben. Sie dürfen keine Macht über dich besitzen."

„Was versteht Ihr schon davon", sagte Kathryn schroff. Es klang anmaßend und trotzig und sie bedauerte es, kaum dass sie es ausgesprochen hatte. Da war der Duke schon einmal nett zu ihr, und sie vergalt es ihm mit Trotz.

Der Duke schränkte die Arme hinter den Rücken und schaute zum Thron.

„Wer glaubst du ist älter; dein Vater oder ich?"

Kathryn runzelte die Stirn über die absurde Frage.

„Wenn Ihr der Ältere wärt, würde jener Stuhl dort Euch gehören."

„Nur, wenn ich von der richtigen Mutter geboren worden wäre." Er sah sie an. „Ich wurde einen Monat vor Eurem Vater geboren. Meine Mutter war eine Hofdame niederen Standes, so wie Eure Mutter es war. Für ein solches Kind gibt es auch einen Namen. Einen Namen, den man nicht gerne hört."

„Aber Ihr seid ein Griffin", wunderte sich Kathryn.

„Mein Vater erkannte mich an. Allerdings erst, als ich bereits erwachsen war. Von da an war ich ein Griffin. Es war das Einzige, was er mir mitgegeben hat. Er vermachte mir weder Geld noch Land und aus der Thronfolge bin ich ebenfalls ausgeschlossen. Das Einzige, was er mir zugestand, war sein Name. Aber ich will nicht klagen, es war nützlich, ein Griffin zu sein."

„Das wusste ich nicht."

„Woher solltest du? Heute wagt es niemand mehr, mich so zu nennen, und manchmal kommt es mir vor, als habe es diesen kleinen, mittellosen Bastard", – er sprach das Wort mit Hass aus – „der ich war, niemals gegeben."

„Und wie habt Ihr es geschafft, dass sie Euch nicht mehr so nennen?"

„Macht! Mit Macht habe ich es geschafft. Die Macht ist etwas Wunderbares, sie ist Schild und Schwert zugleich. Ich bin nicht naiv. Hinter meinem Rücken haben die Leute bestimmt noch so manchen Namen für mich übrig, aber er wird leise gesprochen und vorsichtig, und immer mit Angst, denn jeder weiß, was ihm blüht, sollte ich je davon erfahren."

Kathryn hatte nichts dergleichen. Keine Macht, die sie schützte, nicht einmal die Macht, über ihr eigenes Leben zu bestimmen. Ihr Blick schweifte zu dem Thron. Ungemütlich sah er aus, eckig und grob.

„Was würdest du tun, wenn du darauf sitzen würdest?", fragte der Duke.

Ich werde niemals darauf sitzen, dachte sie bitter.

„Was würdet Ihr tun… Onkel?“ Vielleicht war es das erste Mal, dass sie ihn so nannte.

Eine Weile blieb es still, standen sie Seite an Seite und betrachteten den Thron.

„Ich würde versuchen, es besser zu machen“, sagte endlich der Duke.

„Und was?“

„Alles! Es gäbe so viel zu tun. Norland verdient, besser zu sein, als es jetzt ist. Wir sind ein stolzes Volk und ein starkes Volk. Zu lange schon winden wir uns unter der Knute des Reiches. Wir verdienen es, frei zu sein und unabhängig. Wir sollten selbst über uns bestimmen können.“

„Sind wir nicht frei in den meisten Belangen?“, wagte Kathryn zu sagen.

„Sind wir nicht! Nicht, wie wir es sollten. Immer noch zahlen wir den Reichstribut. Immer noch zahlen wir Steuern auf jeden Handel mit dem Reich. Und immer noch ist es uns nicht erlaubt, unsere eigenen Magier zu haben.“

„Wir haben doch eigene Magier“, sagte Kathryn.

„Pah! Das Magierecht lässt sie uns ausbilden. Nicht aber einsetzen.“

Über fünfhundert Jahre war es her, dass Franziskus der Große sich zum ersten Imperator des neuen Reiches hatte krönen lassen und das Edikt von Lyris erlassen worden war, das allein dem Reich erlaubte, Magier in der Armee zu haben.

„Dennoch sind es unsere Magier, es sind Norländer und sicher auch der Krone treu“, sagte Kathryn und dachte an Brooks. Er sprach nicht weniger bitter über das Edikt, als der Duke es tat.

„Die Gilde untersteht dem Reich und dem Reich allein. Nicht auf Norland schwören sich die Magier und Novizen ein; auf Imperator und Reich tun sie es.“

„Ein Schwur ist ein Schwur, und Blut ist Blut.“ – irgendwo hatte sie den Satz gelesen und passend schien er ihr – „Werden unsere Magier sich gegen ihre Heimat, gegen ihre Familien stellen, sollte es gegen das Reich gehen?“

„Ja, vielleicht. Aber wir haben alle gesehen, was es heißt, das Edikt zu brechen. Und die Magier werden es so schnell nicht vergessen haben.“ Kathryn sah ihn verständnislos an.

„Das Brennen von Banasch…“, sagte der Duke verwundert.

„Ein Ereignis der jüngeren Vergangenheit?“, fragte Kathryn zerknirscht. „Meister Locke meint, man müsse erst bei den Anfängen der Geschichte beginnen, um sich dann nach vorne zu arbeiten, da alles Spätere meist eine Folge des Früheren sei. Momentan sind wir erst beim Krieg der drei Bären, als Johann der Unglückliche die Krone verlor.“

Da lachte der Duke, aber es war kein böses Lachen. „Oh, du brauchst nicht so dreinschauen. Dein Meister Locke hat da ganz recht. Und dir fehlt ja nicht mehr allzu viel. Banasch war der Name des Magistrats in der Wolachai. Im Königreich Wolachai brach ein Streit aus, denn König Leobar – ein Warsteiner und Vetter des Imperators – verbot, in der Wolachai unistische Gotteshäuser zu betreiben. Die Mehrheit des Landes waren aber bereits Unisten. Es kam zu Aufständen und Kämpfen und einigen Toten. Leobar ließ darauf einige der Rädelsführer hinrichten, aber da war es schon zu spät. Unter dem selbsternannten Reformator Albertus begann das Volk zu rebellieren. Es endete damit, dass sie die Burg stürmten und Leobar den Kopf abschlugen. Manche sagen, dass es der eigentliche Beginn des Kriegs der Konfessionen war. Die Wolachen setzten daraufhin ihren eigenen Mann auf den Thron, Ignaz den Ersten, den man später den Wochenkönig nannte, weil seine Herrschaft so schnell endete. Jedenfalls, als wäre es nicht genug, das Haus Warstein selbst herauszufordern, erklärte das Magistrat der Wolachai, dass es sich von der Gilde lösen würde und fortan allein der Wolachai dienen werde. Noch nie hatte es ein Magistrat gewagt, das Edikt zu brechen, denn jeder weiß, dass das Reich ein solches Vergehen niemals zulassen würde. Es ist ein Grundpfeiler ihrer Macht. Der Irrsinn von Imperator Siegdahl war damals noch nicht so offenbar wie heute und er wusste, was es bedeuten würde, wenn Warstein nicht entsprechend reagieren würde. Und wie sie reagierten! Ein Exempel sollte statuiert werden. Und so schickte

Siegdahl seinen Schoßhund aus, um sich der Sache anzunehmen. Kasimir von Kothem."

„Die Maske?", sagte Kathryn. Es war mehr Feststellung als Frage.

„Ja, die Maske. Damals war er noch unbekannt. Es kursierten zwar schon einige Schauergeschichten über ihn, zu was er aber wirklich in der Lage war, wusste noch niemand. Am sechsten des Sechst 969 erreichte Kasimir Banasch, um des Imperators Botschaft zu überbringen, und seine Botschaft bestand aus Feuer und Tod. Das Magistrat war groß damals, fast so groß wie unser Oxton. Etwa dreitausend Seelen lebten dort, darunter knapp fünfhundert Erleuchtete. Zwei Tage und zwei Nächte brannte das Feuer und als am Morgen des Neunten die Sonne aufging, war vom Ort und seinen Menschen nichts als Asche übrig."

„Nur er allein hat es getan?", fragte Kathryn, die Augen vor Spannung geweitet.

Was könnte sie mit einer solchen Macht alles anstellen? Nie wieder müsste sie sich fürchten, nie wieder tun, was sie nicht wollte.

„Es sollen noch andere Magier dabei gewesen sein, aber der Großteil der Arbeit oblag ihm allein. Der Imperator setzte ihn später auch bei der Schlacht von Zabek ein. Weit über tausend Mann soll er allein getötet haben. Manche sagen, seit William von Tamir habe es keinen mächtigeren Zauberer gegeben. Die Moral der Wolachen war danach gebrochen und der Krieg dauerte im Ganzen keine drei Monate. Leobars Sohn wurde als König eingesetzt, Ignaz wurde öffentlich hingerichtet, und Albertus und Hunderte seiner Gefolgsleute dem Feuer überantwortet. Unisten sucht man seither vergeblich in dem Königreich."

„Seid Ihr ihm je begegnet?"

„Der Maske? Nein. Nicht, dass ich es bedauern würde, er scheint mir doch ein reichlich unheimlicher Geselle zu sein." Der Duke verzog ironisch das Gesicht und lächelte.

Er scherzt mit mir, dachte Kathryn bei sich und lachte ein wenig unbeholfen.

„Wie dem auch sei, die Botschaft war deutlich und jedem Magier wird sie im Gedächtnis sein, sollte sich Derartiges jemals wiederholen."

Eine Weile schwiegen beide.

Dann sagte Kathryn: „Ein Land sollte selbst bestimmen können, was für sein Volk das Beste ist. Ist es nicht seltsam, dass ein Mann über Dinge hier bestimmt, der nichts von Norland weiß und nichts von Norland kennt? Den wir nicht kennen. Es scheint nicht richtig. Wir selbst sollten bestimmen, was für unser Volk das Beste ist."

Der Duke lächelte ihr zu und sie erkannte; er genoss das Gespräch. Und sie auch. Schön war es, über ihr Land zu reden, als habe sie tatsächlich etwas darüber zu bestimmen.

„Da bin ich ganz deiner Ansicht. Ein schöner Traum."

„Eine hoffnungsloser Traum?", fragte sie.

„Hoffnungslos? Ich denke nicht. Norland ist nicht die Wolachai. Wir sind größer und wir sind stark. Kein anderes Land und kein anderer Herrscher hat es je geschafft, Norland ganz einzunehmen. Selbst ein Franziskus nicht. Und der Zeitpunkt könnte nicht besser sein. Warstein ist so schwach wie nie zuvor. Der Imperator hat sich in den Tiefen seines Palastes verkrochen und sein Reich sich selbst überlassen. Die Kurfürsten bekriegen sich untereinander. Niemals gab es eine bessere Gelegenheit! Natürlich ist es gewagt, so etwas ist immer gewagt, aber hoffnungslos? Nein, hoffnungslos ist es nicht."

„Und was braucht es dazu, glaubt Ihr?"

„Nur einen fähigen Herrscher braucht es", erwiderte der Duke. "Einen Herrscher, der willig ist, der sein Land liebt und sein Volk, und der dafür zu kämpfen bereit ist." Er endete abrupt, als habe er schon zu viel preisgegeben, sah versonnen in die Leere.

Ein fähiger Herrscher. Kathryn wusste, an wen er dachte.

~ 10. Kapitel ~

Aris

Die Augen waren konzentriert und zusammengekniffen. Die kleinste Bewegung wurde registriert.

„Der hat gezuckt!“, sagte Packo.

„Hat er nicht!“, Bortos.

„Hat er doch!“, Packo.

„Das war der verdammte Wind, mehr nicht.“ Es könnte Aris egal sein, denn von seinem kam schon lange keine Regung mehr, aber Bortos konnte noch gewinnen.

Sie hatten es sich auf einer Wiese gemütlich gemacht, gleich vor einem großen, alten Ahorn, an dem vier ihrer Kameraden an langen Seilen baumelten. Sie waren nicht einmal hinabgeworfen worden, damit ihnen sauber die Nacken brächen, sondern Grimmton hatte befohlen, sie schlichtweg am Galgen hochzuziehen. Purpurn und blau waren ihre Köpfe angelaufen, als sie erstickten. Dann hatte das Zucken begonnen. Ein Seilscheißer, Aris hatte es geahnt.

Oskar hatte vorgeschlagen, darauf zu wetten, an welchem der armen Tröpfe das Leben am hartnäckigsten hängen würde, und Aris hatte auf den kleinsten und dünnsten gesetzt, des niedrigen Gewichtes wegen. Aber das Leben war schneller aus dem verdammten Kerl geflossen, als die Pisse aus Packos. Nun hing er still, genau wie der von Oskar, und nur noch die von Packo und Bortos standen zur Debatte.

„Ist vorbei bei deinem. Da rührt sich nix!“, sagte Bortos, blies einen Schwall Rauch heraus und reichte Aris seine Pfeife wieder. Dem stattlichen Kerl, den er gewählt hatte, zuckten Bein und Arm, dass man meinen könnte, sie wüssten noch nicht, dass die Seele ihres Gebieters seinen Körper bereits verlassen hatte. Bortos hatte immer Glück.

Packo beobachtete den seinen, hoffte auf ein Zucken und versuchte, Zeit zu schinden. Schließlich spuckte er aus.

„Verdammt! Ist gut, hast gewonnen", sagte Packo resigniert und reichte Bortos das Geld.

Aris betrachtete die baumelnden Gestalten mit ihren violetten Gesichtern. Aaskrähen lungerten im Geäst des Baumes, krächzten abwechselnd, als redeten sie untereinander, und des Nachts würden sie sich über Augen und Gesicht der Toten hermachen. Keinen der Galgenvögel hatte er gut gekannt, und doch wusste er, keiner von ihnen hatte einen solchen Tod verdient. Grimmton gehörte offenbar zu jenen Offizieren, die mittels Brutalität ihre eigene Schande zu tilgen suchten. Er war nicht der erste Offizier solcher Art, den Aris erlebt hatte. Er würde auch nicht der letzte sein.

Als einer der Ersten war Grimmton wieder hinab ins Tal gekommen, zusammen mit den vordersten Verstärkungen, das sei ihm zugestanden. Dennoch... ein Hauptmann sollte eher sterben, als seine Fahne im Stich zu lassen, und die Hälfte seiner Männer noch dazu. Einer von Ehre zumindest.

Seiner statt mussten nun diese armen Schweine den Preis der Feigheit zahlen. Geflohen waren sie, wie manch anderer mehr, aber erst, nachdem der Feind vollends vertrieben war, zur Kompanie zurückgekehrt. So waren sie Grimmton willkommene Opfer gewesen, um von sich selbst abzulenken und verlorenen Respekt wiederzuerlangen. In Aris Fall allerdings vergeblich.

Sie begaben sich zum Lager. Butterbear hatte einen Tag Rast befohlen, um die Verwundeten zu versorgen und sich wieder zu sammeln. An ihrem Feuer saß Marcio, finster wie immer, und schärfte sein Schwert. Bei Gabor kniete ein Kerl mit brauner Kutte. Nun war es nicht mehr schwer, ihn von seinem Bruder zu unterscheiden. Der Tod desselben hatte den Verbliebenen der Gebrüder Zorba reichlich mitgenommen, rot und tränend waren die Augen, der Gang gebeugt, und zu keinem hatte er seit dem Kampf gesprochen.

Zu diesem Kerl aber sprach er durchaus, den Kopf gesenkt, den Arm flehentlich um die Kutte gelegt, flüsterte er ihm zu. Ernst und eindringlich. Schließlich malte ihm der Kerl mit dem Finger ein unsichtbares Kreuz auf die Stirn und ließ von ihm ab. Ein unistischer Prediger.

Etliche der braunen Gestalten begleiteten das Heer, schritten zwischen den Soldaten umher, gleich Dabos in einer Bisonherde, predigten und spendeten ihre wirkungslosen Segen. Aris wünschte sich, es gäbe ebenso viele richtige Priester, dann würde ihnen das Marschieren wenigstens leichter fallen, doch von diesen gab es kaum welche. Immerhin gab es genug Heilende Schwestern, und nicht nur von der grauen Sorte.

„Der Eine mit euch, meine Freunde“, sprach der Prediger die Dazugekommenen an. „Darf ich euch den Segen des Einen gewähren, damit sein Licht über euch wache?“

„Komm wieder, wenn du eine Stimme hast, Stimmloser“, sagte Oskar brüsk.

„Ich habe eine Stimme. Und sie vermag so einiges. Sie kann Trost spenden, kann Wahrheit sprechen und Weisheit geben. Ihr könnt mir euer Leid klagen und ich werde zuhören, ohne zu urteilen, ihr könnt mir Fragen stellen und ich werde euch Antworten geben, und werde euch teilhaben lassen an dem, was der Eine uns lehrt.“

„Dann lass mich dir mein Leid klagen“, fuhr ihn Oskar an. „Ich klage, warum ein Brauner daherkommt und mir ungefragt seinen Scheißdreck erzählt, und frage, warum er nichts kann, außer leere Worte sprechen. Kannst mich nicht heilen, mir Kraft geben oder mir den Schmerz nehmen. Deine Stimme kann mir nichts befehlen oder mich niederstrecken, kann schlichtweg gar nichts, außer irgendwelchen Unsinn verzapfen. Kannst nicht mehr als jeder andere dahergelaufene Taugenichts und Landstreicher, aber meinst, man müsse dich respektieren und Hochwürden nennen, und vor dir katzbuckeln. Im Süden heizen wir mit euch unsere Feuer, nur damit du's weißt! Und jetzt verzieh dich, Brauner, und komm erst wieder, wenn du was Anständiges gelernt hast. Oder besser noch, schick deiner statt ne Heilende Schwester her, die riechen wenigstens gut, und mein Nacken schmerzt und mein Schädel auch.“

„Ich verlange nicht, dass ihr mich irgendwie nennt, und respektieren müsst ihr mich auch nicht. Und was meine Brüder im Reich erwartet, weiß ich nur zu gut. Aber der Tag wird kommen, und bald wird er kommen, dann werden wir alle Teil derselben Herde sein. Seht selbst, die Zeichen sind da!" Er deutete auf den blauen Himmel. Der Komet war nun selbst am helllichten Tag zu sehen, blass und undeutlich, aber sichtbar.

„Was sehe ich da? Ein komischer Stern, was soll's. Wird nicht der erste solche sein, und auch nicht der letzte", erwiderte Oskar. Die letzte Überzeugung fehlte aber seiner Stimme, und Aris konnte es ihm nicht verdenken. Eindrucksvoll war der Komet, mit seinem blauen Leuchten, das jeden Stern überstrahlte, und auch Aris starrte des Nachts oftmals in den Himmel und fragte sich, was für eine Botschaft ihnen die Götter damit sandten.

„Ihr seht, aber Eure Augen sind nicht offen. Ihr schaut, aber Ihr erkennt nicht! Er, der Eine, hat sein Kommen angekündigt. Und das dort oben ist sein Reisegefährt. Schon bald ist er da. Ist unter uns! *Es wird kommen der Eine, zu sprengen die Ketten, die wir uns selbst geschmiedet.* So ist es verheißen worden und so wird es geschehen", sprach der Prediger, die Augen glühend vor Eifer.

„Verheißen kann ich auch was. Und bei mir trifft es wirklich zu. Ich verheiße, dass ein Brauner gleich ein paar aufs Maul bekommt, wenn er nicht abzieht."

Gabor war aufgestanden, hatte sich schützend neben den Prediger gestellt.

„Lass ihn in Ruhe, alter Mann", sagte er zu Oskar.

„Ruhig Blut, Bruder", sagte Oskar beschwichtigend.

„Ich hatte einen Bruder und du bist es nicht", erwiderte Gabor hart.

Oskar hielt die flachen Hände seitlich, als Zeichen, dass er keinen weiteren Streit wünsche.

„Bist mein Kamerad und ich verstehe, wie es dir gerade gehen muss", sagte der alte Recke. „Will keinen Streit mit dir. Der Braune hat vor mir nichts zu befürchten. Er soll mir nur mit seinen Ammenmärchen fernbleiben, das ist alles."

Dem Prediger lag offenbar noch so manches auf der Zunge, aber er beließ es dabei und schließlich zog er ab.

Aris überlegte, was sie tun könnten. Untätigkeit im Feld hatte er schon immer gehasst. Krieg war zum Kämpfen und Beute machen da, und war beides nicht möglich, galt es zumindest, anständig zu saufen, zu huren oder zu spielen, am besten alles drei zusammen.

Der Tag war zu jung, um müßig zu sein, allerdings gab es ein Hindernis, das die Wahl an Tätigkeiten erheblich einschränkte; ihre Beutel waren leer. Zwar hatten sie gute Beute gemacht nach dem Kampf, hatten einiges an Gewehren und Klingen und etlichem mehr eingeheimst, es aber anständig zu versilbern, war ihnen bisher noch nicht gelungen. Vor Ort gab es nur die üblichen Feldmarketender, an die man die Sachen hätte verkaufen können, aber die zahlten nur die schlechtesten Preise, weshalb sie lieber auf die Fahrenden Händler warten wollten. Diese ließen allerdings noch auf sich warten.

„Ist noch früh", stellte Aris fest. „Wollen wir zum Marktplatz, vielleicht treiben sich heute mehr Fahrende rum?"

„Ein Tag ohne Handel ist ein Tag ohne Sonne, hat mein seliger Vater immer gesagt. Sehen wir, was es hat. Wacht hat keiner von uns", meinte Oskar zustimmend.

Sie luden sich einige Waffen und anderes Gut auf Rücken und Schultern und machten sich auf den Weg.

Wie jedes Heerlager war auch dieses gleich einem Dorf oder einer kleinen Stadt aufgebaut. Die Stadtmauer oder den Ortswall bildete eine Wand von Kutschen und Karren und anderem Zugwerk, das mit Piken und Brettern fortifiziert wurde. Die Wohnviertel waren die Zeltlager der einzelnen Kompanien und die Burg im Zentrum bestand aus den großen Obristen- und Heerführer-Zelten, die meist erhöht und von einem zusätzlichen Wall umgeben waren. Weiter gab es Spielviertel mit Spielzelten, wo an Tischen gewürfelt und im Namen aller Götter geflucht wurde, ein Essviertel, mit seinen Sudlern und Garküchen, wo es nach Suppe, Dampf und Kohle roch, dann die Sauf- und Bumszelte, wo der Gestank von altem Bier und Rauchkraut die Luft schwer machte, und schließlich noch den Marktplatz, wo an Holztischen und kleinen Zeltständen fleißig gefeilscht und gehandelt wurde. Zu letzteren führte sie ihr Weg.

Wenig war los und nur vereinzelt standen andere Soldaten herum, die ebenfalls ihre Beute feilboten oder sich die Waren der Händler zeigen ließen. Ihr Lager war erst frisch ausgehoben und allzu lange würden sie wohl nicht bleiben, weshalb nur wenige Fahrende Händler sie bisher aufgesucht hatten. Hier und da fragten sie an, ob jemand ihre Waffen und Rüstungen haben wolle, doch entweder waren die Preise zu schlecht oder kein Geld zum Kauf da.

Ein Wagen, von zwei zotteligen Barthaochsen gezogen, deren ungestutztes Fell bis an den matschigen Boden reichte, kam auf den Marktplatz gefahren. Der Mann auf dem Kutschbock war ein schlanker Kerl mit breitem Hut, daneben saß ein finster schauender Mann mit narbigem Gesicht, dem man den ehemaligen Söldner ansah. Viele alte Söldner ließen sich als Begleitschutz von Fahrenden Händlern anwerben, denn sie konnten kämpfen, und wichtiger noch, sie verstanden das Denken der Soldaten. Viele wurden später selbst zu Fahrenden Händlern.

„Die Götter grüßen dich", sprach Aris den Händler an. „Bist neu hier? Hast sicher frisches Geld, um ein gutes Geschäft abzuschließen."

„Ha! Bin gekommen, um Geld zu machen, nicht, es auszugeben." Er platzierte den Wagen und sprang vom Kutschbock. „Hab feine Sachen da. Vielleicht lohnt ja der Tausch. Waffen nehme ich gerne als Zahlung." Er hatte die Waffen gesehen, die ihre Gruppe bei sich trug.

Aris ließ sich zeigen, was er mit sich führte. Kleine Fässer norländischen Weins hatte er geladen, dazu Stoffe und Werkzeug, Nadeln und Scheren und weiteres Flickzeug, einiges an Hüten und guten Stiefeln. Als er letztere anpries, glitt sein Blick zu Aris Füßen.

„Ihr scheint mir allerdings gut ausgestattet. Vielleicht ist der Herr aber bereit, die seinen zu tauschen."

Aris winkte ab. Wie eigens für seine Füße geschustert, passten ihm die Stiefel des toten Crawford, und passende Stiefel waren im Feld einiges wert. Außerdem mochte er die Blicke, die sie auf sich zogen.

„Ah, ich sehe schon, Männer von Stand und Klasse seid ihr. Für euch habe ich gerade das Richtige." Er holte eine Kiste hervor, deren Inhalt von dickem Filz umwickelt war. Vom Filz befreit, tauchten vier gläserne Flaschen auf.

„Hier, die Herren! Sowas sieht man nicht alle Tage. Gootischer Brand! Beste Qualität. In Groughtburg selbst habe ich ihn gekauft. Da wird euch warm im Bauch, und wenn's der tiefste Winter wäre. Die halbe Flasche und ihr lauft herum wie der Schlepper am Zahltag."

Ihre Gruppe sammelte sich um die Flaschen, als enthielten sie flüssiges Gold. Einiges und mehr hatte Aris über echten Brand gehört, ihn jedoch nie selbst gekostet, denn er war selten und kostbar.

„Kann man auch probieren?", fragte Bortos.

„Riechen könnt ihr gerne, der Schluck aber kostet." Er öffnete eine Flasche und ließ sie herumgehen.

„Was willst für eine?", fragte Aris.

„Fünfundzwanzig bekomm ich dafür von nem Offizier und seinen Dank bekomme ich noch obendrauf!"

„Der Teufel spricht aus deinem Maul!", schimpfte Oskar. „Mehr als zwanzig zahlt der reichste König nicht."

Die üblichen gegenseitigen Beschimpfungen, die jeden guten Handel begleiteten, folgten, und nach einigem Feilschen nahmen Aris und Bortos eine Flasche, Marcio und Packo eine andere und Oskar holte eine weitere für sich, wobei er meinte, dem Gabor solle die Hälfte zustehen, denn dieser könne eine gute Sauferei wahrlich gebrauchen. Einiges an Waffen ließen sie beim Händler liegen, die er im Norden für guten Aufpreis an frische Söldner und Soldaten verkaufen konnte. Aris kaufte noch drei Zapfen Kraut, Oskar manches Flickwerkzeug und Marcio einen neuen Schleifstein. Der Händler gab ihnen zum Schluss fünf dunkle Rauchstangen hinzu, um den Handel gütlich abzuschließen.

Aris fragte den Fahrenden noch, wohin die Wege ihn noch führen mögen, worauf er antwortete: „Ha! Das verrate ich euch

Gaunern doch nicht. Wärt nicht der erste Soldat, dem ich was abkaufe und der mich Tags darauf auf den Straßen überfällt und mir die gleiche Sache wieder abnimmt." Der Kerl war erfahren in seinem Geschäft.

Flüssiges Feuer nannten sie in Sippan den Brand und jetzt wusste Aris, weshalb. Mild war das Wetter und scharf der Brand und auf dem Boden liegend genossen sie ihre Rauchstangen und beobachteten Himmel und Wolken, indessen ihre Gespräche immer fröhlicher und lauter wurden, je mehr das Feuer ihre soldatischen Gemüter erhitzte.

„Ich will auf Zug!", entfuhr es Aris irgendwann. Plötzlich war ihm die Eingebung gekommen und für die beste Idee aller Zeiten hielt er sie in dem Moment.

„Auf Beuteschau willst gehen? Hör doch auf! Bist stramm wie ein Brabese. Da kommt nichts Gutes dabei rum", meinte Oskar mahnend. Die Vernunft schien bei ihm vom Brand noch nicht gänzlich ausgeräuchert.

„Teufel! Ich sag, ich will auf Zug!", insistierte Aris und Bortos sprang ihm prompt zur Seite: „Potztausend, jetzt einen schönen Hof finden, mit Essen und Mägden und einem kleinen Kampf. Ich bin dabei! Ein Taugenichts der Kriegsknecht, der einen ordentlichen Zug verschmäht!"

Packo brauchte nicht lange überzeugt werden, wenngleich seine Zustimmung schwer zu verstehen war, denn seine Zunge schien ihm nicht mehr gut zu gehorchen.

„Bin dabei!", war alles, was Marcio sagte, und selbst Gabor willigte ein, dass Oskar schließlich meinte: „Dann muss ich ebenso mit. Euch Suffköpfe schnappt sonst bloß der Feind, oder die Unseren behängen mit euch den nächsten Baum. Wird schon gut gehen, wie heißt's; *der Teufel liebt die Säufer.*"

So unauffällig es in ihrem Zustand ging, schlichen sie aus dem Lager. Sobald es außer Sicht war, zogen sie ihre Feldzeichen aus und steckten sie in die Felleisen. Fünf Mann, gut bewaffnet und erfahren und so besoffen, dass mancher über die eigenen Beine stolperte.

„Wohin?“, fragte Bortos und nahm einen Schluck aus der Flasche. Für den Weg hatten sie noch etwas Brand mitgenommen.

„Nach Süden, sag ich“, meinte Aris. „Zur Tumber hin ist alles abgegrast.“

„Gibt's Bestien hier?“, fragte Packo lallend.

„Kaum“, winkte Aris ab. Vor einigen Jahren waren er und Bortos unter sippanischer Flagge durch den Süden des Landes gezogen. „Hat Waldwürmer, aber kaum große. Bären, Wölfe, nichts, mit dem ein paar Kugeln nicht fertig würden.“

Bald war das Lager nicht mehr sichtbar und um sie erstreckte sich grünes, weites Land. Nebelland nannten die Bewohner die Gegend, voll dichtem Wald, lichten, flachen Bergen und tiefen Tälern, durch die sich reißende Flüsse zogen. Morgens entstieg Nebel den Tälern und Wäldern, der sich im Laufe des Mittags aufzulösen pflegte, des Abends aber sich schwer und dicht wieder über die Landschaft senkte.

Vorerst blieb der Tag grau und klar, das Land menschenleer und vereinsamt. Weder Spähtrupps noch feindliche Soldaten waren zu sehen, keine Milizen oder anderes bewaffnetes Landvolk. Beste Voraussetzung für einen guten Zug. Aris liebte es, auf *Zug zu gehen*, wie die Söldner es nannten, wenn sie loszogen, um zu plündern und Beute zu machen. Eine Schatzsuche war es und die ganze Welt die Schatzinsel. Denn nichts war heilig im Kriegsland, nicht für einen Kriegsknecht, keine Dörfer oder Städte, keine Burgen oder Paläste. Selbst Klöster und Kirchen wurden manchmal geplündert, wenn es bei den Soldaten schlecht stand, oder sich eine Truppe fand, die wenig Wert auf ihr Seelenheil legte, und es wagte, sich mit den Göttern anzulegen.

Überall konnte der Soldat seine Schätze finden und alles Mögliche konnte ein Schatz sein. Gold und Münzen, Schmuck und Waffen, aber auch Essen und Trinken, Tiere und Wagen, Stiefel und Hüte und Mäntel, Werkzeug und Geschirr, am besten aus Zinn, und tausenderlei mehr, was der Soldat gebrauchen konnte.

Er liebte den Kitzel und die Spannung und auch heute spürte er es wieder, wie es kribbelte in der Brust und über den Nacken, und er ließ die Augen hoffnungsfroh über die Ferne streiften, um einen schönen Fang zu erspähen.

Doch die Stunden vergingen und immer noch zogen sie durch Wald und Wege, ohne eine geeignete Beute ausgemacht zu haben. Eigentlich hatten sie gar nichts ausgemacht. Keine Bauern oder anderes ziviles Volk, das sich in Kriegszeiten so gerne im Wald aufhielt, kein Wagen oder eine Kutsche, oder irgendetwas anderes Menschliches, das die Wege benutzte. Einen Hof hatten sie gefunden, ein kleines Gebäude mit kleiner Scheune, geplündert und ausgebrannt, und nichts als Asche war vom Inneren verblieben.

„Seht, da!", sagte Packo. Er deutete auf eine kleine Ansammlung von Gebäuden, die zwischen den Bäumen auftauchten und auf einem Hügel thronten, wie die Krone auf einem König.

„Sieht mir groß aus", meinte Oskar vorsichtig und schirmte mit einer Hand seine Augen vor der Sonne ab. „Sollten uns nicht zu viel aufhalsen mit euch Trunkenbolden."

„Was?", sagte Bortos und nahm demonstrativ einen Schluck aus der Flasche. „Ein schöner Kampf käme mir gerade recht."

„Ist ein großer Hof, mehr nicht", meinte Aris nach getaner Musterung. Seine Augen waren gut. „Mit leeren Händen will ich nicht zurück. Ich sage, wir wagen den Spaß!"

Am Waldrand lauernd, machten sie ihre Büchsen bereit. Das Gehöft lag längs eines Talhangs und war von einem kleinen Wall umgeben, weder hoch noch stark gebaut. Sie machten eine Stelle aus, wo sie gut über die Mauer kämen, dann ging es los. So schnell sie konnten, rannten sie die Strecke zum Wall. Bortos hielt die Hände zur Leiter und Aris war der erste, den er beförderte. Schon war er oben, sprang hinab und zog Degen und Pistole. Er sah sich um. Der erste Augenblick im Kampf war der schwierigste, wenn man nicht wusste, was einen erwartete, einem der Hals eng, die Brust klamm und das Maul so trocken war, dass man kaum ein Wort über die Lippen bekam. Danach ging alles wie von selbst.

Hier aber gab es keinen solchen Moment zu überwinden, denn der erwartete Feind blieb aus. Oskar kam neben Aris herabgesprungen, dann Marcio und Gabor. Packo blieb oben an der Brüstung hängen und landete mit seiner hässlichen Schnauze im matschigen Boden. Bortos stieg zuletzt zu ihnen.

„Sieht verlassen aus", meinte Aris. Kein Mensch war zu sehen und auch kein Tier. Ein paar Wagen standen unbespannt herum, die Häuser schienen leer und verlassen, die Fenster und Türen offen, und die beiden Schornsteine der Hauptgebäude gaben keinen Rauch ab. Es war vollkommen still.

„Geplündert?", fragte Gabor, fragte es mit Verwunderung in der Stimme, denn nichts war verbrannt oder zerstört, und keinerlei Unrat lag umher.

„Gehen wir uns mal umsehen", befand Oskar. „Aber seid auf der Hut, die Sache ist mir ungeheuer."

Sie durchsuchten das erste Gebäude, dann das zweite, zuletzt die große Scheune, die kleineren Hütten und den Rauchfang. Keine Menschenseele entdeckten sie, alles war verlassen und menschenleer. Allerdings, obwohl Vieles offensichtlich hinfortgeschafft worden war, und viele Schränke und Kommoden offen und mit ausgeräumten Schubladen dastanden, war etliches Nützliches noch vorhanden, das kein Plünderer zurücklassen würde. Sie fanden gutes Besteck und Geschirr, etliche Kerzen, Tücher und Decken und manche Kleidung, Mehl und einige Säcke Korn, ein Fass mit Kraut und im Rauchfang hingen sogar mehrere Schinken und eine Speckschwarte. Schlechter hätten sie es treffen können und zufrieden begannen sie, alles auf einen der Wagen aufzuladen, den sie zu ziehen gedachten.

„Der Teufel hole mich", rief Oskar vom großen Wohnhaus her. „Kommt Männer, das habt ihr noch nicht gesehn." Im Boden des Hauses hatte Oskar eine Türe entdeckt, die in einen kleinen, in den Boden eingelassenen Raum führte. Ein mächtiges Fass stand darin.

„Bier!", sprach Oskar mit großen Augen. „Gutes Bier!" Sie stürzten sich darauf, als sei es das heilige Wasser von Emb'adlen, das ewige Jugend verspricht, tauchten ihre Becher und Trinkflaschen ein und begannen, Verdurstenden gleich, zu trinken.

„Sauft, Brüder, sauft! Das Ding bekommt eine ganze Kompanie nicht gehoben", meinte Oskar und lachte und leerte seinen Becher in einem Zug.

Das Fass war zum dritten Teil noch nicht geleert, da kotzte Packo in die Ecke und Aris war so schwindelig, dass er Mühe mit dem Stehen hatte.

„Genug, Brüder, sonst finden wir den Weg nicht heim! Macht noch die Becher und Flaschen voll, dann los. Und ein Hoch den guten Göttern für den schönen Zug!" Sie stießen auf die Götter an, Bortos laut grölend auf Kogar, Gabor auf den Einen, Aris stumm auf den seinen, der Rest auf die guten Drei. Auf dem Weg zum Wagen sangen sie fröhliche Lieder, und wie es Aris vorkam, ein jeder sein eigenes.

„Mach das Tor doch einer auf! Die Beute will heim!", sagte Oskar, auf das verriegelte Tor deutend. Da kam Aris die vortrefflichste Idee. Das Haupttor lag ebenerdig, ein anderes, kleineres Tor aber lag tiefer und führte zu einem Weg längs des sich daneben erstreckenden Tals. Kurzerhand sprang er auf einen der unbeladenen Wagen und rief den anderen zu: „Stoßt mich an, Brüder!" Bortos war sofort zur Stelle, Gabor und Marcio auch, selbst Oskar, der mittlerweile seine Freude am Schabernack gefunden hatte. Nur Packo blieb kotzend zurück. Sie richteten den Wagen aus, schoben ihn an und sprangen danach selbst mit auf. Anfangs noch langsam, dann allerdings immer schneller werdend, vom Gewicht fünfer erwachsener Männer angetrieben, nahm ihr Gefährt reichlich Fahrt auf, und Aris blieb das Lachen im Hals stecken, denn sie rasten mit unmenschlicher Geschwindigkeit auf das gesperrte Tor zu. Alle warfen sich flach auf die Pritsche. Sie schlugen auf. Das Tor barst mit lautem Krachen auf. Beinahe ungebremst schoss der Wagen weiter. Die Tiefe des Tals tat sich vor ihnen auf.

„Springt!", schrie Aris. Die fünf sprangen vom Wagen herunter. Auf dem Boden wirbelte es Aris noch einige Male um die eigene Achse. Zur Ruhe gekommen, sah er auf. Sah den Wagen über den Wegrand segeln, und für einige Zeit schien es, als schwebe er wie ein Schiff in der Luft. Dann verschwand er in den Tiefen des Tals. Schnell vergewisserte er sich, dass seine Kameraden unbeschadet waren, und begann zu lachen. Er lachte und lachte und hörte auch seine Brüder lachen und als er sich schmerzenden Bauches wieder aufrichtete, wunderte Aris sich, warum der Kerl, der da vor ihm stand, so ernst glotzte, anstatt mit ihm mitzulachen.

„Unter wem dient ihr?", fragte der Mann laut. Zweierlei wurde Aris mit einem Schlag klar; erstens, der Kerl lachte deshalb nicht mit, weil er keiner von seinen Kameraden war, und zweitens, das burgunderrote Feldzeichen an dessen Arm machte ihn zu einem Feind.

Allein das Fehlen der eigenen Feldzeichen musste den sippanischen Soldaten davon abgehalten haben, die Waffe gegen sie zu heben. Jetzt holte er es nach. Er hob das Gewehr. Da hatte Aris schon seine Pistole gezogen und abgedrückt. Der Knall ertönte, Rauch spie aus. Reine Reaktion hatte seine Hand geführt und er konnte kaum glauben, dass der Schuss tatsächlich traf.

Er rappelte sich auf. Schwindel und Rausch ließen ihn wackelig auf die Beine kommen. Er Schritt zum sippanischen Soldaten hin, der tot am Boden lag. Da bemerkte er den Lärm im Hintergrund und seine Augen glitten vom toten Soldaten hin zum Tal. *Ein Soldat findet sich selten allein*, ging es ihm in dem Moment durch den Kopf.

Kriegsschiffe schwebten niedrig durch das Tal, hunderte Wagen und Kutschen und Kanonenwagen bahnten sich ihren Weg zwischen tausenden Mann hindurch und das Rot ihrer Armbinden und Halstücher war noch auf die Entfernung gut erkennbar. Kompanie- und Regimentsfahnen wehten im Wind. Eine ganze Armee zog durch das Tal. Die Armee des Feindes.

„Dem Teufel sein Arschloch!", hörte er neben sich Oskar sagen. Und beide standen sie da, wie zwei Männer, die den eigenen Augen nicht trauten, und schauten ratlos zu, wie Horden von Soldaten sie allesamt aufs Korn nahmen.

„Deckung!", schrie Bortos, packte die beiden just, als hunderte Rohre gleichzeitig Feuer spuckten. Dickem Hagel gleich schlugen Kugeln um sie herum ein. Es pfiff und klatschte und Erde spritzte auf. „Lauft", schrie jemand und sie rannten los.

Wie niemals in seinem Leben rannte Aris, rannten sie alle. Durch das geborstene Tor in das Gehöft. Hinauf zum Hof. Dem kreidebleichen Packo war das Kotzen inzwischen vergangen und sie riefen ihm zu, dass er ihnen folge, sprangen über den Wall, über den sie zuvor geklettert waren, und rannten weiter.

Sie keuchten und schwitzten und hielten doch nicht an. Aris hatte keine Ahnung, wie lange sie schon unterwegs waren, als sie die Kutsche ausmachten. Ein gewaltiges Ungetüm trottete hinter ihr her mit zwei langen, gebogenen Stoßzähnen. Mit seinem Reittier in der Nähe konnte Butterbear nicht weit sein. Sie steuerten auf sie zu und winkten mit den Armen. Die Leibwachen richteten ihre Gewehre auf sie und Aris Truppe schrie ihnen zu, dass sie für Norland kämpften. Butterbear kam von der Kutsche gestiegen und befahl den Männern, die Gewehre zu senken.

Die ganze Generalität war da, Butterbear und die beiden Obristen Stannisford und Hershey, dazu einige Hauptmänner. Auch Grimmton war darunter.

Butterbear sprach sie an: „Ihr rennt, als sei der Teufel hinter euch her? Was gibt es, Männer? Welcher Fahne dient ihr?" Sie sagten es ihm und er warf einen Blick zu Grimmton, dessen Nicken es bestätigte.

„Also dann; was soll der Aufruhr?" Aris berichtete dem General, was sie gesehen hatten.

„Schiffe auch, sagt ihr? Wie viele?", fragte Butterbear.

„Ich konnte vier zählen, mein General", meinte Aris. „Es waren große Kampfschiffe. Aber da könnten noch mehr gewesen sein. Sie flogen niedrig durchs Tal, damit man sie nicht entdeckt, nehme ich an. Dazu etliche Kompanien, tausende Mann, drei Regimenter im Mindesten."

„Drei Regimenter? Du bist dir sicher, Soldat?", hakte Butterbear nach.

„Ja, mein General."

„Welches Tal meinen sie?" Ein Mann im Hintergrund sagte: „Das Elftal, schätze ich. Das ist tief genug und auch breit. Da kann man ein Heer schon durchziehen lassen. Bringt eine Karte!" Zwei Soldaten brachten eilig Stelltisch und Karte und die Kommandanten neigten ihre Köpfe darüber und besprachen sich.

„Der sippanische Hundesohn will im Osten sein Heer vereinen, zum Teufel", sagte Butterbear finster. Seine Stimme war tief und befehlsgewohnt, und doch klang noch etwas von dem gemeinen Soldaten hindurch, der sein Ursprung war. „Er will uns von der Heimat abschneiden. Dann bleibt nur noch der Fluss, der ihn aufhält." Butterbear rieb sich den langen Bart, musterte intensiv die Karte.

„Er hat uns absichtlich hergelockt, der Hund. Ich hatte es gesagt, ich hatte den König gewarnt, bei allen Göttern. Man lässt das Mutterland nicht ungeschützt."

„Die Armee über die Tumber zu setzen, wagt auch Spinola nicht. Dort wäre er abgeschnitten", meinte Stannisford.

„Und wie er es wagt! Der Mann hat Schneid und alles andere ergibt keinen Sinn. Die Hauptstreitmacht wird er schon in Marsch gesetzt haben. Wir müssen zurück. Auf der Stelle! Wir müssen nach Voder."

„Unser Befehl lautet, uns im Westen zu vereinen", gab Hershey zu bedenken. „Und wenn es stimmt, was die da sagen, ist uns der Feind hier drei zu zwei überlegen." Er deutete auf Aris und die Kameraden.

Butterbear ging zu ihnen hinüber, Stannisford und Hershey folgten. Seine Worte richteten sich an Oskar.

„Du bist der Rottenführer?" Oskar nickte. „Teilst du die Meinung deines Kameraden? Waren es wirklich drei Regimenter?"

„Mein General, ich bin in meinem Leben länger Soldat als nicht Soldat. Und meine Seele verpfände ich, wenn dort weniger als zehntausend Mann waren."

Butterbear nickte. „Gut gemacht, Männer. Eure Entdeckung hat uns wichtige Zeit verschafft." Von Stannisford kam ein abfälliges Schnauben.

„Pah, schaut sie Euch doch an! Keine Feldzeichen und sie stinken nach Suff. Die waren auf Plünderung. Eigentlich gehörten sie bestraft."

„Wollt Ihr den Männern das Plündern verbieten?", fuhr Butterbear ihn an. „Dann könnt Ihr auch der Sonne verbieten, dass sie scheint. Sind gute Männer, das sehe ich! Sind hergekommen, gleich nachdem sie den Feind entdeckt haben. Schaut doch wie sie schwitzen." Dann an sie gewandt. „Ihr seid die ganze Strecke gerannt?" Sie nickten. Butterbear kniff die Augen zusammen, als habe er etwas entdeckt, schritt dann zu Bortos. Der Anhänger der zweischneidigen Axt war ihm beim Rennen unter dem Hemd hervor geglitten und baumelte nun offen vor der Brust. Butterbear griff danach und ein schiefes Grinsen umspielte seine Lippen. Er spreizte unauffällig Daumen und kleinen Finger einer Hand auseinander, das Zeichen der Krieger Kogans.

„Woher stammst du, Soldat?", fragte er Bortos.

„Aus dem Süden, mein General. Aber mein Vater war ein Norländer!" Die Krieger Kogans waren eine nordischer Bund und im Süden wenig zu finden.

„Dann fließt nordisches Blut in deinen Adern. Und dein Herz schlägt nordisch, habe ich recht? Hier bist du richtig, mein Sohn. Nichts geht über das Gefühl, für seines Vaters Land zu kämpfen. Und du bist ein Krieger, das sehe ich. Davon können wir hier immer gebrauchen." Er ließ den Anhänger los und ging davon. Bortos schaute zu Aris, der Ausdruck voller Stolz, und Aris musste sich mit einiger Mühe beherrschen, nicht die Augen zu verdrehen.

„Schickt einen Hundereiter zur Hauptstreitmacht. General Fauler soll seinen Arsch hierher bewegen, auf der Stelle! Holt die besten Läufer und Späher. Der Feind muss im Auge behalten werden. Schickt die Schiffe auch. Ich will über jede Bewegung informiert sein. Und schickt einen verdammten Vogel zum König. Wir brauchen seinen Befehl", brüllte Butterbear und die Umstehenden begannen sich aufzulösen.

Auch Aris glaubte, abtreten zu können, da stand plötzlich Grimmton vor ihm.

„Wirklich gut gemacht", sagte Grimmton. Sein Ton besagte das Gegenteil. Er sah an Aris hinab. „Und was für schöne Stiefel du trägst." Sein Lächeln verhieß nichts Gutes.

Sie hatten das Schandkreuz mittig auf den Exerzierplatz gestellt, zwei schwere Roteichenbalken überkreuzt und leicht schräg stehend. Aris Hände waren oben an je einem der Balken festgebunden, sein Oberkörper war bis zur Hose bloß. Sie hatten ihm einen Lederknebel in den Mund gesteckt, damit er darauf beißen könne, wenn der Schmerz zu stark wurde. Fünfzig Peitschenhiebe, eine stattliche Strafe, übertrieben würde sie mancher nennen, aber Aris hatte keine Miene verzogen, als Grimmton sie verkündet hatte. Er hatte den Seilscheißer schon richtig eingeschätzt. Vielleicht sollte er sogar froh sein, dass Grimmton ihn nicht gleich am nächsten Baum hatte aufknüpfen lassen.

Die Spielleute stimmten den Bestrafungsmarsch an, lange, schwere Trommelschläge, dumpf und monoton, unterbrochen nur von einer kurzen, schnellen Aufeinanderfolge von Schlägen auf kleinen Handtrommeln. Ein bekannter Marsch in ganz Alana, und wer immer ihn vernahm, wusste, jemandem standen harte Stunden bevor.

Die Kompanie stand vollzählig in Reih und Glied. Die meisten Gesichter waren ernst und grimmig, denn Soldaten sehen nicht gerne, wenn einer ihresgleichen wegen einer solchen Kleinigkeit derart gedrillt wird. Nur wenige schauten schadenfroh. Pickett und seine kleine Bande grinsten ihn spöttisch an, und Aris sah, wie sie Wetten abschlossen. Auf was genau, wollte er lieber nicht wissen. Grimmton trat vor die Männer, verkündete mit seiner leisen Stimme, weswegen Aris bestraft werde und auch, in welcher Form. Danach ging er zu Aris hinüber. Er sah ihn kalt an, griff nach dem Lederknebel in seinem Mund und zog ihn heraus.

„Ich will doch deine Schreie nicht verpassen“, sagte Grimmton und Aris schaute zu ihm auf, und bemühte sich, gleichgültig zu schauen. In ihm aber brodelte der Hass. Von nun an war Grimmton sein Feind.

Grimmton wandte sich ab und nickte Rumford zu, welcher die Peitsche schwingen würde. Der Korporal baute sich vor dem Schandkreuz auf. Aus dem Mundwinkel flüsterte er Aris zu: „Ich hab die Peitsche eingefettet. Und versuche, nicht ganz zuzulangen. Aber schrei, denn deine Schreie will er hören.“ Aris hatte zu seiner Verteidigung nicht gesagt, dass Rumford ihm erlaubt hatte, Leutnant Crawfords Stiefel zu nehmen. Er glaubte kaum, dass es einen Unterschied gemacht hätte, und außerdem hatte er in seinem Leben noch niemals einen Kameraden verpfiffen. Es war nicht seine erste Auspeitschung und es würde wohl nicht seine letzte sein, denn er würde auch diese überstehen.

Schneidend knallte die Peitsche. Laut wurde die Anzahl ausgerufen. Und bitter dachte sich Aris, während ihm Tränen des Schmerzes hinabliefen, Rumfords Hinweis mit dem Schreien wäre gar nicht nötig gewesen.

~ 11. Kapitel ~

Kathryn

„Du wirst die schönste Frau im ganzen Ivoryhouse sein!", sagte Ann und strahlte Kathryn über die Schulter hinweg im Spiegel an. Sie sprach die gemeine Sprache mit nordischem Einschlag. Kathryn strich den Stoff ihres Kleides glatt. Ihr Kleid! Es war wunderschön. Grüne talarische Seide, wie ihr Colette stolz erklärt hatte, mit Goldfaser verzierte Spitze, ein hoher Kragen, wie er am Hofe Mode war, dazu ein passender, grüner Hut mit Rotfasanenfeder. Selbst ihre für Mode ungeschulten Augen sagten ihr, Colette hatte sich selbst übertroffen.

Kathryn versuchte zu lächeln, was so recht nicht gelingen wollte. Ein dunkler Schleier legte sich noch ein jedes Mal über ihr Gemüt, dachte sie an das bevorstehende Bankett, an ihren Vater und an den Hof, und an all die Blicke, die sie auf sich ziehen würde. Ann nahm Kathryns Gesicht zwischen ihre dicken, warmen Hände und drückte sie an ihre üppige Brust. Sie war kein Mensch der vielen Worte, und spürte sie, wie jetzt, dass Kathryn bekümmert war, neigte sie dazu, sie einfach an ihre breite Brust zu drücken, als könne die Berührung allein den Kummer lindern. Es half.

„Wie ist es?", fragte Colette von der Türe her. Als sie Kathryn sah, betrat sie ganz den Raum und klatschte vor Aufregung in die Hände. „Oh, du siehst ja großartig aus." Sofort ging sie zu Kathryn hinüber und begann an Kleid, Hut und Haaren zu hantieren, bis es ihrer Zufriedenheit entsprach.

„Komm, die anderen warten schon."

Es waren die Damen ihrer kleinen Gesellschaft, die warteten, während der Duke und der Baron bereits vorgegangen waren. Viel Lob wurde ausgesprochen, als sich Kathryn präsentierte, auch für Colette als Schneiderin. Selbst die Duchess schloss sich dem Lob an, sprach von Colette als einer Künstlerin, die mit süßer Errötung reagierte. Alle betrachteten Kathryn mit Verzückung, ein ungewohntes Gefühl für sie, und fühlte sie auch manche Scham in sich, war es dennoch schön. Vielleicht zum ersten Mal in ihrem Leben kam sie sich tatsächlich ein wenig wie eine Prinzessin vor, und irgendwie bedauerte sie, dass Madame Borchard nicht da war, sie so zu sehen.

Bevor sie losgingen, kam noch die Duchess auf sie zu, ihre Leiblink an der Seite.

„Ich habe hier noch etwas für dich, mein Kind." Sie öffnete ein Kästchen, das die Link ihr hinhielt. Eine goldene Kette kam zum Vorschein, in Gold umfasst hing daran ein grüner Smaragd.

„Sie hat schon meiner Mutter gehört. Nun sollst du sie tragen."

Nach all den Jahren des Ignorierens und der Ablehnung, wieso auf einmal jetzt?, fragte sich Kathryn. Jetzt, wo es egal war und keine Rolle mehr spielte. Jetzt, wo sie sie ohnehin bald verlassen würde. Was hätte sie zu Beginn ihrer Zeit bei der Duchess gegeben für ein wenig Zuneigung, nur ein wenig.

Nur wegen des Hofes!, ging es Kathryn durch den Kopf. Um zu zeigen, wie gut sie sich um die Königstochter gekümmert haben. Nur deshalb.

Die Duchess hängte ihr die Kette um. Schön war sie und passte wunderbar zum Kleid.

„So ist es recht!", sagte sie und umarmte Kathryn. Hinter der Duchess Rücken sah Kathryn Ann die Szene mit zusammengekniffenen Augen verfolgen.

Ann hatte der Duchess die ersten Jahre nie verziehen, in denen sie so abweisend zu Kathryn gewesen waren, und irgendwie trug sie es der Duchess mehr nach als dem Duke.

Nachdem die Duchess sich von Kathryn gelöst hatte, machten sie sich auf.

Unter der mit aufwendigen Fresken bemalten Heinrichskuppel standen U-förmig aufgereihte Tische, bedeckt mit kostbarem Geschirr und leuchtend weißem Tuch. Schwärme von Dienern schwirrten umher, führten die zahlreichen Gäste an zugewiesene Plätze oder reichten dargebotene Erfrischungen.

Sie betraten den Saal und sogleich nahm sich ein Oberdiener der Arlingtons an und führte sie an ihre Plätze. Kathrin folgte ihnen, ohne zu überlegen, da hielt sie der Duke zurück.

„Kathryn, Euer Platz ist selbstverständlich am Tisch Eures Vaters, genau wie unserer", sagte der Duke. „Wenn das Essen zu Ende ist, findet sich gewiss ein geeigneter Augenblick, um sich wieder zu unseren lieben Freunden hier zu setzen." Er neigte den Kopf in Richtung Arlingtons.

Auf dem Weg zu ihrem Platz flüsterte die Duchess ihrem Mann zu: „*Unseren lieben Freunden?* Wirklich?"

Er schmunzelte und sagte: „Ich gedenke, dem Baron einen Platz im Parlament anzubieten, der vor Kurzem frei geworden ist. Sein Blut gibt es durchaus her und die Kosten werde ich übernehmen. Er mag nicht der angenehmste Geselle sein, aber eine zuverlässige Stimme wird er sehr wohl sein. Jede trinistische Stimme zählt."

Das war also der wahre Grund gewesen, die Arlingtons einzuladen, dachte Kathryn und ärgerte sich, dass sie geglaubt hatte, der Duke habe womöglich ihretwegen die Einladung ausgesprochen. Der kleine Gefallen würde die stolzen Arlingtons ewig dem Duke zugeneigt machen. Sie musste noch viel über Politik lernen.

An der Tafel des Königs passten gut und gerne vierzig Menschen. Bogenförmig war der Tisch und alle Gäste saßen auf der längeren Tischseite, der König in der Mitte, dass alle den ganzen Saal im Blick hatten. Kathryn wunderte sich, dass der ihr zugedachte Platz so zentral und nahe dem des Königs war. Nur sechs Plätze befanden sich zwischen ihr und ihrem Vater. Der Duke saß neben ihr, weiter entfernt vom König. Allem Anschein nach war es ihrem Vater wirklich ernst damit, sie in seine Gesellschaft aufzunehmen, und das nach beinahe zehn Jahren der Gleichgültigkeit.

Sie hatte sich kaum gesetzt, da tippte ihr jemand auf die Schulter. Sie drehte sich um und fand vor sich einen Jungen mit laufender Nase, rot-blondem Haar und schmalem Mund.

„Bist du meine Schwester?", fragte er, und die übermäßige Garderobe des Knaben, die ihn ein wenig wie ein ungeschorenes Schaf aussehen ließ, verriet Kathryn, dass dem wahrscheinlich so war.

„Prinz Edward! Ganz recht, ich bin Eure Schwester. Ihr könnt mich Kathryn nennen."

Direkt hinter dem Prinzen stand eine Heilende Schwester. Ihre weiße Robe verriet sie als Erleuchtete. Der meiste Teil ihres Kopfes war von ihrer Haube verdeckt, nur der Mund blieb frei, um mit Javes Stimme zu sprechen, während sich Nase, Augen und Stirn hinter feinem Tuch nur erahnen ließen.

„Vater hat gesagt, du würdest mit mir spielen, weißt du?" Er hustete.

„Natürlich können wir spielen, lieber Bruder. Was spielt Ihr denn gerne?"

Der Prinz zog einen Stein aus seiner Tasche. Er war rund und glatt, von dunklem Blau und metallenem Glanz.

„Hier, schau mal." Der Prinz rieb den Stein zwischen seinen Händen, warf ihn dann leicht in die Höhe. Der Stein schwebte unnatürlich langsam in die Luft, um sich dann ebenso langsam wieder herabzusenken, als sei es kein Stein, sondern vielmehr eine Feder.

„Ist das ein Fluxstein?", fragte Kathryn erstaunt. Sie hatte noch nie einen zu Gesicht bekommen.

Der Prinz fing den Stein auf, als er nahe dem Boden war.

„Ja. Hat Vater mir geschenkt. Ist ein Zauberstein, sagt er." Er reichte ihn Kathryn.

Schon ihn zu nehmen fühlte sich eigentümlich an, schien der Stein gegen jede Bewegung, in die man ihn versetzte, Widerstand zu leisten. Sie strich mit den Fingern über die glatte, schimmernde Oberfläche. In der Hand fühlte er sich leicht, eigentlich schwerelos an, bewegte sie ihn aber hin und her oder hoch und runter, war es, als drücke der Stein gegen die Bewegung und es fühlte sich an, als bewege man etwas durch Wasser. Fasziniert ließ sie ihn von der einen Hand in die andere fliegen, indem sie ihm nur einen leichten Stoß versetzte, dann seinen langsamen Flug beobachtete.

„Jetzt gib ihn wieder her", sagte der Prinz plötzlich streng und schaute, als fürchtete er, Kathryn könne ihn stehlen.

Kathryn beeilte sich, ihm den Stein zu geben, auch wenn sie ihn noch gerne ein wenig behalten hätte. Kaum wieder in seinem Besitz, hellte sich die Miene des Prinzen auf.

„Hier, ich zeige dir was." Er stellte sich an den Tisch und hielt den Stein über eine Kerze. Kurz darauf ließ er los und der Stein flog, statt herabzufallen, hinauf in die Luft. *Das ist also die Kraft, die Luftschiffe fliegen lässt*, dachte Kathryn bei sich und beobachtete den Stein, wie er hinauf bis unter die Kuppel schwebte.

„Keine Sorge", sagte der Prinz. „Er kommt gleich wieder runter."

„Natürlich. Die Wärme lässt das Flux hinauffliegen, entgegen der Richtung zum Erdinneren. Sobald er abkühlt, lässt der Auftrieb aber nach. Und er senkt sich wieder", dozierte Kathryn. Brooks sprach aus ihr.

Der Prinz schien mit der Belehrung wenig anfangen zu können.

„Stimmt es, dass deine Mutter eine Hexe war?", fragte er unvermittelt.

Die Frage, so direkt und plump gestellt, verschlug Kathryn kurz die Sprache.

„Ich… weiß nicht", stammelte sie.

„Sie sagen aber, dass sie eine war", beharrte der Prinz. „Und dass sie Vater verzaubert hätte. Und dass er sie deshalb getötet hat."

Nicht er hatte sie getötet, ging es Kathryn durch den Kopf. Er hatte sie töten lassen und nicht einmal den Mut besessen, dabei zuzusehen.

„Ich weiß es nicht", wiederholte Kathryn.

„Schade. Ich würde gerne mal eine Hexe sehen, weißt du. Es heißt, sie können fliegen und dass sie mit Geistern reden und dass sie alt sind und ganz hässlich." Er zog eine Grimasse.

Als sie ein Kind gewesen war, hatte sie Geschichten von Hexen gehört, von den Dienstmädchen und Hofgouvernanten und den anderen Kindern bei Hofe, und sie hatten sich ganz ähnlich angehört. Von schrecklichen Teufelsweibern hatten sie geredet, mit langen Nasen und schwarzen Augen, die Kinder verschleppen und verzaubern würden, und manche Nacht hatte sie vor Angst geweint. Dann war sie zu ihrer Mutter ins Bett gekrochen, die sie geküsst und gestreichelt hatte, und sie war in ihren Armen eingeschlafen. Später hatte ihr nie wieder jemand eine Geschichte über Hexen erzählt.

„Meine Mutter war nicht alt und auch nicht hässlich. Und fliegen habe ich sie niemals sehen", sagte Kathryn. Ein Kloß steckte in ihrem Hals.

„Dann war sie ja vielleicht gar keine Hexe!", sagte der Prinz hoffnungsvoll, sagte es, als habe er eine völlig neue Möglichkeit entdeckt.

„Ja, vielleicht", erwiderte Kathryn und rang sich ein Lächeln ab. So unbeseelt der junge Prinz auch wirkte, hier schien er den Schmerz in seiner Schwester wahrzunehmen, als er niedergeschlagen gestand: „Meine Mutter ist auch tot, weißt du?" Ernst war es gesprochen und mit unkindlicher Schwere.

„Vater sagt, ich habe sie getötet. Als ich geboren wurde, war das." Erwartungsvoll blickte er Kathryn an, als würde er ihr Urteil zugleich fürchten und erhoffen. Was hatte ihn nur dazu bewogen, sich so zu öffnen?, überlegte Kathryn. Nicht jedem hätte er die Sache erzählt, das spürte sie, und plötzlich war er ihr nahe, dieser fremde, hustende Junge mit der laufenden Nase. Er war ihr Bruder. Sie, die Tochter der Hexe, er, der Junge, der seine Mutter auf dem Gewissen hatte. Was für ein Geschwisterpaar sie doch abgaben. Ihr Vater machte es scheinbar allen seinen Kindern schwer.

Sie griff sanft nach seinen kleinen, klebrigen Händen und sagte: „Kannst du dich denn an den Tod deiner Mutter erinnern, oder an etwas, was du damals getan hast?"

Prinz Edward schüttelte den Kopf.

„Und hast du jemals gewollt, dass deine Mutter stirbt?"

Wieder schüttelte der Prinz den Kopf, diesmal mit Nachdruck.

„Wie könntest du dann an ihrem Tod schuldig sein? Wenn du es nicht wolltest und du dich nicht erinnerst, wie könntest du schuldig sein?", sagte Kathryn, beugte sich vertraulich zu ihrem Bruder und flüsterte: „Ich verrate dir ein Geheimnis, kleiner Bruder. Ein Geheimnis unter Geschwistern. Du darfst es nicht weiter verraten." Der Prinz nickte gespannt. „Nicht alles, was unser Vater sagt, ist wahr. Auch er kann sich irren. Glaub mir, du trägst keine Schuld am Tod deiner Mutter, überhaupt keine. Und das verspreche ich dir, als deine Schwester, Brüderlein."

Der Prinz strahlte.

„Brüderlein, das gefällt mir. Dann bist du mein Schwesterlein. Kommst du zu uns an den Hof, Schwesterlein? Ich will, dass du zu uns kommst, das will ich, weißt du", sagte er, als ihn plötzlich ein starker Husten befiel. Es schüttelte ihn, nahm ihm den Atem, und schien nicht aufhören zu wollen, und Kathryn wusste nicht, wie sie reagieren sollte. Da begann die Weiße Schwester ihm einen Sang in sein Ohr zu sprechen, hielt ihn mit den Armen um die Brust, und langsam beruhigte sich der Prinz wieder. Als er wieder zu Kathryn sprach, tat er es, als sei nichts gewesen.

„Also, was sagst du?", fragte er.

„Ich würde gerne…"

„Da kommt er wieder!", rief der Prinz aus, bevor Kathryn weitersprechen konnte. Der Fluxstein schwebte langsam zu ihnen hinab. Beide folgten ihm mit den Augen, bis der Prinz ihn aus der Luft schnappte. Er strahlte und alle Schwere, die ihn eben noch bedrückt hatte, schien verflogen.

„Ich muss jetzt zu Vater sitzen, weil ich der Prinz bin", erklärte der Prinz fröhlich.

„Vielleicht können wir nachher noch spielen. Ich kann dich gut leiden." Die Erwiderung nicht abwartend, lief Edward zu seinem Platz neben dem König, die Heilende Schwester dicht hinter ihm. Kathryns Blick begleitete den Prinzen, bis er auf seinem Stuhl saß. Das also war ihr Bruder.

Erst als sich ihre Augen von dem Prinzen gelöst hatten, bemerkte sie, dass Bischof Branaged neben ihr Platz genommen hatte.

„Mylady Kathryn, so begegnen wir uns wieder. Wie schön."

Kathryn erwiderte den Gruß, ließ die Augen dann durch den Saal wandern, wo Begrüßungen ausgetauscht und Hände geschüttelt wurden.

Als sie zurück zum Bischof schaute, bemerkte sie seinen Blick, wie er an ihr hinabglitt, über Ausschnitt und tiefer, und für einen kurzen Moment blitzte in den Augen des Bischofs Begehren auf. Sie spürte, er begehrte sie, banal und viehisch, und es erschrak sie. Branaged lächelte sie unschuldig an mit seinem lippenlosen Mund und dem glatten Gesicht, und Kathryn rückte unwillkürlich auf ihrem Stuhl ein wenig zur Seite

„Wenn Ihr zurück bei Hofe seid, Mylady, wird es mir eine Freude sein, Euch wieder in den wahren Glauben einzuführen", meinte Branaged, dem Kathryns Unwohlsein nicht aufzufallen schien.

„Ihr lasst Eure Finger von meiner Nichte, Branaged!", sagte da der Duke. Vorgelehnt saß er neben Kathryn und schaute kalt zum Bischof. Seine Nichte hatte er sie genannt.

„Ich denke, es ist nicht an Euch, das zu entscheiden", gab Branaged trotzig zurück. „Der König selbst äußerte den Wunsch."

„Ihr habt schon genug Eures Giftes ins Ohr des Prinzen geträufelt. Bei dieser hier haltet Ihr Euch fern. Ihr habt keine Ahnung, was ich alles entscheiden kann, Stimmloser."

Der Bischof machte seinen Mund auf und wieder zu, und Kathryn erinnerte er an einen Fisch, der aus dem Wasser gehoben wurde. Die passende Erwiderung schien ihm nicht einfallen zu wollen, dass er es bei einem Schnauben beließ und sich wieder seinem Becher Wein widmete.

Das Essen wurde serviert. In langer Reihe betraten Diener den Saal, in schwarzem Stoff und weißen Handschuhen, transportierten auf Fingerkuppen haltend Platten und Teller und Schüsseln herein, begannen, die Tische mit den erlesensten Köstlichkeiten vollzustellen. Felsenaustern aus der Blue Bay, Krallenfisch und Riesenlangusten, Flusskrabben in süßer Soße, allerlei Geflügel, triefend von Fett und mit Honig gestrichen, junge Dabos in dunklem Sud, ganze Ferkel mit fetten Äpfeln im Maul und zuletzt einen Ochsen am Stück, den acht Links mit einem Wagen hereinfuhren und vor dem König platzierten.

Der König erhob sich, hob seinen goldenen Becher in die Höhe, bis Ruhe einkehrte.

„Liebe Freunde", begann er, das fette Gesicht rot vom Wein. „Willkommen heiße ich euch alle, mit mir meinen Namenstag zu feiern, auf dass uns noch viele weitere fröhliche Jahre folgen mögen. Seid meine Gäste an meiner Tafel, und eurer Appetit und euer Durst werden mir zeigen, wie es um unsere Freundschaft bestellt ist. Keiner soll heute hungrig diesen Saal verlassen. In diesem Sinne hoch die Becher!" Er wartete, bis die Becher in die Höhe gehoben waren. „Wir trinken auf Norland! Und natürlich auf mich!" Und er setzte seinen Becher an, trank gierig, dass der Wein ihm an den Backen hinablief. Dann rülpste er und lachte in den Saal. „Lasst das Fest beginnen!"

Die Musikusse auf einer Bühne im hinteren Teil des Saals begannen zu spielen und die Legion von Dienern das Essen zu servieren, und von allen Seiten erklangen alsbald klimperndes Besteck und schmatzende Laute.

Kathryn sah zum Tisch der Arlingtons. Colette gegenüber saß ein Mann mit auffälligem Dreispitz als Hut, einem zotteligen Bart, der mit silbernen und goldenen Ringen behangen war und in langen Strähnen herabhing. Sein Haar war lang und wellig und mit Bändern und Federn geschmückt, sein Frack war purpurn, mit Goldfaser bemustert und mit Galauen versehen, gab er im Ganzen ein ebenso wildes wie exotisches Bild ab. Er lachte laut und sprach laut und sorgte an seinem Tisch für einiges Aufsehen. Colette schien ihre Freude mit dem Mann zu haben, denn sie lachten gemeinsam und prosteten sich zu, derweil ihre Mutter und Schwester weniger erfreut dreinschauten.

Kathryn wandte sich an ihren Onkel, der mit Messer und Gabel ein Stück Krallenfisch bearbeitete.

„Mylord, wer ist der Mann dort?", fragte ihn Kathryn. Er folgte ihrem Blick.

„Sir Ferdinand Poor." Das *Sir* war abfällig betont. „Captain Skyhawk nennen sie ihn."

„Captain Skyhawk? Wieso Captain?"

„Manche sagen, er sei Händler, andere nennen ihn einen Flottenadmiral. Und wieder andere" – er sah bedeutungsvoll zu Kathryn – „nennen ihn einfach einen Piraten. Aber nur die wenigsten trauen sich, ihm letzteres ins Gesicht zu sagen."

„Er ist ein Pirat?"

Der Duke nickte.

„Über ein Dutzend Schiffe hat er unter sich. Ein Emporkömmling aus den Peaks. Ein harter Mann aus einem Volk von Dieben und Vergewaltigern. Piraten schon seit hunderten von Jahren. Früher noch über Wasser, aber heutzutage haben sie den Himmel für ihre Geschäfte entdeckt, und das mit beträchtlichem Erfolg, wie Ihr seht. Eurem werten Vater beliebte es sogar, Skyhawk zu adeln und nun sitzt er hier, in einem Raum mit dem König."

„Und das missfällt Euch?", fragte Kathryn.

„Durchaus nicht. Gleich, was ich von ihm persönlich halte, er ist nützlich für das Land. Seine Erhebung war zu nicht geringem Anteil meinem Zutun geschuldet."

„Ihr unterstützt einen Piraten, Mylord?" Der Duke bedachte sie mit einem wägenden Blick.

„Wer die Lüfte beherrscht, Mylady, beherrscht den Handel. Die verdammten Warsteiner haben sich den Himmel aufgeteilt, als gehöre er ihnen allein. Sippan kontrolliert weite Teile des Südens, die Schwefellande, und dazu den ganzen Westen. Sie beherrschen alles über dem Großen Blauen, die Silberinseln, die Palotten, die Arzeteken, und jeden Tag vergrößert sich dadurch ihr Reichtum. Das Reich dagegen herrscht über den größten Teil des Luftraums von Alana, treibt Handel mit dem Fernen Süden und kontrolliert den ganzen Osten und Südosten. Bis an die Grenzen der Menschenfresser reicht seine Macht. Und was bleibt uns? In der Luft spielt sich die Zukunft ab, und wir müssen daran beteiligt sein, koste es, was es wolle."

„Und die Piraten helfen uns dabei?"

„Allerdings tun sie das! Jedes Schiff, das sie kapern, hilft uns. Jedes bisschen Flux, das sie erbeuten, hilft uns. Es füllt unsere Kassen und schadet gleichzeitig dem Feind. Die Hälfte jeder Prise steht der Krone zu, so ist es Gesetz. Der gute Skyhawk hat der Staatskasse im letzten Jahr mehr eingebracht, als mancher Lord sein Leben lang an Abgaben zahlt, und das, obwohl allein der Teufel weiß, wie viel er in Wirklichkeit an Beute gemacht hat. Außerdem hat unser Adel im Moment schlichtweg nicht die Mittel, selbst genügend Schiffe zu stellen, wie nötig wären." Mit einer hilflosen Geste widmete sich der Duke wieder seinem Fisch.

Kathryn stocherte in ihrem Essen herum, ohne echten Appetit. Immer noch war ihr die Brust schwer und wenn sie sich umsah, glaubte sie zu bemerken, dass nicht wenige Gespräche und Blicke ihr galten.

„Probiert den Malvianer, Mylady", sagte Branaged zu ihr. „Ein besonderer Wein aus Barbon, den sie mit Honig und Anis würzen. Er ist süß und köstlich." Er schenkte ihr ein und sich auch, trank einen großen Schluck und wartete, dass sie probiere. Sie nippte leicht und er schmeckte tatsächlich gut, doch sie hatte noch nie viel getrunken. *Der Wein benebelt die Sinne*, hatte der Duke einmal zu ihr gesagt, und sie brauchte die ihren scharf. Sie machte eine Geste, dass der Wein ihr schmecke, stellte den Becher aber sogleich wieder weg.

„Wollt Ihr noch etwas über jemanden wissen?", fragte da der Duke, und Kathryn, froh, sich solcherart von Branaged lösen zu können, fragte sofort: „Ja gerne, Mylord. Könnt Ihr mir sagen, wer die Leute dort sind und was es mit ihnen auf sich hat?"

Sie deutete auf einige Tische auf der anderen Seite des Saals, an denen sehr unterschiedlich gekleidete Männer saßen, die fremdländisch aussahen.

„Dort sitzen die diplomatischen Gesandten. Seht Ihr den Mann mit dem gespaltenen Fellhut und dem spitzen, schwarzen Bart?" Kathryn nickte.

„Graf Sventon Lavos. Er ist der Gesandte des Eislöwen. Seit Butterbear die Skalven bei Wostag in die Knie zwang, sind die Beziehungen unserer beiden Länder nicht gerade die besten. Mit Hilfe des Grafen sind wir dabei, sie zu verbessern. Skalvien ist groß, und mächtig auch. Daneben, der Mann in Blau, Marcellus Riaux, ein Barbonischer Diplomat. Barbon wäre ein wichtiger Verbündeter gegen Sippan, wenngleich sie im Moment noch mit dem Reich beschäftigt sind. An dem anderen Tisch nebenan sitzt eine Delegation der Talaren, ein seltener Anblick an den fürstlichen

Tafeln Alanas. Der Mann mit dem weißen Turban und schwarzgoldenem Band ist Sanel al Beshia, ihr Wortführer. Ein Bascha des Wüstenvolks, und ein mächtiger dazu. Über dreißigtausend Männer unter Waffen soll er befehligen." Die Talaren sahen noch fremdländischer als die übrigen Gesandten aus, mit glattrasierten Gesichtern, bronzefarbener Haut und den strahlenden Gewändern, die für Kathryn wie Damenkleider aussahen. Einer von ihnen hatte Haut dunkel wie Onyx, wie man von den Völkern des Fernen Südens sagte.

Nachdem die meisten Speisen aufgegessen waren, wandelte sich die Geräuschkulisse. Laut und leise begannen überall die Gespräche, derweil die Essensgeräusche und das Besteck, das auf Tellern kratzte, immer weniger wurden. Auch das Lachen nahm zu. Lauter wurde es und ungehemmter, von Wein und Atmosphäre befeuert.

Das Essen wurde abgeräumt und Süßspeisen nahmen seinen Platz ein. Törtchen und Kuchen mit geschlagener Honigsahne und kandierten Früchten. Gläserne Karaffen mit Brand wurden serviert, der aus kleinen Glaskelchen getrunken wurde. Branaged schenkte Kathryn ein, lachte, als sie nippte und beinahe husten musste. Wie flüssiges Feuer schmeckte er.

Der König war in ausgelassenster Stimmung, rief den Musikussen zu, welche Lieder er zu hören wünschte, schunkelte im Takt und tanzte mit erhobenen Armen mit. Kathryn spähte zu Colette hinüber, die nicht weniger ausgelassen schien, und gerade mit einem Kelch voll Brand Skyhawk zuprostete.

Der Hofkämmerer trat vor den Tisch des Königs, zu verkünden, dass nun die Präsente an die Krone überreicht würden. Die Musik verklang und die Gesandten und Diplomaten erhoben sich. Aus dem Reich erhielt der König einen Degen aus Schwarzstahl, und bewundernde Laute wurden ausgestoßen, als er die schwarze Klinge aus der Scheide zog. Der Barbonische Botschafter überreichte ein silbernes Kästchen, in dem sich eine Phiole mit Blut befand. Das Blut des heiligen Eulidius von Larola, verkündete er, dem ersten Heiler, und sein Besitz solle ein langes Leben gewähren. Eine Delegation Potalier, die Kathryn noch nicht gesehen hatte, schleppten zwei mit Tüchern bedeckte Käfige in den Saal. Die Tücher wurden weggezogen und zwei Pagianer saßen in den Käfigen, Vogelwesen aus dem Osten, mit großen Augen und breiten Schnäbeln. Sie trugen etwas, das wie Kleidung aussah, und die Köpfe waren mit Federn geschmückt, die nicht ihre eigenen waren. Kathryn hatte schon von ihnen gehört und es hieß, sie könnten die menschliche Sprache erlernen und seien sogar zu Gesprächen fähig. Das Geschenk der Skalven war ein riesiges, goldenes Ei. Graf Lavos trat vor, drückte einen Knopf auf der Spitze des Eis, worauf es, einer vierblättrigen Blüte gleich, auseinanderklappte und ein goldenes Uhrwerk zum Vorschein kam, mit goldenen Zahnrädern und goldenen Zeigern, verziert mit bunten Edelsteinen, und eine schöne Melodie erklang aus seinem Inneren.

Zuletzt traten die Talaren vor den König. Hinter weißem Tuch, das sie in die Höhe hielten, verbargen sie eine Gestalt, bis sie vor dem König postiert waren. Sie ließen die Tücher sinken und ein schönes, spärlich bekleidetes Mädchen tauchte auf, bewegte Hände und Arme sinnlich über dem Kopf. Frei lag der Bauch bis tief zu den Hüften hinab, durchscheinende Seide zeigte mehr von den Beinen, als sie verdeckte. Bernsteinfarben waren die Augen, die Haare lang und rot, mit Strähnen von orange und goldgelb.

Die Hüften kreisend drehte sie sich anmutig um die eigene Achse und an ihren Seiten verlief ein gepunktetes Muster. Eine Link. Die menschlichste Link, die Kathryn je gesehen hatte, und selbst von dem Schwanz, den die Links gewöhnlich unter ihrer Kleidung verbargen, war bei dieser keine Spur.

Murmeln brandete auf. Klänge zwischen Empörung und Faszination. Das Wort *Lustlink* drang mehrfach an Kathryns Ohr, ohne dass sie dessen Bedeutung verstand. Da sprang Hohepriester Manning auf, der Kopf pochend rot vor Zorn.

„Wie könnt ihr es wagen, so etwas an den königlichen Hof zu bringen. Ein Wesen wider die Natur. Eine wandelnde Sünde. Kreaturen des Teufels sind sie.“ Rufe der Zustimmung ertönten. Einige Gegenstimmen auch. Der König hob die Hand, worauf Ruhe einkehrte.

„Haltet ein. Lasst unseren guten Freund al Beshia das Geschenk seines Herrn erklären."

Der Talare, von der heftigen Reaktion scheinbar irritiert, verbeugte sich tief und ehrwürdig.

„Eure hochverehrte Exzellenz und König" – Er sprach die Gemeinsprache ausgezeichnet, wenngleich ihm das talarische, rollende R verblieben war – „Mitnichten war es die Absicht meines erlauchten Herrn, dem erwählten Sultan Sulaiman, Euch in irgendeiner Weise zu beleidigen. Sondern nichts als eine besondere Freude wollte er Euch bereiten, unsere Freundschaft weiter zu festigen. Insbesondere, da Eure Exzellenz gerade unverheiratet ist, dachte der erlauchte Sulaiman, dass Euch das Präsent überaus nützlich und auch wohltuend sei."

„Ist es das, wonach es aussieht?", fragte der König.

„Eine Lustlink ist sie, wenn es Euch, verehrtem König, danach aussieht. Niara heiß sie, obgleich es der Majestät freilich zusteht, ihr den Namen seiner Wahl zu geben." Er streckte den Arm nach ihr aus und sie begab sich zu ihm. „Von vollendeter Zucht ist sie." Er drehte sie um und zog ihr das schmale Höschen, das sie trug, hinab, dass die Spalte des Pos sichtbar wurde. Manche empörte Laute erklangen, manche lüsterne.

„Nicht einmal der Ansatz einer Entstellung. Sie ist dem Menschen so nahe, wie nur die edelsten und kostbarsten ihrer Art es sind, und genießt doch alle Vorzüge ihrer Gattung. Das Aussehen der Jugend bleibt ihnen viele Jahre erhalten und niemals können sie schwanger werden." Er drehte sie nach vorne, nahm ihr Kinn in die Hand und drehte ihr Gesicht hin und her. „Von erlesener Schönheit ist sie. Ausgebildet in allen Künsten der Liebe, ohne jemals von einem männlichen Wesen gebraucht worden zu sein. Ein solches Exemplar würde auf dem Bazar von Duhar ihr Gewicht in Gold einbringen, und jeder Bascha wäre stolz, ein solches Wesen in seinem Besitz zu wissen."

„Verbrannt gehört es, das lästerliche Geschöpf", rief der Hohepriester. „Auf dass seine gequälte Seele Freiheit erfahre. In Javes Namen!"

Die Link hatte bisher das Gesagte regungslos verfolgt, dass sich Kathryn nicht sicher war, ob sie die Gemeinsprache überhaupt beherrschte. Nun aber huschten ihre Augen unsicher über die Gesichter an der königlichen Tafel und als ihr Blick kurz den von Kathryn streifte, las sie die Angst in diesem Wesen, schreckliche Angst, und plötzlich tat sie ihr furchtbar leid.

Der König sorgte mit erhobenen Händen erneut für Ruhe.

„Bei unseren Freunden, den Talaren, gelten nun einmal andere Sitten als bei uns. Und wir sollten uns hüten, diese zu verurteilen. Die Meinung unseres Hohepriesters haben wir zu Genüge vernommen. Was sagt unser Bischof zu dem Geschenk?"

Branaged erhob sich vom Platz und sagte: „Eure Majestät. Alles auf dieser Welt hat der Eine geschaffen, das Gute wie das Schlechte, und beides voneinander zu unterscheiden, ist nicht immer leicht. Zu Recht gehört es sich nicht, wenn Mensch und Link sich vereinen, es gebührt sich nicht, und dass das Resultat einer solchen Vereinigung selbst sich nicht mehren kann, zeigt alleine schon, dass eine solche Verbindung dem Einen missfällt. Doch, wie Eure Majestät selbst so richtig feststellte, wäre es falsch, die Gebräuche unserer lieben Freunde aus dem Süden in Frage zu stellen. Was ich hier sehe, ist ein Geschöpf von Anmut und Schönheit, und ich zweifle nicht an dem guten Willen unseres Freundes, des Sultans, oder an dem Wert des Präsentes. Ist dieses Wesen nun sündhaft und verdammungswürdig? Wohl kaum. Es selbst kann schließlich nichts zu seiner Entstehung. Es selbst hat sich nicht versündigt. Nun ist es da, und es ist, was es ist. Meiner Meinung nach, Eure Majestät, wäre es falsch, das Geschenk zurückzuweisen. Schon unserer guten Freundschaft mit dem Sultan wegen wäre es falsch. Es ist nichts Unredliches dabei, das Geschenk anzunehmen, mehr noch, es ist eine Frage der Höflichkeit und des Respekts."

„Eine Schande für Euer Amt seid Ihr, Branaged", rief der Hohepriester. „Eine Schande seid Ihr!" Das Gros des Saals allerdings enthielt sich der eigenen Meinung und wartete lieber darauf, was der König sagen würde.

„Talarien ist ein Freund Norlands! Und es ist nicht an mir, die Bräuche des talarischen Volkes zu hinterfragen. Ich nehme das Geschenk an, als die Wohltat eines guten Freundes. Tretet vor zu mir, Sanel al Beshia“, sagte der König. „Teilt Eurem Sultan mit, dass ich mich geehrt fühle. Die Diener des guten Gottes neigen in diesem Land sehr streng zu urteilen.“ – Letzteren Satz sprach er vertraulich und entschuldigend, auch wenn ihn das Umfeld gut vernehmen konnte – „Ihr braucht Euch nicht zu sorgen, ich bin sehr erfreut. Übergebt das Geschenk dem Hofkämmerer, er wird sich um den Rest kümmern.“

Die Talaren traten ab und die Link wurde fortgebracht. Das Gemurmel, welches dem Abgang folgte, klang erst wieder ab, als der Hofkämmerer ein weiteres Mal vor den König trat, zu verkünden, dass ein bekannter Narr da sei, die Leute mit seinen Scherzen zu erfreuen. Ihr Vater besaß eine eigene Truppe Narren, zwei Zwerge, beide kaum größer als ein Kind, die in kunterbunten Hosen und Fracks Räder schlugen und Purzelbäume und sich gegenseitig in die Hintern traten, dazu einen Kugelkopf, ein Zurückgebliebener mit großem, rundem Kopf und kleinen, verquollenen Augen. Der Narr aber, der nun die Mitte des Saals aufsuchte, hatte mit diesen nichts gemein.

Schlank war er und groß, schien weder körperlich noch geistig beeinträchtigt. Auf seinem Haupt trug er eine Narrenkappe, die sich in zwei große Hörner teilte, das eine weiß, das andere schwarz, welche sich nach links und rechts hin nach unten bogen und an deren Enden je eine Glocke angebracht war. Das Gesicht war vollständig geschminkt, die Augen und Lippen großzügig in schwarz, weiß der Rest. Strumpf und Pluderhose, Frack und Hemd waren vom gleichen Farbenspiel, dass sich ein mehr unheimliches als amüsantes Gesamtbild ergab. In der Hand hielt er eine lange, aus Dunkelholz geschnitzte Marotte, mit einem Narrenkopf als Spitze, die er wie einen Gehstock nutzte.

Der Narr tänzelte über den Boden, gab dabei klackernde Geräusche von sich, denn auch hier war der Saal mit großen, viereckigen Marmorplatten ausgelegt. Gleichwohl seine Darbietung eher schlicht war, seine Tanzschritte und Figuren einfach wirkten und er dazu keinerlei Kunststückchen vorführte, hatten seine Bewegungen etwas eigentümlich Anmutiges an sich, dass ihm Kathryn mit wachsender Bannung folgte. Er endete mit einem kurzen Narrenlauf, einer Folge von breitbeinigen Schritten, die jeder Narr beherrschen musste, um sich dann tief und ehrfürchtig vor dem König zu verbeugen.

„Eure hochverehrte Majestät, König Jakob Griffin der Achte, König Norlands, Herrscher des Nordens und der Ewigen Marsch. Ich grüße Euch als einer Euresgleichen, und als der Bruder, der ich sozusagen bin, will ich Euch mit meiner Kunst erfreuen." Seine Stimme war weich und geschmeidig und erfüllte doch den ganzen Saal.

„Vorsicht Narr. Ich lache gerne, aber ungern auf meine Kosten", warnte der König.

„Aber nein, nein, lieber König, mitnichten meine ich es als Spott, und ganz und gar nicht meine ich damit, was Eure Majestät offenbar zu glauben scheint; denn ein Narr, das weiß ich gewiss, seid Ihr nicht. Ich dagegen bin sehr wohl ein Narr, so sicher wie der Himmel blau und der Norden kalt ist, allerdings, und dieses, lieber König, meinte ich mit dem zuvor Gesagten, bin ich unter den Narren ein König. Drum seid gegrüßt von König zu König, denn kein Geringerer als der König der Narren ist es, der hier vor Euch steht."

Der König lachte: „Dann lasst Eurem Titel Ehre folgen und zeigt, was Ihr könnt."

Der Narr verneigte sich, begann dann damit, dass er seine Marotte auf den Boden stellte, sie losließ und die Marotte, wie von unsichtbaren Fäden gehalten, senkrecht auf dem Boden stehen blieb. Aus dem Nichts herbei waren Bälle in seinen Händen, die er in die Lüfte warf und mit denen er zu jonglieren begann, erst vier, dann mehr und mehr, und nicht zu erkennen war, woher die neuen Bälle kamen. Ohne alle Mühe hielt er sie in der Luft, mal im Kreis, mal über Kreuz, dass es ganz unmöglich aussah. Da fiel ihm einer zu Boden. Dann noch einer. Statt aber sich in alle Richtungen zu verstreuen, hüpften die Bälle vom Boden ab, genau in die freie Hand des Narren. Und auf einmal warf er alle Bälle, statt hinauf in die Luft, auf den Boden hinab, wo sie abprallten, um wieder in seinen Händen zu landen, so viele waren es, dass man dem Ganzen mit den Augen kaum folgen konnte. Solcherlei Einlagen folgten etliche mehr, und er umkreiste und umtanzte während des Ganzen die immer noch stehende Marotte.

Vom Schauspiel ganz eingenommen, war der Saal bemerkenswert still, nur unterbrochen von gelegentlichem Applaus, wenn der Narr ein neues Kunststück ausführte. Zuletzt dann wurden die Bälle weniger, verschwanden einer nach dem anderen, bis er nur noch einen einzigen auf und nieder warf und dabei schulterzuckend um sich schaute. Er fing den Ball auf, hob ihn hoch, damit ihn jeder sehen konnte, machte eine Wurfbewegung, worauf ein Knall erfolgte samt Rauchwolke und dem Ball statt ein Rabe hoch in den Saal flog, eine Runde drehte, um dann auf der Marotte zu landen.

Es wurde applaudiert und der Narr verbeugte sich erneut, da erklangen die Rufe: „Der Spott dem König. Der Spott dem König." Wie es üblich war beim Narrenspiel. Nicht lange ließ der Narr sich bitten, stellte sich dicht vor die königliche Tafel und sprach: „Wohlan, ich will dem Wunsch entsprechen, allerdings, verehrte Damen und Herren, fürchte ich, dass über diesen so weisen wie stattlichen König mir kaum ein Wort des Spottes wird einfallen."

„Besser so, Narr", sagte der König, die Zunge schwer vom Suff. „Denn ich sagte ja bereits, lachen tue ich gern, aber ungern über mich. Und Ihr wollt die Nacht gewiss nicht kopfüber von der Conquerors Bridge hängend verbringen."

„Oh, meine verehrte Majestät, wollt Ihr mir wirklich Angst einjagen, so solltet Ihr drohen, mich zu heiraten, denn kopfüber hängen mag unschön anmuten, doch man bewahrt für gewöhnlich sein Leben." Verhalten war das Lachen, unsicher war das Publikum, wie der König es nehmen würde. Dieser schmunzelte und sagte: „Diesen will ich Euch gewähren." Und prostete dem Narren zu.

„Zu gütig, Eure Majestät, und auch richtig, denn heilig ist die Narrenfreiheit, wie jeder weiß, und außerdem läge mir nichts ferner, als Euch zu beleidigen. Ich sah draußen die Königliche Rüstung ausgestellt, und bei allen Göttern, mit Euch will ich wahrlich keine Händel. Von Sippan bis nach Skalvien hörte ich Gerüchte über die Mannhaftigkeit des norländischen Jakob, doch nun, da ich Eure Rüstung sah, fürchte ich, sie waren noch untertrieben. König Dreibein könnte man Euch nennen." Diese Art des Spottes war ihrem Vater offenbar genehm, denn er lachte lauthals, dass auch das übrige Publikum sich traute mitzulachen.

„Kein Mann könnte es jemals wagen, Eure Majestät zum Duell zu fordern, und hoffen, unbeschadet zu bleiben, denn Ihr tretet ja stets mit zweierlei Waffen an; einem Schwert und einem Speer", sagte der Narr und machte dabei mit seiner Hüfte eine übertriebene Stoßbewegung. Lauter wurde das Lachen.

„Im königlichen Gemach muss der Nachttopf am anderen Ende des Raum gestellt sein, wenn Ihr Euch des Morgens erleichtert." Mimisch stellte er es dar. Pfiffe wurden ausgestoßen und unflätige Kommentare eingeworfen.

„Wenn Ihr einstmals sterbt, was hoffentlich noch in weiter Ferne liegt, wird's der Särge zweier brauchen, und auf dem einen wird stehen, dies ist der König, und auf dem anderen, und dies des Königs Männlichkeit." Die Meute grölte.

„Teufel, ich bin mit den Bewandtnissen freilich nicht sehr vertraut, doch müsste ich raten, würde ich meinen, dass mindesten drei oder vier Eurer Frauen während des Ehevollzugs verschieden sind." Wieder machte er seine übertriebenen Gesten. Kurz stockte das Publikum, wartete auf des Königs Reaktion, doch dieser lachte laut und schallend, dass die Meute sich sogleich anschloss.

„Genug, genug", rief der König lachend. „Soll der Hof jetzt sein Fett wegbekommen." Und auch von den Tischen her kamen die Rufe: „Der Spott dem Hofe! Der Spott dem Hofe!" Der Narr verneigte sich, schritt dann zur königlichen Tafel und blieb vor dem Schatzmeister stehen.

„Wie heißt es: Die Weisheit des Königs zeigt sich im Geiz seines Schatzmeisters. Daher müsst Ihr, lieber König, der weiseste Fürst ganz Alanas sein, denn ich hörte, diesem hier stecken die Münzen so quer im Arsch, dass es eines Stemmeisens bedarf, einige daraus zu befreien. Wenn es den Gott des Geizes gäbe, würde unser verehrter Lord Schatzmeister schon längst seine Erleuchtung erfahren haben."

Der Narr tänzelte weiter den Tisch entlang, und vom Lachen des Königs begleitet, spottete er über jeden, an dem er vorbeikam. Manches verstand Kathryn und manches wieder nicht, doch eines war gewiss, der Spott ging den Verspotteten nahe, und bei jedem stand die Sorge ins Gesicht geschrieben, wenn der Narr sich ihm näherte.

„Und siehe da, der hochverehrte Hohepriester Manning muss es sein. Das letzte Mal, dass man ihn singen hörte, spricht das Volk, habe er noch Haare auf dem Kopf gehabt." Einen kurzen Blick nur warf der Narr auf Bischof Eugenius daneben, zuckte angewidert zusammen und sagte: „Ein Mann der Inquisition. Da erspare ich mir lieber den Spott, denn Narren brennen bekanntlich ungern und auch schlecht."

Er kam zu den Magiern.

„Und wen haben wir hier, einen Magier, bei meiner Treu, und einen mächtigen, will ich meinen, Magister Thompson. Ein Mann von vollendeter Tugend und Gelehrtheit. Kein Weib vermochte ihn je von seinen Studien abzuhalten und wahrhaft kann man sagen, die einzige Frau, mit der er je ins Bett gegangen ist, heißt Sophis … doch lieber wäre ihm wohl, der Name lautete Sophos!" Er hielt sich die Hand vor den Mund, die Augen des Magiers waren groß geworden, der Kopf purpurrot. Der Klang des Unerhörten schwang im Lachen der Leute mit, das zunahm und lauter wurde. Und Kathryn fragte sich, was der Narr damit wohl gemeint habe.

„Weiter schnell, bevor der liebe Magister besorgt, was ich mir beim Inquisitor erspart habe", sprach der Narr und tänzelte einige Plätze weiter.

„Sehet hier! Was erblicken da meine Augen, welche außergewöhnliche Person. Sagt nichts! Allein Mylord Benswig könnt Ihr sein, habe ich recht?" Der Angesprochene bedachte den Narren mit drohendem Blick und seine Kiefer mahlten. Der Narr hatte sich aber schon abgewandt zum Publikum hin.

„Wie könnte man ihn auch nicht erkennen? Seht ihr es auch?", fragte er niemanden bestimmten. „Na, die vielen Hörner meine ich. Bei den Göttern, es müssen deren hunderte sein. Mylord Igel sollte man ihn heißen. Und was sehe ich da? Sein liebliches Eheweib, das ihm so fleißig all jene Hörner aufgesetzt hat. Sogar goldene Hörner sind darunter. Majestät!" Der Narr schaute, mit gespielter Empörung, zum König. „Mylady Benswig muss sich Eurer besonderen Gunst erfreuen, denn ich sehe das liebliche Geschöpf bei bester Gesundheit. Ihr müsst Euch arg zurückgehalten haben."

Vom brüllenden Lachen des Königs begleitet, tänzelte der Narr auf die andere Seite des Tisches. Kathryns Herz pochte. Er war nicht mehr weit.

„Dies hier muss die Duchess von Northem sein, seid gegrüßt, edle Dame. Und lasst mich Euch versichern, nichts und wieder nichts kann ich den unverschämten Verunglimpfungen abgewinnen, welche ich Eures Aussehens wegen vernommen habe. Ein Antlitz einer Ziege gleich, sprach so mancher!" Der Narr schüttelte den Kopf und stemmte die Fäuste in die Seiten. „Fürwahr, Mylady, nichts könnte ferner von der Wahrheit sein. Denn glaubt mir, ich sah schon so manche Ziege, die überaus lieblich aussah. Ganz reizende sah ich, mit kleiner Schnauze und süßen, kleinen Äuglein. Bei den Göttern, schön können Ziegen sein." Der König verschluckte sich vom plötzlichen Auflachen. Und auch das übrige Publikum grölte übertrieben. „Nun schaut doch nicht so bekümmert drein, hochverehrte Duchess, bedenkt vielmehr, wie wunderschön Ihr jeden in Eurer Umgebung aussehen lasst."

Der Narr ließ von der Duchess ab, die Kathryn nicht wirklich leidtun konnte, tänzelte einige Plätze weiter und stand plötzlich vor dem Duke.

„Oha, wen erblicken da meine Augen, den mächtigen Lord von Fargold. Seht, wie ernst er schaut, und wie gefährlich. Ein Mann, der Unmögliches möglich macht, der einen Fuchs bei den Hühnern halten kann, wie's bei uns im Süden heißt, aber der Teufel bewahre, dass er ein Kind in seine Frau bekäme. Erbarme sich doch ein Mediziner, und erkläre den Eheleuten, wie die heikle Sache richtig auszuführen sei, denn bildet man sich den Liebesakt nur ein, kommt freilich heraus, dass auch die Schwangerschaft nur der Einbildung entspringen kann." Der König lachte schmerzhaft laut und mit ihm der Großteil des Saals, bogen sich vor lauter Lachen, schlugen mit den Fäusten auf die Tische, dass es Kathryn völlig übertrieben vorkam, die allem Gehörten wenig Lustiges abgewinnen konnte. Sie wagte nicht, zu ihrem Onkel zu schauen, und meinte, seinen Zorn bis zu sich ausstrahlen zu spüren.

Und dann war der Narr bei Kathryn. *Nichts als Worte sind es*, sagte sie sich, setzte ihre statuengleiche Miene auf und schwor sich, keinen Muskel zu verziehen. Kurz nur sahen sie sich an, von Angesicht zu Angesicht, und sie sah in endlos schwarze Augen hinter schwarzer Schminke, und nichts als Dunkelheit erblickte sie. Da zwinkerte der Narr ihr zu, und schon war er weiter und nahm sich Bischof Branaged neben ihr vor.

„Götter zum Gruße, edler Bischof Branaged, oberster Tugendwächter der Unisten, und heiligster unter den Heiligen jener schönen Religion. Wie sagt Euereins nochmal? Es wird kommen der Eine. Und da fragte ich mich noch stets, ja, und wohin denn? Wohin wird er kommen, der Eine? Dieser hochheilige Erlöser, der allen Menschen Frieden und Freude und manches mehr bringen soll. Ein Geheimnis ist es ohne Frage, wohl gehütet muss es sein von den weisen unistischen Führern, zu welchen unser hochverehrter Bischof freilich zählt. Doch Neugier ist des Narren Zier, und von der Neugier getrieben machte ich mich also auf, es zu ergründen. Ja, an der Verhaltensweise unseres lieben Bischofs hier muss es ergründbar sein, dachte ich mir, und so beobachtete und studierte ich ihn, und tatsächlich meine ich, das schwere Rätsel endlich gelöst zu haben. Ja, mit einiger Gewissheit kann ich sagen, der Eine muss zweifellos in einem Bordell zu finden sein. Denn anders ließe sich wohl kaum erklären, dass unser lieber Bischof hier kein einziges je ausgelassen hat, das er seines Weges angetroffen hat. Mit Fug und Recht lässt sich behaupten, dass von Starksend bis Westpool es keine Hure gibt, die Ihrer Heiligkeit das Zäpterlein nicht schon einmal reiben durfte. Was Wunder wurdet Ihr Unist, verehrter Bischof, denn als Priester Javes hättet Ihr nicht nur seine Stimme verloren, stumm wärt Ihr mittlerweile."

Lachen überall, tosend und ansteckend, dass selbst Kathryn den leisen Drang verspürte, mitzulachen. Der Narr tänzelte zu seiner Marotte hin, hob sie hoch mitsamt dem Raben darauf.

„Verabschieden wird sich nun dieser Narr, nachdem er hier die Wahrheit ausgesprochen hat.

Doch denkt daran, liebe Leute; Die Wahrheit ist ein heikles Ding, ist schön und rein und einzigartig, manchmal lustig, oftmals schmerzlich, ist bedeutungslos und übermächtig, mehr als alles aber ist sie gefährlich, weswegen durchaus sinnvoll ist, dass allein der Narrenmund ihre Kunde spricht. So denn, gehabt euch wohl und behaltet mich im Sinn!" Womit er sich ein letztes Mal verneigte und den Saal verließ.

Neben sich hatte der Duke Vaggan zu sich gewunken und Kathryn konnte hören, wie er seinem Leiblink sagte: „Gebt den Männern Bescheid. Sie sollen dafür sorgen, dass dieser gute Narr Ivoryhouse nicht verlässt, bevor ich mich nicht persönlich für diesen Auftritt bedankt habe." Und wie er es sagte, wollte Kathryn um nichts in der Welt mit dem Narren tauschen.

Breite Stufen führten Kathryn hinauf vom Abtritt in Richtung des Festsaals. Sie war froh für den kurzen Moment der Ruhe und Einsamkeit, und Widerwillen begleitete sie auf dem Weg zurück. Die Tänze hatten begonnen. Trunkenheit und Frohsinn der Menschen waren auf dem Zenit und nichts konnte Kathryn, die sich wie ein Fremdkörper vorkam, dem abgewinnen. Sie beachtete die Stimmen nicht, war in Gedanken versunken, dachte an den Narren und ihren Onkel, und erst, als sie glaubte, ihren Namen gehört zu haben, wurde sie aufmerksam.

„... das Hexenkind. Sie sieht der Mutter wie aus dem Gesicht geschnitten aus." Weiblich war die Stimme, die gesprochen hatte.

„Hoffen wir, dass sie nur das Aussehen mit der Mutter gemein hat. Ich weiß nicht, was Ihre Majestät sich denkt, sie plötzlich wieder am Hof einzuführen." Eine weitere Frau sprach. Im Gang quer zu Kathryns befanden sie sich und kamen näher.

„Na, schlechtes Gewissen wird ihn antreiben, und zu Recht", sagte ein Mann, die Stimme schien Kathryn bekannt.

„Oder doch Zauberei?", sagte die erste Frau spöttisch.

Kathryn drückte den Knauf einer Tür, doch sie war verschlossen.

„Vielleicht wirkt der Hexenzauber noch aus dem Grabe. Oder sie spricht mit dem Geist der Mutter. Sollen sie sowas nicht können?", lachte sie.

Gleich waren sie bei ihr.

„Spricht sie mit dem Geist der Mutter, meine Lieben, fürchte ich, stecken wir alle in gehörigen Schwierigkeiten. Ihr versteht", sagte der Mann. Beide Frauen lachten aufbrausend.

Schnell ging Kathryn zur gegenüberliegenden Tür, drückte den Knauf. Die Türe öffnete sich. Sie huschte dahinter, schloss sie vorsichtig. Schon waren sie um die Ecke. Ihr Lachen hallte durch die Tür, dann den Gang entlang, aus dem Kathryn gekommen war. Sie öffnete die Tür einen Spalt, spähte hinaus. Auch mit dem Rücken zu sich, erkannte Kathryn Kanzler Townsend.

Hitze stieg in ihren Kopf. Sie drehte sich um. Zwei Link schauten sie erschrocken aus großen, bernsteinernen Augen an. Offenbar hatte Kathryn sie beim Putzen gestört. Sie lief zur nächsten Tür, stieß sie auf. Gesichter starrten sie an. Weiter lief sie. Ihre Brust war ihr schwer und klamm. Sie eilte durch den Palast, durch Zimmer und Türen und Gänge, ohne zu wissen, wohin. Entdeckte schließlich eine große Pforte mit Wache davor, die nach draußen führen musste. Zielstrebig ging sie darauf zu. Der Wachmann sagte etwas. Sie ignorierte ihn. Sie brauchte frische Luft. Frische Luft und Einsamkeit. Riß am Türgriff und trat hinaus in die Kälte.

An einer Wand lief sie entlang. Dunkel war es und still und Regen prasselte sanft auf den gepflasterten Boden. Sein Duft war mild und lag angenehm in der Nase. Kathryn atmete tief durch. Mühte sich, den brennenden Zorn wieder in sich hinein zu bannen. Niemandem durfte sie trauen. Sie wusste es doch. Wieso überraschte es sie noch? Und wieso traf es sie immer so? Besser sollte sie es wissen.

Die Kühle beruhigte sie ein wenig. Das Vordach schützte vor dem Regen, wenngleich so mancher Tropfen dennoch den Weg zu ihr fand, und sie genoss die Feuchte auf ihren nackten Armen und Schultern. Jetzt wusste sie, wo sie war. Im kleinen östlichen Innenhof. Der Festsaal grenzte einseitig daran und die hohen Fenster, die wie schwebende Tore in eine andere Welt vor ihr in der Dunkelheit leuchteten, hatten sie es erkennen lassen. Sie lief darauf zu. Leise drangen Musik und Stimmengewirr durch die dicken Mauern. Tanzen würden sie drinnen und lachen und sich amüsieren und alles sträubte sich in Kathryn bei der Vorstellung, wieder unter ihnen zu sein. Eine steinerne Bank stand zwischen zwei Fenstern, die so hoch waren, dass man weder rein- noch raussehen konnte. Kathryn setzte sich.

Sie schaute in die Dunkelheit. Eine Wand von kleinen, feinen Regentropfen, die senkrecht fielen, tat sich vor ihr auf. Wie ein glitzernder Vorhang sah es aus. Zwischen den Wolken tauchte der Mond auf, hell und groß. Es war Vollmond. Er erleuchtete den Hof in weißem Licht und verlieh dem Regen einen bläulichen Schimmer.

Da entdeckte Kathryn die Gestalt. Als dunkler Schatten nur zuerst, schwarz und verschwommen. Deutlicher dann und klarer wurden die Konturen, erkennbar Arme und Beine, endlich der ganze Körper. Nur unweit vor Kathryn blieb die Gestalt stehen. Ein Mann war es, seltsam und dunkel gekleidet. Er riss sich etwas vom Kopf, streckte die Arme nach beiden Seiten aus, legte den Kopf in den Nacken und streckte weit die Zunge heraus, um damit vereinzelte Regentropfen aufzufangen. Der Mond umstrahlte die Gestalt, und jetzt erst erkannte Kathryn in ihr den Narren. Plötzlich drehte sich dieser zu ihr um, wie von einem ungemachten Geräusch erschreckt. Er neigte den Kopf auf die eine, dann die andere Seite. Der Narrenlauf brachte ihn vor Kathryn.

Das Mondlicht beschien sein Gesicht. Die Schminke war vom Regen verlaufen, bildete schwarze Schlieren die Backen hinab.

Seine Haare lagen bloß und schwarze, feuchte Strähnen hingen tief die Stirn herunter. Furchterregend sah er aus, grotesk und dämonisch, aber auch schön.

„Sieh an, was für ein zauberhaftes Wesen mein Herr mir über den Weg geschickt hat. Sprich, schönes Kind; was führt Euch hinaus in Regen und Dunkelheit, und in die zweifelhafte Gesellschaft eines Narren?"

„Niemand hat mich geschickt", sagte Kathryn. „Ich wollte nur an die frische Luft."

„Oh, gewiss hat Euch jemand geschickt, ob Ihr es nun wisst oder nicht. Mein Herr nämlich, das steht außer Frage. Glaubt mir, ich verstehe etwas von solchen Dingen."

„Von welchen Dingen?"

„Na, von göttlichen Dingen, denn Ihr müsst wissen, ich bin ein Erleuchteter."

Ein Verrückter also, dachte Kathryn bei sich, sagte aber: „Ein Erleuchteter? Und welchem Gott dient Ihr?"

„Na dem Beezlebaus", antwortet der Narr.

„Dem Beezlebaus? Der Gott der Krüppel und Verrückten?", fragte Kathryn.

„Und der Narren, mein Kind. Und der Narren!", fügte der Narr an.

Locke hatte sie die alten südischen Götterglauben des Ersten Reiches gelehrt, als man noch an unzählige Götter glaubte, wie früher im Norden auch, die ihre Kinder und Halbkinder zu den Menschen schicken und sich bekämpfen würden, und die mit keinem Menschen ihre Kräfte teilten. Manche Tempel und manchen Altar mochte man noch finden, doch lange waren jene Zeiten vorbei und kaum einer glaubte heute noch an sie.

Der Narr taxierte sie aus seinen schwarzen, undurchdringlichen Augen, doch so unheimlich er auch aussah, Kathryn verspürte keine Angst vor ihm. Schlimmere Gefahren hatten ihr Leben bestimmt, als dass sie sich vor einem verrückten Narren fürchten könnte. Und unwillkürlich musste sie schmunzeln. Sie saß in der Dunkelheit, im Regen, und war in der Gesellschaft eines Verrückten und dennoch war es ihr lieber, als wieder hineinzugehen.

„Ihr lächelt, Mylady, das ist schön zu sehen. Und Ihr habt ganz recht, frisch ist die Luft hier draußen, und vor allem frei von all jenem Klatsch und Tratsch und jener Hinterlist, die einen dort drinnen beinahe zu ersticken droht. Selbst wenn Ihr sie mit einem Narren teilen müsst."

Es war, als habe er ihre Gedanken gelesen. Weggefegt war ihr Schmunzeln. *Das kann er nicht!*, sagte sie sich und überspielte ihr Erschrecken.

„Ist Klatsch und Tratsch nicht gerade Euer Gewerbe?", sagte sie. „An Spott habt Ihr Euch nicht zurückgehalten."

„Auf meinen Auftritt spielt Ihr an, Mylady. Ja, der Spott ist Teil des Narrentums, doch Hinterlist ist seines nicht. Fürwahr, wie fandet Ihr meinen kleinen Auftritt überhaupt?"

„Ihr wart gemein", sagte Kathryn.

„Gemein, sagt Ihr, sei ich gewesen? Gemein? Nein! Die Aufgabe des Narren ist es, dem Menschen den Spiegel vorzuhalten, die Wahrheit zu sprechen, verzerrt, vielleicht, übertrieben, ganz bestimmt, nichtsdestotrotz die Wahrheit. Ich spreche mehr Wahres zu den werten Herren und Damen dort drinnen, als mancher von ihnen seit Jahren gehört hat. Leid tun sie Euch? Das müssen sie nicht! Keiner von ihnen. Es tut ihnen gut, werden sie beizeiten von ihren hohen Sockeln geholt, von welchen aus sie auf den Rest der Welt niederblicken. Und nur zweierlei kann so etwas bewirken, das Leid nämlich und der Spott, und letzterer, meine ich, ist die weit harmlosere Methode. Damit der Spott aber richtig wirken kann, muss er sein Opfer ordentlich treffen, wie eine Ohrfeige so hart muss er es treffen, nur dann besteht die geringe Chance, dass die edlen Lords und Ladys aus ihrem eitlen Traum der Übermenschlichkeit erwachen. Es tut ihnen gut. Dankbar sollten sie mir sein."

„Das glaube ich nicht. Ihr habt sie nur beleidigt und verletzt."

„Oh, mein Kind, süß wie die Unschuld seid Ihr. Dass Ihr solches Mitleid empfindet mit jenen Menschen." Er beugte sich näher zu ihr, sah ihr tief in die Augen, und mit einem Mal kam sich Kathryn wie nackt vor. „Und doch sehe ich eine solche Dunkelheit in Euch. Ohja, sie ist Euch nicht unbekannt, die dunkle Seite der Seele, doch wer sollte es Euch verdenken, bei all dem Kummer, den Ihr schon erleiden musstet."

„Was wisst Ihr schon über mich?"

„Einiges und mehr weiß ich, einiges und mehr. Es ist die Aufgabe eines Narren nicht nur, zu spotten, sondern auch zu wissen, denn wie sollte Spott ohne Wissen überhaupt möglich sein?"

„Warum habt Ihr mich dann ausgelassen?", fragte Kathryn und fürchtete die Antwort, kaum dass die Frage ihre Lippen verlassen hatte.

„Weil Ihr keiner von ihnen seid, Mylady Kathryn. Noch nicht zumindest. Vielleicht werdet Ihr es ja mal, wer weiß. Dann statte ich Euch mit Freuden einen Besuch ab und spotte über Euch, wie nur ich es vermag. Im Augenblick allerdings scheint mir jene Möglichkeit noch weit entfernt, und einiges an Umwegen und Verirrungen werdet Ihr in Kauf nehmen müssen, um Euer Ziel zu erreichen. Ungewiss ist die Zukunft, das ist ja gerade das Schöne an ihr."

„Ihr seid ein seltsamer Narr", sagte Kathryn, ohne zu wissen, ob das denn stimmte. Ihr Umgang mit seinesgleichen war begrenzt. Der Narr lachte.

„Der seltsamste, so hoffe ich doch. Und nun, Mylady, muss ich mich leider verabschieden. Nach gelungenen Auftritten wie heute, neigen manche Zuschauer leider dazu, mir persönlich ihren Dank aussprechen zu wollen, welcher sich meist recht unerfreulich vernimmt." Er schaute an Kathryn vorbei, zum Festsaal hin. „Auch Euch rate ich, nicht allzu lange an diesem Ort zu bleiben. Der Tod lauert hinter diesen Wänden und ich fürchte um Euch."

Alles Schelmische war plötzlich aus seinem Antlitz verschwunden.

„Schön war es, Euch gesehen zu haben, mein teures Kind." Er streckte die Hand aus, ihr zärtlich über eine Backe zu streicheln. „Eure Mutter schaut mich aus Eurem Antlitz an."

„Ihr kanntet sie?", fragte Kathryn verwundert.

„Ich glaubte es, doch sicher kann man nie sein. Nun lebt wohl, ich muss auf eine kleine Reise aufbrechen, und ich denke, Ihr auch." Durch Dunkelheit und Regen schritt er davon. Da fiel Kathryn etwas ein, und sie rief in die Dunkelheit: „Wie heißt Ihr, Herr Narr?"

Und aus der Dunkelheit kam es: „Viele Namen trage ich, mein Kind. Doch Ihr, Ihr dürft mich Urian nennen."

Sie erwachte früh. Schlecht und unruhig hatte sie geschlafen. Albträume hatten sie mehr als einmal aus dem Schlaf geschreckt, und dazu noch die Geräusche der armen Colette. Die halbe Nacht hatte sich ihre Freundin übergeben und gejammert, wie schlecht es ihr gehe und dass sie womöglich die Nacht nicht überleben werde. Kathryns Sorgen darüber hatten sich in Grenzen gehalten.

Als Kathryn endlich wieder den Ballsaal betreten hatte, hatte sie Colette mit dem Piraten Skyhawk tanzend vorgefunden, und dachte sie an den Ausdruck im Gesicht der Baroness, wie diese ihrer Tochter zusah, wie sie Arm in Arm mit einem Piraten die Beine in die Höhe warf, musste Kathryn kurz loslachen.

Schließlich hatte es Kathryn geschafft, Colette davon zu überzeugen, dass es besser wäre, das Bett aufzusuchen – eine Aufgabe, die mehr an Überzeugungsarbeit bedurft hatte, als mancher glauben sollte –, doch kurz, nachdem sie sich gebettet hatten und Colette ihr erklärt hatte, weshalb es die beste Festivität ihres Lebens gewesen wäre, hatte das Übergeben begonnen.

Kathryn richtete sich auf und sah zu ihrer Freundin hinüber. Colette hatte den Kopf seitlich am Bett herabhängen, darunter stand der Nachttopf. Kathryn stand auf, ging zum Fenster und öffnete die Vorhänge einen Spalt weit, um zu sehen, wie fortgeschritten der Morgen war. War die Sonne auch noch nicht zu sehen, der Himmel war veilchenblau und die Regenwolken des Vortages verschwunden. Sie hörte ein Stöhnen hinter sich.

„Lebe ich noch?", fragte Colette, die Stimme leidend und schwach.

„Ich fürchte, ja", sagte Kathryn.

„Dann hab Mitleid mit mir, und töte mich auf der Stelle!", sagte Colette. Kathryn lachte.

„Götter, ich weiß nicht mehr, wie ich ins Bett gekommen bin." Colette legte sich auf den Rücken, hielt sich mit einer Hand den Kopf und schien sich an den vorherigen Tag erinnern zu wollen.

„Was habe ich gestern gemacht? Habe ich getanzt?", fragte sie vorsichtig.

„Ohja! Und wie. Mit deinem lieben Captain Skyhawk."

„Nein, der Name sagt mir nichts. Ich habe mit einem netten, adligen Herrn getanzt. Er war freundlich und lustig gekleidet."

„Sir Ferdinand Poor."

„Ja! So hieß er", sagte Colette.

„Das ist Captain Skyhawk! Wirklich ein überaus netter Mann. Und sicher auch ein überaus netter Pirat."

„Ein was?", rief Colette und schaute mit verquollenen Augen zu Kathryn.

„Ein Pirat! Und ein berühmter noch dazu!"

„Oh, Götter! Wie konnte das nur geschehen?", sagte Colette und bedeckte ihr Gesicht unter den Armen.

„Ich glaube die Antwort lautet: Malvianer und Brand", gab Kathryn schmunzelnd zurück.

„Ja! Der Teufel hat das Zeug ersonnen. Glaubst du, Mutter hat gemerkt, dass ich zu viel getrunken habe?", fragte Colette, den Funken der Hoffnung in der Stimme.

„Da sie es war, die mich bat, dich ins Bett zu geleiten, vermute ich; ja!", sagte Kathryn.

„Oh Götter!", jammerte Colette.

Die Morgentoilette ließ Kathryn sich besser fühlen, wach und erholt. Bei Colette schien sie allerdings nicht von selber Wirkung. Sie verließen ihr Zimmer und liefen in Richtung der Speisesäle des Gästetraktes, als sie auf Colettes Eltern trafen und auf Felizita. Die Baroness bemaß Colette mit einem tödlichen Blick.

„Da ist ja meine Tochter. Du scheinst mir etwas weiß um die Nase, fühlst du dich etwa nicht gut?"

„Oh, ich muss wohl gestern etwas nicht gut vertragen haben", sagte Colette kleinlaut.

„Das will ich glauben! Und was für nette Bekanntschaften du geschlossen hast!"

„Ich hoffe doch, niemand von schlechtem Ruf war darunter", erwiderte Colette mit erstaunlicher Unschuld. Die Baroness sah kurz zu Kathryn.

„Darüber reden wir, wenn wir daheim sind, junge Frau", sagte die Baroness und stapfte mit dem Baron und Felizita davon. Colette ließ ihren Kopf auf Kathryns Schulter fallen, stöhnte ein „Oh, Götter!" und sie folgten ihnen.

Einiges an Menschen war vor dem Speisesaal versammelt, darunter der Duke und die Duchess. Es wurde begrüßt und nach dem Wohlbefinden gefragt und die aufkommende Unruhe brauchte ihre Zeit, bis sie von jedem bemerkt wurde. Diener und Leiblinks rannten zu ihren Herren, flüsterten laut in ihre Ohren und bedrohliche Worte konnten aufgeschnappt werden. Da kam Frederick zu seinem Herrn und bemühte sich gar nicht erst um Diskretion.

„Herr, der König ist tot!", sagte er. Der Duke erbleichte. Seine Pupillen machten kurze, ruckartige Bewegungen, wie immer, wenn er scharf nachdachte. Dann lief er los.

~ 12. Kapitel ~

Aris

„Er ist tot! Der König ist tot!", schallte es durch das Lager. Ihre Rotte saß und lag um das Feuer herum, trank und rauchte und vertrieb sich die Zeit nach Söldnerart. Aris, der zu den Liegenden gehört hatte, richtete sich auf; zu schnell allerdings und sogleich bereute er es, denn sein Rücken begann schmerzhaft zu brennen. Die Wunden waren eigentlich gut verheilt, dass er, wie eben, sogar wieder auf dem Rücken liegen konnte, was seine Nächte deutlich angenehmer gestaltete, doch machte er zu schnelle und unbedachte Bewegungen, kehrte das Brennen zurück. Rumford hatte nach der Auspeitschung zwei Heilende Schwestern zu ihm geschickt, darunter eine Weiße, die üblicherweise für die Offiziere zuständig war, und sie hatten gute Arbeit geleistet. Die junge in ihrer grauen Robe hatte ihm mit cremiger Salbe sanft den Rücken bestrichen und die Wunden anschließend mit sauberen Leinentüchern umwickelt. Die alte Erleuchtete hatte dann für ihn gesungen und aus ihrem altersfaltigen Mund waren Klänge gekommen, die den Schmerz gelindert und die Heilung beschleunigt hatten, wie nur die besten ihrer Zunft dazu in der Lage waren.

Nachdem Aris sich von Jave losgesagt hatte und seine Gebete, wie jeder Söldner sie für sich hat, immer häufiger einen anderen Adressaten bekamen, hatte er befürchtet, die Gesänge könnten für ihn keine Wirkung mehr entfalten. Doch sie blieben wirksam und froh war Aris darum.

Er saugte zischend Luft ein, des Schmerzes wegen. Die eine oder andere Wunde war gewiss wieder aufgegangen, würde wieder nässen und bluten, aber im Moment gab es wichtigeres. Auch die Köpfe seiner Kameraden waren hochgestreckt und spähten umher, gleich Eichhörnchen, die nach einem Feind Ausschau halten. Ein junger Läufer rannte nah an ihrem Lagerplatz vorbei und brüllte ebenfalls und Oskar rief ihn an, er solle zu ihnen kommen und erzählen, was es zu erzählen gäbe. Christopher war sein Name, ein Norländer, groß und schlank war er und schnell wie ein Feldhase.

„Hab ihr es schon gehört?“, fragte er ganz aufgeregt. „Der König ist tot!“

„Setz dich, Bruder, trink einen Krug mit uns und erzähle“, bat ihn Oskar. Rumford hatte ihnen drei Eimer Feldbier ausschenken lassen. Und so saß ihre Rotte zusammen und genoss den lauen Nachmittag.

Gerne ließ sich der Läufer auch einen Krug einschenken, nahm Platz auf einem Holzklotz und reichte ein Flugblatt herum. Aris und Bortos blickten auf die vielen großen und kleinen Buchstaben, die sie nicht lesen konnten, und warteten, dass der Läufer ihnen berichtete.

„Da seht ihr's. Tot!“, sagte Christopher. „Vor einer Stunde kam die Nachricht mit den Flugblättern.“

„Wann ist er gestorben?“, fragte Aris.

„Fünf Tage ist es her. Die Kommandantur weiß es schon seit einiger Zeit.“

„Hocken wir uns deshalb hier die Ärsche weich?“, fragte Oskar. Der Läufer zuckte mit den Schultern.

„Man wartet wohl auf Befehl. Und das Heer Foulers lässt ebenfalls auf sich warten. Der Bär ist fuchsteufelswild. Will nach Osten und sich dem Feind stellen. Hab von einem Luftfahrer gehört, dass der Sippaner mit seiner Hauptstreitmacht bereits in der Nähe ist.“

„Und der Bär will dennoch los?“, wunderte sich Oskar.

„So scheint es. Will nach Voder, bevor der Feind es belagern kann. Ein Freund von mir ist mit seinem Burschen eng. Und der hat den Bär gehört, wie er Lord Stannisford angebrüllt hat, dass er notfalls alleine ziehen würde, wenn die Obristen sich weigerten…“

„Unsere paar Mannen gegen das vereinigte Heer von Sippan? Was sind das? Zwanzigtausend? Dann sagt der Teufel gute Nacht!“, meinte Bortos.

„Manche sagen sogar dreißig! Aber der Bär wird's schon richten“, sagte Christopher und Aris erwiderte: „Sechstausend gegen Dreißigtausend? Da hilft auch der Bär nicht, egal, was er im Kampf auszurichten vermag."

„Wie ist er gestorben?", fragte Oskar. „Der König, mein ich."

„Na dort steht, der Tod habe ihn im Schlaf befallen", sagte Christopher auf das Flugblatt deutend, der verschlagene Ausdruck in seinem Gesicht zeigte aber, dass es dazu noch mehr zu sagen gäbe. „Allerdings, als ich es meinem Leutnant vorgelesen habe, hat dieser nicht wenig lachen müssen. Tja, unter den Offizieren wird ein ganz anderes Liedlein gesungen. Da heißt es nämlich, der König sei mit einer Lustlink im Bett gelegen, und dieses ist dem Mann offenbar wenig bekommen."

„Teufel!", stieß mehr als einer aus.

„Eine Lustlink? Sowas gibt's hier doch gar nicht", sagte Oskar.

„Ich hab mal eine im Bordell in Sippan gesehen. Zumindest hieß es, sie sei eine", sagte Bortos.

„Ich hab gehört, die wollen nichts als Liebe machen", sagte Packo. „Die ganze Zeit."

„Ja, sind Wesen der Sünde! Sie entstammen einem Akt der Sünde und deshalb leben sie allein für die Sünde", sagte Oskar und nickte überzeugt.

„Sie hat ihn also zu Tode gebumst? Teufel, was für ein Tod! Der glückliche Schweinehund", meinte Aris anerkennend.

„Sind nicht anders als andere Huren", sagte Gabor abfällig. „Hab im Süden öfter welche gesehen. Drüben bei den Marumannen. Sind klein und haben so Flecken und so komische Augen. Manche sehen wie Links aus, manche ein bisschen mehr wie Menschen." Er zuckte mit den Schultern. „Wer's mag."

„Erzähl, was du willst, die Kleine hat den König offenbar totgefickt!", sagte Christopher.

„Ich sag dir nur, was ich weiß. Kenn keinen, der bei ihnen gelegen ist und nicht mehr zurückkam. Vielleicht war's ne besondere Gattung."

„Gattung Todesfickerin", sagte Aris verträumt und die Runde brach in Gelächter aus.

Noch weitere Späße folgten und einiges an Zeit brauchte es, bis die Kameraden wieder ernsthaft wurden. Packo fragte dann: „Was bedeutet es für uns, dass der König tot ist? Meint ihr, der Krieg hört auf?“

Oskar und Aris lachten beide auf. „Ist ein König tot, nimmt der nächste seinen Platz ein. Edward heißt er, oder? Der Prinz. Der Krieg hört deshalb sicher nicht auf. Und für uns… was soll sich da schon ändern? Auf dem Schlachtfeld wirst keinem König je begegnen“, sagte Oskar.

„Das gilt vielleicht jetzt, aber es war nicht immer so. Franziskus hat jede Schlacht selbst befehligt“, sagte Aris und Oskar machte eine verächtliche Geste.

„Was ist das her? Vierhundert Jahre? Fünfhundert? Und wer weiß, ob's stimmt. Die Krönchenträger von heute jedenfalls haben's gern warm und gemütlich, mit ner Mätresse an den Eiern, und ner Link, die's Essen bringt.“

„Im ersten Reich sind die Imperatoren selbst Feldherren gewesen. Aurelius war Feldherr, als er das alte Reich gründete. Naphasian soll im Zweikampf unbesiegt gewesen sein und hat in den alten Arenen Mann gegen Mann gekämpft. Carlos der Kühne ist mit seinem Heer selbst gegen Barbon gezogen und hat im Feld sein Leben verloren. Heute gibt's den Storzer, der soll mit seinen Männern mitkämpfen, und der nordische Eislöwe soll im Kampf das Schwert schwingen wie der Beste unter seinen Kriegern“, sagte Marcio. Es war das Längste, was Aris je aus seinem Mund vernommen hatte.

„Teufel, irgendwo soll's irgendwann halt irgendwelche Herrscher gegeben haben, die im Feld waren. Wenn interessiert's? Ich für meinen Teil habe bald dreißig Jahre im Feld verbracht und mit Krone auf dem Kopf ist mir da noch keiner begegnet“, sagte Oskar.

Aris wollte etwas erwidern, da stieß im Bortos in die Seite und deutete mit dem Kopf in eine Richtung. Grimmton schritt zwischen den Zelten auf sie zu, Leutnant Bronson, sein Leiblink und zwei Leibwächter folgten ihm.

„Ihr!“, sagte er, bei ihnen angekommen. „Steht auf und kommt mit. Es gibt etwas zu besprechen.“ Kurz blieb sein Blick bei Aris hängen, der ihn ungerührt erwiderte. Ihre Rotte stand auf. Oskar wollte nach seinem Gewehr greifen.

„Waffen sind nicht nötig. Sollt euch nur was anhören. Du musst nicht mit." Er deutete auf Christopher. Dann gingen sie los.

Abseits des Lagers führte er sie, im Schutz eines kleinen Waldstückes, in eine Senke, die schwer einsehbar war. Einige weitere Kriegsknechte warteten schon auf sie. Da war die Rotte von einem Frisier, der Olaf hieß, sechs Kerle, hart und kampferprobt, dazu zwei Brabesen, Richard und Charles, und ein Asyrer namens Elaxis. Alles Schützen, keine Schildler oder Speerträger. Aris war gespannt darauf, was nun folgen würde. Dass Grimmton sie fern von möglichen Ohren sprechen wollte, sagte einiges und mehr über das Kommende aus.

„Schön, so sind wir also alle beisammen", sagte Grimmton, als habe man sich zum gemeinsamen Trunk getroffen. „Ich habe einen Auftrag für euch. Ein schwerer Auftrag, der gute Männer braucht. Er ist freiwillig und diejenigen, die sich dazu bereiterklären, erwartet ein dreifacher Monatssold auf die Hand." Die Soldaten warfen sich Blicke zu. Ein dreifacher Monatssold war eine stattliche Prämie.

„Vorab den Sold?", fragte Olaf.

„Die Hälfte vorab, den Rest bei Wiederkehr", antwortete Grimmton. „Ich will euch aber nicht vorenthalten, dass wahrscheinlich nicht alle zurückkehren werden. Fehlt es also jemandem unter euch an Mut, so soll er es jetzt sagen und zurück ins Lager gehen." Die Art, wie Grimmton es sagte, ließ einem Kriegsknecht von Ehre kaum eine Wahl.

„Gut!", sagte Grimmton mit seiner nasalen, leisen Stimme, nachdem keiner Anstalten machte, zu gehen. „Der Auftrag beginnt heute, und zwar unmittelbar nach Sonnenuntergang. Ich erwarte jeden genau hier, wer zu spät kommt, wird zurückgelassen. Die Sache soll geheim bleiben, deshalb sei euch angeraten, eure Mäuler darüber zu halten. Fackeln braucht ihr keine, den Weg findet ihr auch so. Nehmt volle Bewaffnung mit, dazu Proviant für drei Tage. Und noch etwas, keine Feldzeichen!"

„Die Sache wird scharf, das spüre ich", sagte Aris nicht zum ersten Mal. „Vielleicht hätten wir ablehnen sollen."

„Und die Unseren im Stich lassen?", sagte Bortos. „Das hätte sich nicht gehört. Und mit zwölf Kronen vorab… sowas lässt sich keiner entgehen?" Von einem fahrenden Händler hatte er wieder etwas Bitterblatt bekommen, welches er gerade kaute. „Außerdem sind's gute Leute, die dabei sind. Olafs Mannen taugen was. Der Asyrer kann fechten, ich habs gesehen. Und unsere Rotte noch dazu. Gute Leute!" Er spuckte einen Klecks auf den Boden. „Der Teufel wird's schon richten."

Sie machten sich auf, Proviant und Nützliches einzukaufen. Ein Konvoi fahrender Händer war eingetroffen. Sie hatten ihre großen Zelte neben denen der Feldmarketender aufgestellt und hart wurde nun darin gefeilscht. Rastson nannte sich der größte von ihnen, ein einarmiger Frisier, der früher einmal Söldner gewesen war. Den Großteil ihrer Beute hatten sie ihm bereits verkauft, zu günstig, wie Aris fürchtete, aber er mochte den alten Recken. Und seine dralle Tochter mochte er auch.

„Was treibt euch Galgenvögel wieder in mein Haus? Geld gibt's nicht zurück, und das Kraut war gut", begrüßte sie Rastson, die strengen Worte mit einem Lachen mindernd.

Bortos spuckte eine Ladung Bitterblatt auf den Boden, nickte und sagte: „Ist gut, hast recht."

„Suchen Proviant für fünf Tage, dazu einige Schläuche Wein."

„Fünf Tage?", wunderte sich Bortos.

„Fünf Tage! Mindestens", sagte Aris.

Sie kauften Zwiebeln und Salz und schwarzes Brot, dazu Trockenwürste und gepökeltes Fleisch, Hartkäse aus Karn, der Monate halten konnte, wie Rastson sagte, und eine Dose frische Butter. Zum Trinken vier Schläuche Wein, zwei süße, weiße Balruser – Bortos mochte sie süß – und zwei kräftige Rote aus Sippan für Aris Geschmack. Olga hieß die Tochter, die alles zusammenpackte, und dabei mit ihren ausladenden Hüften wackelte. Dann ließen sie sich die Waffen zeigen.

„Hier ist noch was Schönes. Granaten! Aus Eisenguss! Kein Ton oder Glas. Die Dinger knallen, dass es die Götter noch hören!"

„Wie viel?"

„Die halbe Krone das Stück."
„Teufel! Ich geb dir die Hälfte für vier und will noch einen Feuerstein umsonst dazu!", sagte Aris.
„Der halbe Preis wäre geschenkt! Und der Feuerstein kostet zehn kleine", erwiderte Rastson. „Acht Silbermark das Stück ist mein letztes Wort."
„Dann gib mir aber den Parierdolch zu einem anständigen Preis oder die Sache ist gelaufen. Drei Kronen und keinen Kupferling mehr!"
„Deine Mutter hat dich das Rechnen nicht gelehrt, Soldat! Der ist mindestens acht wert!"
„Hure ist meine Mutter gewesen, wenn sie also eines konnte, dann rechnen. Drei und gut ist es!" Rastson brummte eine Zustimmung.
„Was macht's zusammen?"
„Zehn und ein Dutzend Kleine", sagte Rastson.
„Teufel! Deine Mutter hat einen verdammten Wucherer gezeugt", rief Aris. Er schaute zu Olga, die ihn anlächelte. Sie wusste, der Handel war längst gelaufen.
„Ich geb dir Elf, aber dann will ich noch bei deiner Tochter ran", sagte Aris. Rastson schaute finster und tauschte einen Blick mit Olga. Er trat vor Aris hin, baute sich mit breiter Brust vor ihm auf.
„Dann Zwölf!"

Zwei Männer, gut bepackt, verließen das Händlerzelt, der eine fröhlich, der andere nicht.
„Potzteufel! Hättest nicht für mich auch was rausschlagen können?", schimpfte Bortos. „Musste ewig auf dich warten."
„War heikel, beide wären niemals drin gewesen."
„Verdammter Hurensohn!"
„Das sind wir beide, lieber Bruder. Das sind wir beide", sagte Aris und klopfte Bortos selig auf die Schulter.
Sie liefen zwischen den Zeltreihen hindurch, als sie Rumfords Stimme hörten. Er saß vor seinem Zelt, einem größeren Offizierszelt, rund geschnitten, mit spitzem, hohem Dach und ausgeklapp-

tem Vordach, und rief sie zu sich. Mit einem alten, abgewetzten Messer schnitzte er Stücke von einem Apfel und führte sie zum Mund.

„Na, die Herren“, grüßte er sie. Seine Augen glitten wachend umher. Dann sagte er: „Kommt ins Zelt, darin lässt es sich besser reden. Ella, David!“ Seine Frau kam aus dem Zelt, dürr und rothaarig war sie, redete wenig und putzte viel. Dahinter einer seiner Söhne, auch rothaarig, mit schlauen Augen und dem groben Mund des Vaters. Er diente Rumford als Bursche, während der ältere seiner Söhne, Patrick, Grimmtons Bursche war.

„Wir gehen rein. Passt auf fremde Ohren auf.“

Zeltwände waren gut geeignet, Augen fernzuhalten, schlecht jedoch, Gesprochenes nicht nach draußen dringen zu lassen. Und augenscheinlich war Rumford sehr daran gelegen, dass ihr Gespräch ungesehen wie unbelauscht verblieb.

„Ich höre, ihr werdet auf einen kleinen Sonderauftrag geschickt“, begann Rumford das Gespräch, setzte sich auf sein breites, gut gebundenes Strohbett, derweil Aris und Bortos mit dem mit Decken ausgelegten Boden vorliebnahmen. Es roch nach Stroh und Erde und kaltem Rauch.

„So ist es“, bestätigte Aris. „Heute Nacht soll es bereits losgehen.“

Rumford nickte bedächtig.

„Der Hauptmann hielt es leider nicht für nötig, mich über die Art des Auftrags zu informieren. Mich nicht, Beezy nicht und Sheppard auch nicht.“ Was er daraus schloss, behielt er für sich.

„Ich weiß kaum, wer mit von der Partie ist.“ Aris sah keinen Grund, es dem Korporal vorzuenthalten, daher zählte er die Männer auf.

„Fünfzehn Mann im Ganzen. Gute Leute“, endete Aris. Rumford nickte wieder bedächtig.

„Fünfzehn Mann. Und alles Söldner, kein einziger Norländer…“ Es stimmte, kein einziger Norländer. Aris war es nicht aufgefallen. Aber was bedeutete die Tatsache schon? Dass aber die ganze Truppe aus solchen bestand, war dennoch auffällig.

Aris spürte förmlich, wie es Bortos drängte, zu sagen, dass er Norländer sei, doch er schaffte es offenbar, sich seinen Kommentar zu verhalten.

„Feldzeichen?", fragte Rumford. Beide schüttelten den Kopf. Der Korporal zog die Mundwinkel nach unten und zwirbelte an seinem Schnurrbart.

„Glaubt Ihr, die Sache ist faul?", fragte Aris. Rumford wägte seine Worte.

„Diene erst seit diesem Jahr unter dem Hauptmann. Gute Familie, guter Stand. Er soll von Ehre sein, so heißt es zumindest." Aris wusste, beide dachten an die zurückgelassene Fahne. Rumford hob die Hände zu einer unschlüssigen Geste.

„Ihr könnt mich fragen; weißt du was? Und ich kann ehrlich antworten; nix weiß ich, überhaupt nix. Aber fragt ihr mich; kommt dir die Sache komisch vor? Sag ich; wie ne Hure, die's dir umsonst besorgt."

„Was ratet Ihr uns also?", fragte Aris.

„Bei dem Spaß ist einiges an Münzen drin, wie ich hörte. Da ist's schwer, nein zu sagen. Holt euch euren Sold, ich will's euch nicht ausreden. Ich sag nur; passt gut auf euch auf."

Der restliche Tag war schnell vergangen, wie es oftmals der Fall ist, wenn man einer Sache mit Spannung und Unbehagen entgegensieht. Aris hatte sich ein paar passable Stiefel gekauft nach dem Verlust seiner letzten, weniger fein und edel, aber immerhin bequem, und um seine Knöchel hatte er sein norländisches Feldzeichen gebunden, damit es keiner sehe. Bortos tat es ihm gleich.

Nur unzureichend konnte das schwache Licht des abnehmenden Mondes durch die Wolkendecke dringen, dass man bald nach Sonnenuntergang kaum die Hand vor Augen sehen konnte. Durch die Dunkelheit machten sie sich auf, Aris und Bortos und der Rest ihrer Rotte. Bald hörten sie weitere Geräusche und Stimmen und über Rufe gelang es den Männern, sich auf dem Platz zu sammeln, zu dem Grimmton sie beordert hatte. Da schlug jemand eine Fackel an und ihr blasser Schein erhellte die Gesichter. Grimmton war es, stand nun mit der Fackel in der Hand in ihrer Mitte und die langen Schatten der kleinen Truppe reichten bis in den finsteren Wald. Der Hauptmann sprach nicht, machte ihnen nur ein Zeichen, leise zu sein.

Aris lauschte. Hörte das Vogelgezwitscher der frühen Nacht, das leise Blätterrauschen des Windes und manchen fernen Tierruf. Die Zeit verging. Die von der Fackel rot und schwarz scheinenden Gesichter tauschten Blicke, verblieben aber schweigend. Dann ein weiteres Geräusch. Leise zuerst, deutlicher nach und nach. Ein Brummen. Von oben kam es, himmelseits. *Ein Schiff!*, erkannte Aris. Ein schwarzer Schatten senkte sich aus dem Dunkel über ihnen. Die Rotoren drehten unter schwachem Dampf, durchschnitten beinah lautlos den Wind. Zwei runde Anker landeten dumpf auf dem Boden und die mittlere Gangway senkte sich hinab.

„Alle an Bord!", befahl Grimmton, stellte sich neben die Gangway zu Leutnant Bronson und leuchtete mit der Fackel seinen Männern. Leutnant Bronson reichte jedem, der hinaufstieg, einen klimpernden Beutel. Es war die versprochene Prämie.

An Deck machten sie es sich so gemütlich, wie es eben ging. Keine Lampe, keine Kerze war an, nur beim Steuermann brannte etwas Licht, das aber kaum zu ihnen herüberreichte. Ein großes Transportschiff war es, das gut und gerne fünfzig Mann fassen konnte, und einiges an Besatzung konnte Aris erkennen. Die Anker wurden eingeholt und die Rotoren begannen, immer kräftiger zu rotieren.

„Gebt Dampf!" Hörte Aris den Steuermann befehlen, und kaum merklich stiegen sie in die Luft hinauf.

„Schlaft Männer, die Reise dauert ihre Zeit und ihr werdet eure Kraft noch brauchen", sagte Leutnant Bronson.

Bald schnarchte es von allen Seiten, jeder in seiner Eigenart. Das Schiff schaukelte sanft im Wind, der lau und kalt blies. Doch bei Aris wollte sich der Schlaf nicht recht einfinden. Einige Stunden waren verstrichen, als er sich schließlich erhob. Vorsichtig tastete er sich mit Füßen und Händen über die Schlafenden hinweg, gelangte an die Reling und sah in die von Nacht umhüllte

Landschaft. Der Steuermann musste etwas von seiner Arbeit verstehen, denn es war nicht leicht, in einer sternenlosen Nacht zu navigieren. Langsam gewöhnten sich seine Augen an die Dunkelheit, und besser konnte er die leichten Nuancen von Schwarz und Grau unterscheiden. Er lehnte sich vor und sah hinab. Ein Mondstrahl erstritt sich Platz zwischen den Wolken hindurch. Der Boden begann zu glitzern. Über Wasser flogen sie. Waren sie an dem Blauen angelangt?, wunderte sich Aris. Flogen sie über die See? Doch wohin und wozu. Nichts gab es hinter den ewigen Wassern, außer einsame, verlorene Inseln und endloses Blau. Sicher nichts, was einen Angriff wert wäre.

„Solltest du nicht schlafen, Soldat?" Aris erschrak. Kein Geräusch hatte den Mann verraten. Aris kniff die Augen zusammen. Die dunkle Kontur neben ihm nahm Formen an. So groß wie Aris etwa, mit einem Hut, der tief im Gesicht hing.

„Ihr schlaft ja auch nicht", erwiderte Aris. Die Art, wie der Fremde *Soldat* gesprochen hatte, dazu die Autorität in seiner Stimme, ließen Aris ganz automatisch die formale Anrede gebrauchen.

„Ich schlafe nicht viel", sagte der Fremde. „Du solltest es aber."

„Ich lasse mir von keinem vorschreiben, wann ich zu schlafen habe", gab Aris zurück, der Ton des Fremden ärgerte ihn. Die Erwiderung dauerte, und Aris dachte, vielleicht ließe der Fremde es dabei bewenden. Da kamen aus dem Dunkel die Worte: „Leg dich schlafen!"

Aris spürte die Müdigkeit in ihm aufsteigen. Plötzlich und überwältigend. Ja, es stimmte. Es war schon reichlich spät. Er sollte sich wirklich schlafen legen. Er torkelte beinahe über seine Kameraden, bis er seinen Platz gefunden hatte. Schon waren seine Augen zu, und sein leises Schnarchen gesellte sich in den Chor den anderen.

Aris erwachte aus dem seligsten Schlaf. Er rieb sich die Augen, um den letzten Rest an Müdigkeit zu vertreiben, sah sich dann um. Der Morgen war reif genug, um einige Schritte weit sehen zu können. Das Schiff ankerte dicht über dem Boden einer Lichtung. Im Umfeld waren nichts als Bäume. Aris stand auf.

„So lob ich mir das Fliegen", sagte Bortos neben ihm. „Kein Schwindel, keine Übelkeit. Ich fliege ab jetzt nur noch nachts."

„Packt eure Sachen und dann von Bord. Der Morgen graut schon", befahl Grimmton.

Die Kriegsknechte machten sich daran, dem Befehl Folge zu leisten. Aris und Bortos hatten ihre Sachen beisammen, da fiel Aris Blick auf den Fremden. Der seltsame Hut hing ihm bis tief ins Gesicht. Ein langer Mantel reichte ihm bis zum Boden. Und dann war da noch sein Schwert. Irgendwie kam er Aris bekannt vor, aber er konnte sich nicht erinnern, woher.

„Potzteufel", lachte Bortos. „Schau dir mal den Kerl an. Sein Schwert! Das Ding sieht aus, als würde kaum ich es gehoben bekommen. Wie soll der Hungerknochen es dann schwingen?"

Er war einfach schlafen gegangen! Jetzt fiel es ihm wieder ein. Er hatte es Aris befohlen… und er war dem Befehl gefolgt. Einfach so...

Aris drängte sich an Bortos vorbei, vorbei an Oskar und Packo, ging auf die Gangway zu, die der Fremde gerade betreten wollte. Auch an ihm drängte er sich vorbei, rempelte ihn dabei ungeschickt an und entschuldigte sich sogleich: „Oh, verzeiht! Ich muss pissen."

Unten auf der Lichtung inspizierte Aris die Umgebung. Hügel, kleine Berge und felsige Anhöhen umschlossen sie, dicht von hohen Bäumen bewachsen. Kein Haus oder Hof war sichtbar, unbesiedelt und menschenleer schien alles. Ein idealer Ort, um ein Schiff zu verstecken.

Er begab sich abseits zwischen einige Bäume und begann, zu pissen. Bortos gesellte sich alsbald zu ihm.

„Was sollte das Manöver?", fragte Bortos und begann ebenfalls, sich zu erleichtern.

„Ich wollte mir nur ein wenig Klarheit verschaffen."

„Und?"

„Der Teufel hole mich, aber ich weiß jetzt, was der Kerl mit dem Schwert für einer ist." Bortos schaute ihn fragend an. „Ein Schwertsänger!"

„Unmöglich! Hier?“, stieß Bortos aus.

„Ich habe seine Robe gesehen. Er trägt sie unter dem Mantel. Und was soll sonst sein lächerliches Schwert? Ein Schwertsänger, ich sag's dir!“, sagte Aris überzeugt. Bortos stieß einen leisen Pfiff aus.

„Potztausend. Aber was sollte so einer hier zu schaffen haben? Sie dienen der Kirche, oder nicht?“

„Ich weiß es nicht“, sagte Aris. „Aber die Sache gefällt mir immer weniger. Stimmen die Geschichten, ist der Kerl zehn von uns Knechten wert. Wenn's reicht.“

Grimmton rief sie zusammen und Aris und Bortos begaben sich zu ihren Kameraden. Als sie sich in Reihe formiert hatten, verteilte Leutnant Bronson rote Feldzeichen, die Farbe Sippans. Dann stellte er sich neben seinen Hauptmann. Dieser verkündete: „So Männer, und jetzt erkläre ich euch den Auftrag...“

~ 13. Kapitel ~

Kathryn und Aris

Ihr letzter Tag auf Steffordsgrave war es. Ihr letzter Tag in ihrem goldenen Gefängnis. Seltsam fühlte es sich an und aufregend. Die Duchess hatte ihr angeboten, so lange zu bleiben, wie sie wolle, aber ihre Entscheidung war getroffen und jetzt wollte sie so schnell wie möglich in ihr neues Leben.

Nach Vaters Tod war sich Kathryn nicht sicher gewesen, was nun mit ihr geschehen würde. Würde sie immer noch an den Hof geschickt werden, oder sollte Steffordsgrave weiterhin ihr Heim bleiben? Ihr graute vor dem Hof. Sie dachte an die Beerdigung zurück. Dachte an all die Leute dort. Wie sie ihre falschen Tränen vergossen hatten für diesen fetten Mann, der ihr Vater war. Diese Heuchler und Günstlinge, die ihr ihr Beileid ausgesprochen hatten, ohne jede Ehrlichkeit in ihren Augen. Unter ihnen würde sie leben müssen, und hätte man ihr da und dort die Wahl gelassen, sie würde sich entschieden haben, für immer und ewig bei dem verdammten Duke zu bleiben. Über dem Sarg ihres Vaters war sie gestanden, hatte nicht eine Träne vergossen und es war ihr egal gewesen, ob es jemand des Hofstaates bemerke, denn sie waren ihr alle gleich.

Doch dann war die Krönung gekommen. Im Parlament hatten sie ihren Bruder gekrönt und auch Kathryn war geladen gewesen. Gut hatte es der kleine Mann gemacht. Vor den versammelten Edelleuten war er in aufrechter Haltung dagestanden, golden und schneeweiß gekleidet, mit dem schweren königlichen Umhang über den Schultern. Die siebenundzwanzig Stufen zum Thron war er hinaufgestiegen, eine Stufe für jedes der ursprünglichen Länder Norlands. Über allen anderen stehend, hatte er dann ernst und würdig geschaut und tapfer seine Worte gesprochen. Und dabei kaum gehustet. Kathryn hatte in dem Moment seltsamen Stolz für diesen kleinen Menschen empfunden, den sie doch kaum kannte.

Nach dem ganzen Zeremoniell und allem anderen war er zu ihr gekommen. Die Krone schräg auf dem Haupt sitzend, die viel zu groß war für den kleinen Kopf des Prinzen, hatte er sie beinahe flehentlich angesehen und gefragt; ob sie denn an den Hof komme? In seinen Augen hatte sie Angst erlesen, Angst und Einsamkeit und mit beidem kannte sie sich aus.

„Ich bin jetzt König, ich kann es dir auch befehlen", hatte er kindlich gedroht, und seltsamerweise hatte es in Kathryn keinerlei Widerwillen ausgelöst, wie Erzwungenes gemeinhin bei ihr auszulösen pflegte, sondern vielmehr hatte sie sich geschmeichelt gefühlt. So war ihr die Zustimmung leicht von den Lippen gegangen.

Es war ein neues Gefühl für Kathryn, dass jemand sie bei sich haben wollte, sie nicht verstoßen oder verstecken wollte, sondern sie tatsächlich bei sich haben wollte. Sie dachte an diesen fremden Jungen mit der laufenden Nase und dem bleichen Gesicht. Den Bruder, den sie nicht kannte und der ihr für einen Moment so nahe gewesen war. Vielleicht war ja an seiner Seite der Platz, an den sie gehörte.

Bevor sie ihr Zimmer verließ, umarmte sie die überraschte Tissy. Man sollte zu seinen Links nicht allzu vertraulich sein, hatte man Kathryn gelehrt, aber sie wusste, die kleine, aufgeweckte Tissy würde ihr mehr als die meisten Menschen in Steffordsgrave fehlen. Ihre treue Ann blieb natürlich bei Kathryn und würde mit ihr an den Hof ziehen.

Die Duchess erwartete sie im Atrium, von ihrer Leiblink gehalten und einer Grauen Schwester an der Seite. Der Zustand der Duchess hatte sich seit dem Bankett sogar noch verschlechtert und nur mit Mühe konnte sie alleine gehen. Der Duke hatte dafür gesorgt, dass dauerhaft drei Heilende Schwestern sich um sie kümmerten, zwei Graue, die sie pflegten, und eine Weiße, die mehrmals am Tag für sie sang und ihr notfalls auch den Letzten Sang spenden konnte. Von dem Duke selbst war dagegen keine Spur. Er hatte sich rar gemacht seit Vaters Tod, war die meiste Zeit über in

Lidium geblieben und tatsächlich hatte Kathryn ihn in Steffordsgrave kein einziges Mal mehr zu Gesicht bekommen. Sie spürte eine seltsame Enttäuschung, dass er nicht da war, um sie zu verabschieden. Waren sie sich nicht näher gekommen? Die letzten Wochen und Monate. Ein wenig nur, gewiss, und doch war es so, das wusste sie. Kurz ärgerte sie sich, dass sie solches erwartete, von dem Mann, der sie so bereitwillig opfern würde. Dennoch waren die Gefühle da.

Eine große Kutsche genügte, ihre überschaubare Habe zu fassen, dazu ein Dutzend Wachen, wie es sich für die Zweite in der Thronfolge gehörte, und George obendrauf, der neben dem Kutscher auf dem Kutschbock saß.

Der Abschied von der Duchess fiel kurz aus und Kathryn war dankbar dafür. Sie wandte sich ab und ging auf die Kutsche zu, in der Ann bereits Platz genommen hatte, da bemerkte sie eine Hundekutsche, die sich näherte. Bei ihnen angekommen, sprang leichtfüßig Breadhead heraus und begutachtete die sich ihm auftuende Situation.

„Seid gegrüßt, verehrte Ladies", er deutete auf die Kutsche und folgerte: „Ich treffe sie im Aufbruch vor? Ist denn eine Reise geplant?"

Die Duchess war es, die antwortete: „Mein lieber Mister Steward, es ist weniger eine Reise als ein Umzug. Mylady Kathryn wird uns heute leider verlassen. Sie wird zurück an den Hof ziehen. König Edward hat um ihre Gesellschaft ersucht."

Er sah zu Kathryn.

„Oh, dann ist es nun also soweit. Es sind gewiss schwere Zeiten für unseren jungen Regenten und da wird die Gesellschaft seiner Schwester ihm zweifellos ein Trost sein." Kathryn bedachte den Kommentar mit dem erwarteten Lächeln, runzelte gleichzeitig jedoch die Stirn. Sie hatte das zwingende Gefühl, dass Breadhead längst wusste, dass sie heute umziehen würde.

„Ihr fahrt mit der Kutsche, sehe ich? Ist Eure Lordschaft denn nicht da, Euch mit seiner Atraxis hinüberzufliegen?", fragte Breadhead.

„Mein Mann hat seit dem Tod des Königs eine Menge in Lidium zu tun. Wir haben ihn zuletzt kaum zu Gesicht bekommen."

„So bin ich wohl ganz umsonst hergefahren und komme weder in die Freude der Gesellschaft Ihrer Lordschaft, noch kann ich eine Partie mit Mylady spielen. Sehr bedauerlich. Erlaubt mir wenigstens, Mylady die wenigen Schritte zur Kutsche zu führen." Er reichte Kathryn galant die Hand.

„Ich freue mich, Euch zu sehen, Breadhead", sagte Kathryn ehrlich.

„Die Freude ist ganz auf meiner Seite", erwiderte Breadhead.

„Wenn Ihr wollt, könnt Ihr uns nach Lidium begleiten", überlegte Kathryn. „In der Kutsche ist noch genügend Platz."

„Habt Dank, Mylady, aber da ich nun schon hier bin, werde ich einige andere Besuche unternehmen."

„Besucht mich doch heute Abend im Ivoryhouse, dann spiele ich gerne mit Euch. Ich könnte ein freundliches Gesicht in meinem neuen Zuhause gut vertragen", sagte Kathryn darauf.

„Ja, das wäre eine Möglichkeit", antwortete Breadhead. Die Antwort klang seltsam unbestimmt. Sie warf ihm einen Seitenblick zu.

Bei der Kutsche angekommen, half Breadhead ihr beim Einsteigen. Sie sahen sich zum Abschied an.

„Auf Wiedersehen, ich hoffe, ich sehe Euch heute Abend dann", sagte Kathryn. Breadhead zögerte, seine Lippen waren zu einem Lächeln verkrampft.

„Ja, Mylady. Ich hoffe ebenfalls, dass wir uns sehen." Er wollte mehr sagen, Kathryn sah es in seinen Augen. Sie spürte, etwas bedrückte ihn. Spürte, dass es ihn drängte, ihr etwas mitzuteilen. Ein letztes Zögern, dann ließ er von ihr ab und schloss die Tür der Kutsche.

Kathryn hörte das Zischen der Peitsche und die Ochsen begannen, die Kutsche zu ziehen. Durch ihr kleines Fenster hindurch sah sie die Gestalt des Breadhead immer kleiner werden und schließlich ganz verschwinden.

~

Die Bäume wurden weniger. Bald sahen sie die ersten Felder zwischen dem Geäst hindurch. Sie kamen auf einen schmalen Waldweg, dem sie folgten. Ihr Ziel sei nicht mehr weit, sagte ihnen Leutnant Bronson, und sie luden die Gewehre. Sie erreichten eine breitere Straße, die entlang des Waldes verlief, und die fest gedrückte Erde deutete darauf, dass sie oft befahren wurde. Linksseitig führte sie durch ein kleines Dorf, dessen Häuser und Dächer nach dem langen Marsch durch den Wald beinahe fremdartig wirkten.

„Hier sind wir richtig", sagte Bronson. „Dort ist die Stelle. Seht ihr, wo der Weg durch die Schneise geht. Dort nehmt ihr Stellung."

„Und Ihr?", fragte Oskar.

„Ihr habt die Order gehört. Kein Offizier darf dabei sein. Wir sehen uns beim Schiff. Ihr wisst, was zu tun ist. Sollte eine Kleinigkeit sein."

„Na, wenn Ihr das sagt", erwiderte Oskar. Die Sache schmeckte ihm so wenig wie Aris.

Sie beobachteten ihren einzigen Offizier zwischen den Bäumen verschwinden. Olaf führte nun das Kommando und orderte sie, ihre Positionen einzunehmen. Sie nahmen Stellung beidseitig des Weges. Aris legte sich flach auf den Rücken, prüfte sein Gewehr, schaute, dass der Feuerstein gut saß, die Pfanne bis zum Rand mit Pulver gefüllt war. Bortos tat es ihm gleich. Mehr als einen Kameraden hatte er sterben sehen, weil der Schuß im entscheidenden Moment nicht losging. Oskar lag auch bei ihnen. Der alte Recke schweifte mit seinem Blick über die Bäume.

„Schaust dich nach Eulen um?", fragte ihn Aris.

„Aye. Wem diese Sache nicht unheimlich ist, ist ein Idiot. Hätte ich die Kronen nicht im Sack, würde ich das Schlimmste erwarten." Aris nickte, fügte aber an: „Habt ihr sie euch eigentlich angesehen?" Oskar und Borstos bedachten ihn gleichermaßen mit fragendem Blick.

„In der Nacht noch, ja. Ist Silber, hab's geschmeckt", sagte Oskar.

„Ja, Silber ist es, aber was für Münzen?" Bortos hatte schon eine aus seinem Beutel gekramt.

„Potztausend, sind keine Kronen, sind Sippan'sche Monde." Die Münzen waren von Form und Größe ähnlich, doch Aris Dienstjahre unter Sippans Flagge hatten ihm die Münzen vertraut gemacht, und bereits in der vorherigen Nacht hatte er gemerkt, woher die Münzen stammen.

„So sieht es aus", sagte Aris.

„Tausend Teufel, nun weiß ich wirklich nicht mehr, was ich erwarten soll", meinte Oskar nachdenklich.

„Es gilt dennoch; man schickt keinen Söldner mit vollem Beutel zum Sterben. Aber ich wüsste zu gern, was hier vorgeht. Die Sache hat einiges an Planung erfordert. Ein großes Transportschiff, das des Nachts fliegt, die ganzen Münzen, die Geheimniskrämerei, dazu ein verdammter Schwertsänger."

„Ein was?", stieß Oskar aus.

„Schwertsänger. Der Kerl mit dem großen Schwert ist einer", antwortete ihm Bortos.

„Gute Götter! Wo sind wir hier nur hineingeraten? Wem immer wir hier auflauern sollen, der Kerl muss sich mächtige Feinde gemacht haben."

„Was glaubst du, wo sind wir?", fragte Aris.

„Sind die ganze Nacht geflogen, und mit guter Fahrt, meine ich. Könnten bis runter nach Barbon gekommen sein, oder nach Storzen, oder auch noch in Balrust sein. Weiß der Teufel." Er spähte zu den wenigen Dorfhäusern, die sie von ihrer Position aus sehen konnten. „Keine Fahne zu erkennen, und die Häuser… könnte überall sein."

„Sollen alle töten. Was meint ihr, wie viele werden es sein?", fragte Bortos.

„Na, eine Handvoll bestimmt. Und die Wachen dazu. Hoffentlich sind keine Kinder dabei", sagte Oskar.

Aris sah ihn fragend an.

„Ich töte Kinder nur ungern."

Aris nickte.

~

Das ungute Gefühl ließ sie nicht los. Dieser Blick... was war es nur gewesen? Ann bemerkte ihre Unruhe, deutete sie jedoch falsch.

„Es wird schon gut werden, Mylady. Er ist immerhin Euer Bruder. Und sagtet Ihr nicht, er sei nett gewesen?"

„Sprich bitte nicht so förmlich, Ann. Wir sind allein." Dann schnaufte sie. „Mein Vater war auch *mein Vater*. Wer weiß schon, wie es wirklich werden wird. Edward ist noch jung und in Wahrheit kenne ich ihn ja gar nicht." Sie sah keinen Grund, Ann ihre eigentliche Sorge zu erklären. Was hätte sie auch sagen sollen?

„Und am Hof sind *sie*. Wer weiß, was die ihm alles zuflüstern", sagte Kathryn besorgt. Obgleich weder Kathryn noch Ann hätten sagen können, wer *sie* genau waren, verstanden die beiden sich.

„Aber du hast die Gelegenheit, seiner Majestät selbst zu zeigen, wer du bist. Gewinne sein Vertrauen, Kind. Dasselbe Blut fließt in euren Adern, das bedeutet etwas. Ihr seid Familie." Auch ihr Vater war Familie gewesen. Der Duke war Familie. Sagen tat sie aber: „Ja, vielleicht."

„Vielleicht werdet ihr sogar Freunde. Ich war gut Freund mit meinem Bruder. Haben uns immer gemocht und standen treu zueinander." Kathryn sah ihre Amme betreten an.

„Ich wusste gar nicht, dass du einen Bruder hast", sagte sie.

„Mehrere sogar. Drei an der Zahl. Wirklich nahe stand ich aber nur einem."

Die Erkenntnis, die Kathryn in diesem Augenblick erfüllte, war schwer von Bitterkeit und Scham. Sie saß der Person gegenüber, die ihr auf der Welt am nächsten war, und während jene so gut wie alles über Kathryn wusste, hatte sie nicht einmal gewusst, dass Ann Brüder besaß. Harte Jahre waren es für Kathryn gewesen, gewiss aber auch harte Jahre für Ann, und doch hatte sich stets alles allein um Kathryn gedreht. Wie wenig sie über ihre treue Amme wusste. Wer waren ihre Eltern? Was hatte sie an den Hof geführt? Wieso hatte sie keinen Mann? Einfache Fragen, übliche Fragen, und auf keine hätte Kathryn antworten können.

„Und wo ist dein Bruder?", fragte Kathryn.

„Welcher? Der, den ich mochte? Der ist leider tot. William hieß er. War ein lieber Kerl. Das schwarze Fieber hat ihn geholt. Bei uns heißt es; Die Besten holen sich die Götter jung", sagte Ann.

„Das tut mir leid. Und was ist mit den anderen? Du könntest sie ja mal an den Hof einladen", schlug Kathryn vor.

Da lachte Ann: „Ohje, Mylady. Meine Brüder bei Hofe? Sind Bauern alle beide. Das wäre nichts für sie. Wäre wie ne Sau im Esssalon. Sie sind gut dort aufgehoben, wo sie sind."

„Und wo wäre das? Bei Nothan?" Immerhin, dachte sich Kathrin, wusste sie, wo Ann ursprünglich herkam.

„Ja, dort sollten sie noch sein. Auf Vaters Hof."

„Dann können wir sie ja besuchen gehen." Es drängte Kathryn, Ann etwas anzubieten, dass nur im Interesse ihrer Amme war. Etwas, das ausnahmsweise nichts mit Kathryn zu tun hatte.

„Eine Ewigkeit kommt es mir vor, dass ich sie zuletzt gesehen habe. Sie sind mir mittlerweile bestimmt ganz fremd. Aber interessieren würde es mich schon. Wie's ihnen geht und so weiter. Ob sie viele Kinder haben."

„Dann ist es also abgemacht. Sobald wir am Hof sind, werde ich schauen, dass man uns die Reise zu ihnen gewährt", sagte Kathryn entschieden.

Ann bedachte sie mit einem mütterlichen Blick.

„Ist lieb, dass du das sagst. Und ich würde mich auch freuen. Aber jetzt schauen wir erst einmal, dass es dir am Hofe gut geht. Du brauchst dir um die alte Ann keine Sorgen machen, mein Kind, du hast doch selbst schon mehr als genug. Die Götter gedachten, mich zu dir zu schicken, und gaben mir die Aufgabe, für dich zu sorgen. Und dafür bin ich ihnen dankbar. Ich mach mir keine Illusionen; ich weiß, was ich bin und ich weiß, was du bist. Aber das ist mir egal. Die Götter wissen, eine Tochter bist du mir." Kathryn griff nach Anns Händen, drückte sie und versuchte, in ihren Blick all ihre Gefühle zu legen.

Als die Gewehrschüsse erklangen, erklangen sie von allen Seiten gleichzeitig.

~

Pulverdampf lag in der Luft und erschwerte die Sicht. Aris sprang von seiner erhöhten Position hinab, Oskar und Bortos waren bei ihm. Die Kutschochsen hatten sie mit gezielten Kopfschüssen erledigt und die Mehrzahl der Wachen ebenfalls. Mit Pistole und Degen in der Hand, gab Aris die Spitze. Eine Hellebarde glänzte im Pulverdampf, fuhr auf Aris nieder. In der Not warf er sich nach hinten, um dem Streich zu entgehen. Oskar und Bortos stellten den Gegner und Oskars Schwert beendete sein Leben. Schüsse knallten vom anderen Ende her. Die Pistolen der Wachen. Einige Rufe und Schreie. Aber bald waren auch diese verklungen.

Der Rauch verzog. Man sammelte sich. Um die Kutsche herum lagen regungslos die Wachen herum, blutig, die Kampfhauben neben den Köpfen.

„Frei bei uns!", rief Olaf ihnen gegenüber.

„Bei uns auch", erwiderte Oskar. „Hat's wen erwischt?"

„Richard ist tot", sagte Olaf. „Sonst alle in Ordnung. Bei euch?"

„Alle wohlauf."

Seitlich vor der Kutsche trafen sie sich.

„Dann bringen wir die Sache mal zu Ende", sagte Olaf mit Blick auf die Kutsche und rief laut: „Kommt raus! Ihr seid umstellt. Haltet die Hände, dass wir sie sehen können."

Aris Augen huschten über die toten Wachen. Gut gerüstete Kerle waren es, mit Brustpanzer und Haube bewehrt, mit Hellebarde und Pistole bewaffnet. Kein Geleitschutz, den sich jemand Gemeines hätte leisten können. Dann musterte er die Kutsche. Gefedert und reichlich verziert, groß und edel war die Bauart, mit Trittbrett und gläsernen Fenstern. Wer immer gleich herauskommen würde, von hohem Adel musste er sein.

„Raus mit euch! Hab ich gesagt", rief Olaf erneut.

Die Türe wurde zaghaft aufgestoßen. Eine Frau, die Augen vor Angst geweitet, stieg heraus, die Arme von sich gestreckt. Die Kleidung war schlicht. Nicht die Person, um die es ging. Dahinter, in ihrem Rücken, eine weitere Frau. Rothaarig und jung. Schön war sie, mit glatter Haut und feiner Kleidung. Eine Edeldame. Das Bevorstehende würde Aris keine Freude machen.

Die Ältere blieb schützend vor der jungen Adligen stehen. Die Stimme zitternd fragte sie:

„Was wollt ihr von uns?" In Gemeinsprache war es gesprochen, doch Aris glaubte, einen nordischen Akzent zu vernehmen.

Olaf ging einen Schritt auf sie zu. Die Antwort, die er zu geben bevorstand, würde der Dame garantiert nicht gefallen, dachte Aris bei sich. Ein Schuss erklang! Packo, der links vor Aris gestanden war, warf es rücklings zu Boden. Ein Kerl sprang vom Dach der Kutsche, vor die beiden Frauen.

„Lauft", schrie er und schlug, kaum gelandet, mit einem Schwert nach Olaf. Ein schlechterer Mann wäre verloren gewesen, der erfahrene Söldner aber schaffte es gerade noch, mit seiner Büchse die Klinge abzuwehren. Die Wucht des Angriffs ließ ihn in die Knie gehen. Der Kerl wollte ihm endgültig den Garaus machen. Da stieß er einen Schrei aus. Elaxis hatte ihm seinen Degen in die Seite gestochen. Schon war Marcio bei ihm und beendete es endgültig mit seiner Klinge.

Aris sah zu den Frauen. Kaum fünf Schritte weit waren sie gekommen, da hatten Bortos und Oskar ihnen schon den Weg abgeschnitten. Die Kleine schrie: „George!". Es musste der Name des Kerls sein. Sein beherzter Einsatz hatte sich nicht ausgezahlt, aber ein tapferer Mann musste er gewesen sein. „Lauft!", hatte er gerufen… da kam es Aris. Auf Nordisch!

Olaf hatte sich indessen wieder aufgerappelt und schritt nun entschlossen auf die beiden Frauen zu. Die ältere Frau stellte sich ihm entgegen. Olaf zog seinen Degen.

„Warte einen Moment", sagte Aris und Olaf hielt inne. Da war plötzlich Marcio bei der Alten und schnitt ihr sauber die Kehle durch.

„Halt!", rief Aris, rannte zum Geschehen. Die Junge schaute auf die Ältere, wie sie ihre Hände auf den Hals hielt und das Blut ihr zwischen den Fingern hindurchfloss.

„Ann!", schrie sie. „Ann!" Stürzte zu ihr. Es brauchte nicht lange, da kippte die Alte um, die Glieder kraftlos von sich gestreckt, und das Leben ließ gänzlich von ihr ab.

„Ann!“, schrie die Kleine erneut. Ihre Hände tätschelten hecktisch das Gesicht der Sterbenden, als wolle sie die Seele am Verlassen des Körpers hindern.

Aris ging zu ihr. Er wollte Klarheit.

„Wer bist du?“, fragte er die Kleine. Der Schock hatte sie derart in Beschlag genommen, dass sie ihn nicht zu hören schien.

„Wie heißt du? Woher kommst du?“, fragte er weiter.

„Was soll das, Aris? Bringen wir es hinter uns und weg“, sagte Olaf.

„Warte! Ich will wissen, wen wir hier töten. Der Kerl eben hat nordisch gesprochen. Ich will wissen, wo zum Teufel wir sind.“ Olaf runzelte die Stirn. Offenbar hatte er es ebenfalls gehört, die Bedeutung dessen aber erst jetzt realisierend.

Aris wandte sich wieder zur jungen Adligen. Diese hatte ihren Blick von der Toten weg auf Marcio gerichtet und bevor Aris etwas sagen konnte, ging sie auf ihn los. Sie sprang auf ihn zu, die Hände wie Krallen verkrampft. Aris packte sie, bevor sie bei Marcio war. Sie strampelte wie eine Furie, fauchte, trat und schlug in seine Richtung, dass es zum Erschrecken war. Aris hielt sie fest, bis sie ein wenig zur Ruhe kam.

„Wer bist du?“, rief er erneut.

Wie von Sinnen schrie sie: „Kathryn Griffin bin ich! Mein Vater war der König, mein Bruder ist der König. Foltern werden sie euch, aufhängen, euer Gedärm werden sie euch rausschneiden, ihr werdet leiden, ihr werdet…“ Mit einer ruckartigen Bewegung hatte sie sich seinem Griff entwunden, umgedreht und sprang nun Aris an, fauchte dabei wie eine Wildkatze, schlug auf ihn ein und kratzte ihm über das Gesicht. Er konnte sich ihrer kaum erwehren, da packte Aris schließlich seine Pistole und versetzte ihr einen kräftigen Schlag gegen den Hinterkopf, dass sie ohnmächtig zu Boden ging.

„Bei allen Göttern! Das verdammte Weib trägt den Teufel in sich!“, stieß er erschrocken aus. Er tastete mit der Hand über sein Gesicht. Rote, blutige Streifen reichten von oben nach unten, gesellten sich zu seiner Narbe. Er sah hinab auf diesen marmornen

Engel, der reglos vor ihm zu Boden lag und so friedlich wie eine Wiesenblume aussah. Ungläubig schüttelte er den Kopf.

„Potzteufel nochmal!", sagte Bortos da. „Sie ist die Prinzessin von Norland. Was machen wir hier?"

Olaf sah sich um, als verrate ihm die Landschaft endlich, wo er sich befand.

„Das ist Norland! Norland. Teufel noch eins."

„Was heißt das jetzt für uns? Ihr wisst, wie der Auftrag lautet", sagte Marcio und deutete auf das Mädchen.

„Sie ist die norländische Prinzessin!", sagte Bortos. „Wir können sie nicht umbringen."

„Ihr Bruder ist jetzt der König. Ist sie da immer noch Prinzessin?", fragte Marcio.

„Was soll's? Sie ist aus der Königsfamilie. Und wir dienen Norland", entgegnete Bortos.

„Wir hätten es ja nicht erfahren brauchen", meinte Marcio achselzuckend. „Wir bringen es zu Ende, wie es geplant war, und haben nie gehört, wen wir da erledigt haben."

„Befehl ist Befehl!", meinte auch Elaxis. „Wir haben die Münzen genommen, jetzt heißt es auch die Arbeit verrichten."

„Nein!", sagte Bortos entschieden. „Was, wenn es ein Irrtum war? Wenn irgendwie die falsche Person in der Kutsche war."

„Bei einer solchen Planung? Nein, wir sind schon richtig hier. Jemand will das Weib tot sehen, das ist alles", meinte Oskar sinnierend.

„Sie ist von königlichem Blut. Mit königlichem Blut an den Händen, da lebt der gemeine Soldat nicht lange", warnte Aris. Er war kein zimperlicher Mensch, aber hier stand mehr auf dem Spiel. „Kommt die Sache raus, dann geht's uns an den Kragen, egal was wir wussten oder nicht wussten. Ab zum Foltermeister heißt's dann. Königsmord! Ihr wisst, was darauf steht." Sie wussten es.

„Wie soll es rauskommen?", fragte Gabor.

„Dass eine Prinzessin geschlachtet wurde, wird Wellen von hier bis Karn schlagen. Tausend Götter werden sie anrufen, damit die Sache geklärt wird. Und was hindert Grimmton, dann zu behaupten, wir hätten ohne seinen Befehl gehandelt? Dass alles nicht auf seinem Mist gewachsen sei? Ich trau dem ehrlosen Bastard nicht", sagte Aris. „Ich bin dafür, dass wir die Kleine mitnehmen. Will er sie tot sehen, soll er es selbst erledigen. An Grimmtons Händen soll das Königsblut kleben. So sehe ich die Sache jedenfalls."

Oskar wischte sich mit der Hand über das Gesicht, sagte dann zu Aris: „Ich weiß nicht, Aris. Bringen wir sie mit, wissen die, dass wir wissen, wem wir da aufgelauert haben. Vielleicht sollten wir sie doch erledigen. Olaf, sprich du! Du hast den Befehl, dein Wort soll zählen."

„Bei allen Göttern, hier ist guter Rat teuer." Ihr Befehlshaber kratzte sich unter seinem Hut. „Ich weiß nicht, was das Beste für uns ist. Eines aber weiß ich. Das Mädchen da hat ihren Wert. Um sie geht es hier, oder nicht? Schneiden wir ihr die Kehle durch, stehen wir vor Grimmton nur mit dem Schwanz in unserer Hand. Und das gefällt mir nicht."

Aris sah in die Runde. Sah Gesichter, die wussten, sie steckten knietief in der Scheiße.

Olaf fuhr fort: „Ich seh's wie Aris. Ich sag; wir nehmen das Prinzesschen mit, und wenn Grimmton ihr den Hals umdrehen will, dann soll er es gefälligst selber tun."

Sie hatten das Schiff schon zwischen den Bäumen erspäht. Weit konnte die Lichtung nicht mehr entfernt sein. Dreizehn Mann waren sie noch. Die beiden Toten hatten sie zurückgelassen. Aris dachte an Packo. Sein Hundepimmel, dachte Aris bitter, hatte ihn vor dieser Kugel nicht bewahrt. Er hatte den schlanken Pirianer gern gehabt und wusste, er würde den Anblick seiner hässlichen Schnauze vermissen. Bortos hatte sich die Königstochter über die Schulter geworfen und marschierte neben Aris. Er betrachtete die reglose Gestalt. Das rote Haar hing wellig hinab, das Gesicht lag Aris zugewandt, die Augen geschlossen. Jung war sie und schön und Aris fragte sich, wer ein solches Wesen wohl tot sehen wollte. Er fuhr sich mit der Hand über die Kratzer im Gesicht. So unschuldig wie sie jetzt aussah, dachte er bei sich, war sie wahrscheinlich nicht. Temperament jedenfalls hatte sie, und Mut auch.

„Ladet die Büchsen, Jungs!“, befahl Olaf. Einige Blicke wurden ausgetauscht ob des Befehls. Dann wurde geladen. Aris hatte Gewehr und Pistole schon zuvor bereitgemacht. Und Bortos die seinen auch.

Sie erreichten die Lichtung. Unverändert schwebte das Transportschiff zwei Mann hoch über dem Boden. Nahe der ausgefahrenen Gangway hatten sie ein Lager errichtet, ein Feuer brannte, gab seinen Rauch senkrecht in die Luft ab. Die Schiffscrew saß um das Feuer herum. Acht oder neun Mann, dazu, wie Aris feststellte, einige Hunde. Rufe wurden ausgestoßen, dass die Männer wieder da seien. Kurz darauf schritten Grimmton, Bronson und der Kerl mit dem Schwert die ausgefahrene Gangway hinab.

Sie stellten sich ihnen gegenüber auf. Aris und die Seinen dicht in einer Reihe auf der einen Seite, Grimmton, Bronson und der Schwertträger auf der anderen. Hinter Letzteren nahm auch die Crew Stellung. Dick war die Luft vor Anspannung, ernst und konzentriert musterten sich die Antlitze, die sich gegenüberstanden.

„Wie ist es gelaufen?“, fragte Grimmton in den Moment der Stille hinein. Olaf trat einen Schritt vor.

„Ist alles erledigt. Haben die Kutsche erwischt und entkommen ist keiner. Wir selbst haben zwei Tote zu beklagen“, sagte er.

„Und was habt ihr uns da schönes mitgebracht?“, fragte Grimmton und deutete auf das Mädchen, das immer noch über Bortos Schulter hing.

„Nun, naja … es ist so…“, Olaf kratzte sich den Nacken. „Also, das Mädchen da. Naja, sie hat geredet. Und sie meinte … man muss dazu sagen, da war ein Kerl, und naja, der hat nordisch gesprochen, und da haben wir sie reden lassen, und sie sagte, sie sei von der königlichen Familie. Eine Griffin sozusagen, und dass ihr Bruder der König sei oder so. Und da waren wir nicht sicher, ob es dann so alles seine Richtigkeit hat, Ihr versteht? Weil wir ja Norland dienen und so weiter…“ Grimmton hatte keine Miene gerührt.

„Ist das so?“, sagte er, und als er es sagte, wusste Aris; Grimmton was das Ziel des Überfalls immer klar gewesen.

„Und deshalb habt ihr sie mitgebracht?“ Er lächelte kalt. „War euch der Befehl etwa nicht klar genug? Ihr solltet jeden töten, der sich in der Kutsche befindet. Was kann daran falsch verstanden werden?“ Er sprach leise, aber mit unterdrückter Wut. Aris hatte die Hände auf Degen und Pistole gelegt.

„Aber gut, ist schon gut“, sagte Grimmton plötzlich beschwichtigend. „Immerhin habt ihr sie nicht entkommen lassen. Und euer Fehler kann leicht wiedergutgemacht werden, nicht wahr. An unserer Aufgabe ändert es ohnehin nichts.“ Der Hauptmann lächelte versöhnlich. Aris merkte, wie die Anspannung seiner Kameraden abnahm, sie erleichtert aufschnauften und ihre Hände von den Waffen nahmen. Seine Anspannung blieb.

Grimmton tauschte einen Blick mit dem Schwertträger, nickte dann, als seien sie schweigend übereingekommen. Der Kerl tat ein paar Schritte auf ihre Gruppe zu, sein Schwert hielt er oben an der Scheide und benutzte es wie einen überlangen Gehstock. Er senkte den Kopf und begann, leise Worte zu murmeln. Aris runzelte die Stirn. Dann die Erkenntnis. Magie! Doch zu spät. Die Luft verzog sich und flimmerte unnatürlich. Das letzte Wort knallte wie ein Gewehrschuss aus ihm heraus. Bis zu Aris reichte die Druckwelle, ließ ihn nach hinten wanken. Olaf hatte es direkt erwischt. Wie von einer Kanonenkugel getroffen, flog er durch die Luft, zerfetzt und blutig, riss er noch zwei der Seinen mit sich.

Aris zog seine Pistole, wollte auf den Schwertsänger zielen, da war dieser schon in den Kampf gestürzt. Das riesige Schwert gezogen, stürmte er mit übermenschlicher Geschwindigkeit los. Den Ersten durchbohrte die Klinge mit solcher Wucht, dass die Hälfte aus dem Rücken ragte. Mit Schwung riss er das Schwert seitlich heraus, durchtrennte den halben Körper, um dem Nebenmann Schulter und Kopf zu durchschlagen. Aris Kameraden stoben auseinander. Oskar schrie seiner Rotte zu, sich zu sammeln. Gabor und Marcio machten sich zum Schuss bereit. Aris sah zu Bortos, der, zu Aris Unglauben, sich die Zeit nahm, das Mädchen vorsichtig abzulegen. Ohne auf Bortos zu warten, zielte er mit der Pistole.

Der Schwertsänger teilte gerade Elaxis samt seinem Degen in zwei Teile.

„Feuer!“, schrie Oskar und ihre kleine Salve ging los. Doch statt den Kerl zu durchbohren, verloren die Kugeln kurz vor ihrem Ziel den Schwung, als flögen sie durch Wasser, blieben fast stehen in der Luft, und wirkungslos landeten sie auf dem Boden.

Die Anderen zogen ihre Degen. Der Schwertsänger streckte einen weiteren von Olafs Rotte nieder. *Er ist zu stark!,* schoss es Aris durch den Kopf. Sie hatten keine Chance.

~

Ihr Träger hatte sie sanft auf die Erde gelegt, obwohl die ganze Welt von Schüssen und Schreien und anderem Kampfeslärm erfüllt war. Sie hatte die Augen geschlossen gehalten, damit sie sie für ohnmächtig hielten, und war dem Gesagten gefolgt, ohne sich einen rechten Reim daraus machen zu können. Nur eines hatte sie verstanden, die Angreifer wollten sie offenbar tot sehen. Da war auch schon der Kampf ausgebrochen.

Sie wagte die Augen einen Spalt weit zu öffnen. Zwei Tote lagen unweit von ihr. Der eine ganz zerfetzt, die Glieder grotesk von sich gestreckt. Sie sah zum Kampfgeschehen. Ein Mann mit seltsamem Hut und gigantischem Schwert kämpfte alleine gegen die sechs oder sieben verbliebenen Entführer. Sie kannte ihn, das wusste sie, für den Moment konnte sie aber nicht sagen, woher.

Die Soldaten umringten den Schwertkämpfer, machten sich bereit, ihn gemeinsam anzugreifen. Nur zwei von ihnen standen abseits und schienen etwas vorzubereiten.

Kathryn verstand zwar nichts vom Kämpfen, dennoch erkannte sie, was der Kerl dort anrichtete, lag weit über dem Vermögen eines normalen Kämpfers. Mühelos schwang er sein riesiges Schwert, führte es gegen die Übermacht, und war doch um Welten überlegen. Er schlug einem Kerl seinen Degen aus der Hand, um ihn mit dem Rückschwung von Brust bis Bauch aufzuschlitzen. Ein Soldat näherte sich in seinem Rücken, der Mann mit breitem Hut wandte ihm den Kopf zu und rief etwas. Wie erstarrt blieb der Soldat stehen. Mit einem wilden Stoß tötete der Schwertträger den nächsten Soldaten, wich dem Schwert eines weiteren aus, um schließlich auch diesen niederzustrecken. Übrig blieb allein derjenige, dem er etwas zugerufen hatte. Wie erstarrt, stand er in unveränderter Position da. Beiläufig stach ihm der Schwertkämpfer sein langes Schwert durch den Hals.

Die zwei Soldaten, die abseits gestanden hatten, schienen nun bereit. Kathryn erkannte den Großen als ihren Träger. In seiner Hand hielt er die größte Pistole, die Kathryn je gesehen hatte. Und zielte auf den Schwertträger.

~

Bortos feuerte! Dröhnend laut der Knall. Eine Rauchfontäne verdeckte die Sicht. Kein Mensch konnte es überlebt haben, dachte Aris. Dennoch schlug er weiter. Hämmerte sein Zündeisen gegen den Feuerstein, bis die Lunte endlich an war und Funken versprühte. Viel Zeit blieb nicht, gut die Hälfte der Lunte hatte er gekürzt. Er sah auf. Der Umriss des Schwertsängers erschien im Dampf. Wurde größer. Ohne jede Verletzung schritt der Mann durch den Rauch und auf sie zu, sein riesiges Schwert bereit, auch ihnen den Garaus zu machen. Bortos hatte seinen Zweihänder gezogen.

„Bereit, Dicker!“, rief ihm Aris zu. Bortos nickte. Sie machten sich bereit.

„Steht still!“, brüllte der Schwertsänger. Die Worte waren nicht gewöhnlich gesprochen worden. Durchdringend war ihr Klang, reichte durch Ohren und Kopf bis ins tiefste Mark hinein. Und sie standen still. Keinen Fingerbreit rührten sie sich, als sei die Zeit selbst eingefroren worden.

Aris Kopf war leer, nur stillzustehen galt es. Kein anderer Gedanke war vorhanden, nichts anderes von Bedeutung. Nicht der Mann mit seinem Schwert, der langsam auf ihn zuging, nicht Bortos, der mit erhobenem Schwert regungslos dastand, nicht die Granate, die mit gekürzter Lunte verdeckt hinter seinem Rücken abbrannte.

Der Schwertsänger näherte sich gemächlich, gelangweilt fast. Er hob den Kopf, dass seine Augen unter der breiten Krempe sichtbar wurden. Musterte die beiden Brüder. Ein schiefes Lächeln huschte kurz über sein Gesicht. Nur kurz.

Ihre Blicke trafen sich. Aris schaute in die blauen Augen seines Gegenübers. Sie sagten ihm etwas. Sie bedeuteten etwas. Nur was? *Gefahr!*, drang es aus seinem Inneren. Irgendetwas stimmte nicht. Warum war er hier? Wieso stand er still? Gedanken tauchten träge und verworren auf. Vergessenen Träumen gleich, bahnten sie sich ihren Weg in seinen Kopf, ohne jemals klar zu sein. Was hatte er hier zu suchen? Was geschah gerade? Wollte er eben nicht etwas tun?

Der Schwertträger war bei ihnen angelangt. Das Schwert achtlos zur Seite gerichtet. Er drehte den Kopf. Rief: „Soll ich einen von ihnen am Leben lassen?" Seine Stimme war rau und kehlig.

Aus der Ferne hörte Aris Hauptmann Grimmton: „Nein! Wir brauchen sie nicht mehr."

Er wandte sich Aris zu. Sah ihn an. Das Schwert wurde erhoben. *Ich werde sterben*, flüsterte es irgendwo in seinem Hinterkopf. *Ich will nicht sterben!*, kam es lauter von woanders her.

„Möge Jave euch gnädig sein!", sprach der Schwertsänger.

Die Gedanken kamen schneller. Strömten mit einem Mal auf Aris ein. Er wollte sich bewegen, musste sich bewegen, aber sein Körper gehorchte nicht. Die Granate! Er spürte sie in der Hand. Jeden Moment konnte es so weit sein. Er musste es tun. Jetzt! Alles Denken richtet er auf sein Handgelenk. Es bewegte sich.

Das Schwert war zum Streich bereit.

Er wollte schreien, brüllen aus Leibeskraft, doch nichts als ein krächzender Laut kam aus seinem Mund. Der Arm bewegte sich. Das Handgelenk dazu. Es schnappte nach vorn. Er warf! Warf die Granate, mit allem, was sein widerstrebender Körper aufbringen konnte. Sah sie aus dem Augenwinkel fliegen. Flach und mit wenig Schwung. Doch sie flog. Der Schwertsänger sah sie auch. Die Granate flog an ihm vorbei. Auf Brusthöhe. Seine Augen weiteten sich. Kaum drei Schritt weit. Dann der Knall.

Der Druck warf Aris nach hinten, drückte alle Luft aus seiner Lunge und nahm ihm die Sinne. Wie er auf dem Boden gelandet war, konnte er sich nicht erinnern, dass es nur Augenblicke zuvor geschehen sein musste, sagte ihm sein Instinkt. Er betastete Brust und Gesicht. Versuchte, Schmerz zu erspüren. Unbeschadet! Mit einem Stöhnen richtete er sich auf. Bortos regte sich unweit von ihm. Fliehen mussten sie!, schoss es Aris durch den Kopf.

Er sprang auf. Schon war er bei Bortos.

„Hoch mit dir!“, brüllte er ihn an, zog ihn auf die Beine. Ein kurzer Blick in Richtung Schiff. Mündungsfeuer blitzte auf. Dass er das Zischen der Kugeln nicht hörte, musste an der Wirkung der Granate liegen. Sie rannten los gen Wald. Einer anderen Gestalt hinterher, die ebenfalls rannte. Zuerst glaubte Aris, es müsse ein weiterer Überlebender ihrer Truppe sein, dann sah er das Kleid. Es war die Prinzessin.

Ihre Feinde würden garantiert das Mädchen verfolgen, erkannte Aris.

„Hier lang!“, rief er Bortos zu und schlug eine andere Richtung ein. Der Hüne aber rief zurück: „Nein! Zur Prinzessin!“

Aris fluchte stumm und rannte hinter seinem Bruder her.

~

Sie rannte, so schnell ihre Beine sie trugen. Blätter und Geäst peitschten ihr ins Gesicht. Liegend war sie dem Geschehen gefolgt, hatte gesehen, wie die große Pistole losgegangen war, wirkungslos der Schuss. Wie der Schwertträger vor den erstarrten Kerlen gestanden war, bereit, sie zu töten. Dann der Knall. Vor Schreck war sie zusammengezuckt. Da war ihr der Gedanke gekommen. *Jetzt oder nie!* Und sie war aufgesprungen und losgerannt.

Sie waren dicht. Sie hörte es an den Geräuschen. Schritte und knackende Äste. Keuchen. Sie wusste nicht, wer ihr auf den Fersen war, und das brauchte sie auch nicht. Wer immer da hinter ihr herrannte, Gutes wollte er ihr nicht.

Sie kamen näher, immer näher. Ihr Kleid hinderte sie, noch schneller zu rennen. Den Rock hielt sie mit den Händen hoch, was ihre Beine frei machte, ihr Gleichgewicht aber störte. Mehr als einmal wäre sie beinahe gestürzt. Plötzlich war der Wald verschwunden und ehe sie sich versah, fiel sie hinab. Drei, vier Schritte stürzte sie, schlug hart auf. In einem Flussbett fand sie sich wieder, auf einem Haufen Geröll, der Grund ihrer unsanften Landung. Der Fluss peitschte unweit zwischen dem Gestein hindurch, Wasser spritzte, von starker Strömung getrieben, an Felsen hoch. Sie wagte den Blick zur steilen Böschung, die sie hinabgestürzt war, und sah ihre Befürchtung bestätigt. Die beiden Soldaten, die gegen den Schwertträger gekämpft hatten, standen oben und schauten sie an.

~

Bortos glitt die Böschung hinab. Aris sprang ihm hinterher. Das Mädchen versuchte, entlang des Flussbettes zu entkommen. Aris rief Bortos hinterher: „Vergiss doch die Kleine, verdammt." Aber Bortos achtete nicht auf ihn. Die Steine waren abgeschliffen und rutschig und es war schwer, auf ihnen zu gehen. Die kleinen Schritte des Mädchens machten es ihr noch schwerer. Sie rutschte aus und schon war Bortos bei ihr. Er packte sie und sie schrie und strampelte mit den Beinen. Aris war derweil ans Flussufer gelangt. Das Wasser schlängelte sich durch felsige Landschaft, war klar und tief und die Strömung stark. Bortos kam an seine Seite, das Mädchen auf der Schulter, die immer noch schrie und zappelte. Aris packte sie am Kopf und zwang sie, ihn anzusehen.

„Still jetzt! Oder ich verpass dir eine, Prinzesschen!"

Das Mädchen funkelte ihn böse an, hielt aber still. Bortos legte sie ab, wandte sich dann an Aris: „In den Fluss?"

Aris nickte.

„Die haben Hunde. Ist die beste Chance, die wir haben."

Sie warfen ihre Mäntel ab, zogen ihre Stiefel aus. Pulver und Zündkraut verschlossen sie sauber und dichteten die Flaschen mit Talk. Alles, was ihnen notwendig schien, stopften sie eilig in die Felleisen und ihre Kleidung. Hüte und Stiefel banden sie am Körper fest. Bortos reichte Aris sein Schwert und seinen Katzenkopf, zuletzt den schweren Panzer.

„Nimm du sie, ich nehm das Mädchen", sagte er. Aris wollte etwas dazu sagen, verkniff es sich aber. Bortos packte die Kleine.

Sie tauschten einen letzten Blick. Die Kleine schrie. Dann sprangen sie in das kalte Nass.

~ 14. Kapitel ~

Kathryn und Aris

Keuchend erklommen sie das Ufer, warfen sich erschöpft zu Boden und taten erst einmal nichts, als laut zu atmen. Aris war der erste, der sich von dem Zustand erholte, den Oberkörper aufrichtete und mit den Augen dem Flusslauf folgte. Gut eine Meile mussten sie mit dem Wasser getrieben sein. Über flache Fälle hinweg, durch Strecken mit Stromschnellen und hohen Felswänden, wo sie gegen Felsen gestoßen worden waren und unter Wasser gedrückt. Aris rieb sich die Schulter, die von einem besonders harten Aufprall noch schmerzte. Der Dicke hatte es noch schwerer gehabt. Nicht nur auf sich selbst hatte er geachtet, sondern auch auf das Mädchen, hatte ihr bei schweren Stellen beiseitegestanden und dazu noch den einen oder anderen Fluchtversuch unterbunden. Kopfschüttelnd betrachtete ihn Aris. Dann sah er zu dem Mädchen. Wie es da lang, die Brust sich hob und wieder senkte, offenbar zu erschöpft für den nächsten Fluchtversuch. In was für eine Scheiße waren sie nur geraten? Und warum war sie immer noch bei ihnen? Er kannte Bortos Sturheit, wenn er sich erst einmal etwas in den Kopf gesetzt hatte, doch Aris verstand beim besten Willen nicht, was er mit dem verdammten Mädchen wollte.

Nach einer Weile stand er auf, ging zu Bortos und stieß ihn mit dem Fuß an. Er warf ihm seine Waffen und den Panzer hin. Er hatte sie nicht verloren, und das war gut so, denn er hatte das Gefühl, sie würden sie noch brauchen. Der Hüne erhob sich schwerfällig, beugte sein Kreuz durch und knackte mit den Nackenknochen.

„Und nun, Dicker? Was fangen wir jetzt mit deinem Prinzesschen an?", fragte Aris.

„Was wohl?", sagte Bortos. „Wir helfen ihr."

„Ihr helfen? Solange wir sie bei uns haben, werden die uns im Nacken sitzen, ganz gleich, wohin wir gehen. Sie ist es, die sie wollen. Wir sind denen doch egal."

„Umso mehr Grund, ihr zu helfen", meinte Bortos entschlossen. Aris rieb sich mit Daumen und Zeigefinger den Nasenrücken, wie oft, wenn er genervt war.

„Hör mal, Bruder. Du hast doch gesehen, was die aufgewendet haben, unser Prinzesschen hier tot zu sehen. Die haben Hunde, haben ein Schiff. Wir haben vielleicht etwas Zeit gewonnen, aber die werden unsere Fährte aufnehmen, und zwar eher früher als später. Da waren noch mindestens ein Dutzend Mann, den verdammten Grimmton nicht mit eingerechnet. Das wird heiß, selbst für uns. „

„Und was ist dein Vorschlag?", fragte Bortos. Aris warf einen Blick auf das Mädchen, das sich aufgerichtet hatte. Ihre roten Haare waren wirr, ihr Kleid schmutzig und klebte nass an ihrem Körper. Die grünen Augen folgten aufmerksam dem Gespräch.

„Teufel, könnten ein wenig Spaß mit ihr haben. Ist schön anzuschaun und eine Prinzessin… wer kann das schon von sich behaupten? Dann gehen wir unserer Wege."

„Du willst sie sich selbst überlassen? Dann könntest du sie gleich selbst erledigen", meinte Bortos.

„Ich kann euch verstehen", sagte die Stimme des Mädchens. Aris sah zu ihr, beachtete sie aber nicht weiter und wandte sich wieder an Bortos.

„Tot ist sie doch so oder so. Hier draußen macht es das Schlosspüppchen keine drei Tage lang. Es geht um unsere Hälse, Bortos. Lassen wir sie bei uns bleiben, geht's uns an den Kragen."

„Nein!", sagte Bortos bestimmt und stellte sich zwischen Mädchen und Aris. „Wir helfen ihr!"

„Bortos, was soll der Unsinn. Was hast du schon mit ihr zu schaffen?"

„Sie gehört zur Königsfamilie und wir dienen Norland." Er schaute streng und fügte an: „Und ich bin Norländer!"

Aris verdrehte die Augen. *Nicht schon wieder diese Geschichte!*

„Ach, hör doch auf mit der Scheiße, Bortos! Du bist kein verdammter Norländer. Du siehst nicht so aus, du warst noch nie hier und zum Teufel, du sprichst nicht mal die Sprache."

„Was hat das damit zu tun? Ich bin Norländer. Mein Vater war Norländer."

„Dein Vater war kein Norländer. Mama hat verdammt nochmal keine Ahnung, wer dein Vater war. Sie hat es nur gesagt, damit du sie nicht weiter nervst."

„Hat sie nicht! Mein Vater war ein norländischer Hauptmann", rief Bortos.

„Und adlig wahrscheinlich auch noch? Hör doch auf. Ist es wegen dem, was Butterbear gesagt hat? Vergiss es. Lass uns hier ein wenig Spaß haben, dann sind wir weg und gut."

„Nein!", sagte Bortos, baute sich vor Aris auf, der Blick gefährlich, wie er gemeinhin Gegner ansah.

„Schau mich nicht so an!", rief Aris. „Ich sags dir, schau mich nicht so an. Ich kann's nicht ab, wenn du mich so anschaust."

Er drehte sich weg, fluchte laut. Wieder rieb er sich den Nasenrücken mit Daumen und Zeigefinger. Er holte einmal tief Luft und stieß sie aus, als wolle er den Ärger mit ihr ziehen lassen.

„Der Teufel hole dich, Bortos, hörst du! Du sollst deinen verdammten Willen haben, aber wenn wir am Galgen baumeln, dann sag ja nicht, ich hätte dich nicht gewarnt."

Bortos nickte zufrieden und drehte sich zu dem Mädchen um. Doch es gab keinen, dem er sich hätte zuwenden können. Sie war weg.

~

Kathryn rannte durch den Wald. Ihre Kleidung war noch nass und klebte unangenehm am Körper. In was war sie da nur hineingeraten? Jeder Teil ihres Körpers schmerzte, ihr war kalt, sie war hungrig, und dann waren da noch die Erinnerungen. Sie blendete sie aus, schob sie beiseite, denn sie durfte sie nicht an sich heranlassen, jetzt noch nicht. Nur laufen musste sie, nichts anderes, wegkommen von all dem Wahnsinn, weg von dem Erlebten. Doch sie wusste, wenn auch sonst nichts, die Erinnerungen würden sie einholen.

Sie hatte nicht warten wollen, bis ihre beiden Entführer sich geeinigt hatten, sie zu vergewaltigen, zu töten oder ihr zu helfen, zumal keine der Möglichkeiten ihr verlockend erschien. Welche Hilfe konnte sie schon von Mördern und Vergewaltigern erwarten?

Die Orientierung fiel ihr schwer. Gebäum und dichtes Geäst ließen kaum die Sonne hindurch, um die Himmelsrichtung zu bestimmen, und ihr Zeitgefühl war ebenfalls verloren. Alles sah gleich aus, alles voller Bäume und Büsche und anderem Grünzeug, das die Sicht schwer und das Durchkommen noch schwerer machte. Keine Punkte fand sie, an denen sich orientieren ließ. Hauptsache geradeaus, sagte sie sich, Hauptsache weg von der Gefahr.

Ein kleines, flaches Bächlein durchschnitt die Landschaft. Kathryn bückte sich zum Lauf, schöpfte gierig mit den Händen Wasser, um den Durst zu stillen. Sie lauschte auf. Der kurze Moment der Ruhe ließ sie die Geräusche des Waldes hören, sein immerwährendes Lied. Der Greenwood Forest. Riesig und wild, voller Bestien und anderem Übel. Kathryn schauderte. Ferne Tierstimmen riefen sich Unverständliches zu. Vögel sangen und zwitscherten in hunderterlei Form. Wie tief konnte sie sich im Wald befinden? Freilich, sie war eine Zeit ohnmächtig gewesen, aber allzu weit konnten sie ihre Häscher nicht verschleppt haben. Nein, sie musste sich noch an seinem Rand befinden und nur darauf achten, nicht tiefer hineinzugelangen. Sie dachte nach. Steffordsgrave und Stenton, der Ort, durch den sie vor dem Überfall gekommen waren, lagen südlich des Greenwoods, nach Süden musste sie also. Aber wo war Süden? Die Sonne stand noch hoch, und wenn Kathryn sie mal durch Blätterdach und Wolken erspähte, konnte sie nicht sicher sagen, ob sie sich im Auf- oder Abgehen befand. Eine Ewigkeit schien ihr alles her, als sei alles Erlebte auf mehrere Tage verteilt gewesen. Nein, es konnte nicht mehr Morgen sein, der Mittag war überschritten. Nochmal suchte sie nach der Sonne, um sich dann für eine Richtung zu entscheiden.

Sie hörte ein Knacken dicht bei ihr, drehte sich um, da riss sie etwas von den Beinen. Sie versuchte, sich zu wehren, versuchte, sich zu befreien, aber kräftige Arme hielten sie in einem unnachgiebigen Griff. Dann hörte sie die bekannte Stimme dicht an ihrem Ohr: „Ruhig, Schlosspüppchen, bleib ruhig. Ich tu dir schon nichts."

Der Große tauchte vor ihr auf, hielt die flachen Hände vor sich, was beruhigen sollte.

„Eure Majestät braucht sich nicht zu fürchten. Wir sind gekommen, um Euch zu helfen."

„Ich will eure Hilfe aber nicht", schrie Kathryn.

„Und mancher von uns will auch dir nicht helfen", sprach es in ihr Ohr. „Aber mein Bruder hier ist nun mal äußerst dickköpfig. Und in einem hat er recht; ohne uns, Prinzesschen, seid Ihr verloren, das ist so sicher, wie es der Götter vier sind."

„Woher wollt ihr das wissen? Ihr kennt mich nicht", widersprach sie.

„Wir haben keine Stunde gebraucht, um dich aufzuspüren. Und wir sind nur zu zweit und haben keine Meute Hunde mit uns und kein Schiff, das uns leiten kann. Die Kerle werden Euch finden und dann ist's aus mit Eurer Hochehrwürdigkeit."

„Es ist wahr", sagte der Große. „Sie werden Euch finden, ganz bestimmt. Und die wollen Euch töten, daran besteht kein Zweifel. Die haben uns geschickt, damit wir Euch töten. Aber jetzt werden wir Euch helfen!" Letztes sagte er, als seien dadurch alle ihre Probleme gelöst.

„Kann ich loslassen, ohne dass du mir wieder das Gesicht zerkratzt?", fragte der andere.

Kathryn brummte eine Zustimmung. Er ließ sie los. Sie richtete sich auf und rieb sich die hinterbliebenen Druckstellen an ihren Armen, während der Blauäugige zu seinem Bruder hinüberging und beide sich ihr gegenüber auf Boden und Waldlaub setzten.

„Dann sind wir jetzt also eine Rotte", sagte der Große feierlich.

„Eine was?", fragte Kathrin.

„Na, eine Rotte, Ihr wisst schon, eine Gruppe, die aufeinander aufpasst. Und mit uns habt Ihr gute Leute, potztausend. Ihr habt verdammtes Glück, Eure Hoheit, denn wir sind richtige Kriegsknechte, die besten, die's gibt! Stimmt's?" Er lachte übertrieben und suchte mit den Augen die Bestätigung seines Bruders, die aber ausblieb.

„Was sind Kriegsknechte?", fragte Kathryn.

„Das sind Krieger, die es mit Gewehr und Schwert können. Wir haben als Söldner schon in vielen Ländern gedient und unzählige Kämpfe mitgemacht. Eisenfresser sagt man auch zu uns, Männer, die eine richtige Schlacht mitgemacht haben und Salven geschluckt. Und das haben wir. Wir sind jedenfalls wirklich gut. Die Besten. Ihr werdet's sehen."

„Und in was seid ihr gut?", fragte Kathryn weiter, betrachtete aus zusammengekniffenen Augen diese beiden Männer, die ihr so vertrauenswürdig schienen wie ein paar tollwütige Hunde.

„Naja, im Kriegsknecht-Sein und so, Ihr wisst schon" – wieder sah er hilfesuchend zu seinem Bruder, der ihn nicht beachtete – „Wir sind gut im Schießen und Kämpfen und naja, im Töten und so. Darin sind wir wirklich gut!" Er sagte es mit irritierendem Stolz.

„Na, da habe ich ja ein Glück", gab Kathryn trocken zurück.

„Allerdings!", sagte der Große ernst. Ironie schien ihm über sein Verständnis hinauszugehen. „Ich heiße Bortos. Und der Grummelige hier ist Aris. Sag doch was, Aris." Aris schwieg. „Jedenfalls, jetzt sind wir zusammen und jetzt wird alles gut." Das breite Lächeln, das er aufsetzte, sollte wohl vertrauensschaffend sein. Es war es nicht.

„Und was machen wir jetzt?", fragte sie. Erneut sah der Große zum Blauäugigen. Letzterer, schien Kathryn, hatte das eigentliche Sagen in diesem seltsamen Duo, wenngleich es der Große war, der bestimmt hatte, ihr zu helfen. Dieser kratzte sich an seiner Narbe, sah zum Himmel und sagte dann: „Wir müssen auf jeden Fall weiter. Es wird nicht mehr lange gehen, bis wir sie in unserem Nacken spüren. Wir schauen, dass wir sie abgehängt bekommen, oder sie von selbst aufgeben, oder sich vielleicht etwas anderes ergibt. Und wenn alles nicht hilft…" Er zuckte mit den Schultern. „Dann sollen es eben die Waffen entscheiden."

Der Große stimmte zu: „So soll es sein."

„Proviant dürfte für gute vier Tage reichen, mehr als genug..." Er hatte zu sprechen aufgehört, denn der Große zog eine Grimasse. „Was ist?", fragte Narbe.

„Hab mein Felleisen verloren. Ist alles weg. Die Münzen auch, hat alles der Fluss mit sich genommen."

„Teufel! Und meine Münzen habe ich in meinem Mantel vergessen." Er lachte über ihr Unglück. „Tja, die Götter strafen uns, weil wir den Auftrag nicht ordentlich ausgeführt haben. Dein Pulver ist aber noch da?" Der Große nickte. „Das ist gut. Lass sehen, was uns bleibt."

Sie begannen allerhand Dinge zwischen ihrer Kleidung hervorzukramen, aus den Hosen und Hemden, aus den Stiefeln und zahlreichen Beuteln, die sie irgendwo versteckt bei sich trugen, und Kathryn konnte kaum glauben, was die beiden alles zu Tage beförderten. Bald lagen geordnet drei Weinschläuche auf dem Boden, etliches Essbares, Zinnbecher, Feuereisen und Feuersteine, zwei Messer und Löffel und ein Dolch, ein kleines Beil, Decken und ein Tuch, Kugelbeutel, Pulverflaschen und der Große holte sogar noch einen flachen Topf hervor.

„Ist einiges auf der Strecke geblieben", meinte die Narbe und als er Kathryns verdutztes Gesicht erblickte, fügte er an: „Ein Kriegsknecht hat kein schönes Schloss, in dem er sein Hab und Gut verstecken kann." Dann machten sie Inventur.

„Pulver ist trocken, das Zündkraut auch. Essen sieht auch gut aus, größtenteils. Haben keine Gewehre mehr, aber Pistole und Katzenkopf werden es schon richten. Proviant reicht für zwei Tage, zum Saufen hat es auch genug. Könnte schlechter stehen, meine ich."

Sie verstauten alles wieder.

„Der Feind ist im Westen, deshalb ziehen wir nach Osten, würde ich sagen", meinte Narbe.

„Müssen wir nicht nach Süden? Wir müssen doch aus dem Wald raus?", sagte Kathryn.

„Mag sein, aber bei einer Flucht gibt es eine entscheidende Regel; fliehe niemals dorthin, wo deine Häscher dich erwarten. Erst nach Osten, sage ich, nach einigen Meilen können wir dann südwärts. Ist das genehm für Eure Hochlauchtigkeit?" Sie kommentierte mit einem Blick. Narbe schien plötzlich guter Laune.

„Das Prinzesschen und die beiden Kriegsknechte… aus der Geschichte ließe sich ein schönes Liedlein dichten."

„Dann hoffen wir, dass sie jemand zu hören bekommt", meinte Kathryn.

~

Bereits gen Abend war es, da hörte sie in der Ferne das erste Hundebellen. Aris erkletterte einen Baum, der schräg aus einer Anhöhe herauswuchs und gute Sicht bot. Schon auf halber Höhe entdeckte er das Schiff. *Verflucht, das ging schnell,* dachte er bei sich. Sie erhöhten ihr Tempo, liefen strammen Marsches durch unwegsames Gelände. Das Mädchen hielt klaglos mit, obgleich Aris sich sicher war, dass solche Strapazen keine gewohnte Erfahrung für sie waren. Sie liefen so lange, bis die Dunkelheit ein Weiterkommen unmöglich machte.

Eine tiefe Dunkelheit war es, die sie umfing. Die Dunkelheit des Waldes, wo zu allen Seiten Mammutbäume und Rieseneiben hunderte Schritte in die Höhe wuchsen, dass man ihre Spitzen nur erahnen konnte, wo der seichte Mondschein durch das dicke, dichte Blätterdach kaum je den Boden erreicht. Auch sein Lied veränderte sich. Die Stimmen anderer Tiere erschallten jetzt zwischen den Bäumen und aus den Tälern, tiefer ihr Klang und unheimlicher. Käuze und Eulen gaben ihre Rufe ab, Wölfe begannen ihr nächtliches Geheule und weit entfernt kreischte schrill ein Waldwurm.

Bortos entzündete ein Feuer. Dicht an einem Mammutbaum hatten sie ihr Lager aufgeschlagen, zwischen zwei Wurzelausläufern, die sie wie zwei kleine Wälle umzäunten.

„Werden das die…" – sie suchte ein passendes Wort – „die Feinde nicht sehen?"

„Die können ebenso nicht weiter. Ist einfach zu dunkel. Das Schiff könnte uns sehen, aber der Baum sollte uns schützen und ohne Feuer ist es hier reichlich gefährlich. Der Wald ist Bestienland, Majestät. Ihr werdet Euch besser auskennen als ich, aber einiges und mehr an Bestien wird's hier schon geben."

„Ja", meinte das Mädchen. „Ich habe *das große Bestiarium Nordicaus* gelesen, von Meister Humbertus." Der Blick von Bortos zeigte ihr offenbar, dass er damit nichts anfangen konnte.

„Es ist eine bebilderte Sammlung aller Bestien Norlands. Hier im Greenwood gibt es Mähnenbären und Schwarzbären, große Waldwürmer und nordische Löwen, Lorgs und Nachtkruchse, Wölfe natürlich und auch einige Greife. Greife aber nur sehr selten. Außerdem gibt es wilde Waldmammuts. Aber Mammuts sind ja keine Bestien."

„Sind sie nicht?", wunderte sich Bortos.

„Bestien sind Tiere, die einen Menschen erjagen können. Mammuts jagen aber nicht. Sie sind Pflanzenfresser", erklärte das Mädchen und Bortos ließ ein langgezogenes „Ah" vernehmen, und sah Aris an, als wolle er sagen; *schau, wie schlau sie ist.*

Aris erwiderte: „Wenn wir einem begegnen und er uns tötet, werde ich überaus froh sein, dass sie keine Bestien sind." Dann legte er sich schlafen.

Aris erwachte müde und früh. Das erste Licht des Tages drang spärlich durch die Bäume, genug, um sich auf den Weg zu machen, war es aber allemal. Er war kaum erhoben, da rührte sich auch das Mädchen. Sie richtete sich auf, sah ihn an, die Haare wirr und verstrubbelt, die Augen dunkel umrandet, das Gesicht schmutzig. Schön war sie immer noch.

„Na, gut geschlafen, Prinzesschen?"

„Nenn mich nicht so", fauchte sie ihn an.

„Also gut, Schlosspüppchen. Wir müssen los." Könnte ihr Blick töten, er wäre in diesem Moment gestorben. Er weckte Bortos, der stets einen guten und tiefen Schlaf hatte, gleich, in welcher Situation sie sich befanden.

Sie wanderten den ganzen Morgen durch, aßen im Gehen, ein Stück Trockenfleisch und Brot, und Aris konnte sich eine spöttische Bemerkung über die Prinzessin nicht verkneifen, als sie den Mund verzog, als sie ins Fleisch biss. Danach bereute er es, denn in Wahrheit schlug die Kleine sich gut, und doch konnte er es nicht lassen, sie zu triezen und zu ärgern, wann immer es ging, ohne den letzten Grund dafür zu verstehen.

Ihre Häscher machten ihre Sache ebenfalls gut. Die Hunde mussten ihre Fährte mittlerweile aufgenommen haben, denn sie folgten präzise ihrer Spur, selbst wenn sie eine andere Richtung einschlugen. Das Schiff dagegen hielt sich stets südlich von ihnen. Sie wussten, dass der Süden für Aris, Bortos und Kathryn die beste Möglichkeit bot, und so drängten sie sie immer tiefer in den Wald hinein. Am Ende werden es wohl doch die Waffen regeln müssen, dachte sich Aris.

„Wir kommen immer tiefer in den Wald", klagte das Mädchen. „Woher weiß ich, dass ihr mich nicht absichtlich in den Wald treibt?"

„Euch tiefer hineintreiben?", wunderte sich Aris. „Auch wir wollen raus aus dem verdammten Wald."

„Ist das so?"

Sie glaubte ihm nicht und er runzelte darüber die Stirn.

„Natürlich!", sagte er ärgerlich. „Was zum Teufel sollten wir hier im Wald wollen? Wir sind erst sicher, wenn wir Euch in Sicherheit gebracht haben."

„Warum solltet ihr dann sicher sein? Ihr seid Mörder und Entführer. Und wenn sie euch schnappen, werden sie euch foltern und hinrichten." Hass schwang in ihrer Stimme mit.

„Nun, mit Euch, Prinzessin, an unserer Seite, was könnte uns da wohl geschehen?", fragte Aris.

„Warum sollte ich für euch sprechen? Ihr seid Mörder…" – sie stockte kurz – „Ihr habt Ann getötet… und George"

„Wen?" Die Antwort fiel Aris ein, kaum dass er die Frage gestellt hatte. „Ach, die von der Kutsche. Nun, streng genommen waren nicht wir es, die sie umgebracht haben."

„Ihr wart dabei! Ihr seid ebenso schuld daran und dafür werden sie euch den Kopf abschlagen.“ Langsam hatte Aris genug.

„An deiner Stelle, Schlosspüppchen, würde ich mir darüber Gedanken machen, ob es deiner Sicherheit dienlich ist, die einzigen, die für dich kämpfen, weiterhin mit einem üblen Tod zu bedrohen. Du verstehst, dass es unserer Motivation, dein Leben zu retten, nicht gerade förderlich ist“, sagte Aris.

„Versteht doch, Mylady, wir wussten von nichts. Wir sind Söldner. Wir tun, was man uns sagt. Schimpft nicht dem Schwert, Mylady. Schimpft dem, der's führt“, sagte Bortos.

„Hör auf meinen Bruder. Beizeiten kommt echte Weisheit aus seinem Mund. Selten leider, aber doch hin und wieder.“

Die Prinzessin schwieg.

~

Dem, der's führt… Ihre Gedanken waren zuletzt verworren gewesen, waren von den Gefahren des Momentanen überschattet. Wut und Zorn und Angst hatten sie beherrscht, hatten alles andere überlagert, dass sie keine Zeit gehabt hatte, sie zu sammeln und die Teile zusammenzufügen. Jetzt aber prasselten sie auf Kathryn ein. *Dem, der's führt…*

Wer führte das Schwert? Wer war es, der ihr nach dem Leben trachtete? Sie kannte die Antwort, sie hatte sie immer gekannt. Nun endlich hatte er also zugeschlagen. Der Schmerz und die Trauer der Erkenntnis drohten sie zu überwältigen. Sie dachte an ihre Begegnung im Thronsaal. Waren sie sich nicht nähergekommen? Hatte er sie nicht seine Nichte genannt vor Branaged? War da nicht etwas zwischen ihnen gewesen, hatte sich entwickelt?

Sie hatte es doch immer gewusst, schimpfte sie sich selbst, weshalb nur traf es sie jetzt derart, dass ihr Herz in der Brust zu zerspringen drohte? Auch diese Antwort kannte sie, tief in sich drin. Er bedeutete ihr etwas. Er, der sie mit seiner Ignoranz gefoltert hatte, der ein stetes Schwert über ihren Nacken gehalten hatte, war zu etwas wie einer Vaterfigur geworden, einfach deshalb, weil kein anderer da gewesen war, jenen Platz einzunehmen. Sie hatte sich nach seiner Zuneigung gesehnt, nach seiner Anerkennung gesehnt, und kaum, dass sie ein wenig davon erfahren hatte, hatte er das Schwert geschwungen. Hatte alles zwischen ihnen gekappt. Nun blieb ihr niemand mehr auf der Welt, nicht einmal ihre treue Ann.

Und plötzlich konnte sie nicht mehr an sich halten, ging in die Knie und weinte, weinte hemmungslos. Sie barg ihr Gesicht, denn sie wollte nicht, dass ihre Begleiter sie so sahen, doch die Tränen konnte sie einfach nicht aufhalten, und sie flossen in Strömen aus ihren Augen und mit ihnen der ganze Zorn und die Trauer, die sie nicht länger in sich zu halten vermochte. Als es in ihrem Inneren wieder erträglich wurde, versiegten auch die Tränen. Lange musste sie geweint haben, zumindest kam es ihr so vor, und jetzt schämte sie sich ihres Benehmens wegen vor den beiden fremden Männern.

Sie hatten sie in Ruhe ausweinen lassen und als sie aufsah, war Narbe dabei, auf einen steilen Felsen zu klettern, um nach ihren Verfolgern Ausschau zu halten, während der Große ihr einen Schlauch mit Wein hinhielt, und fragte; ob es ihr wieder besser gehe.

„Nehmt einen Schluck Wein. Er ist gut, ist süß." Sie fand keine Kraft, ihm zu sagen, dass sie nicht gerne Wein trank, nahm daher den Schlauch und trank einen kleinen Schluck des Weins, der ihr nicht schmeckte.

„Danke", sagte sie.

„Soll ich Euch eine Weile tragen?", fragte der Große. „Ich schaffe das." Doch noch weiter wollte sie sich nicht erniedrigen.

„Nein, es geht schon! Ich kann schon wieder. Er war nur… Ich … es ist wieder gut."

Kein Wort verlor der Große mehr darüber und auch Narbe enthielt sich jeden Kommentars, als er wieder herabgeklettert war, was sie überraschte, denn sonst ließ er keine Gelegenheit aus, über sie zu spotten.

Sie marschierten weiter und Kathryns Gedanken wurden immer klarer, als habe ihr Anfall herausgespült, was zuvor noch ihr Denken verstopft hatte. Der Duke steckte hinter allem, da war sie sich sicher. Doch warum jetzt? Ihr Vater war zwar tot, ihr Bruder aber lebte noch. In ihren Gedanken war er ihr Schild gewesen, und natürlich waren nach Vaters Tod die alten Sorgen wieder aufgekommen, aber sie hatte geglaubt, ehe ihr Bruder nicht ebenfalls tot war, sei sie in Sicherheit. Ein Fehler.

Vielleicht hatte der Duke befürchtet, wenn sie erst einmal am Hof wäre, wäre sie aus seiner Reichweite heraus. Allein deshalb zu solchen Mitteln zu greifen, schien aber selbst für ihn übertrieben. Nein, er musste mit einer reellen Aussicht auf den Thron gehandelt haben, was nur einen Schluss zuließ. Ihr Bruder würde nicht mehr lange am Leben bleiben.

Sie richtete ihr Augenmerk auf die eigene Situation. *Denke logisch,* sprach sie sich gedanklich zu. Das Leben ist ein Königsspiel, hatte Brooks einst zu ihr gesagt, kenne deinen Gegner, kenne deine Möglichkeiten, und dann finde die richtigen Züge, deine Ziele zu erreichen. Ihr Gegner war klar; der Duke. Er hatte sie kalt erwischt und sie arg ins Hintertreffen gebracht, nicht dass ihre Position je gut gewesen wäre. Er hatte die stärkeren Figuren und besseren Möglichkeiten, und jeder Fehler wäre ihr Ende. Ein kaltes Lächeln unterstrich den Gedanken, der sich ihr erschloss. Aber auch der Duke konnte verlieren! Er spielte gefährlich, spielte auf Sieg oder Niederlage, und nichts dazwischen. Nichts weniger als Verrat an der Krone war es, den er betrieb, und würde es ihm nachgewiesen werden, wäre auch für ihn der Weg auf das Schafott bestimmt. Freilich, sein Spielraum für Fehler war größer, doch unbegrenzt war er nicht. Und der erste Fehler war ihm bereits passiert. Sie lebte! Mehr noch – ihr Blick glitt zu ihren Begleitern – sie hatte ihre ersten Figuren.

Aris und Bortos hatten ein Feuer geschürt, derweil Kathryn abtreten war. Zu den schlimmsten Widrigkeiten der Flucht gehörte es. Stets fürchtete sie, dass die Männer ihr nachgehen würden, sie beobachteten, und es war ihr unangenehm und peinlich und so verhielt sie es sich, bis sie kaum mehr konnte. In der Dunkelheit, die sie nun umgab, fühlte sie sich wohler, obgleich das tiefe Schwarz um sie herum angsteinflößend war und manche Geräusche des Waldes sie zusammenzucken ließen.

Wieder zurück setzte sie sich ans Feuer, legte ihre Knie an und betrachtete ihre Gefährten. Jetzt ärgerte sie ihre Torheit, die beiden bedroht zu haben. Schicksal oder Glück oder andere Mächte hatten sie ihr zugespielt und unleugbar musste sie sich eingestehen, dass sie bereits tot wäre ohne ihre ungebetene Hilfe. Sie musste das wenige, was ihr zur Verfügung stand, nutzen und nicht verstoßen, mehr noch, wenn es so heikel und gefährlich war wie diese beiden Söldner.

Bortos reichte ihr einen Kanten Brot, dazu eine harte, trockene Wurst und ein Stück Käse.

„Danke", sagte sie, biss in den Käse und fragte: „Werden sie uns einholen?"

„Ja!" Es war Narbe, der antwortete. „Schon morgen, denke ich. Spätestens übermorgen. Wir sind gut vorangekommen." Er zögerte. „Du hast dich gut geschlagen, Schlosspüppchen. Besser, als ich erwartet hatte. Aber sie holen trotzdem auf. Sie sind mehr und haben ihr Schiff und die Hunde."

„Macht Euch keine Sorgen, Majestät" – Bortos sprach sie ständig verschieden an und wusste offenbar nicht, was gepflogen wäre – „Ich sagte es Euch, wir sind gute Kriegsknechte. Kommen sie zu nahe, lassen wir die Waffen sprechen. Sind mehr, aber wir beide waren schon in schärferen Situationen. Stimmt's?" Sein Partner machte eine vage Geste.

„Nenn mich bitte Kathryn, das ist einfacher, jetzt, wo wir eine Rotte sind. Und du bist Bortos? Sage ich es richtig?"

„Ohja, Majestät… ich meine Kathryn." Er freute sich ein wenig zu sehr für Kathryns Geschmack.

„Du trägst einen schönen Hut, Bortos. Ich habe so einen noch nie gesehen."

Bortos antwortete: „Habe ihn von einem Händler aus Haatsborg. Der freien Stadt im Osten des Reiches", fügte er an, als wisse Kathryn es nicht. „Dort tragen viele solche Hüte. Melonen nennen sie sie, weil sie so rund sind wie die Frucht. Kennt Ihr Melonen?", fragte er und aus Höflichkeit schüttelte Kathryn den Kopf. „Sind feine Früchte, groß und rund und herrlich süß. Im Süden, in Sippan, gab's viele davon. Denke oft an sie. Achso, der Hut! Er hat mir auf jeden Fall gleich gut gefallen und der Händler war ein großer Mann, wie ich, und hatte einen großen Kopf, dass ich gleich dachte, der passt mir bestimmt. Hat er dann auch! Weißt noch, Aris?" Er wandte sich an seinen Partner und schlug ihm etwas grob auf die Schulter. „Der Kerl? Hat mir den Hut geboten, wenn wir dafür sein Weib in Ruhe ließen." Er lachte übertrieben.

Kathryn zwang sich zu lautlosem Lachen, fragte dann: „Und dafür habt ihr seine Frau in Ruhe gelassen?"

Bortos Augen suchten wieder Narbe, dieser schaute zu Kathryn und sagte: „Was ich noch fragen wollte: Weißt du eigentlich, wer hinter der Sache steckt? Wer will dich tot sehen?"

Oh Götter…, dachte Kathryn. Dann schnaufte sie einmal durch. Nun würde sie das erste Mal aussprechen, was sie längst wusste, und doch niemals jemandem mitzuteilen sich getraut hatte.

„Ja, ich weiß es. Es ist mein Onkel. Der Duke of Fargold. Er will mich töten, um König zu werden."

Aris stieß einen anerkennenden Pfiff aus. „König werden… das ist wohl manchen Mord wert, schätze ich. Aber du hast doch noch einen Bruder. Ist er nicht König?"

„Ja", sagte sie und ließ ihm Zeit, den Schluss zu ziehen.

„Ah", sagte er. „Dann wird es dein Bruder auch nicht mehr lange machen. Teufel, dein Onkel scheint ein scharfer Hund zu sein. Ist sicher ein guter Kommandant."

„Ein Verräter ist er! Ein Mörder!" Der ganze alte Frust und Hass sprachen aus ihr, brachen sich Bahn.

Der Duke war es, der George auf dem Gewissen hatte, die Wachen, ihre treue Ann. Er war es, der sie töten wollte, der ihren Bruder töten wollte. Er war ihr Feind und von nun an würde sie alles daran setzen, ihn zur Strecke zu bringen. „Ich muss ihn aufhalten. Ihn töten, ihn und alle, die daran beteiligt waren. Sie alle gehören aufs Schafott." Ihre Augen blitzten vor Entschlossenheit.

„Puh, da ist dein schönes Leben ja ganz schön durcheinander geraten", meinte Aris, und endlich reichte es Kathryn und wütend zischte sie ihn an: „Du weißt gar nichts über mich. Nichts über mich und nichts über mein Leben!"

„Na, eines weiß ich schon, Schlosspüppchen", erwiderte Narbe. „Es war sicher besser als meines."

„Schlosspüppchen… was soll das überhaupt heißen?", fragte sie.

„Na, ein Schlosspüppchen, wie du. Das in einem schönen Schloss aufgewachsen ist, mit so schöner glatter Haut und so schönen weißen Zähnen, mit teurem Stoff am Körper, und langem, schönen Haar, das gut riecht." Aus seinem Mund klang das alles wie eine Beleidigung.

„Als ich sechs war, haben sie meine Mutter umgebracht. Mein eigener Vater hat sie köpfen lassen und ich musste vor dem grölenden Pöbel dabei zusehen. Sie haben mich verstoßen und als Hexentochter beschimpft, haben mich verspottet und mich ausgelacht. Sie haben mich meiner Stellung beraubt und meines Erbes, um mich dann meinem kaltherzigen Onkel zu überlassen und seiner kaltherzigen Frau. Seit ich acht Jahre alt bin, weiß ich, dass mein Onkel mich töten lassen will. Weiß ich, dass jederzeit das Henkersbeil auf mich warten kann. Und dass niemand mich davor bewahren wird. In einem Schoss bin ich aufgewachsen, ja, aber es war gar kein Schloss für mich. Es war ein Gefängnis. Ein Gefängnis, in dem mich niemand mochte und niemand haben wollte, in dem mein Onkel der Gefängniswärter war und mein Tod sein Wunsch. Nichts weiter als eine Gefangene war ich, die niemals ihre eigenen Entscheidungen treffen durfte, die niemals frei war, und jeden Tag wartete ich darauf, dass die Büttel kommen würden und der Henker mir den Kopf abschlägt. Das ist mein ach so schönes Leben, wie du es nennst." In Rage hatte sie sich geredet und die Worte waren nur so aus ihr herausgesprudelt, als hätten sie schon lange brodelnd in ihrem Inneren gelegen und nur darauf gewartet, sich endlich befreien zu können. Immer noch war sie wütend, aber irgendwie auch erleichtert, es ausgesprochen zu haben.

Narbe nickte langsam, scheinbar beeindruckt, doch Kathryn sah in seinen Augen, dass es ihm nicht ernst war, und als er es kommentierte, hörte sie es seiner Stimme an.

„Sehr schlimm klingt das alles, wirklich sehr schlimm. Doch eine Frage habe ich; in diesem – wie sagtest du noch gleich – *Gefängnis*, wie hast du dort geschlafen? Auf dem Boden, auf Stein oder im Schlamm, oder vielleicht doch in einem großen, weichen Bett, mit seidenen Tüchern und Kissen und dicken Decken, die mit feinen Daunen gestopft sind? Und in diesem Gefängnis mag es nicht vielleicht auch ein oder zwei Diener gegeben haben, die einem feines Essen bringen, aus der eigenen Küche, wo sie für einen kochen, was immer man haben will, wo es Fleisch gibt jeden Tag und Wein, so viel man will? Und gibt es vielleicht auch noch Links, die einem beim Anziehen helfen, die sauber machen und Dinge bringen und einen kämmen und schrubben und massieren und die einem den verdammten Arsch abwischen, wenn man es ihnen sagt? Sieht so vielleicht Euer Durchlauchtigkeits schreckliches Gefängnis aus? Denn wenn es so ist, habe ich eine ganz andere Vorstellung von dem, was ein Gefängnis ist."

Sie sah ihn kalt an, er aber lächelte nur.

„Und dein Leben ist natürlich so viel schlimmer", zischte sie.

Nun lächelte er nicht mehr.

„Du hättest nicht einmal eine Vorstellung davon, Schlosspüppchen, und das ist auch besser so. Und jetzt gehe ich pissen." Er erhob sich und verschwand im Dunkel.

Sie war ihm mit den Augen gefolgt, dann sah sie zu Bortos, ein Blick, der eine Antwort erforderte.

„Also ich mochte Eure Geschichte, Mylady. Und wie Ihr sie erzählt habt… mit so schönen Worten." Gesagtes ließ Kathryn sich noch schlechter fühlen.

„War euer Leben wirklich so schlimm, wie er tut?", fragte sie den Hünen.

„Oh, Mylady", – es fiel ihm schwer, die Anrede wegzulassen – "über meine Kindheit will ich mich nicht beschweren. Leicht war es zwar nicht, aber wie sagt man; besser als viele, schlechter als manche hatte ich es. Aris dagegen…, auf dem Gebiet schlägt ihn keiner, wenn man so will."

„Ihr seid doch Brüder?", wunderte sich Kathryn.

„Wir sind Brüder! Aber nicht solche Brüder, Mylady. Nicht vom Blute her. Aris war eine Trossratte und Mama nahm ihn bei uns auf. Sie sagte: Der ist jetzt dein Bruder! Und wie Brüder sollt ihr zueinander stehen. Haben uns dran gehalten, alle beide."

„Was ist eine Trossratte?", fragte Kathryn.

„Oh, das sind die Kinder toter Huren und Soldatenweiber, die keinen mehr haben und die keiner will. Die streifen durch den Tross und klauen und fressen, was sie in die Finger bekommen. Mama hatte immer mal wieder ein Herz für 'ne Trossratte, wenn sie ihr gefiel. Mädchen meistens, damit sie später bei ihr arbeiten konnten. Aber bei Aris hat sie 'ne Ausnahme gemacht. Ist ein hartes Leben, die machen viel mit, die Trossratten, und die meisten sterben früh. Aris redet nicht viel drüber und ich will's auch nicht für ihn machen. Vielleicht erzählt er's ja noch. Ich denke, er kann Euch gut leiden, er zeigt's nur auf seine Weise."

Wenn das stimmte, dann wollte Kathryn lieber nicht wissen, wie er zu jemandem war, den er nicht leiden konnte.

~ 15. Kapitel ~

Duke

Die eine Hand hatte er hinter dem Rücken verschränkt, mit der anderen hielt er seine Pfeife. Er sah aus einem Turmfenster hinaus. Im runden Saal befand er sich, einem kreisrunden Raum ganz oben im höchsten Turm von Steffordsgrave, dessen große Fenster in alle vier Himmelsrichtungen zeigten. Einst war es der Bergfried von Steffordsgrave gewesen, vor Hunderten und mehr Jahren, als das Schloss noch eine Festung und die Norlande unvereint und wild gewesen waren. Er mochte den Raum, stellte sich vor, wie die alten Könige hier gestanden hatten, Aetherwood und Edward, Bathelstoon oder Stefford, und über ihr Land nachgedacht hatten, über Marceland und über Nornien, wie diese Lande einst hießen, so wie er über sein Land nachdachte, über Norland, das er liebte und das ihn brauchte. Er saugte an seiner Pfeife, blies langsam und gleichmäßig aus. Es musste schon geschehen sein. Kurz bevor er mit der Atraxis angekommen war, sei sie abgefahren. Seine Augen suchten zwischen der sanften, welligen Landschaft die Stelle, wo es in etwa geschehen sein sollte, auch wenn die schärfsten Augen nichts hätten erkennen können. Er schmeckte das Rauchkraut im Mund. Bitterer als sonst kam es ihm heute vor.

Es klopfte. Er bat einzutreten, ohne sich umzudrehen. Es war Johnson.

„Mylord, der Druide ist eingetroffen." Der Duke drehte sich um, nickte, klopfte seine Pfeife aus und folgte dem Diener die Treppen hinab.

Drei Personen erwarteten den Duke im vorderen Salon, die enorme Gestalt des Druiden und zwei junge Damen, die offensichtlich seine Gehilfinnen waren. Gwydion sah so urig und wild aus, wie Breadhead ihn beschrieben hatte, und die beiden, in knappes Leinen gekleideten Druidinnen, empfand der Duke als anstößig freizügig. Zumindest hatte Gwydion darauf verzichtet, irgendwelche Vögel mitzubringen.

„Meister Gwydion, ich danke Euch, dass Ihr Zeit gefunden habt, uns zu besuchen. Ich hoffe, der Weg war nicht allzu beschwerlich."

„Wege sind nicht beschwerlich, sie sind nur mehr oder weniger weit." Die faltigen Augen, die unter dichtem Haar und buschigen Augenbrauen lagen, schauten streng und missmutig, als sei ihm alles leid. „Man nennt Euch Duke, hörte ich. So werde ich Euch denn auch heißen." Sein Nordisch war kehlig und rau. „Weder Höflichkeit noch Überfluss an Zeit treiben mich her, Duke. Ihr habt ein krankes Weib hier." Er war bis an die Impertinenz unhöflich und der Duke verkniff sich eine Zurechtweisung. Nichts hasste der Duke mehr, als nicht respektiert zu werden, und hier spürte er; dieser Mensch hatte keinen Respekt vor ihm. Er zwang sich zu einem Lächeln.

„Die Duchess liegt oben. Ich werde Euch geleiten."

„Eines noch", sagte der Druide. „Ihr habt einen sehr seltenen Vogel hier."

„Einen seltenen Vogel?", wunderte sich der Duke, die Stirn in Falten gelegt. Er hatte mit vielem gerechnet, einer solchen Frage aber nicht.

„Allerdings. Habt Ihr ihn etwa nicht bemerkt?" So abfällig im Klang war die Frage, dass der Duke einigermaßen barsch erwiderte: „Ich habe Wichtigeres zu tun, als mir irgendwelche Vögel anzusehen."

„Dann wird es Euch ja nicht stören, wenn ich ihn mit mir nehme", meinte der Druide und das Thema schien für ihn damit erledigt.

Der Duke aber fasste nach.

„Um was für einen Vogel handelt es sich denn?"

„Ein Milan", antwortete Gwydion. „Ein vierflügeliger."

„Ein Göttervogel", stellte der Duke fest. In diesem Moment hätte er dem eitlen Druiden die Mitnahme am liebsten untersagt. Doch vor der Behandlung wollte er keinen Missmut erzeugen.

„Kinder Gayas heißen wir sie", sagte der Druide, dann auf die Tür deutend. „Ich folge Euch."

Der Duke betrat das Zimmer zuerst. Augenblicklich stieg ihm der beißend süßliche Geruch in die Nase, der seine Beth seit einigen Monaten so hartnäckig umgab. Es war ein scheußlicher Geruch. Ein Geruch nach Tod.

Beth lag im Bett, schlafend scheinbar, gegenüber der Tür saß die Weiße Schwester.

Sie erhob sich und neigte den Kopf zum Gruß, als sie den Raum betraten. Das halb bedeckte Gesicht machte es schwer, das Gemüt zu deuten, der freie Mund jedenfalls war ohne erkennbare Regung. Gwydion ging sogleich zu ihr.

„Tochter des Lichts!“, grüßte er sie mit einer Freundlichkeit in der Stimme, die nach dem wenigen, was der Duke von ihm erlebt hatte, verblüffte. „Seid gegrüßt.“

Er griff nach ihren Händen und hielt sie sanft in den seinen. Die vertrauliche Geste mutete dem Duke seltsam an, denn nach seinem Empfinden waren Heilende Schwestern Wesen, die sich jenseits des Menschlichen bewegten, die Weißen insbesondere. Man grüßte sie und hörte auf sie, doch niemals sprach man vertraulich oder persönlich miteinander.

„Wie darf ich Euch nennen?“, fragte der Druide.

„Schwester Laetizia ist der Name, als den mein Herr und Gott mich kennt und auch für Euch soll er recht sein, Schüler Gayas.“ Sie lächelte. Der Duke hatte sie noch nie lächeln sehen.

„Schwester Laetitza, ich bin Gwydion. Es freut mich, Euch kennenzulernen.“

Lange hatten sich die Diener beider Götter erbittert bekämpft, ehe die Trinistische Kirche die drei guten Götter unter sich vereint hatte, und war es auch Jahrhunderte her, dem Duke kam es seltsam vor, sie hier so einhellig zu sehen.

„Was könnt Ihr mir über den Zustand der Patientin sagen?“, fragte eben Gwydion.

„Gut ist er nicht“, sagte die Schwester gerade heraus. „Mein Sang vermag ihre Schmerzen zu stillen und ihre Kräfte zu verstärken, und vielleicht auch, die Ausbreitung des Übels zu verlangsamen. Aber heilen kann ich sie nicht.“

„Habt Ihr es mit anderen Mitteln versucht?“, fragte der Druide.

„Ich habe verschiedene Salben benutzt und ihr einige Tinkturen verabreicht, die mein Orden verwendet. Aber nichts half. Es ist eine bösartige Geschwulst. Ich habe so etwas schon gesehen und fürchte, meine Stimme ist unvermögend, um sie zu heilen. Die Geschwulst ist bereits sehr groß und weitet sich aus. Ich sagte dem Duke bereits und auch der Duchess, dass meine Künste nicht mehr verrichten können.“

Gwydion nickte ernst.

„Ich danke Euch, liebe Schwester. Euer Gott hat in Euch eine gute Dienerin. Ich werde sie mir nun selbst ansehen.“

Während die Heilende Schwester den Raum verließ, stellte sich Gwydion zur Duchess ans Bett. Mit offenen Augen lag sie inzwischen da.

„Ihr seid der Druide?“ Es war mehr Feststellung als Frage. Ihre Stimme war schwach.

„Der bin ich, Duchess, und Gwydion lautet mein Name. Ich werde Euch nun untersuchen, wenn Ihr einverstanden seid.“

Gwydion wandte sich an den Duke.

„Wenn Ihr es wünscht, könnt Ihr bleiben. Ich werde Eure Frau allerdings entkleiden müssen und ihr Freiländer seid in solchen Dingen oftmals unpässlich prüde.“

„Tut, was immer nötig ist. Ich werde bleiben“, sagte der Duke.

Die beiden Druidinnen begannen, die Duchess zu entkleiden, bis sie von der Hüfte aufwärts nackt im Bett lag. Sie suchte verlegen seinen Blick und er lächelte ihr aufmunternd zu. Die Geschwulst war wieder gewachsen, beulte ihren Bauch aus, als sei sie auf ungesunde Weise schwanger. Des Dukes Augen schweiften über den ausgezehrten Körper, über die hängenden Brüste, den faltigen Hals.

Unwillkürlich dachte er zurück, als er diesen Körper zum ersten Mal frei gesehen hatte. Keine Liebe war es gewesen, die ihn um ihre Hand hatte anhalten lassen. Sie war alles, was er gebraucht hatte, eine Bourgshire, vermögend, reich an Land und Einfluss, und schön genug. Er dagegen war nichts weiter als ein Emporkömmling gewesen, aber einer mit einem mächtigen Namen. Nach allen Regeln hatte er sie umworben, hatte keine Geste der Zuneigung, keine Gelegenheit, sie zu sehen, ausgelassen. Wie andere Männer eine Schlacht planten, hatte er ihre Eroberung geplant, akribisch und kalt, und als sie endlich seinem Werben nachgegeben hatte, war seine Freude die eines Menschen gewesen, der etwas überaus Schwieriges zuwege gebracht hatte.

Die Hochzeit war gekommen, dann die Hochzeitsnacht. Im Kerzenlicht war sie dagestanden, nur noch mit einem Unterkleid. Einen Blick hatte sie ihm zugeworfen, so durchdringend, so schön.

„Jetzt können wir uns ja sehen, wie wir wirklich sind", hatte sie gesagt und das Unterkleid hinabgleiten lassen. Und in diesem Augenblick hätte er vor Lust zergehen können.

Gwydion begann seine Untersuchung mit dem Kopf, betrachtete intensiv Augen und Mund, fühlte hinter die Ohren und entlang des Halses. Sein Hände wanderten über ihren Oberkörper, über Brüste und den Bauch und über die unförmige Geschwulst. Letzterer widmete er sich ausgiebig. Seine Gehilfinnen begannen ihm Blätter und Knollen und Unidentifizierbares zu reichen, das er ihr auflegte, dabei, die Hände darüber haltend, murmelte er vor sich hin. Es ging lange und still vor sich. Zum Schluss bestrich er sie mit einer dicken grünen Paste, die er mit Tuch abdeckte, und seine Gehilfinnen kleideten die Duchess wieder an.

„Sie wird sterben", sagte Gwydion. Draußen vor der Tür standen sie, die beiden Druidinnen hatten sich zurückgezogen. Der Duke und Gwydion waren allein. Die Worte waren weich ausgesprochen, doch endlos hart klangen sie in des Dukes Ohren.

„Irgendwas muss möglich sein. Irgendwas ist immer möglich", sagte der Duke bestimmt.

„Ich kenne solches Leiden. Die Geschwulst durchzieht sie und hat sich längst in allen möglichen Bereichen des Körpers festgesetzt. Es ist sehr weit vorangeschritten und keine Pflanze oder Kunst, die ich beherrsche, vermag es jetzt noch zu stoppen. Es tut mir leid." Der Duke drehte den Kopf weg. Schwäche war etwas, das man niemandem offen zeigte.

„Gebt mir etwas, irgendetwas!", sagte er.

„Nur vergebliche Hoffnung könnte ich Euch geben. Es ist zu spät", sagte Gwydion.

„Sagt es! Sagt es, ich bitte Euch." Der Druide seufzte.

„Es gibt eine Druidin in Süden. Mutter Misone wird sie genannt. Ihre Heilkunst soll tiefer gedrungen sein, als die jedes anderen Druiden. Aber sie lebt tief in den Wäldern von Alfalach. Wochen würde es dauern, sie ausfindig zu machen und Wochen, sie hierher zu schaffen. Eurer Frau bleiben aber keine Wochen. Nur Tage, fürchte ich." Der Druide ließ ihm Zeit, die Worte zu begreifen. Der Duke schaute schweigend auf die Tür, hinter der seine sterbende Frau lag.

„Ich kann hier nichts mehr tun. Die Schwester wird ihre Leiden lindern und ihr den Übergang leichter machen. Lebt wohl, Duke."

Bis der Duke von seiner Apathie erwacht war, war der Druide verschwunden. Er überlegte, ihm hinterher zu gehen und ihm zu verbieten, den verdammten Vogel mitzunehmen, aber im Augenblick fehlte ihm schlicht die Kraft. Außerdem musste er hinein, er musste zu seiner Frau.

„Ist alles gut?", fragte Beth, als er durch die Tür war. Sie klopfte auf den Platz neben ihrem Bett, als Zeichen, dass er sich zu ihr setze.

„Ja, alles gut", antwortete er und ging zu ihr. Sie lächelte milde.

„Lügner." Als er bei ihr saß, streichelte sie sein Gesicht.

„Ich werde sterben." Er konnte nicht widersprechen, spürte seine Augen feucht werden. Sie war der einzige Mensch, der ihn je weinen sehen durfte.

„Ich kann nichts tun. Ich kann einfach nichts tun", sagte er, und sie: „Das weiß ich doch."

Eine Weile saßen sie still, berührten sich, waren sich nah.

„Es gibt etwas, das ich dir sagen will", sagte Beth. Er sah, dass es sie Überwindung kostete. „Ich will es dir schon lange sagen. Es geht um das Mädchen." Er hatte es befürchtet. Hatte bemerkt, wie Beth vermehrt von Kathryn gesprochen hatte, öfter mit ihr geredet und Zeit verbracht hatte. Sie dürfe sie nicht zu nahe an sich herankommen lassen, hatte er sie von Anfang an gewarnt. Doch er wollte ihr keine Vorwürfe machen, nicht jetzt.

„Es…“, zögerte sie und hatte Mühe, das Folgende über die Lippen zu bringen. „Es ist falsch. Sie ist ein gutes Kind. Und bei den Göttern, wir waren nicht gut zu ihr. Du hast es selbst gesagt; sie hat etwas Einnehmendes, hast du gesagt. Tu es nicht, Francis, ich bitte dich.“

Für einen Augenblick überlegte er zu lügen, doch er brachte es einfach nicht über sich.

„Es ist zu spät“, sagte er. „Beths Gesicht verzog sich, wandelte sich in das Gesicht eines weinenden Mädchens.

„Wir waren uns doch einig. War es nicht unser Traum, unser gemeinsamer Plan?“

Aus Berechnung hatte er geheiratet und niemals kalkuliert, dass ihm die Ehe mehr als das Erwartete bringen könne und mit Erstaunen begann er damals zu merken, dass Beth ihm an Ambition und Ehrgeiz in nichts nachstand. Dann redeten sie darüber, wie er weiter aufsteigen könne, sponnen alle möglichen Pläne, es zu erreichen und es dauerte nicht lange, da weihte er sie in sein heimliches Ziel ein. Von da an war es ihr gemeinsames Ziel und wenn sie nachts beisammen lagen und sich liebten, sprachen sie davon, dass ihre Kinder Könige und Königinnen sein würden.

„Es ist nicht mehr mein Traum. Ich habe darin nichts verloren. Ich werde es nicht mehr erleben und meine Kinder werden niemals Kronen tragen.“ Sie schluchzte.

Er suchte nach einem Trost, aber es wollte ihm keiner einfallen.

„Hör zu, Francis.“ Sie sah ihn eindringlich an. „Dann muss es das aber auch wert gewesen sein. Hörst du. Es darf nicht umsonst gewesen sein. Dann musst du alles werden, was du versprochen hast. Hörst du. Alles!“

Den Kopf auf seine Hand gestützt, saß er da. Er ging das Gehörte noch einmal durch. Er musste klar bleiben, durfte nicht seiner Wut nachgeben. Und er war sehr wütend.

„Entkommen?“ Grimmton wand sich unter dem Blick, mit dem der Duke ihn bedachte.

„Ja, Mylord. Aber sie kann uns nicht entwischen. Meine Männer werden sie bald eingeholt haben. Wahrscheinlich haben sie sie bereits.“ Die leise, nasale Stimme ließ den Hauptmann überheblich und affektiert wirken und der Duke fragte sich, ob er diesen Mann womöglich überschätzt hatte.

„Ihr wisst, was für ein Spiel wir spielen? Ihr wisst, was ein Verlieren bedeutet?“ Grimmton nickte.

„Und dennoch steht Ihr da und erzählt mir, dass Ihr es nicht geschafft habt, ein wehrloses Mädchen…“ – er zögerte bei der Wortwahl – „festzusetzen?“

„Sie hatte Hilfe, wie gesagt. Die zwei Söldner.“

„Zwei Söldner und ein Mädchen, gegen eure Männer und noch einen Schwertsänger, und Ihr lasst sie entkommen?“ Seine Stimme hatte sich erhoben.

„Sie sind sicher bereits tot. Wir hatten Hunde dabei, auf meinen Befehl, nur für den Fall. Sie werden sie aufgespürt haben. Ich wollte Euch nur informieren und wir mussten auch den Schwertsänger versorgen. Er ist schwer verletzt. Das Schiff ist schon wieder zurück und hilft bei der Suche.“ Aus dem Mund des Schwachkopfs klang es, als habe er beste Arbeit geleistet.

„Die Atraxis wird auch Euch wieder zurückbringen, damit Ihr Eure verdammte Aufgabe zu Ende bringt. So wie es sich anhört, könnten Eure Männer mitbekommen haben, worum es bei der Sache wirklich ging, und ohne den Schwertsänger wird das Beseitigen der Zeugen nicht leicht werden. Lasst Euch etwas einfallen. Keiner, der etwas weiß, darf zurückkehren, ist das klar.“ Hätte er Grimmton nicht völlig in der Hand, würde er ihn ebenfalls beseitigen lassen. Er spielte jetzt aufs Ganze.

„Jawohl, Mylord“, sagte Grimmton, laut für seine Verhältnisse. Dann verließ er den Raum.

Der Duke rieb sich die Schläfen. Der erste Schritt und schon gab es Schwierigkeiten. Kurz dachte er an das Mädchen und an Beths Bitte, überlegte, ob die Sache noch abzublasen war. Doch der

Überfall war geschehen, ein Rückzieher jetzt konnte ihn ebenso den Kopf kosten. Und zu lange hatte er darauf hingearbeitet. Sein Wille schob die Zweifel beiseite. Er durfte nicht weich werden, sagte er sich, die Angelegenheit war zu wichtig.

Er dachte nach. Die nächsten Schritte wollten gut überlegt sein. Es konnte nicht mehr lange gehen, bis die Nachricht des Überfalls den Hof erreichte. Dann würden die Kommissare und die Garde hergeschickt, um sich der Sache anzunehmen. War das Mädchen bis dahin nicht gefunden…

„Frederick!" Sein Diener stand versetzt hinter ihm am Fenster. „Wenn die Atraxis wieder zurück ist, flieg nach Lidium."

„Sehr wohl, Mylord. Was ist meine Aufgabe?"

„Ich schreibe dir eine Adresse auf. Geh dorthin und besorge etwas. Lass keine Fragen zu und keiner der Mannschaft darf davon wissen. Ich gebe dir genug Geld mit."

„Und was soll ich besorgen?", fragte sein Leibdiener.

„Eine Leiche!"

~ 16. Kapitel ~

Kathryn und Aris

Sie waren weg. Aris spähte von einem Baum aus in die Ferne und sah nichts als endlosen Wald. Kein Schiff war zu sehen, keine Hunde zu hören. Er hatte ihre kleine Rotte einen kleinen Bach stromaufwärts waten lassen, gut zwei Meilen lang, hätte aber nie gedacht, dass sie sie so einfach abhängen könnten. Er stieg wieder hinab.

„Nichts zu sehen!"

„Haben wir sie abgehängt?", fragte Bortos mit hörbarem Zweifel.

„Ich kann's mir nicht vorstellen. Und aufgegeben haben die sicher nicht. Die werden unser Prinzesschen bis ans Ende der Welt verfolgen, wenn es sein muss. Ich sage; wir ziehen noch einige Meilen nach Osten und dann sehen wir, dass wir einen Weg aus dem verdammten Wald herausfinden."

Sie setzten ihren Weg fort, in gemächlicherem Tempo allerdings, denn sie waren alle erschöpft und der ruhige Gang tat ihnen gut. Das Mädchen hielt sich weiter wacker, hielt jede Gangart mit und klagte nie, dabei war sich Aris sicher, sie musste beinahe am Ende ihrer Kräfte sein.

„Was ist eigentlich unser Plan, Mylady? Wie bekommen wir dich raus aus dieser Scheiße?"

„Ich muss nach Lidium", antwortete sie schnell. Sie musste sich ihre Pläne zurechtgelegt haben. „Ich muss zu meinem Bruder. Nur dort werde ich sicher sein."

„Lidium… weiß dein Onkel, wo du hingehen wirst?", fragte Aris. Sie dachte nach.

„Ja. Vielleicht glaubt er, ich würde zurück nach Steffordsgrave. Er weiß nicht, dass ich weiß, dass es alles sein Machwerk ist. Zumindest wird er sich nicht sicher sein. Aber er weiß genau, dass ihm die größte Gefahr droht, sollte ich an den Hof gelangen."

„Dann wird er die Straßen und Wege überwachen lassen. Hat er viele Männer?", fragte Aris.

Sie zuckte mit den Schultern. „Ich denke schon."

„Was ist die nächste größere Stadt von hier aus?", fragte Aris.

„Wisst ihr es denn nicht?", wunderte sich das Mädchen.

„Nein. Wir wüssten nicht einmal, dass wir uns in Norland befinden. Sie haben uns über Nacht hergeflogen und wir dachten, wir würden bei den Barben oder im Süden von Balrust abgesetzt. Wer glaubt schon, dass es gegen das Land geht, dem man dient?"

„Hätten es sonst nie gemacht. Wir dienen gerne Norland!", fügte Bortos an. Gesagtes war nichts, was Aris behauptet hätte.

„Wir kennen uns hier jedenfalls nicht sonderlich gut aus", meinte er.

„Starksend ist die nächste große Stadt. Sie liegt noch weiter östlich. Lidium liegt allerdings in entgegengesetzter Richtung."

„Der Feind ist westwärts, da können wir nicht hin. Starksend? Das liegt an der Tumber, richtig?" Das Mädchen nickte.

„Dort gibt es sicher Schiffe, die die Tumber runter nach Lidium fahren. Eine Fährstation hat's bestimmt auch. Das klingt doch nach was, das ist ein Plan", sagte Aris und versuchte, optimistisch zu klingen. Das Mädchen nickte nur.

Der Mittag ging vorüber und immer noch war von ihrem Feind keine Spur. Vor ihnen erwuchs ein Felsmassiv dem Wald, gleich dem Kamm eines Hahnes, und sie mussten sich entscheiden, welche Richtung sie nahmen. Linksseits ging es tiefer hinab, in dicht bewaldetes Gebiet, und dunkle Äste und Bäume rankten sich unheimlich aus moosigem Grund empor. Aris schauderte der Anblick, ohne sagen zu können, weshalb, und so entschied er, in die andere Richtung zu gehen. Nur wenige Schritte waren sie entlang der Felswand vorangekommen, da hörten sie ein Fauchen. Aus gelben, schlitzigen Augen starrte sie ein ausgewachsener Nachtschreiter an, die Zähne gebleckt, die Haltung zum Angriff bereit. Die Katze war länger, als Aris groß war, und ein unbewaffneter Mann dürfte leichte Beute für sie sein. Bortos hob seinen Katzenkopf und zielte, aber Aris machte eine Geste, um ihn aufzuhalten.

„Tu's nicht!", sagte er. Die Raubkatze fauchte, machte aber keine Anstalten, sie anzugreifen. Auch Aris hatte Degen und Pistole gezogen. Nun hob er den Degen seitlich, um nicht zu provozieren.

„Wir gehen jetzt langsam zurück. Ganz langsam." Schritt für Schritt zogen sie sich zurück, das Mädchen als erste, Aris und Bortos dicht dahinter. Die Katze rührte sich nicht, verfolgte sie nur aus ihren gelben Katzenaugen.

„Wir gehen anders herum", meinte Aris, als sie sich außer Gefahr glaubten.

„Warum habt ihr sie nicht erschossen?", fragte die Prinzessin.

„Einen Schuss hört man weit", antwortete Aris. „Außerdem erschießt man kein Tier der Götter."

„Ein Tier der Götter?", das Mädchen musterte ihn durchdringend. „Eine schwarze Katze? Nur einem Gott würde so ein Tier zugeschrieben werden."

„Auch mit dem Teufel sollte man es sich nicht verscherzen. Vielleicht gerade mit ihm nicht."

Bortos bedachte ihn mit seinem eindringlichen Blick, aber Aris ging nicht weiter darauf ein.

„Wir gehen hier lang", bestimmte er und lief den anderen Weg voraus.

Die Dämmerung senkte sich über das Dicht des Waldes, und zu den Lauten verschiedenster Vögel und anderem Getier gesellte sich das Knurren ihrer Bäuche. Es war Zeit für eine Rast. Sie suchten eine passende Stelle, was sich nicht leicht gestaltete, denn der Wald war dicht bewachsen und keine Lichtung in Sicht. Endlich erreichten sie eine Anhöhe, die vielversprechend aussah, auf der die dicht gewachsenen Nadelbäume buschigen Laubbäumen wichen. Das Laufen wurde leichter und ein Belag alten Laubes ließ ihren Gang sanft federn. Dann sahen sie die Hütte.

Mittig auf der Anhöhe stand sie, aus altem, verwittertem Holz gebaut, mit einem Dach aus Reisig und einem steinernen Kamin, dem einladend weißer Rauch entstieg. So unwirtlich und unwegsam war alles Gelände drum herum, dass man mit vielem, aber keinem Häuslein gerechnet hätte, und ihre Drei-Personen-Rotte blieb staunend nebeneinander stehen.

„Da steht eine Hütte", sprach Bortos das Offensichtliche aus.

„Und sie soll auch noch weiter stehen!", sagte eine krächzende Stimme hinter ihnen. Sie fuhren herum und zogen ihre Waffen. Eine gebückte Gestalt hob die Hände in die Höhe und zog den Kopf zwischen die Schulter. Aus dem Augenwinkel nahm Aris wahr, dass etwas Gefiedertes davongeflogen war.

„Haltet ein! Haltet ein!", krächzte die Stimme. „Wollt doch kein altes Weib verschießen. Will euch nichts Böses. Und ihr mir hoffentlich auch nicht." Es war tatsächlich eine greise Frau. Dunkle Augen sahen furchtsam unter schweren Lidern hervor, faltig war ihr weißes Gesicht, voll tiefer Furchen, die es wie Täler ein Gebirge durchzogen. Die Nase erwuchs ihr groß und spitz, und die großen Ohren und das silbergraue Haar waren nur teils von einem löchrigen Kopftuch bedeckt.

„Ist noch jemand hier?", fragte Aris.

„Aye, nein, junger Herr. Nur die alte Agatha ist hier, nur sie allein", krächzte die Alte. „Sonst niemand nicht. Niemand nicht, mein Wort darauf." Sie wippte unterwürfig mit dem Oberkörper auf und ab.

„Du lebst hier ganz allein?", fragte Aris.

„So ist's. Bin ganz allein, ganz allein. Nur die alte Agatha. Und ihre Vögel noch, aber die zählen nicht, sind ja nur Vögel, nicht wahr, junger Herr." Aris ließ die Waffen sinken und Bortos tat es ihm gleich.

„Ich bin kein Herr", sagte Aris. Er sah sich immer noch misstrauisch um. Die Hütte schien gut gebaut, dazu der gemauerte Kamin. Er hielt es für unwahrscheinlich, dass eine Frau alleine so etwas errichten könne, eine alte noch dazu.

„Aye, und was führt euch junge Menschen hier hinaus zu Agathas Wald und ihrem Heim? Ist kein Ort, der oft Besuch erfährt."

Daran zweifelte Aris nicht.

„Wir haben uns verlaufen", log er und gab sich keine Mühe, weitere Erklärungen zu liefern.

„Aye", sagte die Alte, und ihr Lächeln offenbarte eine Reihe gelber und brauner Zähne. „Verlaufen also. Weit verlaufen dann, will ich meinen, sehr weit." Sie lachte hoch und gackernd. „Hunger werdet ihr haben. Man muss viel essen, ist man jung. Die alte Agatha muss das nicht mehr, aber ihr schon. Habt Glück, habe vorhin Eintopf aufgesetzt. Da schaut, wie's raucht, und riechen tut's auch schon fein. Kommt, kommt, Kinder. Hab nicht viel Besuch hier draußen, hab nur meine Vögel, da freut's mich, habe ich ein wenig Gesellschaft. Kommt!"

Sie lief auf die Hütte zu und winkte dabei mit dem Arm, auf dass man ihr folge, und Aris warf den anderen beiden einen fragenden Blick zu. Wenngleich ihm die Situation auch reichlich seltsam vorkam, so glaubte Aris nicht, dass von der Alten eine Gefahr ausging und der Duft, der von der Hütte herüber wehte, ließ seinen Bauch knurren, dass er endlich die Schultern zuckte und ihr folgte.

Auf dem Dach der Hütte tummelte sich eine kleine Krähenschar, die zu krächzen begann, als die Alte sich näherte, dass es wirkte wie ein Willkommensgruß. An den Giebeln der Hütte hingen sonderbare Figuren, die aus Stöcken und Rinde gefertigt waren, dabei unsymmetrische Formen ergaben, verschobene, schräge Sterne oder Halbmonde oder Zirkel, dazu andere undefinierbare Gebilde. Jetzt sah Aris auch, dass in das Holz der Wände allerhand Runen und Schriftzeichen eingeritzt waren, hunderte, manche groß, andere klein, ohne erkennbare Ordnung, kreuz und quer, vor allem um Fenster und Türrahmen herum. Er hielt inne und betrachtete alles irritiert. Da sagte die Alte zu ihm: „Aye, zum Schutz ist es da. So tief im Wald, da lauert manche Gefahr. Nicht von Tieren ist die Rede, nein, von dunkleren und böseren Dingen. Sind Schutzzauber und Abwehrrunen. Gaya schützt die ihren, aber sie müssen sich auch selber schützen."

„Ihr seid eine Druidin?", stellte Aris fest. Deshalb auch die Vögel, dachte er sich. Die Alte lachte gackernd.

„Was für eine alte Knolle glaubt der junge Mann denn inmitten des Greenwood zu finden? Der Wald ist kein Ort für Freiländer und Unverständige. Mit der alten Agatha ist's aber sicher, ist mein

Wald und mein Grund, auf dem ihr euch befindet. Kommt rein, kommt rein, keine Scheu."

Sie öffnete die Tür, ging vor und nach kurzem Zögern schritt Aris ihr hinterher.

~

Narbe war hineingegangen, doch Kathryn stand noch unentschlossen vor der Hütte. Sie konnte ein wenig Runisch, doch die meisten der Symbole sagten ihr nichts, und zusammen mit den seltsamen Figuren und Verzierungen wirkte die Hütte alles andere als einladend. Die Krähen krächzten und beobachteten sie aus ihren kleinen, schwarzen Augen. Sie dachte an Breadhead, an die Geschichte von dem Druiden und Breadheads Abneigung gegen die Vögel. In diesem Moment konnte sie ihn sehr gut verstehen. Bortos wartete auf sie. Sie sah ihm an, dass auch ihm die Sache seltsam vorkam. Er zog sein großes Schwert von der Schulter, über die er es gemeinhin geschwungen hatte, nahm die Scheide in die Linke und klopfte mit der Rechten darauf. Er nickte Kathryn zu und sie verstand die Geste. Er verschwand ebenfalls ins Innere und Kathryn wollte ihm gerade folgen, da landete auf dem Giebel über ihr ein prächtiger Kauz, gesellte sich zu den Krähen, die ihn krächzend begrüßten wie einen alten Freund. Seine Augen waren groß und rund und in einem rapsgelben Kranz saß schwarz die Iris. Sie sahen sich in die Augen, Kathryn und der Kauz, und Kathryn schauderte es unwillkürlich. Dann betrat sie die Hütte.

Warm war es. Warm und behaglich, und es roch nach Kräutern, Rauch und Essen. Kathryn hatte etwas ganz anderes erwartet. Es war sauber und aufgeräumt, und obgleich überall die wunderlichsten Dinge standen, hatte alles seine Ordnung. Die Wände waren voller Regale, auf denen verschiedenste Kräutergläser, Bündel von Knollen und Wurzeln, Pflanzentöpfe und andere Behältnisse aufgereiht waren. Aufwendige Instrumente hingen an den Wänden, wie sie für die Sterndeutung verwendet wurden, ein Mondkalender aus Holz, bei dem ein verschiebbarer Zeiger den aktuellen Stand anzeigte, dazu alte Sternenkarten und an einer anderen Stelle befand sich ein großes Planetarium aus Messing mit aufwendigen Nummerierungen, das überaus kostbar aussah. Über einem Schreibtisch waren Bücher aufgereiht, alte Bücher mit abgetragenen Ledereinbänden, und darauf lagen Pergamente und Schreibzeug, ein Mörtel und zwei Kerzenlampen. Es sah aus wie in einer Gelehrtenwerkstatt.

„Setzt euch, setzt euch!", sagte die Alte von der Kochstelle her, wo ein großer, schwarzer Topf an Ketten über der Feuerstelle hing, und deutete auf den Tisch in der Mitte des Raums. Die beiden Männer nahmen sich gegenüber Platz und Kathryn setzte sich ans Kopfende, dass die Männer rechts und links zu ihr saßen und sie selbst so weit wie möglich von der Alten entfernt. Ein böses Krächzen erklang von einer Ecke des Raums her, wo Kathryn den größten Raben entdeckte, den sie je gesehen hatte. Riesig und pechschwarz thronte er auf einem Ständer, der sein angestammter Platz zu sein schien.

„Sei still, Theodoros!", schimpfte ihn die Alte. Dann an sie gewandt. „Ist Gäste nicht gewöhnt, der alte Theodoros, verdenkt's ihm bitte nicht."

Sie schöpfte großzügig Eintopf in hölzerne Schalen und setzte sie ihnen vor. Es dampfte und roch köstlich.

„Esst schon, Kinder, esst! Ich hole uns noch Brot und Butter und dazu einen Schluck zu trinken." Womit sie hinter der Kochstelle verschwand. Bortos wagte als Erster zu probieren, nahm einen der Löffel, die die Alte ihnen hingelegt hatte, tauchte ihn in die Schale, roch daran und führte ihn zum Mund. Seine Augen wurden groß.

„Ist gut!", sagte er. Narbe probierte als nächstes, nickte und begann, gierig zu essen. Sie waren halb ausgehungert von ihrem langen Marsch, dass schließlich auch Kathryn sich nicht mehr zurückhalten konnte und zu essen begann. Es war wirklich gut, würzig und reichhaltig, und mit Kräutern verfeinert. Auch sie aß gierig, stopfte sich einen Löffel nach dem anderen in den Mund, ohne jede Manier.

Da hielt Narbe plötzlich inne. Er hielt etwas hoch, was er aus dem Eintopf gefischt hatte, ein kleiner Knochen war es, und Kathryn verstand nicht, weshalb er ihn so erschrocken betrachtete. Er sah zu Bortos, und seine Lippen bildeten ein Wort, das Kathryn nur allzu vertraut war. Sie sah in ihre eigene Schale und endlich verstand sie. Fleisch! *Druiden essen kein Fleisch!* Sie sahen auf, alle drei, da stand die Alte vor dem Tisch und starrte sie aus endlos finsteren Augen an.

Kathryn wollte etwas sagen, wollte sich vom Stuhl erheben, doch ihr Körper gehorchte ihr nicht. Nichts gehorchte ihr mehr, nur die Augen in ihren Höhlen konnte sie bewegen, alles andere war erstarrt und sie sah, dass es ihren Gefährten ebenso erging, denn ihre Augen wanderten eilig umher, ihre Körper aber bewegten sich kein Stück. Die Alte lachte gackernd.

Ihr Kopftuch hatte sie abgenommen und mit ihm schien alle Altersschwäche ebenso verschwunden. Aufrecht und mächtig stand sie da, die silbergrauen Haare lang, den Mund zu einem Lächeln verzogen.

„Das Fleisch, nicht wahr? Das Fleisch hat mich verraten." Sie lachte wieder und setzte sich Kathryn gegenüber. „Was hast du denn da in deiner Hand? Sei brav, hol es hervor und leg es hier auf den Tisch." Zu Narbe hatte sie gesprochen und gehorsam legte dieser seine Pistole und seinen Dolch auf den Tisch. „Und du, mein Großer, was hast du unter dem Tisch versteckt? Hol es hervor, nur keine Scheu." Bortos legte seinen Zweihänder auf den Tisch, den er auf dem Schoss bereitgehalten hatte. Die Alte lachte.

„Krieger seid ihr, will ich meinen, ohja." Sie erhob sich, nahm in Ruhe die Waffen und verstaute sie in einer Ecke. Wieder zurück sagte sie: „Aye, was ist mir da nur schönes ins Netz geflattert?" Sie sah sie der Reihe nach an. „Viel Freude werde ich mit euch haben, ohja." Sie verblieb mit ihrer Aufmerksamkeit bei Bortos. „Ein stattliches Exemplar bist du. So groß und kräftig." Sie befühlte seine Arme. „Ein starker Mann ist immer von Nutzen. Und zäh siehst du auch aus. Du wirst mir lange erhalten bleiben, das seh ich." Sie tätschelte ihm die Wange, woraufhin Bortos plötzlich vornübersackte und ohnmächtig mit dem Oberkörper auf dem Tisch liegen blieb.

„Und nun zu dir, mein Junge. Ein schöner Mann bist du, will ich meinen. Und schöne Augen hast du. Auch für dich werde ich gute Verwendung haben. Was? Was willst du mir zeigen?" Kathryn sah, dass Aris mit seinen Augen wiederholt an sich hinab deutete. „Was ist da?" Die Alte griff ihm in den Ausschnitt seines Hemdes und holte einen kleinen Talisman hervor. Sie lachte hell auf, riss dann mit einem kräftigen Ruck die Kette von Aris Hals.

„Sieh an, sieh an. Ein Glaubensbruder willst du also sein?" Sie musterte den Talisman, aus Silber war er und in der Mitte befand sich etwas, das für Kathryn nach einer großen, farbigen Rosine aussah. Die Alte löste das Ding aus dem Silber und betrachtete es genau. „Ein Katzenauge, nehme ich an, im Tod genommen, von einer schwarzen Katze?" Sie lachte wieder. „Meinst dich in unserer Kunst auszukennen, was? Willst unserem Herrn gefällig sein?" Sie beugte sich dicht zu ihm, sah ihm tief in die Augen. „Aye, ich sehe es, ich sehe es! Hast deine Seele unserem Herrn geöffnet, was für ein ungezogener Junge du doch bist. Das Dunkle ist stark in dir, ohja." Sie streichelte ihm über das Gesicht, zärtlich und bedauernd. „Ein Schüler willst du sein? Ich verstehe. Aber leider bist du vom falschen Geschlecht. Mit Schwänzleinträgern wie dir, da fange ich gemeinhin andere Sachen an. Außerdem glaubst du, verständig zu sein, in Wirklichkeit aber weißt du gar nichts!" Sie warf das Katzenauge ihrem Raben zu. Er fing es geschickt mit dem Schnabel auf und mit einem Haps war es verschwunden. Er krähte und breitete die Flügel aus. Vier Flügel waren es.

„Schade, schade, fürwahr, ich glaube, du wärst tauglich. Aber wir werden für dich schon eine andere Tätigkeit finden, so jung wie du bist und so schön. Aye, wir beide werden manche Freude miteinander haben. Sehe ich da Zweifel? Gefalle ich dir etwa nicht?" Wieder lachte sie gackernd und rau, bedachte Aris dann mit lüsternem Blick. „Keine Sorge, mein Kind, das werden wir dir schon austreiben, das werden wir." Sie machte eine nachlässige Geste, und Narbe sackte ebenfalls ohnmächtig über dem Tisch zusammen.

„Und nun zu dir, mein Täubchen, was fange ich mit dir wohl an?“ Nun war es an Kathryn, ihren Blick über sich ergehen zu lassen, und endlos schwarze Augen starrten sie an. Und Kathryn starrte zurück, verlor sich in der Schwärze, drang hinein, und kurz, nur für einen Wimpernschlag, meinte sie, etwas zu sehen.

„Du wagst es!“, schrie die Alte da, holte Kathryn aus der Tiefe zurück. Kathryn spürte ihre Augen brennen, Tränen rannen ihr über die Backen. Und plötzlich war die Alte in ihr! In ihrem Kopf war sie, in ihrem Geist.

„Wer schickt dich?“, rief die Alte, ob in Wirklichkeit oder nur ihrem Geist, vermochte Kathryn nicht zu sagen. „Was führt dich her? Sprich, und sprich die Wahrheit!“ Da sprudelte es aus Kathryn nur so heraus, sie sprach mit Mund und in Gedanken, erzählte von dem Überfall, dem Kampf, von Anns Tod, und Georges Tod, und wie sie verschleppt wurde, von ihrer Flucht danach und ihrem Marsch durch den Wald, alles wollte aus ihr heraus, dass sie mit den Worten kaum hinterherkam. Und sie erzählte nicht nur, sie erlebte die Geschichte, sah die Bilder vor ihrem Geist auftauchen, und auch die Alte konnte sie sehen, das wusste Kathryn. Als ihre Erzählung endete, fragte die Alte streng: „Sprich, wie heißt du, Kind?“ Und plötzlich saß Kathryn wieder am Tisch, der Alten gegenüber, die sie misstrauisch taxierte. „Kathryn Griffin ist mein Name“, antwortete sie.

„Eine Griffin?“, fragte die Alte stirnrunzelnd. „Von den königlichen Griffins?“

„Ja“, sagte Kathryn. „Mein Vater war der König.“

„War? Ist er denn tot?“

„Ja, er starb vor einigen Tagen.“

„Und welche von den vielen Königinnen war deine Mutter?“

„Meine Mutter war Mary Boylin“, antwortete Kathryn.

Da lachte die Alte, ein anderes Lachen aber als jene zuvor, ein überraschtes Lachen.

„Die Tochter der Boylin!“, lachte sie und schüttelte den Kopf. „Was Vögelchen hat mein guter Herr mir da ins Netz flattern lassen? Die Tochter der Boylin!“

„Ihr kanntet meine Mutter?“, fragte Kathryn.

„Schweig!“, rief die Alte. „Nur wenn ich es erlaube, sprichst du!“ Und Kathryn Kiefer klappte so fest zusammen, dass es schmerzte.

„Wer kennt deine Mutter denn nicht?“ Sie beugte sich vor zu Kathryn, feixend. „Die… Hexe.“

Meine Mutter war keine Hexe!, schrie Kathryns Inneres.

„So? War also keine Hexe, meinst du. Und woher stammt deine Gabe dann?“, fragte sie. Kathryn wusste nicht, was die Alte meinte.

„Du weißt nicht, wovon ich rede“, stellte die Alte verwundert fest. „Du dummes Kind! Bist der eigenen Gabe nicht bewusst? Du hast sie eben doch selbst angewandt. Deine Augen sind offen. Du hast den Blick. Und du willst nichts gemerkt haben?“, fragte die Alte herausfordernd.

Kathryn wusste es wirklich nicht, und die Alte erlas es sogleich ihren Augen. Sie schüttelte den Kopf.

„Törichtes Gör! Ein Geschenk ist dir gegeben worden, und ein mächtiges dazu. Und hier sitzt du und weißt von nichts und verstehst es nicht einmal.“ Kathryn wusste nicht, was zu sagen oder zu denken.

„Hast nie einem Menschen in die Augen geschaut und gesehen, was in ihm vorgeht? Hast gesehen, was er fühlte?“, fragte die Alte. „Sprich zur Antwort!“

Ihr Kiefer löste sich.

„Doch, das habe ich. Aber das kann doch jeder.“

Die Hexe lachte schrill und laut.

„Ein jeder, sagst du? Nein, törichtes Kind. Ein jeder kann im Gesicht des anderen lesen, kann seine Mimik deuten, sein Verhalten. Die Erfahrung lehrt es sie. Du aber, du siehst in sie hinein. Siehst in ihr Inneres. Du kannst sehen, was sie fühlen.“

Sie wusste sofort, was die Hexe meinte. Irgendwie hatte sie es immer gewusst. Aber so natürlich war es ihr vorgekommen, so unbesonders.

„Ich bilde es mir also nicht nur ein?“, fragte sie und kam sich töricht vor.

„So wenig Vertrauen in die eigenen Sinne? Nein, mein Kind, du bildest es dir nicht ein.“

Es stimmte. Es war immer mehr gewesen, mehr als nur ein Deuten, mehr als alle anderen vermochten. Gleichzeitig unbeständig genug, um sich nie sicher zu sein.

„Aber es klappt nicht immer", sagte Kathryn, wie um ihr Unwissen zu entschuldigen.

„Aye, nicht immer. Nicht bei allen Menschen, nicht bei jenen, die ihren Geist gut kontrollieren können und auch nicht bei jenen, die unsere Kunst beherrschen. Aber bei den Meisten geht es und je besser du sie kennst, desto besser kannst du in ihr Inneres blicken", sagte die Alte. „Außerdem hast du deine Fähigkeit nicht entwickelt. Du warst dir ihrer ja nicht einmal bewusst. Deine Augen mögen offen sein, dein Geist ist es nicht."

Kathryns Gedanken überschlugen sich. Szenen tauchten vor ihr auf. Sie dachte an Ann, wie sie ihre Sorge gespürt hatte, ihre Liebe. Sie dachte an den Duke, seine Kälte und Gleichgültigkeit. Sie erinnerte sich an Breadhead und Branaged. Noch frühere Ereignisse kamen ihr in den Sinn. An die Höflinge dachte sie, an Diener und Links, und endlich auch an ihre Mutter. Irgendetwas hatte sie immer gesehen, auch wenn sie es nicht verstanden hatte. Sich vielleicht gesträubt hatte, es zu verstehen. Und da kam ihr der schrecklichste Gedanke.

„Ich bin keine Hexe!", stieß sie hervor.

Die Alte bemaß sie mit einem bösen Blick.

„Eine Hexe willst du sein? Eine Hexe?", rief sie. „Was weißt du schon vom Hexenwerk, was verstehst du schon von unserer Kunst? Eine Gabe ist dir geschenkt worden, Mädchen, und der Demut und Dankbarkeit statt, vergiltst du es dem Dunklen mit Ignoranz und Trotz und kindischem Widerwillen. Hast nichts gelernt und nichts verstanden. Was weißt du schon über unseren Herrn? Nur, was die da draußen sagen, die ihn hassen und fürchten und verdammen wollen. Teufel schimpfen sie ihn und bösen Gott, ohne zu sehen, was er in Wahrheit ist. Was er einem geben kann! Nichts weißt du von ihm, der dich mit seiner Gunst beglückt hat, der Freiheit ist und Lust. Hast ihn nie geehrt und nie angebetet. Hast das letzte Opfer nicht erbracht! Der Blick ist ein Geschenk, die

Sicht will aber verdient sein. Nein, du bist keine Hexe, keine Sorge. Nichts als ein törichtes Gör bist du, das des Dunklen Gabe ablehnt wie seine Gunst, die er dir so großzügig gewährt. Du bist keine Hexe!“ In wilde Rage hatte sie sich geredet, hatte gegeifert und gespuckt beim Sprechen und teuflisch waren ihre Augen gewesen. Nun aber lehnte sie sich ruhig zurück, die Stimme plötzlich milde.

„Aber du könntest eine werden.“ Sie lächelte hinterlistig. „Ohja, das könntest du. Mit der richtigen Ausbildung würde dich der Dunkle bei sich aufnehmen, ganz gewiss. Einiges und mehr bräuchte es noch, aber mit dem richtigen Lehrer... Der Dunkle verteilt seinen Blick nicht ohne Grund. Die Sicht. Sie schlummert in dir, und wartet nur darauf, erweckt zu werden.“

Jave gewährt dir seine Stimme, der Teufel seine Sicht der Dinge, ging Kathryn das alte Sprichwort durch den Kopf.

„Ich will aber keine Hexe sein“, sagte sie und meinte es auch so. Der Blick, mit dem die alte Hexe Kathryn bedachte, ließ sie sich nackt und unwissend fühlen. Bis in die hintersten Abgründe ihrer Seele schaute sie.

„Soso. Willst etwas anderes sein, meine ich.“ Lange und tief sah sie ihr in die Augen. „Will hoch hinaus, unsere kleine Prinzessin?“

Kathryn sagte nichts. Die Krähen draußen begannen zu krähen und der Rabe schloss sich ihnen an. Die Hexe runzelte die Stirn. Ihre Augen kehrten nach innen, dass nur das Weiß sichtbar blieb.

„Ihr werdet verfolgt, sagtest du. Aye, eure Verfolger sind nah“, sagte die Alte und ihre Augen kehrten sich nach vorn.

„Sie werden mich töten, wenn sie mich finden. Sie werden uns alle töten“, warnte Kathryn. Die Warnung bekümmerte die Hexe scheinbar wenig.

„Die alte Agatha ist so leicht nicht zu töten, mein Kind.“ Sie dachte nach, ohne Eile. „Was fange ich nur mit euch an? Schöne Spielzeuge gebt ihr ab, und an Spiel fehlt es mir bisweilen hier draußen. Einem feinen Prinzesslein ihren Eitel auszutreiben...“ Die Alte beugte sich weit vor, ihre langen Finger mit langen Nägeln strichen Kathryns Wange entlang wie riesige Spinnenbeine. „Ihr zeigen, was es heißt, dem Dunklen mit solchem Hochmut zu begegnen. Oh, der Reiz ist da, ohja." Ihre schwarzen Augen waren Grauen und Schrecken, und was Kathryn darin sah, ließ ihr vor Angst übel werden.

„Aber die alte Agatha kann sich beherrschen", besann sich die Alte, lehnte sich wieder zurück, der Blick der eines Tieres, dem die Beute abhandengekommen ist. „Mein Herr hat Pläne mit dir, so scheint es, wie könnte ich sie ihm da verwehren? Ich lasse euch gehen. Geht! Und geht schnell, bevor ich es mir anders überlege. Eure Häscher werden bald hier sein." Kaum hatte sie es gesagt, erwachten Aris und Bortos aus ihrer Ohnmacht. Beide sprangen zeitgleich von ihren Stühlen. Aris zog seinen Degen, Bortos hielt die Fäuste bereit.

„Sie lässt uns gehen!", rief Kathryn. „Bleibt ruhig." Sie sahen Kathryn verwirrt an. Die Alte Agatha war unbekümmert sitzen geblieben.

„Nehmt eure Waffen mit, Kinder", sagte sie jetzt, mit dem Kopf auf die Stelle deutend, wo die Waffen lagen. „Ihr werdet sie vielleicht noch brauchen." Sie erhob sich. „Geht jetzt, die Zeit drängt." Aris und Bortos nahmen die Waffen, taxierten dabei misstrauisch die Alte. Sie gingen zur Tür, Kathryn ging zuletzt.

„Die Soldaten sind gefährlich", warnte Kathryn die alte Hexe. Diese lachte milde.

„Um jene werde ich mich schon zu kümmern wissen. Sie sollen deine Sorge nicht länger sein. Wir müssen doch aufeinander aufpassen, nicht wahr?" Sie zwinkerte Kathryn zu.

„Ein Letztes noch, mein Kind. Zeiten ändern sich und Meinungen auch. Auf Macht und Rache versteht sich unser Herr. Er kann dir helfen. Willst du mich einstmals aufsuchen, so wirst du mich hier finden." Kathryn bezweifelte, je zurückkehren zu wollen, wie ebenso, die Stelle im Greenwood wiederfinden zu können. Die Alte las wieder ihre Gedanken.

„Folge einfach deinen Augen, mein Kind. Sie werden dich schon leiten", sagte sie. „Und nun geh! Geh!"

~

Sie waren weg. Aris spähte von einem Baum aus nach ihren Verfolgern, doch niemand war zu sehen, keine Hunde zu hören. Nur das Schiff war da, kreiste dicht über die Baumwipfel, als suchten sie jemanden. Und dieser jemand waren nicht sie, dachte sich Aris. Er stieg wieder hinab.

„Niemand zu sehen. Und das Schiff kreist unablässig über derselben Gegend.“ Er schaute zum Mädchen. *Was war in dieser Hütte nur geschehen?*

Bis in die Nacht hinein waren sie gelaufen, bis sie die Hand nicht mehr vor Augen hatten sehen können, und sie zur Rast gezwungen waren. Im Schein des Feuers hatten sie gelegen, schnaufend und kraftlos, und Aris hatte sie ausgefragt. Doch ihre Antworten waren verhalten und knapp gewesen, dass Aris sich sicher war, sie verschweige etwas.

„Wieso hat die Alte uns gehen lassen?“, fragte er Kathryn erneut.

„Ich habe doch gesagt, dass ich es nicht weiß. Sie meinte, es gäbe andere Pläne für uns.“ *Für uns oder für dich,* ging es Aris durch den Kopf. An Bortos und ihm war die Hexe jedenfalls nicht interessiert gewesen, zumindest nicht auf erfreuliche Weise. Sagen tat er aber: „Und das war alles?“

Sie sah ihn durchdringend an, dann antwortete sie: „Sie erwähnte meine Mutter. Vielleicht hielt sie mich für eine Verbündete.“

„Deine Mutter, die als Hexe verurteilt wurde?“ Der König, von dem Aris gehört hatte, schien eine ganze Menge an Ehefrauen als Hexen verurteilt zu haben. Wie wahrscheinlich war es, dass alle Hexen waren? Oder auch nur eine? Es machte keinen Sinn, und er hatte das untrügliche Gefühl, dass sie etwas zurückhielt.

„Und wo sind unsere Verfolger? Was glaubst du, ist passiert?“, fragte er das Mädchen weiter aus.

„Woher soll ich das wissen?“, erwiderte diese genervt. „Die Hexe hat gesagt, sie würde sich um sie kümmern. Sie sagte irgendwas von: es solle meine Sorge nicht mehr sein.“

„Es waren gut ein Dutzend Mann. Bewaffnete Soldaten.“

Sie zuckte mit den Schultern.

„Vielleicht hat sie sie auch verzaubert", meinte Bortos. „So wie bei uns. Oder sie hat sie in die Irre gelockt durch irgendeinen Zauber. Können sie sowas nicht?"

Aris dachte an die Alte, sah sie vor Augen, mit ihrem gebückten Gang, dem runzligen Antlitz. Dann wieder, wie sie vor ihnen aufgebaut dagestanden hatte, aufrecht und schrecklich, wie ihre schwarzen Augen sie durchdrungen hatten, sie gelähmt und beherrscht hatten. In Aris Innerstes hatte sie geblickt, seine Gedanken gelesen. Eine Hexe war sie, eine echte Hexe! Zu was war sie noch allem fähig?

Aris hatte von sich geglaubt, manches und mehr über die Diener des Dunklen Gottes zu wissen, mehr jedenfalls als die meisten Menschen. Seit sein Lehrer ihm die Augen geöffnet hatte, hatte Aris alles in sich aufgesaugt, was über ihn erzählt wurde. Dem banalen Aberglauben seiner Waffenbrüder, die den Teufel überall witterten und alle möglichen Märchen und Erzählungen über ihn kannten, hatte er ebenso gelauscht wie den Ansichten verständigerer Leute, von Priestern und Wundheilern und Kräuterweibern, Männern und Frauen, die der geistlichen Welt näher standen als der gemeine Mensch. Mit Bannung war er den Geschichten gefolgt, natürlich ohne sein wahres Interesse zu offenbaren. An Geschichten über Hexen hatte es dabei nicht gemangelt. Teufelsweiber, die ihre Seele dem Dunkeln vermacht hatten, die mit einem Blick jemanden verhexen konnten, einem die Seele nahmen und mit Toten sprechen konnten.

Auch zu Verbrennungen war er gegangen. Hatte zugesehen, wie so manches Weib dem Feuer überantwortet worden war, hatte ihre Schreie gehört, wenn die Flammen sie verzehrten. Manche mögen wirkliche Hexen gewesen sein, viele aber auch nicht. Schnell war die Beschuldigung der Hexerei ausgesprochen, und schnell waren die Feuer geschürt. Aber echte Hexen wurden selten gefasst, und Hexer noch seltener. Nun jedenfalls war er einer begegnet, einer wirklichen Hexe, und ihn schauderte, dachte er daran zurück. Was hätte ihn wohl erwartet, hätte sie sie nicht gehen lassen?

Seine Gedanken kehrten zu dem Mädchen zurück. Es steckte mehr hinter ihren knappen Worten, da war er sich sicher, und es brannte ihm unter den Nägeln, dieses *mehr* zu enträtseln. Wie die Sache stand, würden sie noch geraume Zeit miteinander verbringen, genug Zeit, dem auf den Grund zu gehen.

„Was auch immer passiert ist. Es kommt uns zugute. Jetzt geht es südwärts und raus aus diesem verfluchten Wald. Starksend, so heißt unser Ziel, würde ich sagen." Das Mädchen und Bortos nickten zustimmend.

„Na, dann. Ich kann kaum erwarten, welches Abenteuer wir als nächstes erleben. Eure Bekanntschaft, Durchlauchtigste, lässt zumindest keine Langeweile aufkommen."

~ 17. Kapitel ~

Duke

Die schönen Augen standen offen und schauten doch ins Nichts. Sie war jung, mit rotem, langem Haar und weißen Zähnen, und obgleich der Tod ihre Gesichtszüge verändert hatte, wie er allein es vermag, sah sie dennoch schön und unschuldig aus. Und seiner Nichte zum Verwechseln ähnlich.

„Besser hätten wir es kaum treffen können", meinte der Duke. „Gute Arbeit Frederick."

„Danke, Mylord."

„Wer war sie?", fragte der Duke.

„Eine Hure aus den Subs. Sie wurde erstochen. Ist erst einen Tag her."

„Ausgezeichnet. Ihr Gesicht…" – er überlegte, wie es zu formulieren – „Wir sollten es dennoch… unkenntlicher machen. Damit keine Zweifel aufkommen." Frederick nickte, dass er verstanden habe.

„Ich kann das machen, Mylord."

„Gut, tut das. Danach fahren wir los. Ich lasse Johnson eine Kutsche bereitmachen."

„Ihr kommt selbst mit, Mylord?", wunderte sich Frederick.

„Ja", sagte der Duke. Er vertraute Frederick bedingungslos. Ein Vertrauen geschmiedet in Jahren und Jahrzehnten, die sie zusammen waren, zuerst als sein Bursche im zweiten Frisienkrieg, als der Duke noch Francis Stockton war und glaubte, im Kriegshandwerk seine Zukunft zu haben, dann am Hof, als Diener eines kleinen Hofschreibers, und schließlich als erster Leibdiener des Dukes of Fargold. Er wusste, dass Frederick ihn nie verraten würde, wie er wusste, dass seine eigene Hand ihn nicht erwürgen würde. Aber hier ging es um zu viel, und er musste sicher gehen, dass die Leiche auch gefunden würde.

„Wir müssen sie noch passend bekleiden. Der Vogt hat ihre Koffer mitgebracht. Ich werde etwas Passendes daraus heraussuchen.

Außerdem brauchen wir noch ein Halstuch oder einen Umhang oder etwas Ähnliches, das wir ihr umlegen, damit es ihren Geruch aufnimmt. Das gebe ich dann dem Vogt, damit die Hunde sie finden."

Der Ortsvogt und seine Büttel waren am Abend des Angriffs gekommen, Walter Keen, ein markiger Mann mit breitem Kreuz und kleinem Geist. Sie brachten den Duke an den Ort des Geschehens. Die Leichen waren noch dort gewesen. Zu George war der Duke niedergekniet. Der alte Trottel hätte doch gar nicht dabei sein sollen, aber irgendwie hatte er mit der Zeit einen Narren an dem Mädchen gefressen und war auf eigenen Entscheid mitgefahren. Der Duke hatte erst am selben Tag davon erfahren und gehofft, der alte Recke würde verschont bleiben. Die Wachen und die Amme bedeuteten dem Duke wenig, aber George war ihm immer loyal gewesen und er hatte ihn gemocht.

Der Vogt hatte ihm versichert, die ganze Gegend abzusuchen. Demonstrativ hatte er einen der toten Soldaten getreten, auf ihn gespuckt und zum Duke gesagt: „Sippanische Hurensöhne, Mylord. Ich werde an Hunden und Männer holen, was ich kann, von allen Dörfern in der Umgebung. Dann holen wir uns die Hundesöhne. Und hoffentlich auch Eure Nichte."

Der Duke hatte den Eindruck gehabt, dass er nicht wirklich daran glaubte. Er werde auch Männer schicken, hatte der Duke erwidert, und seitdem suchten seine eigenen Männer, zusammen mit denen des Vogts, ein Mädchen, von dem der Duke hoffte, es würde niemals gefunden werden.

Das Mädchen, das ihrerstatt gefunden werden sollte, hatten sie in der Holzkiste, in der Frederick sie erworben hatte, auf die Kutsche geladen, und waren durch das kleine Hintertor von Steffordsgrave ausgefahren. Frederick hatte die Zügel und trieb die vier Schreiter zu schnellem Lauf. Die riesigen Vögel krähten und klapperten mit den Schnäbeln und ihre Kutsche fegte über die matschigen Wege und Straßen.

Weit westlich der Stelle, an der der Überfall stattgefunden hatte, fuhren sie in den Wald, damit sie sicher sein konnten, keinem der Suchenden zu begegnen. Bald waren die Wege so eng und bewachsen, dass die Kutsche nicht weiter kam und sie die Leiche tragen mussten. Als sie tief genug für sein Dafürhalten waren, war der Duke verschwitzt und atemlos. An einer gut einsehbaren Stelle platzierten sie die Leiche, zerrissen und zerschnitten ihre Kleider, und nahmen ihr dann das Halstuch ab, das der Duke für den Vogt vorgesehen hatte.

Es dunkelte bereits, als sie Stenton erreichten. Dieselbe Straße, auf der der Überfall stattgefunden hatte, führte sie auf das Dorf zu. In dem Dickicht des Waldes sah der Duke fernes Fackellicht und hörte das Bellen der Hunde. Die Suche war noch im Gange.

Sie fanden den Vogt in der Schenke, die voll von Menschen war, die allesamt scheinbar von derselben Sache sprachen. Als der Duke und Frederick das Gasthaus betraten, verstummten alsbald die Gespräche und aller Augen richteten sich auf sie. Der Vogt war an einem Tisch gesessen, einen Becher Bier in der Hand und in lebhafter Diskussion mit den Umstehenden, doch als er den Duke sah, sprang er sogleich auf und kam großen Schrittes auf ihn zu.

„Mylord, willkommen“, grüßte der Vogt. „Es gibt leider nichts Neues zu berichten, aber die Männer werden sicher bald zurück sein, dann erfahren wir mehr.“ „Ihr beteiligt Euch nicht persönlich an der Suche?“, fragte der Duke streng. Er wollte sogleich die Oberhand gewinnen.

„Jemand muss von hier aus alles überwachen“, erwiderte der Vogt ein wenig betreten. Der Duke ließ seine Augen zu dem Becher in der Hand des Vogtes wandern, dann zurück. Sein Blick machte jeden Kommentar unnötig. Stattdessen sagte er: „Einer meiner Männer hat das hier im Wald gefunden. Im Westen.“ Er überreichte dem Vogt das Tuch. „Ich glaube, es gehört meiner Nichte.“

„Oh, das ist gut, Mylord. Ja, das wird helfen. Wie weit westlich habt Ihr es gefunden?“, fragte der Vogt.

„Drei, vielleicht vier Meilen, und zwei Meilen Tief im Wald“, sagte der Duke.

„So weit?", wunderte sich der Vogt. „Ich werde es Jonathan geben, der hat zwei Hunde, die wittern bei Regen eine Fährte auf eine lange Meile hinweg. Morgen früh soll er los damit."

„Meine Nichte ist dort draußen, in den Händen von Gaunern und Mördern, und Ihr wollt bis morgen warten?", fuhr der Duke ihn an. Ein wenig Druck war gut, um dem Idioten keine Gelegenheit zu geben, die Angelegenheit in Tiefe zu durchdenken, wenngleich der Duke glaubte, dass in Tiefe zu denken bei diesem kein allzu häufiges Vorkommnis war. „Schickt ihn jetzt los! Und eine Gruppe Männer gebt ihm mit. Und wenn sie heute nichts finden, dann sollen sie beim ersten Licht des Tages wieder ran, bis meine Nichte endlich gefunden ist, ist das klar!"

„Natürlich, Mylord. Ganz, wie Ihr wünscht."

Der Duke richtete seine Stimme an die ganze Schenke. „Hört her! Ich zahle demjenigen, der mir meine Nichte zurückbringt, zwanzig Goldgreife als Belohnung. Erzählt es herum. Zwanzig Goldgreife vom Duke von Fargold für den Finder seiner verschwundenen Nichte." Das summende Getuschel der Dorfleute begleitete den Duke bis nach draußen. Morgen würde das ganze Dorf und die Hälfte aller umliegenden Bauern auf die Suche gehen, dachte der Duke bei sich. Es konnte unmöglich lange dauern, bis die kleine Hure gefunden wurde. Und es musste schnell geschehen. Jeden Augenblick könnte der Hof von der Sache Wind bekommen, und erheblich würde es die Dinge verkomplizieren, trieben sich hier Kommissare der Krone herum, die Fragen stellten und nach einer lebenden Kathryn suchten. Nein, mit der Leiche wäre der Suche ein Ende gesetzt und Grimmtons Männer hätten genügend Zeit, die echte Kathryn in eine Leiche zu verwandeln, wenn es nicht bereits geschehen war.

„Verschwunden? Was soll das heißen; verschwunden?" Grimmton stand vor seinem Schreibtisch. Sein Link war mit ihm in den Raum gekommen, der gleiche Ausdruck seines Herrn auf dem ähnlichen Antlitz. Hatte der verdammte Sodomit allen Anstand und Verstand verloren?

„Schickt Eure Kreatur heraus!", zischte der Duke.

Grimmton machte eine Bewegung mit dem Kopf, worauf der Link den Raum verließ.

„Verschwunden?", wiederholte der Duke die Worte, als könne er sie dadurch besser begreifen. „Vierzehn Mann, einfach weg?"

„Ja, Mylord. Ich… wir wissen nicht, was passiert ist. Das Schiff kann sie nicht finden. Sie sind weg." Die leise, nasale Stimme, der starre Blick in die Ferne gerichtet. Der Duke hätte ihn am liebsten an Ort und Stelle niedergestreckt. Er musste sich beruhigen, musste klar bleiben.

„Und von dem Mädchen keine Spur?" Es war eine Feststellung. Grimmton schluckte. Angestrengt dachte der Duke nach. Wie konnte nur so viel schiefgegangen sein? Alles war genauestens geplant gewesen, alles durchdacht. Längst sollte er sich mit den nächsten Schritten seines großen Plans befassen, stattdessen drohte bereits so früh alles zu scheitern. Aber er durfte nicht scheitern! Er zwang sich zur Konzentration. Was würde sie tun? Wohin würde sie gehen? Nach Steffordsgrave! Es war das Naheliegendste. Sie konnte nicht wissen, dass er hinter allem steckte, überlegte der Duke, oder konnte sie doch? Nein, unmöglich! Nur Grimmton wusste es, keiner der Männer. Hatte Breadhead etwas mit der Sache zu tun? Er war zu ihrer Abreise gekommen, man hatte es dem Duke berichtet. Und er war dem Mädchen seltsam zugetan. Die Häufigkeit seiner Besuche hatte den Duke irritiert. Aus Lidium anzureisen, nur um mit einem Kind das Königsspiel zu spielen? Das verdammte Gör besaß die unverständliche Gabe, sich die Menschen geneigt zu machen. Erst George, dann Breadhead, ihren Bruder und sogar Beth. Es ging ihm selbst nicht anders, doch kaum gedacht, verbannte er Gefühl und Gedanken aus seinem Verstand. Es war kein Platz für Zweifel oder Mitleid.

Er musste sich auf das Wesentliche konzentrieren. Würde sie also nach Hause kommen? Und wenn ja, was dann? Wäre sie erst einmal hier, wäre es kaum möglich, sie noch zu beseitigen. Dann würde ihm nichts bleiben, als sie in die Arme zu schließen und öffentlich allen Göttern zu danken, dass sie unbeschadet geblieben war. Würde es reichen? Er betrachtete Grimmton, die einzige Verbindung direkt zu ihm. Er müsste im Mindesten beseitigt werden, sein Link am besten dazu. Dann die beiden ominösen Söldner. Und nicht zu vergessen, lag da noch eine Leiche im Wald, die seiner Nichte erstaunlich ähnlich sah…

„Wo befanden sie sich etwa, als sie verschwanden?“, fragte der Duke.

„Weit im Osten und tief im Wald. Auf Höhe von Starksend beinahe“, antwortete Grimmton. Der Duke horchte auf. Das war weit! Lebte sie noch, würde sie mit Sicherheit über die östlichen Straßen zurückkehren. Ihm blieb also noch etwas Zeit. Dort könnte er sie dann erledigen lassen. Sie durfte Steffordsgrave unter keinen Umständen erreichen.

Mittlerweile war der Hof gewiss über den Überfall informiert und jeden Moment konnten die königlichen Kommissare hier eintreffen. Doch auch die Leiche sollte jeden Augenblick gefunden werden. Das war gut! Sie würde eine weitere und größere Suche verhindern. Dann hatten sie ihre tote Prinzessin und würden wieder abziehen. Nur das echte Mädchen durfte niemals auftauchen.

„Wie lauten die Namen dieser beiden Söldner, denen wir den ganzen Spaß zu verdanken haben?“, fragte der Duke.

„Der eine nennt sich Aris und der andere Bortos. Einfache Kriegsknechte aus dem Süden, nichts Besonderes, Mylord“, sagte Grimmton.

„Nichts Besonderes, ja? Ein schwerverletzter Schwertsänger, eine Meute verschwundener Soldaten… das klingt mir nicht nach nichts Besonderem“, sagte der Duke, die Stimme lauter werdend.

„Es war nur Glück, das mit dem Schwertsänger. Und dass sie entkamen, ebenso. Und meine Männer… es muss eine andere Erklärung geben. Die zwei hätten es nie allein mit ihnen aufnehmen können. Vielleicht haben sie sich nur verlaufen und tauchen wieder auf.“ Unfähigkeit, Torheit, Übermut, alles sah der Duke in diesem Mann vereint. Wie hatte er es zuvor nicht sehen können? Am liebsten hätte er ihm eine Ohrfeige verpasst.

„Gebt mir eine genaue Beschreibung der Männer", befahl er stattdessen. Er notierte sich die Angaben.

„Ich stelle Euch genug Männer zur Verfügung, jeden verdammten Weg und jede Straße von der Tumber bis zum Greenwood zu kontrollieren. Sie dürfen keinesfalls hierher oder nach Lidium gelangen. Findet Ihr sie, richtet Ihr sie an Ort und Stelle, gleich, wer davon etwas mitbekommt. Aufräumen und etwas Passendes ausdenken können wir uns danach. Sie muss sterben! Habt Ihr verstanden? Einen weiteren Fehler können wir uns nicht erlauben. Könnt Ihr Euch nicht erlauben!" Grimmton nickte. „Und jetzt verschwindet. Ich habe noch etwas mit Frederick zu besprechen."

Als die Tür geschlossen war, wandte er sich an Frederick.

„Ich habe wieder einen Auftrag für dich."

Tausend und mehr Gedanken spukten in seinem Kopf, sorgenvolle, ängstliche, sie flatterten durch seinen Geist, gleich einer Schar Vögel im Käfig, kamen und gingen und waren doch nie verschwunden. Hatte er alles gut genug durchdacht? Was mochte er übersehen haben? Mal schien ihm alles auf gutem Wege, dann wieder glaubte er, der ganze Versuch sei bloßer Wahnsinn. Er pustete ein Wolke Rauch heraus, beobachtete die sich bildenden Schlieren und Formen und versuchte, sich zu beruhigen. Ein Glas mit Wein befand sich auf dem Tisch. Er griff danach, nahm einen Schluck. Ein schwerer Wein und gut im Geschmack. Er trank nicht gern und nicht viel. Der Trunk machte Männer leichtsinnig, ließ sie törichte Entscheidungen treffen und machte sie angreifbar. Seine Disziplin war immer seine Stärke gewesen, seine Disziplin und sein klarer Geist. Beides hatte ihn zu dem gemacht, der er heute war. Aber der Schlaf hatte die letzten Nächte nicht recht kommen wollen, die Gedanken hatten ihn verfolgt und heimgesucht, sogar in den Träumen. Vielleicht konnte der Wein ihm ein wenig Linderung verschaffen.

Er dachte an den Krieg. Auch dort hatten ihn Sorgen und Ängste geplagt, hatten ihn wach gehalten, ganze Nächte hindurch. Aber es war anders gewesen. Purer und unmittelbarer war jene Angst gewesen, dass sie einen zu erdrücken drohte, einem die Luft zum atmen nahm. Der Krieg hatte ihn geformt, dachte er oft, hatte ihn verändert, ihm alle Kindlichkeit und alle Unschuld genommen. Als Mann war er zurückgekommen, hart, geschmiedet aus dem erlebten Leid, und mit der Gewissheit, dass es sein Weg nicht war. Ein schrecklicher Krieg war es gewesen, ein unnötiger Krieg. Allein der Eitelkeit seines Vaters geschuldet. Nicht, dass er damals einen solchen Gedanken zugelassen hätte.

Ohne Ankündigung war er zum Haus seiner Mutter gekommen. Der Duke erinnerte sich noch genau. „Ist er das?", hatte der König sie gefragt und dabei auf ihn gedeutet. „Es wird Krieg geben im Osten. Frisien ist der Feind. Ich habe ein Leutnantspatent auf dich ausstellen lassen. Mal sehen, ob du das Blut wert bist, dem du entstammst." Damals war ihm vor Stolz die Brust geschwellt, und begierig war sein ungereifter Geist gewesen, sich seinem königlichen Vater zu beweisen. Erst viele Jahre später war er in der Lage, diesen Mann zu hinterfragen, den er kaum gekannt hatte und für den er ohne zu zögern sein Blut vergossen hatte.

Drei Jahre hatte er gekämpft. Am äußersten Rand Norlands, wo ihm alles fremd und hässlich erschienen war, zuerst in der Marsch am Ende der Langen Flur, wo Nispenschwärme ganze Kompanien auslöschen konnten und des Nachts die Männer im Nebel verschwanden, dann in den Graslanden und der Mark. Zuletzt vor Persund.

Persund!, wie ein Fluch klang das Wort in seinen Ohren. Die stärkste südliche Festung der Frisier und das Tor in ihr Land.

Sie hatten sie zu erstürmen versucht, unzählige Male, mit Leitern und mit Kriegsgerät, hatten Minen gegraben, um die gewaltigen Mauern zu sprengen, hatten sie von der Luft aus mit Bomben und Granaten eingedeckt. Alles vergeblich. Über ein Jahr hatte die Belagerung gedauert, ein endloses Jahr. Wie viele Kameraden hatte er sterben sehen in dieser Zeit? Männer, die ihm im Feld nah wie Brüder geworden waren. Mehr als zehntausend Mannen hatten vor den dicken Mauern Persunds den Tod gefunden, bis die Stadt endlich aufgegeben hatte.

Als Hauptmann inzwischen, war er durch die Straßen der besiegten Stadt gelaufen, über der der Geruch von Tod und Verwesung wie ein Leichentuch gehangen war. Alles Leben war daraus gepresst worden, alles Fröhliche und Lebendige, das gemeinhin eine Stadt auszeichnet. Leichen lagen unbeerdigt herum, Frauen, Kinder, manchen hatten sie Glieder und andere Körperteile abgeschnitten, vermutlich, um sie zu essen. Ein Anblick voller Fliegen und Ratten und Unaussprechlichem. Er hatte das Leid in den eigenen Reihen gesehen, nun sah er das Leid des Feindes, sah Dinge, die im Kopf wie Teer verhaften. Die Fratze des Krieges, so sagte sein damaliger General dazu, Isodor Silvergroove, und der junge Francis hatte die Fratze von allen Seiten betrachtet.

Einige Tage nach dem Fall der Stadt schickte Silvergroove Francis mit dem Flaggschiff der Flotte los, um seinem Vater die offizielle Eroberung Persunds zu verkünden. Der Duke erinnerte sich gut an jenen Tag, der für ihn so viel geändert hatte.

Im Ivoryhouse war er empfangen worden mit offiziellem Zeremoniell, mit rohrenden Fanfaren und Spalier stehenden Palastwachen und Norlands einflussreichstem Adel als Zuschauerschaft. Aus einer Hölle von Dreck und Tod war er gekommen, hinein in einen Raum voller Marmor und Gold, an dessen Ende sein Vater stand, mit Krone und Herrschermantel, mehr als ein Mensch für den damaligen Francis, ein Gesandter der Götter. Hohen Hauptes war er zwischen den Wachen hindurch geschritten, auf den König zu, aufrecht die Haltung, heroisch und stählern die Miene, auch wenn sein Herz gerast hatte, als stehe ihm eine Schlacht bevor. Er war niedergekniet und laut hatte er verkündet: „Persund gehört Euch, Majestät!"

„Erhebt Euch, mein Sohn!", hatte sein Vater darauf gesagt. *Mein Sohn!* Und für den Moment hatte der junge Francis geglaubt, den schönsten Tag in seinem Leben zu erleben. Dann hatte sein Vater die Stadt an Frisien zurückgegeben.

Er zwang seine Gedanken zurück in die Gegenwart, nahm einen Schluck Wein. Als ungeübter Trinker spürte er bereits den leichten

Rausch. Möge es ihn etwas schlafen lassen, dachte er. Zuerst aber musste er noch Beth besuchen. Sein Gewissen plagte ihn bereits, zu wenig an Zeit verwandte er für seine sterbende Frau, hatten seine anderen Sorgen ihn vollständig in Beschlag genommen, hatten seine ganze Aufmerksamkeit erfordert, doch er wollte sich nicht noch mehr belasten. Er erhob sich, um sich auf den Weg zu Beth zu machen. Da klopfte es. Johnson war es. Auf den ersten Blick sah der Duke, dass er unerfreuliche Nachrichten brachte.

„Mylord, ich bedaure Euch mitteilen zu müssen, dass die Duchess soeben verschieden ist."

~ 18. Kapitel ~

Kathryn und Aris

Als die Bäume endlich weniger wurden und das erste bebaute Land sichtbar, neigte sich der Tag bereits dem Ende. Zwei Tage hatten sie gebraucht, endlich aus dem Wald herauszufinden. Zwei anstrengende Tage durch Gestrüpp und schwieriges Gelände, dafür aber von gesegnetem Glück, denn keiner einzigen Bestie waren sie begegnet, und im Großen und Ganzen waren sie gut vorangekommen. Sie mussten deutlich tiefer in den Greenwood hineingedrungen sein, als sie geglaubt hatten. Nahe dem Waldrand errichteten sie ihr Lager.

Im Schein des Feuers warf ihr Narbe manchen verstohlenen Blick zu. Kathryn mochte nicht, wie er sie seit der Hütte musterte, und sah sie ihm in die Augen, spürte sie, wie begierig er darauf war, zu erfahren, was sich bei der alten Hexe wirklich zugetragen hatte. Sie spürte noch mehr. Undeutlich nur und wirr, aber da war noch mehr. Und wenn sie wollte, dachte sie bei sich, würde sie noch tiefer dringen können. Sie merkte, dass sie es könnte, doch sie sträubte sich davor. Zu was machte es sie, nutzte sie diese Kraft?

Augen waren offen, hatte die Hexe gesagt. War es wirklich immer so gewesen? Irgendetwas war da gewesen, das ja, ein vages Gefühl, das mehr war als bloße Deutung. Aber etwas hatte sich auch verändert. War es seit der Hütte? Seit der Erkenntnis ihrer Fähigkeit? Oder schon zuvor? Kathryn hätte es nicht sicher sagen können. Sicher dagegen war sie, dass ihr mehr möglich war als früher, wann immer früher auch gewesen sein mochte, und in ihr kämpfte der dringende Wunsch, es auszuprobieren, gegen die quälende Angst, wohin jener Weg sie führe. Gedankenvoll schlief sie ein.

Mild brach der Morgen an. Mit Schmerzen erhob sich Kathryn, wie jeden Morgen der vergangenen Tage. Der Boden war hart und so waren auch die Nächte. Hart und kalt. Manchmal war sie mitten in der Nacht schlotternd aufgewacht, für eine Sekunde nicht wissend, wo sie sich befand, bis die Kälte sie daran erinnert hatte. Bortos hatte ihr eine Decke von sich gegeben, in die sie sich jeden Abend einwickelte, doch es half wenig.

Ihren Gefährten dagegen schienen weder die Kälte noch der harte Boden etwas auszumachen, und aus Trotz verließ kein Wort der Klage Kathryns Mund, obwohl sie sich nichts sehnlicher als ein weiches, warmes Lager wünschte.

Nach einem kurzen Morgenmahl packten sie ihre Sachen zusammen und zogen weiter.

Auf festen Wegen gingen sie fortan, frei war der Himmel, kein Blätterdach mehr über ihnen, das ihn verdeckte, und obwohl es nur einige Tage waren, die sie im Wald verbracht hatten, vermisste Kathryn jetzt seine Dichte, die sie fern an die Geborgenheit des eigenen Zimmers erinnerte.

Entlang eines Baches verlief ihr Weg und an seinen Ufern saß ein junger Mann, der seine Angelrute ausgeworfen hatte und, auf einem Weizenhalm kauend, im Gras lag.

„Wir müssen rausfinden, wo genau wir sind", meinte Aris und steuerte Richtung Angler.

„Verzeiht", sprach er ihn an. „In welcher Richtung befindet sich Starksend?"

Der junge Mann schreckte auf. Er hatte sie nicht kommen sehen.

„Starksend?" Sein Blick huschte über Bortos und Kathryn, kehrte dann zu Aris zurück. „Im Süden liegt Starksend. Eine Tagesreise etwa, vielleicht nicht ganz."

„Und hier laufen wir richtig?", fragte Aris.

„Ja, schon", sagte der Fremde. „Aber ihr müsst bald ab vom Weg. Müsst die Morgenstraße runter. Ich kann's euch zeigen, wenn ihr wollt. Ist nicht weit. Ja, das mache ich. Heute beißt ohnehin nichts, selbst wenn ich Gold an den Haken hängen würde." Er holte seine Angel aus dem Wasser, wickelte Schnur und Hacken um den Stock und griff nach seinem Eimer. „Kommt, da geht's lang."

Als Brandon stellte er sich vor, ein nervöser Kerl mit umherhuschenden Augen, der viel plapperte und kaum wagte, Kathryn anzusehen. Aus Lichton stamme er, einem nahen Dorf, und einfacher Tagelöhner sei er.

„Aris und Bortos. Das sind Namen! So heißt hier keiner. Hier heißen sie Richard oder Eric oder Thomas, von denen hat's viele, oder Brandon wie ich. Hat drei Brandons bei uns. So hieß ein alter König hier, früher mal, als wir noch nen König hatten, unten in Starksend. Sind schön unsere Lande hier, nicht? Ist schön und friedlich. Nur vom Wald muss man sich fernhalten. Aber wer geht schon in den Wald? Ein paar Jäger hat's bei uns, die trauen sich. Aber die kennen sich aus. Aber manchmal verschwindet auch von denen einer und kommt nicht mehr zurück. Ich halte mich da lieber fern. Im Wald sterben die Leute, so sagt man doch, nicht?"

Sie erreichten eine Wegkreuzung, bei der der Weg in drei verschiedene Richtungen abging.

Ein verfallenes Haus stand dort, das einstmals eine kleine Taverne oder ein Wirtshaus gewesen war, dessen Dach und Mauern inzwischen aber großteils abgetragen und eingestürzt waren, und vor dem drei Männer auf etwas saßen, das einst ein Trog gewesen sein mochte. Die Rauchwolken, die sie in die Luft abgaben, verrieten, dass sie Pfeife rauchten.

„Das sind Freunde von mir", sagte Brandon und winkte ihnen fröhlich zu. "Keine Sorge." Er drehte den Kopf kurz zu Bortos und Kathryn, die hinter ihm und Aris liefen, und als sein Blick sich mit Kathryns kreuzte, spürte sie seine Aufregung. Weder freudig war sie noch freundlich, sondern ängstlich und rasend, als stünde sogleich etwas Schreckliches bevor. Schon sah er wieder weg, rief seinen Freunden eine Begrüßung zu und beschleunigte den Gang. Kathryn tippte Aris auf die Schulter.

„Irgendetwas stimmt hier nicht", warnte sie. Aris musste bereits misstrauisch gewesen sein, denn er nickte nur und tauschte einen bedeutungvollen Blick mit Bortos.

Das Gebäude war nah, die Männer hatten sich erhoben, hatten die Pfeifen ausgeklopft und Kathryn sah, dass sie bewaffnet waren. Neben ihnen lehnten Piken und Flegel und einer trug sogar einen

Degen. Plötzlich rannte Brandon los und rief: „Das sind sie, das sind sie! Schieß auf die Hexe, die Hexe zuerst."

Erst der Hinweis auf einen Schuss ließ Kathryn einen weiteren Mann im Inneren des Gebäudes bemerken, der, zwischen den verfallenen Mauern hindurch, mit einem Gewehr just in ihre Richtung zielte. Bortos stieß sie zur Seite. Der Knall folgte prompt. Auf dem Boden fand sie sich wieder, unbeschadet. Aris und Bortos waren indessen zur Tat geschritten. Mit Degen und Zweihänder, von ihren Scheiden entblößt, gingen die beiden Krieger auf die Männer los. Mit schnellem Ausfall stach Aris den ersten nieder, bevor dieser auch nur reagieren konnte, dem zweiten schlug Bortos die Pike aus der Hand entzwei, und mit dem Rückschwung spaltete er ihm die Brust. Mit einem solchen Ansturm hatten ihre Gegner nicht gerechnet. Der dritte wurde von Bortos niedergemacht und Brandon, der noch übrig war, nur mit seinem Angelstock bewaffnet, schien die Lust am Kampf vollends verloren zu haben. Er hob die Arme und wollte etwas sagen, da stieß ihm Aris die Klinge direkt in den Mund, dass sie zum Hinterkopf rausschaute.

„Der Schütze noch!", rief Bortos. Auch diesem war die Lust am Streit vergangen. Er sprang aus einem Fenster und sprintete los. Aris zielte mit seiner Pistole. Die Kugel traf den Laufenden mittig in den Rücken, ein Schrei erklang und mit durchgedrücktem Kreuz ging er zu Boden.

Erhoben ging Kathryn zu ihren Gefährten. Tot lagen die Männer da, blutig und mit offenen Augen. Sie betrachtete einen von ihnen, dessen Lider noch vor Schreck geweitet waren. Nichts spürte sie hinter dem Schwarz der Iris, nichts war mehr da, nur Finsternis.

„Ihr habt sie alle getötet", stellte Kathryn fest, erstaunt und stockend.

„Was hätten wir denn tun sollen? Sie zu Speis und Trunk einladen?", fragte Aris gereizt.

„Nein… nein. Es ist schon gut so", meinte Kathryn verwirrt. „Ich... ich bin es nur nicht gewohnt. Sowas… den Anblick, meine ich. Gute Götter, ihr seid wirklich gut im Töten."

„Pah!", meinte Bortos verächtlich. „Das war nichts. Die sind nicht mal ein Tänzchen wert."

„Ein Tänzchen?"

„Einen Siegestanz! Den gibt's nur nach einem echten Kampf. Waren bloß Bauern und Tagelöhner, keine echten Krieger, keine Kriegsknechte."

Die beiden knieten sich zu den Leichen und begannen, sie zu durchsuchen.

„Wieso haben sie uns angegriffen?", fragte Kathryn. Und wieso hatte Brandon sie eine Hexe genannt?, fragte sie sich im Stillen dazu.

„Waren sicher Räuber. Die gibt's überall", meinte Bortos leichthin.

„Seht euch das mal an", sagte Aris. Er hatte ein Blatt Papier in der Hand und reichte es Kathryn. „Trugen drei von denen bei sich." Ein Flugblatt war es mit einem königlichen Wappen darauf. Kathryn las und ihre Miene verdunkelte sich bei jeder Zeile.

„Jetzt wissen wir zumindest, was das Ganze sollte", sagte sie, als sie fertig gelesen hatte. Aris und Bortos hatten auch je ein Blatt in der Hand, sahen aber ganz ahnungslos aus. Sie verstand.

„Es ist ein Steckbrief. Ein Steckbrief von uns. Mit Beschreibung und Namen und allem Möglichen mehr." Sie musterte ihre beiden Gefährten. „Ziemlich gute Beschreibungen."

„Ein Steckbrief? Potztausend!", stieß Bortos hervor. „Wie ist das möglich?"

„Was wird uns vorgeworfen?", fragte Aris.

„Hexerei…", sagte Kathryn tonlos.

„Hex… was?", fragte Aris ungläubig.

„Ich bin die Hexe und ihr seid meine Handlanger, meine Hexenknechte. Dahinter steckt mein Onkel. Mein verfluchter Onkel. Darin heißt es, ich würde mich als Prinzessin ausgeben. Es ist, als verspotte er mich aus der Ferne."

„Wie hoch ist das Kopfgeld?", fragte Aris.

„Fünfzig Goldgreife für mich. Je fünfundzwanzig für euch. tot oder lebendig."

Aris stieß einen Pfiff aus.

„Teufel, dein Onkel spielt hart. Hundert Goldgreife! Dafür würde ich uns selbst verpfeifen, wenn ich nicht zu uns gehören würde. Wenn's von den Dingern mehr gibt" – er meinte die Steckbriefe – „Wird jeder Büttel und jeder Kopfgeldjäger… Teufel, jeder einzelne Mann, der eine Waffe schwingen kann, wird hinter uns her sein. Wir müssen nach Starksend und zwar schnell. Vielleicht haben sie dort noch keine."

„Wenn Ihr beschrieben seid, Mylady, wäre es gut, wenn Ihr Euch ein wenig verkleiden würdet. Mit Eurem Kleid und dem guten Stoff und so weiter, zieht Ihr zu sehr die Blicke auf Euch", meinte Bortos.

Ihr Kleid war schmutzig und vielfach zerrissen, Stoff und Rüschen ausgefranst und obzwar sie sich schon lange nicht mehr im Spiegelbild gesehen hatte, zweifelte sie nicht daran, furchtbar auszusehen. Madame Borchardts Gesicht erschien vor ihrem inneren Auge.

„Bortos hat recht." Aris sah sich um. „Ich denke, ein paar von den Sachen da könnten dir passen." Er hatte auf die Toten gedeutet und Kathryn machte große Augen.

„Aber die sind tot", sagte sie.

„Na zum Glück! Lebend würden sie ihre Kleidung wohl kaum hergeben."

~

Den Hut hatte er sich tief ins Gesicht gezogen, den Kopf hielt er gesenkt. Seine Augen suchten angespannt die Ränder seines Sichtfeldes ab, seine Ohren waren gespitzt. Ohne große Schwierigkeiten war er durch das Stadttor gekommen, hatte sich zwischen das Volk einer Handelskarawane gedrängt, die gerade eingezogen war, und die Stadtwache hatte ihn nicht weiter beachtet. Auf dem Marktplatz hatte er die ersten dann gesehen. Steckbriefe. Und nicht wenige. Er konnte sich nicht sicher sein, dass es dieselben waren, denn üblicherweise hing immer der ein oder andere Steckbrief aus, doch Aris meinte, den Aufbau wiederzuerkennen.

Aris hatte die großen, gedrängten Straßen und Plätze verlassen und lief nun durch eine schlammige, schmale Nebengasse. Die Häuser zu beiden Seiten waren schlecht gebaut und schäbig, die Wände troffen vor Schmutz, Fenster und Türen waren von so dünnem Holz, dass man gleich darauf hätte verzichten können. Seile spannten sich von der einen Front zur nächsten, an denen einfache Kleidung hing. Starksend war eine arme Stadt mit entbehrungsgewohnten Einwohnern, dachte sich Aris, und an gefährlichem Gesindel mangelte es gewiss nicht.

Zum Glück waren sie übereingekommen, dass die Prinzessin und Bortos sich erstmal außerhalb der Stadt versteckt halten sollten, bis Aris die Lage ausgekundschaftet hatte. Das Mädchen hatten sie in Männerkleidung gepackt, ihr Haar unter einem Tuch verborgen und ihr darüber noch einen Hut aufgesetzt. Auf einen flüchtigen Blick hin mochte sie wohl als bartloser Jüngling durchgehen, wer aber genauer hinsah, konnte unmöglich getäuscht werden. Und Bortos fiel mit seiner Größe einfach zu sehr auf, um den Späher zu geben. So war es an Aris geblieben. Allerdings hatte auch er sein verdammtes Erkennungsmerkmal, das so leicht nicht zu verdecken war und im Steckbrief offenbar beschrieben wurde.

Er erreichte einen kleinen Platz mit einigen heruntergekommenen Läden. Gedankenverloren kratzte er sich an der Narbe, hielt inne, und ärgerte sich über die Nachlässigkeit. Eine Schenke befand sich ihm gegenüber, deren Äußeres gut zu dem Rest von Platz und Viertel passte, und er beschloss, darin die letzte Ungewissheit auszuräumen.

Steinerne Stufen führten in einen Kellerraum, niedrig und dunkel, und Pfeifenrauch schwebte wie Nebelschwaden durch die Luft. Bärtige Gesichter drehten sich ihm zu, als er den Raum betrat. Die dazugehörigen Männer saßen am breiten Tresen oder an den runden, klapprigen Tischen, würfelten oder spielten Karten oder betranken sich einfach nur. Aris setzte sich an den Tresen. Beim Wirt, ein breiter, schnauzbärtiger Mann, bestellte er ein Bier, stopfte sich seine Pfeife mit Kraut und entzündete sie an einer der vielen Kerzen, die in dichter Reihe schlicht auf den Tresen geklebt waren. Der kurze Augenblick der Ruhe, der mit seinem Hereinkommen eingekehrt war, ging über in üblichen Wirtshauslärm. Aris trank einen Schluck Bier, welches, seiner Erwartung entgegenlaufend, frisch und gut schmeckte.

„Na, mein Freund. Bist nicht von hier, was?“ Ein Kerl hatte sich neben ihn gesetzt, zeigte ein Grinsen aus schwarzen, verfallenen Zähnen. Er hatte ihn in Gemeinsprache angesprochen.

„Bin ich nicht, nein. Und was macht das aus mir?“ Aris hatte sich ihm zugewandt und setzte seinen gefährlichen Blick auf.

„Nur einen Fremden“, lachte der Mann. Aus dem Augenwinkel sah Aris, dass seine Kumpane, die am gemeinsamen Tisch zurückgeblieben waren, das Gespräch sehr genau beobachteten. „Bist nicht der einzige. Zurzeit treibt sich hier manches fremde Volk herum.“ Mit einer Kopfbewegung deutete er in eine hintere Ecke. Zwei Männer saßen dort an der Wand, ein junger, unscheinbarer Bursche, ihm gegenüber ein kantiger Mann mit eckigem Hut mit breiter, flacher Krempe. Trotz des spärlichen Lichts waren die Augen des letzteren hinter dunklen Gläsern verborgen. Ein Hexenjäger! *Teufel*, dachte Aris bei sich, *das konnte kein Zufall sein.* Äußerlich verzog er keine Miene.

„Was treibt so einen denn hier in die Gegend?“, fragte Aris.

„Die Arbeit, denke ich“, sagte der Kerl, sagte es in einer Weise, dass Aris keine Zweifel mehr blieben. Man suchte sie hier. „Und was treibt dich her? Siehst wie ein Söldner aus, habe ich recht? Ein Kriegsknecht.“

„So ist es“, nickte Aris, sog an seiner Pfeife. Er hatte sich eine Geschichte zurechtgelegt. „Bin über die Flur gekommen, um euch und eurem König zu dienen. Sie suchen Männer gegen Sippan, heißt es.“

„Willst für uns kämpfen, das ist gut. Nieder mit Sippan!“, rief der Kerl und hob seinen Becher zum Salut. „Nieder mit Warstein!“ Vielfach wurde der Ruf aufgegriffen und auch Aris stimmte ein. Der Kerl lachte ihn an, fragte dann: „Bist ganz alleine unterwegs?“

„Allerdings“, erwiderte Aris.

„Hast schon eine Unterkunft?", fragte der Fremde. „Ich kenne da welche, sind gut und billig. Kannst da schlafen, oder auch wen mitbringen, ganz wie du willst."

„Hab Dank, Freund, aber ich habe schon einen Platz für die Nacht", sagte Aris.

„Ah, du hast schon eine Unterkunft." Das freundliche Lächeln war wieder da. "Ist sie denn gut? Sag mir, wie sie heißt, dann empfehle ich sie weiter."

Aris hatte genug gehört. Es war höchste Zeit, aufzubrechen. Er sagte: „Ich muss leider los. Vielleicht begegnet man sich ja nochmal." Er legte eine Münze auf den Tresen, trank seinen letzten Schluck Bier. Beim Aufstehen glitt sein Blick in die hintere Ecke. Aris hatte den untrüglichen Verdacht, dass die unsichtbaren Augen hinter den Gläsern auf ihn gerichtet waren.

Gemächlich stieg er die Treppe zum Ausgang hinauf, kaum draußen, eilte er los. Schnellen Schrittes lief er eine Gasse entlang, bog in eine schmale Lücke zwischen zwei Häusern ein und versteckte sich hinter einem großen Regenfang. Lange brauchte er nicht zu warten. Der Kerl, der ihn angesprochen hatte, rannte, gefolgt von seinen Kumpanen, die Gasse entlang. Aris wartete, wartete lange, denn er fürchtete, der Hexenjäger könnte ihm ebenfalls gefolgt sein. Und dieser sorgte ihn weit mehr als ein paar goldgierige Maulhelden, denn Hexenjäger waren bekannt dafür, harte Gesellen zu sein, kampferfahren und gefährlich.

Als nach geraumer Zeit niemand mehr erschien, machte er sich auf in Richtung Stadtmauer. An einer uneinsehbaren Stelle, die nicht bewacht wurde, kletterte er über ein niederes Stalldach auf den Wehrgang. Rasch warf er seine Waffen in den Mantel gehüllt die Mauer hinunter, um sich dann selbst die Brustwehr hinabzuhängen und fallen zu lassen. Gekonnt rollte er den hohen Fall ab, rappelte sich sogleich wieder auf, barg seine Habe und rannte davon.

Er fand das Mädchen und Bortos, wo er sie zurückgelassen hatte, in einem schmalen Waldstreifen, der einstmals ein Ausläufer des Greenwoods gewesen sein mochte. Sie schreckten auf, als er durch das Dickicht trat, hinter dem sie versteckt lagerten.

„Und?“, fragte Bortos. Aris setzte sich erst mal hin und nahm einen großen Schluck verdünnten Weins. Er richtete seine Worte an das Mädchen.

„Dein Onkel hat uns da wahrlich was eingebrockt. Die halbe Stadt sucht uns, wenn’s reicht. Überall hingen Steckbriefe. Ich weiß nicht, ob alle von uns waren, aber vom Aussehen her schien es mir so. Wollte mich dann in einer Schenke umhören und was sehe ich da? Einen Hexenjäger! Der Teufel hole mich, war das ein Zufall. Hundert Goldene. Wir können nur hoffen, dass nicht mehrere von den Gesellen hinter uns her sind.“ Er berichtete noch von der Verfolgung und Flucht, spuckte dann aus und begann seine Pfeife zu stopfen.

„War es auch sicher ein Hexenjäger?“, fragte Bortos. „Die sieht man nicht alle Tage.“

„Was denn sonst? Hat mich aus seinen geschwärzten Glasdingern angeschaut.“

„Brille nennt man sowas“, sagte das Mädchen.

„Was auch immer. Er war jedenfalls einer und die Kerle sind gefährlich.“

„Ich könnte mich einfach der Stadtwache stellen“, überlegte das Mädchen. „Ich sage ihnen, wer ich wirklich bin. Und selbst wenn sie mich festnehmen, muss es einen Prozess geben. Dann kann ich beweisen, dass ich wirklich ich bin.“ Sie stockte der Absurdität des Satzes wegen. „Irgendjemand muss mir einfach glauben.“ Er hörte die Verzweiflung in ihrer Stimme. Früher oder später musste es ja soweit kommen. Seit sie weinend zusammengebrochen war, hatte Aris etwas Ähnliches erwartet. Sie hatte Schneid bewiesen, kein Zweifel. Für ein Weib und mehr noch für das Schlosspüppchen, das sie nun einmal war. Aber sie konnte nicht ewig die Starke spielen. Sie war nicht für diese Welt gemacht und nicht für die Lage, in der sie sich befanden. Sie tat Aris leid, um sie zu schonen, stand aber zu viel auf dem Spiel.

„Ist dein Hals und ich werde dir bestimmt nichts vorschreiben, aber dein Onkel wusste schon, was er mit der Hexensache anrichtet. Mit Hexen fackelt man nicht lange, da heißt's Augen raus oder Kopf ab, noch bevor du dich groß erklären kannst. Und selbst wenn du dazu kommst; wer glaubt so eine Geschichte?", sagte er.

„Aris hat recht, Mylady", meinte auch Bortos. „Hab schon gesehen, wie mit Hexen umgesprungen wird. Das ist kein schöner Anblick."

„Und was dann? Was können wir tun?", fragte sie. Aris zog eine Grimasse. Ja, was blieb ihnen? Nach dem Wald hatte er geglaubt, der Rest würde ein Kinderspiel werden. Das Mädchen nach Lidium verfrachten mit einem Schiff oder einer Fähre, wie schwierig konnte das sein? Aber so, wenn jeder Bauer und Handlanger nach ihnen suchte, mit Hexen- und Kopfgeldjägern an ihren Hacken und den Männern ihres Onkels obendrauf? Nach Starksend hineinschleichen schied aus, zu auffällig war ihre kleine Rotte, und falls es noch einen anderen Hafen im Umkreis gab, zweifelte Aris nicht, dass er von ihren Häschern bewacht wurde. Bis unter die Nase saßen sie in der Scheiße.

„Ich weiß es nicht", sagte er gerade heraus. „Wollen wir immer noch nach Lidium, müssen wir wohl zu Fuß nach Westen, und so, wie es steht, wird da mancher Kampf auf uns warten. Wir könnten auch hier bleiben. Uns verstecken, abwarten, bis Gras über die Sache gewachsen ist. Ein Monat vielleicht, oder zwei. Allerdings kennt sich keiner von uns hier aus. Da ist's nicht leicht, sich versteckt zu halten." Eine weitere Möglichkeit schwebte in seinem Geist, war im Laufe des Tages immer deutlicher geworden, doch die würde der Kleinen nicht gefallen. Er wollte ihr helfen, wollte es wirklich. Er mochte sie irgendwie. Mochte, wie sie aussah und wie hitzig sie sein konnte. Mochte die Hexen-Sache. Und gleich, was sie gesagt hatte, eine Belohnung würde ihnen gewiss winken, brächten sie sie in Sicherheit. Er sah nur einfach keinen Weg. Sich quer durch Norland kämpfen bis nach Lidium. Sie würde es nicht schaffen, selbst er und Bortos nicht.

Ohne das Mädchen allerdings.... Bortos und er könnten über die große Flur reisen. Nach Breaktown oder Estceter und von da aus weiter nach Süden. Kein Hahn würde nach ihnen krähen, und ihnen würden gewiss keine gedungenen Mörder hinterhergeschickt. Und ein Kriegsknecht fand überall ein neues Heer, dem er dienen konnte. Aber Bortos war Bortos. Stur wie ein sippanischer Kampfbulle und ebenso dickköpfig. Aris wusste, es würde nicht leicht werden, ihn zu überzeugen. Wäre es aber allein an ihm, die Wahl zu treffen, ihr Leben gegen das von Bortos und seines dazu, wüsste er, wie er sich entscheiden würde.

Aus seinen Gedanken zurückkehrend, sah er zum Mädchen. Ihre tiefen grünen Augen musterten ihn eindringlich.

~

Spitz und hektisch züngelten die Flammen des Feuers, hell und heiß erstrahlten seine Farben und sie verlor sich in seinem Tanz. Jeden Abend saß man beisammen am Feuer. Zuvor hatte man das Holz gesammelt und passend geschlagen, dazu kleine Äste und Reisig und Zunder, so man welchen hatte, unter die pyramidal angelegten Scheite gelegt und es entzündet. Ein tägliches Ritual in der Welt dieser Männer, das ihnen so selbstverständlich schien wie das Schlafen unter offenem Himmel. Einer Welt, die Kathryn so ungeheuer fremd war.

Das Feuer loderte ungewöhnlich groß heute, denn frisch wehte der abendliche Wind und für unbedenklich hielten ihre beiden Gefährten, wenn irgendjemand das Feuer sehe, hatten sie schließlich keine Verfolger hinter sich, die ihnen gezielt auf der Fährte waren. Heiß strahlte ihr die Wärme ins Gesicht, doch nahm sie sie kaum wahr, so tief versunken war sie in ihren Gedanken.

Sie hatte ihn gesehen, den Zweifel. Hatte ihn aus den Augen Narbes erlesen und gefühlt. Er glaubte nicht, dass sie es nach Lidium schaffen konnten, und wankelmütig war seine Treue ihr gegenüber ohnehin. Sie brauchte ein Ziel, einen Plan, der realistisch war und vielversprechend, und sie brauchte ihn bald, bevor die beiden sich von ihr abwenden würden. Umbringen oder vergewaltigen würden sie sie nicht. Früher hätten sie es gewiss, Narbe zumindest, jetzt aber nicht mehr. Auch das sah sie in ihren Augen, ohne die Regel dahinter verstehen zu können. Nein, tun würden sie ihr nichts, verlassen aber durchaus. Narbe wollte es, das fühlte sie, und auch wenn sie den Großen nicht gut lesen konnte, schien er sich in den meisten Dingen nach seinem Bruder zu richten. Alleine würde alles schwieriger werden.

Vielleicht war es die Not, die sie ihren Blick immer öfter einsetzen ließ. Sie verbot es sich immer wieder aufs Neue, nur um sich wenig später dabei zu ertappen, erneut hinter die Maske aus Fleisch und Knochen zu blicken, oder zumindest, es zu versuchen. Sie fragte sich, warum es ihr bei Narbe so viel leichter fiel als beim Großen, und heimlich, sich selbst den Wunsch kaum zugestehend, fragte sie sich, was sie wohl noch alles in einem Menschen sehen könne.

Narbe holte sie aus ihren Gedanken, als er ihr einen Becher von seinem Wein anbot. Die beiden pflegten jeden Abend zu trinken, und Kathryn hatte bisher immer abgelehnt, boten sie ihr etwas an. Der Gewohnheit folgend, schüttelte sie den Kopf.

Narbe sagte: „Ist keine solche süße Plörre, wie Bortos sie mag. Dieser hier ist Roter aus Sippan, und der letzte, den wir haben. Der lohnt sich zu trinken. Und verdünnt schmeckt sowas nicht. Probier, ich bitte dich."

Nette Worte waren selten genug von ihm, dass sie einen Becher annahm. Erdig schmeckte der Wein und kräftig, und zu ihrer Überraschung gefiel ihr der Geschmack. Narbe deutete ihre Miene richtig und sagte: „Ha! Bist von meinem Schlag, Prinzessin. Ich kann die süße Pisse, die der Dicke dauernd säuft, auch nicht leiden. Nach Leder und Leben muss Wein schmecken, nicht nach Fruchtsaft."

„Das Leben ist bitter genug, das brauche ich beim Saufen nicht. Fröhlich soll es mich machen, und so soll es auch schmecken."

„Es ist nicht des Geschmacks wegen, dass ich nicht gern Wein trinke", sagte Kathryn. „Ich will nicht betrunken werden."

„Wieso? Das ist doch gerade der Grund, weshalb man trinkt", wunderte sich Bortos.

Kathryn zuckte mit den Schultern.

„Ich brauche meine Sinne scharf", sagte sie.

„Ja, der Wein kann schon mal die Sinne trüben, das ist wahr", sagte Narbe nachdenklich. „Aber er macht auch vieles leichter. Er hilft gegen Trübsal und gegen Langeweile. Und vor allem hilft es beim Vergessen." Er nahm einen Schluck, als wolle er sich der Wirkung vergewissern. „Du wirst mittlerweile auch so manches in deinem schönen Kopf haben, was du lieber nicht drin hättest, was?" Als er sie ansah, war keinerlei Spott in seinen Augen. Tote Gesichter tauchten vor ihr auf und schmerzhaft war ihr Anblick, bei manchen fast unerträglich. Kathryn trank.

Sie betrachtete das Rot in ihrem Becher, das im abendlichen Licht purpurfarben schimmerte. Nach einem Moment der Stille fügte sie hinzu: „Und ich habe Angst, die Kontrolle zu verlieren. Ich hatte schon nie die Kontrolle über mein Leben, da will ich wenigstens die über meinen Geist behalten."

„Wieso? Wer hat denn über dein Leben bestimmt, wenn nicht du?", fragte Narbe.

„Alle möglichen. Mein Vater, mein Onkel, meine Gouvernante. Ich durfte nicht mal alleine das…" – sie wollte nicht Schloss sagen – „das Haus verlassen."

„Tja, aber hier und jetzt hast du allein die Kontrolle, hier bist du frei. Bei uns wirst du keine Gouvernante antreffen, die dir sagt, was du zu tun hast. Bortos und ich jedenfalls werden dir keine Vorschriften machen. Keine Frage, du wirst verfolgt, und die Kerle da draußen wollen dich tot sehen, aber frei bist du trotzdem. Du kannst gehen, wohin du willst, und tun, was immer du willst. Du könntest in den Osten reisen, in fremde Länder, nach Frisien oder Potalien oder weiter nach Süden, nach Karn, zur Hauptstadt der Welt, eine Stadt, so schön und groß, wie du sie noch nie gesehen hast. Der Palast des Imperators ist eine Burg, groß wie eine Stadt, *Stein* nennen sie sie, weil sie in einen Felsen gebaut ist, dabei würde *Berg* viel eher passen, und die Jesajapyramide sieht aus, als hätten sie die Götter selbst erbaut. So etwas siehst du nirgends auf der Welt." Er klang verträumt. „Oder du könntest in die Nuben reisen, dort wird bestimmt kein Mensch dich finden. Da gibt es Berge, so hoch, dass ihre Gipfel in den Wolken verschwinden. Die würde ich gern mal sehen. Den heiligen Berg und den Himmelsturm."

Frei sein! Hatte sie nicht stets davon geträumt? War es nicht ihr Ziel gewesen, all die Male, die sie geflüchtet und ausgebrochen war? Frei von allem sein, weg von der ständigen Gefahr. Ein Teil von ihr wollte es, verzehrte sich danach.

„Und was soll ich dann werden? Ein Soldatenweib?" Sie betrachtete Aris. „Eine Hure?"

Aris machte eine gleichgültige Geste.

„Es gibt Schlimmeres als das, glaub mir. Du kannst natürlich auch zurückgehen." Er machte große, bedeutungsvolle Augen. „Zurück zu der Hexe." Kathryn erwiderte nichts.

„In die Fußstapfen deiner Mutter treten, vielleicht ist das ja dein Weg. Oder du bist längst eine, und die Steckbriefe haben recht."

„Ich bin keine Hexe!", zischte Kathryn ihn an. *Und meine Mutter war auch keine!*, wollte sie sagen, brachte die Worte aber nicht über die Lippen. Er glaubte selbst nicht an seine Worte, sie las es in seinen Augen. Warum ließ sie sich nur so leicht provozieren?

„Und was ist mit dir?", fragte sie.

„Mir?"

„Ja. Ich habe nicht vergessen, was die Hexe zu dir gesagt hat. Wie hat sie dich genannt? Einen Glaubensbruder. Und was war das mit dem Katzenauge? Mich nennst du so, aber was bist du? Für solche Dinge kann man auf dem Scheiterhaufen landen."

„Sagt es ihm, Mylady", meinte Bortos. „Ich sag's ihm auch immer. Die schicken dich noch ins Feuer, sag ich ihm. Immer redet er von solchen Sachen, will irgendwelches Teufelszeug haben oder irgendwelche Teufelsdiener treffen. Jede verdammte Katze behandelt er, als sei sie heilig. Dabei meint er es in Wahrheit gar nicht so."

„Und ob ich es so meine!", widersprach Narbe, leise zwar, aber doch hörbar.

„Dann betest du wirklich den Teufel an?", fragte ihn Kathryn. Er zögerte, musterte sie eine Weile. Es ist nicht leicht, etwas auszusprechen, was einen in den Augen der meisten Menschen lebensunwürdig macht. Sie wusste, bevor er noch den Mund aufmachte, er würde es dennoch tun.

„Ja!"

„Aris!", fuhr ihn Bortos mahnend an.

„Hier kann ich's doch wohl sagen. Unsere kleine Hexenprinzessin wird schon nicht die Inquisition rufen. Ich bete den Dunklen an, so ist es. Und wen auch sonst? Wer soll sonst mein Gott sein? Jave? Der Gute Gott! Der mir alles vorschreiben will. Der alles verdammt, was ich tue. Der will, dass ich artig bete, dass ich brav bin und demütig und nüchtern und keusch. Der tausend und mehr Regeln hat, die ich allesamt ohnehin nicht einhalte. Ich fluche, ich saufe, ich töte und verdammt nochmal ich ficke, und zwar gern. Was will ich von einem Gott, der alles hasst, was ich bin und was ich mache? Nein, da halte ich es lieber mit dem, den die da draußen Teufel nennen. Der nimmt mich, wie ich wirklich bin. Er ist der einzige, der mich frei sein lässt."

Es waren Worte, wie Kathryn sie noch nie gehört hatte, und Worte, die andernorts wohl niemals ausgesprochen würden. Aus dem Herzen waren sie gekommen, dachte Kathryn, und ein wenig erinnerte sie das Gesagte an das, was Breadhead einst zu ihr gesagt hatte.

„Bruder, was du da redest…" Der große Mann schüttelte den Kopf, als höre er den Unsinn eines widerspenstigen Kindes. „Der Gute Gott gefällt dir nicht, so sei es halt. Aber warum der Teufel, bei allen Göttern? Hast das Hexenweib schon vergessen? Potztausend, mir läuft es immer noch kalt den Rücken runter, wenn ich an die Alte denke. Willst wie sie werden? Willst Blut trinken und dich mit Toten umgeben, oder was die sonst noch alles tun? Das kannst du nicht wollen. Such dir einen anderen aus, Aris. Einen, der dich nicht in die Folterkeller der Ehrlosen bringt."

„Und wer soll der sein? Sophis?" Narbe lachte abfällig und traurig zugleich. „Für uns, die wir nicht lesen und nicht schreiben können, die kein Gelehrter je angeschaut hat. Oder Gaya? Für unsereins, der seit er laufen kann alles tötet, was irgendwie essbar ist? Wir sind nicht für die Studierzimmer bestimmt und auch nicht für den Wald. Es sind sicher gute Götter für den, der sich auf sie versteht, aber für mich? Nein, für mich nicht!"

„Dann Kogan. Lass es ihn sein. Er war schon der Gott der Krieger, als es die anderen Götter noch gar nicht gab. Kogan ist ein guter Gott. Er macht dich vielleicht nicht unsterblich, aber hilft dir auf seine Weise. Auf ehrenhafte Weise. Er kann dich stark machen und mutig. Ich weiß das. Ich hab's erlebt. Du tanzt doch schon zu seinen Ehren, du musst ihn nur noch in dein Herz lassen. Und in der Nachwelt saufen wir gemeinsam mit ihm und seinen Kriegern und feiern bis in alle Ewigkeit." Er sah seinen Bruder eindringlich an. Es war nicht das erste Mal, dass die beiden darüber sprachen.

Narbe rang sich ein Lächeln ab, eine Erwiderung unterließ er aber, und Kathryn erlas seinen Augen, was in ihm vorging. Er glaubte nicht an Kogan, glaubte nicht, dass es ihn gab, wie kaum einer noch an die alten Götter wirklich glaubte.

„Ich habe jedenfalls deine Frage beantwortet, Prinzessin. Was ist jetzt mit meiner? Was war noch in der Hütte?"

Er hatte sich seine Antwort verdient, dachte Kathryn bei sich, alles preiszugeben, war sie aber nicht bereit.

„Das meiste habe ich schon erzählt", sagte Kathryn und Narbe musterte sie eingängig durch die Flammen hindurch. „Aber sie meinte noch, dass ich eine Hexe werden könnte. Sie sagte, der Dunkle habe Pläne mit mir und dass ich zu ihr zurückkehren könne, wenn ich wolle." Sie machte eine Pause. „Aber das werde ich nicht. Ich werde keine Hexe werden, hörst du? Niemals! Und jetzt will ich nicht weiter darüber reden." Sie legte sich hin und wandte den beiden den Rücken zu. Es brauchte lange, bis ihr gedankenvoller Kopf endlich eingeschlafen war und irgendwo in der Dunkelheit sang ein Waldkauz sein trauriges Nachtlied.

Hinter schwarzen Gläsern verborgen lagen die unsichtbaren Augen. Sie sahen sie an, das wusste Kathryn. Morgens war es und sie hatte sich erleichtert, war aus dem Gebüsch getreten, hatte sich umgeblickt und in die schwarze Öffnung eines Pistolenlaufs geschaut. Von eigentümlicher Klarheit war der Moment. *Jetzt sterbe ich*, dachte sie, nüchtern, ohne Groll. Es war ihr seltsam gleich, fast hätte sie gelächelt. Jeden Augenblick musste es soweit sein.

Da drückte eine Hand die Pistole beiseite. Ein großer Körper warf sich gegen den Hexenjäger. Brüllen, Stöhnen, Kampfgeräusche. Als Knäuel von Kleidung und Gliedern gingen sie zu Boden, Bortos und der Hexenjäger. Die Pistole landete einige Schritte neben ihnen. Von ihrem Todesschreck erholt, eilte Kathryn zu der Waffe und hob sie auf. Der Hexenjäger war wieder auf den Beinen, hielt zwei kurze Schwerter in den Händen mit breiten Klingen. Narbe tauchte hinter ihm auf, stieß mit dem Degen zu, doch der Hexenjäger parierte. In rascher Folge hieb er seine beiden Schwerter gegen Narbe, der zurückweichen musste. Da war Bortos ebenfalls wieder auf den Beinen. Plötzlich sah sich der Hexenjäger von zwei Seiten angegangen. Er richtete je ein Schwert gegen einen seiner Gegner. Ein Leichtes hätte es für ihre Gefährten sein müssen, aber jetzt bemerkte Kathryn, dass Bortos gar nicht bewaffnet war. Auch dem Jäger ging es auf und er stürmte wild auf Bortos los. Dieser wehrte sich mit Tritten. Merkte aber schnell, es würde vergeblich sein. Er packte einen herumliegenden Ast und hieb damit nach seinem Gegner.

Da bewegte sich etwas in Kathryns Augenwinkel. Sie drehte den Kopf, sah einen weiteren Kerl mit dem Gewehr auf Bortos Rücken zielen. Schon hob sie die Pistole, zielte. Der Schuss knallte laut und schmerzhaft in ihren Ohren, Zünd- und Mündungsfeuer blitzten auf. Der Rückstoß hätte ihr die Pistole fast aus der Hand gerissen. Der Kerl ging zu Boden.

„Nein!“, kam der Ruf vom Hexenjäger. Er schaute auf seinen zu Boden gegangenen Partner, war unaufmerksam nur für einen Augenblick. Aris Degen durchbohrte ihn von hinten. Kurz betrachtete er die Klinge, die ihm aus dem Körper kam, dann fielen ihm die Schwerter aus den Händen und er sackte reglos zusammen.

Kathryn spürte ihr Herz rasen. Es pochte, als wolle es ihre Brust sprengen. War es die ganze Zeit so gewesen? Auch des Zitterns ihrer

Hände wurde sie erst jetzt gewahr. Sie ging einige Schritte auf den Mann zu, auf den sie geschossen hatte. Wie in einem Traum kam ihr alles vor, unwirklich und fremd. Rücklings lag er da, die Augen offen und nichts dahinter, das Gesicht bartlos und jung. Er dürfte an Jahren kaum mehr als Kathryn gezählt haben. Sie blickte auf ihn herab. Ihr Kopf war leer und voll zugleich. Sie dachte nichts, und doch herrschte wilder Aufruhr in ihrem Geist. Ihr schwindelte. Die Übelkeit kam plötzlich. Sie wich zur Seite und erbrach sich.

„War das dein Erster?", hörte sie Narbe hinter sich fragen. *Natürlich war es mein Erster!*, wollte sie ihm ins Antlitz brüllen, in was für einer Welt, glaubte er, würde sie leben. Aber ihr Magen entleerte sich weiter und ließ sie nicht zu Wort kommen.

„Ja, die Jungfernschaft zu verlieren tut weh. Es wird besser beim Nächsten", sagte er.

Kathryn wischte sich den Speichel von den Lippen, richtete sich auf und drehte sich zu Narbe. Heiß brannte der Wunsch in ihr, ihn zu schlagen und anzubrüllen, alle Wut an ihm auszulassen. Gerade bückte er sich, um die Pistole aufzuheben, mit der sie geschossen hatte. Sie erinnerte sich nicht daran, sie fallen gelassen zu haben. Er untersuchte sie, musterte dann den Toten.

„Hast du schon oft geschossen?", fragte er. Die Frage überraschte sie, schien ihr unpassend. Sie schüttelte verwirrt den Kopf.

„War mein erster Schuss", antwortete sie. Da erlas sie aus Narbes Augen echte Anerkennung. Ihr wurde wieder schlecht.

Bis sie sich erholt hatte, waren die Gefallenen geplündert. Narbe hatte seinen Hut gegen den des Hexenjägers getauscht, setzte sich die dunkle Brille auf und lachte Kathryn an. Sie verzog keine Miene. Er machte eine gleichgültige Geste, reichte ihr dann die Pistole.

„Die hast du dir verdient. Hab sie geladen."

Schwer lag sie in ihrer Hand, viel schwerer als zuvor, kam es ihr vor. Sie schob sie unter den Gürtel ihrer zu großen Hose. Wieder wanderten ihre Augen zu dem Toten. Bortos trat neben sie, folgte ihrem Blick.

„Ihr hattet keine Wahl. Und Ihr habt mir damit das Leben gerettet. Ein Leben für ein Leben, Majestät." Sie blickte zu ihm auf.

„Nenn mich Kathryn, bitte." Der Große nickte. Wieder auf den Burschen schauend, fuhr sie fort: „Er war noch so jung. Und ich habe sein Leben ausgelöscht."

„So darfst du es nicht sehen", sagte Narbe hinter ihnen. „Du hast sein Leben nicht ausgelöscht."

Sie drehte sich zu ihm um, und fürchtete, er würde wieder irgendetwas Spöttisches sagen. Aber seine Worte waren ernst gemeint.

„Wir sterben alle. Jeder einzelne von uns. Auch er wäre gestorben, so oder so. Das einzige, was du bestimmt hast, ist der Augenblick. Und glaub mir, es gibt weit schlimmere Arten, zu sterben, als durch einen schönen, sauberen Schuss." In seiner Welt waren es bestimmt einfühlsame Worte.

„Wir müssen los", meinte Bortos. „Wir haben ganz schön Lärm gemacht, und wer weiß, ob Aris noch wer gefolgt ist." Ein leiser Vorwurf war in den Worten.

„Also auf nach Westen", sagte Aris.

„Nein!", erwiderte Kathryn. Sie hatte sich entschlossen.

„Nein?", echote Narbe.

„Nein! Mein Onkel erwartet genau das. Er erwartet, dass wir Richtung Lidium oder Steffordsgrave ziehen. Und jemand sagte mir; wenn man verfolgt wird, sollte man nicht dorthin fliehen, wo die Verfolger einen erwarten."

Sie würde nicht zulassen, dass ihr Onkel ihren Bruder umbringen würde, nicht zulassen, dass er gewinnen würde. Nein, sie würde das Spiel zu Ende spielen, und koste es sie das Leben.

„Und wohin gehen wir dann?", fragte Bortos.

„Dahin, wo uns keiner erwartet", antwortete Kathryn.

~ 19. Kapitel ~

Kathryn und Aris

Einem gigantischen, grauen Wurm gleich, erstreckte sich die Lange Flur durch flaches, unwirtliches Land. Mit grobem Stein gepflastert verlief sie schnurgerade, nur mit leichten Bögen, die den Gegebenheiten der Landschaft geschuldet waren, breit und endlos bis zum Horizont. Die Straße war breiter als alles, was Aris in seinem Leben gesehen hatte, und einiges und mehr hatte er gesehen. Eine niedrige Mauerung verlief beidseitig am äußersten Rand entlang und Wachtürme ragten in regelmäßigen Abständen Dornen gleich in die Höhe, was beides die wenigen Einwohner der wenigen Dörfer, die entlang der Flur ihre Heimat gefunden hatten, vor dem beschützen sollte, was jenseits des festen, aufgeschütteten Bodens auf sie lauerte.

Ihre kleine Rotte würden sie nicht beschützen können. Denn ihr Weg führte sie abseits der Flur, führte sie weg von dem Steifen Sicherheit und mitten in die Ewige Marsch hinein. Durch Bestienland würden sie reisen, nur sie drei. Der Plan des Mädchens hatte sich nicht unvernünftig angehört. Über die Tumber zu setzen, um dann durch die Marsch nach Balrust zu gelangen und von dort aus nach Lidium. Damit würde niemand rechnen, hatte sie gesagt, und jedweden Verfolger wären sie los. Aber vielleicht, dachte sich Aris jetzt, rechnete nur deshalb niemand damit, weil der Plan schlechterdings reiner Wahnsinn war. Hunderte Meilen warteten auf sie, hunderte Meilen voller Bestien und Sümpfe und anderen Todesfallen, und Aris verspürte plötzlich nicht die geringste Lust mehr, den Schutz der Flur zu verlassen.

Die Götter wussten, er war kein Feigling. Wenn er musste, hatte Aris schon in den aussichtslosesten Situationen seinen Mann gestanden, hatte gegen große Übermacht gekämpft, hatte manches scharfe Scharmützel mitgemacht und war mit seinen jungen Jahren schon bei vier Schlachten dabei gewesen, und niemals, nicht ein einziges Mal, war er geflohen oder hatte gekniffen. Aber noch stets, wenn er seinen Tod vor Augen sah, dann im Kampf Mann gegen Mann, oder im wilden Durcheinander einer schönen Schlacht, und nicht als Beute irgendeines widerlichen Sumpfmonsters.

Zumindest waren sie gut proviantiert. Am Ostufer der Tumber hinter der Richardsbridge, wo die Lange Flur ihren Anfang nimmt, hatte es von Handelskarawanen und Händlern gewimmelt und sie hatten sich mit allem Nötigen eingedeckt. Der Hexenjäger hatte einiges an Münzen bei sich gehabt, dazu seine Brille und andere Wertgegenstände, die sie dort in Proviant umtauschen konnten, in Trockenfleisch und Brot, in Salz und Zwiebeln und harten Käse. Genug, um sie über eine Woche durchzubringen. Auch Wein hatten sie gekauft. Guten Wein aus Barbon, schwer und stark, wie ihn Aris mochte, sechs große Schläuche. Ein Händler hatte ihn angeboten, der einen ganzen Wagen voll mit Weinfässern besaß, die er in Estceter versilbern wollte. Würde ihr Weg sie nach Osten geführt haben, der Händler wäre einen schönen Überfall wert gewesen. Aber das Mädchen hatte ja andere Pläne für sie.

Am Rand der Flur standen sie und warteten, dass eine Lücke im stetigen Strom von Wagen und Karren entstand, der von beiden Richtungen herfloss, damit keiner sah, dass sie den Weg verließen, nur für den Fall. Händler waren es meist mit voll bepackten Büffel- oder Ochsenwagen. Von Osten her beladen mit Leder und Fellen, Bestienknochen aus der Roten Steppe und blökenden Dabos aus den Graslanden, während die Händler aus dem Westen Salz, Wein und Waffen geladen hatten.

Als sich endlich eine geeignete Lücke auftat, hievte sich Bortos rasch über die niedere Mauer und verschwand die Böschung hinab. Aris aber zögerte. Es war noch nicht zu spät, die Sache abzublasen. Sie könnten einfach der Flur folgen, wären sicher, würden von Estceter aus nach Süden oder sogar weiter nach Norden oder Osten, vielleicht nach Skalvien und für den jungen Eislöwen kämpfen, von dem man so viel hörte, oder nach Potalien unter dem Knochenkönig dienen. Auch Piraten könnten sie werden, ein Gedanke, mit dem Aris schon lange spielte, allein Bortos Flugangst wegen hatten sie bisher davon abgesehen. Jedenfalls hatten sie noch Möglichkeiten, zumindest er und Bortos, dachte Aris sich. Für was ihr Leben so sinnlos in die Waagschale legen? Sie waren ihr nichts schuldig, dem Mädchen nicht und der Welt schon gar nicht. Im Gegenteil, schon zu viel hatten sie getan und nichts im Gegenzug erhalten. Und jetzt war die letzte Gelegenheit, sich umzuentscheiden.

Da griff jemand seine Hand. Es war Kathryn. Sie sah ihn an, aus ihren großen, grünen Augen und sagte: „Komm!" Ihre Hand war warm und zart und er ließ sich von ihr zur Mauer führen. Er half ihr darüber. Einen letzten Blick auf ihn werfend, lief sie Bortos hinterher und zwischen die Bäume. Aris betrachtete seine Hand. Er seufzte. Mit einem Satz war er auf der Mauer und hinüber und folgte seiner kleinen Rotte in die tödliche Wildnis der Ewigen Marsch.

~

Es war feucht und roch nach Torf und Moor, und obgleich es taghell war, wirkte alles düster und unheimlich. Niedere Bäume umgaben sie, mit dunklen, beinahe schwarzen Stämmen, die aus dem Boden erwuchsen, gleich unheimlichen Gliedern und Händen. Kathryn dachte an den Greenwood zurück, an die gigantischen Bäume, deren Stämme breit wie kleine Häuser waren, und so hoch, dass es schien, ihre Wipfel reichten bis in den Himmel. Buschig und satt und grün war es im Greenwood gewesen, hier aber war alles nur karg, sumpfig und braun. Der Boden war torfig, von braunen Gräsern und Geflecht bewachsen oder flächig bedeckt mit federndem Moos, und beim Gehen mussten sie ständig aufpassen, wohin sie traten, denn überall gab es feuchte, schlammige Stellen, worin der Fuß bis zu den Knöcheln versank und ein schmatzendes Geräusch entstand, zog man ihn wieder heraus. Zum ersten Mal war Kathryn froh um ihre etwas zu großen Stiefel, die sie von einem der Toten trug. Verschieden waren auch die Geräusche, die sie umgaben. Dumpf und fremd waren sie, die blubbernden und platschenden Geräusche des Wassers, das Quaken der Frösche und das Zirpen der Insekten, dazu die fernen Geräusche von unbekanntem Getier. Schwer würde ihre Reise werden, dachte Kathryn bekümmert.

Ein Fischer nördlich von Starksend hatte sie übergesetzt. Ein älterer Mann mit grauem Haar und schiefem Mund. Über die Richardsbridge war es zu riskant, denn sie hätten dazu Starksend betreten müssen, und so hatten sie entschieden, mit dem Boot über die Tumber zu gelangen. Schweigsam war er gewesen, ihr Fischer, hatte kommentarlos das Geld genommen, sie am anderen Ufer abgesetzt und ihnen eine gute Reise gewünscht, aber Kathryn hatte es in seinen Augen gesehen. Ein Erkennen war es gewesen. Gewusst hatte der Fischer oder zumindest vermutet, wer sie waren, und Kathryn war sich sicher, er würde nicht schweigen, so ihn jemand danach fragte. Ihren Gefährten hatte sie davon nichts gesagt. Wie auch? Instinktiv verstand Kathryn, dass ihre Gabe ein Geheimnis bleiben musste. Geheim war sie ein Vorteil und eine mächtige Waffe, offenbart aber würde sie nur Misstrauen und Ablehnung hervorrufen. Ganz abgesehen davon, dass es sie auf den Scheiterhaufen bringen konnte.

Sie hatte sich noch mit genug Wegzehr eingedeckt, ihre beiden Begleiter mit sechs großen Schläuchen Wein, was Kathryn reichlich übertrieben fand, doch hatte sie geschwiegen, denn zu fragil war ihre Gefolgschaft, als dass sie Unmut erzeugen wollte. Dann waren sie in die Wildnis aufgebrochen.

Der halbe Tag war vorüber und Kathryn kam es vor, als seien sie kaum von der Stelle gekommen. Immerhin war der Boden etwas weniger sumpfig, denn die Landschaft hatte sich verändert und durch ein Gebiet mit kleinen Seen und Tümpeln kamen sie, deren Ufer mit Schilf und hohen Gräsern bewachsen waren. An einer lichten Stelle machten sie Rast und Bortos ging zu einem Ufer, um sich seine Feldflasche aufzufüllen.

„Vorsicht, Freund! Das würde ich besser nicht machen!", erklang da eine Stimme. Augenblicklich war Narbe aufgesprungen und hatte seinen Degen gezogen, und auch Kathryn war auf den Beinen, die Hand auf dem Griff ihrer Pistole. Wunderbar glatt war der Griff, glatt und kalt, und fühlte sich gut an in der Hand. Ein eigentümliches Gefühl war es, nun selbst bewaffnet zu sein.

Neben einem Baum entdeckte sie den Sprecher der Worte. Eine schwere Armbrust hatte dieser in den Händen, die er nun langsam an den Baum lehnte und mit seinen offenen Händen anzeigte, dass er keinen Streit wolle.

„Friede, Freunde, Friede. Der Willy, der meint's nur gut mit euch. Der riesenhafte Kerl da lebt gefährlich, sag ich, wenn er so unbedacht ans Wasser geht. Ruhig, meine Puky, ist schon recht." Letzteres hatte der Mann zu einem kleinen Hund gesprochen, mit weißem Fell und braunen Flecken, der die Zähne in ihre Richtung fletschte und knurrte, und dabei, statt zu bellen, hundeuntypisch zischte und fauchte.

Bortos hatte innegehalten und fragte den Mann, was denn so gefährlich sei?

„Seid nicht von hier, gell?", sagte der Fremde und lachte. „Dachte ich mir schon, so wie ihr ausseht. Aber die Marsch ist nichts für Unverständige, nein, nein. Da ist schnell das Leben weg. Zack, zack, und tot, so ist's hier draußen." Er lachte wieder. Kathryn sah, dass er weder Schuhe noch Stiefel trug. Mit bloßen Füßen stand er da, wenngleich sie so schmutzig waren, dass von der Haut darunter nicht viel zu sehen war. Über die Schultern hing ihm ein schwarzer Umhang, der aussah, als sei er mit Teer bestrichen. „Ich seh's von hier, soll ich's euch zeigen?" Er kam einige Schritte näher und Aris steckte seinen Degen wieder in die Scheide. Schon von Ferne hatte sich angedeutet, was von der Nähe bestätigt wurde, nämlich, es mit einem Menschen von ganz außerordentlicher Hässlichkeit zu tun zu haben, und Kathryn konnte sich nicht erinnern, je in ein hässlicheres Gesicht geblickt zu haben. Die großen Glubschaugen standen ungleich und zu weit auseinander und zielten in verschiedene Richtungen, die Nase war schief und knollig, das Maul schräg und schartig und voller brauner Zähne, die die Eigenart hatten, dass ein jeder in eine andere Richtung gewachsen war. Der Bart war schwarz und kraus, die Brauen buschig, die Ohren riesig und das wirre, braune Haar stand so steil ab, als wollten die Haare der

Hässlichkeit des Gesichtes entfliehen. Mit breitem Lächeln kam er auf sie zu, und trotz aller Hässlichkeit hatte Kathryn augenblicklich das Gefühl, dass von diesem keine Gefahr ausging.

Bei ihnen angekommen nickte er grüßend Aris zu, dann Kathryn, schaute wieder zu Aris, um dann erschrocken zurück zu Kathryn zu schauen.

„Kreuz und Teufel aber auch, das ist ja ein Weib!" Nicht vorwurfsvoll war es gesprochen, sondern vielmehr furchtsam und erschrocken, als habe er es plötzlich mit einem äußerst fremdartigen Geschöpf zu tun.

„Ein Weib bringt ihr mit in die Marsch?", hauchte er ehrfürchtig.

Der kleine Hund, der ihm treu gefolgt war, zischte und keifte Kathryn böse an. Aus verschiedenem Winkel musterte der Fremde sie, und weil jedes Auge in einen andere Richtung blickte, wusste Kathryn nicht, wohin er gerade sah.

„Und schön scheint es auch zu sein." Der Hund keifte, als wolle er dem widersprechen. „Ruhig jetzt, Puky!", schimpfte er ihn.

„Also, was willst du uns zeigen?", fragte Bortos ungeduldig.

Der Fremde löste seinen Blick von Kathryn.

„Aye, ja. Ich zeig's euch." Er packte sich einen großen, morschen Ast, der herumlag, und lief auf das Ufer des Sees zu. „Husch, Puky, husch", machte er, als der Hund ihm folgen wollte. „Bleib, da, meine Kleine, bleib da." Der Hund gehorchte und sein kurzer Stummelschwanz wackelte aufgeregt. Einige Schritte vor dem See hielt er an. Er zielte und warf den Ast nah beim Ufer ins Wasser. Blitzartig schnappte ein monströses Maul zu, ein schrecklicher, gezackter Schnabel barst den Ast in tausend Teile, und ein riesiger Kopf schoss aus dem Wasser hervor. Sie alle, auch der Fremde, machten einige Schritte zurück.

„Woha, was ein prächtiges Exemplar! Kreuz und Teufel, mit so einem Brocken hatte ich nicht gerechnet", lachte der Fremde. „Ruhig, Puky. Ist alles gut, war nur ein Spaß." Er nahm den Hund auf den Arm und streichelte ihn beruhigend. Dieser streckte seinen Kopf nach oben und leckte seinem Herrn das Gesicht, leckte über Mund und Lippen. „Ist recht, meine Kleine, ist recht."

„Potztausend! Was ist das?“ fragte Bortos und Narbe war es, der antwortete: „Eine Hydra.“

Der Fremde lachte. „Aye, meine Freunde. Gibt kaum einen See oder Tümpel, in dem es keine hat. Irgendwo in der Mitte sitzt der Körper und ihre Köpfe lauern am Ufer. Man kann's sehen, wenn man die Augen dafür hat. Gell, so ist's, meine Kleine, so ist's.“ Letzteres hatte er zum Hund gesprochen.

Der riesige Kopf der Hydra wand sich umher, auf der Suche nach einem Opfer. Die kleinen Augen lagen seitlich, der Schnabel war nach unten und innen gebogen und Kathryn dachte bei sich, was immer dieses Maul einmal in seinen Fängen hätte, wäre verloren. Langsam zog er sich zurück und versank wieder im See, bis nichts mehr von ihm zu sehen war.

„Du hast uns Freund genannt“, sagte Bortos zu dem Fremden. „Und ich will dich ebenso nennen. Bei den guten Göttern, du hast mich da vor etwas bewahrt. Ich heiße Bortos, und ich stehe in deiner Schuld.“ Der Fremde lachte bei den Worten.

„Ist schon gut, mein Großer.“ Er klopfte ihm auf die Seite. „Willy heiße ich. Ich bin euch schon seit ner guten Stunde auf den Fersen, ja, ja. Da seh ich euch durch den Sumpf laufen, so ganz ohne Moordecke und mit Schwert und Gewehr und so weiter, und sag zu meiner Puky hier, sag ich; Teufel, die Kerle wissen doch nicht, wo sie sind. Laufen mir nichts, dir nichts einfach durch die Marsch. Das geht keinen Tag gut, geht das, sag ich. So blieb ich euch auf der Fährte, oder besser, meine Puky hier, denn die verliert so schnell keine Fährte. Gell, meine Kleine.“ Puky leckte ihm zustimmend das Gesicht. „Aye, 's ist wohl besser, wenn ich euch wieder hier rausführe, was? Ich kenne da einen guten Weg. Ist sicher und gut zu laufen. Noch vor dem Abend seid ihr beim Willy zu Hause, und dann koche ich uns was.“

„Und wo ist dein Zuhause?“, fragte Aris.

Willy runzelte die Stirn.

„Na, auf der Flur. Hier draußen, da lebt keiner. Ist Gayas Land hier und den ihren vorbehalten.“

„Bist du ein Druide?“, fragte ihn Kathryn.

„Was? Nein. Ich wollt, ich wär einer und könnte, was die können. Wer so viel hier draußen ist wie ich, der versteht sich auf Gayas Größe und ihre Wunder, aber ihr zu dienen war mir leider nie bestimmt. Jäger bin ich, wie mein Vater auch, und dessen Vater ebenso. Man muss ja von was leben. Aber ich ehre Gaya, wo immer ich kann, und vielleicht mag sie mir meine Sündhaftigkeit einstmals vergeben, ich würd's mir wünschen."

„Wir können jedenfalls nicht zurück auf die Flur. Wir wollen weiter nach Süden, bis nach Avion", sagte Kathryn.

„Wohin? Hat's euch der Teufel eingegeben?", rief Willy. „Nach Avion? In tausend Leben schafft ihr das nicht. Ich seh doch, ihr kennt euch nicht aus. Durch weite Strecken Sumpf- und Nispenland müsst ihr. Habt keine Moordecken, und wahrscheinlich auch keine Duftstecken, gell. Es ist nicht mein Geschäft, Freunde, aber ich rate euch, lasst davon ab."

„Die Nispen schwärmen doch erst später im Jahr, oder nicht?", fragte Aris.

„Aye, das tun sie, hast recht. Der Neunt ist der Nispen Freund, sagt man hier, aber geratet ihr zu nah an ein Nest, und da unten hat's viele, dann stechen die euch auch so tot. Ohne gute Decke geht's da nicht durch", meinte Willy.

„Wenn Nispen kommen, springt man ins Wasser", sagte Bortos.

Willy lachte.

„Na, dann spring hier mal ins Wasser." Er deutete auf die Stelle, wo kurz zuvor der riesige Hydrenkopf emporgeschnellt war. Willy schüttelte den Kopf: „Lasst's bleiben, Freunde. Ihr schafft es nie. Glaubt mir, was hätte ich davon, euch anzulügen?"

Die Söldnerbrüder tauschten Blicke aus und Kathryn fürchtete, ihr Plan könnte verworfen werden. Aber zurück war keine Option. Wohin sollte sie gehen, immer weiter nach Osten, eine Straße entlang, die nur einen Weg kannte? Ihr Onkel würde sie früher oder später finden.

„Und was ist mit dir?", fragte sie den eigenwilligen Jäger.

„Mit mir? Was soll denn mit mir sein?", fragte dieser zurück.

„Würdest du es bis nach Avion schaffen?" Lange brauchte er für seine Antwort nicht.

„Aye, freilich. Schon seit ich ein Bub war, streife ich hier durch die Marsch. Ist mein Heim, will ich sagen. Aber wenn ihr mich fragen wollt, ob ich euch führe… bald eine Woche wären wir unterwegs. Und ich hab auch meine Geschäfte."

„Und wenn wir dich bezahlen?", sagte Kathryn.

„Mit was willst du ihn denn bezahlen?", warf Narbe ein. „Wir haben alles für den Proviant ausgegeben. Und von den Decken, von denen er geredet hat, haben wir auch keine."

Narbe witterte offenbar eine letzte Gelegenheit, ihr Unterfangen abzubrechen.

„Braucht es die Decken denn unbedingt?", fragte sie den Jäger.

„Unbedingt nicht, nein. Kann euch über Land führen, wo es wenige Nester hat. Braucht länger, und ist vielleicht auch ein wenig gefährlicher, aber gehen würde es wohl. Der Willy hat aber seine Verpflichtungen. Eine Woche hin heißt für mich auch eine zurück. Da müsste mein Beutel schon ordentlich klimpern, soll es sich für mich rentieren."

Kathryn langte in ihren Ausschnitt und holte etwas hervor. Es war die Kette, die ihr die Duchess zum Ball geschenkt hatte. Tausend Jahre schien es her zu sein.

„Ich gebe dir das hier, wenn du uns bis nach Avion führst." Sie reichte Willy die Kette. Er besah sie genau, prüfte mit den Fingernägeln das Metall.

„Gold!", beschied er. „Kreuz und Teufel, das ist was wert. Und das Steinchen? Ist das ein wertvolles Steinchen?"

Bortos ließ ihn sich zeigen.

„Das ist ein Smaragd, und ein ordentlich großer. Im Feld würde man dafür gut sechzig Reichskronen bekommen", meinte er.

Kathryn streckte die Hand aus und nahm die Kette wieder an sich.

„Führe uns, und wenn wir wohlbehalten ankommen, soll sie dir gehören", sagte sie.

Der hässliche Jäger dachte eine Weile nach, schließlich nickte er: „Aye, so soll es sein." Er spuckte sich in die Hand und streckte sie Kathryn entgegen. Sie zögerte. Dann spuckte sie sich zaghaft in die ihre, und als die beiden Hände sich im festen Druck umschlossen und Kathryn den Speichel in ihrer Hand spürte, kostete es sie manche Anstrengung, nicht das Gesicht zu verziehen.

~

Er konnte nicht verhehlen, mit dem schrägen Jäger kamen sie viel zügiger voran. Dabei war gar nicht Willy es, der sie über sicheren Boden führte, sondern vielmehr seine kleine Hündin. Willy deutete ihr nur die Richtung, in die er wollte, und sie suchte sich selbst den Weg, dem sie dann alle im Gänsemarsch folgten. Schweigsam war ihr Marsch vorerst gewesen, bis Bortos ihrem Führer immer mehr Fragen über das Land gestellt hatte, und irgendwann hatte Willy zu plappern begonnen und nicht wieder aufgehört. Leise, flüsternd beinahe, sprach er dabei.

„Aye, man ist besser leise hier draußen. Hier, wo wir grad sind, da geht's noch, aber weiter südlich heißt's, still wie die Kreuznattern zu sein. Drum treiben wir unseren Hunden auch das Bellen aus. Bellt nie, mein Puky, niemals, außer wir sind daheim. Dann bellt sie und bellt, und kann gar nicht mehr aufhören." Er lachte. „Aber hier draußen nie. Wollt keinen Wurm anlocken oder ein Rudel Nebelinge oder, verhüt's Gaya, einen Goyf. Sind grausige Viecher, die Goyfs, da hilft nur Rennen."

Bortos klopfte auf seinen Katzenkopf. „Dem Viech würde ich einen kleinen Salut schießen."

„Ha, mein Großer, damit hättest du kein Glück. Dem Goyf kannst mit deinen Kugeln nicht beikommen, gell. Der schluckt sie, als wär's nichts, selbst wenn sie aus so nem Rohr wie deinem kommen."

„Hab solche Geschichten schon gehört, aber ich dachte, sie seien gesponnen. Im Süden gibt's keine Goyfs", meinte Bortos. „Ist ihnen denn mit nichts beizukommen?"

„Mit Feuer und mit Zauber, aber sonst mit nichts. Was meinst du, weshalb die Marsch noch die Marsch ist? Sind Gayas Lande hier, da hat der kleine Mensch nix zu vermelden. Goyfs und Hydren sind ihre Hüter, Sümpfe und Moore ihre Wälle und Fortifikationen, so sagt man bei uns." Zweifellos effektive Hüter, dachte Aris bei sich. Den gigantischen Kopf der Hydra würde er so schnell nicht vergessen.

Sagen tat er: „Die Lange Flur haben sie ihr aber abgetrotzt."

„Und den Blutpreis dafür gezahlt, die Götter können's bezeugen!", sagte Willy. „Zehntausend Mann soll der alte Richard beim Bau verloren haben. So viele Leben. Und was wird bleiben? Früher oder später holt sich Gaya das Ihre zurück. Nicht von ungefähr heißt's; die *Ewige* Marsch. Immer schmaler wird die Flur und immer weniger an Menschen leben darauf. In meinem Dorf lebten früher mal zweitausend Leute, jetzt sind wir keine hundert mehr. Und so sieht es überall aus. Liegt am schlechten Handel. Über die Luft wird jetzt nämlich gehandelt. Den ganzen Tag sieht man die Schiffe fliegen. Als ich ein Bub war, da gab's auch schon Schiffe, aber die meisten haben Lebtags keins mit eigenen Augen gesehen. Für Könige und Fürsten waren sie bestimmt. Jetzt aber gibt es sie bald wie Vögel am Himmel. Da fliegen die meisten lieber, statt über die Flur zu reisen", meinte Willy verdrossen.

„Mir schien alles voll von Händlern", sagte Aris. „Richtung Osten und Westen."

„Aye, dieses Jahr ist's gut, das stimmt. Der Krieg ist der Grund. Ist nicht gut Handel treiben im Kriegsland, daher fahren sie alle nach Osten. Aber das vergeht wieder, fürchte ich. Still jetzt! Puky hat was gewittert."

Die kleine Hündin hatte die Ohren gestellt, die Schnauze nahe dem Boden, die Beinchen zum Spurt gewinkelt. Sie schlichen näher.

„Ein Marschferkel", flüsterte Willy. Aris zog seine Pistole.

„Nicht!", zischte Willy. „Zu laut." Er nahm seine Armbrust von der Schulter, spannte sie. Mit einer Geste bedeutete er Aris, Bortos und Kathryn, zurückzubleiben, dann kroch er auf allen vieren weiter, bis er eine gute Position erreicht hatte. Der Bolzen flog ab und das schrille Quieken kündete, dass er getroffen hatte.

„Ha!“, freute sich der Jäger. „Das wird einen schönen Schmaus für die Nacht geben.“ Indessen rannte seine Puky los, um die Beute zu apportieren. Ein kleines Tier war es, kaum größer als eine Hauskatze, mit borstigem Fell und dickem Bauch. Schmackhaft seien Marschferkel, versicherte Willy und begann, es schnell und sorgfältig auszunehmen.

„Muss hier schnell geschehen, gell. Der Geruch von Blut lockt alles Mögliche an. Müssen gleich weiter“, meinte er.

Von nun an suchte Willy nach Essbarem, was er dem kommenden Mahl zufügen könne, und als er bemerkte, wie interessiert Aris und Bortos waren, verlor er sich ganz darin, ihnen alles Mögliche über die Pflanzen und Pilze der Marsch zu erzählen. Er zeigte ihnen, wo man Weißwurzeln und Sumpfknollen finden könne, welche Pilze essbar waren und welche giftig, welche Kräuter heilsam waren oder schmackhaft. Aris ließ sich alles genau zeigen und erklären. Irgendwann schimpfte das Mädchen, dass sie nicht zur Pflanzenkunde hier seien, sondern um so schnell wie möglich nach Balrust zu gelangen.

„Das sagst du nur, weil jemand wie du nie gehungert hat. Sonst wüsstest du, was solches Wissen wert ist“, meinte Aris und das Mädchen schwieg.

Als es zu dunkel wurde, suchten sie sich einen Platz zum Lagern. Willy ließ sie ein ordentliches Feuer machen.

„Feuer ist gut. Verscheucht das meiste, was einem gefährlich werden könnte, zumindest in der Nacht. Nur auf die Würmer muss man Obacht geben. Die jagen des Nachts und mögen's warm. Drum braucht man auch diese hier.“ Er zückte einen Bund mit Stöcken, jeder einen Fuß an Länge.

„Sind mit Wurmsekret bestrichen, von einem männlichen. Hält andere Würmer ab, damit es kein böses Erwachen gibt.“ Er lachte, begann dann, die Stöcke rund um ihr Lager in den Boden zu stecken.

Der hässliche Vogel verstand sich auch aufs Kochen, und bald garte das Ferkel über der Glut, in Bortos Pfanne brutzelten Pilze, Zwiebeln und die Eingeweide, und in einem Topf, der Willy gehörte, kochten die Wurzeln und Knollen, die sie gesammelt hatten.

„Was jagt man hier noch so?", fragte Bortos den Jäger. Zu viert umringten sie Topf und Pfanne und pickten mit Messern und Händen das Essen. Herrlich schmeckte es Aris.

„Gibt Reh und Barnböcke, vor allem weiter im Norden", sprach Willy schmatzend. „Dann große Stachlinger und Ferkel, Nachtaugen, die jagt man wegen dem Fell, und wenn man sich traut, kann man sich an einem Sichelpanter probieren. Sumpflinks gibt's auch, die bringen ordentlich was ein, vor allem die weiblichen, aber lebend muss man die fangen und die sind wehrhaft. Für mich ist das nichts. Ich lass das Kleine Volk lieber in Ruhe. Ist gut, meine Kleine, kriegst ja gleich was." Der kleine Hund fauchte und keifte, um etwas abzubekommen.

„Und Feen? Im Sumpf hat's doch Feen?", fragte Bortos interessiert.

„Hör mir damit bloß auf", meinte Willy, biss in einen Schenkel, dass ihm der Fleischsaft in den Bart tropfte. „Feen jagen? Das macht nur, wer unverständig ist. Von denen lässt man besser die Finger. Hab noch von keinem gehört, der eine erwischt hätte. Dafür aber geschehen die komischsten Dinge mit denen, die's versuchen. Verschwinden und tauchen erst Tage später wieder auf, ohne zu wissen, was geschehen ist. Manche sind seltsam danach, sind verwirrt und reden schwachsinnig daher. Andere vergessen, wie sie heißen und wer sie sind. Und wieder andere bleiben ganz verschwunden. Nein, nein, Finger weg, sag ich. Sind Geschöpfe der Götter, und diese muss man ehren, gell."

„Aber du hast schon welche gesehen?", wollte Aris wissen. Eine Fee, lebend wie tot, wäre ein Vermögen wert.

„Aye, hab ich. Vier Mal hab ich eine gesehen. Schön sehen sie aus, leuchten wie Sterne, die vom Himmel gefallen sind. Wunderschön. Aber Finger weg, sag ich. Hab Gaya gedankt für den Anblick und hab sie ziehen lassen. Glaubt mir, die bekommt man nicht erjagt. Was den Leuten verkauft wird, sind nichts als Schmetterlingsflügel oder gezupfte Blütenstecher oder irgendein anderer Schwindel. Oder hast du je eine in Gefangenschaft gesehen?", fragte Willy. Er hatte es nicht.

„Aye, was machst du da, Kind? Das kannst du doch nicht wegschmeißen", rief der Jäger plötzlich aus. An Kathryn waren die Worte gerichtet. Sie hatte ihr Ferkelbein weggeworfen.

„Ich bin aber satt", sagte Kathryn unsicher.

„Ja, gibt's denn sowas", meinte der Jäger empört. „Das Tier hat sein Leben gegeben, um uns zu ernähren. Eine Gabe Gayas! Da kannst das Fleisch doch nicht den Würmern und Maden überlassen."

„Sind Würmer und Maden nicht auch Geschöpfe Gayas?", erwiderte das Mädchen. Es war nicht trotzig gemeint, vielmehr schien ihr die Sache unangenehm.

Der Jäger war der Erwiderung wegen kurz verwirrt, sagte dann: „Solche Verschwendung gehört sich einfach nicht. Gutes Fleisch wegzuwerfen! Ich weiß nicht, wo du herkommst, Mädchen, aber hier ehrt man, was Gaya uns beschert." Er erhob sich und hob das weggeworfene Beinchen wieder auf. An seinem Platz zurück, bedachte er Kathryn mit einem abfälligen Blick und begann, die Knochen abzunagen. Als er fertig war, war selbst vom Knorpel kaum etwas übrig.

Nachdem das Essen verzehrt war, lehnte sich Aris zufrieden zurück. Er war satt wie seit Tagen nicht mehr und die Pfeife, die er sich gestopft hatte, machte alles nur noch besser. Bortos schenkte Wein aus und Aris prostete Willy zu.

„Auf dich, Willy. Die Götter haben dich uns über den Weg geschickt, meine ich. Mit dir reise ich gerne durch die Wildnis hier."

„Hab Dank, aber das Lob ist noch verfrüht. Da wartet noch einiges an Strecke auf uns. Aber wir werden's schon machen. Gell, meine Kleine, ja, gell." Zu Puky war Letzteres gesprochen, die ihm das Gesicht leckte und sich über Knorpel und Knochen freute, die ihr Herr ihr zugestand.

Der volle Bauch und der Wein machten sie müde und alsbald hatten sie sich zum Schlafen gelegt und das Schnarchen von Willy und Bortos klang, als versuchten sie sich an einer eigenen Melodie.

Bei Aris wollte der Schlaf nicht recht kommen, wie es oftmals bei ihm war, und mit offenen Augen starrte er zum sternenlosen Himmel hinauf. Das Mädchen schlief ebenfalls nicht. Er konnte es spüren, ohne sie zu sehen. Und sie spürte seine Wachheit offenbar ebenso.

„Glaubst du, ich habe ihn beleidigt?", fragte sie.

Seltsamerweise verstand Aris sofort, was sie meinte.

„Willy? Nein. Morgen wird die Sache vergessen sein. Du kommst aus einer anderen Welt, du kennst es eben nicht anders, Prinzesschen." Er hatte das letzte Wort eigentlich nicht sagen wollen und bedauerte es sogleich.

„Eine andere Welt… und ich dachte immer, mein Leben sei so schrecklich."

Aris richtete sich auf. Das Mädchen lag in ihre Decke gewickelt auf dem Lager, das er ihr hergerichtet hatte. Ihr Gesicht war zu ihm gedreht, die Augen im Schatten. Er konnte nur erahnen, dass sie ihn ansahen.

„Sie haben deine Mutter vor deinen Augen getötet. Das ist schlimm … das ist überall schlimm", sagte er. „Dein Vater ist auch tot. Wer bleibt dir noch?"

„Mein Bruder", antwortete das Mädchen. „Aber ich kenne ihn eigentlich nicht. Ich habe eine Freundin, Colette."

„Eine Freundin? Nun… besser als keine, schätze ich. Und sonst niemanden mehr?"

„Meine Tante und mein Onkel." „Die dich umbringen wollten? Nicht gerade die beste Familie."

„Nein", sagte sie leise, ihre Stimme war belegt.

„Und jetzt reist du mit uns zwei Galgenvögeln und einem schrägen Jäger durch die Ewige Marsch. Ich sage dir, und das kommt von einem, der sich damit auskennt, dein Leben ist schrecklich." Er sah ihre weißen Zähne aufblitzen, als sie lächelte.

Eine Weile blieb es still und Aris stopfte seine Pfeife. Der Gesang einer Eule erklang aus der Dunkelheit. Das Tier musste nahe sein und schaurig schallten seine Rufe durch den Sumpf.

„Du hast auch keine Eltern mehr, oder?", fragte das Mädchen.

„Nein", sagte Aris.

„Wie sind sie gestorben?", fragte sie weiter.

Er saugte an seiner Pfeife und blies den Rauch in die Dunkelheit. Er war sich nicht sicher, ob er diesen Pfad einschlagen wollte.

Schließlich antwortete er: „Ich weiß überhaupt nichts über meinen Vater. Er kann tot sein oder leben. Ich kenne keinen Namen und kein Gesicht. Und meine Mutter… ja, die ist tot."

„Wie war sie?", kam es aus der Dunkelheit.

Aris überlegte.

„Weiß ich nicht. Ich kann mich an ein Gesicht erinnern. Manchmal glaube ich, auch an eine Stimme. Aber mehr nicht." Er zögerte. Warum er weiter sprach, hätte er nicht sagen können. „Nur an eine Sache kann ich mich gut erinnern. Nur an die eine. Morgens muss es gewesen sein, denn ich war gerade aufgewacht. Und ich wollte trinken… Weißt du, im Tross gibt man den Kindern lange von sich zu essen, von der Brust, verstehst du. Weil es oft nicht genug zu essen hat. Gerade für die Weiber ohne Mann. Und… ich war schon größer. Fünf oder vier ... ich weiß es nicht genau. Weiß ja nicht mal, wie alt ich jetzt bin." Er sah in die Glut des Feuers, ließ seinen Geist zurück in ferne Vergangenheit reisen. „Ich hatte jedenfalls Hunger und wollte trinken. Aber es war kalt. Alles war kalt. Da wusste ich es. Obwohl ich so klein war… Es ist das Letzte, an das ich mich von ihr erinnere..." Er zog an seiner Pfeife. Wann hatte er zuletzt davon gesprochen? Hatte er es je?

„Das tut mit leid…Aris", kam es aus der Dunkelheit.

„Ja, so ist es. Bei uns geht es manchem so", sagte Aris.

Was hätte er auch sonst dazu sagen sollen?

„Und dann warst du ganz allein?"

„Ja", antwortete er. „Eine Trossratte."

„Wie war das?", fragte sie.

„Schlimm", sagte Aris ohne Umschweife. „Ich habe viel davon vergessen. Ist auch besser so. Man hat nur Hunger, das weiß ich noch. Die ganze Zeit. Hat Hunger und einem ist kalt. Man ist wie ein Tier. Nichts als ein Tier. Frisst alles, was man findet, schläft im Schlamm und Dreck. Und später… wenn man größer ist, muss man vor den Soldaten aufpassen. Die sind nicht gerade nett zu einem. Nicht immer. Machen Dinge mit Kindern, die man nicht mit Kindern machen sollte." Er stieß einen Schwall Rauch aus, ließ ihn ziehen wie manche Erinnerung. „Aber dann kam Mama. Und dann wurde es besser."

„Die Mutter von Bortos?"

„Ja. Sie nahm mich auf. Ich hatte Essen geklaut, aus ihrem Marketenderzelt, und sie haben mich erwischt. Halb verhungert muss ich gewesen sein. Sie gab mir was zu essen und behielt mich bei sich. Ich weiß nicht wieso. Wegen meinen schönen, blauen Augen, hat sie mal gesagt." Er zuckte mit den Schultern. „Aber sie redet oft solche Sachen, ohne sie ernst zu meinen. Ich glaube, sie hat mir damit das Leben gerettet."

„Klingt, als sei sie eine besondere Person", meinte Kathryn.

„Mama?" Aris lachte auf bei der Erinnerung an sie. „Ohja. Mama ist was Besonderes. Die weiß, wie man es macht. Führt ein großes Marketenderzelt und ein Bumszelt dazu. Hat immer ein gutes Dutzend Mädchen für sich arbeiten. Der macht keiner was vor." Mit Wehmut dachte Aris an Mama und die anderen zurück. Würde er sie je wiedersehen?

„Wieso seid ihr nicht mehr dort?", fragte Kathryn, die Stimme schläfrig.

„Ach, Bortos hatte Schwierigkeiten mit einem Offizier gehabt. So ein verdammter Adelsspross, der ihm den Hals lang ziehen wollte. Aber ein alter Kunde von Mama hat sie gewarnt. Ein Wachtmeister! Sie hat immer ein paar Offiziere als Stammkunden. Deshalb hieß es für Bortos Reißaus nehmen und ich bin mit. Wollte ihn nicht alleine ziehen lassen, auch wegen Mama nicht. Ist mittlerweile über zwei Jahre her."

Eine Weile blieb es ruhig und irgendwann hörte Aris vom Schlafplatz des Mädchens her eine tiefe, gleichmäßige Atmung.

„Schlaf gut... Kathryn", sagte er, ohne eine Antwort zu erwarten. Bald klopfte er seine Pfeife aus und legte sich ebenfalls hin.

~

Die vergangene Nacht hatte Kathryn weit besser geschlafen als die harten Tage zuvor. Aris hatte ihr gezeigt, wie man mit Moos und Gras den Boden gut polsterte, eine passende Kuhle formte und die Decke richtig faltete. Freilich war es immer noch feucht und kalt gewesen, doch als sie sich tief in ihre Kuhle gekuschelt hatte, die Decke eng umwickelt, hatte sie sich wie in einem warmen Kokon gefühlt. Auch die gewohnten Schmerzen von Rücken und Gliedern waren morgens ausgeblieben.

Willy führte sie weiterhin sicher durch das sumpfige Land, plapperte dabei unablässig über die Pflanzen- und Tierwelt und vieles mehr, was die Marsch betraf. Kathryn hörte aufmerksam zu und fragte den Jäger auch manches. Sie hatte den Blick des Vortages nicht vergessen und auch die Abneigung, die sie seinen Augen erlesen hatte. Von letzterer schien aber, wie Aris vorausgesagt hatte, nicht viel verblieben zu sein.

Der Tag war wolkenbehangen und trüb, die Luft feucht und schwer. Später Nachmittag war es, als Puky etwas witterte.

„Was ist da, meine Kleine? Was sagt dir deine Nase?"

Die kleine Hündin keifte aufgeregt und ihr Stummelschwanz wackelte. Willy wies Puky und die übrigen an, zurückzubleiben, während er auf seinen blanken Füßen vorschlich.

„Ein kleines Rudel Rehe", berichtete der Jäger, als er kurz darauf zurückkam. „Mit einem prächtigen Bock. Das kann ein schöner Fang werden. Müssen nur von der anderen Seite ran, denn der Wind steht schlecht. Du, Aris, kommst mit mir, und du, meine Kleine, bleibst bei diesen hier, wenn's recht ist. Ihr passt mir aber gut auf sie auf, gell!" Er bedachte Kathryn und Bortos mit einem Blick, der keinen Zweifel an der Wichtigkeit ihrer Aufgabe ließ. Sie nickten beide.

So warteten sie zu dritt und Puky keifte und zappelte, denn sie wollte gern ihrem Herrn hinterher, doch Bortos hielt sie fest im Arm und streichelte sie beruhigend. Schließlich hörten sie ein zischendes Geräusch, gleich darauf knackende Äste und Hufgetrappel. Rehe sprangen zwischen dem Geäst hervor und rasten unweit an ihnen vorbei. Nicht lange danach tauchte Aris auf und winkte sie zu sich. Das Lächeln auf seinen Lippen verriet Kathryn, dass sie erfolgreich gewesen sein mussten, und tatsächlich fanden sie Willy mit ähnlich breitem Lächeln vor, wie er einen stattlichen Rehbock vor sich hatte.

Puky sprang ihrem Herrn in die Arme und leckte ihm vor Freude das Gesicht.

„Ist gut, meine Kleine, ist gut!", lachte dieser. „Und da seht, eine ganze Kolonie Steinlinge." Er deutete auf eine Ansammlung brauner Pilze, die beieinander aus der Erde sprossen, gleich Häusern in einer Stadt. „Die sind gut. Gut und schmackhaft, werdet's sehen. Und Hydekraut seh ich dort auch. Gaya ist heute großzügig mit ihren Gaben."

Er erklärte ihnen, wie die Pilze am besten zu schneiden seien, und woran sie zu erkennen waren. Auch zu dem Kraut, das entlang morschen Holzes wuchs und spiralförmige Triebe bildete, hatte er manches Wort zu sagen. Dann ging es ans Ausweiden.

„Hast schon mal ein Tier ausgenommen?", fragte Willy Kathryn. Sie verneinte. „Willst dich daran probieren? Mag dir einstmals ein nützliches Wissen sein."

Kathryn hoffte sehr, dass solches Wissen ihr zukünftig besser nicht nützlich sei, doch sie wollte sich gut mit dem Jäger stellen und nahm daher das Messer, das er ihr darbot. Er zeigte ihr, wo damit anzusetzen und wie zu schneiden, und bald quollen Blut und Gedärm aus dem toten Tier heraus. Es roch nach Eisen und Blut und Schlimmerem, und Kathryn musste schlucken, ob des Gestanks und Anblicks. Aber sie verbot sich aufzuhören, presste den Kiefer zusammen und fuhr fort. Das Tier war groß und es dauerte, bis endlich die ganze Haut abgezogen und die Innereien herausgeschnitten waren. Willy erklärte ihr, welches die besten Stücke Fleisch waren, die sie loslösen sollte, denn sie hätten unmöglich das Tier als Ganzes mitnehmen können.

Bis zu den Ellenbogen waren ihre Hände blutig, nun aber, wo sie sich an den Geruch gewöhnt hatte, betrachtete sie fasziniert das nackte, tote Fleisch. Willy deutete ihre Wandlung richtig, denn er sagte: „Aus dir machen wir noch eine richtige Jägerin, gell. Ist jetzt gut, Puky!", schimpfte er dann seine Hündin, die neben ihm unnachgiebig keifte und an seiner Hose zog.

Im Aufschauen hielt der Jäger jäh inne. Kathryn sah zu ihm, von seinem Stocken aufmerksam geworden, sah in seine schiefen Augen und der Schreck, den sie daraus erlas, durchzuckte sie wie ein Stromstoß. Sie folgte seinem Blick.

Nebel breitete sich vor ihnen aus, dichter, grauer Nebel, der sich durch Bäume und Gelände bewegte, als sei es ein lebendiges Wesen. Von allen Seiten zog er auf.

„Bei allen Göttern!", sprach Willy mit Angst in der Stimme.

Kathryn verstand nicht, was den Jäger derart beunruhigte, denn Nebel konnte im Sumpfland nichts Ungewöhnliches sein. Da hörte sie das Klappern. Von dicht hinter der grauen Wand kam es her. Ein weiteres folgte von anderer Stelle. Dann noch eines.

„Was ist los? Was ist das?", fragte Aris den Jäger.

Dieser, aus seiner Starre erwacht, sprang auf.

„Wir müssen weg!"

Er zog ein dünnes Seil zwischen seiner Kleidung hervor. Band das eine Ende um Puky und wickelte das Seil um seine Hüfte. Kathryn hatte sich indessen erhoben. Der Jäger wandte sich ihr zu. Musterte kurz ihre blutigen Hände, schaute ihr dann ins Gesicht. Und da sah sie es. Nur kurz, einen winzigen Augenblick, sah sie den Zweifel in seinen Augen. Die Überlegung, sie im Stich zu lassen. Dann reichte er ihr das Seil.

„Bind es dir um. Beeil dich! Dann gib's an die beiden weiter."

Der Nebel kam schnell näher. Das Klappern nahm zu, klang schneller und aus allen Richtungen gleichzeitig, als seien sie umzingelt. Aris und Bortos hatten sich ebenfalls das Seil umgebunden.

„Was ist mit dem Fleisch?", fragte Kathryn.

„Wir können es nicht einfach hierlassen", meinte auch Bortos.

„Vergiss das Fleisch!", rief der Jäger.

Der Nebel war bei ihnen, Schwaden umzogen sie. Da schnellte etwas Schwarzes aus dem Grau hervor. Spitze Klauen griffen nach dem Reh, schlugen sich in ein Bein und rissen das tote Tier hinfort und in den Nebel.

„Lauft!", schrie Willy.

Sie rannten los. Puky als Spitze, der sie alle folgten. Willy lenkte seine Hündin dorthin, wo der wenigste Nebel war. Doch von allen Seiten kam das Grau näher.

„Zieht eure Schwerter!“, rief Willy den beiden Söldnern zu.

Aris rannte hinter Kathryn her, Bortos kam zuletzt.

„Die werden auf das Mädchen losgehen.“

Kathryn wusste nicht, was *die* waren, aber die Angst kroch kalt durch ihre Eingeweide.

Sie rannten, so schnell der morastige Boden es zuließ. Immer enger wurde die Schneise im Nebel. Und plötzlich waren sie darin. Grau war alles und feucht und so dicht, dass Kathryn kaum mehr den Jäger vor sich erkennen konnte.

„Lasst euch vom Seil führen!“, erklang seine Stimme von vorn. Dumpf und fern, als schlucke der Nebel den Schall wie das Licht.

Da war es wieder! Das Klappern. Von hinter ihnen kam es. Kathryn versuchte, im Nebel etwas zu erkennen, sah aber nichts als dichtes Grau. Vom Seil ließ sie sich die Richtung weisen, blickte dabei immer wieder hektisch hinter sich. Nun erklang das Klappern auch von den Seiten her. Ein Zweig peitschte ihr ins Gesicht. Sie musste nach vorne schauen. Schatten tauchten im Nebel auf, Schwarze Konturen waren da und gleich wieder weg.

Hangaufwärts rannten sie nun und fester war der Boden. Ein Klappern rechts von ihr. Erschrocken drehte Kathryn den Kopf. Aus dem Nichts packte etwas ihren Knöchel. Sie stürzte. Sie sah zu ihrem Fuß. Dünne, schwarze Finger, hart wie Knochen, hielten sie fest. Verzweifelt schlug sie darauf ein. Ein Schemen stürzte auf sie zu. Plötzlich war Aris da. Hieb mit dem Degen auf das Unbekannte. Ein unmenschlicher Schrei erklang.

Die Pranke, die sie umklammerte, riss an ihrem Bein. Kathryn zog ihre Pistole. Schoss auf was immer sie festhielt. Das Mündungsfeuer blitzte. Und für den Bruchteil eines Augenblicks erschien eine ganze Horde dünner, schwarzer Schemen um Kathryn herum. Mit einem Fluch auf den Lippen stürmte Bortos heran. Er schwang seinen Zweihänder in wildem Bogen. Da war Kathryn frei.

„Hoch mit dir!“, schrie Bortos, das Schwert schwingend.

Sie stand auf, ein stechender Schmerz durchfuhr ihr Bein, sie knickte ein. Eine Hand griff nach ihr. Eine menschliche. Willy war plötzlich da und zog sie hoch.

„Weiter!“, schrie er.

Vom Jäger gezogen, humpelte Kathryn vorwärts. Die Luft war erfüllt von menschlichem Schnaufen und unmenschlichem Klappern. Ein Schuss erklang hinter ihr. Es war Aris gewesen und Bortos war bei ihm und schlug mit dem Schwert zu.

„Weiter“, schrie der Jäger. „Lauft!“

Allen Schmerz ignorierend, rannte Kathryn. Blind und orientierungslos. Dinge peitschten gegen sie, ob Äste oder anderes, konnte sie nicht sagen. Ihre Lunge begann zu brennen, ihre Seiten zu stechen. Sie rannte weiter, einfach weiter, bis ihre Füße taub waren, ihre Sinne sie zu verlassen drohten… und plötzlich war die Sicht klar. Felsen tauchten auf und Bäume, blauer Himmel und Wolken. Sie hatten den Nebel hinter sich gelassen. Ein Felsmassiv erstreckte sich längs vor ihnen und jetzt entdeckte Kathryn auch Puky, die keifte und hechelte und weiter aufwärts strebte. Das kleine Tier zog an dem umgebundenen Seil, als könne sie alleine ihre vier Anhängsel den Berg hinaufziehen.

„Ist gut jetzt!“, rief Willy irgendwann. Die Stimme schwach vor Erschöpfung. „Ist gut, meine Kleine.“ Der Jäger ließ sich zu Boden fallen.

Auch Kathryn ging in die Knie und dann zu Boden. Und schaute hinter sich zu Aris und Bortos, die sich keuchend auf ihre Knie stützten. Der große Mann blutete am Arm, und beide hatten manche Schramme im Gesicht, doch im Großen und Ganzen schienen sie in Ordnung zu sein.

Kathryn blickte den Hang hinab. Ein graues Meer lag unter ihnen, still und friedlich wogte seine Oberfläche und bedeckte allen Schrecken darunter.

~ 20. Kapitel ~

Duke

„Neuigkeiten?“, fragte der Duke den hereinkommenden Frederick, wie er es noch ein jedes Mal getan hatte die vergangenen Tage. Sein Leibdiener schloss die Tür. Sie befanden sich im Dawson House, des Dukes Residenz in Lidium. Irgendwann hatten seine Männer begonnen, es das Duke House zu nennen, und mittlerweile war der neue Name gebräuchlicher als sein alter. Nach seinem Rücktritt aus der Armee hatte er es erworben, ein altes Handelshaus einer ausgestorbenen Handelsfamilie. Fernab der edlen Paläste und Residenzen der Adligen in Cheswick oder Highfair. Ohne schöne Karnische Säulen, ohne verzierte Gauben und Fenster und ohne die übliche Stein- oder Marmorfassade, die den Stand der darin Wohnenden untermauerte. Aus Holz und Backstein gebaut, war es verwinkelt und riesig und hatte einen gewaltigen Hof, in dem drei Handelsschiffe gleichzeitig Platz fanden. Von hier aus hatte er begonnen, sein Reich aufzubauen.

Frederick schüttelte den Kopf.

„Nichts Konkretes, Mylord. Etliche Leute wollen sie gesehen haben, aber wie es scheint, ist sie immer noch auf freiem Fuß. Ich hörte eine Geschichte von einigen Männern, die nah des Waldes tot aufgefunden wurden, weit im Osten. Also habe ich es mir angesehen und mich dort umgehört. Die Kerle haben nach ihnen gesucht. Allerdings gibt es dort drüben kaum einen, der nicht nach ihnen sucht. Bei Fristol haben sie einem Mädchen die Augen ausgestochen, nur weil sie rote Haare hat. Hab das Mädchen gesehen, ist eine Schande.“

„Waren sie es oder nicht?“ Er hatte keine Zeit, sich mit irgendwelchen verstümmelten Mädchen zu befassen. Frederick zuckte mit den Schultern.

„Müssen jedenfalls fähige Kerle gewesen sein, das steht fest. Fünf bewaffnete Männer, alle sauber getötet. Und Angreifer wohl kaum mehr als zwei… gut möglich, dass sie es waren.“

„Gute Götter, wer sind diese Kerle… Und weiter?“

„Man will sie auf dem Weg in Richtung Starksend gesehen haben. Ich hörte mehrere Beschreibungen. Es klang durchaus nach ihnen. Daher bin ich in die Stadt und habe mich umgehört. Dort scheinen sie aber nie angekommen zu sein. Wegen den Steckbriefen wimmelt es nur so von Kopfgeldjägern. Vielleicht haben sie sie abgeschreckt. Unbemerkt jedenfalls, glaube ich kaum, dass sie es in die Stadt geschafft haben könnten. Gut, dass wir die Steckbriefe von dort aus verteilt haben.“ *Starksend?*, wunderte sich der Duke.

„Außerdem, Mylord, sprach ich mit einem Fischer. Er hatte extra die Behörden informiert und schwor, er habe die drei über die Tumber gesetzt. Ich habe mir angehört, wie er die drei beschrieben hat. Er klang ziemlich überzeugend“, meinte Frederick.

„Was sollten sie denn auf der Langen Flur? Nein, das kann nicht sein! Aber Starksend… warum Starksend?“ Der Duke stoppte seine Pfeife und entzündete sie. Er dachte nach. Wollte sie nach Steffordsgrave zurück, würde Starksend keinen Sinn ergeben. Es lag nicht auf dem Weg und bot auch per Schiff keine gute Gelegenheit. Aber wenn sie nicht zurück nach Steffordsgrave wollte… *Sie will nach Lidium!*

Er lehnte sich zurück, rieb sich den verspannten Nacken. War es wegen des Steckbriefs? Er war leichtfertig gewesen, der Hinweis mit der Prinzessin. Spontan war es ihm eingefallen und später hatte er es bereut. *Hat sie einen Steckbrief gelesen und die richtigen Schlüsse gezogen? Könnte ein anderer ähnliche Schlüsse ziehen?*

„Ich will ein paar unserer Männer auf dem Flughafen hier. Bei Tag und bei Nacht. Die Penton-Brüder und den alten Daniels. Sie sollen Rotten zusammenstellen.“

Bald zweihundert Mann unter Waffen hatte der Duke sich über die Jahre zusammengestellt, Männer seines Vertrauens, alte Kriegsgefährten, die den Schrecken von Persund miterlebt hatten, und die er nach ihrem Kriegsdienst angeheuert hatte, Dienst auf seinen Handelsschiffen und seiner Atraxis zu tun. Treue Männer, gute Männer, Männer, die für ihn durchs Feuer gehen würden.

„Auch die Boote, die die Tumber herunterkommen, sollen kontrolliert werden. Nichts darf den Fluss passieren, ohne von uns inspiziert worden zu sein“, befahl er.

„Von Starksend aus haben sie gewiss keine Fähre genommen, Mylord. Und ein Boot auch nicht. Die ganze Stadt ist auf den Beinen und sucht die drei“, meinte Frederick.

„Vielleicht haben sie woanders ein Boot bestiegen. Sicher ist sicher.“ *Sie will nach Lidium. Sie will an den Hof.* Käme sie je dort an, wäre sie außerhalb seiner Reichweite und er machte sich keine Illusionen, was es für ihn bedeuten würde. Er hatte das Spiel begonnen, er musste es zu Ende spielen.

„Ansonsten bleibt alles wie gehabt. Grimmton soll die Straßen im Auge behalten. Sie bleiben ihre beste Möglichkeit. Ich will genaue Berichte über alles, was passiert.“ Frederick nickte, dass er verstanden habe. Der Duke erhob sich. „So, und jetzt gehen wir auf die wohl prächtigste Beerdigung, die je einer kleinen Hure aus den Subs zuteil wurde.“

Sein Plan war gut aufgegangen. Die Suchtrupps hatten die kleine Hure gefunden, kaum dass die Kommissare eingetroffen waren. Ihn selbst hatten sie gerufen, um die Leiche zu identifizieren. Auch wenn es nicht allzu viel zu identifizieren gab. Wölfe oder anderes hatten sich an dem Leichnam gütlich getan, dass die Mühen von Frederick unnötig geblieben waren. Ein unschöner Anblick war es gewesen, wie der geschundene Körper so vor ihm aufgebahrt lag. Sie müsse es wohl sein, hatte der Duke gesagt und auf Kleidung und rote Haare verwiesen. Niemand hatte es hinterfragt.

Die Kommissare waren bald abgezogen. Eine Kompanie der Königlichen Garde suchte zwar noch im Wald nach den vermeintlichen Sippanern, doch der Duke bezweifelte, dass sie davon ausgingen, wirklich jemanden zu finden, und bald würden sie aufgeben. Beschwerdebriefe waren an den sippanischen Hof geschickt worden, aber was bedeuten die schon in Kriegszeiten? Sie würden jede Schuld von sich weisen, und keiner würde ihnen glauben. Und während der Hof mit diplomatischen Disputen beschäftigt war, hatte der Duke seinen Rücken frei, um sich um die wahre Kathryn zu kümmern. Sie war nur ein Mädchen, wie lange konnte sie schon durchhalten?

Es waren mehr Leute zugegen, als der Duke erwartet hatte. Der ganze Rat, etliche Abgeordnete und ein großer Teil des Hofstaats. Alle in schwarzen Stoff gekleidet, die Köpfe gesenkt, vergossen sie falsche Tränen für eine falsche Leiche. So absurd schien dem Duke die Situation, beinahe hätte er lachen müssen.

Allein der Prinz mag echte Tränen der Trauer vergießen, dachte der Duke bei sich, denn der junge Regent schien nach ihrem einmaligen Treffen eine unerklärliche Zuneigung zu seiner Schwester entwickelt zu haben und an ihm war es auch gelegen, dass Kathryn Griffin in der Königlichen Krypta beigesetzt werden sollte.

Sein Blick wanderte über die Menge und blieb an den Arlingtons hängen. Die eine Tochter von ihnen, Colette war ihr Name, erinnerte er sich, weinte bitterlich. Vielleicht war der Prinz doch nicht allein in seiner Trauer.

Sie waren auch zu Beths Beerdigung gekommen, die Arlingtons. Hatten ihm kondoliert und die Kleine hatte nach Kathryn gefragt. So durchdringend und flehentlich hatte sie ihn angeschaut, dass es ihm eng in der Brust geworden war. Ein wenig zu brüsk und abweisender, als er es hätte sein müssen, war er gewesen. Aber in jenem Moment hatte er ganz bei seiner toten Frau sein wollen.

Hinter ihrer Kapelle, die sie so sehr mochte, hatte er sie beerdigen lassen. Nur wenige Menschen waren gekommen, kaum hundert, doch es war ihm nur recht gewesen, denn die mitleidigen Blicke waren schwer zu ertragen gewesen und noch schwerer die elenden Fragen nach seiner verschollenen Nichte. Gleich am nächsten Tag war er aus Steffordsgrave abgereist und hatte es seitdem gemieden. Ohne Beth war es kein Zuhause mehr.

Als der Sarg zur Krypta getragen wurde, fiel ihm Breadhead ins Auge. Der Duke steuerte an seine Seite.

„Breadhead."

„Mylord“, grüßte Breadhead. „Erneut muss ich Euch mein Beileid aussprechen. Es ist ein bedauernswerter Verlust.“

Der Duke betrachtete Breadhead sehr genau, der Mann war allerdings schon immer schwer zu deuten gewesen.

„Ja, allerdings. Es sind gefährliche Zeiten, in denen wir leben.“

„Wie kommt unser Projekt voran?“, fragte der Duke. „Wo stehen wir?“

„Mehr als gut, wenn ich das so sagen darf, Mylord. Die Ständevertreter der Schmiede und Steinmetze sind auf Euer Angebot eingegangen. Von den Händlern gibt es Widerstand, wie erwartet. Sie sehen Euch als Konkurrenz. Ich ließ anklingen, dass Ihr ja, sollte sich Euer Stand einstmals ändern, für den Handel keine Zeit mehr haben solltet. Ich denke, sie haben verstanden. Die Bauern waren so froh, dass sich überhaupt jemand um sie schert, dass ich glaube, mein Besuch allein hat sie unserer Sache schon gewogen gemacht. Einige einzelne Abgeordnete will ich noch im persönlichen Gespräch überzeugen. Und dann gibt es freilich noch die, die nach dem Gewicht des Schmiergelds stimmen. Zweifellos kein Nachteil für Euch.“

Der Duke nickte zufrieden. „Das ist gut! Sehr gut.“

Er sah, wie Breadheads Blick zum Sarg schweifte.

„Es muss seltsam für Euch sein. Ihr wart einer der letzten Menschen, die sie lebend zu Gesicht bekommen hat“, sagte der Duke.

Er hatte Breadhead wegen seines Besuches nicht zur Rede gestellt, aber er sollte zumindest wissen, dass es ihm nicht entgangen war.

Breadhead verzog keine Miene, als er antwortete: „Das ist es, Mylord. Ich gedachte, eine Partie Königsspiel mit ihr zu spielen. Ich wusste nicht, dass sie an jenem Tag umziehen wollte. Und ich konnte ja nicht ahnen, dass es das letzte Mal wäre, dass ich sie sehen sollte.“

„Das Mitleid steht Euch nicht gut an, mein lieber Breadhead. Ihr werdet mir doch wohl nicht sentimental auf Eure alten Tage?“

„Nein, Mylord, das würde mir wirklich nicht gut anstehen. Es ist nur…“, sagte Breadhead und seine Augen folgten dem Sarg, der in den Tiefen der Krypta verschwand. „Sie war eine bemerkenswerte Person.“ Er sagte es ohne jede Emotion in der Stimme, und doch gefiel dem Duke der Ton nicht.

Auf dem Weg hinab in die Krypta verabschiedete er sich vom Abgeordneten. Als sie außer Hörweite waren, sagte der Duke zu Frederick: „Lass ihn überwachen. Ich will wissen, was unser lieber Breadhead so treibt.“ Sein Leibdiener nickte, dass er verstanden habe.

Der verdammte Branaged persönlich sprach die Grabrede, sparte dabei nicht an allen möglichen Lobpreisungen und machte aus Kathryn eine leidenschaftlichste Unistin. Ein Wald aus Säulen stützte die Decke der Krypta, in der schon Könige des Vorjesaischen Zeitalters begraben lagen, und Branageds Stimme hallte von den granitenen Wänden und Säulen ab, dass es schien, sie käme von überall. Von dem Leid sprach er, das Kathryn Griffin habe erdulden müssen, als die Mutter ihr genommen worden sei, und von dem Leid, als sie auch noch den Vater verloren habe. Die Rede war schmalzig und rührselig und mit einem Mal störten den Duke die geheuchelten Worte, die ganze falsche Anteilnahme. Keiner von denen hatte sich je um sie gekümmert, dachte der Duke. Niemand hatte sich für das Mädchen interessiert, sie besucht oder je nach ihr gefragt. Sie waren nicht einmal dazu bereit gewesen, die Verstoßene bei sich aufzunehmen. Keiner von ihnen hatte sie auch nur ansatzweise gekannt, dachte er.

Doch wer hatte das schon? Auch er hatte sie nicht gekannt, nicht wirklich. Er hätte nicht einmal sagen können, ob sie wirklich Unistin war. Er dachte zurück an die vielen Male, die sie zusammen in Steffordsgrave bei der Messe gewesen waren. Beth hatte großen Wert darauf gelegt, allwöchentlich Javes Segen zu erneuern, und Kathryn war meist dabei gewesen. Hatte sie sich je an den Praktiken des alten Glaubens gestört? Er glaubte nicht. Oder hatte er es bloß vergessen? Seltsam, dass er nie zuvor darüber nachgedacht hatte.

Nach der Bestattung folgten endlose Beileidsbekundungen und als endlich die letzte Hand geschüttelt und der letzte Dank ausgesprochen war, fühlte sich der Duke schmutzig und erschöpft.

Er und Frederick machten sich auf den Weg ins Ivoryhouse. Bischof Eugenius erwartete sie in seinen Räumlichkeiten dort. Sie waren gerade die breite Treppe zum Haupteingang des Ivoryhouse hinauf, da erschien die gebückte Gestalt Kanzler Townsends hinter einer der breiten Säulen und kam auf sie zu.

„Mylord Fargold. Gut, dass ich Euch treffe. Ich bitte Euch auf ein Wort, so Ihr einige Sekunden Eurer kostbaren Zeit erübrigen könnt." Sein Leibdiener und Leiblink trotteten ihm hinterher.

„Mylord Kanzler. Allzu viel Zeit habe ich tatsächlich nicht, für Euch aber wird sich die ein oder andere Sekunde wohl finden lassen", sagte der Duke. Der alte Townsend hatte ihm gerade noch gefehlt.

„John, Jaga, geht, husch, husch, der liebe Lord Fargold und ich wollen ein paar Worte unter vier Augen sprechen." Leibdiener und Link taten wie geheißen und auch der Duke schickte mit einer Kopfbewegung Frederick fort.

„Kommt Mylord, lasst uns ein paar Schritte gehen." Nebeneinander liefen sie einen Gang entlang. Sie gingen langsam, der Kanzler mit seinem eigentümlichen Gang, das eine Bein nachziehend, der Duke gemächlich daneben. Der Gehstock des Kanzlers klackte laut auf dem glatten Marmor.

„Zunächst mein Beileid, Mylord. Schrecklich muss sein, was Ihr durchmacht. Der Verlust Eurer werten Gemahlin und Eurer geliebten Nichte in so kurzer Zeit."

„Ich danke Euch, Mylord. Ja, es ist nicht leicht", antwortete der Duke und musterte aus dem Augenwinkel seinen Gesprächspartner. Das Zusammentreffen war kein Zufall, wusste der Duke. Townsend tat nie irgendwas ohne Grund und nie etwas ungeplant, und dieses Gespräch musste er sehr genau geplant haben.

„Eine bösartige Geschwulst war es bei Eurer Gemahlin, wurde mir berichtet. Eine üble Sache. Manche Bekanntschaft habe ich durch so etwas verloren. Da kann selbst die gesegnete Stimme nichts mehr ausrichten. Krebs nennt man die Krankheit jetzt, glaube ich."

Der Duke nickte. Es war nur das Vorgeplänkel.

„Und dann das mit Eurer Nichte. Gute Götter. Gerade, als sie zurück an den Hof wollte. Eine Truppe feindlicher Soldaten, hörte ich?"

„Ja, sippanische Soldaten, so wurde mir zumindest versichert", sagte der Duke.

„Wie außergewöhnlich. So weit im Inland. Und dass sie dann ausgerechnet diese Kutsche angreifen. Ein wirkliches Pech", meinte Townsend.

„So ungewöhnlich ist es leider nicht. Es gab seit Beginn des Jahres bereits mehrere Überfälle der Sippaner, vor allem bei uns im Osten. Sie kommen mit kleinen Booten über die Tumber oder nachts mit Schiffen durch die Luft. Aber Ihr habt ja nie gedient. Solche Kriegspraktiken sind Euch gewiss nicht vertraut."

Der Kanzler schaffte es, ein erstaunlich ehrlich klingendes Lachen auszustoßen.

„Ohja, da habt Ihr recht. Von Kriegsdingen, da verstehe ich wahrlich nicht viel. Tja, mein armes Bein hätte es mir im Feld wohl auch reichlich schwer gemacht. Aber um ehrlich zu sein, es ist keine Erfahrung, die ich misse. Nein, im Feld, da ist es kalt und zu essen gibt es auch nichts Anständiges. Und Wärme und Essen sind zwei Dinge, die ich nunmal sehr schätze. Im Alter umso mehr. Wie dem auch sei, ich verstehe wirklich wenig von solchen Dingen. Eines aber wundert mich dann doch. Mir wurde gesagt, dass die Soldaten kaum geplündert hätten, ist das nicht seltsam? Nicht einen der armen Kutschbesatzung ließen sie am Leben, und doch vergriffen sie sich nicht an dem Gepäck Eurer Nichte. Scheint Euch das nicht ein überaus sonderbares Verhalten für räubernde Soldaten zu sein?" Der Kanzler war stehengeblieben und schaute dem Duke nun in die Augen.

„Ihr seid bemerkenswert gut informiert, Mylord Kanzler", sagte der Duke.

„Ach!" Townsend machte eine wegwerfende Handbewegung. „Als Kanzler muss man ja auf dem Laufenden bleiben, wer wüsste das besser als Ihr, nicht wahr, Mylord? Und bei einem Mord an der Königsfamilie… da werden mir die Dinge zugetragen, ob ich es will oder nicht."

„Natürlich", sagte der Duke und bedachte den gebeugten Mann eindringlich.

Ihm war immer klar gewesen, dass Verdächtigungen und Gerüchte aufgetan und auch gegen ihn verwendet werden würden, so schnell allerdings hatte er nicht damit gerechnet.

„Nun, genannter Umstand mag Euch seltsam erscheinen, tatsächlich ist er aber nicht schwer zu erklären. Ich nehme an, als die Schurken erkannten, wen sie da in ihren Fängen hatten, dachten sie nur noch an das Lösegeld, das mit ihr gemacht werden könne. Und zurecht, ich hätte selbstverständlich bezahlt, was immer sie gefordert hätten."

Townsend tat, als müsse er über die Erklärung erst einmal nachdenken. Sagte dann: „Warum dann aber das arme Ding töten?"

Der Duke nickte und setzte einen bedauernden Ausdruck auf.

„Ja, das ist die Frage, nicht wahr? Vieles kann passiert sein. Vielleicht hat sie zu fliehen versucht. Vielleicht hat einer der Kerle sich an ihr vergangen und sie hat sich zu sehr gewehrt. Ich hoffe, die Schurken werden gefasst, dann werden wir es erfahren."

„Oh, das hoffe ich auch. Doch fürchte ich, die Hoffnung ist vergebens. Die Garde hat ihre Suche bereits aufgegeben. Und von den Sippanern ist wohl auch keine Aufklärung zu erwarten. Tja, es ist schon ein wahres Ärgernis. Ich wüsste zu gerne, wie das alles vonstatten gegangen ist. Ob wir es wohl eines Tages erfahren werden?"

„Wer weiß?", antwortete der Duke. „Manchmal ist Unwissenheit auch ein Segen. Kathryn Griffin ist tot, das jedenfalls ist gewiss."

„Tja, da mögt Ihr recht haben. Zu viel zu wissen, kann mitunter kummervoll sein. Und Kummer habt Ihr wahrlich genug. Die Menschen sterben um Euch… es ist erschreckend. Euer Bruder, Eure Frau und jetzt Eure Nichte… so wollen wir zu allen guten Göttern beten, dass es Ihre Majestät nicht ebenso ereile. Nicht auszudenken wäre es! In diesen Zeiten des Krieges den König zu verlieren und keinen unmittelbaren Nachfolger mehr zu haben.

Das würde unser Land in schlimme Bedrängnis bringen. Aber seid versichert, Mylord, dass ich alles in meiner Macht Stehende tun werde, um die Sicherheit unseres Königs zu gewährleisten." Streng und durchdringend war jetzt sein Blick.

„Genau wie ich", erwiderte der Duke, ohne eine Miene zu verziehen.

Der Kanzler nickte zum Abschied und der Duke sah der gebückten Gestalt nach. Die nächste Phase des Spiels hatte also bereits begonnen.

Sie fanden den Bischof, die Arme hinter seinem Rücken verschränkt, vor einem Gemälde im Vorsaal zu den Räumen der kirchlichen Abgesandten.

„Wisst Ihr, wer das ist?", fragte Eugenius, als der Duke neben ihm stand.

„Gregorius, der Mächtige", antwortet der Duke.

„Allerdings! Eine der weisesten Stimmen, die wir je hatten. Erfüllt von Javes Gunst, wie zuvor vielleicht nur Jesaja selber. Bis an die Grenzen von Merien hat er die Kirche gebracht und den Herrn der Toten in die ewige Verdammnis geschickt."

Und eine der ruchlosesten Stimmen der Geschichte war er ebenso gewesen, der mehr angebliche Hexen und Hexer dem Feuer überantwortet hat, als jedes andere Kirchenoberhaupt, dachte der Duke bei sich.

„Wisst Ihr, wo dieses Bild einst hing?", fragte der Bischof.

Der Duke verneinte.

„In der Martensius Kathedrale. Hundert und mehr Jahre hing es dort, bis es daraus verbannt wurde, wie die wahre Lehre daraus verbannt wurde. Vor über sechshundert Jahren wurde die Kirche gebaut im Auftrag des heiligen Gustavus selbst, zu Ehren des heiligen Martensius, um den wahren Glauben zu verbreiten, und nun wird in ihrem Inneren zu einem falschen Gott gebetet und die Heiligen der Vergangenheit werden von ihren Wänden genommen. Es ist kaum zu ertragen. Mein Herz schmerzt bei dem Gedanken, wie weit es gekommen ist." Eugenius schüttelte traurig den Kopf, dann verfinsterte sich der Ausdruck in seinem Gesicht. „Jave helfe uns; denkt man an den Teufel, da kommt er herbei.“ Der Duke folgte dem Blick des karnischen Bischofs. Branaged kam den Gang entlang auf sie zu. Das süffisante Lächeln, das sein lippenloser Mund üblicherweise formte, war verschwunden, stattdessen war nur ein waagerechter Strich vorhanden.

„Sieh an, da suche ich den karnischen Bischof und finde noch gleich seinen hiesigen Lakai“, sagte er bei ihnen angekommen.

„Passt auf, was Ihr sagt, Branaged“, erwiderte der Duke.

Noch vor kurzem hätte sich der Bischof eine solche Spitze niemals erlaubt. Branaged genoss offenbar seine neue Stellung bei Hofe. Wie hatte es Breadhead neulich formuliert? Der Bischof stecke so tief im Arsch des neuen Königs, dass es verwunderlich sei, dass er überhaupt noch hinausfinde. Seit Ewigkeiten schon tröpfelte er sein unistisches Gift in Edwards Ohren, und der junge König fraß Branaged mittlerweile leider aus der offenen Hand.

„Was wollt Ihr, Stimmloser?“, fragte Eugenius.

„Bischof!“, zischte ihn Branaged an. „Ihr werdet mich Bischof nennen, wie es sich gebührt. Wenn ich es bei Euch über die Lippen bringe, dann werdet Ihr es bei mir ebenso schaffen.“

„Sprecht, was Ihr zu sagen habt, und dann geht“, sagte Eugenius.

„Ich wurde über Eure Predigt unterrichtet. Mir liegt eine Abschrift vor.“ Er holte ein Papier hervor und wandte sich an den Duke. „Wisst Ihr, was Euer Freund so von seiner Kanzel aus predigt? Ketzer, nennt er uns, und Werkzeuge des Teufels. Und er ruft dazu auf, sich gegen uns zu erheben!“

Der Duke sah zum karnischen Bischof.

„Euch geht nichts an, was ich innerhalb der Wände der heiligen Kirche predige“, antwortete dieser Branaged gelassen.

„Geht es sehr wohl! Aufwiegelung ist das und Aufwiegelung ist hier per Gesetz verboten. Ich habe eine Abschrift dem Rat zukommen lassen. Der Frieden der Religionen ist in diesem Land blutig erkauft worden, und ich werde gewiss nicht zulassen, dass ein Fanatiker aus Karn ihn zerstört.“ Branageds Augen drohten aus den Höhlen zu fallen. So viel Leidenschaft hätte der Duke dem Bischof gar nicht zugetraut.

„Tut, was Ihr wollt. Die Wahrheit kann niemals per Gesetz verboten werden", sagte Eugenius.

„Wahrheit? Ihr sprecht von Wahrheit? Auch Euch werden eines Tages die Augen geöffnet werden. Der Eine wird kommen und..." Weiter kam er nicht.

„Schweigt! Schweigt, Unseliger!", erscholl die Stimme des Bischofs, durchdringend, unwiderstehlich. Überall reichte sie hin, in des Dukes Kopf, in seinen Geist. Sie durchfuhr alles, was er war. Kein Wort hätte der Duke in dem Moment über die Lippen gebracht. Branaged war der offene Mund zugeklappt, seine Augen dafür waren immer noch weit aufgerissen.

„Ich will von Eurem Unsinn nichts hören!", rief der Bischof, dann wieder hallend mit Javes Stimme: „Und jetzt verschwindet! Verschwindet dahin, wo Ihr hergekommen seid!" Augenblicklich machte Branaged auf dem Absatz kehrt und lief strammen Schrittes davon, wie ein Soldat beim Abtritt.

„Verzeiht, Mylord", sagte der Bischof, nachdem Branaged außer Sicht war, und rieb sich die Schläfen. „Ich hätte die Beherrschung nicht verlieren dürfen."

Der Duke wusste nicht, was er sagen sollte. Sein Geist war verwirrt und irgendetwas in ihm drängte es, genauso davonzugehen wie Branaged.

„Ist gut", sagte der Bischof, berührte die Schulter des Dukes, und der Bann schien gebrochen. Dasselbe tat er bei Frederick, der ebenso verwirrt und hin- und hergerissen schaute, wie der Duke es bis eben selbst getan hatte.

„Kommt nun, Mylord. Kommt in meine Gemächer, es gibt einiges zu besprechen."

Vor der Tür zu seinen Gemächern hielt der Bischof inne und lauschte einen Moment.

„Ja, ich denke, er ist fertig", sagte er dann. „Bitte, lasst Euren Diener hier warten. Gesprochenes ist nur für unsere Ohren bestimmt."

Der Duke machte Frederick mit einer Geste deutlich, dass er draußen bleiben solle, dann folgte er dem Bischof durch die Tür. Drinnen sah er sogleich, von wem Eugenius gesprochen hatte. Der Schwertsänger kniete im hinteren Teil des Raumes und zog sich offenbar gerade sein Oberkleid über. Der Duke konnte noch einen Blick auf die vernarbte Haut darunter werfen. Der Krieger erhob sich.

„Du bist fertig, mein Sohn?", fragte der Eugenius laut.

„Ja, Herr." Der Schwertsänger formte mit aneinandergelegten Fingerkuppen das Dreieck und verbeugte sich. Der Bischof tat es ihm gleich.

Man hatte ihm nicht mitgeteilt, dass der Schwertsänger sich erholt hatte, allerdings konnte es auch nicht lange her sein, dass er aus der Obhut der Heilenden Schwestern entlassen worden war. Die linke Seite seines Gesichts war von Bandagen bedeckt, die Ohr, Backe und Stirn bedeckten und feucht von Körpersäften waren. Nur eine Lücke für das linke Auge war frei, worin der blutunterlaufene Augapfel zu sehen war. Er sah zum Fürchten aus. Als habe er des Dukes Gedanken gelesen, griff der Schwertsänger nach seinem Hut und zog ihn sich tief ins Gesicht.

„So, Mylord. Wie ist die Lage?", fragte der Bischof. Dieser hatte sich indessen auf seinen Stuhl an einen Tisch gesetzt und deutete mit einer Handbewegung dem Duke, sich ebenfalls zu setzen.

„Wir haben alles unter Kontrolle", antwortete der Duke sich setzend.

„Das Mädchen ist also immer noch am Leben", sagte der Bischof, die Antwort des Dukes richtig deutend. „Dann habt ihr nichts unter Kontrolle. Taucht sie hier auf, kann Euch nichts mehr retten. Auch ich nicht. Und das Mädchen könnte eine Gefahr für unsere Sache werden. Ich spürte etwas in ihr, als ich sie segnete. Zuerst wusste ich nicht, was es war, und tat es ab. Inzwischen aber glaube ich, dass Dunkelheit in diesem Mädchen steckt."

Der Duke sagte nichts dazu.

„Sie muss sterben, daran führt kein Weg vorbei", meinte der Eugenius. Er sprach es emotionslos, beinahe mild, was dem Inhalt des Gesagten seltsam zuwiderlief.

„Meine Männer sind dabei, genau dem nachzugehen. Es kann nicht mehr lange dauern, da bin ich sicher", sagte der Duke.

Er hasste es, nicht die Oberhand zu haben und bei Eugenius kam er sich noch stets so vor, als sei er nur derjenige, der die Befehle empfange.

„Nein, das ist zu ungewiss. Es steht zu viel auf dem Spiel. Meister Tusko wird sich der Sache annehmen."

Der Duke drehte seinen Kopf zu dem Schwertsänger.

„Ist er denn wieder erholt?"

„Sein Gehör hat einigen Schaden genommen, der von dauerhafter Art ist, aber das sollte ihn nicht weiter beeinträchtigen."

„Er hat sich doch bereits einmal von den beiden Söldnern überwältigen lassen. Dem verdanken wir doch erst diese ganze leidige Situation. Seid Ihr Euch sicher, dass er immer noch dazu in der Lage ist?", fragte der Duke.

„Ich höre gut genug!" erwiderte da der Schwertsänger. Es war das erste Mal, dass der Duke ihn überhaupt sprechen hörte. „Die Söldner hatten Glück. Ein zweites Mal werden sie es nicht haben."

„Zudem scheint Ihr zu vergessen, Mylord", sagte der Bischof kühl. „Dass es Euer Plan war, den er ausführte und dieser sah vor, dass Mädchen an Ort und Stelle zu töten und nicht, sie mit sich zu nehmen. Sich gegenseitig Vorwürfe zu machen, bringt uns allerdings nicht weiter. Meister Tusko soll die Gelegenheit erhalten, sein Scheitern wieder wettzumachen."

„Und wie? Solange wir nicht wissen, wo sie steckt, bringt uns auch Euer Schwertsänger nichts."

„Im Gegenteil. Gerade dabei kann Meister Tusko Euch helfen", widersprach der Bischof. „Das Mädchen lebte doch unter Eurem Dach. Wir brauchen etwas von ihr, etwas, das eine Spur von ihr enthält. Getragene Kleidung etwa, einen Schal, oder noch besser einige Haare."

„Wozu?", fragte der Duke.

„Jave belohnt seine Diener mit mannigfaltigen Gaben", antwortete der Bischof vage. „Meister Tusko soll mit Eurem Schiff los und in Steffordsgrave sehen, ob das Nötige zu finden ist. Dann können er und Eure Männer dieses Ärgernis endlich beseitigen."

„Und wie sicher ist das? Ich würde meine Männer ungern von ihren Positionen abziehen, wenn dabei womöglich nichts herauskommt."

„Sofern Meister Tusko in Eurem Schloss etwas Brauchbares findet, ist es völlig sicher. Und ein zweites Mal wird er gewiss nicht versagen." Eugenius bedachte den Schwertträger mit einem bedeutungsvollen Blick.

„Gut. Ich werde Frederick mit ihm schicken."

»Ausgezeichnet. Und Ihr könnt Euch folgend ganz darauf konzentrieren, zum nächsten König gewählt zu werden. Die Sache ist zu wichtig, als dass nochmals etwas schiefgehen kann."

„Ich danke Euch, Exzellenz", sagte der Duke.

Seine Gedanken kehrten kurz zu jenem Treffen zurück, als der Bischof ihn in seinem Raum im Ivoryhouse aufgesucht hatte. In seiner cremefarbenen Robe war er hineingeschwebt, hatte sich vor ihn hingesetzt und ihn mit diesem durchdringenden Blick gemustert, mit dem er ihn auch jetzt bedachte, und ihm berichtet, dass der junge Prinz niemals das Mannesalter erreichen würde.

„Wollt Ihr König werden?", hatte der Bischof daraufhin gefragt.

Und mit einem Mal waren sie wieder da gewesen, seine längst verworfenen Pläne und Träume. Plötzlich schien sie wieder greifbar, die Krone, nach der er sich so lange gesehnt hatte, und unvermittelt hatte er einen neuen Verbündeten und einen mächtigen dazu. Der Bischof war sein Werkzeug zur Macht.

„Wo wir dabei sind. Wie ist es um die Gesundheit des Königs bestellt?", fragte der Duke, ins Hier und Jetzt zurückkehrend.

„Der Junge wäre bereits tot, wenn die Schwestern nicht wären. Nichts kann seine Krankheit heilen. Sein Blut ist verdorben."

„Und wann wird es soweit sein?", fragte der Duke.

„Mir wurde mitgeteilt, dass es sich nur um wenige Monate handeln könne. Ich könnte wohl Einfluss auf die Schwestern ausüben, doch täte ich es nur ungern. Wozu ihre Eide herausfordern, wenn das Unvermeidliche ohnehin geschieht? Habt Geduld, Mylord.

Tusko wird sich um Eure Nichte kümmern und Ihr könnt Euch darum kümmern, genügend Stimmen zu erhalten. Ich selbst werde mich bei den Lords, die noch vom wahren Glauben sind, für Euch aussprechen."

„Ich weiß Euren Einsatz für mich zu schätzen, Eure Exzellenz. Ich werde es nicht vergessen, da könnt Ihr Euch gewiss sein", meinte der Duke.

„Das will ich hoffen, Mylord", sagte der Bischof und sein Tonfall gefiel dem Duke gar nicht.

~ 21. Kapitel ~

Kathryn und Aris

„Da! Da ist eins.“ Der Jäger deutete in die Ferne auf ein ockerfarbenes Gebilde. Gleich einer Burg aus Sand sah es für Kathryn aus, mit vielen verschieden hohen Türmen mit offenen Spitzen, die dicht beieinander standen. Beinahe schön war es.

„Und wie viele von ihnen leben darin?“, fragte sie.

„Hunderte. Vielleicht tausende. Schwer zu sagen. Der Bau reicht bis unter die Erde“, meinte Willy.

„Potztausend, sind größer hier als im Süden. Viel größer“, sagte Bortos. „Da will ich keine lange Meile ran.“

„Heute würd's gehen. Den Regen mögen sie nicht. Aber sonst...“ Der Jäger schüttelte den Kopf.

„Und mit deiner Decke?“, wollte Aris wissen.

„Ja, eine gute Moordecke schützt. Musst dich ganz flach hinlegen und keinen Mucks machen, dann kann schon mal ein ganzer Schwarm über einen wegziehen. Aber das sind gerissene Biester, gell. Ist nicht alles bedeckt oder man kommt zu früh drunter hervor... dann ohje. Nein, nein, besser das Glück nicht auf die Probe stellen, sag ich. Besser fernhalten. Die lange Meile, von der du sprichst, Bortos, ist ein gutes Maß.“

Nach dem Angriff der Nebelinge hatte Willy sie empört angesehen und gemeint, das komme eben davon, wenn man nur rede und schwatze und nicht gut aufpasse, als wäre nichts davon sein Zutun gewesen. Einen halben Tag hatte er kaum ein Wort mit ihnen gesprochen. Doch nach und nach war er wieder redseliger geworden und bald plapperte er erneut die ganze Zeit über alle möglichen Tiere und Pflanzen, die sie des Weges antrafen.

„Wurdest du schon einmal gestochen?“, fragte Kathryn.

„Aye, einmal. Als junger Kerl, als ich noch grün hinter den Ohren war. Hab nicht aufgepasst. Da hat mich eine erwischt. Hier an der Schulter hat sie mich erwischt. Hat weh getan, tausend Teufel, hat das weh getan, und den Arm konnte ich etliche Tage nicht bewegen.

Man sagt, die meisten, die sie erwischen, sterben gar nicht gleich. Die leben noch etliche Tage. Stell's dir mal vor! Du liegst nur da und bist bei Sinnen, während ihre Larven sich an dir gütlich tun. Ist kein schöner Tod, als Larvenfraß zu enden, die Götter wissen's."

Es schüttelte Kathryn bei der Vorstellung.

„Aber genug davon. Habt den Willy bei euch, da seid ihr sicher. Bin hier unten zwar selten, aber die meisten großen Nester kenn ich. Ist alles in dem Kopf hier." Er tippte sich an die Schläfe. „Und der Regen ist auch gut, der Regen schützt. Also weiter, Freunde."

Mochte der Regen auch gut sein, angenehm war er nicht. Seit zwei Tagen regnete es bereits, mal mehr, dann mit dicken, schweren Tropfen, die laut auf Boden und Kopf prasselten und die Sicht erschwerten, mal weniger, wie jetzt gerade, wo nur milder Niesel wie Gischt das Land benetzte, aber nie hörte es ganz auf. Hart waren die letzten Tage gewesen.

Ihre Wunden taten das ihre dazu. Für die ersten Tage nach dem Angriff hatten sie ihr das Bein mit Stöcken geschient und dennoch hatte das Laufen sie derart geschmerzt, dass sie sich auf einen der Männer hatte stützen müssen, wenn sie marschierten. Willy hatte bestimmte Kräuter gesammelt, sie in seinen Mund gesteckt und zu einer Paste zerkaut. Damit hatte er dann ihre Wunden bestrichen, auch die der beiden Söldner. Kathryn hatte sich davor geekelt, aber die Wirkung gab Willy recht, denn keiner der Schnitte entzündete sich. Inzwischen war ihr Bein von der Schiene befreit, und einer Stütze bedurfte sie ebenfalls nicht mehr, aber ganz verklungen war der Schmerz noch nicht und die Feuchtigkeit ließ ihre Wunden widerlich aufquellen, die zudem furchtbar zu jucken begonnen hatten.

Es dämmerte, als sie die höher gelegene Hügellandschaft verließen, durch die sie zuletzt gezogen waren, und wieder hinab in sumpfiges Gebiet kamen. Der letzte Abschnitt ihrer Reise sei es, verkündete Willy, wenngleich nicht der leichteste, denn der Sumpf erstreckte sich über einige hundert Meilen.

Sie lagerten unter einem umgefallenen Baum, der ihnen ein wenig Schutz vor dem Regen bot. Wie die letzten Tage, bestand ihr Abendmahl aus Trockenfleisch, Käse und hartem Brot, denn bei dem Wetter war an Jagd oder Sammeln nicht zu denken. Kathryn kaute lange an einem zähen Stück Trockenfleisch. Salzig und alt schmeckte es und der Käse war kaum besser. Sie dachte an Steffordsgrave. Dachte an das Essen dort. Mister Wilson hieß der erste Koch, ein dicker Mann, der so gern aß, wie er kochte. Und was er kochte! Geschmorte Ente oder Gans in brauner Soße, Dabo gebraten mit rotem Kohl und Zwiebeln, Fleischpastete mit Weißknollen, Ferkelchen mit tyrischer Brotfrucht. Das Wasser lief ihr im Mund zusammen beim Gedanken daran, doch schon wurde sie des ranzigen Geschmacks auf ihrer Zunge gewahr, missmutig schluckte sie das Stück Trockenfleisch hinunter und spülte verdünnten Wein hinterher. Sie hatte sich immer für genügsam gehalten, hatte all die Vorzüge ihres Standes als gegeben angesehen und gleichzeitig geglaubt, dass sie ihr nichts bedeuteten. Die weichen, warmen Betten, die saubere Kleidung, das feste Dach über dem Kopf, das Essen... Erst das Fehlen macht einem die Bedeutung mancher Dinge klar, dachte Kathryn bei sich.

Bald nach dem kargen Mahl waren Willy und Bortos eingeschlafen, wie üblich, und Kathryn und Aris lauschten ihrem Schnarchen und den Geräuschen der Nacht, dem Quaken der Frösche und den Nachtgesängen der Vögel. Regen prasselte auf den feuchten Sumpfboden und kleine Rinnsale flossen, winzigen Flüssen gleich, entlang ihres Unterschlupfs.

„Seit wann betest du nicht mehr zum Guten Gott?“, durchbrach Kathryn das Schweigen. Schon seit geraumer Zeit hatte ihr die Frage auf der Seele gelegen.

Der Söldner mühte sich vergebens, seine Pfeife mit Feuerstein und Eisen anzuschlagen, und griff schließlich zu einem glühenden Ast im Feuer. Sie lagen eng beieinander, denn der regengeschützte Bereich war klein. Das Feuer hatten sie unter den Wurzeln des umgefallenen Baumes aufgebaut, um es vor dem Regen zu schützen, weshalb es so dunkel war, dass sie Aris Gesicht nur undeutlich erkennen konnte.

„Seit mein Meister mir zeigte, dass es auch andere Sichtweisen gibt.“

„Dein Meister?“

„Ja. Mein Schwertmeister. Ein sippanischer Adliger. Ich glaube zumindest, dass er Adliger war. Er brachte mir das Fechten bei.“

Kathryn schwieg, damit er weiterredete.

„Er… er stach mich in einem Duell nieder.“

„Ein Adliger hat sich mit dir duelliert?“, wunderte sich Kathryn. Edelmänner pflegten sich nicht mit Gemeinen zu duellieren.

„Er lebte bei uns als gemeiner Soldat, ich weiß nicht, warum. Er behauptete jedenfalls, ich hätte ihm eine Pistole gestohlen, worauf ich ihn einen dreckigen Lügner schimpfte und ihn zum Duell herausforderte.“ Aris lachte auf. „Was war ich für ein Idiot! Ich hatte keine Chance. Götter, der Mann konnte fechten!“

„Und wieso nahm er dich als Schüler?“, fragte Kathryn.

„Weil ich ihn darum bat. Ich warf mich zu seinen Füßen und gab ihm die Pistole zurück und bettelte, dass er mich das Fechten lehre.“

„Also hattest du ihm die Pistole geklaut?“

„Natürlich!“, antwortete Aris. „Diese Pistole hier war es.“ Er lachte. „Hat sie mir geschenkt, als sich unsere Wege trennten.“

„Und woher weißt du, dass er ein Edelmann war?“, fragte Kathryn.

„Na, die Art und Weise, wie er redete. Und wie er sich gab. Wie ich es auch bei dir merken würde. Außerdem hatte er einen Link bei sich. Pablo hieß der.“

„Und wie war der Name des Edelmannes?“

„Thilias nannte er sich. Aber ich glaube, das war nicht sein wirklicher Name“, meinte Aris.

„Nein, sicher nicht. Thilias ist der Name eines Göttersohns“, sagte Kathryn.

„Eines was?“

„Ein Göttersohn! Einer aus den alten karnischen Sagen. Thilias, der seinen eigenen Vater tötete und dafür verbannt wurde, für den Rest aller Zeit in der Unterwelt Dämonen zu töten.“

„Das wusste ich nicht“, sagte Aris. „Aber das passt zu ihm. Er war nicht gerade ein heiterer Geselle.“

„Und er war ein… du weiß schon?“, fragte Kathryn.

„Ein Hexer? Nein, er war kein Hexer. Zumindest habe ich nie etwas Derartiges bei ihm gesehen. Nein, er hatte nur die Schnauze voll vom Guten Gott. Er machte nie das Dreieck, wenn es ans Kämpfen ging, wie die übrigen Soldaten, und ließ sich nie von den Priestern einen Segen singen. Also fragte ich ihn mal; wieso er es nicht tue? Und er antwortete; dass er Jave in seinem Leben zu Genüge angebettelt habe und doch nie erhört worden sei. Dann sah er mich an und sagte…wie sagte er es? *Mein Gott ist unter den Dreien nicht mehr zu finden.* Mehr brauchte er nicht zu sagen. Ist ja ohnehin nicht etwas, über das man offen spricht.“

Wo war ihr Gott wohl zu finden?, fragte Kathryn sich still. Sagen tat sie: „Und dann? Hat er dich unterrichtet?“

„Unterrichtet? In was denn unterrichtet? Das Fechten brachte er mir bei, sonst nichts. Das andere… das waren nur Andeutungen, Dinge, die er zu mir sagte. Vor allem, wenn er betrunken war. Er trank viel… Er fragte mich zum Beispiel mal, welcher Gott denn schon für Männer wie uns bestimmt sei? Männer des Krieges, die kämpfen und morden. Und er erzählte mir, dass sie im Fernen Süden alle vier Götter anbeten würden, auch den Dunklen, und seine Anhänger würden nicht verfolgt wie hier, sondern dass man sich ihrer Fähigkeiten bediene. Und in früheren Zeiten, im alten Reich und auch davor, habe man den Gott des Todes angebetet, der eigentlich derselbe Gott sei, und man habe ihn und seine Diener verehrt. Solche Sachen sagte er zu mir und so fing ich an, mir auch meine Gedanken zu machen. Ich solle aufpassen, sagte er irgendwann, mir würden noch die Augen geöffnet. So sagte er es … die Augen geöffnet … und irgendwie ist es auch geschehen.“

Nicht so, wie bei mir…, dachte Kathryn bei sich.

„Wie man es wohl wird?“, fragte sie. „Eine richtige Hexe oder ein Hexer, meine ich. Wie erleuchtet der Dunkle seine Anhänger? Wessen bedarf es dazu?“

„Oh, dazu habe ich schon die unterschiedlichsten Ansichten gehört“, sagte Aris. „Die meisten sagen, man müsse irgendetwas

Schreckliches machen; menschliches Blut trinken oder jemanden töten, oder es mit dem Teufel treiben, der als blonder, hübscher Jüngling daherkommt oder als schwarzhaarige Dirne durch die Lande streift. Solche Sachen hört man viel, alles sehr schaurig. Verständigere Leute meinen, es sei ähnlich wie bei den Priestern. Man müsse sein Leben nach den Vorstellungen des Dunklen leben, dann bestehe die Möglichkeit, dass er einen erleuchtet. Ich habe mal mit einem alten Kräuterweib gesprochen, unten in Sippan war das, und nicht wenige hielten die Alte selbst für eine Hexe. Mercelia hieß sie, das weiß ich noch, ein unheimliches Weib. Sie sagte jedenfalls, dass man das Gegenteil von dem machen müsse, was in den Klöstern und Priesterschulen gelehrt werde. Denn der Dunkle sei ja schließlich so etwas wie das Gegenteil des Guten Gottes."

„Und was wäre das?", fragte Kathryn.

„Naja, das ganze Zeug, was man eigentlich nicht tun soll. Du weißt schon. Saufen, lügen, ficken, töten, und so weiter. Aber ich habe das alles schon gemacht und nicht gerade wenig, aber erleuchtet hat mich keiner." Er zuckte mit den Schultern. Nach einem Zögern fuhr er fort: „Und dann gibt es noch die Geschichte mit dem letzten Opfer." Kathryn bekam große Augen.

„Das hat die Alte gesagt! Im Wald!"

„Was hat sie gesagt?", fragte Aris. Er hielt aufmerksam inne, um zu hören, was sie sagte.

„Das letzte Opfer! Sie sagte es zu mir. Sie sagte; ich hätte das letzte Opfer nicht gebracht, deshalb sei ich keine Hexe."

„Tatsächlich?" Aris verfiel in längeres Schweigen.

„Was ist das letzte Opfer?", fragte Kathryn in die Dunkelheit.

„Es ist etwas, das ich ein ums andere Mal gehört habe. Das letzte Opfer… "

„Und was heißt es?"

„Dass man sein Leben dem Dunklen opfern muss. Man muss sein Leben dem dunklen Gott hingeben. Den Tod willkommen heißen…, so sagen sie dazu."

„Sich opfern? Sich also töten?", fragte Kathryn.

„So klingt es zumindest. Aber Teufel, es bei sowas auf den Versuch ankommen zu lassen… Woher soll man wissen, dass es gelingt? Und muss es auf bestimmte Art geschehen?“

Den Tod willkommen heißen…

„Für die anderen Götter gibt es tausend und mehr Anweisungen, um ihre Erleuchtung zu erfahren, und doch; wie viele Erleuchtete hat es? Einer unter Tausenden schafft es zur Erleuchtung. Es ist erstaunlich, dass es überhaupt Hexen gibt.“ Er schüttelte den Kopf, dann änderte sich sein Tonfall. „Wo wir dabei sind“, – weiß blitzten seine Zähne im schalen Licht des Feuers auf – „deine Freundin aus dem Wald könntest du gewiss fragen, wie man es wird. Wenn es jemand weiß, dann sie.“

Kathryn enthielt sich einer Erwiderung. Nach einer Weile sagte sie: „Ist es nicht seltsam, dass sie meistens Frauen sind. Hexen… immer nur spricht man von Hexen.“

Sie sah, wie er mit den Schultern zuckte.

„Ja, du hast schon recht. Die meisten, von denen man so hört, sind Frauen. Und die meisten, die sie ins Feuer schicken, auch. Aber der Berühmteste von allen war ein Mann, oder etwa nicht.“

Der Herr der Toten!, dachte Kathryn. Genug an Schauergeschichten hatte sie über ihn gehört. Und auch einiges über ihn gelesen. Den Hexer, der über eine Armee von Toten gebot und sie aussandte, um die Kinder der Umlande zu stehlen. Sie fragte sich, was Wahrheit und was Legende war.

„Das ist lange her. Seitdem gibt es keine berühmten Hexer mehr.“

„Na, einen gibt es noch. Berühmt würde ich ihn nicht nennen, aber die Verständigen in diesem Thema kennen ihn sehr wohl“, sagte Aris.

„Und wer soll das sein?“, fragte Kathryn.

„Er nennt sich der König der Narren, und etliche Geschichten gibt es über ihn. Ich habe sogar jemanden getroffen, der ihm begegnet ist.“

Kathryn machte große Augen.

„Ich bin ihm begegnet!“, stieß sie aus.

„Nein, bist du nicht!“, sagte Aris abfällig.

„Doch, bin ich! Er war auf einem Bankett zu Ehren meines Vaters und ist dort aufgetreten. So nannte er sich. Der König der Narren.“

„Ach, viele Narren nennen sich so. Glaubst du wirklich, ein Hexer würde auf ein königliches Bankett gehen? Vor dem ganzen Priestervolk, und dort auftreten? Er müsste verrückt sein. Nein, das war ein ganz normaler Narr“, sagte Aris.

Kathryn dachte zurück an jene schwarzen, unheimlichen Augen. Nichts hatte sie in ihnen gesehen, nur Düsternis.

„Und was sind das für Geschichten?“, fragte sie.

„Oh, da gibt's einige und mehr. Alle handeln von einem Mann, der sich König der Narren nennt. Mal ist er verkleidet als Narr, mal läuft er ganz normal herum. Naja, und immer stirbt jemand. Mal sehen…“ Aris dachte nach und sog an seiner Pfeife. Der herbe Rauch wehte zu Kathryn hinüber. Sein Geruch erinnerte sie an den Duke. „In einer Geschichte, da gab es einen Mann, der immer beim Würfeln betrog. Und eines Tages spielte er gegen einen Fremden und wie üblich betrog er und gewann ein ums andere Mal. Da stellte sich der Fremde als der König der Narren vor und sagte zu dem Betrüger; wer solch unverschämtes Glück habe, den würde unweigerlich das Pech irgendwann heimsuchen. Daraufhin zog er zehn sippanische Silbermonde hervor und platzierte sie als Wette. Zu dem Gauner sagte er; es liege nun in seinen Händen, das Glück nicht weiter herauszufordern, denn wenn er wieder gewinne, würde er dafür sein Glück für immer verlieren. Der Betrüger aber ließ sich einen so großen Gewinn freilich nicht durch die Lappen gehen und gewann auch dieses Spiel. Da schüttelte der Narr traurig den Kopf und ging. Von dem Tag an aber verhielt es sich ganz, wie der Narr prophezeit hatte, und der Kerl war fortan vom Pech verfolgt. Alles, was er anfasste, wurde schlecht. Seine Frau starb kurz darauf an einem schweren Fieber. Seine Tochter brannte mit einem Landstreicher durch und sein Haus wurde von einem Sturm hinfortgefegt. Jedes Tier, das er von dort an kaufte, wurde krank und starb, jedes Geschäft, das er tätigte, scheiterte, und jeder Mensch, mit dem er sich einließ, betrog ihn. Und nur ein Jahr nach besagtem Spiel, starb der Mann einsam und arm an der Schwarzen Pest."

Es war gut, dass er Kathryns Blick nicht sehen konnte, denn die Geschichte schien ihr reichlich albern.

„Es klingt eher nach einer Kindergeschichte", sagte sie vorsichtig. „Solche Geschichten hat mir früher meine Amme erzählt." Der Gedanke an Ann traf Kathryn für einen Augenblick, doch sie schob den Schmerz beiseite.

„Mag sein, aber es gibt zu viele davon, als dass nicht irgendwas dahintersteckt. Immer taucht der König der Narren auf und alle werden nur hinter vorgehaltener Hand erzählt. Glaub mir, manchen musste ich mit harter Münze bezahlen, dass er mir seine Geschichte des Königs der Narren erzählte."

Kathryn schwieg lieber, denn besonders beeindruckt war sie nicht.

„Eine andere Geschichte handelt von einer armen Bäuerin. Die besaß nur noch eine einzige Kuh. Und eines Tages geschah es, dass die Kuh einen Hang hinabstürzte. Die Bäuerin fand ihre Kuh sterbend und weinte bittere Tränen, denn sie wusste nicht, wie sie ohne das Tier den Winter überstehen sollte. Da lief ihr der König der Narren über den Weg. Als der die arme Bauersfrau so sah, sagte er zu ihr, sie solle heimgehen und sich keine weiteren Sorgen machen, er werde sich um alles kümmern. Schluchzend ging die Frau also nach Hause und wartete dort. Bald darauf klopfte es an ihrer Tür und da stand der Narr und neben sich hatte er die Kuh. Und es war keine andere Kuh, nein, es war dieselbe Kuh, nur wieder vollkommen gesund. Die Bäuerin aber fürchtete, dass es hier mit dem Teufel zuging, weshalb sie, als der Narr fort war, die Kuh mit eigener Hand tötete und das tote Tier daraufhin verbrannte. Als der Winter dann kam, hatte sie nicht genug zu essen und am Ende verhungerte sie kläglich", schloss Aris seine Geschichte.

„Aha", sagte Kathryn. „Das sind aber keine besonders fröhlichen Geschichten." Aris schien sich von ihrer Skepsis keineswegs beirren zu lassen.

„Dann gibt es noch die von dem berühmten Hexenjäger, seinen Namen habe ich vergessen, aber im Reich muss er sehr bekannt gewesen sein. Die geht etwa so; es war da ein berühmter Hexenjäger, der jagte Hexen im ganzen Reich. Es gab keine Hexe, egal wie mächtig, die sich mit seiner Kunst messen konnte. Jeder Hexe, die der Hexenjäger aufspürte, ließ er die Wahl; wenn sie ihm verriete, wo er den König der Narren finden könne, dann würde er sie am Leben lassen. Doch keine Hexe konnte oder wollte es ihm sagen und so tötete er sie alle. Eines Tages dann kam er zu dem Haus einer weiteren Hexe. Wieder ließ er ihr die Wahl, ihm zu verraten, wo der König der Narren stecke, oder zu sterben. Diesmal jedoch ging die Hexe auf den Handel ein und verriet dem Hexenjäger das Versteck. Nachdem er es gehört hatte, richtete der Hexenjäger seine Pistole auf das Hexenweib und sagte, dass ein Pakt mit einer Hexe keine Gültigkeit für ihn habe und erschoss auch diese. Daraufhin zog er los zu dem Versteck des Königs der Narren und stellte ihn. Er bekämpfte ihn mit all seiner Kunst, doch der König der Narren war stärker. Besiegt kniete der Hexenjäger vor dem Narrenkönig und dieser sagte zu ihm: *Ich höre, du hast den armen Hexen, die du getötet hast, eine Wahl gelassen, so will ich dir dasselbe gewähren. Du kannst wählen, zu sterben oder ewig zu leben.* Der Hexenjäger erwiderte, dass er dann das Leben vorziehen würde. Der Hexer wirkte seinen Zauber und gefror die Seele des Hexenjägers in die Welt, wie nur die Diener des Dunklen es vermögen, auf dass er ewig leben solle. Dann packte er den Hexenjäger und warf ihn in einen tiefen, ausgetrockneten Brunnenschacht, wo er für den Rest der Ewigkeit einsam und in Dunkelheit verbringen würde, als Lehre dafür, dass man einen Pakt mit einer Hexe niemals brechen dürfe."

„Also das war die blödeste Geschichte von allen", meinte Kathryn abfällig und Aris lachte.

„Ja, die ist wirklich nicht so gut."

„Woher wusste der König der Narren von dem gebrochenen Pakt? Und warum wollte der Hexenjäger den König überhaupt finden?"

„Schon gut, schon gut, du magst die Geschichte nicht. Zugegeben, sie mag nicht die beste sein. Aber dann gibt es noch die Geschichte, die ich von einem Augenzeugen gehört habe. Keine wie die anderen, die durch tausend Ohren und tausend Münder verfälscht wurden, sondern eine echte."

„Und woher willst du wissen, dass sie echt ist? Vielleicht hat er sie sich nur ausgedacht."

„Wenn du den Kerl gesehen hättest, würdest du das nicht sagen. Der Kerl hat die Wahrheit gesprochen, dafür würde ich meine Hand ins Feuer legen", meinte Aris. „Willst du sie nun hören oder was?"

„Ja, erzähl."

„Also, ich traf den Kerl im Lager bei Anstett. Ein Fahrender Händler führte ihn herum wie eine Attraktion. Man musste ihm einen Silbermond oder eine gleichwertige Münze geben, damit er seine Geschichte erzählte. Und die hörte sich etwa so an: Er war ein Korporal im ersten Storzischen Krieg gewesen. Unter Kurfürst Friedrichs Vater noch, Wilhelm dem Möchtegern König. Eines Tages ging Henk – so hieß der Kerl – mit einem Dutzend Mann auf Zug. Auf bolsischem Boden war das, bei Heilsberg, und sie wollten sich ein Gasthaus mit Wirtschaft vornehmen. Sie stürmten also das Gasthaus und taten, was Söldner auf Zug eben so tun." Er stockte. *Er überlegt, wie viel des Vorgangs er mir zumuten kann,* dachte Kathryn. *Oder vielleicht auch, ob er dadurch verrät, was er selbst schon so alles getrieben hat.* „Sie schossen jedenfalls Wirt und ein paar vom Gesinde nieder und machten sich über die Mägde her, und so weiter. Dann ging's ans Plündern. Also beim Plündern ist es so; die Leute haben ihre wertvollen Sachen immer versteckt. Haben es irgendwo vergraben oder in den Wänden oder unter den Dachsparren versteckt. Das ist immer so. Deshalb packen sich manche Söldner jemanden, der es wissen sollte und… naja, du weißt schon." Kathryn wusste nicht. Obgleich er ihr Gesicht gewiss nur undeutlich sehen konnte, musste er zu demselben Schluss gekommen sein. „Naja, man foltert ihn. Schneidet ihm was ab, oder verbrennt ihm was oder so. Manchmal reicht es auch schon, zu drohen. Jedenfalls war bei denen der Junge vom Wirt der Unglückliche. Muss ein halbes Kind gewesen sein, so wie ich den Kerl verstanden habe. Und der wollte nicht sprechen. Also packten sie ihn und zogen ihm die Hose runter und drohten, ihm die… du weißt schon… ihm die Kastanien abzuschneiden und den… den Stamm dazu. Da habe sie plötzlich ein Kerl angesprochen und ihnen gesagt; dass sie das besser lassen sollten, so erzählte es Henk. *Die Herren sollten das besser bleiben lassen.* Das habe er gesagt. Ich fragte darauf, wo der Kerl denn hergekommen sei, und Henk meinte; dass sie selbst überrascht gewesen seien, denn sie hätten ihn bis dahin gar nicht bemerkt. Er sei einfach am Tresen gesessen, hätte ein Bier getrunken und aus irgendeinem Grund hatte keiner von Henks Männern ihn zuvor beachtet. Jetzt aber beachteten sie ihn sehr wohl. Die packten ihn und setzten ihn auf einen Stuhl. Sie fragten ihn; wer er sei? Und der Kerl sagte ihnen, dass er der König der Narren sei. Hier sagte Henk, hätte er stutzig werden müssen, denn der Kerl sei völlig ruhig gewesen und habe gesprochen, als säßen sie beim gemeinsamen Trunk. Sie trieben jedenfalls manchen Spaß mit ihm und setzten ihm seine Narrenkappe auf und ließen ihn Scherze erzählen und Ähnliches, bis die Sache wieder ernst wurde. Da sagte Henk zu ihm; da er sich für den Jungen so heldenhaft eingesetzt habe, sei es nun an ihm, dem Narren, zu erdulden, was er dem Jungen eingespart habe. Der Narr sei ob der Drohung aber immer noch ganz ruhig geblieben und hätte erwidert, dass solches keine gute Idee sei, denn sein Gott möge seinen Diener lieber ausgestattet, insbesondere, was dieses spezielle Stück anbelange, da es sich so hervorragend zur Sünde eigne. Der Kerl habe wie ein verfluchter Gelehrter gesprochen, meinte Henk. Die Söldner beeindruckte die Warnung natürlich wenig und sie hielten ihn fest und zogen seine Hose herunter und Henk selbst war es, der sein Messer zog, um zu tun, was sie gesagt hatten. Hier hätte der Narr zu dem Jungen geschaut und ihm ohne jede Angst gesagt; dass dieser nun besser die Augen schließen solle, denn was gleich geschehen werde, sei für junge

Augen nicht bestimmt." Aris machte eine Pause, um die Wirkung seiner Erzählung zu steigern. Und Kathryn ärgerte sich: „Nun erzähl schon. Was dann?"

„Dann hat der König der Narren alle Söldner getötet. Henk aber nicht. Nein! Ihn nicht! Für diesen hat sich der König der Narren eine besondere Strafe ausgedacht. Zuerst schnitt er ihm die Arme ab, dann die beiden Beine. Es folgten jene Körperteile, die Henk ihm hatte nehmen wollen. Und zum Schluss waren die Augen dran. Danach brannte er die Wunden aus, damit Henk auch ja am Leben blieb. Die Zunge ließ er ihm und er erklärte ihm auch, weshalb. Er flüsterte in sein Ohr; *so kannst du überall erzählen, was mit jenen geschieht, die die Narrenfreiheit nicht achten.*" Hier endete Aris. Kathryn wartete, ob noch etwas kommen möge. Dann sagte sie: „Das war's? Aber da fehlt doch einiges. Haben sie ihm… die Sache abgeschnitten? Und wie hat er die Söldner getötet? Und was war mit den anderen Gästen? Und hat der Junge die Augen die ganze Zeit geschlossen gehalten?"

„So, wie ich es erzählt habe, hat das arme Schwein mir die Geschichte erzählt. Als ich ihn dann gefragt habe, wie genau der Narr seine Kameraden getötet habe, wollte er darüber nicht reden und der Händler, der ihn bei sich hatte, meinte, dass er nur erzählen würde, was er erzählen wolle. Da sagte ich ihm; für einen ganzen Silbernen solle er mit gefälligst erzählen, was immer ich hören wolle, und sei es, wie er seine verdammte Mutter…" Aris stockte kurz. „Naja, jedenfalls fragte ich den Krüppel daraufhin weiter, ob der Narr Zauberei eingesetzt habe oder etwas mit seinen Augen gewesen sei. Und als ich das mit den Augen sagte, fing der Kerl an zu zucken und zu zittern und begann, sich einzupissen. Dann war kein Wort mehr aus ihm rauszuholen. Und der Händler hat sich aufgeregt, dass er ihn jetzt säubern müsse, und mich zum Teufel gejagt." Aris nahm einen tiefen Zug aus seiner Pfeife. „Ich sage dir. Wie der Kerl gesprochen hat! Du denkst jetzt vielleicht, er habe mir das Blaue vom Himmel erzählt, aber glaub mir, hättest du ihn gesehen und gehört… Der Kerl hat die Wahrheit gesagt, da würde ich meine Seele drauf verwetten."

~

Der verdammte Regen wollte und wollte nicht aufhören und Aris konnte sich kaum noch daran erinnern, wie es sich anfühlte, trockene Kleidung am Körper zu haben. Der Boden war schlammig und sumpfig und das Vorwärtskommen schwer. Wenigstens vertrieb der Regen die Blutfliegen und anderen Insekten, die einem gemeinhin in Sümpfen zusetzen. Noch mehr würde der Regen vertreiben, versicherte ihnen Willy, Schlimmeres und Gefährlicheres, und dankbar sollten sie für das Wetter sein, aber die Dankbarkeit fiel Aris nach jedem Schlammloch, in dem er versank, schwerer.

Die Götter wussten, er war das Marschieren gewohnt. Was war er schon marschiert, er und Bortos? Durch die eisigen Höhen der Zyrpaten, wo ewiger Schnee jeden Winkel bedeckte und einem bis zur Hüfte reichte, oder durch die Steppen von Taranada, wo die Sonne so erbarmungslos brannte, dass man Eier auf Steinen braten konnte.Tagelang mit leerem Bauch und leerem Geist war er marschiert, bis die Füße blutig waren und die Beine von Krämpfen geplagt. Ja, er hatte schlimmere Märsche erlebt, aber zu den schlimmen gehörte dieser dennoch.

Er sehnte sich nach Trockenheit und Wärme, nach einem schönen Feuer und dem Schoß einer fröhlichen Hure. Wann hatte er zuletzt gefickt? Er dachte zurück und brauchte eine Weile. Sie hatten einst einen Sergeant gehabt, bei den Sippanern war das noch, Carlos Morata hatte er geheißen, der immer, wenn jemand eine solche Frage stellte, und in der Armee wurde sie häufiger gestellt, antwortete: Wenn du darüber nachdenken musst, war es zu lange her! Der Spruch war ihm geblieben.

Sein Stiefel versank im Schlamm und glitt ihm vom Fuß, als er weiter wollte. Er fluchte. Auf einem Bein hüpfend, zog er ihn aus dem Schlamm. Es war so viel Wasser darin, dass es an den Seiten herausspritzte, als er den Fuß hineinsteckte. Teufel, die ganze Geschichte bereitete im Moment wirklich keinen Spaß.

Einzig die Gespräche abends waren angenehm. Wenn der Dicke und der Jäger schnarchten, begannen er und das Mädchen zu reden. Über alles Mögliche sprachen sie dann, über ihre Kindheit und die seine, das Leben in einem Schloss und seines im Tross, und über ihre Flucht. Vor allem aber redeten sie über diese eine Sache, über die gemeinhin nicht gesprochen wird. Seltsam war es, mit jemandem offen darüber zu reden. Mit Bortos konnte er es nie, ohne dass dieser ihn die ganze Zeit ermahnte und davon abzubringen versuchte. Er meinte es gut, das wusste Aris, aber er verstand ihn eben nicht. Das Mädchen dagegen…

Sie war nicht minder an dem Thema interessiert als er und er fragte sich, ob es erst die Begegnung mit der Hexe war, die ihr Interesse geweckt hatte, oder schon früher etwas da gewesen sei. Nach dem, was mit ihrer Mutter geschehen war, vermutete er letzteres.

Sie spekulierten dann, wie Hexen erleuchtet würden, und was sie wohl alles zu tun vermochten. Er erzählte ihr alles, was er über die Jahre an Wissen zusammengetragen hatte. So viel war es ihm immer vorgekommen und nun, da er sein Wissen mit jemandem teilte, musste er feststellen, dass es nach wenigen Stunden auserzählt war.

Die Augen waren ihre Gabe, darin stimmten alle überein. *Jave verleiht dir seine Stimme, der Teufel seine Sicht der Dinge.* Sie hatten es selbst erlebt. Mit ihren Augen hatte die Hexe sie beherrscht. Doch was konnten sie noch? Mit Toten reden, Geister beschwören und Tote zum Leben erwecken. An solchen Geschichten mangelte es nicht. Alles, was mit dem Tod zu tun hatte, wurde ihnen zugeschrieben, wenig verwunderlich, dachte man an die ganzen Geschichten über den Herrn der Toten. Aber das war lange her und die Dinge, die den Hexen vorgeworfen wurden, von denen Aris gehört hatte, schienen von anderer Art zu sein. Da ging es um Flüche und Verwünschungen, wenn Kinder starben oder Nutztiere, wenn Seuchen ausbrachen oder die Ernten vergingen. Vorwürfe, die schwierig nachzuweisen waren und noch schwieriger zu entkräften.

Aris hielt nicht viel davon. Zu vage war es ihm. Glaubte man jedem Vorwurf, den ein Mensch aussprach, wären Teufel und Hexen für alles Schlechte in dieser Welt verantwortlich, und Aris hatte zu viel gesehen, um das zu glauben. Und besonders nützlich fand er solche Fähigkeiten ebenfalls nicht.

Was er sehr wohl nützlich fand, waren die Schutzkünste, wie Söldner es nannten. Die Fähigkeit, sich vor Leid und Kugeln zu schützen, Klingen und anderes an sich abprallen zu lassen und Wunden von alleine zu heilen. Unter Söldnern und Soldaten gab es tausend und mehr Rituale oder Zaubersprüche, die solches bewirken sollten, sich ein Dreieck aus Hexenbaum um die Brust hängen, Teufelskraut vor der Schlacht kauen und das *Erste Gebet* rückwärts aufsagen oder mit Katzenblut ein Auge über sein Herz malen. Und obwohl alle wussten, auf wessen Schutz sie da hofften, taten es etliche Soldaten dennoch. Aber auch hier hatte Aris genug gesehen und genug selbst versucht, um zu wissen, dass das meiste, wenn überhaupt, nicht gut wirkte. Aber es gab die wirkenden. Zu viele Geschichten hatte er dazu gehört, als dass sie alle gelogen sein könnten. Wie die *Gefrorenen*. Die gab es. Diejenigen, die ihre Seele in die Welt festgefroren hatten, auf dass sie den Körper nicht verlassen könnten. Die einen Pakt mit dem Teufel geschlossen hatten, damit er sie kugelfest mache. Vielen legendären Kämpfern wurde es nachgesagt, zu vielen, als dass es nur Gerede sein könne. Dem roten Boris. Dem langen Hans. Diante von Flocano, dem ersten Schwert der Sofilier.

Er und Bortos hatten sogar unter einem gedient, von dem einige es behaupteten. Ihr erster Hauptmann in der Reichsarmee. Ihre Kameraden hatten es ihnen berichtet, doch zu kurz hatten sie unter ihm gedient und nie selbst etwas gesehen. Ein seltsamer Mensch war er gewesen, der Hauptmann. Aber vielleicht musste man dazu auch seltsam sein.

Wie würde er selbst reagieren, böte sich ihm die Gelegenheit? Einen Pakt mit dem Dunklen zu schließen, für eine solche Macht. Wäre er bereit dazu?

Ein fernes Brummen riss ihn aus seinen Gedanken. Willy war stehen geblieben und lauschte. Nur das Prasseln des Regens war zu hören. Nach kurzem Zögern bedeutete er ihnen mit einer Geste, weiterzugehen. Puky führte sie auf einer schmalen Landbrücke zwischen zwei kleinen Seen hindurch. Es war windstill und beinahe senkrecht fiel der Regen, tröpfelte schwer auf das Wasser und sein Rauschen überdeckte alles. Da drang erneut ein Geräusch hindurch. Ein Brüllen war es. Das eines Tieres. Alle vier waren sie stehen geblieben, hoben die Köpfe und lauschten.

„Ein Wurm?", fragte Bortos. Willy schüttelte bedächtig den Kopf.

„Was dann?", fragte Kathryn, denn der Jäger antwortete nicht.

„Kann es sein?", sprach er leise zu sich selbst, und Aris hörte es nur, weil er direkt neben ihm stand. Wieder ein Brüllen, lauter und näher diesmal. Gewaltig musste die Kehle sein, der ein solches Geräusch entfuhr.

„Wir müssen vom Wasser weg!", rief Willy. „Schnell!"

Er scheuchte Puky vorwärts und sie rannten ihnen hinterher. Aris schaute sich um, suchte die Landschaft ab, ohne zu wissen, wonach. Keine hundert Schritt mehr waren sie vom Ende der Landbrücke entfernt. Da hob sich hinter dem Vorhang aus Regen hundert Schritte entfernt etwas Gigantisches empor. Einer Schlange gleich tauchte zwischen Schilf und niedrigem Gebäum ein ewig langer Hals auf, samt riesigem Kopf. Ein zweiter folgte. Sie waren stehen geblieben, starrten ehrfürchtig auf das, was sich vor ihnen auftat. Ein dritter Kopf, ein vierter. Hoch wie Bergfriede, dick wie Mammutbäume. Als der fünfte Kopf auftauchte, öffneten sich die Mäuler und aus allen Kehlen erscholl gleichzeitig ein solches Brüllen, dass Aris ganzer Körper vibrierte.

„Weiter!", schrie Willy und holte sie alle aus ihrer Starre.

Sie rannten los. Schlamm spritzte von ihren Stiefeln und der Regen klatsche ihnen ins Gesicht. Der Abstand zu den Seen wurde breiter. Ein Geräusch ließ Aris zur Seite blicken. Ein Hydrenkopf erhob sich aus dem See zu seiner Rechten. Kleiner als die vorherigen, aber immer noch hoch wie ein Haus. Seine Geschwister folgten, der zweite und dritte. Bald ragten alle fünf Köpfe über ihnen auf. Die Hydra setzte sich in Bewegung. Das Ufer war ihr Ziel und auf baumstammdicken Beinen entstieg der massige Körper dem Wasser.

Sie wichen auf die andere Uferseite aus, doch auch hier waren lauter erhobene Köpfe und schauten aus dem Wasser gleich riesigen, monsterhaften Schwänen. Eine weitere Hydra stieg aus dem See, stampfte mit ihren Füßen auf das Ufer. Willy schrie: „Puky!"

Die kleine Hündin war von einem Schwall Wasser erwischt worden, als die Bestie vor ihr ans Ufer kam. Ein Bein erhob sich, drohte genau auf ihr zu landen. Aris sprintete los, packte den Hund und hechtete zur Seite. Der Fuß setzte auf, wo sie eben noch gewesen waren. Bortos war bei Aris, zog ihn wieder auf die Beine.

„Weiter!" schrie er. Aris sah noch mehr Hydren aus den Seen kommen. Gigantische Köpfe mit schrecklichen Mäulern überall um sie herum. Jeden Moment würden sie die kleine Beute zwischen ihren Füßen bemerken. Aris konnte sich nicht vorstellen, wie sie jemals entkommen sollten. Da rief Willy: „Hierher! Hierher! Da ist es gut."

Zwischen zwei Bäumen stand er, die nah beieinander gewachsen waren und wie eine zweizackige Gabel dem Boden erwuchsen.

„Wir müssen weiter!", schrie Aris dem Jäger zu, als sie bei ihm ankamen. „Die Bäume hier werden uns nicht schützen."

„Doch!", schrie Willy zurück. „Hier bleiben! Hier können sie uns nicht tottrampeln und fressen tun sie heute nicht. Werdet's sehen, glaubt mir."

Sie drängten sich zwischen den beiden Bäumen, deren Wurzeln ineinander verwoben waren und so einen festen Untergrund bildeten, dicht zusammen. Die Hydra, die kurz zuvor fast auf sie getreten war, befand sich keine zwanzig Schritte von ihnen entfernt. Die schnabelförmigen Mäuler waren aufgerissen und stimmten in den Chor der anderen ein. Was sollte sie aufhalten, nach ihnen zu schnappen?, fragte sich Aris. Wie auf dem Präsentierteller standen sie da. Aris schnürte es die Brust zu bei dem Anblick. Puky zappelte hektisch in seinem Arm.

„Gib mir meine Kleine!“, sagte Willy, und Aris reichte ihm die Hündin. „Ruhig, meine Kleine, ist alles gut! Heute ist der Tanz. Der Tanz der Hydras.“ Der Jäger lachte auf. „Dass ich sowas noch erleben darf!“

Sein frohes Gesicht beruhigte Aris mehr als seine Worte.

„Was heißt das?“, fragte Kathryn.

„Sie paaren sich! Nur einmal alle zehn Jahre oder noch seltener paaren sie sich. Wenn's regnet. Gaya ist groß! Schaut es euch an!“ Ganz euphorisch deutete er auf die Bestien und schaute entzückt dem Spektakel zu. „Habt keine Angst. Wenn die Hydren tanzen, fressen sie nicht. Seht und vergesst es nicht. Sowas sieht man nur einmal im Leben.“ Puky keifte, als habe sie dazu auch etwas zu sagen.

Die Hydra vor ihnen stapfte vorwärts. Der Körper war ledrig und dunkelgrau, die vier Beine nach vorn geknickt mit flossenähnlichen Enden und der Schwanz glich einem monströsen Aal. Die Köpfe schauten in die Ferne und schenkten ihrer Gruppe keine Beachtung. So dicht lief die Hydra an den Bäumen vorbei, dass Aris ihren Körper hätte berühren können, wenn er sich nur ein wenig gestreckt hätte.

„Schaut dort! Die Große von vorhin“, sagte Bortos und deutete hinter sie zu dem größten Tier, das Aris je gesehen hatte. Es war jene, die sie zuerst erblickt hatten. Fast eine viertel Meile musste sie von ihnen entfernt sein, und doch war sie so gewaltig, dass sie sie gut erkennen konnten. Jedes Maul dazu in der Lage, einen Ochsen am Stück zu verschlingen. Nichts als keine Insekten waren sie im Vergleich, dachte Aris bei sich. Kein Mensch konnte es mit einem solchen Wesen aufnehmen.

Bis in den Abend hinein beobachteten sie die Tiere. Sahen sie miteinander ringen und kämpfen, ihre langen Hälse ineinander verschlingen und hörten ihre markerschütternden Rufe. Irgendwann hörte es auf zu regnen und als die Sonne schon fast versunken war, zogen sich die Hydren wieder in ihre Seen zurück und mit ihrem Verschwinden legten sich auch Aris und die anderen zur Ruhe.

Der nächste Morgen war trocken und sonnig und Aris streckte seinen Rücken durch und genoss, wie die schmerzlich vermisste Sonne auf sein Gesicht schien. Seine Kleidung war immer noch feucht, doch er spürte schon, wie sie trocknete. Ob es das Erlebnis des Vortages war, oder das sonnige Wetter, ihre kleine Gruppe schien neuen Mut geschöpft zu haben, und sie lächelten einander an und sprachen sich Mut zu. Ihre Antlitze zeigten Entschlossenheit und Zuversicht, viel mehr, als Aris die letzten Tage gesehen hatte, und auch er fühlte sich voll frischer Kraft und Energie.

„Ist Gayas Kraft, die du da in dir spürst", meinte Willy ernst, als Aris davon sprach. „Gayas Hände, so heißen wir die Hydren hier. Es sind ihre ureigensten Geschöpfe und Diener. Gaya hat den gestrigen Tag gesegnet und von ihrer Magie war er erfüllt. Keine Handvoll Menschen, die ich kenne, haben in ihrem Leben einen Hydrentanz gesehen. Eine große Ehre ist uns zuteilgeworden. Eine sehr große. Die nächsten drei Tage werde ich weder Fleisch noch Fisch zu mir nehmen, um das Erlebte zu würdigen und Gaya zu ehren."

Auch Aris, Kathryn und Bortos beschlossen, es so zu halten. In Gayas Reich befanden sie sich und man musste die Götter respektieren. Willy nickte zufrieden, als sie ihm ihre Entscheidung mitteilten.

„Hast meine Puky gerettet, gell!", sagte der Jäger zu Aris, bevor sie ihre Lager abbrachen. Er hielt die kleine Hündin mit einer Hand und streichelte sie liebevoll. „Für immer werde ich dir dafür dankbar sein, mein Freund."

Aris winkte ab und kraulte ebenfalls die Hündin.

„Brauchst du nicht! So wie ich das sehe, habe ich nur eine Schuldigkeit beglichen."

Die folgenden Tage kamen sie weit besser voran und als die Sonne am vierten Tag rotglühend gen Westen niederging, liefen sie schon auf festem Boden und erkannten die ersten Anzeichen von menschlichem Wirken. Felder und Äcker wurden sichtbar, Wege und Zäune, und bald waren auch die ersten Gebäude zu sehen. Der Augenblick des Abschieds war gekommen.

„Pass auf dich auf, Jäger. Auf dich und deine kleine Freundin.“ Aris streichelte Puky den Kopf, die sich bedankte, indem sie seine Hand leckte. „Langes Leben, fette Beute, wünscht man unter uns Kriegsknechten. Daher sei dir langes Leben und eine gute Jagd gewünscht.“

„Dir auch ein langes Leben, Soldat. Sieh dich vor da draußen. Die Marsch mag gefährlich sein, aber die Welt der Menschen ist meines Erachtens die weit gefährlichere.“

In ähnlicher Art verabschiedete sich der Jäger von Bortos. Dann war Kathryn an der Reihe. Sie überreichte ihm die versprochene Kette.

„Du hast sie dir redlich verdient, lieber Willy. Gib gut auf dich Acht.“ Sie gab dem Jäger einen Kuss auf die Backe und Puky knurrte. Kathryn lachte und streichelte der Hündin liebevoll den Kopf und küsste sie auf die Schnauze, was sie zu versöhnen schien. „Gebt alle beide gut auf euch Acht. Auch aufeinander.“

„Ihr auch, Mylady“, sagte der Jäger. „Und Ich hoffe, Ihr entkommt, was immer hinter Euch her ist.“

Kathryn machte vor Erstaunen große Augen und Aris tauschte einen überraschten Blick mit Bortos.

„Ich war zu lange Jäger, als dass ich nicht erkennen würde, wenn etwas gejagt wird, gell.“ Er lachte und zeigte seine schiefen Zähne. „Macht’s gut, meine Freunde. Und Gayas Segen sei mit euch.“ Er hob den Arm zum letzten Wink und Puky ließ ein knappes Bellen hören, was wohl ihr eigener Abschiedsgruß war. Sie sahen ihnen nach. Bald waren sie zwischen Sträuchern und Gebüsch verschwunden, eingetaucht in die endlose Weite der Ewigen Marsch.

~ 22. Kapitel ~

Kathryn und Aris

Als habe das Wetter sich der Landschaft angepasst, war es freundlich, warm und sonnig. Hellblau war der Himmel und nur vereinzelt bevölkert von kleinen, weißen Wölkchen, die sich am Firmament bewegten, gleich Schafen auf einer großen Weide. Kathryn kauerte am Ufer des kleinen Bächleins, an dem sie zu rasten beschlossen hatten, und schrubbte hektisch ihre Kleidung. Immer wieder sah sie sich über die Schulter, ob keiner der Männer käme. Sie war nackt. Und obgleich sie sich eine Decke über die Schultern gehängt hatte, wollte sie nicht, dass einer ihrer Begleiter sie so zu Gesicht bekam. Als die Kleidung endlich einigermaßen vom ganzen Schlamm und Dreck befreit war, zog sie die nassen Sachen sogleich wieder an.

Sie stapfte zurück zu der Stelle, wo Bortos ihr Lager errichtet hatte, und das Feuer knisterte bereits, während Bortos sich am Bach offenbar als Angler versuchte. Kathryn wärmte sich kurz am Feuer auf und trocknete gleichzeitig ein wenig ihre nasse Kleidung. Dann ging sie zum Angler hinüber. Mit entblößtem Oberkörper kniete der große Mann über dem Wasser und beobachtete den Stock, an den er Schnur samt Haken gebunden hatte. Kathryn war gerade bei ihm angekommen, als er anschlug und eine kleine Forelle aus dem Wasser beförderte.

„Ha!", sagte er. „Potztausend, hier wimmelt es vor Fischen. Schau mal! Zwei Stück habe ich schon. Gut, dass ich die Schnur von dem Kerl behalten hab. Der Angler, weißt du noch? Dachte mir schon, die würde uns nützen."

„Wo ist Aris?", fragte Kathryn.

„Der ist flussaufwärts gegangen, um sich umzusehen. Geh ihn rufen. Ich versuche noch einen von den Kerlen hier zu fangen, dann können wir essen."

Sie folgte dem Bach stromaufwärts. Um sie herum war Wald, licht und gut begehbar, aus buschigen Laubbäumen bestehend.

Das Geräusch plätschernden Wassers nahm zu und bald entdeckte sie einen kleinen Wasserfall, wo der Bach in ein von Felsen umgebenes Becken floss. Aris befand sich mit dem Rücken zu ihr in der Mitte des Beckens. Er war nackt und das Wasser endete auf Höhe der Hüfte. Schlank war er und muskulös und sein ganzer Rücken war übersät von alten Narben. Als er sich umdrehte, entdeckte er Kathryn.

Sie erschrak und fühlte sich irgendwie ertappt. Um ihre Unsicherheit zu überspielen, sagte sie: „Bortos ruft nach dir. Wir essen gleich."

Er ging durch das Wasser auf sie zu. Ohne jede Scham entstieg er dem Wasser und sie konnte sein Geschlecht sehen und seine Haare. Sie spürte, wie ihr das Blut in den Kopf schoss. Er fixierte sie mit seinen hellen, blauen Augen. So vieles las sie darin, Lust und Selbstsicherheit, aber auch anderes, was schwer zu deuten war. Kurz glitt ihr Blick erneut an ihm herab, doch zwang sie sich sogleich, ihm wieder in sein Gesicht zu schauen. Er lächelte.

„Was sind das für Narben auf deinem Rücken?", fragte sie. Ihr Mund war trocken und die eigene Stimme klang schrill und unsicher in ihren Ohren.

„Oh das… bei uns sagt man; *die Sünden des Soldaten muss sein Rücken büßen.* Und ich habe einiges gesündigt." Er machte eine Geste, die bedeutete, dass mehr dazu nicht gesagt werden brauche. Dann sah er an ihr herab. „Hast du dich denn schon sauber gemacht?" Kathryn wurde heiß. Ihr Kopf brannte und es fühlte sich an, als strömte siedend heißes Blut durch ihre Adern. Er wusste, was er bei ihr bewirkte, sie erlas es seinen Augen. Es machte ihn überlegen und das gefiel ihr nicht. Gefiel ihr überhaupt nicht.

„Komm essen!", sagte sie schroff, klang dabei aber unsicher und kindisch. Dann drehte sie sich abrupt um und schritt davon. Sie verbot sich, noch einmal umzudrehen, und lief, den Kopf steif geradeaus haltend, weiter. Nach einigen Schritten schaute sie zurück, ehe ihre Vernunft ihren anderen Antrieben Einhalt gebieten konnte. Aris zog sich gerade sein Hemd an. Er sah immer noch zu ihr. Und lächelte.

Beim Essen mied Kathryn jeden langen Augenkontakt mit Aris. Sie knabberte an der Forelle, der Bortos einen Stock durch das Maul gesteckt hatte, um sie so am Feuer zu braten, und die sie nun an jenem Stock hielt. Die Geräuschkulisse hatte sich verändert. Vogelgezwitscher erfüllte die Luft, dazu das Rascheln der Laubbäume und das friedliche Plätschern des Baches. Das Fremdartige und Umheimliche, was sie in der Marsch allzeit umgeben hatte, war verschwunden, und selbst die gelegentlichen Aufschreie eines vereinzelten Waldwurms vermochten dem Idyll nicht seine Wirkung zu nehmen. Sie waren in Sicherheit und in ein, zwei Tagen würden sie Avion erreichen und von dort aus mit einem Boot nach Lidium fahren. Ihr Abenteuer war bald zu Ende.

„Was wirst du tun, wenn du zurück bist?", fragte Bortos.

„Ich werde mich rächen", sagte Kathryn. In ihrem Kopf hatte sie es tausend und mehr Male durchgespielt. Das nächste Mal, wenn sie zusah, wie jemandem der Kopf abgeschlagen wurde, sollte es einer ihrer Feinde sein. „Sie sollen bereuen, was sie mir angetan haben. Was sie Ann angetan haben."

„Du meinst deinen Onkel?"

„Ihn und alle Beteiligten. Meine Tante, auch sie muss Bescheid gewusst haben. Eurer Hauptmann und jeder Einzelne, der noch darin verwickelt war. Jeder Einzelne!"

„Und wie willst du das schaffen?"

„Ich bin von königlichem Blut. Was sie getan haben, ist Hochverrat und Verrat an der Krone. Ich muss nur an den Hof gelangen. Zu meinem Bruder. Dann wird man sie alle verhaften."

„Dann hoffen wir mal, dass wir dich auch heil dorthin bekommen", sagte Aris. „Wenn die Hälse von Edelleuten auf dem Spiel stehen, pflegen die sich normalerweise ganz gut zu schützen."

„Mein Onkel kann nicht wissen, dass wir durch die Marsch sind. In Lidium müssen wir aufpassen, das stimmt. Aber er kann unmöglich alle Boote kontrollieren lassen, oder alle Zugänge des Ivoryhouse. Die Stadt ist riesig. Ich denke, unsere Chancen stehen gut." Sie musterte ihre Gefährten. „Und wenn wir es schaffen, werdet ihr belohnt werden. Reich belohnt, das verspreche ich."

„Na, das hört sich doch schon anders an", sagte Aris. „Also kein schrecklicher Tod für uns dafür, dass wir dir helfen?"

„Nein. Ich sagte es, weil ich wütend war. Es war dumm von mir. Und falsch. Ich verdanke euch mein Leben, das weiß ich. Ohne euch hätte ich es niemals bis hierher geschafft. Ihr sollt belohnt werden, darauf gebe ich euch mein Wort." Sie hatte keine Ahnung, von wem oder woher sie das Geld nehmen sollte, doch sie würde schon einen Weg finden.

„Das höre ich gern, denn ein Söldner arbeitet normalerweise nicht umsonst", sagte Aris.

„Das sagst du. Ich hätte Euch auch so geholfen", meine Bortos ernst. „Es ist mir eine Ehre, der Krone Norlands zu dienen." Sie sah, wie Aris die Augen verdrehte.

Eine Weile widmeten sich alle drei ihrem Essen. Als sie fertig waren, schenkte Aris Wein aus. Viel war nicht mehr verblieben und er verdünnte ihn ein wenig mit Wasser. Er kramte seinen Krautbeutel hervor und schaute missmutig hinein.

„Ein Königreich für einen guten Zapfen Kraut. Ist alles nass und verdorben", sagte er, schüttelte den Inhalt aus und steckte den Beutel wieder ein. Dann sah er Kathryn an.

„Wenn wir das alles hinter uns haben, bist du dann auch wirklich außer Gefahr?"

„Was meinst du damit?", wunderte sich Kathryn.

„Naja, wenn alles gelingt, du am Hof bist, dein Onkel und seine Komplizen am Galgen baumeln und so weiter. Ich kenne die Regeln bei euch da oben nicht, aber was hindert den Nächsten daran, dich aus dem Weg zu räumen?"

„Machst du dir etwa Sorgen um mich?", fragte Kathryn neckisch.

„Ich mache mir hier doch nicht die Mühe, dein Leben zu retten, um dich kurz darauf tot sehen zu wollen", erwiderte Aris.

Kathryn dachte nach. Wie waren die Regeln, denen sie selbst unterlag?

„Früher dachte ich immer, es gäbe nichts auf der Welt, das mich schützt. Meine Mutter hat nichts geschützt. Sie sind einfach gekommen und haben sie mitgenommen, und als ich sie das nächste Mal gesehen habe, haben sie ihr den Kopf abgeschlagen. Ich dachte immer, mir würde es ebenso ergehen. Irgendwann würden sie kommen und dann wäre es aus. Aber so einfach ist es nicht. Bei meiner Mutter konnten sie es, aber bei mir nicht. Deshalb hat mein Onkel diesen ganzen Aufwand betreiben müssen. Es ist mein Blut. Es schützt mich. Einer Königstochter kann so leicht kein Prozess gemacht werden."

„Ist es nicht gerade dein Blut, das dich in diesen Schlamassel gebracht hat? Nur deshalb ist dein Onkel doch überhaupt hinter dir her, oder nicht?", meinte Aris.

Kathryn lächelte: „Ja, das stimmt. Seltsam, nicht wahr? Es ist der Grund, weshalb mein Leben bedroht ist, und gleichzeitig der Grund, weshalb sie mich nicht so leicht töten konnten, sondern diesen ganzen Mummenschanz betreiben mussten."

„Klingt nach keinem tollen Schutz in meinen Augen", sagte Bortos. „Klingt vielmehr nach einer Zielscheibe auf dem Rücken."

Ja, eine Zielscheibe, das war es… aber auch mehr als das.

„Das ist es. Deshalb muss ich auch einen besseren Schutz finden."

„Und was könnte das sein?", fragte Aris.

Sie zuckte nur mit den Schultern.

„Ha, wir könnten Eure Leibwächter sein. Mit uns an Eurer Seite, da kann kommen wer will", meinte Bortos fröhlich.

Kathryn schenkte dem Krieger ein Lächeln. Bortos wäre zweifellos ein hervorragender Leibwächter, aber das war nicht der Schutz, den sie brauchte.

Der nächste Tag verlief ereignislos, was nach ihren begangenen Abenteuern eine angenehme Abwechslung war. Über feste Wege liefen sie nun, entlang bestellter Felder, kleiner Höfe und manchem Dorf. Das Wetter war schön und trocken und die Luft duftete nach Frühling. Bei ihrer ersten Begegnung mit Menschen hatte Kathryn ihren Hut noch tief ins Gesicht gezogen und gespannt jede Bewegung verfolgt, in Sorge vor einem Angriff. Doch je mehr Menschen ihre Wege kreuzten und je länger sie durch diese freundliche

Gegend reisten, desto entspannter wurde Kathryn und fern und unwirklich schien ihr alle Gefahr.

Weiter im Westen sahen sie die ersten Vertriebenen. Die Flüchtigen des Krieges. Auf Feldern oder lichten Waldstücken lagerten sie; schmutzige, mitgenommene Gestalten, mit traurigen Gesichtern und Augen voller Kummer und Leid. Auf klapprigen Wagen führten sie ihr ganzes Hab und Gut mit sich, mitsamt unzähligen Kindern, die umher wuselten und nach Essen oder Almosen bettelten, die sie ihnen nicht geben konnten.

In einem Dorf kauften sie ein wenig Proviant. Viel war es nicht, denn sie hatten kaum noch Münzen im Beutel und sie brauchten noch etwas, um die Überfahrt nach Lidium zu bezahlen. Beim Krämer erkundigten sich die beiden Söldner noch über den Verlauf des Krieges.

„Es heißt, sie haben die Brücke gesprengt. Die in Voder. Einer meiner Händler hat's mir erzählt. Muss gerumst haben, dass man's noch Meilen entfernt gespürt hat. Darauf sind die Sippaner ab und Richtung Lidium selbst. Vielleicht wollen sie es über Southgate probieren, dann wären die Hunde keine siebzig Meilen von hier entfernt. Mögen's die Götter verhüten. Bisher sind wir hier verschont geblieben, aber wenn das Heer so dicht lagert, kommen die Strolche sicher auch zu uns hinüber und wir haben schon genug am Hals mit den ganzen Flüchtigen", erzählte der Krämer, ein breiter Mann mit großer Glatze, auf der eine zu kleine Lederkappe saß.

„Und die Nordischen? Wo stehen sie?", fragte Aris.

„Wo sie stehen? Weiß der Teufel? Hauptsache nicht hier. Der Fluss hat sie noch immer beschützt, doch wenn nicht, wird das Blut endlich auf ihrem eigenen Grund und Boden vergossen." Kathryn sah ihm an, dass es ihm nur recht wäre.

Mittags trafen sie auf eine Gruppe storzischer Händler, die auf dem Weg nach Berga waren. Sie hatten Stoffe und Schneidwerkzeuge geladen und ließen Kathryn und die beiden Söldner auf ihrem Ochsenkarren mitfahren. Olaf hieß ihr Anführer und zwei Söhne hatte er mit sich dabei, Kurt und Gral, dazu einen Neffen und einen Gehilfen, die stumm im hinteren Teil des Wagens blieben. Gleich zu

Beginn fragte Olaf, von welchem Glauben sie seien, und Aris machte ein Kreuz mit beiden Zeigefingern und sagte: „Das Licht des Einen scheint über uns." Hätte Kathryn die Wahrheit nicht gewusst und nicht seinen Augen erlesen, sie hätte es geglaubt.

„Wohlan, Brüder. Auch wir folgen dem Ruf des Einen", erwiderte Olaf glücklich, was nicht verwunderte, denn Storzen war bekanntermaßen eines der ersten unistischen Fürstentümer gewesen. Kathryn erlas den Augen des Händlers, dass er ihnen gegenüber dennoch misstrauisch war, und mehr noch, seit er in Kathryn eine Frau in Männerkleidung erkannt hatte. Sagen tat er aber nichts und ließ sie auch sonst nichts davon spüren. Er redete gerne und viel und jammerte über die schlimmen Verhältnisse, die im Reich herrschen würden.

„Aber vielleicht hat das Übel bald ein Ende, Brüder. Eine neue Zeit wird anbrechen. Die Zeichen sind da!"

„Was meinst du? Von welchen Zeichen sprichst du?", fragte Bortos.

„So ist es noch nicht an eure Ohren gelangt?" Der Händler beugte sich verschwörerisch zu den beiden Söldnern. „Es ist geschehen! So, wie es prophezeit war. Der Eine hat uns sein Zeichen geschickt, ein Zeichen so groß und göttlich; die Menschen sollen geweint haben vor Glück, als sie es sahen."

„Und wie sah das Zeichen aus?", fragte Kathryn. Olaf musterte sie kritisch. Doch die Antwort brannte ihm auf der Zunge und so sagte er: „Ein göttlicher Wirbel ist vom Himmel auf die Erde hinabgekommen, so erzählen es die Leute. Tausend Meilen soll er hoch gewesen sein und hundert breit. Grün und blau soll er geleuchtet haben und aus reinem Licht habe er bestanden. Erst der Komet und dann das. Ich sage euch, seine Ankunft steht unmittelbar bevor, meine Brüder!" Er glaubte alles, was er sagte, erkannte Kathryn.

„Wovon sprichst du?", fragte Aris. „Ein Wirbel? Aus dem Himmel? Wie soll ich mir sowas vorstellen?"

„Leider konnten meine eigenen Augen es nicht bezeugen. Aber bei uns spricht alle Welt davon. Aus den Himmelslichtern sei er entstanden. Sie haben dieses Jahr so kräftig wie noch nie geleuchtet. Und dann seien sie herniedergekommen, wie sie es noch niemals getan haben, gleich einem Wirbelsturm, nur ohne Wind und ohne Sturm. Bis auf den Boden hinab hat es gereicht. Unten im Süden des Reichs ist es geschehn. Ein Wunder! Besser vermag ich es leider nicht zu beschreiben, aber der Eine ist mein Zeuge, so habe ich es gehört, und das gleich aus einem Dutzend Mündern." Er blickte seine Söhne an, die eifrig nickten und ihre Kommentare dazu abgaben. Der Blick, den Aris Bortos zuwarf, zeigte, für wie glaubhaft er die Geschichte hielt.

Die Händler rasteten an einer Weggabelung. Kathryn, Aris und Bortos mussten nordwärts, indessen der Weg der Händler weiter geradeaus verlief, und so verabschiedete man sich und wünschte sich Glück und eine gute Reise. Kaum nach der Verabschiedung aber begannen Aris und Bortos wie selbstverständlich, ihre Waffen zu laden. Kathryn fragte verwundert, ob irgendeine Gefahr drohe, worauf Aris antwortete:

„Nein, keine Gefahr. Zumindest für uns nicht. Wir nehmen uns nur die Händler vor."

„Was? Aber weshalb? Sie waren doch nett zu uns und haben uns mitgenommen."

Aris zuckte nur mit den Schultern. „Brauchen das Geld. Außerdem haben sie uns nicht zum Essen eingeladen. Und dieses Lügenmärchen, das sie erzählen… Ich habe oft genug die Himmelslichter gesehen. Die können groß werden und schön anzuschauen sind sie auch, aber wirbeln tut da nichts."

„Sie haben dir Kraut geschenkt. Und sie haben sich doch entschuldigt, nicht genug zu essen zu haben. Nur deshalb haben sie uns nicht eingeladen."

„Hör zu, ich mach das nicht gerade gern, aber wir sind Söldner. So einen Fang lässt man sich nicht entgehen", meinte Aris schlicht. Kathryn schaute Bortos an, der eine hilflose Geste machte.

„Da hat er schon recht. Ist nunmal unser Gewerbe."

„Aber die sind fünf Mann. Und sie hatten Waffen dabei, ich hab's gesehen", warnte sie.

Aris lächelte nur kalt. „Na, sie können ja versuchen, sie zu gebrauchen."

Auch Bortos war nicht sonderlich beeindruckt. Aber Kathryn wollte nicht nachgeben. Olaf und die Seinen waren freundlich zu ihnen gewesen, und Kathryn wollte ihnen nicht in die Augen blicken, wenn sie als Räuber vor ihnen standen.

„Nein!“, sagte sie bestimmt. „Zunächst einmal seid ihr im Moment keine Söldner. Wenn ihr irgendwas seid, dann meine Leibwächter. Und als solche ist es eure Aufgabe, mich zu beschützen. Und nicht in Gefahr zu bringen, indem ihr diese Händler angreift.“

„Hör dir das an, Dicker“, lachte Aris. „Mit einem Mal sind wir doch tatsächlich zu Leibwächtern aufgestiegen. Dann sollten wir aber über unseren Sold verhandeln.“

„Ihr werdet euren Lohn schon bekommen“, sagte Kathryn, dann in anderem Ton: „Bitte, lasst sie ziehen.“

Der Ausdruck auf Bortos Gesicht zeigte ihr, dass sie ihn auf ihrer Seite hatte. Der große Mann schaute zu seinem Bruder, der ihn richtig deutete und sich genervt die Augenbrauen entlangfuhr.

„Teufel, Prinzesschen, aber dann klag mir nicht, wenn du heute Abend hungrig schlafen gehst.“ Er hatte sie schon geraume Zeit nicht mehr Prinzesschen genannt.

Knisternd und warm loderte das Feuer und zu dritt saßen sie drum herum und beobachteten die fette Gans, die Bortos neben dem Feuer über einem Haufen Glut langsam garte. Hungrig würden sie zum Glück nicht schlafen gehen. Aris hatte sie von einem kleinen Hof gestohlen, nur aus drei schlecht gebauten Gebäuden bestehend. Bortos und sie hatten Wache gestanden und Aris war so flink und geschickt über den Zaun und in den Stall geklettert, dass Kathryn sicher war, es war nicht sein erster derartiger Raubzug. Mit der flatternden Gans war er zurückgekehrt, dazu einigen frischen Eiern. Kathryn hatte es ihnen nicht erneut verbieten wollen, nachdem sie schon den Überfall vereitelt hatte. Außerdem hatte sie Hunger.

Die Gans schmeckte wunderbar! Bortos hatte sie fleißig mit Butter bestrichen und Fett wie Bratensaft mit seinem flachen Topf aufgefangen, in welchem sie nun alle drei ihr hartes

Brot aufweichten und das Fleisch hineintunkten. Nachdem das Essen verzehrt war, schenkte Aris Wein aus. Zu den wenigen Sachen, die sie beim Krämer gekauft hatten, zählte ein voller Schlauch Wein. Kathryn hatte nichts dazu gesagt und in Wahrheit mochte sie mittlerweile ihren abendlichen Becher. Der Wein war sauer und stark, und nicht so gut wie jener, den sie auf der Flur erstanden hatte, aber sie wärmten ihn am Feuer auf und nach dem zweiten Becher wurde er Kathryn warm und angenehm.

„Seht mal, da!", sagte Aris plötzlich. Er deutet auf einen Busch. Zwei Augen schimmerten unheimlich zwischen den Blättern und sahen in ihre Richtung. Der Flammenschein ließ sie weiß scheinen, und nur die beiden leuchtenden Punkte waren im Schatten des Gesträuchs zu sehen.

„Ein Schattenluchs! Da passt jemand auf uns auf, heute Nacht", meinte Aris.

„Soll er auf jemand anderen aufpassen!", schimpfte Bortos. „Ich will mit seinem Herrn nichts zu schaffen haben." Er warf einen Stein in das Gebüsch und mit einem Rascheln verschwanden die Augen. Aris kramte seine Pfeife heraus und stopfte sie mit dem frischen Kraut, das ihm der Händler geschenkt hatte.

„Kann ich auch probieren?", fragte ihn Kathryn. Der Söldner nickte, entzündete die Pfeife und reichte sie Kathryn.

„Pass aber auf. Wenn du kein Kraut gewohnt bist, kann dir schwindelig werden."

Der Geschmack war herb und rau und Kathryn musste husten nach ihrem ersten Zug. Der zweite gelang ihr schon besser und nach dem dritten meinte Aris, dass nun genug sei. Er nahm ihr die Pfeife ab und reichte sie an Bortos weiter.

Tatsächlich überkam sie ein leichter Schwindel, dazu ein anderes Empfinden, das ihr fremd war. Ihre Augenlider fühlten sich plötzlich schwer an, ihr Atem ging langsam und tief. Sie trank einen Schluck des Weins gegen den trockenen Mund und beobachtete Bortos, wie er rauchte. Sie sah ihm in die Augen. Immer noch war er sehr schwer zu lesen. Bei anderen Menschen geschah es mittlerweile wie von selbst, manchmal ohne dass Kathryn es wollte, und sie drang ein und kurze Eindrücke von Gefühlen wallten auf, manchmal sogar mehr. Sie fühlte sie, sah sie in ihrem Inneren. Auch bei Bortos sah sie etwas, doch verworren nur, wie hinter einem Tuch verdeckt. Und das, was sie sah, war verschieden zu den anderen Männern. Bei allen hatte sie Begehren gespürt, nicht unbedingt Lust, aber doch Begehren, selbst bei dem alten Krämer oder dem jungen Sohn von Olaf, dem Händler. Bei Bortos spürte sie nichts dergleichen. Schaute er sie an, war es, als schaute er ein Kunstwerk an.

„Geht es dir gut?", fragte Bortos.

Ihre Musterung schien ihm Unbehagen zu bereiten. Sie lachte, ohne zu wissen, weshalb.

„Oh, es geht ihr gut", meinte Aris. „Das Kraut ist nur sehr stark. Wart's ab! Ich schenke noch eine Runde Wein aus. So die Götter wollen, ist es unser letzter Tag als Rotte. Da ist eine kleine Feier nur angebracht."

Sie tranken und rauchten und lachten viel an diesem Abend. Eine Prinzessin mit zwei Söldnern unter freiem Himmel. War es verrückt, es zu genießen? Plötzlich musste sie an Colette denken. Was ihre Freundin wohl gerade tat? Sie hatte gewiss von ihrer Entführung gehört. Wahrscheinlich war sie die einzige Person, die sich ernsthaft Sorgen um sie machte. Wenn Kathryn zurück war, musste sie ihr unbedingt von all ihren Abenteuern erzählen. Colette würde die Geschichten lieben.

Spät erst legten sie sich schlafen. Der Himmel war klar und tausend und mehr Sterne funkelten über Kathryn. Sie suchte den Kometen, doch konnte sie ihn nicht mehr finden. Etliche Tage war er im Himmel geprangt, nun war er verschwunden. Vielleicht war seine Reise auch zu Ende gegangen, wie ihre bald zu Ende gehen würde, dachte sie. Ihre gute Stimmung von zuvor hatte sich in leichte Melancholie gewandelt. Bald wäre sie wieder in ihrer Heimat, die ihr nie ein Heim gewesen war. Und Steffordsgrave war ihr für alle Zeit verwehrt, denn dorthin würde sie nie wieder zurückkehren können. Sie hoffte, dass Colette sie wenigstens am Hof besuchen kommen würde.

Sie hörte neben sich Aris sich hin und her wälzen. Wie meist fand auch er keinen Schlaf.

„Weißt du“, sprach sie in die Nacht hinein. „Ich bete auch nicht mehr zu Jave.“ Sie hatte es ihm schon zuvor sagen wollen, doch irgendwie hatte sie es bisher nicht über die Lippen gebracht.

„Wie lange schon?“, fragte Aris. Er sprach nicht verwundert und auch ohne jeden Vorwurf in der Stimme.

„Seit dem Tag, an dem meine Mutter gestorben ist“, antwortete sie. „Ich hatte gebetet, die ganze Nacht und den ganzen Morgen. Ich habe ihm alles und noch mehr versprochen, wenn er sie nur retten möge. Aber er hat es nicht. Ich habe mich danach nie wieder an ihn gewandt.“

Er wollte etwas sagen, sie spürte es, aber ihm schienen die Worte zu fehlen, und eigentlich gab es dazu auch nichts zu sagen. Sie schwiegen bis in den Schlaf.

~

Hinter einem abflachenden Hügel und einer Landschaft aus tausenderlei Grün tauchte plötzlich die Stadt auf. Avion, das sich am Ufer der Tumber erstreckte, mit hohen, grauen Mauern und guter Befestigung. Einige Schiffe und Fähren schwebten darüber, manche im Landen begriffen, andere im Aufstieg auf dem Weg zu fernen Orten. Auch auf dem Wasser war einiger Verkehr. Boote trieben die Tumber entlang, viele davon flussabwärts auf dem Weg nach Lidium. Sie würden auf jeden Fall ein Boot nehmen müssen, denn für ein Flugschiff fehlte ihnen das Geld.

Aris betrachtete das Mädchen. Ein wenig mehr Zeit brauchte er. Nur ein wenig mehr Zeit, dann würde es ihm gelingen, dachte er bitter. Aber wenn sie erst einmal bei ihresgleichen wäre, war die Sache erledigt. Er gefiel ihr, er spürte es. Und ein Söldner mit einer Königstochter… Teufel, das wäre eine Geschichte wert. So, wie die Sache aussah, würde sie allerdings niemand zu hören bekommen. Hoffentlich rückte ihr Bruder oder wer auch immer wenigstens eine ordentliche Belohnung heraus, damit sich die ganze Mühe auch gelohnt hatte.

Sie kamen an einer Kutschstation vorbei, wonach der Weg flussabwärts abbog und durch einen kleinen Wald führte. Zwei Männer kamen ihnen entgegen, die Aris nach Soldaten oder Wachen aussahen, denn unter ihren langen Mänteln klapperte es und er meinte, eine Degenspitze darunter hervorschauen zu sehen. Der eine sah kurz auf, dass sein Gesicht unter der Krempe zum Vorschein kam. Es kam Aris seltsam vertraut vor. Sie waren fast auf gleicher Höhe. Zeitgleich mit Aris zogen die Kerle ihre Waffen. Im selben Moment war ihm die Erkenntnis gekommen. Er kannte das Gesicht! Er warf sich gegen den näheren der beiden, brachte ihn aus dem Gleichgewicht. Legte die Pistole dem Zweiten auf die Brust und drückte ab. Schon war er wieder beim Ersten und versenkte seinen Degen tief in dessen Bauch.

„Geht in Deckung", rief er Bortos und Kathryn zu. Der Dicke hatte derweil seinen Zweihänder gezogen, aus seinem Gesichtsausdruck erlas Aris aber, dass er keine Ahnung hatte, was vor sich ging. Er packte Kathryn, die ebenfalls völlig verwirrt schien, und schob sie mit sich Richtung Bäume. In rascher Folge donnerten die Schüsse, die Aris längst erwartet hatte. Er hörte das vertraute Zischen der Kugeln. Hinter einem Baum fand er Deckung und warf das Mädchen dahinter grob zu Boden. Er sah nach Bortos. Dicht am Wegrand war er, da traf ihn die Kugel. In die Brust traf sie ihn und wirbelte ihn zur Seite. Ein weiterer Schuss warf ihn rücklings um. Reglos blieb er liegen.

Hektisch holte Aris seine Pulverflasche hervor, lud damit seine Pistole. Im Felleisen kramte er verzweifelt nach einer Kugel und fluchte innerlich, dass sie sich nicht auf einen Kampf vorbereitet hatten. Eine weitere Salve prasselte in den Wald. Zwei Kugeln schlugen in den Baumstamm, der ihm Deckung gab. Wieder schaute er zu Bortos. Hundert und mehr Kameraden hatte er fallen gesehen; bleich und aufgeschlitzt, ausgeweidet und triefend vor Blut, oder zerfetzt vom Kanonenschlag. Doch kein Anblick hatte ihn je mehr berührt als dieser hier.

Ruhe kehrte ein. Der Dampf der Waffen verzog sich etwas. Eine Stimme erklang von der anderen Seite des Weges her.

„Lebst du noch, Narbengesicht?“ Aris war nicht überrascht und noch weniger erfreut. Das Gesicht, das er erkannt hatte, gehörte einem ihrer alten Kameraden.

„Ja, und du offensichtlich auch, Pickett.“

Ein Lachen war zu hören.

„Tja, so weit ist es gekommen. Da verschwindet ihr für einige Wochen, und dann heißt es, dass ihr räudigen Südländer unter die Hexenknechte gegangen seid. Bei allen Göttern, da wollte ich mir nicht entgehen lassen, euch selbst den Garaus zu machen.“

„Zu freundlich von dir“, rief Aris zurück.

Wieder ein Lachen. Seine Gedanken rasten. Wie viele konnten es sein? Kathryn war unweit hinter einem anderen Baum in Deckung. Sie hatte ihre Pistole gezogen und starrte Aris fragend an. Erneut der Blick zu Bortos. Da sah er es! Er musste Zeit gewinnen.

„Was macht ihr hier? Wie habt ihr uns gefunden?“

„Ihr müsst euch mächtige Feinde gemacht haben.“ Picketts Stimme war näher als zuvor. „Der Hauptmann kam doch tatsächlich mit einem Schwertsänger zu uns.“

„Dann lebt der verdammte Hundesohn also noch?“

„Ha, also habt ihr ihm das Gesicht so verunstaltet? Kein Wunder hat der Kerl so eine scheiß Wut auf euch. Er ist jedenfalls ganz erpicht darauf, euch in die Finger zu kriegen. Und hat irgendeinen Zauber gewirkt und gesagt, dass ihr auf dem Weg hierher seid. Unsere ganze Kompanie ist hier.“ So viele konnten es nicht sein, dachte Aris, sonst wären sie längst erledigt.

„Für eine Kompanie scheint ihr mir reichlich wenig.“ Er spähte hinter dem Baum hervor, sie versuchten, von zwei Seiten anzugreifen und näherten sich bedächtig. Die meisten mit Degen in der Hand, einige mit geladener Büchse. Sieben Mann, vielleicht auch acht.

„Wir haben uns aufgeteilt. Die Männer bewachen sämtliche Wege in die Stadt. Aber ich wusste gleich, heute habe ich Glück. Gibt eine schöne Prämie, wenn wir euch erledigen, und die werde ich mir nicht entgehen lassen.“ Sie waren nah. Zwei oder drei kamen von der Waldseite aus, Pickett und vier weitere kamen vom Weg her. Er suchte Augenkontakt mit Kathryn und deutete auf den Weg. Sie nickte.

Er hielt Degen und Pistole vor die Brust, atmete tief ein. Der Augenblick vor dem Kampf! Bevor es losging. Seine Haut prickelte, sein Blut kochte. Wache über mich Herr, betete er stumm. Sein Gott würde wissen, dass er ihn meinte. Dann sagte er stumm seine Worte: *Te, mia Alma!*

Ein Ast knackte zu seiner Rechten. In drehender Bewegung sprang er hinter dem Baum hervor, zielte sofort mit der Pistole und schoss. Dampf und Feuer sprühten aus. Von den Dreien, die er vor sich hatte, standen noch zwei. Aris stach mit dem Degen zu. Sein Ziel wich aus. Ein Schuss erklang. Dann noch einer. Ein harter Schlag warf ihn zurück. Er sprang zu seinem Gegner. Freistehend war er ein zu leichtes Ziel. Mit dem Degen drückte er das Schwert des Feindes zur Seite und schlug ihm mit der Pistole gegen den Kopf. Er ging nieder. Eine Klinge schlug nach ihm, verfehlte ihn nur um Haaresbreite. Er trat dem Kerl gegen den Bauch, fiel dann mit seinem Degen aus und durchbohrte ihn sauber. Seine Seite war frei und er wandte sich dem Weg zu. Zwei waren am Laden, Pickett und zwei weitere standen mit kampfbereiten Degen da. Er sah den Schrecken in ihren Augen. Er durfte nicht zaudern.

Mit einem Schrei sprintete er los. Ein Schuss aus dem Wald. Ein Feind weniger. Plötzlich blitzte eine große Klinge auf, wurde flach vom Boden aus geschwungen und trennte das Bein eines Ladenden über dem Knie ab. Schreiend ging er nieder. Bortos kam auf die Beine, schwang seinen Beidhänder nach dem Nächsten. Aris war bei Pickett und seinem Nebenmann angekommen. Er parierte den ersten Ausfall Picketts. Ein Degen schlug nach seinem Kopf. Der Nebenmann war es. Aris duckte sich darunter weg, sprang seitlich und klemmte den Schwertarm des Feindes unter seiner Achsel ein. Mit dem stählernen Korb seines Degens schlug er gegen den Kopf. Einmal, nochmal. Er gab ihn frei und im Fallen versenkte er noch seinen Degen in den Bauch, nur um sicher zu gehen. Nur noch Pickett war übrig. Aris schaute ihm in die angsterfüllte Visage. Und lächelte. Da flog seinem Gegner der Kopf von den Schultern. Stehend verblieb der Körper und aus dem Hals pulsierte in roten Strählen das Blut heraus. Dann kippte er um und dahinter stand Bortos.

„Teufel, der Kerl hätte mir zugestanden", schimpfte Aris.

„Dann hättest schneller sein müssen, potztausend!", meinte Bortos.

Aris ging zu seinem Bruder. Das Feuer in seinem Inneren kühlte ab und seiner statt überkam ihn der Nachhall des vorherigen Schreckens.

„Teufel, Bruder, ich dachte, ich hätte dich verloren!"

Bortos klopfte sich gegen seinen Brustpanzer. Zwei kleine Dellen waren darin. Der Panzer der Klinge hatte gehalten.

„Noch nicht!", sagte er dann und Aris nickte, sagte dasselbe und sie umarmten sich.

Als sie sich lösten, begannen sie zu tanzen. Drehten sich und hoben die Beine. Kathryn kam auf den Weg.

„Was macht ihr da?", fragte sie und Aris antwortete: „Tanzen! Komm tanz mit uns:" Sie musterte sie kurz, sagte dann: „Ihr könnt nicht tanzen." Aris machte eine wegwerfende Armbewegung. Da spürte er den Schmerz. Stechend und unglaublich stark. Er war ihm zuvor kaum aufgefallen. Er verzog sein Gesicht.

„Was ist mit dir?", fragte Kathryn.

Bortos hatte ebenfalls zu tanzen aufgehört und war bei ihm.

„Meine Schulter", sagte Aris. Jetzt spürte er auch das Blut seine Achsel hinablaufen. Wann hatte es ihn erwischt?, fragte er sich.

„Zeig her", befahl Bortos.

Er zog ihm Koller und Hemd herunter. Die Kugel war ihm zwischen Brust und Schulter gedrungen.

„Sie muss durch sein", meinte Aris. „Sonst würde es mehr schmerzen."

Bortos untersuchte Schulter und Rücken, schüttelte dann langsam den Kopf.

„Nein. Sie steckt noch", sagte er.

Aris konnte es kaum glauben. Wunderbar hatte er sich bis eben noch gefühlt.

Ein raschelndes Geräusch. Äste knackten. Die drei schauten in den Wald. Eine einzelne Gestalt rannte zwischen den Bäumen davon.

„Wir müssen weg!", meinte Bortos und der Blick, mit dem er Aris bedachte, war schwer von Sorge gezeichnet.

Aris nickte. Mit einem Mal fühlte er sich schwach und schwindelig, und ehe er sich versah, gaben seine Beine nach und schwarz wurde die Welt um ihn herum.

~ 23. Kapitel ~

Duke

Der Duke saß in der ersten Reihe ganz außen, seinem angetrauten Platz, umgeben von seinen Gefolgsleuten, die er sich über die Jahre aufgebaut hatte, und hörte dem Gesprochenen in dieser außerordentlichen Parlamentsversammlung zu. Und ihm gefiel nicht, was er hörte und auch nicht, was er sah. Wenn er in die Gesichter des Kronrates blickte, meinte er, erschreckende Ahnungslosigkeit zu erkennen. Gleich einer Bande von Hundewelpen saßen sie da, die nicht wussten, wie ihnen geschieht, noch, wie es dazu kommen konnte, und die keine Ahnung hatten, wie sie dies ändern sollten. Townsend sprach gerade.

„Der Feind zieht flussaufwärts die Tumber entlang auf Lidium zu. Wir schätzen, dass Spinola über fünfundzwanzigtausend Mann unter sich hat und an die fünfzig Schiffe. General Butterbear folgt ihnen diesseits des Flusses und verhindert, dass ihre Truppen übersetzen können. Nach den letzten Berichten, die uns vorliegen, wird das Heer in ein bis zwei Tagen Southgate erreichen."

Seit über zwanzig Jahren bekriegten sich Norland und Sippan, mit verschiedenen Waffenruhen dazwischen. Aber es war vielmehr ein Krieg um des Krieges willen gewesen, als ein Existenzkrieg. Einer, der in der Luft und auf fremdem Boden ausgetragen wurde, und niemals war irgendeine Seite eine ernsthafte Bedrohung für das gegnerische Mutterland gewesen. Offenbar hatte sich die Situation geändert, dachte der Duke bitter. So abgelenkt war er gewesen, dass er gar nicht mitbekommen hatte, in welche Gefahr sich sein Land begeben hatte. Seit Franziskus dem Großen hatte es keine Armee mehr gewagt, über die Tumber zu setzen, und diese war offenbar dabei, genau dies zu versuchen. *Götter!*, dachte er bei sich. *Das fehlte mir gerade noch.* Er hatte wahrlich andere Dinge im Kopf, die seine Aufmerksamkeit erforderten. Sein Blick glitt hinauf zum Thron. Er war leer. Der König sei unpässlich, hieß es.

„Jene Lords, die kampferprobte Männer unter sich haben, sind gebeten, ihre Männer dem Befehl von Lord Wellington zu unterstellen, der das Kommando über die Verteidigung der Stadt innehat. Norland braucht in diesem Moment jede Unterstützung, die wir aufbringen können."

„Was ist mit General Fouler?", wurde als Frage gerufen.

„General Fouler sitzt im Westen fest. Sippan hat eine weitere Flotte Schiffe zwischen Voder und Bondui, die sein Heer daran hindern, zu uns zu stoßen."

„Wie viele Männer hat der Bär noch?" Breadhead hatte die Frage gestellt. Einer der wenigen Gemeinen war er, der sich traute, das Wort zu ergreifen und wahrscheinlich der einzige, dem man zuhörte.

„Keine fünftausend mehr!", erklang eine raue Stimme im hinteren Eingangsbereich. Etliche Köpfe drehten sich um. Der General war eben durch den Eingang getreten. Strammen Schrittes lief Butterbear die Treppen des Parlaments hinab. Rüstung und Waffen hatte er abgelegt, wie es Vorschrift war, aber mit seinem dicken Fellmantel, dem Generalshut und seinen Feldstiefeln sah er immer noch ganz wie der Krieger aus, der er war. Ein kleines Gefolge folgte ihm auf dem Fuße.

Empörtes Raunen flutete den Saal des Parlaments.

„General Butterbear! Wir haben Euch nicht so früh erwartet", begrüßte ihn der Lord Sprecher.

„Lord Sprecher, verehrte Ratsherren", begann Butterbear, kaum dass er vor dem Rat angekommen war. „Ich habe mich herfliegen lassen, um sicher zu sein, dass hier verstanden wird, wie die Lage ist. Zuletzt hatte ich den Eindruck, dass die Dringlichkeit meiner Warnung nicht erkannt wurde, denn wie anders ließe sich erklären, dass immer noch keine Verstärkung in meinen Reihen eingetroffen ist?"

„Für strategische Überlegungen, General, ist der Kriegsrat gewiss der bessere Ort", sagte Townsend, aber der Bär redete einfach los, als habe er den Erzkanzler nicht gehört.

„Mylords!" Der General sprach jetzt in den Saal. „Es gilt zu handeln und zwar besser gestern als heute!" Das politische Reden war seines nicht, aber vielleicht war es gerade deshalb eindrücklich. „Sippan hat sämtliche Kräfte mobilisiert, die es aufbringen kann, und unsere Truppen sind über das Land verteilt wie verirrte Schafe. Der Feind ist uns um ein Vielfaches überlegen und allein der Fluss hält ihn in Schranken. Setzt er Fuß auf unseren Boden, müssen wir zu den Göttern beten, dass sie ihn zurückwerfen, denn ich mit meinen paar Mannen werde es gewiss nicht vermögen. Wir brauchen mehr Männer, mehr Waffen, mehr Munition. Aber vor allem brauchen wir mehr Schiffe, und zwar jetzt! Sippan herrscht über den Himmel, und wer den Himmel beherrscht, beherrscht den Krieg."

„Ein königlicher Aufruf ist bereits an alle Lords im Land ausgesandt worden", sagte Townsend. „Und ein Vogel an General Silvergroove ist ebenfalls unterwegs."

„Bis Silvergroove mit seinen Männern da ist, ist eine Woche vergangen", rief der Bär. „Wie viele Schiffe können wir aufbringen?"

„Wir gehen von etwa vierzig aus", sagte Townsend.

Also keine dreißig, dachte der Duke bei sich. Es stand schlechter, als er erwartet hatte.

„Das wird nicht reichen!", meinte der Bär kopfschüttelnd. „Hundert Fregatten! Und mindestens zehntausend Mann unter Waffen brauche ich. Denn wenn nicht, wird diese Stadt fallen, so sicher es der Götter vier sind."

Diese Stadt! Die beiden Worte hallten durch den weiten Saal.

„Lidium ist niemals erobert worden", sagte ein Lord, den der Duke als Baron Roth erkannte. Rufe der Zustimmung erklangen, nickende Köpfe waren zu sehen, und der Duke fragte sich ärgerlich, was die Aussage mit ihrer Situation zu tun hatte.

„Dann wird sie es zum ersten Mal!", rief Butterbear. „Sie haben die Lufthoheit. Und wenn ihre dreißigtausend Mann vor unseren Toren stehen, wird kein Wissen aus einem Geschichtsbuch sie aufhalten und kein Hinweis, was früher einmal gewesen war."

„Wir müssen nun mal mit dem auskommen, das uns zur Verfügung steht", meinte Townsend. „Uns bleibt keine andere Wahl. Wir können die Männer nicht herzaubern und Schiffe auch nicht."

„Die Schiffe vielleicht schon!“

Kurz kehrte Ruhe ein und die Augen des Parlaments wanderten zum Duke. Sitzend hatte er gesprochen, jetzt aber stand er auf.

„In diesem Land gibt es genügend Schiffe und auch kampferprobte Besatzungen dazu. Wir müssen sie nur herholen.“

„Und wo sollen sich diese Schiffe finden?“, fragte Townsend.

„Die Piraten. Schickt Nachricht in die Peaks. Lasst sie wissen, wie die Lage ist. Dort oben gibt es mehr Schiffe, als ganz Norland unter sich hat.“

„Ihr wollt mit den Piraten paktieren?“, fragte Cunningham, der Lord Sprecher, empört.

„Wir paktieren schon seit langem mit den Piraten, das wisst Ihr so gut wie jeder andere hier im Saal. Wir haben Skyhawk geadelt.“

„Ihr selbst wart es doch, der ihn vorgeschlagen hat“, schimpfte Cunningham.

„Und jetzt können wir ihn in die Pflicht nehmen. Wenn Skyhawk mitmacht, werden sich die anderen auch anschließen.“

„Sie werden Unsummen für ihre Hilfe verlangen“, sagte Lord Fletcher. „Die Kassen sind aber leer.“

„Der Preis, den eine Eroberung Lidiums kostet, mag ungleich höher sein“, warnte der Duke. „Aber ich glaube gar nicht, dass es die Krone irgendwas kosten muss. Die Piraten wissen sehr wohl, was es für sie bedeuten würde, käme Sippan hier an die Macht. Ihnen muss nur klar gemacht werden, wie ernst es um uns steht.“

„Und das dürfte unter diesen Umständen nicht besonders schwer sein“, meinte Butterbear und nickte dem Duke anerkennend zu.

Laut war es im Dukeshouse und überall standen Männer und redeten aufgeregt miteinander. Der Duke stand auf der Galerie, flankiert von den Baker Brüdern, seinen Leibwächtern, und schaute auf seine Männer hinab. Er hatte seine ganze Truppe antreten lassen und ihnen verkündet, dass er sie unter Butterbears Befehl stelle, und keiner hatte auch nur gemurrt. Alle waren sie ehemalige Soldaten und Patrioten waren sie ebenso, genau wie der Duke selbst. Eine Ehre war es ihnen, ihr Land zu verteidigen, und der Duke empfand Stolz auf seine private Kompanie. Butterbear hatte nach der Versammlung noch mit ihm gesprochen und der Duke hatte ihm seine Männer angeboten. Besser sie unter dem Bären an der Front wissen, wo sie etwas ausrichten konnten, als hier in der Stadt, wo vorerst nichts passieren würde. Nur zwei Dutzend beließ er noch im Dukeshouse, für den Fall, dass er sie brauche.

Er hatte sie eben entlassen, als er das lang ersehnte Schiffshorn der *Palagras* hörte. Das Schiff war einige Tage überfällig gewesen. Er begab sich in den Hof, wo die *Palagras* sich eben im Landen befand. Die Gangway wurde ausgefahren und Kapitän Styles kam herunter, ein kräftiger Mann mit einem langen Kinnbart, der ihm bis zur Brust hing. Sein einer Arm war dick und kräftig wie ein Bein, der andere fehlte und ein nach oben gestülpter und vernähter Ärmel hing an seiner Stelle.

„Captain Styles, da seid Ihr endlich."

Der Duke war in den Hof gekommen, um seinen Kapitän zu begrüßen.

„Aye, Mylord. Die Huren von Sippanern besetzten den Himmel bis nach Avion. Ich wollte kein Risiko eingehen und umschiffte sie weit nach Osten. Das hat uns einen Tag gekostet. Die anderen haben wir bei zwei Stürmen verloren."

„Ich fürchtete schon, Piraten hätten Euch erwischt."

„Ha, bei Gralstadt haben es welche versucht, aber ich schoss ihnen einen Salut vor den Bug, da haben sie den feigen Flieger gemacht. Und hier oben fliegt es sich sicherer denn je. Was immer ihr mit Skyhawk abgemacht habt, kein norländischer Pirat ist uns auch nur nahe gekommen."

Der Pirat hatte sich in der Tat als verlässlicher Handelspartner herausgestellt und des Dukes Zutun bei seiner Adelung hatte er mit nachhaltiger Dankbarkeit vergolten. Der Duke wusste sehr wohl, mit wem er es zu tun hatte, aber er konnte schon immer gut mit Menschen, die sich aus eigener Kraft emporgearbeitet hatten. Trotz des zähneknirschenden Townsends hatte der Rat ihn beauftragt, mit den Piraten die Verhandlung für ihren Kriegseintritt aufzunehmen und er freute sich auf die Aufgabe.

„Die Ladung?"

„Alles da, Mylord. Ihr werdet zufrieden sein."

Der Duke nickte.

„Gehen wir hoch. Ich will wissen, wie die Reise lief, und was Ihr Neues zu berichten habt. Die Männer können derweil die Ladung löschen."

In seinem Arbeitsraum schenkte ihnen Vaggan einen Becher Wein ein, bevor der Duke ihn mit einem Handzeichen aus dem Raum verwies.

„Auf Eure sichere Rückkehr, Captain", prostete der Duke Styles zu.

„Auf Euch, Mylord." Sie tranken.

„Dann gab es keine weiteren Schwierigkeiten?", fragte der Duke.

„Außer den genannten keine, Mylord. Der Krieg scheint sich ein wenig beruhigt zu haben, wenn auch bestimmt nicht für lange. Der Imperator hält sich scheinbar immer noch in den Tiefen des Steins versteckt und keiner bekommt ihn zu Gesicht. Es sind verrückte Zeiten, Mylord", sagte der Kapitän und nahm einen Schluck Wein.

Der Duke nickt und richtete seine Pfeife her. Er bot Styles von seinem Kraut an, gutes, kräftiges Kraut aus den Ostlanden. Bald bliesen sie beide Rauch in die Luft.

„Ich denke, Ihr wisst, was ich nun von Euch verlange", sagte der Duke.

Der Kapitän nickte.

„Ich soll mit der Atraxis in den Kampf."

„Eben das!", antwortete der Duke.

„Aye. Habe nichts anderes erwartet. Steht es denn wirklich so schlimm, wie man hört."

Das Volk hört oftmals mehr, als es seine Herrscher tun, dachte der Duke. Er setzte Styles in Kenntnis. Der alte Eisenfresser nickte grimmig und entschlossen.

„Ich hoffe Euch nicht zu enttäuschen, Mylord."

„Ich bin sicher, das werdet Ihr nicht. Im Ivoryhouse haben sie das Flottenkommando eingerichtet. Meldet Euch dort, sobald Ihr Euch ein wenig ausgeruht habt. Ihr seid ein guter Mann, Styles."

Styles machte Anstalten sich zu erheben, setzte sich dann aber wieder, und wirkte unentschlossen, ob er noch etwas sagen sollte.

„Gibt es noch etwas, Captain?", fragte der Duke.

„Ja... es gibt da eine Sache. Ich denke, irgendwer von der Besatzung wird ohnehin reden. Nicht, dass ich es Euch nicht sagen wollte, Mylord. Ich will nur nicht, dass Ihr Falsches von mir denkt."

Der Duke runzelte die Stirn. Er hatte keine Ahnung, worauf Styles hinauswollte.

„Ich bin den alten Göttern immer treu gewesen, das wisst Ihr. Wie Ihr selbst ja auch. Aber... da unten, wisst Ihr, als wir gen Vollgrad flogen, da haben wir etwas gesehen, Mylord. Das war... also das war... erstaunlich."

Der Duke mochte es nicht, wenn man seine Zeit verschwendete.

„Redet, Mann. Was habt Ihr gesehen."

„Es war... war ein Turm aus Licht", sagte der Kapitän.

„Ein was?"

„Ich weiß nicht, wie ich es anders beschreiben soll. Es war ein Turm aus Licht. Leuchtete blau und grün, wie die Himmelslichter, nur eben senkrecht und viel deutlicher. Vom Boden bis zum Himmel ging es hinauf. Riesig. So viel Flux passt in keinen Kessel, um so hoch zu fliegen, wie der Turm groß war. Auf hundert lange Meilen muss er gesehen worden sein."

Der Duke sah keinen Grund, an seinen Worten zu zweifeln, und Styles war auch kein Schwätzer, der aus einem Lichtspiel ein Wunder ersponn.

„Wann und wo war das?"

„Am vierten des Viert war das. Der Komet stand noch am Himmel. Über Sulischem Boden sind wir geflogen. War spät. Bald nach der Dämmerung. Wir waren noch in der Luft, weil ich ein paar Meilen gutmachen wollte, die wir tags zuvor verloren hatten. Da sahen wir es"

„Und was glaubt Ihr, was es war?", fragte der Duke.

„Ich weiß es nicht, Mylord."

Der Duke sah seinen Kapitän durchdringend an.

„Das ist nicht wahr. Ihr glaubt, dass es ein göttliches Zeichen war. Und Ihr fürchtet, es ist das, wovon die Unisten die ganze Zeit reden. Ist es nicht so?", fragte der Duke streng.

„Wenn Ihr es gesehen hättet, Mylord. Es war… es war… Ich sage Euch, so etwas hat man noch nirgends gesehen. Es gab für mich immer nur die guten Götter, Mylord, die Götter wissen's, aber was wir da gesehen haben…"

Der Duke lehnte sich zurück, legte seine Fingerspitzen aneinander und wägte seine Worte.

„Was Ihr gesehen habt, mag durchaus ein Zeichen der Götter gewesen sein. Über Himmel und Gestirne schicken sie uns ihre Botschaften, so sagt man doch? Wozu haben wir sonst unsere Sterndeuter? So war es immer schon gewesen. Aber aus irgendeinem Grund haben die verdammten Unisten es geschafft, dass jedesmal, wenn heutzutage so etwas geschieht, es ihrem seltsamen Gott zugeschrieben wird. Alles, was passiert, ist auf einmal sein Werk. Wie kann das sein, frage ich Euch? Tausende von Jahren hat er nichts bewirkt, und plötzlich ist er für alles Wunderliche auf der Welt verantwortlich." Er beugte sich vor, um seinen Worten Gewicht zu verleihen. „Ich zweifle nicht an Euren Worten, Styles. Ich weiß, Ihr seid kein Schwätzer. Vielleicht habt Ihr tatsächlich ein Zeichen der Götter gesehen. Aber woher wollt Ihr wissen, von welchem Gott es stammt? Jave gehören Himmel und Gestirne, und Sophis der Wind und die Elemente. Wie kommt Ihr darauf, dass nicht einer von ihnen es war, der ein Zeichen sandte? Ihr solltet Euch darüber freuen und Euch geehrt fühlen. Wenigen Menschen wird solches zuteil."

„Ihr habt recht, Mylord. Was habe ich mir nur gedacht?" Styles schien geradezu erleichtert. „Wisst Ihr, die Männer haben geredet… und der Anblick… Aber Ihr habt recht. Ich hatte es nicht so gesehen… Warum sollte gerade der falsche Gott dafür verantwortlich sein?" Das alte, lebenserfahrene Antlitz schaute beinahe kindlich zum Duke. „Nun komme ich mir töricht vor, Mylord."

„Beizeiten sind wir alle töricht, Styles, vor allem, wenn es um das Göttliche geht. Vielleicht solltet Ihr eine Kirche besuchen, eine echte Kirche. Entzündet eine Kerze für Javes Gunst und für Sophis am besten auch. Ihr solltet ihnen danken, für das, was Euch zuteil wurde. So könnt Ihr gleich noch den Segen der guten Götter erbitten für Euren bevorstehenden Einsatz.“

Nachdem der Kapitän gegangen war, lehnte sich der Duke zurück und stopfte seine Pfeife nach. Hatte sich das Ereignis auch nur annähernd so zugetragen, wie von Styles beschrieben, würde sich die Geschichte bald in ganz Alana verbreiten. Kurz überlegte der Duke, seinen Männern zu verbieten, die Geschichte weiterzuerzählen, verwarf die Idee aber sogleich, denn er wusste, dass es vermutlich genau das Gegenteil bewirken würde.

Er dachte über seine eigenen Worte nach. Es stimmte, die verdammten Unisten hatten es mit ihrer Erzählung des Erlösers fertiggebracht, dass alles Außergewöhnliche als Zeichen für seine Ankunft gedeutet wurde. Es hatte sich in den Köpfen der Menschen festgesetzt, in den Köpfen der Unisten sowieso, aber eben auch in den Köpfen vieler Anhänger des wahren Glaubens, und der Duke verstand nur zu gut, weshalb. Denn was hatte ihre Seite dagegen anzubieten? Jedes Jahr wurde von neuem das Ende aller Tage prophezeit, kaum dass ein Sternenschauer, eine Naturkatastrophe, eine Hungersnot oder ein verfluchter Komet auftauchten, wurde von den Kanzeln gepredigt, dass alle Welt sündig und verdorben und lasterhaft sei und früher oder später dem Untergang geweiht. Die Unisten verkauften den Menschen Hoffnung, die Trinisten Schrecken. Was Wunder, in wessen Schoß sich der Pöbel begab. Aller Vernunft nach war ihre die richtige Seite, doch was gab der Pöbel schon auf Vernunft?

Der Bischof kam dem Duke in den Sinn. Er hatte die Macht Javes schon oft gespürt; allwöchentlich, wenn er sich von einem Priester hatte segnen lassen, oder wenn eine Schwester ihn mit heilenden Gesängen pflegte, oder im Feld, wenn die Feldpriester ihre Segen ausgesprochen hatten, doch so wie bei Eugenius war es nie gewesen. Nicht annähernd. Diese Stimme konnte ihn beherrschen, ihn vollständig kontrollieren, das wusste der Duke. Diese Macht war real, sie war echt, frei von jedem Zweifel an ihrer göttlichen Wirkung. Erschreckend war sie auch… Er würde nie verstehen, wie man an einen Gott glauben kann, ihn anbeten und verehren kann, der nichts bewirkt.

Es klopfte. Der Duke bat einzutreten und Frederick erschien in der Tür. Er kannte seinen Diener vielleicht besser als jeden anderen Menschen auf der Welt, jeden anderen lebenden zumindest. Und aus seinem Gesicht erlas er nichts Gutes. Mit beiden Fäusten schlug er auf den Tisch, bevor dieser mit seinem Bericht überhaupt beginnen konnte.

~ 24. Kapitel ~

Kathryn

Das Fieber hatte eingesetzt. Bald würden sie nicht mehr marschieren können. Bortos hatte Aris auf Händen getragen, um vom Ort des Kampfes wegzukommen, und erst, als sie sich weit genug weg erachteten, hatten sie gerastet und Aris Wunde untersucht. Die Kugel steckte tief in Fleisch und Knochen und Bortos sah keinen Weg, sie da rauszubekommen. Kathryn verstand nicht genau, was das bedeutete, doch in Bortos Augen sah sie, dass es schlecht um Aris stand. Sie hatten die Wunde ausgewaschen und verbunden, dann sein Gesicht mit Wasser gekühlt, worauf er wieder zu sich gekommen war. Folgend hatte Bortos Aris Arm über seine kräftige Schulter gelegt und sie waren weiter gelaufen, aus Angst, dass der Feind ihnen dicht auf der Fährte wäre. Tags darauf waren sie ähnlich verfahren, waren marschiert seit Sonnenaufgang, immer weiter gen Westen, in Hoffnung, dass ihre Häscher solches nicht erwarten würden. Mittags war Bortos Stirn von Schweiß bedeckt gewesen, denn Aris hatten immer mehr die Kräfte verlassen und der große Mann hatte ihn halb tragen müssen, weshalb Kathryn irgendwann Aris anderen Arm gehoben, sich über die Schulter gehängt hatte und sie nunmehr zu dritt nebeneinander liefen.

Aris Körper war glühend heiß, der Schweiß floss in Strömen an ihm herab und streng war sein Geruch. Seltsam war es, diesen harten Mann so gebrechlich zu sehen.

„Wir müssen rasten!“, sagte Kathryn irgendwann. „Er glüht.“

Sie legten Aris sanft ab. Er stöhnte. Den ganzen Tag hatte er nur gestöhnt und ansonsten geschwiegen, als habe ihn mit der Kraft auch die Stimme verlassen.

„Wir brauchen einen Priester“, meinte Bortos. „Einen Priester oder einen Feldscher. Sonst macht er es nicht mehr lange.“ Er gab Aris aus seiner Flasche zu trinken. Hastig aßen sie ein wenig Trockenfleisch und Brot, nur Aris brachte nichts herunter. Wenn sie wenigstens einen Wagen oder etwas Ähnliches hätten, dachte

Kathryn bei sich, dann würde es ihm leichter fallen. So aber waren Aris Arm und Schulter in ständiger Bewegung und die Wunde hörte nie auf, zu bluten und zu nässen. Doch sie trauten sich nicht, offene Wege zu benutzen, wo sie womöglich einen Wagen oder eine Mitfahrgelegenheit hätten finden können, aus Angst vor ihren Häschern.

„Hat keinen Zweck", meinte Bortos. „Wir müssen weiter." Und so liefen sie weiter durch Wald und Felder, über dicht bewachsenes Gelände und über manchen steilen Hügel.

Gen Abend erreichten sie einen breiten Fluss, an dessen Ufer sie zu übernachten beschlossen. Die letzte Strecke hatten sie Aris mehr getragen, als dass er gelaufen war, und als sie ihn nunmehr ablegten, war er entweder ohnmächtig oder augenblicklich eingeschlafen. Kathryns Rücken schmerzte vom Tragen, ihre Beine vom Laufen und zu allem Überfluss schmerzte ihr Unterleib. Ihre Mondblutung hatte seit einem Tag eingesetzt. Manchmal hasste sie es, eine Frau zu sein.

Sie holte Wasser vom Fluss, wo sie sich noch säuberte, indessen Bortos das Feuerholz sammelte. Als er zurückkam, berichtete er, dass er eine Flussfähre weiter flussabwärts gesehen habe, welche sie am nächsten Tag nehmen könnten. Sie machten Feuer und bereiteten sich für die Nacht vor. Als sie in ihren Decken eingehüllt vor dem Feuer saßen, fragte Kathryn: „Wie geht es jetzt weiter?"

„Tja, nach Avion können wir jedenfalls nicht zurück. Woher bei allen Göttern konnten die nur wissen, dass wir dorthin wollten?" Bortos schüttelte den Kopf.

„Sie konnten es unmöglich wissen", sagte Kathryn. „Und doch waren sie da." Sie dachte an den Fischer damals, der sie über den Fluss gesetzt hatte. Aber selbst wenn er geredet hatte, daraus zu schließen, was sie vorhatten, erschien ihr absurd. „Ich verstehe es nicht. Es sollte nicht möglich sein."

„Wenn sie uns dort gefunden haben, können sie uns überall finden", stellte Bortos fest.

„Nur wie?" Ungläubig schüttelte sie den Kopf. Sie hasste das Gefühl der Unsicherheit, das sich ihrer bemächtigte. Sie hasste, wenn sie etwas nicht verstand, ganz gleich, wie sehr sie auch darüber nachdachte. Sie zwang sich, die Gedanken beiseitezuschieben. *Konzentriert bleiben!*, ermahnte sie sich; *einen Zug nach dem anderen tun!* „Im Moment müssen wir erstmal unsere augenblicklichen Probleme lösen. Alles andere sehen wir danach."

Zeitgleich schauten beide zu Aris. Schwer ging sein Atem, unterbrochen von gelegentlichem Stöhnen.

„Wir brauchen einen Heiler. Und zwar so schnell wie möglich", meinte Bortos. „So wird er keine zwei Tage mehr durchhalten."

Kathryn nickte.

„Dann müssen wir wohl oder übel in eine Stadt. Wir können uns nicht länger fern von den Wegen und Straßen halten. Vielleicht finden wir jemanden, der uns auf seinem Wagen mitnimmt. Das Laufen ist zu anstrengend für ihn", sagte sie.

„Ich fürchte nur, dann werden sie uns finden. Sie werden garantiert die Straßen kontrollieren. Und wenn sie Hunde haben, oder einen, der sich auf Spuren versteht, wissen sie auch, in welche Richtung wir sind. Potztausend, es ist ein Wunder, dass wir sie nicht schon längst im Nacken spüren. Die Sache sieht nicht gut aus für uns, ich will's Euch nicht verschweigen, Majestät", sagte der große Mann frustriert. Die förmliche Anrede klang mittlerweile komisch in Kathryns Ohren.

„Was würde er wohl an unserer Stelle tun?", fragte Kathryn bitter, mit dem Kopf auf den schlafenden Aris deutend. Der Klang war zynischer, als sie beabsichtigt hatte. Bortos verstand.

„Das ist nicht wahr!", sagte er streng. „Du kennst ihn nicht richtig, das ist alles. Er mag seine Art haben und manche seltsame Ansicht, aber im Herzen ist er ein guter Kerl. Niemals würde er uns zurücklassen, wenn wir an seiner Stelle wären.„

„Er wollte mich vergewaltigen und dann zurücklassen", erinnerte ihn Kathryn. Bortos kratzte sich betreten das Haar.

„Da kannte er Euch noch nicht. Da waren wir noch keine Rotte. Jetzt würde er's nicht mehr tun. Glaubt mir, Majestät. Ich kenne ihn wie mich selbst. Wäre ich in Gefahr, er würde durch die dunkle Hölle ziehen, um mich zu retten. Das weiß ich, bei allen Göttern."

Eine Weile sah sie ihn an, drang so tief in seine braunen Augen, wie sie vermochte, wollte hinter den Schleier blicken, der Bortos stets umgab, und erlaubte ihrer Gabe freien Lauf. Sie sah es. Nicht so deutlich, wie bei anderen, aber sie sah es. Er glaubte, was er sagte, sie spürte seine Überzeugung und sein Vertrauen, und erkannte gleichzeitig, dass in jedem Glauben auch ein gewisser Zweifel innewohnt.

Als sie ihren Blick abließ, musterte Bortos sie irritiert. Er war misstrauisch. Sie musste aufpassen, wann sie ihre Gabe einsetzte, und auch, wie lange, damit kein Verdacht aufkäme. Doch spüren, dass sie die Gefühle eines Gegenübers lesen konnte, tat offenbar keiner.

„Nenn mich bitte Kathryn, Bortos", sagte sie. Dann, auf das Thema zurückkehrend: „Es spielt auch keine Rolle. Ich würde ihn ohnehin nicht zurücklassen. Nicht nachdem, was wir alles zusammen erlebt haben. Weder ihn noch dich würde ich zurücklassen. So bin ich nicht." Sie sagte es aus Überzeugung.

„Manchmal muss man es", sagte Bortos. „Ich habe es schon erlebt. Dann muss man tun, was man tun muss, so schwer es einem fällt. Der Soldat weiß das. Und er versteht es auch. Aber an einem solchen Punkt sind wir noch lange nicht. Und ich hoffe, dahin kommen wir auch nicht." Traurig betrachtete er seinen Bruder. „Aber es ist nett, was du sagst." Er schaute sie ernst an. „Und aus deinem Mund ist es was wert. Du bist mutig, die Götter wissen's. Ich hab's gesehen. Mutiger als die meisten Kerle in deinem Alter, will ich meinen."

Kathryn lächelte. „Bisher komme ich mir nicht besonders mutig vor. Ihr seid es, die kämpft, ich versuche nur, nicht zu sterben."

„Dich hat ja auch noch keiner das Kämpfen gelehrt. Und mit deinem Mut hat das nichts zu tun. Ich meine, bei dem, was war… glaub mir, ich hab Krieg erlebt, von hier bis an die Nuben. Und wenn's einem ans Leben geht, da zeigt sich, was im Menschen steckt. Hab Kerle hart wie Eisen sich… verzeih, wenn ich's so sage … sich einscheißen und einpissen sehen. Hab gestandene Männer wie kleine Mädchen weinen sehen, wenn's um alles ging. Bei dir ging's jetzt schon einige Male um alles und du hast es genommen, wie der Beste unter uns. Als Söldner gewöhnt man sich an sowas, wenn man ne Weile dabei ist. So ist's eben im Dienst. Aber du... bei uns sagt man; *du musst mit dem Tod gut können.* Und das kannst du. Wärst du kein Weib; du würdest als Söldner taugen, und das mein ich, wie ich's sage."

Sie schenkte ihm ein weiteres Lächeln ob des Kompliments und dachte darüber nach. Schon einige Male hatte sie nun dem Tod ins Auge geblickt. Und alles andere als mutig hatte sie sich dabei gefühlt. Sie dachte zurück an den Hexenjäger. An den Augenblick, als der Tod ihr so nah war. Was war es, das sie dort empfunden hatte?

„Ich lebe schon lange in dem Glauben, dass jeder Tag mein letzter sein könnte. Seit Ewigkeiten schon. Ich habe immer damit gerechnet, dass irgendwann die Tür aufgeht und sie mich mitnehmen und dann ist es vorbei. Und obwohl ich eigentlich wusste, dass sie mich nicht so einfach töten können, habe ich trotzdem geglaubt, dass sie es tun würden. Irgendwann hatte ich einfach keine Lust mehr, mich vor dem Tod zu fürchten. Manchmal glaube ich sogar, er wäre eine Erleichterung." Sie hatte Bortos nicht angeschaut, während sie sprach. Jetzt sah sie auf. „Natürlich habe ich Angst. Angst vor dem Schmerz und Angst vor dem Danach. Aber irgendwie sehne ich mich manchmal fast danach. Verstehst du, was ich meine?" Sie sah ihm an, dass dem nicht so war.

Nach einer Weile, in der sie in nachdenkliches Schweigen verfallen waren, fragte Bortos:

„Was war denn mit deinem Vater?"

„Meinem Vater? Was soll mit ihm gewesen sein?"

„Na, er war dein Vater. Und der König, oder nicht? Wieso bist du nicht zu ihm?"

„Zu meinem Vater?" Kathryn stieß ein bitteres Lachen aus. „Als das mit Mutter war, wollte ich zu ihm. Ich weiß noch, wie ich geheult habe und geschrien, aber sie ließen mich nicht zu ihm vor, und ich verstand einfach nicht, wieso. Ich dachte, ich müsse nur zu ihm gelangen, dann würde alles wieder gut. Dann würden sie

Mutter wieder zu mir bringen, dann würde sich alles aufklären. Er war ja der König… Also schlich ich mich aus meinen Gemächern. Kletterte aus einem Fenster und machte mich auf, meinen Vater zu suchen. Im Thronsaal fand ich ihn. Voller Leute war der Saal. Alles war hell erleuchtet und ich hatte nur ein Nachtkleid an und ich schlich mich zwischen den Leuten auf den Thron zu. Ich dachte; Hauptsache, ich schaffe es zu meinem Vater. Er muss mich nur zu sehen bekommen. Ich drängte mich weiter, bis nur noch ein paar Leute vor mir waren. Dann stürmte ich auf den Thron zu. Kurz davor packten mich die Wachen und ich rief irgendwas… *Vater, Vater, ich bin es…* oder so etwas, *ich bin doch deine Tochter*, rief ich, als könne er es vergessen haben. Für eine Sekunde sah er mich an. Dann stand er auf. Stieg von seinem Thron hinab und lief an mir vorbei, als würde es mich gar nicht geben. Kein Wort sagte er, er lief einfach vorbei. Es hat viele Jahre gedauert, bis ich ihn das nächste Mal wiedersah. Und Mutter war da längst tot. Er hat mich verleugnet und mit ihm der gesamte Hofstaat."

„Verleugnet…" sagte Bortos, sprach dabei das Wort aus, als würde es aus seinem Inneren widerhallen. „Ja, so etwas tut weh."

Sie sah ihm an, dass er wusste, wovon er sprach.

Der Fährmann beäugte sie misstrauisch. Er und sein Sohn oder Gehilfe zogen an dem Seil, das über den Fluss gespannt war, beförderten so die kleine, flache Fähre über den sanft dahinfließenden Fluss, ohne jedoch seine Passagiere aus den Augen zu lassen. Zweifellos gab ihre Rotte kein vertrauensvolles Bild ab. Der große Krieger, die Frau in Männerkleidung und ein Verwundeter, bleich wie der Tod.

Aris sah furchtbar aus. Seine Haut war weiß und grau. Seine Augen blutunterlaufen und trüb, und mit einem Ausdruck darin, als befände er sich bereits halb in der Nachwelt. *Wir müssen heute noch einen Heiler finden*, dachte Kathryn bei sich, *sonst wird er die Nacht nicht überstehen.*

Am anderen Ufer zahlten sie dem Fährmann seine Münze und fragten; wo die nächste größere Ortschaft sei.

„Nach Bolm geht's nordwärts", meinte der Fährmann. Dass sie ihn bezahlt hatten, schien ihn zutraulich gemacht zu haben. „Aber da lauert die Soldateska. Die lagern nahe der Stadt, heißt es. Drum seht euch vor." Er musterte Bortos. „Weiß ja nicht, von welchem Lager ihr seid, aber ohne das Rot der Sippaner am Arm, solltet ihr dort keine Gastfreundschaft erwarten."

„Bist du dir sicher?", fragte Bortos verwundert. „So weit östlich?"

„Als Fährmann hört man viel. Glaubt's mir, hab's gestern erst erfahren. Sind von Southgate abgezogen und hierher, der Teufel weiß, weshalb. Behaltet den Himmel im Blick. Da oben tummeln sich die Schiffe; wie ein Vogelschwarm sieht's aus. Der Sippaner macht Ernst. Drum seht euch vor. Nun denn, wohl auf!"

Als er wieder auf seinem Gefährt war, sagte Bortos: „Verflucht. Ich dachte nicht, dass die Sippaner so weit östlich liegen. Dann bleibt uns keine Wahl, wir müssen nach Süden."

„Warte", sagte Kathryn und dachte nach. „Warum versuchen wir es nicht gerade dort. Bei den Sippanern finden wir mit Sicherheit Heilende Schwestern, oder? Die gibt es in jeder Armee. Und Eines steht fest; unsere Verfolger werden uns dorthin nicht folgen können."

„Aber es ist Sippan", sagte Bortos unsicher, und Kathryn wusste, was seine Bedenken waren. Eine Prinzessin Norlands, die in das Lager ihres Feindes ging.

„Na, wenn ich irgendwo nicht erwartet werde, dann dort. Und wer sollte es ihnen sagen? Habt ihr nicht noch die Feldzeichen bei euch?"

Bortos nickte, holte seines hervor und half Aris, seins aus dem Stiefel zu ziehen.

„Kommen wir damit ins Lager?", fragte Kathryn. „Und was ist mit mir? Werden die mich als Frau reinlassen?"

„Ich glaube, ich weiß, wie wir es manchen können. Wir gehen direkt ins Krankenlager. Die haben immer ein Hospital oder ein Lager für die Kranken und Verwundeten in der Nähe. Dort wird nicht so streng kontrolliert und dort kannst du dir auch ein Tuch vor das Gesicht binden. Das machen die Meisten. Und wenn du erst einmal drin bist, dann fragt ohnehin niemand mehr."

Wenigstens hatten sie nun ein Ziel, dachte Kathryn.

Gen Abend erreichten sie das sippanische Feldlager. Ein Fahrender Händler hatte sie auf ihrem Wagen mitfahren lassen und ihnen gezeigt, wo es zu finden war, gleichwohl ihnen das Finden wohl kaum schwergefallen wäre. In der Tat, wie ein Vogelschwarm schwebten die großen Kampfschiffe in der Luft und zeigten schon von weit her an, wo das Heer lagerte. Tausende und mehr Zelte bedeckten im Vorderland von Bolms Hügel, Wege und Felder, standen aneinandergereiht und zusammengerottet, und die farbigen Kompaniefahnen wehten im Wind. Gleich einer Stadt sah es aus, einer Stadt ganz aus Stoff und Zäunen. *Eine Stadt des Feindes,* ging es Kathryn durch den Kopf.

Betrieblich ging es überall zu. Laut und lebendig wie auf einem Jahrmarktsfest. Wagen fuhren ein und aus, Soldaten liefen einzeln und in Gruppen umher, exerzierten oder vertrieben sich die Zeit an den hunderten Lagerfeuern. Schiffe landeten und hoben wieder ab, Fahrende Händler lenkten ihre schweren Kutschen und Wagen hinein, Kanonen wurden gewartet und abgefeuert, und lange Marschkolonnen zogen serpentinengleich über Wege und Felder. Der Lärm von tausenderlei Mensch und Tier und schwerem Kriegsgerät drang nach weithin.

Das Krankenlager befand sich unweit des Hauptlagers und obgleich es dazugehörte, stand es abseits und abgeschottet, wie ein verstoßenes Geschwisterkind. Kleiner als das Hauptlager, war es immer noch groß wie ein eigenes Dorf. Statt laut und betriebig zu sein, war es hier ruhig und trist, und wie auf einem Friedhof so trostlos. Mehrere große Zelte bildeten den Kern, derweil weitere hundert Zelte es gleich einem dichten Lorbeerkranz umringten. Menschen schritten zwischen den vielen eng gereihten Zelten umher, die Köpfe gesenkt, die Schultern hängend, und kein Laut der Freude war zu hören. Anders als das Hauptlager schien es kaum bewacht, und Kathryn teilte ihre Verwunderung darüber Bortos mit.

„Ist ehrlos, ein Krankenlager anzugreifen, und außerdem; wer würde es schon wollen? Da holt man sich nur die Seuche als Beute."

„Und warum sind es so viele?"

„Ist oftmals so", meinte Bortos. „Hab schon weit größere gesehn. Manchmal ist es so groß wie das eigentliche Lager. Vor allem, wenn das Heer neu ausgehoben ist und voller Frischlinge, dann kommt gern Gevatter Seuche vorbei. Die Graue oder das rote Fieber oder die fahle Galle, die heißen wir bei uns… ach, das sag ich dir lieber nicht. Treiben die Schwarze oder die Pocken ihr Unwesen, dann ist richtig was los. Und an Verwundeten mangelt es ohnehin nie im Feld."

Er zerriss ein Feldzeichen längs und band Kathryn die eine Hälfte um den Arm.

„Jetzt binde dir das Tuch vors Gesicht. Das ist gut, soll schützen, heißt es. Sonst wirst du nur krank. Belass es immer an."

„Und du? Brauchst du keins?", wunderte sich Kathryn.

„Nein. Wir Trossburschen werden selten krank. Weiß nicht, wieso, aber so ist's. Die Götter dachten sich bestimmt; ein Gutes muss es ja haben, wenn du so aufgewachsen bist."

Aris war inzwischen nicht mehr ansprechbar und Kathryn und Bortos trugen ihn, Bortos den Oberkörper haltend, Kathryn die Beine. Vor dem Eingang des Lagers sprach sie eine Wache an. „Losung und Kompanie?", fragte er.

„Was Losung?", rief Bortos empört. „Schau dir meinen Kameraden an. Er gibt den Löffel gleich ab. Sind seit einer Woche auf der Späh, da kenn ich keine Losung mehr."

„Dann die Kompanie, Soldat", forderte die Wache.

„In der gelben unter Garcia, und jetzt lass uns rein", schimpfte Bortos und setzte einen sippanischen Fluch dazu.

Die Wache zögerte kurz, dann winkte sie sie durch und Bortos zwinkerte Kathryn zu: „Gibt immer einen Garcia unter den Sippanern."

Der von außen gewährte Einblick bestätigte, was sie nun mehr erwartete. Zwischen grauem Zeltstoff standen Kranke und Verwundete, viele mit einem Tuch vor dem Gesicht, wie Kathryn auch, und allesamt gezeichnet von Krankheit und Leid. Ein Geruch lag in der Luft, schwer und beißend, nach menschlichem Dunst und Exkrement, und Kathryn wusste, sie würde ihn so schnell nicht mehr vergessen. Ein Ziehwagen mit gestapelten Toten stand bereit, dass seine Ladung hinfortgeschafft würde.

Voll waren die Zelte und überbesetzt die wenigen Pritschen, dass die meisten auf geflickten Decken oder schlicht auf dem Boden lagen. Graue Schwestern liefen zwischen den Kranken umher. Bortos war ob der Zustände wenig irritiert, und suchte einen kleinen, freien Platz außerhalb, wo sie für Aris ein Lager mit ihren Decken richteten. Eine Graue Schwester zeigte ihnen, wo sie Planen für ein Zelt nehmen konnten, und sie machten sich daran, ein Zelt um Aris herum aufzubauen.

Als sie fertig waren, meinte Bortos: „Ich gehe eine Weiße suchen. Du hast nicht noch ein Kettchen oder Ring oder so etwas versteckt? Mit den wenigen Münzen, die wir noch haben, wird es kaum für einen Feldscher reichen."

„Ich habe nichts mehr von Wert, tut mir leid, sonst würde ich es dir geben", sagte Kathryn ehrlich. „Ich dachte, Heilende Schwestern arbeiten nicht für Geld."

„Ha, sie selber vielleicht nicht, aber damit sie zu einem kommen, heißt's dem Kirchenkommissar seinen Teil abgeben. Und mit denen ist nicht gut feilschen. Vielleicht finde ich eine so, dann bringe ich sie mit." Damit stapfte er davon.

Kathryn kniete sich zu Aris nieder. Er schwitzte stark und als Kathryn sein Gesicht abtupfte, merkte sie, dass er am ganzen Leib zitterte. Seit Stunden war er nicht mehr ansprechbar gewesen. Unwillkürlich streichelte sie ihm über die Wange. Er war schön. Selbst jetzt noch, mit der blassen Haut und den eingefallenen Wangen, war er ein schöner Mann. Sah sie ihm in die Augen und sah in ihn hinein, war so viel darin, was sie verwirrte. Viel besser als Bortos konnte sie ihn lesen, manchmal glaubte sie sogar, seine Gedanken erspüren zu können, etwas, das ihr bei Bortos nie gelang, und doch war so widersprüchlich, was sie in ihm entdeckte. Unbändiger Zorn steckte in ihm. Gelegentlich blitzte er auf, heiß und stechend, und zum Fürchten war, was sie dann sah. Dann wieder entdeckte sie echte Zuneigung in ihm, wenn es etwa um Bortos ging, oder diese Frau, die er Mama nannte, und manchmal auch, wenn er mit ihr sprach. Mal war er so selbstgewiss wie an dem Fluss, dann wieder unsicher, fast schüchtern, wenn er ihr von seiner Kindheit erzählte. Trotz ihrer Gabe verstand sie ihn immer noch nicht; nicht, wie sie gern würde. Sie wollte nicht, dass er starb.

Der Stoff des Zelteingangs wurde beiseite gedrückt und eine kleine, zierliche Person hineingeschoben. Hinter weißem Stoff waren Augen und Stirn verborgen und nur der Mund war frei. Ihrem Gebaren und der Haltung nach, schien sie verunsichert, geradezu ängstlich, und wich vom Eingang zurück, als die enorme Gestalt von Bortos ihr ins Innere folgte. Der große Mann konnte im Zelt nicht aufrecht stehen, während die Heilende Schwester von Kopf bis zur Decke noch gut eine Armlänge Platz hatte.

„Was fällt dir ein!", schimpfte sie. „Was erlaubst du dir?" Ihre Stimme klang hoch und jung, und zwischen Angst und Empörung in diesem Moment.

„Bitte, Schwester. Seht ihn Euch nur kurz an. Es ist dringend. Seht doch", sagte Bortos.

„Du kannst mich doch nicht einfach mit dir nehmen. Ich bin doch kein… ich bin doch kein…", offenbar fiel ihr nicht ein, was sie nicht wäre.

„Bitte, Schwester. Es geht ihm schlecht. Sehr schlecht." Bortos deutet auf seinen Bruder.

Die Schwester sah zu dem Verwundeten. Ihr Mund war zierlich und das wenige, was Kathryn von ihrem Gesicht sah, war faltenlos. Sie schätzte die Schwester nur wenige Jahre älter als sie selbst.

„Ich… ich", stammelte die Schwester, offenbar hin- und hergerissen, ob sie einfach gehen oder sich den Kranken ansehen sollte. Kathryn hätte zu gerne gewusst, ob ihre Gabe bei einer Erleuchteten Javes wirkte, wenngleich sie den Versuch wohl auch bei sichtbaren Augen kaum gewagt hätte. Schließlich stieß die kleine

Schwester ein Schnaufen aus und kniete sich Kathryn gegenüber hin und betrachtete den Patienten. Sie legte Aris die Hand auf die Stirn, besah sich dann die Wunde. Kathryn half ihr, den kümmerlichen Verband zu lösen, den sie ihm angelegt hatten, und der nur aus zerrissenem Stoff bestand. Die Schwester roch an der Wunde und prüfte die Schulter.

„Die Kugel steckt noch", stellte sie fest, ohne eine Antwort zu erwarten. „Und sie steckt tief."

Sie lehnte sich zurück, streckte die Brust vor und atmete tief ein. Ohne es zu sehen, wusste Kathryn; sie hatte ihre Augen geschlossen. Dann beugte sie sich zu Aris Kopf und sang. Ihre Stimme war wie Seide, weich und zart, und Kathryn spürte, wie sich ihr die Haare aufstellten. Nicht so kraftvoll und durchdringend wie der Bischof damals sang die Schwester, sondern lieblich und rein, wie die Unschuld selbst. Als sie endete, richtete sie sich auf. Ein weiteres Mal prüfte sie mit der Hand Aris Stirn.

„Die Kugel muss zuerst gezogen werden", sagte sie. „Ich kann die Wunde nicht heilen lassen, während die Kugel sich noch darin befindet. Das wäre nicht gut. Das Blei vergiftet die Säfte des Körpers. Leider bin ich in händischer Heilung noch unzureichend ausgebildet. Die Kugel steckt schwierig. Nur jemand Erfahrenes wird sie dort herausbekommen. Und im Augenblick ist es nicht leicht, jemanden zu finden. Ein Fieber hat viele meiner Schwestern befallen, und keine, die in der Wundkunde ausgebildet ist, ist noch da. Und unser Feldscher ist gestern verstorben."

„Was können wir tun?", fragte Bortos.

„Ein Diener Gayas befindet sich hier im Lager. Er hilft, wo er gelassen wird, doch viele der Südländer trauen dem Waldvolk nicht und wollen sich nur von einer Schwester behandeln lassen. Ich denke aber, er könnte euch helfen. Er beherrscht seine Kunst und Gaya ist stark in ihm."

„Wir haben nichts gegen das Waldvolk, und wenn er uns helfen kann, soll es mir nur recht sein", meinte Bortos sofort.

„Ich werde dir zeigen, wo du ihn finden kannst", sagte die Schwester und erhob sich.

Bortos hielt ihr den Ausgang auf. Da richtete die kleine Schwester mahnend den Finger auf Bortos. „Und du! Was du da getan hast… das geht nicht. Man darf uns nicht einfach so… nehmen. Man berührt uns nicht, nur wir berühren die, die wir heilen. Es gehört sich nicht, uns anzufassen. Gesandte Javes sind wir. Hast du gehört!“ Das Bildnis, das sich vor Kathryn auftat, ließ sie unweigerlich schmunzeln. Ein kleines Mädchen, das mit einem Riesen schimpft, dachte sie.

„Verzeiht Schwester. Es kommt nicht wieder vor. Und habt Dank für Eure Hilfe“, sagte Bortos reuig.

„Gut! Und jetzt geht vor. Geht vor.“ Sie winkte ihn mit der Hand hinaus und folgte ihm dann.

Der Gesang schien Aris gestärkt zu haben, denn er atmete ruhiger und auch das Fieber hatte sich bereits ein wenig gesenkt. Kathryn flößte ihm ein wenig Wasser ein und legte ihm ein getränktes Tuch auf die Stirn. Es dauerte nicht lange, als der Zelteingang erneut beiseite geschoben wurde und ein kleiner, bärtiger Mann das Innere betrat. Der Druide, dachte Kathryn, obgleich sein Äußeres nicht ihren Erwartungen entsprochen hätte. Noch Breadheads Erzählung im Sinn, hatte sie sich das Waldvolk wild und urig vorgestellt; schmutzig und behaart, mit zerzaustem Haar und spärlich nur bekleidet. Bei diesem aber waren graues Haar und Bart so sorgfältig gepflegt und gekämmt, dass ihm beides weich und gerade von Kopf und Gesicht wuchs. Seine Kleidung war schlicht, dafür sauber und gut geschnitten, und sein Blick war mild und freundlich. Ein weiterer Mann folgte ihm, ein jüngerer mit schüchternen Augen und dünnen Armen. Zuletzt betrat Bortos das Zelt.

Der Druide schenkte Kathryn ein Lächeln.

„Seid gegrüßt!“, sagte er und Kathryn nickte ihm zu. Sie wollte ihre Stimme nicht gebrauchen, aus Angst, dass sie sie als Frau verraten würde. „Und dies muss unser Kranker sein“, fügte der Druide an. „Ah ja, macht uns bitte Platz. Ich heiße Mikel, wenn es beliebt, und dieser junge Mann hier ist Jansen, mein Newo, mein Lehrling, wie es bei euch heißt.“

Kathryn machte ihnen Platz und beide knieten neben Aris hin.

„Wie kommt es, dass ein Druide für Sippan heilt?“, fragte Bortos. „Ist Norland nicht eure Heimat?“

„Das Waldvolk unterliegt keinen eingebildeten Grenzen, wie ihr Freiländer es tut. Und weder ist Norland meine Heimat, noch das, was ihr *Balrust* heißt, gleichwohl unser Hain unweit von hier zu finden ist, in den Wäldern von Longpardeux nämlich. Meine Brüder aus dem Norden mögen Norland verbunden sein durch Eid und Tat, und nicht wenige haben dafür ihr Blut vergossen. Aber eigentlich unterliegt das Volk Gayas keiner Herrschaft irgendeines Landes oder irgendeines Königs. Allein Gaya und ihrem Reiche gilt unsere Treue.“ Er lächelte Bortos freundlich an. Seine Stimme war so mild wie sein Wesen. „Und ich heile nicht *für* Sippan, sondern bin aus Gründen der Ausbildung meines Schülers hier. Leider traut das südländische Volk unsereins so viel, als sei der Herr der Dunkelheit unser Lehrmeister, selbst da wir umsonst arbeiten. So kann ich mich fast glücklich schätzen, Hand an euren Kameraden legen zu dürfen. Und ich denke, am Ende wird es uns beiden nur zum Vorteil gereichen. Dann wollen wir ihn uns mal ansehen, wenn es beliebt.“

Mikel und sein Lehrling befreiten Aris vom Rest seiner Oberbekleidung, bis der ganze Oberkörper frei war, dann befühlte der Druide sorgfältig die Wunde, tastete sanft die Haut ab und roch intensiv an Haut und Wunde. Er ließ sich Zeit und schien sehr konzentriert und auf manches, was er bemerkte, wies er seinen Lehrling hin.

„Gut, dass ihr mich gerufen habt“, sagte er, nachdem er mit seiner Untersuchung fertig war. „Viel Zeit wäre ihm nicht verblieben. Die Kräfte des Verfalls nagen bereits an ihm und das Innere brandet. Jansen.“ Der Lehrling entrollte eine Art Matte, die aus geflochtener Rinde bestand und in der sich zahlreiche Messer, Zangen und allerlei Instrumente befanden. Mikel öffnete ein kleines Köfferchen, das er bei sich trug, in dem sich zahlreiche Fläschchen, schmale, längliche Dosen und kleine Phiolen befanden. Er holte eine der Phiolen hervor. „Ich fürchte, einiges an Schmerz wird euer Freund erdulden müssen, da führt kein Weg daran vorbei. Ein paar Tropfen Levetiusessenz sollten ihm helfen, aber er wird sich dennoch wehren. Du! Wie du aussiehst, hast du Kraft. Halte deinen Freund, und halte ihn gut." Auf Bortos hatte er gedeutet. Er tröpfelte Aris eine kleine Menge der grünen Flüssigkeit in den Mund. Dann sah er sich um und zog Aris Gürtel aus der Hose. „Leder, nicht wahr?" Er lachte. „Die Haut von totem Tier zu benutzen, ist unsereins nicht erlaubt, aber für euren Freund sollte es gerade recht sein, denke ich. Steckt es ihm zwischen die Zähne, damit er sich die Zunge nicht abbeißt."

Er nahm sich ein kleines Messer, das silbern glänzte und dem Kathryn seine Schärfe anzusehen glaubte.

„Ich werde die Wunde weiter öffnen müssen, um an die Kugel zu gelangen." Er sprach dozierend und an seinen Lehrling gerichtet. „Alles Schlechte muss heraus aus einer Wunde, erst dann kann sie geschlossen werden, sonst vergiften die Säfte und nehmen das Schlechte in sich auf, auf dass es sich verbreiten kann. Die Kräfte des Verfalls sind spürbar." Mit geschlossenen Augen glitt seine Hand dicht über die Wunde. „Du wirst sie fühlen und riechen können, so die Große Mutter sich einstmals deiner erbarmt."

Aris keuchte, als der Druide die Wunde mit einem Schnitt vergrößerte, und dick floss das Blut seine Brust hinab.

„Der wahre Schmerz folgt jetzt. Haltet euren Freund fest. Und seht, dass der Gürtel gut zwischen seinen Zähnen steckt", meinte der Druide. Er griff nach einer langen, dünnen Zange, deren Spitzen abgeflacht waren. Er führte sie in die Wunde. Aris bäumte auf, wand sich und keuchte und Speichel floss zwischen dem Leder und den zusammengebissenen Zähnen sein Kinn hinab. Schließlich zog der Druide die Zange heraus und zwischen ihren Greifbacken steckte die Kugel. Er nickte zufrieden, prüfte die Wunde und Jansen reichte ihm ein Fläschchen, gefüllt mit rötlicher Flüssigkeit. Er bestrich die Wunde, innen und außen, beugte sich dann darüber und in Worten einer unbekannten Sprache murmelte er lange Sätze. Zischend war es gesprochen, als seien die Laute halb menschlicher, halb tierischer Art.

„Die Haut ist des Körpers Wall“, sagte er zu Jansen, als er geendet hatte. „Einmal geöffnet, vermag allerhand Böses einzudringen. Daher muss die Wunde gereinigt und das Böse entkräftet werden. Dann wird sie geschlossen, auf dass sie wieder ihren Dienst verrichte.“

Mikel versiegelte die Wunde nicht mit Catgut, das den Druiden verboten sei, wie er erklärte, sondern mit ausgekochter Seidenspinnerfaser, und bestrich das Ergebnis mit Kräutern und einer Salbe.

„Es ist gut geglückt, so denke ich. Schwester Tylia kann mit ihrem Gesang nun die Wunde heilen lassen.“ Er holte ein weiteres kleines Fläschchen aus dem Koffer hervor. „Dies ist ein spezielles Elixir, das ich selbst gebraut habe. Es wird euren Freund lange schlafen lassen und die Kräfte der Regeneration verstärken. Einen Tag und eine Nacht wird er schlafen, danach sollte es ihm aber baldigst wieder gut ergehen.“ Er reinigte seine Hände an einem feuchten Tuch, das ihm Jansen reichte. Und da geschah es. Kathryn setzte ihren Blick ein.

Die Neugier war da gewesen, nicht aber der bewusste Wunsch, und doch, ehe sie sich zurückhalten konnte, tauchte sie hinter die Fassade aus Auge, Fleisch und Körper, und erhaschte einen winzigen Blick auf das dahinter; und erschrak! Der Schreck ließ sie nach hinten weichen, sie aufkeuchen, und mit großen Augen starrte sie den Druiden an. Der wiederum schaute nunmehr böse, der Mund hart, die Augen schmal. Als er sprach, war keine Milde mehr in seiner Stimme.

„Hast du etwas gesehen, das dir nicht gefallen hat, Mädchen?“, sagte er. Er tippte sich auf die Nase. „Mich kannst du nicht täuschen. Du hast deine Blutung. Ich kann es riechen.“ Er lachte freudlos. „Keine Sorge. Nur meine Nase vermag so etwas.“ Sein Blick wanderte zu Bortos. „Da haben wir ja eine bemerkenswerte Truppe beisammen. Ich wunderte mich bereits über den fremden Geruch, der an euch haftet, über eure zerrissenen Feldzeichen, und nun auch noch das… für wahr, hinter euch muss sich eine interessante Geschichte verbergen.“

Bortos war von seinem Sitzplatz neben den Druiden gerutscht. In seiner Hand hielt er ein Messer.

„Ich weiß nicht, was du über uns zu glauben meinst, Druide. Aber es wäre besser, wenn du es schnell wieder vergessen würdest." Der kleine Mann schaute Bortos gleichmütig an. Seine Hand griff nach Bortos Arm, dem Arm mit dem Messer.

„Versuch es nicht, Druide", warnte Bortos. „Du hast uns geholfen, ich will dir nicht weh tun müssen."

Mikel verzog den Mund zu einem schiefen Grinsen, das nicht recht zu seiner Art passen wollte. Da war er über ihm! Er stieß Bortos um, als wäre es nichts, und drückte ihn zu Boden. Sie rangelten, und der Druide riss an Bortos Arm, verdrehte ihn und schlug die Hand gegen den Boden, bis dieser das Messer losließ. Kathryn drückte sich gegen die Zeltwand, um den um sich schlagenden Beinen von Bortos zu entgehen. Der große Mann versuchte, sich zu wehren, zappelte und versuchte, seine Arme zu befreien, die der Druide im festen Griff hatte. Aber er konnte ihm nicht beikommen. Er hielt den Krieger fest, als sei dieser ein kleiner Junge.

„Ist gut!", stöhnte Bortos. „Es reicht!"

Da ließ der Druide von ihm ab und richtete sich über Bortos auf und sein Kopf reichte nicht einmal bis zur Zeltdecke. Eben noch war er Kathryn riesig vorgekommen, so groß wie Bortos. Er schaute auf den Krieger hinab. Alle Milde seines Wesens war verschwunden, rohe Wildheit war er jetzt, gleich dem, was Kathryn in seinem Inneren erblickt hatte. Bortos regte sich nicht, starrte den Mann über sich nur an, und gut war es so, dachte Kathryn, denn eine falsche Bewegung hätte einen erneuten Angriff bedeutet. Die Züge im Antlitz des Druiden wandelten sich, das Wilde und Animalische schmolzen dahin. Als er sprach, war seine Stimme ruhig.

„Dankbarkeit ist ein seltenes Gut, und unter euch Freiländern ist es wahrlich schwer zu finden. Dein Freund verdankt mir sein Leben und so vergiltst du es mir?"

Bortos stammelte: „Verzeiht! Ich wollte Euch nicht beleidigen."

Der Druide schaute zu Kathryn. „Vor uns habt ihr nichts zu befürchten. Die Belange eurer Kirchen und Staaten kümmern uns nicht. Feinde werdet ihr hier ohnehin mehr als genug haben, auch ohne mein Zutun. Komm Jansen, wir gehen." Der Lehrling packte eilig die Sachen zusammen und folgte seinem Lehrer, der, einen letzten durchdringenden Blick auf Kathryn werfend, das Zelt verließ.

Kathryn sah nach Bortos. „Ist alles in Ordnung?"

Der große Mann richtete sich auf.

„Potztausend!" Er rieb sich seinen Arm. Rote, breite Druckstellen verliefen unterhalb des Handgelenks. „Er hätte mir fast den Arm gebrochen", sagte er ungläubig.

„Es sah aus, als sei er gewachsen, als er dich angegriffen hat."

„Das weiß ich nicht. Ich weiß nur, dass er mich gepackt und am Boden gehalten hat, wie noch keiner vor ihm. Tausend Teufel, stark wie ein Tarkbulle war der Kerl. Was für eine Kraft!" Er schaute Kathryn an. „Weshalb bist du vor ihm zurückgewichen? Wieso war er auf einmal so?"

„Es war irgendetwas mit seinen Augen. Sie haben mir Angst gemacht", sagte sie. Es war so nah der Wahrheit, dass es ihr gut von den Lippen ging.

„Ja. Als er über mir war, konnte ich es auch sehen. Aber was meinte er mit *den Feinden*? Wusste er vielleicht, wer du bist?"

Kathryn wagte nur, die Schultern zu zucken, dem Söldner schien es zu genügen.

„Hoffen wir mal, dass er wirklich sein Maul hält. Aris braucht noch seine Ruhe. Aber wir werden die Augen offenhalten müssen. Ich schaue mal, ob ich die Schwester finden kann. Sollten wir türmen müssen, ist es besser, wenn seine Wunde verschlossen ist."

~ 25. Kapitel ~

Kathryn und Aris

Die verschwommenen Konturen eines Antlitzes nahmen langsam Form an. Farben wurden sichtbar. Das Rot des Haares zuerst, die milchweiße Haut mit ihren Sommersprossen danach. Grüne Augen sahen auf ihn herab, der Ausdruck von Freude stand in dem schönen Gesicht.

„Sollte ich tot sein, ist die Nachwelt schön." Das Gesicht lächelte und errötete leicht. *Kein schlechter Spruch in Anbetracht der Situation*, dachte sich Aris.

„Du bist wieder da, Bruder!" Bortos Gesicht tauchte auf und seine starken Arme legten sich um ihn. „Gute Götter, zeitweise dachte ich, der Teufel hat dich endlich in seine Finger gekriegt."

„Da gäbe es wohl Schlimmeres", erwiderte Aris. Er wollte sich erheben, doch Schmerz und Schwindel hielten ihn zurück.

„Mach langsam, Bruder, du hast einiges durchgemacht. Ich hole dir Wasser."

Aris rieb sich den Kopf, versuchte, die Nebel, die seinen Geist verschleierten, zu verscheuchen. Wo waren sie? In einem hohen Zelt augenscheinlich, kein gewöhnliches Soldatenzelt, und noch weniger ein Haus. Waren sie in einem Lager? Er versuchte, sich an Vergangenes zu erinnern. Der Kampf! Er erinnerte sich an den Kampf. An Pickett. An seine Wunde! Es hatte ihn erwischt. *Stimmt!* Doch was dann? Sie waren gelaufen, lang, endlos. Verschwommene Erinnerungsfetzen tauchten vor seinem inneren Auge auf, wirre Szenen.

„Was ist passiert?", fragte er.

„Trink erstmal", sagte Bortos und reichte ihm eine Feldflasche. „Trink!"

Aris nahm einen Schluck. Das Wasser ließ ihn erst merken, wie trocken Mund und Hals waren, und wie durstig er war. Er nahm einen weiteren Schluck.

„Also?"

Bortos begann zu erzählen, berichtete von ihrer Flucht und wie sie die letzten Tage verbracht hatten.

„Kannst du dich an gar nichts erinnern?", fragte Bortos nach seiner Erzählung. Aris schüttelte den Kopf und suchte in seinem Inneren nach Bildern, die zu dem Gehörten passten.

„Kaum. Ich kann mich an die Fähre erinnern… glaube ich, aber an das Lager hier überhaupt nicht. Wer hat mich zusammengeflickt? Eine Schwester?"

Bortos stockte kurz, dann erzählte er von einem Druiden, der ihn behandelt habe, und einer Weißen Schwester. Aris kannte seinen Bruder zu gut, um nicht zu merken, dass er etwas verschwieg. Aber ebenso wusste er, dass Bortos es ihm beizeiten erzählen würde. Er erzählte ihm alles.

„Bei den Sippanern also…" Aris musterte Bortos. „Hast du schon nachgesehen?"

Bortos schüttelte den Kopf.

„Ich wollte dich hier nicht alleine lassen."

Aris runzelte die Stirn.

„Teufel, ich weiß nicht, ob es mich gehalten hätte, wenn du an meiner Stelle wärst. Was soll mir hier schon passieren? Aber wahrscheinlich sind sie ohnehin nicht da." Er richtete sich auf und stöhnte dabei. „Mal sehen, ob wir mich auf die Beine kriegen. Dann sehen wir nach."

„Was, wenn er noch da ist?", fragte Bortos zweifelnd.

Aris schaute seinen Bruder streng an.

„Scheiß auf ihn, Dicker! Ist über zwei Jahre her. Kein Hahn kräht mehr danach. Außerdem muss er erstmal herausfinden, dass wir wieder da sind." Er sah, dass Kathryn ihrem Gespräch aufmerksam folgte, doch er dachte nicht daran, sie aufzuklären.

„Also helft mir!"

Bortos und Kathryn halfen ihm hoch. Kurz gaben seine Beine nach, doch mit seinem Willen stemmte er sich dagegen. Einiges an Kraft musste er eingebüßt haben, aber sie würde zurückkommen. Es war nicht seine erste Verletzung. Sie verließen das Zelt und das Krankenlager. Aris mit einem Arm um Bortos und einem um

Kathryn, einige Erinnerungsfetzen der letzten Tage tauchten in ihm auf.

Bis sie das Hauptlager erreichten, konnte Aris schon beinahe eigenständig laufen, nur Bortos Schulter brauchte er noch als Stütze. Die Heiler mussten sich auf ihre Künste verstanden haben, dachte er bei sich. Unbehelligt passierten sie die Wachposten, was ihn allerdings nicht groß wunderte, denn ein steter Strom von Menschen lief zwischen Krankenlager und Feldlager hin und her. Kathryn hatte ein Tuch vor dem Gesicht belassen, um ihr Geschlecht zu verbergen, doch Aris hielt selbst das für unnötig. Sie wäre nicht das erste Weib, das im Feld Hosen anhatte.

Ein stattliches Lager war es, mit tausenden Zelten, und der Geruch von Mensch und Rauch und Lagerleben drang in Aris Nase. Zusammen mit den sippanischen Fahnen und Farben überkam ihn ein lang vermisstes Gefühl von Heimat. Hier und dort wehte das sippanische Kreuz auf weißem Grund, dazwischen die Banner sippanischer Adelshäuser, der rote Stier der Caras, der brennende Baum der Salamera, die Seeschlange der Huga, der Felsgreifer der Katagener, der Hochadler der Jimenez. Südländische Antlitze schauten und lachten, braune Gesichter mit langen, dunklen Schnurrbärten und kleinen sippanischen Pfeifen in den Mundwinkeln. Wörter und Sätze auf Sippan drangen an sein Ohr, und der Geruch von südlichem Kraut und Wein in seine Nase.

Sie erreichten den Bereich im Zentrum des Lagers, wo die Marketender und Sudler ihre Zelte hatten und das Gefühl, das Aris durchströmte, war stärker, als er je erwartet hätte. Er war kein Mann der Emotion, war es nie gewesen. Abgestorben war sein Inneres, dachte er sich manches Mal, verdorrt und verkümmert während seiner Zeit als Trossratte, und wenn noch etwas übrig gewesen sein sollte, war es im Krieg und Feld zurückgeblieben. Was hatte er alles gesehen, ohne eine Miene zu verziehen, was alles selbst getan? Freunde waren in seinen Armen gestorben, oder er hatte sie zerfetzt und verunstaltet auf dem Schlachtfeld gefunden, und keine Träne hatte er vergossen, und kein Gefühl in sich gespürt, außer vielleicht ein wenig Bedauern. Hier aber überkam ihn ein Gefühl, warm und mächtig, machte sich in seiner Brust breit, wie er es noch nie erlebt hatte. Sehnsucht war es, und kaum verbergen konnte er ihre Wirkung, und seine Augen schweiften begierig die weißen und pastellenen Zelte entlang, in der Hoffnung, ein ganz bestimmtes zu entdecken.

Er spürte Bortos Hand auf seiner Schulter. Er schaute zu seinem Bruder, der mit dem Kopf in eine Richtung deutete. Und da stand es! Noch verdeckt von den Zelten davor, doch keine Sekunde zweifelte er. Zu vertraut war ihm das Schild über dem Eingang, die gemalten Blumen, die sich um ein einzelnes Wort wanden und schlängelten, das einzige Wort, das er immer lesen können würde. *Coras* stand dort.

Sie schauten einander an, er und Bortos, und der Ausdruck auf Bortos Gesicht ließ ihn lächeln vor Freude. Sie waren wieder Zuhause! Aris bemerkte Kathryn, die sie so durchdringend beobachtete, wie sie es öfter tat, und auch sie lächelte, obwohl sie doch gar nicht wissen konnte, worum es ging.

Das Zelt kam näher und mit ihm wurden Aris Sorgen größer. Zwei Jahre. Ein wenig mehr sogar. Da konnte viel geschehen sein. Der Tod begleitet einen im Feld, so ist es nun einmal, und kein Jahr vergeht, in dem nicht eine Handvoll Freunde ins nächste Reich übergehen. Wen von ihnen mag es die letzten beiden Jahre wohl erwischt haben? Und lebte sie noch?

Einige Schritte vor dem Zelt blieben er und Bortos gleichzeitig stehen, als hätten sie sich abgesprochen. Schweigend betrachteten sie den Eingang. Laute drangen aus dem Inneren, Wirtshauslärm, wenngleich noch verhalten, denn der Mittag war kaum überschritten. Der Vorhang des Eingangs wurde beiseitegewischt und heraus kamen ein Soldat, der sich schwerlich auf den Beinen halten konnte, und hinter ihm ein mannsgroßes Weib, das diesen an Kragen und Hose gepackt hatte und aus dem Zelt beförderte.

„Der Teufel ficke deine Mutter! Kotzt mir über den Tresen. Ist kaum Mittag, du versoffener Schweinskopf!“ Sie warf den Kerl mit Schwung in den Schlamm, wo er nach einigen vergeblichen Versuchen, auf die Beine zu kommen, einfach liegen blieb. Das Weib wischte sich die Hände an ihrer ledernen Schürze ab. Sie spuckte aus und schüttelte ärgerlich den Kopf, dass ihr langes, kastanienbraunes Haar Wellen schlug. Dann sah sie sich um, und als ihre Augen Aris und Bortos erblickten, wurden sie groß und sie schlug die Hände vors Gesicht.

„Kinder!“, rief sie. „Kinder, kommt raus. Schaut, wen uns die Götter wiedergegeben haben.“ Sie breitete ihre Arme aus. Aris machte Bortos ein Zeichen, der sich nicht zweimal bitten ließ, und sich in die Arme seiner Mutter warf. Sie drückten sich innig. Dann ließ sie von Bortos ab und schaute böse zu Aris: „Was bist du für ein Sohn, dass du deine Mutter nicht begrüßt. Kommt her!“ Auch Aris ließ sich nicht zweimal bitten.

Zu dritt lagen sie sich in den Armen und dankbar vergrub Aris seinen Kopf in Haar und Schulter seiner Mutter, sog den lang vermissten Duft ein. Noch mehr Arme gesellten sich dazu und er hörte die Stimmen von Ramos, von Victor und Hector, von Isabella und Rania und Cara und Ilsa, und der kleine Tucco rief; wer denn da sei und was los? Wie ein dicker Menschenknäuel lagen sie sich in den Armen.

Nachdem sie sich gelöst hatten, wurde jeder einzeln begrüßt. Da waren die Gesichter, die er so schmerzlich vermisst hatte, gesund und strahlend, und Bortos heulte, dass ihm dicke Tropfen die Backen hinabliefen. Ramos gab Aris eine brüderliche Umarmung, dass seine Wunde schmerzte und Aris aufstöhnte.

„Entschuldigung“, sagte er. Das Gesicht war eine rundere und pausbackigere Version von Bortos, und Schultern und Arme waren so breit und stark wie die des Bruders. Nur in der Größe konnte er Bortos nicht das Wasser reichen, was ihn aber immer noch Aris um ein, zwei Fingerbreit überflügeln ließ. „Ist alles in Ordnung?“, fragte er.

Aris lächelte: „Nur ein kleiner Biss der Bleischlange, weiter nichts.“

Victor passte bei seiner Begrüßung besser auf. Auch bei ihm waren Mamas und Bortos Gesichtszüge erkennbar, nur schlank war dieser und mit feinem Mund und hervorstehenden Wangenknochen. Hector folgte. Blond und blauäugig, mit bleicher Haut und kleinem Kinn, passte er zu den übrigen Brüdern wie ein Fuchs in ein Wolfsrudel. Sein Vater war derselbe wie von Victor, entstammte aber dessen vorherigem Weib, und als der Vater bei einem Scharmützel erschossen wurde, hatte ihn Mama einfach bei sich behalten. Isabella war Mama in jüngeren Jahren, groß und drall, mit welligem, langem Haar und schönem Gesicht. Rania war gertenschlank, mit langem, blond-braunem Haar und einem sinnlichen Blick. Sie war eine Trossratte gewesen, wie Aris, und gab ihm einen zarten Kuss auf den Mund, der mehr verhieß. Cara schlang sich um seine Hüfte, doch während sie früher Aris kaum bis zum Bauchnabel gereicht hatte, drückte sich ihr Kopf nun an seine Brust. Schwarzhaarig und wild war sie, mit schönen, feurigen Augen, vollen, roten Lippen und einem Gesicht, süß wie ein Rehkitz. Die rundlichen Wölbungen ihres Kleides zeugten, dass sie in den letzten beiden Jahren zur Frau gereift war. Auch sie war einst Trossratte gewesen, genau wie die letzte der Schwestern, die kleine Ilsa, ein unscheinbares, kleines Ding, braunhaarig und bleich, mit schüchternen Augen und von schüchternem Wesen. Zuletzt sprang der kleine Tucco in seine Arme. Das letzte leibliche Kind von Mama, obgleich er wenig von seinen Geschwistern in sich trug, denn er hatte helles Haar und feine, edle Gesichtszüge, und nicht wenige glaubten, dass sein Vater einer der adligen Kunden ihrer Mutter sein müsse.

Nur einer fehlte und als Aris fragte, sprach er nicht ohne Sorge in der Stimme: „Wo ist Gonzalo?“ Aber Reaktion und Mienen zeigten ihm sogleich, dass die Sorge unbegründet war.

„Der Lump hat es wie ihr gehalten. Das Familiengeschäft war ihm nicht gut genug, also hat er den Pulvergurt übergeschnallt“, sagte Mama mit gespielter Bitterkeit. „Dient bei der grünen Kompanie, unter einem Lorenzo Vargas. Hat uns verlassen, aber wenn er was zum Bumsen braucht oder was zum Essen, dann kommt er dahergelaufen, der treulose Strolch. Aber davon brauch ich euch ja nichts erzählen.“

„Was ist mit De Sabini?", fragte Bortos da. Augenblicklich kehrte Ruhe in die Runde ein. Mancher Blick wurde ausgetauscht. Mama war es, die antwortete.

„Er ist tot, mein Junge. Seit einem Jahr schon."

„Wie?", fragte Bortos nur.

„Eine Kugel wohl. Er war da schon nicht mehr hier. Ist kurz nach euch in ein anderes Heer gewechselt, nach Barbon. Ich hab es von einem aus seiner Kompanie erfahren." Bortos nickte.

„Du wirst hier jedenfalls keine Probleme mehr haben, glaub mir. Du bist sicher", sagte Mama. „Und jetzt; kommt erstmal rein, meine Kinder. Götter, ist das schön, euch wieder hier zu haben!" Sie gab Bortos und Aris einen Kuss. „Kommt rein und erzählt, was ihr erlebt habt. Teufel, zwei Jahre, da werdet ihr einiges zu erzählen haben."

„Mama", sagte da Aris. „Wir müssen erstmal mit dir reden. Nur wir."

Mama runzelte die Stirn. „Was kann es denn geben, was ihr vor euren Geschwistern nicht aussprechen könnt?" Sie schaute von einem zum anderen. „Hat's was mit dem hübschen Ding dort hinten zu tun?" Sie deutet auf Kathryn, die ihre Maske heruntergezogen hatte.

Aris nickte. „Ich denke, es ist besser, wenn nicht alle davon wissen. Nur zur Sicherheit und auch zu ihrem Schutz."

„Aha, na dann", sagte Mama. „Gehen wir nach hinten. Das wird ja wieder eine Geschichte sein…"

~

Cora starrte sie an. Aris und Bortos hatten ihr gerade erzählt, wer sie war, während die Frau, die sie Mama nannten, schweigend gelauscht hatte. Ungläubig betrachtete sie nun Kathryn, gleich einem exotischen Wesen aus einer anderen Welt. In einem von Vorhängen verborgenen Teil des Hauptzeltes befanden sie sich, saßen an einem Klapptisch mit klapprigen Bänken und erzählten ihre Geschichte. Als sie geendet hatten, stammelte Cora:

„Wie… also… wie nenne ich Euch dann? Mylady oder Majestät oder was?"

„Nein, bitte. Keiner soll wissen, wer ich bin. Bitte nenn mich einfach Kathryn. Nur Kathryn."

„Kathryn…" Sie schüttelte den Kopf. „Teufel, dass mir mal ein Königskind in den Laden kommt, damit hätte ich wahrlich nicht gerechnet. Und dass es auch noch mit diesen beiden Gaunern hier daherkommt… " Da wurde ihr Blick streng. „Sie haben Euch doch hoffentlich anständig behandelt?"

„Sie... sie haben mir das Leben gerettet. Und sich wie Ehrenmänner verhalten", sagte Kathryn. Stimme und Miene von Cora zeigten, für wie glaubhaft sie dies hielt.

„Ehrenmänner… soso." Sie musterte ihre Söhne, die ihrem Blick auswichen. Dann sagte sie an Kathryn gewandt: „Und was habt Ihr nun vor?"

Kathryn schaute zu ihren beiden Gefährten. Sie hatten über ihr weiteres Vorgehen noch nicht gesprochen und jetzt, wo sie die beiden Söldner mit ihrer Familie vereint sah, fragte sie sich, ob ihre Pläne noch dieselben waren.

Sie hatte es in Aris gespürt, aus seinen Augen hatte sie es erlesen, dieses Gefühl, als er das Zelt erblickt hatte. Stark war es gewesen und schön. Ein Gefühl, das ihr gänzlich unbekannt war. Es musste das Gefühl sein, nach langer Abwesenheit nach Hause zu kommen. Und auch jetzt noch glimmte diese Zufriedenheit in seinen Augen. Doch was bedeutete das für sie als Gruppe?

„Wir wollen nur eine Zeit lang untertauchen. Hier werden meine Feinde mich nicht finden. Außerdem muss Aris Wunde verheilen. Aber dann muss ich nach Lidium zurück. Ich muss an den Hof zu meinem Bruder."

„Wir dienen jetzt Norland, Mutter", sagte Bortos, als erkläre das alles.

„Natürlich", lächelte Cora ihren Sohn an und streichelte ihm das Gesicht, und Kathryn entging der kurze Seitenblick an Aris nicht, der eine Spur zu lang war.

Da berührte etwas Kathryns Bein, was sie erschrecken ließ. Ein großer, schwarzer Kater schmiegte sich zwischen ihren Beinen hindurch. Aus seinen gelben Katzenaugen schaute er sie an.

„Das ist der alte Sorbas", sagte Cora, die Kathryns Schreck bemerkt hatte. „Sei auf der Hut, er ist ein garstiger Geselle."

Als wolle er sie Lügen strafen, sprang der Kater auf Kathryns Schoß. Sie streichelte seinen Kopf und die Katze schnurrte.

„Na so was. Normalerweise lässt er nur mich und Cara an sich ran", sagte Cora verwundert.

„Das alte Biest lebt noch?", sagte Bortos. Der Kater fauchte, als der große Mann seinen Arm nach ihm ausstreckte, worauf er ihn wieder zurückzog. „Potztausend, freundlicher ist er nicht geworden. Aris, du konntest doch mit ihm." Aber bevor Aris einen Versuch wagen konnte, sprang der Kater auf und verschwand zwischen den Zeltplanen.

„Also gut. Es war auf jeden Fall richtig, dass nur wir es wissen, und so sollten wir es auch belassen."

Kathryn nickte. Sie betrachtete Coras Gesicht. Das Alter hatte manche Furche in die Haut geprägt und manches graue Haar durchzog den kastanienbraunen Schopf, doch an Schönheit war ihr noch reichlich geblieben und ihr Wesen strahlte eine eigentümliche Autorität aus, wie sie Kathryn noch nicht begegnet war. Hinter den dunklen Augen spürte Kathryn die Gedanken wirbeln, und doch vermochte sie es nicht, etwas daraus zu erlesen, obgleich sie es versuchte.

„Jetzt wollen wir euch drei erst einmal sauber bekommen, denn Teufel, ihr stinkt, dass es einer Sau die Haare kraust. Kinder!", rief sie. „Kommt!"

Aris und Bortos Geschwister zogen den Vorhang beiseite, der sie vom Hauptteil des Zeltes getrennt hatte.

„Heizt die Wannen, Mädchen! Und dann badet diese hier mal ordentlich. Sie können es gebrauchen, die Götter wissen's. Oh, Bortos. Für dich habe ich genau die richtige. Ich weiß doch, wie du sie magst. Maira! Komm her. Komm her, mein Kind." Eine hochgewachsene Frau kam herein, mit kantigem Gesicht und blondem

Haar. „Das ist mein Bortos. Du kümmerst dich um ihn, ja? Und gib dir Mühe, ist mein Erstgeborener. Und Aris..."

„Ich kümmer mich um Aris", rief die kleine Cara sofort.

„Von wegen", widersprach Rania. „Um den kümmere ich mich, damit das klar ist."

Bevor Cara etwas erwidern konnte, rief Cora: „Teufel! Wenn ihr so mal bei den Kunden wärt. Rania macht es, sie ist die Ältere. Und Elena, du kümmerst dich um… um Kathryn hier."

Elena war klein und blond und wenn sie lächelte, strahlte sie wie die Sonne. Drei große, kupferne Wannen befanden sich in einem der großen Nebenzelte, das alle das Bumszelt nannten, und Kathryn verstand nicht recht, was das bedeutete. Der Boden war mit Teppichen und Kissen ausgelegt und es gab mit Planen und Tüchern verhangene Räume. In einem dieser Räume war Kathryn dabei, sich ihrer Kleidung zu entledigen, indessen Elena Kräuter und Duftpulver in das Wasser gab. Hier war der Boden mit langen Zedernplanken ausgelegt, auf denen die Wanne stand. Unter der Wanne war eine Art Ofen angebracht, der mit Holz oder Kohle befeuert werden konnte, und das Wasser war bereits so warm, dass feiner Dampf aufstieg, der die Luft angenehm nach Kräutern und Kalk duften ließ.

Elena half ihr aus ihrer Unterwäsche und ihre Hände glitten dabei ohne Scheu über Kathryns Körper.

„Oh, du hast aber eine schöne Haut. Ganz glatt und weich. Und so weiß… Komm!", sagte Elena und führte sie zu der Wanne.

Das Wasser war herrlich heiß, gerade so, dass man ohne Zögern hineinkonnte. Der Duft der Kräuter stieg ihr in die Nase und zusammen mit der Hitze versetzte es sie in einen leichten Schwindel.

„Ich wasche dir die Haare", verkündete Elena, die sich auf einen Hocker neben die Wanne setzte.

Mit einem Stück Seife begann Elena, Kathryn die Haare einzuschäumen, massierte ihr die Schläfen und den Nacken, und in dem umschmiegenden Warm des Wassers sank Kathryn in einen lang vergessenen Zustand der Entspannung. Kräftezehrend waren die vergangenen Tage und Wochen gewesen, kaum je war sie zur Ruhe gekommen und immer hatte sie sich am Rande ihrer Kräfte befunden. Mit dem alten Schweiß und Schmutz fiel auch der Druck von ihr ab, und sie ließ ihren Körper so tief in die Wanne gleiten, dass sie keinen Muskel mehr anzuspannen brauchte.

Elena begann, ihre Füße zu waschen, dann ihre Beine. Kathryn war es gewohnt, gebadet zu werden. Tissy hatte sie üblicherweise gebadet, manchmal noch zusammen mit einer der anderen Links in Steffordsgrave, und sie war durchaus mit der Berührung ihrer nackten Haut vertraut, doch anders war es mit Elena. Sinnlicher fühlte es sich an, ohne dass Kathryn den Grund dafür hätte benennen können.

Elena kam wieder ans Kopfende, widmete sich nun Gesicht und Schultern. Als sie bei den Händen angelangt war, hörte Kathryn Geräusche aus dem Raum neben ihnen. Ein Stöhnen war es, und Wasser plätscherte. Sie meinte, Aris Stimme zu erkennen. Auch Elena hörte es, sah Kathryn an und kicherte.

Elenas Hände mit der Seife glitten ihre Schultern und Achseln hinab zu ihren Brüsten.

„Du hast aber schöne Brüste“, sagte sie und streichelte sie. „Klein, aber schön.“

Sie drückte sie sanft und begann, mit ihren Brustwarzen zu spielen, was Kathryn unvertraut war und sie irritierte. Ihre Berührungen dienten nicht mehr der Reinigung und Kathryn wusste nicht recht, wie darauf zu reagieren.

„Soll ich es dir manchen?“, flüsterte Elena dann und strahlte Kathryn unschuldig an.

„Was machen?“, fragte Kathryn zurück.

„Na, es machen“, sagte Elena leise.

Kathryn verstand immer noch nicht.

„Ich mache es gut“, sagte Elena. „Ich kann's bei Männern, aber auch bei Frauen. Geht schnell. Es ist schön, du wirst sehen.“

Sie streichelte wieder Kathryns Brüste, beugte sich über die Wanne und küsste Kathryns Hals. Ganz sanft. Glitt hinab über

Schlüsselbein und Brust, bis zu ihrem Busen. Ein Kribbeln überkam Kathryn, schön war es und zart, aber auch ungewohnt. Nie hatte jemand sie so berührt, nie in ihrem Leben war ihr jemand so nahe gewesen, und neben dem wohligen Gefühl spürte sie Scham und Unsicherheit. Eine Hand von Elena suchte ihren Weg über den Bauch hinab, immer weiter hinab. Da hielt Kathryn sie auf.

„Nein", sagte sie, doch leise und ohne Überzeugung.

„Keine Sorge. Lass mich nur machen. Du wirst sehen, es ist schön", sagte Elena, und in ihren Augen sah Kathryn nur Unschuld, Unschuld und Lust, dass Kathryn schließlich die Hand losließ.

Zwischen ihre Beine glitt die Hand, langsam und vorsichtig, ohne Hast. Kathryn sog tief Luft ein und ein leises Stöhnen entfuhr ihrem Mund, ohne dass sie es wollte. Elenas Lippen begannen an einer Brustwarze zu saugen, ihre Zunge spielte mit ihr. Die Finger drangen tiefer. Kathryn wurde heiß und kalt, sie stöhnte wieder. Elenas Hand glitt auf und ab, immer schneller, und Kathryn durchfuhr ein Gefühl, so eindringlich, so schön.

Als es fertig war, schlug ihr Herz noch einige Zeit, als sei sie eben noch gerannt. Was war geschehen? Elenas Gesicht tauchte vor dem ihrem auf.

„War schön, habe ich recht", sagte sie leise. Ohne eine Antwort abzuwarten, gab sie ihr einen schnellen Kuss auf die Lippen.

„Jetzt ruh dich ein wenig aus. Das Wasser sollte noch eine ganze Weile warm sein." Damit zog sie sich zurück.

Allein lag Kathryn in der Wanne, wohlig und doch verwirrt. Ihr dämmerte, was sie erlebt hatte, sie verstand es und gleichzeitig auch wieder nicht.

Sie dachte zurück an jenen Tag auf Steffordsgrave. Sie war spazieren gegangen wie oft und George war ihr wie immer gefolgt. Auf einen Hügel in den zugehörigen Ländereien der Anlage war sie gestiegen, auf welchem eine einzelne alte Eiche stand und von dem aus man frei über das Umland sehen konnte. Ein schöner Ort, wie aus einem der Gemälde. Ein Hang verlief den Hügel hinab, nur von niedrigem Gras und Blumen bewachsen, und Kathryn hatte George einen verschmitzten Blick zugeworfen und war losgerannt. So steil war es gewesen, dass sie ihre Beine kaum hatte bremsen können und sie war gerannt und gerannt. Da hatte es begonnen. Ein Gefühl, von ihrem Schoß ausgehend. Immer stärker war es geworden und auch immer schöner, und sie war weiter gerannt, und es hatte sie überkommen wie eine Flut aus Empfindungen und sie hatte gestöhnt und geschwitzt und sich zuletzt in das Gras geworfen.

Noch viele Male war sie auf den Hügel gewandert, Tage und Wochen und Monate danach, und denselben Hang hinabgerannt, doch nie wieder hatte sie jenes wundervolle Gefühl erlebt, ganz gleich, wie schnell sie auch gerannt war. Nun wusste sie, was es gewesen war.

Als sie ihr Bad beendete, Elena sie trocknete und ihr beim Ankleiden half, war Kathryn so verschämt, dass sie nicht wagte, dem Mädchen in die Augen zu sehen, und ohne ein Wort des Abschieds verließ sie den Raum.

~

Um die Familienfeuerstelle saßen sie herum, zwischen dem Bumszelt und den Ochsenwagen, wo die Schlafzelte der Männer aufgebaut waren, tranken und lachten und erzählten sich Geschichten aus den vergangenen zwei Jahren. Aris Arm steckte in einem Tuch, das er sich um den Hals gebunden hatte, um ihn nicht zu viel zu bewegen. Rania saß an seiner Seite und spielte mit seinem Haar, derweil Cara ihr giftige Blicke zuwarf. In der Nacht hatte sich die kleine Cara in Aris Zelt geschlichen. Stockdunkel war es gewesen und Aris hatte sich ordentlich erschrocken. Da waren ihre Lippen schon auf den seinen gewesen und flüsternd hatte er ihre Stimme vernommen.

„Jetzt zeige ich dir, was ich so alles gelernt habe, während du weg warst."

Und einiges und mehr hatte sie in der Tat gelernt, dachte Aris bei sich. *Teufel, war es schön, wieder zuhause zu sein!*

„Wo ist es am besten, zu dienen?", fragte der kleine Tucco. Wenn er redete, mühte er sich, tief und erwachsen zu klingen, doch am Ende gewann immer das Kind, das er noch war. „Im Reich, stimmt's? Die sollen die Stärksten sein. Da hat's Magier als Soldaten, die zaubern können und Feuerbälle schleudern und Blitze vom Himmel schießen und noch viele andere solche Sachen, stimmt's? Und kämpfende Priester soll's auch haben, die mit ihren Stimmen zaubern und mit Schwertern kämpfen. Und die haben Kampfschiffe, riesige Kampfschiffe, groß wie Städte. Hat mir Emilio erzählt. Dem sein Vater ist Karner und der kennt sich aus."

„Dem sein Vater ist ein Idiot und Fotzenknecht, der nicht weiß, wie's Scheißen geht", meinte Victor abfällig. „Wenn du nur die Hälfte von dem glaubst, was der so erzählt, ist die Hälfte immer noch erstunken und erlogen. Eine Armee ist wie die andere, sag ich."

„Hat schon Unterschiede", sagte Aris und Tucco stieß ein „ha" in Richtung Victor aus. „Magier gab's tatsächlich. Kämpfen im Heer, aber nur aus sicherer Entfernung, und mit den gemeinen Soldaten wollen die nichts zu tun haben. Halten sich für was Besseres. Aber ihre Zauber… die richten schon einiges aus. Da wirken Kanonen wie Spielzeuge im Vergleich. Die Soldaten werden auch besser ausgestattet, nicht wie hier, wo jeder schauen muss, wo er sein Zeug herbekommt, und kein Gewehr dem anderen gleicht. Jeder bekommt einen Wams, den er tagein, tagaus tragen muss, dazu gibt es ein Zelt, einen Pulvergurt und eine gute Büchse stellen sie dir auch. Aber das Reich ist nicht mehr, was es früher mal war. Jeder Kurfürst kämpft jetzt für sich, rüstet seine eigenen Männer aus und führt seine eigenen Kriege. Vor allem gegeneinander. Schlägst du dem Huhn den Kopf ab, läufts hin, wo es will, so ist es nunmal. Haben das ganze letzte Jahr für Karn gegen die unistischen Kurfürsten gekämpft. Da aber ohne Magier, denn untereinander dürfen die Kurfürsten aus irgendeinem Grund keine verwenden. Quer durchs ganze Reich haben wir uns geschlagen und kaum einen Ort gibt es, wo kein Krieg ist. Überall hat es 'ne Menge Soldatenvolk, dass kaum etwas zum Plündern bleibt, um den Bauch voll zu bekommen. Die Bauern sind mittlerweile fast so wehrhaft wie die Soldaten und gute

Beute zu machen ist harte Arbeit. Ich war nicht traurig, als wir weg mussten", meinte Aris.

„In Norland, da war's dagegen gut!", sagte Bortos. „War 'ne anständige Armee! Mit guten Männern. Und das Land ist schön, sag ich euch. Alles saftig grün. Mit grünen Wiesen und grünen Feldern und riesigen, grünen Bäumen." Er sah zu Aris, offenbar Bestätigung erwartend. Aber Aris zuckte nur mit den Schultern.

„Na, dass es gerade dir in Norland gefallen hat, will ich gern glauben", meinte Ramos. „Aber eine gute Armee… da habe ich anderes gehört? Bis jetzt sehen wir hier jedenfalls nichts davon. Hier heißt's; die Sache sieht verdammt schlecht für den Norden aus. Unser Spinola, der versteht sein Handwerk, glaubt mir. Er hat vom Blutigen Baron gelernt und will hoch hinaus. Sippan hat diesmal die Nase vorn."

„Pah! Wirst schon sehen! Norland ist stark. Und du redest von Spinola. Aber der Norden hat seinen Bär! Wir haben ihn getroffen! Hat mit mir geredet, der Teufel hole mich, wenn ich lüge! Hat mich einen Krieger genannt, und uns gute Männer! Sag's ihnen, Aris." Aris nickte.

„Tausend Teufel, der Bär. Wie sieht er aus? Stimmt es, dass er auf einem Mammut reitet?"

Bortos erzählte von Butterbear, wie sie ihn erlebt hatten und wie er ihnen das Leben gerettet hatte, und die Männer lauschten ehrfürchtig.

„Ist ein Gefrorener, hab ich gehört", sagte Victor. „Beim Bluttanz sollen die Kugeln an seinem ganzen Körper geklebt haben, als habe er die Pocken aus Blei, so soll's ausgesehen haben." Er lachte. „Selbst eine Kanonenkugel hat er geschluckt, soll einfach an ihm abgeprallt sein. Der Teufel ist mit ihm, sag ich."

„Dann sagst du einen ordentlichen Scheißdreck!", erwiderte Bortos. „Ist ein Anhänger Kogans. Und wir haben mit dem Teufel nix am Hut. Hat das Zeichen zu mir gemacht, Aris hat's auch gesehen! Wenn er kugelfest war, dann war es Kogan, der ihn beschützt hat. Da gibt's nichts dran auszusetzen."

„Kugelfest ist kugelfest. Sowas ist niemals ehrenhaft. Wenn du zu einem Duell gehst, ziehst du auch keine Rüstung an, oder? Außer beide tragen eine, das ist dann was anderes", erwiderte Victor.

„Was verstehst du schon davon? Im Duell magst du recht haben, aber in der Schlacht, da sieht die Sache anders aus. Da ist dir alles erlaubt, was dir dein Leben erhält. Und wenn dir Kogan seine Kraft schenkt, dann nimmst du sie und bist dankbar dafür, denn er ist ein Gott, also ist es in Ordnung."

„Der Teufel ist auch ein Gott", meinte Victor trotzig.

„Bei dem ist's aber was anderes", sagte Bortos leichthin.

„Wo hat's dir am besten gefallen, Aris?", fragte Hector. Er saß neben Isabella und obgleich sie sich weder berührten, noch anderweitig ihre Zuneigung zeigten, hatte Aris das unbestimmte Gefühl, dass sie sich näherstanden. Sie waren sich immer schon nahe gewesen, aber vielleicht war in den letzten Jahren mehr daraus geworden. Er gönnte es ihnen, denn sie passten gut zusammen. „Hat's dir Norland genauso angetan wie Bortos?"

Aris nahm einen Schluck vom wässrigen Bier. Schal schmeckte es und fad, aber auch nach Heimat, und im Augenblick war es ihm der köstlichste Geschmack.

„Das Bier war gut im Norden, dass lass ich ihnen", sagte er. „Aber ich für meinen Teil verschieße mein Rohr am liebsten hier." Rania schenkte ihm dafür ein Lächeln. Mit einer Geste deutet er auf Bortos. „Der da kann sich Norländer nennen, wie er will, aber hier ist unser Zuhause, daran können weder Blut noch Götter etwas ändern."

„Ich habe nie behauptet, dies sei nicht mein Zuhause", brummte Bortos.

„Ich werde auch Söldner!", verkündete da Tucco. „Sobald Mama mich lässt. Oder auch ohne das! Dann kämpfe ich mit euch und mache fette Beute und werde reich wie ein König." Er lachte verträumt auf.

„Solltest erstmal ein Mann werden, du kleiner Hosenscheißer", sagte Cara abfällig. „Kannst dich kaum alleine ankleiden, aber willst schon das Gewehr führen…"

„Na dann tu's doch mal! Ihr sagt doch immer, ihr könnt einen zum Mann machen, stimmt's? Also; da bin ich!" Die Brüder brachen in Gelächter aus.

„Dich soll ich zum Mann machen? Du weißt, wie's heißt; ohne Haar um sein Maul vermag der Mann nicht vernünftig sprechen, und ohne Haar um sein Gehänge vermag er nicht vernünftig ficken. Und du hast weder noch."

„Wer sagt denn so einen Blödsinn? Sehr wohl kann ich vernünftig reden. Und das andere da… lass mir den Versuch, dann wirst schon sehen."

„Du weißt doch gar nicht, wovon du sprichst. Ein Kalb gibt keine Milch, gleich wie du es melken tust", meinte Cara abfällig.

„Was, keine Milch, was redest du! Ich sag, ich bin bereit. Manchmal wird er richtig groß! Außerdem will ich's gar nicht von dir, wenn ich's mir recht überlege. Du bist mir zu garstig und gemein. Die Rania soll's mir machen. Die ist lieb und hübscher ist sie auch. Stimmt's, Rania!" Rania lachte, aber ohne Spott.

„Werd erstmal groß, mein Kleiner. Ich mag es nicht, wenn die Männer kleiner sind als ich. Aber wenn es soweit ist, sehen wir weiter." Sie zwinkerte ihm zu.

„Also, dann kümmerst du dich um den kleinen Scheißer, und ich mich um Aris. Soll mir nur recht sein. Der Scheißer wird ein Frühzünder, das seh ich gleich", sagte Cara.

Ehe Tucco noch etwas erwidern konnte, sagte Ramos: „Dann erzählt mal. Was hat euch wieder hergeführt? Ich freu mich ja, dass ihr wieder da seid und alles, aber warum gerade hier und jetzt? Mama konntet ihr es sagen; uns aber nicht?"

Auch die übrigen Geschwister lauschten nun gespannt.

„Ich hab's doch schon gesagt. Es ist besser für euch, wenn ihr es nicht erfahrt. Ist nur zu eurem Schutz", sagte Aris.

„Zu unserem Schutz… aha. Vertraust du uns etwa nicht", sagte Ramos ernst.

„Ich würde dir mein verdammtes Leben anvertrauen." Er schaute auch die Übrigen der Reihe nach an. „Jedem von euch, das wisst ihr. Hier geht es um etwas anderes. Wir stecken da in einer heiklen Sache drin. Da sind ein paar Kerle hinter uns her. Ich denke, hier sind wir sicher, aber ich will einfach kein Risiko eingehen."

„Ihr habt Angst vor irgendwelchen Kerlen?", sagte Ramos, das *ihr* dabei besonders betont. Seine Miene zeigte deutlich, für wie glaubhaft er Gesagtes hielt.

„Sind ein paar üble Gesellen darunter, glaub mir." *Vor allem einer*, dachte Aris bei sich.

„Hat sicher mit der Kleinen zu tun", sagte Cara wissend. Gerade aus ihrem Mund mutete das *Kleine* seltsam an. „Von woher habt ihr die geraubt?", fragte sie weiter. „Gehört sie jetzt zu dir, oder was?"

Aris rieb sich mit Zeigefinger und Daumen über die Augenbrauen; er begann genervt zu werden.

„Die Kleine ist nicht geraubt. Und sie gehört auch nicht zu mir. Im Gegenteil. Wir haben sie gerettet, wenn ihr es genau wissen wollt. Wir wollen ihr nur helfen, zu ihrer Familie zurückzukehren, nichts weiter."

Einen Moment lang schwiegen alle, ließen sich Gehörtes durch den Kopf gehen. Dann sagte Cara an die anderen gewandt: „Die haben das Mädel geraubt, sag ich."

„Klare Sache!", meinte Victor.

„Die Götter wissen's!", meinte auch Rania.

„Die wollen sicher ein gutes Lösegeld rausschlagen!", schlug Ramos vor.

„Ganz bestimmt", sagte Victor.

„Teufel, ja! So wie die redet und macht... die Kleine ist aus gutem Haus", überlegte Cara.

„Stimmt. Hab's auch bemerkt. Ne Händlerstochter vielleicht... oder gar adlig, potzteufel", schloss Ramos.

„Sollen wir ein Auge auf sie haben?", fragte Cara an Aris gewandt. „Nicht, dass das Vögelchen ausfliegt."

Aris Geduld war jetzt zu Ende und eben setzte er zu einer herrischen Erwiderung an, als Bortos Stimme ertönte: „Genug jetzt!" Bortos schaute finster seine Geschwister an. „Ihr haltet jetzt alle schön euer Maul. Es hat schon seinen Grund, warum wir euch nicht alles sagen, kapiert? Und jetzt will ich nichts mehr davon hören! Und was das Mädchen angeht; ihr lasst sie ebenfalls in Ruhe. Ihr passt höchstens auf sie auf, dass ihr nichts passiert! Ich mein's ernst, kein Wort will ich mehr dazu hören!"

Es geschah selten, dass Bortos harsch wurde, dass es desto mehr Wirkung zeigte. Keiner wagte ein Widerwort.

„Mädchen kommt!", rief kurz darauf Mama vom Zelt her. „Die Schwester ist da. Kommt rein."

Cara und Rania erhoben sich.

„Lässt Mama immer noch die Schwestern für euch singen?", fragte Bortos.

„Ja, einmal die Woche mindestens. Aber es lohnt sich. Die haben eine Weiße Schwester hier, eine junge, ganz kleine. Die hat eine Stimme… und von uns ist noch keine einzige krank geworden. Dabei geht einiges rum im Lager", sagte Rania. „Merkt es euch besser und steckt eure Schwerter lieber nicht in fremde Scheiden." Sie kicherte, als sie davonlief.

Als sie gegangen waren, erhob sich auch Aris.

„Wer von euch zeigt uns, wo wir Gonzalo finden?"

Ihr Bruder hatte sich noch nicht blicken lassen und Aris wollte wissen, wie der Stand des Krieges war.

„Ich führe euch hin", meine Ramos. „Will seine Fresse nicht verpassen, wenn er euch sieht."

„Ich komme ebenfalls mit", sagte Victor.

Aris sah zu Bortos, der keine Anstalten machte, sich zu erheben.

„Geht ihr nur", sagte der große Mann. „Ich bleibe hier. Ich werde ihn schon noch ein anderes Mal sehen."

Dunkelgrün wallte die Kompaniefahne im Wind und zeigte gelegentlich die darauf prangende gekrönte Sonne, darunter stand ein Leitspruch, den Aris nicht lesen konnte. Ramos, Victor und er schritten die Zeltreihen entlang. Die einzelnen Rotten saßen um ihre Feuer herum und vertrieben sich die Zeit. Ein baldiger Abmarsch stand offenbar nicht bevor.

„Warum wollte Bortos nicht mit?", fragte Ramos. „Ist es wegen der alten Geschichte?"

Aris zuckte die Schultern, obwohl er sich sicher war, dass dies der Grund war.

„Kräht doch kein Hahn mehr danach", sagte Ramos. „Sabini ist tot. Zwei Jahre sind vorbei. Die Sache ist vergessen."

Und worüber sprechen wir dann, dachte Aris bei sich.

„War doch ohnehin nichts als heiße Luft. Der Sabini war ein komischer Vogel. Der sah schon komisch aus. Lief wie ein verdammter Gockel herum. Bortos hätte ihn selbst erledigen sollen. An seinem Gedärm hätte er aufgehangen gehört", sagte Victor und spuckte aus.

„Einen Offizier tötet man nicht so leicht", meinte Ramos. „Sonst baumelt man nämlich am nächsten Baum."

„Na und? Nach dem, was war… der hätte es verdient. Und abgehauen sind sie ja ohnehin", sagte Victor, sah zu Aris und wartete auf eine Erwiderung, die Aris unterließ.

„Glaubst du, er schämt sich?", fragte Victor weiter. Aris gefiel der Ton der Frage nicht.

Er hielt an und sah Victor durchdringend in die Augen.

„Ja, das denke ich. Aber das braucht er nicht, oder?"

Victor schüttelte den Kopf. „Nein, das braucht er nicht", sagte er. Dann liefen sie weiter.

Sie fanden Gonzalo abseits der Zeltreihen mit einer Gruppe Soldaten den Himmel beobachtend und mit Händen und Fingern auf einen Schwarm Schiffe deutend, die in einiger Ferne mit ihren Rauchschwaden sinnlose Zeichen in den Himmel malten.

„Gonza!", rief ihm Aris zu.

Gonzalo drehte sich um und seine Augen wurden groß. Er war schlank, wie Victor, mit schwarzem Haar und schwarzen Augen. Eine Trossratte, wie Aris, und obwohl sie wahrscheinlich ähnlich alt sein mussten, sah dieser um einiges jünger aus.

„Da scheißt der Teufel in den Wald! Aris!" Sie umarmten sich herzlich. Aris stöhnte kurz vor Schmerz auf.

„Ist nichts weiter", sagte er, als Gonzalo fragend schaute. „Nur ein kleiner Feuerkuss." Als Gonzalo sich löste, sah er an Aris, Ramos und Victor vorbei und fragte mit Sorge in den Augen.

„Wo ist der Dicke?" Aris musste an sich selbst denken, wie er nach Gonzalo gefragt hatte. Er lächelte.

„Geht ihm gut. Ist beim *Coras*. Wirst ihn noch früh genug sehen."

Gonzalo schaute erleichtert.

„Komm, Bruder, ich stell dir meine Kameraden vor. Das hier ist Diego, der Blonde da ist Stephan und der hässliche Kerl da; das ist Eduardo, unser Rottenmeister."

„Dann lügt deine Mutter wohl, wenn sie mich den Schönen nennt", lachte der Rottenmeister. Ein rassiger Sippaner war er, Ende Zwanzig, mit geölten Knebelbart und schwarzen Augen.

„Ha, das sagt sie nur, um dir die Münzen aus dem Beutel zu fischen", sagte Gonzalo, dann an Aris gewandt: „Also, dann erzähl mal; was machst du hier? Dienst du nicht mehr dem Reich?"

„Nein. Schon eine ganze Weile nicht mehr. Für die da drüben haben wir unsere Kugeln verschossen."

„Du warst bei den Norländern?" Gonzalo stieß einen langen Pfiff aus. „Teufel, hast für unseren Feind gekämpft. Na, dem Dicken wird's da oben gut gefallen haben, nehm ich an."

„Und jetzt, wo die Sache für den Norden schlecht steht, hat es euch hierher geführt?", fragte der Rottenmeister. Er lächelte dabei, aber Aris spürte die Verachtung hinter der Frage.

Es gab sie genug, die Fahnenwechsler und Schwurvergesser, die die Seite so oft wechselten, wie andere ihren Hut. Ein Mann, der nicht zu seinen Schwüren steht, steht auch nicht zu seinen Kameraden. Aris konnte dem Rottenmeister die Verachtung nicht verdenken.

„Ich habe noch nie eine Fahne ohne Grund verlassen", sagte er. „Unser Hauptmann war ein ziemlicher Hundsfott. Hat mir erst mit dem Seil den Rücken gestreichelt und uns danach auf eine Mission ohne Wiederkehr geschickt. Wir hatten leider keine Wahl."

„Klingt nach einem ordentlichen Schweinehund", meinte Gonzalo. „Da oben taugen die Offiziere wohl nicht."

„Solche gibt's überall, das wirst du noch lernen", sagte Aris und zog seine Pfeife. „Die haben auch gute Leute da drüben. Stell dir die Sache nicht zu leicht vor."

„Und nun? Hast vor, wieder für uns dein Gewehr zu schultern?", fragte Gonza.

„Nein. Noch nicht zumindest. Wäre nicht richtig, gegen die alten Kameraden ins Feld zu ziehen. Der Schwur ist noch zu frisch."

Eduardo hatte eine Lunte angeschlagen und bot sie nun Aris an, um sich die Peife anzuzünden. Er nickte ihm zu. Offenbar hatten ihn Aris Worte versöhnt.

„Was also dann? Bleibst du bei Mama? Das wäre toll. Ich hab dich vermisst, Bruder. Euch beide." Gonzalo freute sich so ehrlich, dass es Aris berührte. Und seine Frage stieß etwas an, das Aris schon seit ihrem Eintreffen beschäftigte. Ja, was hatte er eigentlich vor? Er kannte die Antwort. Nur wollte er sie sich noch nicht recht zugestehen. Er fühlte sich Kathryn verpflichtet. Sie hatten inzwischen einiges zusammen durchgemacht. Hatten manche üble Gefahr überstanden, zusammen gekämpft, dem Tod gemeinsam ins Auge geblickt; so etwas verbindet. Und er mochte sie. Vielleicht ein wenig zu sehr. Es war, als gehöre sie bereits irgendwie zu ihnen. Und gleichzeitig wusste er, dass es nicht so war. Nie so sein würde. Königliches Blut floss durch ihre Adern und sie war dazu bestimmt, in Schlössern zu wohnen, von silbernen Tellern zu speisen und von Links bedient zu werden, und irgendwann so einen verdammten Kaminhocker von Adligen zu heiraten. Es war ihr Schicksal. Und seines? Der Hurensohn, die Trossratte, der gemeine Söldner… sein Schicksal bestand darin, so viele Huren zu vögeln, wie er konnte, um irgendwann einen schönen Tod in einer Schlacht zu finden. Was durfte er sich schon mehr vom Leben erhoffen?

Nein, seit dem Moment, in dem er Mama und die Anderen gesehen hatte, war ihm klar gewesen; er wollte nicht noch einmal weg. Hier war sein verdammtes Zuhause, was immer das bedeutete. Im Feld, bei seiner Familie. Nur; was würde dann aus Kathryn werden?

„Wir werden sehen“, sagte er unbestimmt. „Und jetzt, Gonza, erstatte mir mal Rapport. Wie ist die Lage? Der alte Antonio scheint halb Sippan an die Front beordert zu haben.“

„Ha, und was du siehst, ist gerade mal die Hälfte davon“, sagte Gonzalo. „Wir stehen mit bald zwanzigtausend noch vor Southgate. Erst vor zwei Tagen sind wir mit dem Rest hierher gekommen.“

„Teufel, über dreißigtausend Mann… Und weshalb habt ihr euch wieder aufgeteilt?“

„Na, uns Gemeinen weihen die edlen Herren doch nicht in ihre Pläne ein“, sagte Gonzalo und zwinkerte. „Aber wer nicht ganz blöd ist, kann sich schon seinen Reim drauf machen. Hast von Voder gehört?“ Aris nickte.

„Nur, dass sie die Brücke gesprengt hätten.“

„Allerdings! Da wollten wir rüber. Wir hatten die Stadt diesseits des Flusses belagert und wollten sie einnehmen. Da kam der verfluchte Bär anmarschiert, mit gerade mal ein paar Tausend, und ist durch unsere Linien gebrochen. Kaum waren sie hinter der Stadtmauer, sind sie über die Brücke, und dann hat's auch schon geknallt. Teufel, das war ein Donnerwetter, sag ich dir! Und seitdem versuchen wir, anderweitig über den verdammten Fluss zu kommen, was leichter gesagt als getan ist. Haben es ein paar Mal versucht. Drüben bei Nocien zweimal und später keine dreißig Meilen vor Southgate. Aber die Hundesöhne haben uns vom Himmel aus zugedeckt, und der Bär hat mit den Seinen die Ufer verteidigt. Hat einige von uns erwischt. Aber die Sache sieht dennoch gut für uns aus. Haben einiges an Schiffen verloren, die Norländer. Am Himmel weht bald unsere Fahne und der Rest von ihrem Fußvolk sitzt immer noch im Westen fest. Es heißt, der Bär hat keine fünftausend mehr unter sich. Ich sage dir, wir müssen nur auf die andere Seite, dann kann der Spaß losgehen. Dann wird richtig Beute gemacht.“

Er machte große Augen. „Lidium!“

„Wirklich?“, zweifelte Aris. „Ist 'ne verdammt große Stadt, Gonza. Die bekommt ihr nicht ausgehungert. Die Hure muss im Sturm genommen werden.“

„Die haben keine zehntausend zur Verteidigung da. Wenn wir erstmal drüben sind… die Stadt ist viel zu groß, um sie überall dicht zu halten. Und wir sind ihnen drei zu eins überlegen. Das schafft auch kein Bär zu verteidigen. Eduardo hat's von unserem Hauptmann selbst. Spinola will die Stadt um jeden Preis." Er grinste Aris gierig ins Antlitz und rieb sich die Hände. „Lidium, Bruder. Was meinst du, was da für Beute auf uns wartet? Die Männer sind heiß wie Kesselkohle. Wir schaffen das, du wirst sehen!"

„Und wie kommt ihr rüber?", fragte Aris.

„Siehst du die Schiffe da?" Gonzalo deutete auf die Schiffe, die sie zuvor beobachtet hatten.

„Sind keine Kampfschiffe. Sind alles schwere Transporter und Handelsschiffe. Werden immer mehr. Seit gestern kommen sie von Süden hergeflogen. Ich sag, die sind da, um uns hier über den Fluss zu setzen. Und aus Bolms haben wir alle Boote beschlagnahmt, die sie dort hatten. Der Bär muss bei Lidium bleiben, um die Unseren aufzuhalten, aber er hat nicht genug Männer, um auch noch hier die Ufer zu sichern. Spinola wird nur auf den richtigen Augenblick warten."

„Und wann soll der sein?"

Gonzalo zuckte zur Antwort nur mit den Schultern.

Lidium einnehmen… Aris hatte den sicheren Verdacht, dass Kathryn diese Nachricht nicht gefallen würde. Wohin sollte sie, wenn die Stadt eingenommen würde?

„Also, wirst du dir die Sache auf unserer Seite mit ansehen?", fragte Gonzalo darauf.

„Nun, ein paar Tage werden wir auf jeden Fall noch bleiben. Vielleicht hat der Spaß bis dahin ja bereits begonnen."

~ 26. Kapitel ~

Duke

Der Duke stand auf einem der südlichen Wachtürme und lehnte den Arm auf eine der Zinnen. Die Tumber floss unter ihm dahin, denn die Außenwand des Turms entstieg dem Fluss, und kleine Wellen brandeten gegen dessen Sockel und gaben zusammen mit dem an Fels und Mauer wachsenden Moos ein harmonisches Bild ab. Aber der Duke hatte keine Augen dafür. Dem Himmel galt sein ganzes Augenmerk. Ein Fernrohr befand sich in seiner Hand, doch benutzte er es gerade nicht, denn auch so war alles gut zu erkennen. Voll von Schiffen war der Himmel. Braun und schwarz ihre Rümpfe, bunt und farbenprächtig wehten Banner an ihren Seiten, und von der Sonne beschienen blitzten gelegentlich kupfern und messingfarben die Kessel auf. Lange Schweife aus Rauch zogen sie hinter sich her. Niemals in der Geschichte dürften mehr Schiffe über Lidium geschwebt sein. Hundert kleine norländische Fregatten, mit ihren typischen spitz auslaufenden Hecks und den beiden Seitensegeln. Dazwischen die großen Kriegsschiffe, die größten, die Norland aufzubieten hatte, mit gepanzerten Kesseln, Heck- und Seitenrotoren und mächtigen Bugkanonen. Er erkannte die *Skyshard* unter Captain Richard, die *Northstar* unter Captain Dawkins, die *Blue Hope* unter Captain Bensington und die *Triumph* unter Lord Foster Lionar. Eine prächtige Flotte! Aber die des Feindes stand ihr in nichts nach. Die riesigen Kampfschiffe der Sippaner, manche fast doppelt so groß wie das größte norländische Schiff, mit über einem Dutzend Kanonen je, derweil eine norländische Fregatte üblicherweise drei, höchstens fünf besaß. Die Fahne Sippans wehte von den Bugen, das sippanische Kreuz auf weißem Grund. Wie hatte es nur so weit kommen können?

Er sah hinüber zur Conquerors Bridge. Voller Menschen war sie, genau wie der Festungswall und die Uferpromenade, und sie alle deuteten hinauf in den Himmel. Und auch wenn er ihre Gesichter nicht erkennen konnte, zweifelte er nicht, dass sie sorgenvoll waren. Sein Blick glitt zurück zum Himmel. Rauchwolken pufften plötzlich auf, der Donner der Kanonen folgte mit Abstand. Zwei der sippanischen Kampfschiffe hatten sich zu weit nach vorne gewagt. Sippanische Spatzen umflogen sie, kleine Beiboote mit je einer Kanone. Acht norländische Fregatten stellten sich ihnen, gedeckt von der Skyshard. Der Duke zog das Fernrohr aus und spähte hindurch. Entweder wollten die Sippaner die Kampfbereitschaft ihres Gegners austesten, oder es handelte sich um das waghalsige Manöver eines ehrgeizigen Kapitäns, denn zu einer größeren Luftschlacht würde es ohnehin nicht kommen. Zu groß waren beide Flotten und keiner würde es wagen, lange über feindlichem Boden zu kämpfen.

Über den Wassern der Tumber begann das Scharmützel ernst zu werden. Die beiden großen Sippaner stellten sich quer und feuerten aus ihren überlegenen Kanonen. Die Nordischen schluckten das Feuer und steuerten unter vollem Dampf, um den Feind in die Zange zu nehmen. Der Duke war kein Luftfahrer und im Krieg hatte er nie auf einem Schiff gedient, doch seit jeher hatte der Luftkampf eine Faszination in ihm ausgelöst, genau wie die Luftfahrt selbst, und er verstand genug davon, um die Lage einschätzen zu können. Die Sippaner spielten gefährlich.

„Da finde ich Euch endlich!“, ertönte eine tiefe, männliche Stimme hinter ihm. „Schon den halben Tag suche ich nach Euch.“

Der Mann, der auf den Duke zukam, war grauhaarig und alt, sein Antlitz verwittert, seine Züge hart und seine Haltung militärisch. Ein langer Schnauz- und Backenbart zierte sein Gesicht und nur das Kinn war haarlos belassen. Er blickte ernst und erst, als er beim Duke angekommen war, erhellte ein Lächeln sein Gesicht, das der Duke erwiderte.

„General! Schön, Euch zu sehen. Und gut, dass Ihr da seid.“

General Silvergroove legte ihm die Hand auf die Schulter. Er war ein Mann, der die Körperlichkeit suchte, der einem in Backe und Schulter kniff und den Arm vertraulich um einen legte. Der Duke mochte solche Art Berührung nicht, den Mann aber mochte er sehr wohl.

„Auch gut, Euch zu sehen, Grif.“ Nur der General nannte ihn so.

Auf der Langen Flur war es gewesen, bei Breaktown. Ein blutiger Tag und ein regnerischer, und obwohl es wie aus Eimern gegossen hatte, vermochte der Regen am Ende des Tages nicht alles Blut hinfortzuspülen. Francis war Leutnant gewesen in der weiß-blauen Kompanie unter seinem Hauptmann, Sir Michael Duff, einem harten Landadligen aus der Gegend um Worstenshire. Auf den vordersten Posten waren sie abkommandiert worden, keine zwanzig Langen Meilen von Breakdown entfernt, auf dem Teil der Langen Flur, zwischen Breakdown und Estceter, den sie die Kleine Flur nennen. Ihre Schiffe hatten gemeldet, dass die Flur frei sei und der Feind sich ganz nach Estcester verlagert hätte und von Breakdown aus hatte man den Abmarsch für die folgenden Tage vorbereitet. Doch im Schutz des grauen Regens waren sie gekommen. Turtesische Pukreiter. Wilde Männer auf flinken, gehörnten Reittieren. Aus den barbarischen Ländern des Ostens entstammend, aus der Roten Steppe oder dem Land der Turturen, mit gespaltenen Fellmützen, geschmückt mit Paganierfedern und Tarkknochen und mit langen, gebogenen Säbeln bewaffnet. Manche führten sogar noch Pfeil und Bogen als Waffe, die meisten aber kurze Karabiner, die sie reitend landen konnten, und beides schossen sie von ihren Reittieren aus ab. Bald fünfhundert von ihnen mögen es gewesen sein; brachen über ihre kleine Kompanie herein wie ein tödlicher Nispenschwarm. Den Hauptmann hatte es als einen der ersten erwischt und etliche sollten ihm folgen. Francis hatte seine Männer in Formation gehalten, gegen die immer wieder heranpreschenden Reiter, hatte Befehle gebrüllt, bis seine Kehle rau und heiser gewesen war. Und als die Verstärkung endlich eintraf, lagen doppelt so viele Turtesen tot auf der Flur, wie ihresgleichen.

Am selben Abend noch war er schwitzend und blutbespritzt vor seinen General getreten und hatte Bericht erstattet. Ernst war Silvergroove seinen Worten gefolgt, hatte dann die Hand auf Francis Schulter gelegt und gefragt; von welcher Herkunft er sei. Nachdem

Francis es ihm erklärt hatte, sagte der General: „Dann seid Ihr ein Griffin?"

Zu jener Zeit hatte sein Vater ihn aber noch nicht anerkannt, weshalb Francis geantwortet hatte: „Ein halber vielleicht." Darauf hatte der General aufgelacht und gesagt: „So will ich Euch fortan *Grif* nennen!"

Der alte Mann besah sich den Himmel.

„Wie ist der Stand? Wie schlagen sich die unseren?", fragte er und meinte dabei das kleine Scharmützel, das im Gange war.

„Die Sippaner haben den Wind im Rücken und unsere stehen in Überluft. Was immer die Südländer da treiben, ziehen sie sich nicht gleich zurück, regnet es Holz."

Der alte Mann nickte.

„Dann erteilen wir ihnen hoffentlich eine kleine Lehre." Der General schirmte seine Augen ab, um dem Spektakel besser folgen zu können, bald darauf gab er auf. „Die verdammten Augen wollen nicht mehr so, wie ich es will. Meine *Beatrix* ist auch da oben. Mein Neffe führt das Kommando. Seht Ihr sie, Grif?"

„Ja!", sagte der Duke. „Sie ist aber nicht am Kampf beteiligt. Steht Nord, Nord-Ost. Meine Atraxis ist ebenfalls oben. Styles deckt den Westen im Geschwader von Dawkins."

„Der alte Styles! Ich hatte vergessen, dass Ihr ihn beschäftigt. Ein guter Mann. Ein guter Soldat." Der General schaute in die Ferne auf die feindliche Flotte, die weit verstreut über dem entgegengesetzten Ufer schwebte. „Verflucht sei der böse Gott. Der verdammte Antonio will es tatsächlich wissen."

„Mit seinen Schiffen wird er nicht durchbrechen können. Unsere Flotte ist mindestens ebenso stark. Vielleicht sogar stärker."

Der General sah zu dem Schwarm über Lidium.

„Götter, sowas hat man in der Tat noch nicht gesehen. Die größte Flotte, die ich je unter Norlands Fahne habe fliegen sehen, obwohl die Hälfte davon sonst wahrscheinlich unter schwarzer Flagge fliegt." Er lachte.

„Ja, Skyhawk ist darunter, Mighty Roger, und auch Mondbub, von dem man zuletzt viel hört. Sie verstehen sich auf den Luftkampf, das steht außer Frage. Wir werden sehen, was ihr Wort wert ist.“

„Nur ein Narr würde dem Wort eines Piraten vertrauen. Aber unsere Interessen sind hier die

gleichen. Sippan würde jeden einzelnen von ihnen aufknüpfen, sollten sie je das Sagen haben. Die Piraten haben also allen Grund zur Treue. Außerdem hassen sie Sippan mit Inbrunst. Wisst Ihr, wie man unter ihnen sagt? Der Himmel dem Norden! Und die Hölle den Sippanern! Ha, das ist doch was.“ Er klopfte dem Duke auf den Rücken und lachte. „Aber wem erzähle ich das? Die Tauben pfeifen von den Dächern, dass es Eure Idee war, sie herzuholen. Ich bin froh, dass das zivile Leben Eurem Verstand nichts hat anhaben können. Ohne die Piraten wären die Sippaner schon längst diesseits des Flusses.“ Dann wurde er ernst. „Ein Krieg wird allerdings immer noch auf dem Boden entschieden. Habt Ihr die Sache mit Barbon gehört?“, fragte der General.

Der Duke nickte und sagte: „Ein Nichtangriffspakt. Fünf ganze Jahre. Marcellus Riaux saß an meines Bruders Tafel, der verfluchte Hurensohn, hat mit uns Brot gebrochen und gefeiert, und kein Wort ist über seine verdammten Lippen gekommen. Dabei mussten die Verhandlungen längst im Gange gewesen sein.“

„Jetzt kann sich Sippan ganz auf uns konzentrieren.“ Der General winkte seinem Leiblink, der dem General eine Pfeife reichte, deren Kopf groß wie eine Faust war. Der Link entzündete sie und der General steckte sie in den Mundwinkel. Sappa war sein Name, erinnerte sich der Duke, ein Link, so alt wie sein Herr, dessen gescheckte Haare von grauen Strähnen durchzogen waren. Der General nahm ihn überallhin mit und schätzte ihn sehr und nicht selten fragte Silvergroove den Link sogar nach seiner Meinung. Es war eines der Dinge unter Adligen, an die sich der Duke nie wirklich hatte gewöhnen können; Links. Vielleicht weil er aufgewachsen war, ohne dass ihn ein Link gekleidet und gewaschen hatte, wie bei den Nachkommen des hohen Standes üblich. Längst erwachsen war er gewesen, als er bei Hofe einzog und Links ihn bedienten, und ein gestandener Mann, als er sich seinen Vaggan gekauft hatte. Sie waren praktisch, wer sollte es leugnen, doch der Duke vertraute diesen kleinen Wesen nicht. So ähnlich waren sie dem Menschen, mit ihren dünnen Armen und Beinen, wie schlanke Kinder sahen sie aus, die zu schnell gealtert waren, dazu die großen, bernsteinfarbenen Augen. Ja, sie waren ähnlich, aber niemals gleich, und einen Frederick würde er als Diener immer vorziehen.

Er zog seine eigene Pfeife aus seiner Innentasche und schlug sie an, dann sprach er: „Ich hätte niemals gedacht, dass Antonio es wagt, einen solchen Aufmarsch zu veranstalten ohne die Unterstützung des Reichs im Rücken. So viel Schneid hätte ich ihm gar nicht zugetraut."

„Er hält uns für schwach", meinte Silvergroove. „Und ganz falsch liegt er damit nicht. Die Befehle kommen spät und zeugen von keiner Entschlusskraft. Ich war mit meinem Regiment schon auf halbem Weg hierher, als der Befehl zum Abmarsch endlich kam. Hätte ich gewartet, wären in Lidium jetzt dreitausend Mann weniger zur Verteidigung da. Unsere Truppen sind wirr verteilt, ohne jeden Verstand oder Strategie. Der Norden steht blank wie der Arsch eines Seebüffels. Und hier lauert der Feind mit dreißigtausend Mann vor unseren Toren. Niemals hätte man ihn so dicht an Lidium kommen lassen dürfen."

Ein lautes Krachen ließ beide nach oben blicken. Das eine sippanische Kampfschiff hatte sich in die Zange nehmen lassen, während sein Kompagnon gegen den Wind zurückzusetzen versuchte. Sie standen schwer unter Feuer und die ersten Schiffsteile flogen in die Tumber.

„Hat es zu regnen begonnen?", fragte der General mit zusammengekniffenen Augen.

„Ja! Und das ist erst der Anfang", sagte der Duke. Dann, das Thema wieder aufgreifend: „Ich hatte meinen Bruder gewarnt, das Inland derart ungeschützt zu lassen. Aber da hörte er schon lange nicht mehr auf mich."

„Und der neue König? Hört der auf Euch?", fragte Silvergroove.
Der Duke schüttelte den Kopf.
„Ich fürchte nicht. Die Ohrenbläser sind schon zu lange am Werk. Townsend und Branaged gehört des Königs Ohr."
„Morgen ist großer Kriegsrat. Und ich will, dass Ihr mich begleitet", sagte der General.
„Weshalb? Mein Wort wird dort kein Gewicht haben. Townsend hasst mich, und Branaged… vielleicht noch mehr, auch wenn er nicht das Rückgrat hat, es offen zu zeigen."
„Gerade deshalb! Es muss sich etwas ändern. Wir sind im Krieg, Grif. Ein Krieg, der bald auf unserem Boden geschlagen wird. Da braucht es keine Kaminhocker und Ohrenbläser. Da braucht es Soldaten. Männer, die Blei geschluckt haben, Männer, die Persund erlebt haben. Euer Platz sollte im Rat sein!"
Die Worte des Generals ehrten den Duke, gleichzeitig versetzten sie ihm auch einen Stich. Es hatte durchaus seinen Grund, weshalb er nicht im Rat saß, und der war nicht allein seinen Gegnern geschuldet. Der Duke hatte sich schlechterdings nicht darum bemüht. Nach seines Bruders Tod hätte er seine Position bei Hofe verbessern können, dessen war er sich wohl bewusst. Er hätte bei dem Jungen vorsprechen können, ihm eine Hilfe, vielleicht sogar ein Onkel sein. Der Junge hatte sich bestimmt nach jemandem, der ihm Familie sein könnte, gesehnt. Doch der Duke hatte seine eigenen Pläne und die einzige Rolle, die dieses Kind darin spielte, war, zu sterben. Er überlegte, wie der General wohl reagieren würde, wenn er von seinen wahren Plänen erführe.
„Wie viele Männer haben wir im Ganzen?", fragte der Duke.
„In Lidium? Mein Regiment, dazu die beiden Regimenter unter Butterbear, dazu die zwei Kompanien von Stryker und Alabridge, dann die fünfhundert der Stadtwache und die Garde. Keine zehntausend. Schafft es Spinola über die Tumber und nimmt die Stadt unter Feuer, dann mögen uns die Götter helfen, denn ich sehe nicht, wie wir die Stadt halten sollen."
Zu sehr war er in letzter Zeit mit seinen eigenen Problemen beschäftigt gewesen, zu sehr mit seinen Plänen. Er wollte König

werden, das stand außer Frage, aber dazu brauchte es auch ein Königreich.

Ein Knall ertönte, lauter als der Donner der abgeschossenen Kanonen, deren unrythmische Melodie ihr ganzes Gespräch begleitet hatte. Jubel erklang von den Wehrgängen und der Conquerors Bridge her. Diesmal zog der Duke sein Fernrohr aus und sah hinein. Der Kessel des einen sippanischen Kampfschiffs war geplatzt. Feuer und Rauch entströmten und das Schiff verlor rasch an Höhe.

„Ha! Es lebe Norland!", rief der General. „Um das zu sehen, reichen meine Augen noch. Hoffen wir, dass es ein gutes Omen für unsere Sache ist."

„Es lebe Norland!", sagte auch der Duke.

Sein Herz pochte. *Es lebe Norland!* Ja, er durfte nicht vergessen, weswegen er das alles tat.

„Ich werde Euch zum Rat begleiten", sagte der Duke und der General klopfte ihm freundschaftlich auf den Rücken.

~ 27. Kapitel ~

Kathryn und Aris

Kathryn wischte sich mit dem Arm den Schweiß von der Stirn. Heiß und schwül war es im Zelt und nicht allein dem strahlenden Frühsommertag war es geschuldet. Die Horde feiernder Soldaten, die Reihe um Reihe der Bänke besetzten, lachten und sich laut zuprosteten, tat das ihre dazu.

„Zwei Dinge sind es, die die Kerle herlocken; das Saufen und das Teil, was unsereins zwischen ihren Beinen hat, aber dein Fötzchen wirst du wohl kaum in meine Dienste stellen wollen, drum stellen wir dich erstmal hinter den Tresen“, hatte Cora Kathryn zu Beginn gesagt.

Es war Kathryns Idee gewesen, sich nützlich zu machen und im Coras auszuhelfen, damit sie nicht weiter auffalle, und so stand sie nun hinter dem Tresen, schenkte Bier in Krüge und füllte Wein in tönerne Karaffen und beobachtete dabei das laute Treiben.

Die kleine Ilsa half ihr dabei. Sie hatte ihr gezeigt, wie man die Bestellungen auf einer Tafel notierte, damit nichts verloren ging, wie man den Wein einfüllte, wo man den Hahn in ein Bierfass einschlug und wie man das Bier richtig zapfte.

„Du musst den Krug schräg halten, siehst du? Und den Hahn nicht zu schnell aufmachen. Mama sagt; bei zu viel Schaum schimpft das Pack und bei zu wenig auch.“ Ihre Stimme war hoch und kindlich und aus ihren Augen erlas Kathryn eine stete Angst, ohne dass sie dafür einen Grund erkennen konnte. Sie erinnerte Kathryn mehr an eine Link, als an einen Menschen.

Auf runde, hölzerne Tabletts platzierten sie die vollen Krüge und Karaffen, die dann von den Mädchen, wie Cora sie nannte, zu den Tischen gebracht wurden, und die mit leeren wieder zurückkamen, welche dann in einem Zuber gespült und erneut gefüllt wurden.

Am anderen Ende des Tresens stand der einbeinige Thomas und verkaufte Rauchkraut und Rauchstangen, belegte Brote und

Eingelegtes, gab Karten und Würfel aus, und auch andere Dinge, je nachdem, was gerade vorhanden war. Ein großer Mann war er, mit eindrucksvollem, schartigem Gesicht, breiten Schultern und kräftigen Armen. Sein Bein hatte ihm eine Kanonenkugel abgerissen, wie er Kathryn fröhlich erzählt hatte, gleich, als er ihr vorgestellt wurde und ihr Blick auf den dicken Stumpf gefallen war. Ohne jeden Kummer hatte er gesprochen. Er arbeitete schon viele Jahre unter Cora und ihre Kinder behandelten ihn fast wie einen der ihren. Als er Aris und Bortos erblickt hatte, waren sie sich freudig um den Hals gefallen. Er besaß eine Krücke, auf der eine halbmondförmige Stütze angebracht war, die er sich unter die Achsel klemmte und mit welcher er sich behände hinter dem Tresen hin und her bewegte.

Die Mädchen mussten bedienen. Über ein Dutzend von ihnen arbeiteten im Coras, in lange, bunte Kleider gekleidet, mit tiefen Ausschnitten und aufgeplusterten Ärmeln. Um die Oberarme hatten die meisten gelbe Bändchen gebunden, die den Männern anzeigten, dass diese für mehr als nur den Durst zuständig waren.

Kathryn hatte vorgeschlagen, ebenfalls zu bedienen, ohne gelbes Bändel allerdings, worauf Cora sie jedoch mit kritischem Blick gemustert hatte und gesagt: „Das ist richtige Arbeit, mein Kind. Du musst laufen und schleppen und rechnen noch dazu. Ist hier nicht so, wie da, wo du herkommst. Außerdem wirst du es kaum gewohnt sein, dass dir die Kerle unter den Rock fassen. Da hast du gerne mal einen Finger dort stecken, wo die Sonne niemals hinscheint. Das machen die nämlich mit oder ohne Bändel. Bleib erstmal am Tresen, dann sehen wir, ob die Sache hier überhaupt etwas für dich ist.“ Ein wenig abfällig war der Tonfall gewesen und Kathryn verstand sehr wohl, was Cora eigentlich hatte sagen wollen, und es war Aris Stimme, die in ihrem Kopf erklang: *Diese Arbeit ist nichts für ein Schlosspüppchen wie dich.* Und vielleicht war es einstmals tatsächlich so gewesen, inzwischen aber war sie durch Wälder und die Ewige Marsch gezogen, war einer Hexe begegnet und vor Soldaten geflohen, hatte gejagt und gesammelt, Feuer gemacht und gekocht, hatte in finsteren Nächten unter freiem

Himmel geschlafen und mehr als einmal um ihr Leben gekämpft. Ein wenig Arbeit konnte sie nicht schrecken, ganz gleich, was Cora von ihr dachte.

Ein buntes Kleid hatte sie dennoch angezogen bekommen und nach der langen Zeit in Hemd und Hose brauchte sie ein wenig, sich wieder daran zu gewöhnen.

Auch Musik wurde im Zelt gespielt. Der alte Toni, ein alter, zahnloser Knecht in Coras Diensten, spielte sippanische Fidel, und zwei von Coras Mädchen konnten Laute blasen, und die große Maira und Isabella sangen dazu manches zünftige Lied. Und bei manchen Textstellen begann das ganze Zelt, lauthals zu grölen.

Noch weitere Marketenderzelte gab es im Lager, in denen sich die Soldaten vergnügten, doch wie Thomas meinte, sei keines auch nur annähernd so groß wie das *Coras*. Und in keinem gehe es so fröhlich zu. Kathryn sah keinen Grund, daran zu zweifeln, denn fröhlich ging es wahrlich zu. Es wurde gesoffen und geraucht, geflucht und gewürfelt, gestritten und gelacht, und im Bumszelt und den Nebenzelten Dinge getrieben, die Kathryn lieber nicht sehen wollte. Alles war voller Lärm und Leben. Und über allem herrschte Cora.

Sie schritt zwischen den Reihen der Betrunkenen umher, harten Männern mit grimmigen Gesichtern und dunklen Knebelbärten, als seien es unartige Jungen und sie ihre Gouvernante. Hier wies sie einen zurecht, weil er ein Mädchen zu sehr bedrängte, dort einen, weil er eine Schlägerei anfangen wollte, und wieder einen, weil er unter einen Tisch gekotzt hatte. Und wenn die gescholtenen Männer unter ihrem strengen Blick reuig Abbitte leisteten, kam sie Kathryn wie eine Königin vor.

Ein Mann in feiner Kleidung und prächtig gefiedertem Hut betrat das *Coras* zusammen mit vier weiteren Kerlen, die augenscheinlich adlig waren, mit ihren rüschigen Hemden und Pluderhosen aus feinem Stoff. Er schritt auf Cora zu und breitete freundschaftlich die Arme aus. Er grüßte mit Umarmung und Backenkuss.

„Mylord! Man hat Euch hier vermisst. Ihr wart lange fort", sagte Cora lächelnd.

„Ich hoffe, du warst es, die mich vermisst hat." Cora lachte kokett und hakte sich bei ihm ein.

„Fürwahr, Mylord, das habe ich. Ich hoffe doch, Ihr beraubt mich nie wieder so lange Eurer Gesellschaft."

„Wer ist das?", fragte Kathryn flüsternd die kleine Ilsa.

„Das ist Emilio de Valdecosta, ein Obrist. Und ein Kunde Mamas. Mama arbeitet nicht mehr viel, weißt du, aber für besondere Kunden nimmt sie sich noch Zeit. Dann geht sie mit ihnen nach hinten, wie die anderen Mädchen, und sie unterhalten sich."

Kathryn fragte sich, ob die Kleine wirklich nicht wusste, was hinter den Vorhängen des Bumszeltes geschah. Aus ihren Augen jedenfalls las sie nur Ehrlichkeit.

„Ich gehe schnell den guten Wein holen. Der Obrist bekommt immer den guten", sagte Ilsa und verschwand in Richtung des Lagerwagens.

Cora führte die Gäste in ein kleineres Nebenzelt, das mit dem Hauptzelt verbunden und durch einen Vorhang aus Stoffstreifen getrennt war. Schwere, gut verarbeitete Tische standen dort, und klapprigen Bänken statt gab es bequeme, gepolsterte Stühle. Es dauerte nicht lange, da kam sie zurück und an den Tresen.

„Wo ist Ilsa? Wir brauchen den guten Wein!", sagte Cora, worauf ihr Kathryn erklärte, dass sie ihn bereits hole.

„Ah, gutes Mädchen." Cora lehnte sich an den Tresen und beobachtete Kathryn beim Bierzapfen. Elena kam, stellte ein Tablett mit leeren Bierbechern ab und stemmte das volle, das Kathryn eben angerichtet hatte.

„Danke", sagte sie und suchte Kathryns Blick. Seit ihrem Bad tat sie es, suchte den Augenkontakt und lächelte Kathryn an, wann immer sie sich sahen. Kathryn spürte, dass sie etwas von ihr erwartete und dass sie verwundert und irritiert war über Kathryns abweisendes Verhalten, doch die Scham brannte noch in Kathryn und auch jetzt ließ ihr Schamgefühl sie sogleich wieder wegschauen, kaum dass sich ihre Blicke gekreuzt hatten. Sie sah Elena nach, wie sie das schwere Tablett zwischen den Tischen hindurch balancierte. Gelbe Bändchen baumelten an ihren Oberarmen.

„Wird Ilsa auch… in das Geschäft einsteigen?“, fragte Kathryn Cora. Sie konnte das kleine, scheue Mädchen beim besten Willen nicht mit jenen Männern turteln sehen.

Thomas hatte Cora eben eine dünne, schwarze Rauchstange gegeben, an der sie gerade sog, um gleich darauf eine Fontäne dichten Rauches auszublasen. Sie musterte Kathryn durch den Rauch hindurch.

„Nein. Nein, ich denke nicht“, sagte Cora dann. „Manche sind dazu gemacht, andere nicht. Sie haben der Kleinen übel mitgespielt, bevor sie hierherkam. Sie redet nicht darüber. Aber man merkt es. Mit Männern redet sie gar nicht. Gonzalo ist der einzige unter den Jungs, der ihr überhaupt etwas entlocken kann. Aber sie wird ihren Platz hier schon finden. Sie ist gescheit. Das hab ich gleich gesehen. War ein Grund, weshalb ich sie behalten habe. Mit Köpfchen kannst du hier genauso nützlich sein, wie mit deinem Fötzchen.“

Kathryn machten derartige Ausdrücke betreten, weshalb sie das Thema wechselte.

„Dich scheinen hier alle zu respektieren“, stellte Kathryn fest. „Diese ganzen Männer. Wie machst du das?“

„Du meinst als Weib?“ Kathryn nickte. Cora zuckte die Schultern, dann schmunzelte sie: „Ist nicht so schwer, wie du vielleicht glaubst. Du wirst es schon noch lernen.“

„Das hoffe ich“, murmelte Kathryn. „Geht es hier eigentlich immer so zu?“, fragte sie dann. „Es ist so voll und alle sind so fröhlich. Ich habe mir ein Feldlager irgendwie ganz anders vorgestellt.“ Geordnet und diszipliniert hatte sie es sich vorgestellt. Vor allem aber viel ernsthafter.

„Oh, nein! Nicht immer, mein Kind. Was du hier siehst, das ist die gute Zeit im Feld. Die Zeiten, in denen man seinen Beutel füllen muss. Wenn der Feldzug noch jung ist und der Winter fern. Der Krieg ist frisch, genau wie das Land. Noch bringen die Fahrenden Händler reichlich Ware und man kann alles erwerben, was es braucht, genug Bier und Wein – das ist das Wichtigste –, aber auch alles andere, Stoff und Brot und Kraut. Auch mit den Städten lässt sich gut Handel treiben, denn Balrust ist ja nicht der Feind und da sind die Preise besser als bei den Fahrenden. Und die Gauner da“ – mit einer Geste deutete sie auf die Meute Soldaten – „haben noch Sold und an Beute gibt es ebenfalls genug. Da haben sie gut Feiern, die Suffköpfe. Aber es geht auch anders im Feld, das kann ich dir sagen. Wenn wir den Kerlen saures Bier und madiges Brot verkaufen müssen, dann ist's nicht mehr so fröhlich; dann wird gestritten und dann kann's auch mal gefährlich werden. Aber jetzt… wenn sie ordentlich zu saufen haben und volle Bäuche dazu, dann sind die Gauner zahm wie Zicklein.“

Nichts, was Kathryn an diesen Männern sah, erinnerte sie an zahme Zicklein.

Ilsa kam herbei mit einem kleinen Fass, und sie stöhnte ob des Gewichts, dass Kathryn schnell zu ihr ging, um zu helfen.

„Sehr gut. Jetzt schlagt es auf“, sagte Cora. „Das ist guter Wein! Aus Sippan. Der wäre was für meinen Aris. Wenn die Kerle was übrig lassen, dann bring ihm den Rest.“ wies sie Ilsa an. „So, dann her mit den Krügen. Ich bringe es zu den Offizieren.“ Bevor sie abzog, huschte erneut ein kurzer, musternder Blick über Kathryn. Sie sagte: „Du machst dich nicht schlecht. Bist nicht so, wie ich dachte. Wenn dich der Tag nicht abgeschreckt hat, und du willst, kann ich dir das Geschäft erklären.“

„Das wäre schön. Ich würde sehr gerne etwas darüber lernen“, sagte Kathryn ehrlich.

Cora nickte: „Also dann. Ab morgen nehme ich dich unter meine Fittiche. Vielleicht lernst du ja etwas, was dir von Nutzen ist. Ich wüsste zwar nicht was, aber meiner Ansicht nach ist die Welt da draußen, wie die Welt hier drinnen… nur eben anders.“

Vom Wein war in der Tat etwas übrig geblieben und Kathryn war es, die ihn in einem Krug gesammelt am Nachmittag zu Aris brachte. Sie fand Aris am Feuer, um das sich die Familienmitglieder meist einfanden, wenn einer von ihnen gerade nichts zu tun hatte. Bortos war bei ihm, dazu Cara, Hector und der kleine Tucco. Aris schenkte sich sogleich einen Becher ein und bot Kathryn auch einen an. Der Wein war gut.

„Bist du drinnen fertig?", fragte er.

„Ja, für heute. Morgen will mir Cora zeigen, wie das Geschäft funktioniert."

„Tatsächlich?", wunderte sich Aris. „Dann musst du ihr gefallen haben. Normalerweise hütet sie ihr Wissen, wie der Lindwurm seinen Schatz."

Der Kater Sorbas streunte am Feuer vorbei und schlich auf Kathryn zu. Er schmiegte sich an ihre Beine.

„Geht es deiner Schulter schon besser?", fragte Kathryn.

„Ja, ein wenig", er hob vorsichtig den in Tuch verhüllten Arm. „Schwer zu glauben, wie ich noch vor zwei Tagen ausgesehen habe. Es wird… nach und nach."

Sorbas sprang auf Kathryns Schoß und sie kraulte ihm den Kopf.

„Wie lange, denkst du, dauert es noch, bis du wieder soweit erholt bist?", fragte sie. *Erholt, um mit mir nach Lidium aufzubrechen…* fügte sie in Gedanken hinzu.

„Oh, einige Tage wird es schon noch dauern, fürchte ich. So etwas verheilt nicht von jetzt auf gleich. Ein wenig werde ich noch brauchen. Für die Reise braucht es mich in voller Kraft." Sein Gesicht zeigte Bedauern, seine Haltung Ehrlichkeit, allein seine Augen verrieten Kathryn, dass es nicht die Wahrheit war. Nicht die ganze jedenfalls. Es ging ihm besser, als er ihr zeigen wollte.

„Gibt es hier einen Schießstand?", fragte Kathryn Hector. Sie hatte immer noch die Pistole des Hexenjägers und sie fand, es war Zeit, dass sie lernte, sie richtig zu bedienen. Für das Kommende wäre es gewiss nützlich.

„Natürlich! Die Soldaten lassen dich sicher schießen, wenn du sie dort fragst. Cara geht oft schießen und sie kennt das halbe Lager." An Cara gewandt, sagte er: „Zeig's ihr doch! Kannst ihr auch ne Büchse von uns mitgeben. Nimm die alte von mir, die ist schön leicht."

Cara spuckte aus. „Wer sagt, dass ich nichts Besseres zu tun habe?"

„Hast du?", fragte sie Bortos streng.

Sie spuckte wieder aus.

„Also, dann komm halt mit."

Mit geschulterten Gewehren liefen sie durch das Lager. Kathryn musterte verstohlen ihre Gefährtin, die vor ihr herging. Sie war klein und hübsch, und aus ihrem lieblichen Mund kamen Sätze, die Kathryn die Schamesröte ins Gesicht trieben. Sie kratzte sich gerade im Schritt.

„Teufel, hatte heute so nen Kerl, dem sind die Haare von seinem Kopf zum Schwengel gewandert. Oben hatte er nix, aber da unten sah's aus wie ne Vorhangsquaste. Und seit er bei mir war, juckt's mir ums Loch, dass ich mir die Haut abziehen könnte."

„Aha", sagte Kathryn, um überhaupt etwas zu sagen. Cara hielt an und drehte sich zu Kathryn um. Der Blick, mit dem Cara sie bedachte, war voller Feindseligkeit. Schon von Beginn an hatte Kathryn ihre Abneigung gespürt, ohne zu wissen, worin diese begründet lag.

„Sowas ist der werten Dame wohl fremd, was?", sagte Cara spöttisch und musterte sie abfällig von oben nach unten. „Wirst ja schon rot, wenn man nur von spricht. Glaubst wohl, du scheißt in einer anderen Farbe?"

„Ich… ich weiß nicht", stammelte Kathryn. Caras Erwiderung war ein abfälliges Schnauben. Sie gingen weiter.

„Wie ist es so?", fragte Kathryn nach einer Weile. „So etwas zu tun?"

„Was meinst du, Mädchen? Sprich nicht in Rätseln." Von ihr als *Mädchen* bezeichnet zu werden, missfiel Kathryn, doch schluckte sie ihren Missmut hinunter.

„Das zu machen, was du tust. Deine Arbeit, meine ich."

„Als Hure?", fragte Cara herausfordernd.

„Naja… ja", sagte Kathryn.

„Was soll damit sein? Ist nix dabei. Wir sind hier im Feld, da ist jeder eine Hure."

„Wie meinst du das?", wunderte sich Kathryn.

„Na, so wie ich's sage, Mädchen. Hier sind alle Huren. Alle! Vielleicht laufen sie nicht alle mit gelben Bändchen rum, aber käuflich sind sie trotzdem. Klar, es gibt die Soldatenweiber, aber was glaubst du; waren die vorher? Alles Huren!" Sie deutete auf den Stand einer Garküche, hinter dem eine üppige Dame mit Kelle einen gewaltigen Topf umrührte. Dampf stieg daraus auf, gleich Rauch aus einem Schlot.

„Da, schau, siehst du die da beim Suppenstand? Ist die fette Cleo. Die verkauft dir ne gute, feine Suppe, mit gutem Fleisch und Suppenkraut und allem. Aber bist ein Kerl und gibst ihr drei Silberne obendrauf… dann nimmt sie dich da hinter den Vorhang mit. Und beim heiligen Jesaja, die Kerle geben Laute von sich, das hast noch nicht gehört. Wir haben keine Ahnung, was das Luder da mit denen anstellt, aber es ist den Kerlen jedenfalls mehr wert als ihre Suppe." Sie schüttelte bedauernd den Kopf, dass sie jenes Geheimnis noch nicht ergründet hatten. Gleich darauf fuhr sie fort, auf ein anderes Zelt deutend: „Und da, das ist die Feldschmiede vom Schmiede Nicolas. Siehst du seine Tochter da? Ist eine von dreien." Ein junges Mädchen war es, ein, zwei Jahre jünger als Kathryn musste es sein, mit zerlumptem Kleid, bloßen Füßen und traurigen Augen. „Für zwei Kronen dürfen die Kerle bei denen ran. Es heißt, er bedient sich selbst manchmal, der elende Hundsfott." Sie spuckte aus. „Den könnten sie mal ins Feuer schicken, der hätte es zumindest verdient." Wieder etwas Neues fiel ihr ins Auge. „Dann schau da. Neben dem Lederer. Das ist die zahnlose Magda, das dreckige Luder. Fünf Silberne verlangt die und die Kerle sind ganz wild darauf. Die macht's nur mit dem Maul. Soll was besonderes sein, so ganz ohne Zähne, aber Teufel, ich bin trotzdem froh drum, dass ich meine noch hab."

„Sie nimmt… die Dinger in den Mund?", fragte Kathryn entsetzt.

Cara runzelte die Stirn.

„Wieso? Ich mache das auch."

Kathryns Miene musste ihr Inneres verraten haben.

„Ich mach sie doch vorher sauber! Tausend Teufel, was ist denn mit dir? Aus welchem Kloster haben sie dich geraubt? Sprichst daher wie die Heilige von was weiß ich woher." Cara war angehalten und taxierte Kathryn streng. „Jetzt mal raus mit der Sprache. Willst mir doch nicht sagen, dass dich der Aris nicht gut zugeritten hat. Der wird's dir schon ordentlich besorgt haben, so wie er zu dir ist."

„Was? Nein!", rief Kathryn. So empört musste sie geklungen haben, dass Cara ihr sofort zu glauben schien. Sie runzelte die Stirn.

„Wie, nein? Dann etwa Bortos?" Caras Blick taxierte sie misstrauisch.

„Was? Wieso… nein!", stammelte Kathryn, die sich in die Ecke gedrängt fühlte.

„Bei dir zuhause kannst du mit solchen Lügen kommen, aber nicht bei mir! So wie du aussiehst? Willst mir doch nicht weismachen, dass keiner von den beiden seinen Spaß mit dir hatte? So wie die beiden dich behandeln…. die werden schon auf ihre Kosten gekommen sein!"

„Nein! Keiner hat… ist auf irgendwelche Kosten gekommen… überhaupt keiner!", stieß Kathryn endlich ärgerlich aus. Wer war dieses Mädchen, sie so anzugehen?

„Was soll das heißen? Bist 'ne verdammte Jungfer oder was?" Kathryn zögerte eine Sekunde zu lange und Caras Augen wurden riesig. Sie schien aus ihr zu lesen wie aus einem Buch, dabei war Kathryn doch diejenige mit der Gabe.

„Tausend Teufel!" Cara schlug die Hände vor den Mund. Sie kicherte hell. „Gute Götter!" Erneut wanderten ihre Augen an Kathryn herab und wieder hinauf. „Wie alt bist du?"

„Ich bin fünfzehn!", rief Kathryn, aber Cara kicherte nur.

Beleidigt drehte sich Kathryn um und lief in die Richtung, in der sich der Schießplatz befand. Kurz darauf war Cara an ihrer Seite. Sie hakte ihren Arm unter Kathryns. Kathryn warf ihr einen bösen Blick zu, den Cara mit einem süßen Lachen parierte. Alle Feindseligkeit, die Kathryn zuvor in ihr gesehen hatte, war verschwunden.

„Ne Jungfer… tausend Teufel.“ Sie lehnte ihren Kopf vertraulich an Kathryns Schulter.

„Mensch, die müssen dich ja wirklich aus einem Kloster geraubt haben…“, überlegte Cara.

Kathryn sagte nichts und schaute weiter finster geradeaus.

„Dann weißt du wahrscheinlich nicht mal, wie's geht, hab ich recht?“, fragte Cara irgendwann. Einer Antwort statt, bedachte Kathryn sie mit ihrem tödlichen Blick.

„Götter! Du taugst ja tatsächlich zur Heiligen. Dass es sowas gibt… du hast aber schon mal einen gesehen, oder?“, fragte Cara weiter. „Das Ding, meine ich, das die da unten haben.“ Kathryn enthielt sich einer Antwort.

„Du hast auch noch nie einen Schwengel gesehen!“, stieß Cara staunend aus.

„Hab ich sehr wohl!“, rief Kathryn trotzig und kurz blitzte das Bild an jenem Fluss in ihrem Geist auf. Es drängte sie zu sagen, dass es Aris *Ding* gewesen sei, das sie gesehen hatte, denn sie wusste irgendwie, das würde Cara nicht gefallen. Doch sie wollte das Gespräch nicht noch weiter verlängern. Sie löste sich grob von Caras Arm und lief ihr vorweg.

„Nun sei doch nicht gleich beleidigt“, sagte Cara, als sie wieder an ihrer Seite auftauchte und sich einfach erneut bei Kathryn einhakte. „Ich wussts ja nicht. Ich dachte… du weißt schon. Sei mir nicht böse, ja? Ich frag auch nicht mehr weiter.“

Eine ganze Weile liefen sie schweigend weiter, Kathryn den Kopf strickt nach vorn gerichtet. Sie hatten die Essensstände, Händler- und Marketenderzelte hinter sich gelassen und liefen zwischen den Zeltlagern der einzelnen Kompanien hindurch. Auf einer Anhöhe ganz am Rand des Lagers entdeckte Kathryn die Reihe runder Zielscheiben, mit ihrem roten Kreis in der Mitte. Es war nicht mehr weit.

„Also, dann sag schon“, sagte Kathryn gereizt. Cara sah sie fragend an. „Sag schon… wie es geht?“, fügte Kathryn hinzu. Irgendwann musste sie es ja erfahren, dann konnte es auch gleich hier und jetzt sein. Zudem zweifelte sie nicht, dass es der kleinen Cara weder an Wissen noch an Erfahrung mangelte. Cara begann zu kichern, unterdrückte es aber sogleich, als Kathryns Augen schmal wurden.

„Götter, du bist unschuldig wie ein weißes Tuch!“, sagte Cara kopfschüttelnd. „Also… Teufel, wie fange ich da an? Ich wollte es ja schon mal der kleinen Ilsa erklären, aber irgendwie kam es mir da nicht über die Lippen, so wie die immer schaut. Ha, ich weiß was Besseres. Da vorne ist der lange Ludwig. Der kann uns helfen.“

Sie steuerte auf einen jungen Soldaten zu, der kaum so groß wie Kathryn war und gerade dabei war, sein Gewehr mit einem Rohrstab zu reinigen. Kathryn wollte sie zurückhalten, denn keinesfalls wollte sie darüber mit einem fremden Mann reden, da rief Cara dem Soldaten schon zu: „He, Ludwig! Kannst du uns bei etwas helfen?“

„Die süße Cara! Sag mir, was ich für dich tun kann, und ich bin dein Diener.“ Die schönen, blauen Augen stachen aus dem ansonsten schlichten Gesicht heraus.

„Hol mal dein Ding raus!“, befahl ihm Cara. Kathryn fand, dass er ob des ungewöhnlichen Befehls erstaunlich unbeeindruckt wirkte. Er sah sich lediglich kurz um und meinte: „Hier? Sollen wir nicht vielleicht zwischen die Zelte gehen?“

Cara stimmte zu und sie folgten dem Soldaten zwischen einige nahegelegene Zelte, die sie vor fremden Augen verbargen. Kaum dort angekommen und den Ort für tauglich befunden, zog der lange Ludwig auch schon ohne Scheu seine Hose herunter.

„Da schau. So sieht sowas aus!“, meinte Cara.

Kathryn musterte das Teil mit nicht geringem Interesse, zumal seinem Besitzer die Musterung augenscheinlich keinerlei Unbehagen bereitete. Cara kniete sich hin und Kathryn tat es ihr gleich.

„Die sind aber nicht alle so groß, oder?“, wunderte sich Kathryn.

„Was, nein? Was meinst, woher er seinen Namen hat? Das ist ein Prachtexemplar. Wenn der groß wird, ist der lang wie ein Unterarm.“

„Die werden größer?“, fragte Kathryn.

„Aber klar. Dann richten sie sich auf. Einäugige Schlange nennt Mama sie, und wenn sie sich aufrichtet, ist sie bereit, zuzustoßen.“

„Und wie werden sie groß?“, fragte Kathryn.

„Musst dran reiben“, meinte Cara.

„Reiben?“

„Ja, schau.“ Sie griff nach dem Gemächt und begann, es auf und ab zu reiben. In der Tat wurde es bald größer und richtete sich auf. Und mit wachsender Größe begann Ludwig, stöhnende Laute von sich zu geben. „Siehst du? Jetzt steht er schon ganz ordentlich. Und schau dir an, was das für ein Prügel ist! Sowas bekommst du nicht oft zu Gesicht, das kannst du mir glauben.“

„Und das Ding kommt dann in uns rein?“ Kathryn verzog unweigerlich das Gesicht.

„Allerdings! Bei dem hier musst ein wenig vorsichtig sein. Bei kleineren geht es leichter. Sie müssen nur von unten kommen.“ Sie machte eine Geste mit ihrer Hand. „Nicht von vorne. Dann klappt das schon.“ Sie beendete ihre Tätigkeit und erhob sich. Kathryn auch. „Danke dir, Ludwig. Auf bald.“

Doch Ludwig schien mit dieser Ankündigung nicht zufrieden.

„Wie? Und jetzt lässt du mich hier mit geladenem Rohr stehen?“ Er legte seinen Arm Cara um die Hüften. „Jetzt hast du mich schon angefeuert, dann muss der Braten auch in den Ofen. Los! Deine Freundin kann zusehen, dann lernt sie’s richtig. Oder mitmachen, ist mir gleich.“ Er küsste Cara und griff ihr an den Hintern.

„Schluss jetzt!“ Wehrte sich Cara. „Bin nicht im Dienst und wir haben noch was vor!“ Sie stieß ihn von sich.

Der vormals so nett wirkende Ludwig schaute nun ernsthaft böse. Kathryn erlas die Wut aus seinen Augen. Cara musste zum selben Schluss gekommen sein, denn mit einem Mal lächelte sie anzüglich, ging auf Ludwig zu und streichelte seinen Arm.

„Komm heute Abend, mein Schatz! Dann kümmere ich mich um dich, versprochen.“ Ludwig schien noch nicht besänftigt.

„Umsonst dann aber?“ Mehr Forderung denn Frage war es.

„Umsonst?“, fuhr Cara auf. „Umsonst ist nur der Tod!“ Als Ludwig wieder grimmig schaute, seufzte sie kurz, um gleich darauf wieder anzüglich zu schauen und ebenso zu reden: „Komm vorbei, und ich mache dir einen guten Preis. Ich mache dann was Besonderes für dich, wirst sehen. Wirst es nicht bereuen." Damit gab sich der Soldat zufrieden, und als sie gingen, zwinkerte er Kathryn zu.

„Tausend Teufel!", schimpfte Cara, kaum dass sie außer Hörweite waren. „Das habe ich nun davon! Kommt der verdammte Ludwig heute zu mir. Nur weil du vom Leben nichts weißt!" Böse funkelte sie Kathryn an.

„Tut mir leid!", entschuldigte Kathryn sich. „Ist es denn schlimm, dass er kommt?"

„Ob's schlimm ist? Ob's schlimm ist, fragt sie? Hast du den Prügel nicht gesehen? Und dann, bis der mal fertig ist. Tausend Teufel! Weißt, wie der ist? Wie ein verdammter Rotkopfspecht, ist der! Tak, tak, tak!" Um es zu verdeutlichen, klopfte Cara mit dem Finger im schnellen Rhythmus gegen Kathryns Schläfe. „Genau so! Nur eine verdammte Stunde lang! Das hat man nun davon, wenn man einmal nett sein will."

Als sie vom Schießen fortgingen, schmerzen ihnen die Arme von den schweren Gewehren, die Schultern waren taub von den vielen Rückstößen und ihre Gesichter geschwärzt vom vielen Pulverdampf, dafür aber lachten ihre Münder und strahlten ihre Mienen. Caras Unmut war verflogen und sie spaßten zusammen und waren fröhlich. Die kleine Dirne schien tatsächlich das ganze Lager zu kennen, und die Soldaten hatten sie hofiert, wie sie nur konnten. Kathryn hatten sie den Umgang mit dem Gewehr gelehrt, mit drei verschiedenen Gewehren sogar, dem kleinen Rohr von Hector, dass sie dabei hatten, dem größeren Gewehr eines gemeinen Soldaten und sogar einem Großläufer, ein Gewehr so groß und schwer, dass es auf einer Stützgabel abgefeuert werden musste. Ein älterer Soldat hatte ihr gezeigt, wie sie ihre Pistole am besten lud und viel Lob hatte sie für ihre schöne Waffe erhalten. Für ihre Qualität als Schützin ebenso.

Als sie wieder im Lagerteil waren, wo die gewerblichen Zelte standen, sagte Cara: „Hast du Münzen bei dir?" Kathryn nickte.

Cora hatte sie für den Tag Arbeit bezahlt, obwohl Kathryn zuerst abgelehnt hatte. „Arbeit muss bezahlt werden, sonst ist es keine Arbeit", hatte sie gesagt und Kathryn ihren Lohn gereicht.

„Gut! Wenn Ludwig heute Abend kommt, muss ich noch zum Krämer, eine Dose Schmierfett kaufen… das geht aber auf deinen Beutel!“

Kathryn wagte nicht, zu widersprechen.

~

„Kinder, kommt!“, rief sie Mama und allein der Klang dieser so vertrauten Worte erfreute Aris. Bortos und er waren gemeint, die allein am Feuer gesessen hatten und sich nun erhoben.

Sie folgten ihrer Mutter durch den Hintereingang des Zeltes und in ein kleines Nebenzelt. Mama ließ sie so weit wie möglich in einer der Ecken sitzen, ein deutliches Zeichen, dass Gesprochenes nur für ihre eigenen Ohren bestimmt war, und ging dann, um ihnen drei Becher Wein zu holen, ein Zeichen, dass ihr Gespräch von einiger Dauer sein würde.

Zurück, hatte sie eine ihrer dunklen Rauchstangen im Mundwinkel, die sie so schätzte, und schob Aris einen Beutel Kraut hin, aus welchem er sich sogleich bediente.

„Also, ich will nicht lange drumherum reden; es geht um das Mädchen“, begann sie. Aris war nicht überrascht, entzündete seine Pfeife, um dann seiner Mutter zuzunicken, dass er hörbereit sei.

„Was sind eure Pläne?“ Sie betrachtete ihre beiden Söhne abwechselnd, bevor sie selbst weitersprach: „Wollt ihr immer noch das Prinzesschen in ihre Heimat bringen? Ich frage, weil da draußen einiges im Gage ist. Ein verdammter Krieg nämlich, und der wird gerade so richtig scharf. Ihr wisst, wie die Lage ist, nehme ich an. Sieht nicht schön aus für Norland. Wenn ihr euch mit der Kleinen von hier nach Lidium durchschlagen wollt, dann wird das kein Spaziergang.“

„Wird es nicht!“, stimmte Aris zu. „Schaffen wir es, sie unbeschadet zurückzubringen, gibt’s sicher ne stattliche Belohnung, aber jetzt nach Lidium… wenn es umkämpft ist.“ Er schüttelte den Kopf bei der Vorstellung. „Und unsere Verfolger kleben uns auch noch an den Hacken. Die wollen die Kleine tot sehen, vorher geben die nicht auf. Und tot bringt sie keine Belohnung ein."

„Und nun? Was soll das heißen?", fragte Bortos. „Was sollen wir sonst mit ihr anstellen?"

Aus Mamas Gesicht konnte Aris erlesen, dass ihre Gedanken in eine ähnliche Richtung gingen wie seine.

„Wie wäre es, wir bleiben einfach hier, bis sich die Lage beruhigt hat? Die hinter uns her sind, kommen nicht so leicht ins Lager rein", schlug er vor.

„Hier könnt ihr so lange bleiben, wie ihr wollt. Deine Geschichte ist überstanden", sagte Cora an Bortos gewandt. „Und der Feldzug verläuft gut für unsere Seite. Ich habe mit Valdecosta gesprochen, den werdet ihr noch kennen, oder? Er sagt; Lidium wird fallen. Und wenn es fällt, wollt ihr sicher nicht in der Stadt stecken. Ihr wisst, wie es bei sowas zugeht."

„Gonza glaubt das auch…", sagte Aris, wenngleich er selbst weit weniger überzeugt war. Eine Stadt wie Lidium einzunehmen, dazu bedarf es viel, dachte Aris bei sich, und im Krieg ändern sich Ziele und Pläne von Tag zu Tag.

Mama ergriff wieder das Wort: „Wenn ihr bleiben wollt, seid ihr willkommen. Ich sähe euch jedenfalls lieber hier bei mir, als jetzt da draußen. Das Mädchen scheint nett, und Teufel, einer Prinzessin begegnet man nicht alle Tage. Aber dass ihr für sie draufgeht, das will ich nicht." Sie streichelte beiden über die Gesichter.

„Mama, früher oder später werden die Kerle wissen, wo wir sind. Woher wussten sie, dass wir nach Avion wollten?" – Er sprach zu Aris – „Wie konnten sie uns so leicht aufspüren? Die werden schon rausfinden, wo wir gerade stecken und dann… mit einer Kompanie werden die zwar nicht ins Lager kommen, aber ein paar Leute reinschmuggeln können die sehr wohl."

„Sollen sie doch", meinte Aris. „Mit denen werden wir schon fertig."

„Kommt drauf an, wen sie herschicken", meinte Bortos vielsagend. „Außerdem wird es Kathryn nicht gefallen. Sie ist von königlichem Blut. Sie muss in ihre Heimat und ihre Dinge regeln.

Hierbleiben…“ Er sprach nicht weiter, doch Aris wusste; auch Bortos würde sich schwertun, von hier noch einmal wegzugehen. Schließlich schüttelte der große Mann aber den Kopf. „Wir sind ihr verpflichtet. Wir reden hier heimlich und hinter ihrem Rücken. Ich sage; sie soll entscheiden.“

„Wir sind ihr zu gar nichts verpflichtet, oder habe ich den Schwur verpasst?“, sagte Aris.

„Wir haben auf die Fahne und auf Norland geschworen!“, entgegnete Bortos.

„Und wurden hintergangen! Man hat uns reingelegt und wollte uns in den Tod schicken, ich sage; der Schwur ist aufgelöst. Und der Kleinen schulden wir auch nichts. Sie schuldet eher uns etwas.“

„Die werden sie hier finden, Bruder. Und dann töten sie sie und uns wahrscheinlich mit dazu. Ist es das, was du willst?“, meinte Bortos entschieden. „Sie muss weg von hier, dahin, wo sie hingehört. Und du kannst sie doch nicht alleine schicken wollen?“

„Es gibt noch eine andere Möglichkeit“, sagte Mama. Sie nahm einen tiefen Zug ihrer Rauchstange und betrachtete die beiden eine Weile. Was jetzt kommen würde, war der eigentliche Grund, dass Mama sie gerufen hatte, erkannte Aris.

„Ihr könntet sie dem Spinola übergeben.“ Stille legte sich über sie. Rauchschwaden zogen in weichen Linien durch die Luft.

„Wir sollen sie verraten?“, sagte Bortos. „Potztausend, Mama, das gefällt mir nicht.“

„Denk darüber nach. Meldet ihr einem der Obristen, wer sie ist, dann habt ihr die norländische Prinzessin hierher gebracht. Ich könnte den Valdecosta dazu bringen, euch anzuhören, aber der wird seinen Teil abhaben wollen. Besser wäre es, beim Talgo selbst vorzusprechen, der ist Lagerkommandant und Spinolas rechte Hand. Aber egal wo, eine fette Belohnung wird es überall geben. Hundert Kronen sind da mindestens drin. Wahrscheinlich mehr.“

„Und was wird dann aus ihr?“, fragte Bortos.

„Was soll schon aus ihr werden? Ist vielleicht sogar das Beste für sie. Die vom edlen Blut passen aufeinander auf. Die werden sie nicht töten oder sonstwas mit ihr anstellen. Sie wird wahrscheinlich nach Sippan verfrachtet werden, wird dort in einem schönen Schloss wohnen und gutes Essen bekommen. Um ihr Wohlergehen brauchst du dir wahrlich keine Sorgen zu machen. Eine Prinzessin wird hofiert, selbst wenn sie vom Feind ist."

Die beiden Brüder sahen sich an. Mama warf ihre aufgerauchte Rauchstange auf den Boden und nahm einen Schluck von ihrem Wein. Dann erhob sie sich.

„Überlegt es euch in Ruhe. Ihr könnt machen, was ihr für richtig haltet. Aber wenn's die Sache mit dem Spinola wird, dann will ich meinen Teil. Der dritte Teil wäre nur recht, denke ich. Jeder gleich viel. Denkt darüber nach."

Aris sah Mama gedankenverloren nach, stopfte sich seine Pfeife und grübelte. Es war so offensichtlich, dass Aris sich wunderte, dass die alte Füchsin ihn darauf hatte bringen müssen. Sie wären aus der Schusslinie, denn es würde nicht lange dauern, dass die Gefangennahme einer Prinzessin sich über alle Grenzen hinweg herumsprechen würde, und welchen Grund sollten ihre Häscher dann noch haben, hinter ihnen her zu sein? Sie könnten hierbleiben, genau, wie er es ohnehin wollte. Und sie würden obendrauf noch eine stattliche Belohnung einheimsen. Er schaute Bortos an, betrachtete seinen Bruder sehr genau. Es fehlte nicht viel, und Bortos wäre ebenfalls überzeugt. Er spürte es, und es irritierte ihn. Er kannte Bortos und er hätte seine verdammte Hand ins Feuer gelegt, dass Bortos so ein Spiel niemals mitspielen würde.

„Was meinst du dazu?", fragte er ihn.

„Es wird ihr auf jeden Fall nicht gefallen", sagte Bortos. Aris nickte.

„Aber vielleicht ist es wirklich das Beste. Wenn Mama es meint…"

„Teufel, Bortos. Was ist los mit dir?", fragte ihn Aris verwundert.

„Was meinst du?", fragte sein Bruder zurück.

„Ich hätte auf Tod und Teufel geschworen, dass du dir eher die Hand abhacken lässt, als die Kleine zu hintergehen. Eine verdammte norländische Prinzessin! Und jetzt knickst du ein wie ein Weizenhalm. Ich dachte, du magst sie."

„Das tu ich auch, genau wie du!“

„Also?“, forderte Aris. Bortos zögerte, er kämpfte mit sich. Schließlich sagte er: „Weißt du, als wir dich zum Lager gebracht haben, zu dem Druiden, da ist etwas Seltsames geschehen.“ Er erzählte Aris von der Reaktion des Druiden und was er gesagt habe.

„Und manchmal, da sieht sie einen so komisch an, weiß du, was ich meine? Und nachdem, was bei der Hexe war... wir wissen nicht, was damals wirklich in der Hütte passiert ist. Dann ist da noch das mit ihrer Mutter. Und den Steckbriefen...“

„Aha“, sagte Aris und sog an seiner Pfeife. „Und jetzt glaubst du; da könnte mehr dahinter stecken?“ Aris erwartete keine Antwort und Bortos gab keine. Er legte die Pfeife weg und lehnte sich dichter zu Bortos.

„Jetzt hör mir mal genau zu, Bruder. Ich will so eine Scheiße nicht mehr von dir hören. Das passt nicht zu dir, und es gefällt mir nicht. Sie schaut ein paar Mal komisch und jetzt ist sie 'ne Hexe, oder was? Und nun? Wieso sie nur an Sippan verraten? Wieso nicht gleich an die Inquisition? Wieso sie nicht brennen sehen?“

„So meine ich es doch gar nicht!“, verteidigte sich Bortos.

„So! Und wie meinst du es dann? Sie hat dir nichts getan, war nie schlecht zu dir, hat mit dir ihr Brot geteilt, hat mit uns gekämpft, verdammt noch mal, und da war alles gut, aber sie schaut ein paar Mal komisch und du hörst so Sachen und denkst dir noch mehr Sachen und auf einmal kann sie zur dunklen Hölle fahren. Nur weil die da oben dir sagen, was alles richtig ist und was alles falsch und an wen du zu glauben hast und an wen zu beten. Ich sage; scheiß auf sie alle! Und gerade du solltest das genauso sehen!“

„Was meinst du damit?“, sagte Bortos.

„Das weißt du genau!“, erwiderte Aris. „Weil sie noch mehr ins Feuer schicken, als nur die Hexen. Alle die, die falsch glauben oder an den Falschen glauben oder auch nur den Falschen lieben.“ Aris lehnte sich wieder zurück. „Hab ich je irgendwas zu dir gesagt? Irgendwas? Nein, denn ich kenne dich! Ich weiß, wer du bist. Mein verdammter Bruder bist du, und mehr muss ich nicht wissen, und an ihrer giftigen Galle sollen all diejenigen ersticken, die irgendetwas anderes behaupten. Ich scheiße auf sie alle! Versteht du?" Er sah seinen Bruder durchdringend an. Schließlich nickte Bortos.

„Gut! Und ich sag dir noch eins", fuhr Aris fort. „Nicht, dass es für mich eine Rolle spielen würde, aber sie ist es auch nicht. Ich weiß nicht, was bei dem Druiden war. Aber das mit dem Schauen… nein. Erinnerst du dich noch an den Hexenjäger im Lager bei Anstett? Mit dem ich so viel geredet habe? Der hat mir damals gesagt, wie man es erkennen könne."

„Und wie?", fragte Bortos.

„Die Augen sind dann ganz schwarz. Weißt du noch, die Hexe? Ihre Augen waren völlig schwarz. Wie zwei schwarze Löcher. Und bei Kathryn würden wir es sehen. Sie hat helle Augen. Grüne. Sie ist keine."

„Ja", sagte Bortos sinnierend. „Ja, ich glaube, du hast recht!"

„Das habe ich", sagte Aris überzeugt. „Und wenn wir sie verraten, dann ohne uns etwas vorzumachen, dann verraten wir sie genauso hinterhältig und liederlich, wie man es eben tut. Ohne irgendwelche Vorwände."

„Dann willst du sie also verraten?", fragte Bortos.

Aris nickte ohne Freude: „Natürlich!"

~ 28. Kapitel ~

Duke

Riesige Schwingen glitten über dem Duke durch die Luft, und nach einer ausladenden Wende kam der größte Vogel, den er je gesehen hatte, auf ihn zugeflogen und landete nur wenige Schritte neben seiner Position. Vaggan war vor Schreck in Deckung gesprungen und selbst die Baker Brüder hatten einen Satz rückwärts gemacht. Die gigantischen schwarz und grau gefiederten Flügel klappten ein und der Vogel bückte sich nieder, als ginge es ans Brüten. Aus einem weißen Federbusch erwuchs der lange, runzelige Hals, der mit dem ungeheuren Kopf endete. Der mannsgroße Schnabel war wie ein Sägeblatt gezahnt und drehte sich in ihre Richtung. Wenngleich der Duke nie zuvor einen zu Gesicht bekommen hatte, wusste er sofort, um was es sich handeln müsse. Menschen zählten nicht zu ihren Beutetieren, aber er konnte nicht umhin, voller Ehrfurcht auf das Tier zu schauen.

„Ich dachte, Karmore fänden sich nur noch in den Nuben“, sagte der Duke.

Gwydion schwang sich aus einer Art ledernem Sattel vom Tier hinab. „Und ich hatte keine Ahnung, dass sie sich als Reittiere gebrauchen lassen.“

„Tun sie auch nicht“, sagte der Druide. „Nur den Dienern Gayas sind sie hörig. Und dieses hier dürfte tatsächlich der einzige Karmore im ganzen Norden sein.“

„Ihre Knochen sind sehr begehrt, um daraus Fluggleiter und Windsegel zu machen, habe ich gehört.“

Die Miene des Druiden verfinsterte sich.

„Weshalb ihr Freiländer Jagd auf sie macht und sie in weiten Teilen der Welt bereits nicht mehr zu finden sind.“

Offenbar kein Thema, das anzusprechen besonders geschickt war, dachte der Duke bei sich. Doch der Ärger des Druiden schien nicht von Dauer und er fuhr fort: „Ich bedaure den Verlust Eurer Frau, Duke. Ich hörte von ihrem Verscheiden und hoffe, ihre Seele ist in das Götterreich auferstiegen. Ich hätte gerne mehr tun wollen, als meine bescheidene Macht mir gebietet."

„Ich danke Euch für die Worte", erwiderte der Duke und meinte es ernst. „Was führt Euch her? Die Gesundheit des Prinzen, oder die Lage, in der wir uns befinden?"

„Ich glaubte ersteres und nun, da ich hier bin, fürchte ich letzteres. Ein Brieffalke brachte Nachricht, dass meine Anwesenheit augenblicklich erwünscht sei. Ich nahm an, der Prinz… nunja, dass man eben meiner Hilfe bedürfe, obwohl ich dem Rat bereits mitgeteilt habe, dass meine Möglichkeiten auch in diesem Fall begrenzt sind. Ich bestieg also Titios und machte mich auf den Weg, um dies hier vorzufinden." Er deutete vage in den Himmel. „Bei der Macht Gayas, was geht hier vor sich?"

„Krieg geht vor sich. Ihr erfahrt erst jetzt davon?" Der Duke schüttelte ärgerlich den Kopf. „So wollen wir hoffen, dass es nicht zu spät ist. Ihr wollt zum Kriegsrat, nehme ich an. Erlaubt mir, Euch zu begleiten. Wir haben dasselbe Ziel."

„Wohl an. Lasst mich nur mein Tier versorgen. Titios kann bei Fremden bissig sein, und ein toter Stallknecht wäre mir unlieb."

Die Stallknechte waren der Umsicht Gwydions wegen zweifellos dankbar, zumal der Karmore nicht das einzige außergewöhnliche Tier war, welches sie versorgen mussten. Drei Greife waren in den Ställen angekettet, kreischten ihre schrillen, lauten Rufe, dass es durch Mark und Bein ging. Ein Knecht versuchte gerade einen Eimer voll Fleisch in das Gatter eines der Tiere zu stellen, als riesige Klauen vorschnellten und der Knecht sich nur mit einem Sprung in Sicherheit bringen konnte.

„Ah, meine Brüder aus Erinshain sind ebenfalls eingetroffen", sagte Gwydion heiter.

Erinshain war der einzige Ort in Alana, an dem Greifenreiter ausgebildet wurden. Allesamt Erleuchtete Gayas, die von Kindesbeinen an auf ihre Aufgabe vorbereitet wurden.

Gwydion half dem Knecht auf die Füße, nahm ihm den Eimer ab und ging unbekümmert ans Gatter. Als der Druide zum Greif trat, schien dieser so zahm wie eine Hauskatze, und fraß Gwydion die

Fleischstücke direkt aus der Hand. Der Duke näherte sich, betrachtete das majestätische Tier, während der Druide es fütterte und seinen Kopf kraulte. Es war nicht der erste Greif, den er sah, doch konnte er sich nicht erinnern, je in solcher Nähe zu einem gestanden zu sein. Tödliche Vögel waren sie, nicht ganz so groß wie der Karmore, dafür stämmiger und aggressiver, mit riesigen Klauen an den Hinterbeinen und Krallen an den Flügelgelenken, dazu der scharfe, gebogene Schnabel, der mühelos einem Menschen den Kopf vom Rumpf trennen könnte. Obgleich es ihrer nicht mehr viele gab, verging kein Jahr, an dem nicht einige Menschen zu ihrer Beute wurden.

„Wollt Ihr ihn streicheln?", fragte Gwydion. „Solange ich da bin, droht Euch keine Gefahr."

Der Duke machte einen Schritt auf den Greifen zu. Dessen Kopf wandte sich ihm zu, aus pechschwarzen Augen sah er ihn an, das Tier, das seines Vaters Wappen zierte, das Tier, das seiner Familie ihren Namen gegeben hatte. Nicht wenige seiner Vorfahren hatten sich selbst als Greife bezeichnet. Doch plötzlich zögerte er. Furcht überkam ihn. Das Tier schien sie zu spüren, klapperte zweimal warnend mit dem enormen Schnabel. Gwydion runzelte die Stirn und legte dem Greifen seine Hand auf die Stirn, bis er sich beruhigt hatte.

„Nun könnt Ihr", sagte er zum Duke.

„Nein, ist schon gut", erwiderte der Duke. „Wir sollten los zum Rat. Er wird gewiss bereits versammelt sein."

Silvergroove erwartete sie vor dem Saal, begrüßte den Duke nach Soldatenart, welcher ihm wiederum Gwydion vorstellte. Sie ließen ihr Gefolge draußen bei ihresgleichen, um sich in den Saal zu begeben. Drinnen war bereits einiges an Diskussion im Gange und die kräftige Stimme Butterbears übertönte die vielen anderen. Der Thron fiel dem Duke ins Auge. Auf einer Erhöhung hinter dem Ratstisch befand er sich und darauf sitzend der junge König. Auf die zu große Krone hatte der kleine Mann verzichtet und beobachtete das Geschehen vor sich mit dem Blick eines Kindes, das etwas Aufregendem beiwohnt, welches es nicht versteht. Eine weiße Schwester stand neben dem Thron.

Sie umschifften den Ratstisch mit seinen Umstehenden und knieten vor dem König nieder. „Erhebt Euch!“, erklang die kindliche Stimme des Königs.

„Mylord Fargold, soweit ich weiß, seid Ihr nicht zum Rat geladen.“ Es war Branaged, der gesprochen hatte und demonstrativ stellte er sich zwischen Duke und Thron.

„Er ist auf meine Bitte hin hier“, sagte Silvergroove. „Wir befinden uns im Krieg. Es wäre töricht, auf die Hilfe eines ehemaligen Kanzlers und Kriegshelden zu verzichten, während uns Priester ohne Stimme beraten, meint Ihr nicht?“ Kriegsheld… ein schmeichelndes Wort, doch immer noch erzeugte es Widerwillen im Gemüt des Dukes, gleich, wie wohlwollend es auch gemeint war. Nichts Heldenhaftes war in Persund geschehen und nichts Heldenhaftes hatte er getan.

Blut schoss in Branageds blasse Gesichtshaut.

„Wir befinden uns auf keiner Marktstätte, bei der jeder nach Gutdünken reinspazieren kann“, zischte der Priester.

„Lasst ihn bleiben“, sagte die markante Stimme Butterbears. „Der General hat recht. An Soldaten mangelt es hier und der Rat des Dukes sei mir willkommen.“

„Ich schließe mich dem an“, meinte Lord Lionar schlicht. Er war kein Mann vieler Worte, dafür wog jedes desto mehr, denn er war einer der mächtigsten Lords des Nordens und die Lionars neben den Griffins das mächtigste Geschlecht.

„Der Duke hat mich und die meinen erst an diesen Tisch gebracht.“ Der Duke drehte sich zum Ratstisch um. Skyhawk war es, der redete. „So meine Meinung etwas zählen soll, sähe ihn gerne unter uns.“

Des Dukes Blick glitt zu Townsend, wie der einiger anderer auch. Dieser sah zum König und sagte: „Ich denke, eine weitere Meinung wird nicht schaden, Eure Majestät.“

Sein Lächeln zu unterdrücken, fiel dem Duke im Mindesten so schwer, wie Townsend das eben Ausgesprochene zu sagen gefallen war.

„So sei es“, sagte der kleine König. „Ihr könnt bleiben… Onkel.“

Das letzte Wort hallte seltsam in des Dukes Ohren nach, und als er dem König zunickte, tat er es mit einiger Verlegenheit. Als er sich neben Silvergroove an den Ratstisch stellte, hatte er sein kurzes Unbehagen bereits ausgeblendet und überflog aufmerksam die Anwesenden. Gwydion hatte sich zu seinen Druidenbrüdern gesellt, drei Männer kleiner Größe, die dem stattlichen Gwydion kaum ans Kinn reichten, allesamt rothaarig und sommersprossig, dass sie fast wie Brüder aussahen, und ihre Haut an Armen und sogar Gesicht war mit verschlungenen Mustern von blauer Farbe versehen. Einer davon musste der First von Erinshain sein, dachte der Duke bei sich, dem größten druidischen Hain Norlands, der im nördlichen Teil des Greenwood lag. Der Duke tippte auf den ältesten der drei, dessen krauser Bart und krauses Haar graue Strähnen enthielten und dessen Arme mit bronzenen Ringen geschmückt waren. Keylam lautete sein Name, erinnerte sich der Duke, der einflussreichste aller Druiden. Es war das erste Mal, dass er ihn zu Gesicht bekam, pflegten die Druiden von Erinshain doch nur selten ihren Hain und ihren Wald zu verlassen.

Skyhawk sah so exotisch und extravagant wie immer aus und zwinkerte dem Duke zu, als ihre Blicke sich trafen. Des Weiteren befanden sich am Tisch Lord Foster Lionar, Lord Wellington, Lord Kanzler Townsend, Lord Gillham, Hohepriester Manning, Butterbear, Lord Stannisford, Silvergroove und er. Branaged war beim Thron geblieben.

Zunächst wurde die Frage nach der Kommandantur geklärt und es war bezeichnend für Butterbears Stand, dass keiner der ahnenreichen und mächtigen Edelleute einen Einwand gegen seine Wahl als General hatte. Silvergroove wurde zum General der Artillerie bestimmt und Lord Lionar zum Flottengeneral. Weitere Posten wurden vergeben, die Truppenstärken diskutiert und manche Taktik besprochen, und indessen die anderen diskutierten, musterte der Duke Lord Gillham. Ein dicker Mann mit schweren Tränensäcken und rosigen Wangen. Ein Vetter seines Vaters, in dessen Adern ebenfalls das Blut der Griffins floss. Reich und mächtig war er, und zweifellos einer der einflussreichsten Lords des Landes, doch unerfahren in Kriegsdingen. Ein Edelmann, der den Beutel statt das Schwert führt, wie das gemeine Volk dazu zu sagen pflegte. Was hatte er hier zu suchen?

„Das Mutterland wird angegriffen", sagte eben Butterbear und schaute zu den Druiden. „Wird das Waldvolk sich an seine Schwüre halten?"

„Die Druiden stehen zu ihren Eiden, so wie sie es immer getan haben", stellte Keylam klar. Seine Stimme war kehlig und rau wie geriebenes Eisen, sein Dialekt so stark, dass der Duke Mühe hatte, ihn zu verstehen. Die Art, wie er sprach, und sein Gebaren zeugten von einem Menschen, der das Führen und Herrschen gewohnt war. „Die Unseren werden losziehen, sobald ich wieder zurück bin. Zweitausend kampfbereite Druiden stehen im Hain bereit und nochmal so viel an Getier. Aber unser Heer in Gang zu setzen und hierher zu führen wird dauern. Eine Woche denke ich, vielleicht sogar mehr."

„Auch Martinshain hat seine Eide nicht vergessen und wird zu ihnen stehen", sagte nun Gwydion als First seines Hains. „Knapp tausend Diener Gayas sind bereit für den Kampf, aber unser Weg ist noch weiter."

„Unsere Greife können natürlich schneller hier sein", meinte Keylam. „Ich werde die Reiter, die wir haben, selbst befehligen. In zwei Tagen können sie in Lidium sein."

„Die Krone dankt Euch, First Keylam, First Gwydion. Eure Hilfe ist willkommen", sagte Townsend.

„Und gebraucht ist sie auch", meinte Butterbear. „Die Reiter können sich dann der Flotte anschießen." An den Hohepriester Manning gewandt fuhr er fort. „Exzellenz, wir sind an Mannen unterbesetzt, wie Ihr zweifellos mitbekommen habt. Daher ist jeder einzelne desto wichtiger. Wir brauchen jeden Priester, der uns mit seiner Stimme unterstützen kann, und es ist mir egal, welchen Glaubens sie sind." Nur die wenigsten Diener Javes bezeichneten sich als Unisten, und die wenigen, die es taten, denen glaubte der Duke nicht. Sie dienten dem Guten Gott, der sie mit seinen Gaben erleuchtet hatte und deren Macht sie teilhaftig waren. Was könnten sie darüber hinaus von einem machtlosen Gott erwarten? „Es ist nicht die Zeit, sich über Religion zu streiten, es gilt, seine Heimat zu verteidigen! Jede Stimme Javes kann helfen, die kampferprobten, kräftigen Stimmen für die Front, um den Soldaten die Kriegssegen zu verteilen, aber auch schwächere Stimmen und weniger gut ausgebildete Priester sind willkommen für die Kriegsschiffe und Artillerie und kleineren Kommandos. Auch an Heilenden Schwestern ist keine zu viel."

„Ich selbst werde die Priester für die Front auswählen!", sagte Manning ernst. „Keine Kompanie wird ohne eine kräftige Stimme sein, kein Schiff ohne einen Kaplan, darauf habt Ihr mein Wort, General. Ich werde mit der Obersten Schwester über die Errichtung zusätzlicher Spitäler beraten. Nicht ohne Stolz sage ich, die Zahl unserer Weißen Schwestern kann sich mit Karn und Midras messen. Javes Kraft wird in diesem Krieg auf unserer Seite sein!"

„Ich danke Euch, Exzellenz!", sagte Butterbear. „Nun zur Lage. Dank General Silvergrooves Ankommen und den letzten Aushebungen, haben wir dreizehntausend Mann. Dank der Unterstützung der…" – ein kurzes Zögern – „Kapitäne aus den Peaks, haben wir dagegen zweiundneunzig Schiffe, die meisten leichte Kreuzer, aber allesamt kanonenbestückt und kampfbereit. An Artillerie haben wir über fünfzig Kanonen, davon zwanzig schwere. Doch kommt der Feind mit voller Mannschaft über den Fluss, wird all das nicht genügen, um die Stadt zu halten."

Er machte eine Pause, um der ganzen Tragweite seiner Worte Zeit zur Wirkung zu geben.

„Nach letztem Stand hat der Feind über dreißigtausend Mann, über hundert Kanonen und knapp sechzig sippanische Kriegsschiffe. Das ist die größte Armee, mit der es Norland jemals zu tun hatte."

Der Duke kannte die Zahlen, hatte die Schiffe gesehen und die Gefahr verstanden, doch es hier aus dem Munde Butterbears zu hören, jagte ihm einen kalten Schauer über den Rücken. Und den ernsten Gesichtern nach zu urteilen, die er um sich herum sah, war er nicht der einzige, dem es so erging.

„Nur die Tumber hält den Feind noch fern“, fuhr Butterbear fort. „Und so soll es bleiben. Wir werden den Verteidigungsriegel verstärken. Ein Schiff auf jeder Meile Fluss will ich sehen, dazu Kampfverbände auf allen Posten entlang des Flusses, ein paar Kanonen auf allen Außenfestungen. Die Tumber ist der Wall, den es zu halten gilt unter allen Umständen. Und die Luft ist der Schlüssel dazu.“ Er schaute zu Skyhawk. „Mit Skyhawks Flotte haben sich die Verhältnisse zu unseren Gunsten verkehrt.“ Der Bär bemühte sich nicht, Skyhawks Adelstitel zu verwenden, und dem Piraten schien es nichts auszumachen. „Tag und Nacht muss der Himmel bewacht sein. Jedes Schiff muss mit genügend Mann, Munition und Verpflegung versorgt sein. Jedes soll seinen Kaplan erhalten. Sobald die Sippaner irgendwo mit Fähren oder Booten übersetzen wollen, werden wir sie mit Kanonen und Granaten empfangen. Den Blutpreis sollen sie zahlen für jeden Versuch. Sind Eure Leute dazu fähig und bereit, Captain?“

„Beides“, erwiderte Skyhawk. „Es gibt keinen von uns, der nicht schon gegen sippanische Schiffe gekämpft hat, und bei allem Respekt, meine Männer haben mehr Erfahrung im Luftkampf, als die meisten Soldaten, die Eure Lordschaften kommandieren. Schickt sie in den Kampf und bei allen Göttern, sie werden Euch nicht enttäuschen.“

Der Pirat sprach überzeugt und keine Sekunde zweifelte der Duke daran, dass die Piraten kämpfen konnten. Doch bei einer Verteidigung in dieser Form kam es vor allem auf Disziplin an, und an jener mangelte es ihnen.

„Zu kämpfen ist das eine, zu tun, was das Kommando sagt, das andere“, sagte der Bär, den offenbar Ähnliches umtrieb wie den Duke. „Lord Lionar, teilt Euren Kampfschiffen je eine Anzahl Piratenschiffe zu. Macht sie zu…“

In diesem Moment überkam den König ein Hustenanfall, kräftig und anhaltend, und die Anwesenden hielten ein und schauten zu ihrem Regenten. Die Weiße Schwester war beim König und sang ihm etwas ins Ohr, doch der Husten wollte sich nicht beruhigen. Branaged kniete dazu, als der König sich plötzlich übergab. Er spuckte auf den Boden und auch Branageds Robe bekam etwas ab.

„Bringt Ihre Majestät hinaus!", befahl Townsend, worauf die Schwester und Branaged den König zur hinteren Tür brachten, wo einige Links und Diener sie in Empfang nahmen.

Townsend befahl den Dienern, die Sauerei wegzuwischen und der Duke glaubte zu sehen, dass das Erbrochene Blut enthielt.

Eine Weile herrschte betretenes Schweigen am Ratstisch. Der Duke sah zu Townsend und Lord Gillham, die nebeneinander standen, und Gillham warf dem Kanzler einen bedeutungsschweren Blick zu und nickte dabei. Townsend, als der erfahrene Politiker, der er war, verzog keine Miene, doch brauchte er es auch nicht, denn der Duke hatte längst verstanden. Gillham war Townsends Mann. Deshalb war er hier. Der Kanzler stellte seinen Kandidaten auf, also hatte auch er begriffen, wie es um den König stand. Und der Duke hatte seinen ersten Konkurrenten.

Der Bär räusperte sich: „Wo waren wir? Achja, Lord Lionar, formiert Einheiten von drei bis vier Schiffen, ein Schiff der Königlichen Flotte, der Rest Piraten, und reiht sie entlang der Tumber auf. Nicht mal ein Spatz darf den Fluss überqueren, ohne dass wir davon erfahren."

„Wenn sie es wirklich darauf anlegen, wird es ihnen früher oder später dennoch gelingen, überzusetzten", warnte Silvergroove. „Wir können nicht alles bewachen. Was dann?"

„Vorerst ist vor allem das Wann entscheidend", meinte Butterbear. „Sind die Druiden da, um unsere Reihen zu verstärken, liegen die Würfel anders. Dazu erwarten wir weitere Aushebungen aus Nothan und Rover. Und irgendwann wird selbst Fouler es schaffen, mit seinen verdammten Männern hier zu sein. Ich sage, in einem Monat sind wir zur offenen Konfrontation bereit, aber ein Monat ist lang. Wir brauchen Zeit und die erkämpfen wir uns am Fluss."

~ 29. Kapitel ~

Kathryn

Der vierte Tag im *Coras* war es und der dritte in der strengen Ausbildung von Cora, unter ihren wachenden Augen, ihrem fordernden Befehl und ihren eigentümlichen Lebensweisheiten, und Kathryn fühlte sich seltsam angekommen. Jeden Tag aufs Neue behauptete Aris, dass sein Arm noch Zeit zur Heilung brauche und stets erkannte Kathryn die Lüge in seinen Augen. Und doch; weder drängte sie ihn, noch widersprach sie, noch tat sie sonst irgendwas, um ihre Abreise zu beschleunigen. Die Wahrheit war; sie hatte Angst vor dem, was ihr bevorstand, wenn sie wieder aufbrachen; Angst vor den möglichen Kämpfen und vor ihrem Scheitern; aber auch Angst vor dem Gelingen. Sie fürchtete sich vor dem, was sie in Lidium erwarten würde.

Im *Coras* dagegen fürchtete sie sich nicht. Nicht mit Cora an ihrer Seite. Sie lernte, was ein Bier und ein Krug Wein kostete, was ein Kranz war – sechs bestellte Bier, bei denen das siebte umsonst war, und welche kranzförmig auf einem Tablett angeordnet waren –, lernte, wie eine Bestellung aufzunehmen und weiterzugeben und wie am besten die Zahlen im Kopf zu behalten. Ein Tablett zu balancieren lernte sie ebenso, was nicht leicht war, denn während sie zwischen den vollen Tischen und vollen Soldaten durchlief, schnellten Hände und Arme von allen Seiten hervor, gleich Tyrischen Schlingranken, und griffen ihr an Gesäß oder die Beine oder unter den Rock. Zu Beginn hatte sie noch ein jedes Mal aufgeschrien, hatte sogar einmal ein Tablett voller Bierkrüge fallen lassen, was zu großem Gelächter geführt hatte, aber inzwischen war sie im Ausweichen geübt, und gelang es doch einmal einer Hand, ihr Ziel zu finden, stieß sie sie einfach beiseite. Cora hatte verbreiten lassen, dass Kathryn Aris versprochen sei, was bei Cara zu einigem Unmut geführt hatte, aber geholfen hatte es auch; schien Aris doch trotz seiner zweijährigen Abwesenheit immer noch der Ruf eines Mannes anzuhaften, mit dem man sich besser nicht anlege.

Zwischen ihren Gängen und Diensten gab Cora ihre Weisheiten kund, die Kathryn mit nicht geringem Interesse aufnahm, denn sie war immer mehr von dieser Frau beeindruckt, die ihr Reich mit solch scheinbarer Mühelosigkeit beherrschte.

„Merk dir, Kind! Männer sind wie Hunde, hörst du. Wie Hunde! Sie brauchen immer ihr Herrchen. Einen, zu dem sie aufschauen und dem sie hinterherhecheln können. Ohne Herrchen ist ein Hund nicht glücklich. Sie markieren ihr Revier und pissen dabei an jeden Baum, der ihnen schön dünkt, und kabbeln sich, wenn ein anderer es beansprucht. Wenn sie sich zu nahe kommen, dann knurren sie sich an, und wenn sie sich mögen, dann beschnuppern sie sich gegenseitig den Hintern. Wenn du sie lobst, wackeln sie mit ihrem Schwänzchen und wenn du sie schimpfst, ziehen sie ihn ein. Und wenn sie zum Teufel noch mal nichts zum Bumsen haben, rammeln sie dir sogar das Bein. Sie können aber auch gefährlich sein! Hunde bellen und Hunde beißen. So sind sie nunmal, es liegt in ihrer Natur. Sie bellen und kläffen, und was machst du dann? Dann musst du streng sein, hörst du! Du darfst keinerlei Angst zeigen, das ist wichtig! Wenn sie deine Angst wittern, dann schnappen sie nämlich zu. Sei streng und mutig, und wenn sie weiter bellen, musst du ihnen notfalls eins auf die Schnauze geben. Aber niemals, hörst du, niemals, weiche zurück, denn dann haben sie schon gewonnen."

„Und was sind wir dann?", fragte Kathryn. „Katzen?"

Cora überlegte, die Augen nach oben gerichtet, die Mundwinkel nach unten.

„Hab ich nie drüber nachgedacht. Ja, vielleicht. Können garstige Biester sein, die Katzen. Und sie haben Krallen, reinlicher sind sie auch… und sie riechen besser als die Köter. Ja, warum nicht." Sie zuckte die Schultern und schickte Kathryn dann zu einem Tisch, um eine weitere Bestellung aufzunehmen.

Während das Hauptgeschäft im *Coras* Bier, Wein und die Mädchen waren, wurde auch mit allen möglichen anderen Dingen gehandelt; mit Rauchkraut und Rauchstangen, mit Lebensmitteln, mit Waffen, mit Kleidung und Stoffen, und vielem mehr, je nachdem, was sich gerade ergab, denn im Feld, so erklärte ihr Cora, waren die besten Geschäfte mit der Beute der Soldaten zu machen, die die Umlande ausplünderten und dadurch oftmals in Besitz von Dingen von enormem Wert kamen, mit denen sie jedoch wenig anzufangen wussten. Viele zogen es vor, bei Cora ihre erbeuteten Schätze feilzubieten, statt bei den Fahrenden oder anderen Händlern, denn nach einem getätigten Handel – war er entsprechend groß – ließ Cora ihre Mädchen den Abschluss besiegeln.

„Hab mal nem Söldner ein Bildnis von Paranello abgenommen. Kennst Paranello?" Kathryn nickte. „Dacht ich mir. Ich kannte ihn nicht. Aber das Bild sah aus, Götter, war das schön! Und der Rahmen war vergoldet, dass ich gleich bei mir dachte; muss was Besonderes sein. Hab ihm zwei Sonnen gegeben und nen Fick dazu. Einem Händler aus Midras hab ich's dann weiterverkauft. Der Tor sagte mir noch, von wem es stammte. Was ich ihm abgenommen hab, will ich dir gar nicht sagen." Sie schmunzelte verträumt beim Gedanken daran. „Merk dir, Kind!" – so begann Cora stets, wenn sie glaubte, etwas von Bedeutung mitzuteilen – „Alles hat seinen Wert! Und alles seinen Preis. Und diese sind nicht immer gleich. Wenn du gut handeln willst, dann musst du den Wert einer jeden Sache genau einschätzen können, denn wie willst du sonst den besten Preis dafür erzielen? Viele verstehen das nicht und in Folge schätzen sie einfach völlig falsch. Sieh dir meine Cara an. Ist jung und hübsch und ein wenig was im Kopf hat sie eigentlich auch, aber sie selbst kann sich auf Teufel komm raus nicht richtig einschätzen. Ist oft so bei Trossratten. Halten sich für nichts wert. Die hätte ihr Jungfernhäutchen für fünf Silberne hergeschenkt, wenn ich's nicht mitbekommen hätte, um daraus das Zehnfache zu machen. Und auch jetzt noch macht sie alles für zu billig und manches womöglich noch für umsonst." Cora schüttelte traurig den Kopf. „Und dann schau dir mich an. Eine alte Vettel, die bald acht Bälger aus sich rausgepresst hat. Oder waren's neun? Ein paar sind mir weggestorben… " Sie zuckte gleichgültig mit den Schultern. „Bei mir sieht's nicht mehr so aus, wie bei so 'nem jungen

Ding wie dir. Da ist nicht mehr alles fest und straff und sitzt, wie's sitzen soll. Aber für unter fünfzehn Silbernen mach ich für keinen mehr die Beine breit. So viel kann das schönste Luder hier drin nicht verlangen. Wert und Preis! Mein altes, schlaffes Fötzchen ist nicht mehr wert als das von Cara, oder irgendeiner anderen hier, aber sein Preis ist ein Vielfaches davon. Merk dir; wenn du etwas verkaufst, muss der Preis mindestens der Wert der Sache sein, besser mehr, und wenn du einkaufst, gilt das Gegenteil!" Sie bedachte Kathryn mit einem wägenden Blick, den sie aufsetzte, wenn sie nachdachte oder eine Situation richtig einzuschätzen versuchte. „Du zum Beispiel... Cara hat mir da was erzählt und ich denke, es stimmt wahrscheinlich..." Offenbar erkannte sie Kathryns Zorn in diesem Moment, denn sie hielt inne und fügte ein: „Brauchst keine Sorge haben, ich denke nicht, dass sie es sonstwo rumerzählt. Nur mir. Solche Dinge erzählt sie mir nunmal, das braucht dich nicht zu wundern. Wie auch immer... was ist nun dein Ding da unten wert?" Sie tippte Kathryn zwischen die Beine und ihre Augen wurden groß. „Schlösser und Burgen und Königreiche ist dein kleines Fötzchen wert! Merk dir das! Bist kein Mädchen von hier, das ihre Jungfernschaft für einen schönen Beutel Münzen hergibt, um danach für fünf weitere die Pforten für jeden Dahergelaufenen öffnen zu müssen. Nein! Dein Ding da unten ist Gold und Macht wert, und davon hat unsereins schon immer zu wenig gehabt. Drum, um aller Götter willen, sieh zu, dass sein Preis auch stimmt! Sowas kannst du nicht einfach herschenken. Ich seh doch, wie dich der Aris anschaut, und wie du ihn anschaust. Hab doch Augen im Kopf! Ist ein schöner Kerl, mein Aris, wer will's leugnen, aber er ist keine Burgen und Schlösser und schon gar keine Königreiche wert, so sehr ich ihn auch liebe. Du verstehst, was ich dir sagen will?" Kathryn nickte und hoffte, dass das Thema damit beendet sei, denn es war nichts, was sie weiter besprechen wollte. Cora schien zufrieden. „Dann husch jetzt mal rüber ins Bumszelt und nimm Bestellungen auf. Valdecosta ist mit seinen Kerlen da, und wenn ich reingehe, muss ich nur mit anpacken und mir schmerzt heute der Kopf. Sieh dich aber vor; nicht, dass am Ende du es bist, die auf den Matten liegt, und alles eben Gesagte war für die Katz."

Ein Duft nach Rauch und Kräutern hing in der Luft des Bumszeltes, schwer und doch angenehm. Eine Menge Kerzen in großen, vielarmigen Kandelabern tauchten das von dunklem Stoff verkleidete Zelt in gedimmtes Licht. Aus Messingstövchen stieg weißer Rauch von Krautmischungen auf, der sich mit dem aus den Pfeifen der adligen Herren vermengte, und die Eigenschaft hatte, die Sinne zu berauschen. Beinahe entkleidet lagen die Männer auf den Teppichen und großen Kissen, rauchten und ließen sich von den Mädchen verwöhnen. Von den Wannen aus, die hinter Vorhängen verborgen waren, war Kichern und Plätschern zu hören und in einer Ecke des Zeltes saß Rania auf dem Schoß eines Mannes, stöhnte und machte Dinge, bei denen Kathryn schnell wegschaute.

Sie lief in die Mitte des Zeltes und wollte fragen, ob jemand noch etwas brauche, als ihr eine Hand die Beine wegzog und sie mit einem kurzen Aufschrei in den Armen eines Offiziers landete.

„Na, sieh einer an. Was haben wir hier denn Schönes? Du musst neu sein. Wie heißt du?" Ein junger Mann war es, der fragte, mit braunen Augen, kantigen Wangen und einem fein gestutzten Bart. Das Weiß seiner Augen war gerötet, was Kathryn verriet, dass er berauscht war, und ihr Inneres verriet ihr, dass er lüstern war. Bei einem Anderen mochte es Kathryn erschreckt haben, bei diesem weniger. Freundlich sah er aus und zudem ausnehmend schön.

„Kathryn ist mein Name", antwortete sie. „Und mit wem habe ich die Ehre, Euer Gnaden?" Cora hatte sie angewiesen, jeden Offizier, gleich von welchem Stand, mit *Euer Gnaden* anzureden.

„Raphael de Huga, wenn es beliebt, meine Liebe. Zweiter Obristleutnant im ehrenhaften Regiment Valdecosta. Und womöglich bald sein erster."

„Nicht, wenn ich ein Wörtchen mitzureden habe! Mich schafft kein nordischer Wilder!", rief ein anderer Offizier, der zwischen den Brüsten eines drallen Mädchens auftauchte. Die Zunge war ihm schwer vom Suff. „Ich werde hundert und mehr Jahre alt, das hat mir ein Sterndeuter in Midras versichert, und der verstand sich auf seine Kunst. Dazu werde ich zwanzig Kinder zeugen, sagte er. Das dritte mache ich heute!" Bei den letzten Worten stürzte er sich wieder zwischen die üppigen Brüste.

„Mein lieber Tedessio, niemals würde ich mir wünschen, dass Ihr das Zeitliche segnet, noch wagte ich es, darauf zu spekulieren. Vielmehr hatte ich die Eingebung, dass Ihr alsbald den Offiziersrock an den Nagel hängt und Eurer wahren Bestimmung nachgeht."

„So, und welche wäre das?", fragte der Mann names Tedessio, wieder aufschauend.

„Na, Minnesänger werden, jetzt, da ich Eure Stimme hörte. Der nächste Fabiano de Carreras könntet Ihr sein." Der andere lachte laut und stimmte einige Zeilen eines sippanischen Liedes an. Trotz seines Zustandes war seine Stimme klar und klangvoll.

Als er fertig war, sagte er: „Ha, ich singe ja gern, aber durch die Lande ziehen und mit Gesang meinen Beutel füllen… das wäre kein Leben für mich. Wenn ich den Rock an den Nagel hänge, dann nur, weil ich reich wie der Himmel bin. Und bei den guten Göttern, bald könnte es soweit sein!"

De Hugas Hand war unter Kathryns Kleid geglitten und streichelte nun ihren Schenkel. Sie hoffte, er würde es dabei belassen, denn gehen wollte sie noch nicht. Es drängte sie, mehr über den Stand des Krieges zu erfahren.

„So versprecht Ihr Euch eine schöne Beute, Euer Gnaden?", fragte Kathryn. Die Frage war an Tedessio gerichtet, der hin- und hergerissen schien, zwischen Gespräch und dem Mädchen.

„Ha! Die größte aller Beuten erwartet uns, schönes Kind. Lidium! Die Stadt wird unser sein und dann schlafe ich im schönen norländischen Schloss und bade in norländischem Gold und wenn ich in den Thronsaal komme, scheiße ich auf den norländischen Thron." Er lachte laut. „Dich, meine Kleine, sollte ich mitnehmen, dann treiben wir es im Königsbett."

In Kathryn war es kalt geworden. *Lidium*, dachte sie, *sie wollen die Stadt einnehmen.* Die vielen Schiffe, die vielen Soldaten; sie hatte geahnt, dass der Krieg nicht gut für ihr Land verlief, aber dass Lidium in Gefahr war, das nicht. Was bedeutete es für sie? Wussten Aris und Bortos davon und war es ein Grund, weshalb Aris seine Krankheit vorschützte?

Cara, die unter den Mädchen war, krachselte neben den de Huga, legte ihm ihre Hand auf den freien Oberkörper und steckte ihm eine angezündete Pfeife zwischen die Lippen. Auch Caras Oberkörper war entblößt.

„Kostet, Euer Gnaden", sagte sie. „Ist ein besonderes Kraut aus den Ostlanden." Während der Offizier daran saugte, drehte Cara den Kopf zu Kathryn und deutete ihr eindringlich mit den Augen an, dass sie jetzt gehen könne, aber Kathryn schüttelte unauffällig den Kopf. Sie wollte mehr erfahren.

„Glaubt Ihr denn wirklich, dass ihr Lidium einnehmen könnt?", fragte sie de Huga, dabei bemüht, ganz unverfänglich zu klingen.

„Wer weiß, Schönheit!", sagte Huga, blies Rauch aus und strich ihr mit der Hand zärtlich über das Gesicht. „Möglich ist vieles, doch was dann tatsächlich geschieht, ist immer nur eines davon. Wie sagte meine liebe Mutter noch stets; willst du die Götter zum Lachen bringen, verrate ihnen deine Pläne."

„Und ob wir sie einnehmen!", brach es aus dem geschwätzigen Tedessio heraus. „Es ist längst beschlossen. Die Gelegenheit lässt sich der König nicht entgehen. Das ganze Land liegt reif und nackt vor uns, wir müssen nur noch zugreifen." Den letzten Satz sprechend, hatte er die vor sich liegenden Brüste mit beiden Händen gegriffen und Gier stand in seinem Gesicht.

„Von welcher Gelegenheit sprecht Ihr, Euer Gnaden?"

Tedessio brauchte eine Sekunde, um sich von den Brüsten abzuwenden.

„Na, die Krone! Die Griffins sind am Ende. Der Prinz sei krank, heißt es, und schwachsinnig dazu. Er wird das Mannesalter nie erreichen. Ich sage, der alte Jakob hat es sich mit den Göttern verscherzt. Ketzer zu werden, nur um sein häßliches Weib loszuwerden. Den Samen haben die Götter dem Frevler verhext, auf dass er nur Missgeburten und Todgeweihte hat zeugen können. Geschieht ihnen recht, der ganzen Brut."

Es fiel Kathryn nicht leicht, Gehörtes mit einem Lächeln hinzunehmen. Befremdlich war es, solche Worte über ihre Familien zu hören, insbesondere über ihren Vater.

„Nehmen wir Lidium jetzt ein, und der kleine König stirbt, gibt es keinen legitimen Thronanwärter mehr, und dann bestimmt Sippan, wer als nächstes auf den nordischen Thron kommt. Sippan wird alles daran setzen, die Stadt zu stürmen!"

Kathryn versuchte, sich aus dem eben Vernommenen einen Reim zu machen, aber das Gesagte ergab keinen Sinn. Sie brauchte Klarheit.

„Der König hat doch noch eine Schwester, soweit ich weiß", sagte sie.

Er war de Huga, der antwortete: „Ich fürchte, Schönheit, die Prinzessin ist tot."

Verwirrung und Schrecken konnte sie nicht gänzlich verbergen und sie merkte, dass de Huga sie beobachtete.

„Du bist Norländerin, habe ich recht", sagte er. „Ich wunderte mich bereits über deine Aussprache. Bist du schon lange weg von daheim?"

Leugnen hätte nicht geklappt, daher schüttelte sie den Kopf und sagte: „Nein, nicht lange."

„Und sie liegt dir wohl noch am Herzen, die Heimat. Daran ist nichts Verwerfliches."

Kathryn nickte und lächelte dankbar, ihr Inneres aber lechzte nach weiteren Antworten. Sie versuchte alle Dringlichkeit, alle Emotion aus der nächsten Frage herauszuhalten.

„Wann ist sie denn gestorben, und wie, wenn ich fragen darf, Euer Gnaden?"

De Huga zuckte gleichgültig mit den Schultern: „Vor ein paar Wochen erst. Angeblich hätten die Unseren sie umgebracht. Aber es hat sich keiner gefunden, der es gewesen sein soll. Wie hieß die Prinzessin nochmal, Tori?" Letztes war an einen weiteren Offizier gerichtet, der auf einem Kissen lag und den Rauch beobachtete, den seine Pfeife in die Luft abgab.

„Kathryn, Kathryn Griffin. Die Tochter von Jakobs zweiter Frau."

Kathryn spürte, wie das Blut in ihr eben noch bleiches Gesicht schoss. Den eigenen Namen zu hören, ließ sie sich wie entblößt fühlen. De Huga machte große Augen.

„Sieh an, sie heißt wie du. Bist du etwa auch eine Prinzessin?" Er lächelte. „Aussehen tust du jedenfalls wie eine."

Er beugte sich vor, sah sie an. Nicht die Spur eines Zweifels stand in seinen Augen, nur Begehren. Niemand erwartete, eine echte Königstochter in einem Bumszelt anzutreffen.

Da waren seine Lippen auf den ihren. Der Kuss war zart und weich und ganz von selbst schloss Kathryn die Augen. *Mein erster Kuss*, schoss ihr die Erkenntnis durch den Kopf. Sie sollte sich widersetzen, dachte sie, doch sie war verwirrt von dem Gesagten, verwirrt von der Nachricht ihres Todes und verwirrt von dem, was eben geschah, dass sie es einfach geschehen ließ. Sie schmeckte seinen Mund, roch seinen herben Duft und erwiderte den Kuss. Seine Hand glitt ihren Schenkel hinauf, beinahe bis zum Schritt. Da kam sie wieder zu sich. Sie öffnete ihre Augen.

In dem Moment sagte Tedessio lachend: „Auf, de Huga! Macht mit unserer kleinen Prinzessin hier, was wir mit ihrer Hauptstadt anstellen werden."

Sie löste sich von ihm, drückte ihn weg. Umständlich stand sie auf, wäre beinahe gefallen.

„Zum Teufel, Tedessio!", rief de Huga. Er erhob sich. „Hat mein Freund dich beleidigt, so tut es mir leid. Das war nicht meine Absicht, darauf mein Wort."

„Nein, Euer Gnaden. Es ist… ich bin nur nicht im Dienst, wisst Ihr. Ich kann nicht… verzeiht." Damit lief sie eilends aus dem Zelt.

Die nächsten Stunden versteckte sich Kathryn in den Nebenzelten, denn sie wollte dem schönen Sippaner nicht noch einmal begegnen, zudem schwirrte ihr der Kopf vor lauter drängender Fragen, die ihr Geist, wenn schon nicht zu beantworten, so doch zumindest zu ordnen suchte. Wieso galt sie als tot? War es der

Duke, der dahinter steckte? Und was gewann er dadurch? Hatte der Hof die Nachricht ihres Todes einfach akzeptiert? Hatte ihr Bruder ihn akzeptiert?

So wie die Sippaner darüber gesprochen hatten, bestand keinerlei Zweifel an ihrem Tod, was bedeutete, dass man sich in Lidium dessen sicher war, doch wie konnte das sein? Hielte man sie für verschollen oder verschleppt, würde man sie nach so kurzer Zeit niemals für tot erklären. Nicht ohne Suche, nicht ohne Ermittlung.

Oder waren die Sippaner falsch informiert? Aber sie hatten ihren Namen gekannt. Und offenbar wurden Entscheidungen getroffen in Annahme, dass ihr Bruder der letzte Thronerbe sei. Der Verlauf des Krieges wurde danach ausgerichtet. Nein, sie galt als tot, davon musste sie ausgehen.

Denke klar!, sprach sie sich zu. *Ein Zug nach dem anderen!* Änderte es etwas für sie, dass sie als verstorben galt? Eigentlich nicht, schloss sie. Immer noch musste sie nach Lidium gelangen. Immer noch musste sie an den Hof. Immer noch würde es dem Duke an den Kragen gehen, wenn sie ihr Ziel erreichte.

Doch! Eines hatte sich geändert. Dringender denn je war es, nach Lidium zu gelangen. Glaubte man sie tot, dann stand nur noch ihr Bruder zwischen dem Duke und seinem Thron und Kathryn wusste, was das bedeutete. Und wenn die Stadt einst belagert würde, dann gäbe es mit Sicherheit keinen Weg mehr in sie hinein.

Sie schrubbte Becher und Krüge mit der kleinen Ilsa, den Kopf so voller Gedanken, dass sie regelrecht aufschreckte, als Coras Stimme zu ihr durchdrang.

„Was ist los mit dir? War was im Zelt? Cara sagte mir, der de Huga hätte sich vorhin an dir versucht." Cora musterte sie aufmerksam. Nicht viele konnten unter diesem Blick bestehen, dachte Kathryn bei sich.

„Nein", sagte sie. „Daran lag es nicht."

„Komm!", sagte Cora und Kathryn folgte ihr nach draußen, wo sie ungestört waren.

„Willst du's mir erzählen? Manche hier geben was auf meinen Rat, vielleicht bringt er dir auch etwas."

Kathryn zögerte, überlegte, was es bedeutete, sich Cora anzuvertrauen. Letztlich kam sie zu dem Schluss, dass es keinen Grund gäbe, es vor ihr zu verschweigen.

„Die Sippaner wollen Lidium einnehmen." An Coras Reaktion erkannte Kathryn, dass Cora es gewusst hatte. „Sie halten mich für tot", fuhr sie fort. „Alle Welt hält mich für tot. Auch deshalb wollen sie die Stadt einnehmen." Sie berichtete Cora, was sie noch erfahren hatte.

„Wenn du glaubst, dass du die Stadt retten könntest, indem du hinreist, dann täuschst du dich, mein Kind", sagte Cora. „Die Aussicht, den norländischen Thron zu kontrollieren, mag ein Anreiz für irgendwelche Könige sein, aber an Gründen, die Hauptstadt des Feindes einzunehmen, mangelt es auch ohne das nicht. Das Pack will Beute, so sieht's aus. Und Lidium ist eine riesige Schatzkammer voller Beute. Der Geifer klebt denen schon ums Maul."

„Mag sein", sagte Kathryn. „Aber dennoch… ich muss in die Stadt, bevor sie belagert wird. Sonst komme ich nicht mehr herein und nur die Götter wissen, was mein Onkel noch vorhat. Ich muss ihn aufhalten."

In diesem Moment kamen zwei von Coras Mädchen aus dem Zelt heraus. Es war die große Maira mit einem weiteren Mädchen, von dem Kathryn wusste, dass ihr Name Susi lautete. Letztere hielt sich beide Hände vor das Gesicht, Blut troff ihr das Kinn hinab und die Augen standen voll Tränen.

„Teufel, was war nun schon wieder?", rief Cora.

Maira war es, die antwortete: „Sie kam schon so raus. Ist mit einem Soldaten in die hinteren Zelte. So ein großer, mit nem Fleck unter dem Auge. Ist ein rechter Hundsfott. Aber wie er heißt, weiß ich nicht. Komm sag's schon, Susi. Was war?" Aber das Mädchen brachte vor Geschluchze kaum ein Wort heraus. Plötzlich hob sie die Hand weg vom Gesicht und deutete mit dem Finger in eine Richtung. Cora und Kathryn drehten sich zeitgleich um und sahen drei Soldaten, die sich unter den Planen aus dem Zelt herausstahlen. Cora lief augenblicklich los. Kathryn folgte ihr nach kurzem Zögern.

„He!", rief Cora ihnen hinterher. Die Kerle drehten ihre Köpfe. Der Mittlere hatte ein auffälliges Mal unter einem Auge. Ein finsterer Mann, mit schwarzen, strengen Brauen und einem hässlichen, zerfurchten Gesicht. Wie er sich bewegte und wie seine Kameraden ihn an den Armen hielten, verriet Kathryn, dass er ordentlich betrunken sein musste. Und seine Augen sagten ihr, dass er gefährlich war.

„He, ihr Sauköpfe!", fuhr Cora sie an. „Was habt ihr Hunde mit meinem Mädchen gemacht?"

„Ist gut, Cora. Tut mir leid", sagte derjenige, der rechts stand. Ein älterer Soldat mit grauem Haar. „Er hat zu viel getrunken. Wir bringen ihn jetzt fort."

„Ja, zum Teufel, bringt ihn fort, aber hier braucht ihr Sauköpfe euch nicht mehr blicken zu lassen! Eure Fressen will ich nie wieder sehen."

„Was willst du?", schrie da der Betrunkene. „Du willst mir was vorschreiben?" Grob riss er sich von seinen Kameraden los und kam auf Cora zu, die Augen groß und heiße Wut stand in ihnen. Kathryn wich instinktiv einen Schritt zurück, aber Cora stand fest und reckte ihm das Kinn entgegen.

„Glaubst, ich lass mir von ner alten Hure wie dir was vorschreiben?"

„Besser wär's, du dummer Hund, sonst bekommst es nämlich mit der alten Hure zu tun", erwiderte Cora ungerührt. Der Schlag kam unvermittelt. Laut war sein Knall. Nur die flache Hand war es gewesen, doch es warf Cora zu Boden. Sofort stand sie wieder auf, aber der Soldat hatte sich bereits abgewendet. Über die Schulter rief er ihr zu: „Pass bloß auf! Glaubst, ich lass mir von so ner dreckigen Hure sagen, was ich zu tun habe? Komm mir nochmal blöd, dann siehst du schlimmer aus als das kleine Luder da drinnen."

Seine beiden Kameraden nahmen ihn wieder zwischen sich und führten ihn weg.

Kathryn stellte sich zu Cora. Ihre Backe war rot, ihre Lippe aufgeschlagen und blutig. Aus ihren Augen schossen Blitze.

„Und was macht man, wenn der Hund doch mal beißt?", wagte Kathryn zu fragen. Cora wischte sich mit dem Handrücken das

Blut von der Lippe. Dann spuckte sie aus, sah Kathryn an und sagte: „Vielleicht wirst du das ja auch noch lernen." Sie drehte sich um und lief zu den Zelten zurück.

„Ich muss los. Wir können nicht länger warten." Der Schein des abendlichen Feuers ließ Aris Gesicht in gelben und roten Farben erstrahlen. Auch er hatte gewusst, dass sie Lidium einnehmen wollten, obgleich er überrascht getan hatte. Kathryn gefiel nicht, was sie in ihm lesen konnte. Er war auf ihrer Seite, das sah sie, er mochte sie, auch das, aber er log und verbarg seine wahren Intentionen. Seine eigenen Pläne verfolgte er und war nicht bereit, diese mit Kathryn zu teilen. „Wenn die Stadt belagert ist, kommen wir nicht mehr rein. Wir müssen los… bitte."

Leise war es gesprochen, denn sie waren nicht allein. Wie des Abends üblich, wurde gemeinsam das Essen zubereitet. Bortos und Ramos standen unweit und nahmen zwei frisch geschlachtete Dabos aus. Victor und Hector gruben ein Loch, einen Söldnerofen, wie sie sagten, um darin Brot zu backen, und Isabella bereitete den Teig dazu. Ilsa und Rania schnitten Zwiebel und Rüben und wuschen Kohl und der kleine Tucco zerstampfte frischen Knoblauch in einem großen Mörser.

„Und wie sollen wir über den Fluss gelangen?", fragte Aris.

„Wie könnten es über Southgate versuchen", schlug Kathryn vor.

„Das ist von allen Seiten belagert. Da kommt keine Maus mehr durch."

„Dann suchen wir in Bolms nach einem Boot. Oder in den Dörfern entlang der Tumber. Wir werden schon was finden."

„Da draußen warten sicher die Männer von Grimmton auf uns. Wenn die auch nur eine leise Ahnung haben, wo wir sind, werden sie alle Orte am Wasser im Auge behalten", meinte Aris.

Ihre Wut ließ sie die nächsten Worte zischen.

„Das sagst du nur alles, weil du nicht weg willst." Aris verzog keine Miene, widersprechen tat er aber nicht. „Ich weiß, dass es deiner Schulter wieder besser geht", sprach Kathryn weiter. „Ich sehe doch, dass du hierbleiben willst, aber dann sag es auch so und halte mich nicht hin. Wenn es sein muss, dann ziehe ich eben allein los. Ich werde nach Lidium gelangen, mit oder ohne deine Hilfe. Aber ich finde, nach dem, was wir zusammen erlebt haben, könntest du mir zumindest die Wahrheit sagen." Herausfordernd schaute sie ihn an.

„Ich will hierbleiben, das stimmt. Aber dich alleine ziehen lassen... das mache ich auch nicht. So bin ich nicht." Seine Kiefer mahlten, als er nachdachte. „Du hast Eile, ich verstehe das, so etwas will aber gut geplant sein. Wir können nicht einfach aufbrechen. Da draußen lauern Soldaten von beiden Lagern, da ist Kriegsgebiet! Die erschießen uns und mit dir stellen sie andere Sachen an... keine schönen Sachen, das kann ich dir sagen. Ich spreche morgen mit meinem Bruder, mit Gonzalo, vielleicht hat der eine Idee. Vielleicht kann er ein Boot auftreiben. Vielleicht sogar ein Schiff." Er sah sie an. „Wir finden eine Lösung." Er lächelte. Und er log.

Die Erkenntnis schmerzte sie, traf sie tief. Sie versuchte, das Gefühl zu verstehen, das sie in ihm las. Da waren kein Hass oder Abneigung oder Missfallen, überhaupt nicht; da war sogar Bedauern und Zuneigung; er wollte ihr nichts Böses, und doch spürte sie die Lüge und rasend machte sie sie. Am liebsten hätte sie ihm ins Gesicht geschleudert, dass er log, und dass sie es wusste, und dass er sich zum Teufel scheren solle, aber wie ihr Wissen erklären? Sie drehte sich von ihm weg, griff nach ihrem Becher mit Wein, trank und dachte nach. Sie beobachtete, wie Bortos und Ramos die Dabos auf Stöcken befestigten, um sie so über dem Feuer zu garen. Vielleicht sollte sie sich an Bortos wenden, überlegte sie. Ginge der große Mann mit ihr, würde sich Aris ebenfalls anschließen, das wusste sie, wie sie ebenso wusste, dass sie es alleine niemals schaffen würde, egal, was sie zuvor gesagt hatte.

Weibliche Stimmen erklangen und aus dem Coras kamen ein paar der anderen Mädchen heraus und gesellten sich zu ihnen ans Feuer.

„Teufel", sagte Cara. „Bin ich froh, dass der Tag vorüber ist. War ganz schön was los. Bei dir ja auch, was?" Kathryn war gemeint und Cara bedachte sie mit einem merkwürdigen Blick. Schweigen war ihre Antwort und sie schaute ins Feuer, um Caras Augen auszuweichen. Für den Tag hatte sie genug von ihrer Gabe, genug davon, Dinge zu spüren, die sie nicht spüren wollte.

„Und dann hat irgend so ein Sauhund auch noch die kleine Susi verdroschen. Hat ihr die verdammte Nase gebrochen, so wies aussieht. Haben sie zu den Schwestern gebracht." Sie spuckte aus. „Pest und Pocken über den elenden Hundesohn."

„Mama wird sich den bestimmt vornehmen, wenn er sich nochmal herwagt", meinte Rania. „Danach wird er sich sowas zweimal überlegen."

„Gesehen hat sie ihn schon und ich würde sagen, er hat mehr Eindruck auf sie gemacht als umgekehrt", meinte Kathryn zynisch. Ihre Worte spiegelten ihr Gemüt wider.

„Wie meinst du das?", fragte Aris.

„Na, der Kerl hat ihr eine reingehauen", erzählte Kathryn. „Sie hat geblutet und alles." Alle Augen waren auf einmal auf sie gerichtet. Alles Reden um das Feuer war eingestellt.

„Wer hat Mama gehauen?", fragte Bortos, der Ausdruck auf seinem Gesicht stand für Gefahr. Mit einer solchen Reaktion hatte Kathryn nicht gerechnet.

„Der Kerl. Der Susi geschlagen hat", sagte sie nach kurzem Zögern. Sie hatte geglaubt, dass es noch jemand mitbekommen haben müsse, doch jetzt, wo sie darüber nachdachte, waren Cora und sie außer Sicht der anderen gewesen.

„Ein Kerl hat Mama geschlagen?" Diesmal war es Aris, der sprach, und an Cara war die Frage gerichtet.

„Ich wusst's doch nicht", stammelte Cara, als müsse sie sich verteidigen. „Hör's wie du zum ersten Mal. Die Susi war schon weg, als ich davon erfuhr. Ich weiß nicht mal, wer es gewesen sein soll."

„Wie sah er aus?" Diesmal war die Frage an Kathryn gerichtet.

„Der hatte so ein Mal unter dem Auge. Ein großer Fleck, wie eine Pflaume", sagte Kathryn.

„Rocko ist das!", rief Cara. „Das passt zu dem Hundsfott. Bei den gelb-schwarzen dient er, stimmts?"

„Ja!“, stimmte Rania zu. „Ist ein grober Kerl. Ich kenne den auch... ja, ich glaube, bei den gelb-schwarzen ist er.“

„Weißt du, wo die lagern?“, fragte Bortos Ramos.

„Ja!“

Schon erhoben sich die Männer. Isabella und Cara auch. Und ohne weitere Worte zu verlieren, holten sie ihre Waffen. Zurück am Feuer wurden die Büchsen geladen, Schwerter und Messer angelegt. Selbst der kleine Tucco bekam ein Gewehr.

Alles ging so schnell und selbstverständlich vonstatten, dass Kathryn allem wortlos und staunend gefolgt war. Jetzt aber erhob sie sich.

„Ich komme auch mit“, sagte sie. Aris sah sie an und schüttelte den Kopf.

„Nein. Zu gefährlich. Bleib hier, wir kommen bald zurück.“

„Ich will aber mitkommen“, sagte Kathryn. Ihr Zorn auf Aris hatte die Worte übertrieben laut werden lassen.

„Nein!“, bestimmte der Söldner.

„Was tust du denn so?“, mischte sich Cara ein. „Du behandelst sie wie ’ne verdammte Prinzessin, weißt du das. Das Mädchen kann schießen, ich hab’s gesehen. Lass sie doch mit.“

Aris sah von ihr zu Cara und wieder zurück. Kathryn wusste, dass das Wort *Prinzessin* den Ausschlag gegeben hatte.

„Dann komm halt mit! Aber du“ – er zeigte mit dem Finger streng auf Cara – „bist für sie verantwortlich!“

Das alte Gewehr von Hector lag ihr leicht und angenehm in den Händen. Ihre Pistole hatte sie ebenfalls dabei. Griffbereit und geladen steckte sie in ihrem Gürtel. Ein Schauer der Aufregung durchströmte sie, denn sie wusste nicht, was sie erwartete. Dunkel war es und still und ihre Schritte waren das einzige Geräusch. Die Geschwister und Mädchen pflegten stets sehr spät zu Abend zu essen, wenn im *Coras* die meisten Gäste gegangen waren, und so schien das Gros des Lagers schon zu schlafen und nur vereinzelt sah man kleine Gruppen von Soldaten um ihre Feuer sitzen. Mondlos war die Nacht.

Vor einem der größeren Kompaniezelte deutete Ramos auf die Fahne. Im Dunkel konnte Kathryn die Farben nicht erkennen, die Reaktion der Männer zeigte ihr aber, dass sie richtig waren. Schweigend schritten sie entlang der Zeltreihen. Das Licht eines größeren Wachfeuers strahlte in langen, tanzenden Zacken auf den schwarzen Boden. Lachen und Gerede erklangen. Die Männer, die die Spitze gaben, hielten an, flüsterten sich Dinge zu und Aris und Tucco schlichen vor, um die Lage zu erspähen. Bald kamen sie zurück und Kathryn erkannte zustimmende Gesten. Sie mussten den Kerl gefunden haben.

Es wurde abgesprochen, wer von welcher Seite käme. Ramos sollte mit Isabella und Tucco rechts herum schleichen, derweil Hector und Victor zusammen mit Cara und ihr von links kommen sollten.

Geduckt schlichen sie hinter die Soldatenzelte, die die Feuerstelle umringten. Hector machte Cara und ihr durch Zeichen verständlich, zwischen welchen beiden Zelten sie sich positionieren sollten. Dann verschluckte ihn die Dunkelheit und Cara und sie waren allein. Kathryns Herz pochte laut in ihrer Brust. Sie lauschte. Fünf Kerle, schätzte sie, saßen um das Feuer, vielleicht sechs. Unaufgeregt unterhielten sie sich und mancher Satzfetzen drang bis zu Kathryn Ohr, doch sie versuchte gar nicht erst, ihren Sinn zu erfassen, denn weiterhin lauschte sie angestrengt auf die anderen Geräusche, von denen sie wusste, sie würden sogleich erklingen. Da hörte sie Bortos Stimme.

„Abend, die Herren!" Die Gespräche rund ums Feuer verstummten. Stille folgte.

Cara gab ihr ein Zeichen, und sie schlichen geduckt zwischen den Zelten auf das Feuer zu. Cara hielt ihr Gewehr schussbereit, Kathryn tat es ihr gleich. Sechs Männer befanden sich um das Feuer, auf waagerechten Baumstämmen sitzend. Sie starrten alle auf Bortos, der auf sie zuging, als träfe er zufällig auf ein paar Kameraden.

„Wer bist du?", fragte einer der Männer, der Klang misstrauisch.

Bortos war am Feuerplatz angelangt.

„Bortos ist mein Name."

Aus den knappen Kopfbewegungen der Männer deutete Kathryn, dass sie sich Blicke zuwarfen. Sie schienen den Namen zu kennen.

„Und was willst du hier?“ Ein anderer Kerl hatte gefragt, und Kathryn erkannte die Stimme augenblicklich. Der Mann mit dem Mal unter dem Auge war es.

„Wir wollten uns nur ein wenig unterhalten“, erklang die Stimme von Aris, von der anderen Seite her.

Ein paar der Kerle griffen hinter sich, offenbar auf der Suche nach ihren Waffen, da waren schon Isabella, Hector, Victor und Tucco da und zielten schweigend mit ihren Gewehren. Cara war ebenfalls vorgesprungen und Kathryn ihr hinterher. Sie zielten auf die beiden, die ihnen am nächsten waren, und hinter Kimme und Korn starrte Kathryn ein bärtiges Gesicht entgegen, die Augen angstvoll geweitet, die Hände offen zur Seite haltend.

„Ruhig, meine Freunde“, sagte Aris. „Wir wollen doch nicht, dass jemand zu Schaden kommt.“ Er hatte seine Pistole in der einen, ein Gewehr in der anderen Hand. Er setzte sich auf einen freien Platz zwischen die Männer, Pistole und Gewehr je auf einen Sitznachbarn zielend.

Indessen war Bortos über einen der Baumstämme gestiegen und entlang des Feuers zu dem Kerl mit dem Mal gegangen. Kathryn wagte sich weiter hervor. Sie wollte sehen, was geschehen würde. Die Soldaten hatten sich alle wieder dem Feuer zugedreht und aller Augen waren auf Bortos und den Mann mit dem Mal gerichtet. Eine Weile starrten sich beide an, Bortos stehend, er sitzend, dann nahm Bortos neben ihm Platz. Der Kerl war breit und groß, doch neben Bortos sah er beinahe schmächtig aus.

„Mir kam zu Ohren, du schlägst gerne Frauen.“

Kathryn sah, wie der Angesprochene seinen Rücken durchdrückte und sich größer machte. Der Suff schien ihm vergangen zu sein, daran, zurückzustecken, dachte er aber offenbar nicht.

„Nur, wenn sie es verdient haben.“

„Und du glaubst, meine Mama, die hatte es verdient?“, fragte Bortos.

Die Kiefer seines Gegenübers mahlten.

„Was geschehen ist, ist geschehen. Was willst du von mir hören?"

Bortos nickte gedankenvoll, als dächte er darüber nach.

„Es ist nur so, dass niemand meine Mama schlägt. Zumindest niemand ungestraft."

„Und jetzt?", fragte der Kerl. „Jetzt soll ich wohl Angst haben, was?" Seine Augen ließen kurz von Bortos ab, betrachteten ihre Gruppe, die mit bereiten Waffen dastand. Seine Augen kehrten zu Bortos zurück. „Kommst hierher mit deinem Gesindel in unser Lager und glaubst, ich scheiß mich gleich ein, was? Die anderen, die haben vielleicht Angst vor eurem Pack, aber ich nicht. Nichts als ein Haufen Hurensöhne und Trossratten und Bastarde seid ihr. Und du… du bist der schlimmste von allen. Ja, ich weiß, wer du bist. Und auch, was du bist. Du verdammte S… " In diesem Moment zog der Kerl ein großes Messer aus seinem Stiefel und stach nach Bortos. Bortos packte die bewaffnete Hand und gab seinem Gegenüber einen Kopfstoß, dass ihm sein Hut und Bortos die Melone vom Kopf fiel. Immer noch die bewehrte Hand im festen Griff, packte Bortos mit der anderen den Kerl am Kragen und warf ihn zu Boden.

Einer seiner Kameraden, die bei Kathryn saßen, ließ seine Hand nach hinten gleiten, auf der Suche nach seiner Waffe. Da waren schon Cara und Hector bei ihm. Die Läufe ihrer Gewehre berührten seinen Hinterkopf und langsam zog er seine Hand wieder zurück.

Indessen hatte Bortos den Kerl zum Feuer gezogen, hielt dessen Hand in die Flammen, dass er aufschrie und sein Messer fallen ließ. Dann war Bortos über ihm. Sein Kopf fuhr auf den Gegner hinab, dreimal, viermal, bis das Gesicht von Bortos nass vom Blut war. Nun schlug er mit den Fäusten zu. Immer wieder. In wilder Rage. Vom Feuer hell beschienen, konnte Kathryn alles sehen. Der Kopf des Kerls wandelte sich vom Antlitz eines Menschen in eine einzige blutige Masse. Als Bortos endlich von ihm abließ, war der Schädel zerschlagen, der leblose Körper zuckte. Der große Mann erhob sich. Das Rot des Flammenscheins erleuchtete sein blutüberströmtes Gesicht. Fürchterlich sah er aus!

„Noch jemand hier, der mich irgendetwas nennen will?", brüllte er und sah der Reihe nach die Soldaten an. Keiner machte einen Mucks.

Schließlich bückte sich Bortos, um den Toten zu fleddern. Da sagte einer der Soldaten, ein älterer Kerl mit grauem Bart: „He! Das nicht. Hast getan, weshalb du gekommen bist. So sei es. Hab ihm gesagt, dass keiner die Cora anrührt. Hab ihn gewarnt. Aber er war nunmal ein dummer Hundsfott und hat nicht hören wollen. Scheiß auf ihn!" Er spuckte aus. „Aber sein Zeug, das bleibt hier. Das steht der Rotte zu. So ist es Brauch. Und die Leiche, die nehmt ihr gefälligst mit."

Bortos sah ihn an, dann nickte er.

„So sei es."

Im *Coras* erwartete sie ein gedeckter Tisch mit angerichteter Speise, drum herum die Mädchen, der einbeinige Thomas, der alte Toni und dazu eine streng dreinschauende Cora, mit in die Hüfte gestemmten Händen. Gäste waren keine mehr da. Ramos und Hector waren losgegangen, die Leiche verschwinden zu lassen, ohne dass Kathryn erfuhr, wie solches bewerkstelligt wurde. Der Rest ihrer kleinen Truppe stand im Zelteingang.

„Wo kommt ihr her?", fragte Cora. Bortos war es, der antwortete.

„Haben uns um eine Kleinigkeit gekümmert, die erledigt werden musste."

Kathryn erkannte, dass Cora längst unterrichtet war. Sie stellte sich vor ihre Kinder mit erhobenem Zeigefinger.

„Glaubt ihr, mit so einem Hundsfott werde ich nicht alleine fertig? Haltet ihr mich für so alt und nutzlos, dass ich nicht selbst auf mich aufpassen kann? Und dann auch noch ihr beiden?" Aris und Bortos waren gemeint.

„Die Sache musste aus der Welt geschafft werden", meinte Aris schulterzuckend. „Also haben wir sie aus der Welt geschafft. Glaubst du, wir sehen da nur zu? Keiner rührt dich an!"

„Zwei Jahre haben sie euch von mir fortgejagt. Und dann macht ihr sowas? Sowas will geplant und überlegt sein. Hat euch einer gesehen? Was, wenn einer das Maul aufmacht?"

„Von denen wird keiner reden“, sagte Bortos überzeugt. „Ich gegen ihn. War ne ehrenhafte Geschichte. Mach dir keine Gedanken mehr, Mama.“

Cora schüttelte den Kopf, ihr Gesichtsausdruck strafte die Geste aber Lügen. Sie breitete die Arme aus.

„Kommt her, meine Männer.“ Sie tätschelte und küsste die Beiden. „Achje, ich will doch nur nicht, dass ihr mir wieder weggenommen werdet.“ Zwischen den Schultern ihrer Söhne suchten Coras Augen nach Kathryn. Der Blick war bedeutungsvoll und Kathryn verstand ganz ohne Gabe, was er besagte.

~ 30. Kapitel ~

Kathryn und Aris

„Ich glaube, es ist besser, wenn ihr die Sache bleiben lasst“, sagte Mama und streichelte Aris Gesicht. Immer schon war sie sehr körperlich gewesen, hatte Aris, wie alle, die sie ihre Kinder nannte, viel geküsst und viel berührt, und Aris, obgleich er es nicht war, merkte nach den Jahren der Abwesenheit, wie sehr er die Berührungen vermisst hatte.

„Teufel, Mama. Es war doch deine Idee!“, sagte er.

„Und jetzt gefällt sie mir nicht mehr“, sagte sie schulterzuckend. „Ich mag das Mädchen irgendwie“, fügte sie an, als erkläre das etwas.

„Ich bin auch dagegen“, sagte Bortos erwartungsgemäß.

„Und was dann?“, fragte Aris. „Sollen wir los nach Lidium? Ist es das, was ihr wollt? Das wird kein Spaß, das kann ich euch sagen. Du hast es doch selbst gesagt.“ Die Worte waren an Cora gerichtet. „Da draußen kann's uns gut und gerne an den Kragen gehen. Und unserer kleinen Prinzessin ebenso. Hier dagegen werden sie gut auf sie aufpassen.“

„So, wie die Sache steht, wird man sie nach Sippan schaffen und der alte Antonio wird sie an einen seiner Söhne vermählen“, sagte Cora.

„Teufel, das arme Ding. Wird an einen Prinzen vermählt… da ist es natürlich besser, wir schleppen sie ins Feld, wo eine ganze Horde bereitsteht, ihr den Garaus zu machen.“

„Bei den Sippanern wird sie nicht viel mehr als eine Gefangene sein“, meinte Cora. „Das wird ihr nicht gefallen, denke ich. Und mir gefällt es auch nicht. Vielleicht solltest du sie selbst fragen.“

„Meine Rede, potztausend. Lass Kathryn bestimmen, was ihr Weg sein soll“, stimmte Bortos zu.

Aris sah sie finster an. Er kannte Kathryn inzwischen gut genug, um zu wissen, was sie wollen würde, vor allem aber, um zu wissen, was sie nicht wollen würde.

„Nur, weil Kathryn es nicht will, heißt noch lange nicht, dass es nicht besser wäre. Besser für sie und besser für uns."

„Mag sein", meinte Mama. „Aber wenn du es machst, wirst du es vielleicht bereuen, mein Sohn. Was immer da zwischen euch ist, verrätst du sie, zerstörst du es."

Was sollte schon zwischen ihnen sein, zwischen einer Prinzessin und einer Trossratte?, dachte er.

„Die Belohnung von Spinola wird mich schon darüber hinwegtrösten. Und dass ich dann noch am Leben bin, ebenso."

„Nein!", sagte Bortos bestimmt. „Mir gefällt das nicht, überhaupt nicht. Mama hat ganz recht. Ist doch kein weiter Weg bis nach Lidium. Nach allem, was wir bisher durchgemacht haben…. Müssen es nur über den Fluss schaffen, dann schaffen wir es auch in die Stadt. Ein Boot, ein Schiff… irgendetwas wird sich schon finden. Wir helfen Kathryn, bekommen unsere Belohnung und wenn alles vorbei ist, kommen wir hierher zurück. Oder das Coras zieht ins norländische Heer." Er schaute erwartungsvoll zu seiner Mutter.

„Das nicht, mein Sohn. Mein Platz ist hier, verstehst du? Hier weiß man, wer ich bin und was ich bin, und auch, was es von mir zu erwarten gibt. Ich kenne die Oberen und sie kennen mich. Ich habe zu lange gebraucht, mir meine Stellung aufzubauen, als dass ich sie einfach aufgebe. Ich will nicht mehr woanders hin", sagte Cora.

Außerdem ist es Sippan, das gewinnt, dachte Aris bei sich.

„Dann kommen wir eben hierher zurück. Wir haben schon Härteres geschafft, Bruder. Wir verfrachten Kathryn nach Lidium und kehren mit vollem Beutel wieder her. Was meinst du, Bruder?"

„Was ich dazu meine? Der Teufel hole deinen Dickkopf, meine ich. Eines Tages bringt er uns noch unter die Erde", er schüttelte genervt den Kopf. „Aber die Geschichte lässt sich freilich besser erzählen, wenn wir das Prinzesschen gerettet haben, nehme ich an." Bortos schaute zufrieden, Cora dagegen musterte ihn immer noch skeptisch. „Ich gehe zu Gonza", sagte Aris dann. „Mal sehen, was sich an der Front so tut. Wollen wir los, müssen wir wissen, was Sippans nächste Schritte sind. Außerdem brauchen wir einen Weg über den Fluss."

Aris schritt die Zeltreihen entlang. Früh war es und frisch und morgendlicher Nebel hing noch in der Luft. Er fand Gonzalo beim Exerzieren. Auf einem taufeuchten Flecken Gras nahm Aris Platz und beobachtete die Soldaten bei ihren Übungen. Der Feldwebel schien ein fordernder Mann zu sein, der seine Untergebenen ordentlich drillte, derweil der Hauptmann mit seinem Leutnant an der Seite dem Geschehen regungslos folgte. Im Hintergrund der Szenerie schwebten schwere Transporterschiffe dicht über dem Lager, offenbar bereit zu landen. Jetzt sah Aris, dass auch die anderen Kompanien am Exerzieren waren, fanden sich überall auf den freien Plätzen Soldaten in Formation, in voller Kampfmontur und mit geschulterten Gewehren. In rechteckigen Karrees standen sie zusammen, die Schützen außen, die Piken und Nahkämpfer innen, und die wehenden Kompaniefahnen ragten aus ihrem Zentrum über alle hinweg. Der Klang von nahen und fernen Trommelschlägen vermengte sich zu einem einzigen Prasseln, gleich einem Hagelschauer. Irgendetwas war im Gange.

Nach dem Abtreten kam Gonzalo zu Aris gelaufen, die Stirn feucht von Schweiß. Erschöpft legte er sich neben Aris ins Gras.

„Puh! Der Hundsfott nimmt uns ganz schön ran, sag ich dir."

„Sei froh drum!", meinte Aris. „Glaub mir, ein guter Feldweibel ist was wert. Und eurer taugt was. Im Kampf zahlt sich sowas aus."

„Wenn du meinst. Ich kann den Hundsfott trotzdem nicht leiden. Hast mir ein bisschen Kraut?" Gonzalo holte seine Pfeife hervor. Aris tat es ihm gleich und stopfte beide mit frischem Kraut. Bald pafften sie weiße Wolken heraus.

„Ist einiges los bei euch. Gibt es Neuigkeiten? Sieht mir nach Abmarsch aus", sagte Aris.

„Sie haben sich noch nicht dazu herabgelassen, uns einzuweihen, aber ja, sieht ganz nach Abmarsch aus. Manche glauben, morgen schon. Die Sache wird ernst."

Eine Weile schwieg Aris und dachte nach. Schließlich sagte er: „Führ mich zu eurem Hauptmann, Gonza. Ich muss mit ihm sprechen."

„Wozu?“, fragte Gonzalo. Aris nahm einen tiefen Zug an der Pfeife, blies langsam aus. Bitter schmeckte es ihm heute.

„Ich will beim Talgo vorsprechen, und ohne Empfehlung lassen die mich sicher nicht vor. Der Hauptmann soll mir einen Passbrief ausstellen. Ist er dir zugetan?“

„Vargas? Ich denke schon. Ist oft im *Coras* und er weiß, dass ich ihr Sohn bin. War schon immer gut, eins von Mamas Kindern zu sein. Wenn er einen guten Grund hört, wird er es mir nicht verwehren. Also, was ist der Grund?“ Aris schaute zu seinem Bruder, dann begann er zu erzählen.

„Tausend Teufel, Aris. Die scheiß Prinzessin von scheiß Norland?“, stieß Gonzalo aus, als Aris seine Erzählung beendet hatte. „Ist das dein Ernst?“ Er schien an etwas Vergangenes zu denken. „Tod und Teufel, hübsch ist sie ja und alles, aber eine echte Prinzessin… das hätte ich ihr nicht angesehen.“

„Woran willst du es ihr auch ansehen? Mit ’ner Krone auf dem Haupt wird sie hier bestimmt nicht rumrennen.“

„Teufel, Bruder. Und ich dachte, du und sie und so… Schneid mir die Eier ab! Hast du etwa… du weißt schon.“

„Sie ist die verdammte Prinzessin, Gonza.“ Gonzalo betrachtete ihn verschmitzt.

„Nein, hab ich nicht“, sagte Aris schließlich.

„Naja, das adlige Volk spreizt für unsereins nicht gern die Beine, das ist bekannt“, meinte Gonzalo ein wenig enttäuscht. „Und jetzt? Wieso willst du sie den Sippanern übergeben?“

„Ich will es nicht, aber es ist das Beste für alle. Es geht nicht anders.“

„Da ist sicher eine ordentliche Summe drin, will ich meinen“, sagte Gonza.

„Mama sagt, mindestens einhundert. Ich werde es mit dem Doppelten versuchen.“

„Zweihundert Silberne. Tod und Teufel, dafür verrät man schon mal eine Prinzessin, denke ich.“

„Ja“, sagte Aris tonlos. „Das denke ich auch.“

~

„Was hat der Kerl von gestern gemeint, als er gesagt hat, er weiß, was Bortos sei?", fragte Kathryn. Cara setzte ihren typisch belehrenden Blick auf, wenn Kathryn etwas fragte, was ihrer Ansicht nach ganz fraglos war.

„Ach, mein süßes, weißes Tuch. Mach dir da mal lieber keine Gedanken drum. Das ist noch nichts für dich." Kathryn sah sie böse an, aber Cara lachte nur. „Und jetzt komm. Die Offiziere wollen ihren Wein und dein hübscher de Huga ist auch dabei."

„Wirklich?", fragte Kathryn. Sie wusste nicht, ob sie dem Sippaner noch einmal begegnen wollte, aber das Gefühl seines Kusses war ihr noch manches Mal in den Sinn gekommen.

„Allerdings. Und ich kann dir verraten; er ist ein hervorragender Liebhaber", sagte Cara mit einem Augenzwinkern. „Vielleicht willst du am Ende ja doch noch eine von uns werden. Normalerweise versteigert Mama eine Jungfernschaft, um den besten Preis zu erzielen, aber ich könnte mir vorstellen, bei dir macht sie eine Ausnahme. De Huga ist sehr vermögend und so, wie er dich angesehen hat, zahlt der sicher eine Menge, um bei dir der Erste zu sein."

Es war nicht die erste Anspielung dieser Art und ganz selbstverständlich schien es Cara, dass jemand, der im Coras arbeitete und unter Cora und ihren Kindern verweilte, früher oder später einer solchen Arbeit nachgehen würde. Aber Kathryn erkannte mehr noch in Caras Augen. Ein gewisses Misstrauen konnte sie darin lesen, welches zuletzt zugenommen hatte, doch sie konnte nicht sagen, ob es eine Ahnung war, Kathryns Identität wegen, oder ob es um diese *andere Sache* ging. Kathryn vermochte nicht, die *andere Sache* in Worte zu fassen, vielmehr war es ein Gefühl. Etwas, das zwischen ihnen stand. Es war, als könne Cara Kathryn erst richtig akzeptieren, als würde sie erst dann wirklich dazugehören, wenn Kathryn bereit wäre, ebenfalls die gelben Bändel anzulegen. Aber so sehr Kathryn die kleine Dirne mittlerweile ins Herz geschlossen hatte, das würde niemals geschehen.

„So, wie ich das letzte Mal vor ihm weggerannt bin, will er sicher nichts mehr von mir wissen“, sagte Kathryn. „Soll ich dort auch bedienen?“

„Will also nichts mehr von dir wissen, was? Und wieso hat er dann gleich nach dir gefragt?“ Cara lächelte vielsagend. „Komm, einen Offizier lässt man nicht warten.“

Im Nebenzelt mit den gepolsterten Stühlen saßen die Offiziere des Valdecosta, ohne ihren Obristen allerdings, der sich beim Kriegsrat befand, wie es hieß. Die Offiziere rauchten und tranken, doch die Stimmung war ernsthaft, und es wurde viel geredet und wenig gelacht.

Als Cara und Kathryn durch den Vorhang traten, war es Leutnant Tedessio, der Kathryn zuerst bemerkte.

„Werte Dame“, sagte er und stand auf. „Mein geschätzter Freund und Waffenbruder, de Huga hier, den ich über alles liebe und schätze, machte mir zum Vorwurf, dass ich Euch zuletzt despektierlich behandelt, ja, vielleicht sogar beleidigt habe. Seid versichert, nichts lag mir ferner. Trunk und Kraut haben aus mir gesprochen und um meiner Ehre willen, als auch, um meinen lieben Freund de Huga gütig zu stimmen, bitte ich Euch gnädigst um Verzeihung, Mylady.“ Er schaffte es nicht gänzlich, den Spott aus seinem Tonfall zu bannen, insbesondere aus dem letzten Wort.

„Euer Gnaden brauchen sich darum keine Sorgen zu machen“, antwortete Kathryn mit höfischem Klang. „Ein Mann Eures Standes braucht sich doch um die Belange der Standeslosen nicht zu kümmern, noch glaube ich, dass er es je getan hätte. Und wie ich Euer Gnaden kennengelernt habe, können jene Worte ohnehin nicht ernster gemeint gewesen sein, als die soeben ausgesprochene Entschuldigung, weshalb ich jene gerne verzeihen und diese bedenkenlos ausschlagen kann.“

Tedessio machte große Augen und Kathryn hörte de Huga auflachen.

„Gute Götter, Mylady, Ihr versteht Euch auf die höfische Sprache besser als meine Gouvernante es tat“, sagte der Edelmann. Er kam auf sie zu und verneigte sich galant. „Nun denn, ein Ehrenmann erkennt, wenn er geschlagen wurde. So lasst mich einen neuen Versuch wagen, diesmal so ernsthaft, wie ich es nur vermag. Verzeiht mir, Kathryn aus Norland, sollte ich Euch beleidigt haben. Ich, Alfredo Tedessio de Chinchon, verspreche; kein schlechtes Wort über Euch soll je wieder meine Lippen verlassen, und darauf gebe ich Euch mein Wort als Edelmann." Er nahm ihre Hand und gab ihr einen Handkuss.

„So gesprochen, werter Tedessio, nehme ich Eure Entschuldigung an, denn dass Ihr ein Mann von Ehre sein, daran wagte ich niemals zu zweifeln." Worauf Kathryn leicht den Kopf verneigte.

Tedessio lachte und sagte, sich dabei an de Huga wendend: „Ha, de Huga, Ihr habt wahrlich ein Gespür für das weibliche Geschlecht! Diese hier scheint mir etwas ganz Besonderes zu sein." Dann wieder zu Kathryn. „Und nun, werte Dame, lasse ich Euch Eurer Arbeit nachgehen, denn uns dürstet und wir haben manches zu besprechen."

Er setzte sich wieder hin und Kathryn bemerkte Caras eindringlichen Blick. Sie schaute schnell weg und begann, den Männern Wein einzuschenken. Als sie bei de Huga ankam, lehnte er sich zurück und betrachtete Kathryn mit einem Schmunzeln. Er war so schön, wie sie ihn in Erinnerung hatte.

„Du steckst voller Überraschungen, meine nordische Schönheit", sagte er und legte eine Hand auf ihre Hüfte. „Ich würde dich gerne besser kennenlernen, denn das letzte Mal wurden wir ja leider unterbrochen. Unglücklicherweise werde ich wohl für geraume Zeit fort müssen, aber sobald es mein Dienst zulässt, und die Götter gnädig sind, werde ich dich wieder aufsuchen. Darf ich dann auf ein ausführlicheres Zusammenkommen hoffen?"

„Wo müsst Ihr denn hin, Euer Gnaden?", fragte Kathryn, ohne auf seine Frage einzugehen.

„In den Krieg, Schönheit. Morgen ziehen wir los."

„So bald schon?", stieß Kathryn überrascht aus. De Huga schien zu glauben, die Sorge beziehe sich auf ihn.

„Der Dienst erfordert seine Pflichten, meine Liebe, aber ich habe nicht vor, da drüben mein Leben zu lassen, keine Sorge. Ich kehre zurück, da kannst du dir sicher sein." Er sprach mit dem Selbstbewusstsein von Jugend und Stand, und Kathryn konnte nicht umhin, seine Art anziehend zu finden.

„Gibt es denn einen bestimmten Grund, weshalb Ihr so plötzlich aufbrecht?", fragte Kathryn weiter. Sie bemerkte, dass Cara gegenüber bediente und dabei ihrem Gespräch unauffällig lauschte.

„Das Wetter", sagte de Huga. „Es nebelt stark die letzten Tage und für das, was wir vorhaben, ist es ein Vorteil." Sie erlas seinen Augen, dass da noch mehr war.

„Nur deshalb?", fragte sie auffordernd.

Er runzelte die Stirn.

„Nicht nur… aber ich wollte dich nicht kränken. Der Tod eurer Prinzessin schien dir nahe gegangen zu sein."

Kathryn wurde kalt.

„Ich bin immer neugierig auf Nachrichten aus meiner Heimat. Bitte, teilt sie mir mit, selbst auf die Gefahr hin, dass sie mich traurig stimmen könnten", erwiderte Kathryn, bemüht darum, zu klingen, als könne dies nie wirklich der Fall sein.

De Huga zögerte kurz, dann sagte er: „Der junge König ist verstorben. Die Gerüchte über seinen Gesundheitszustand scheinen wahr gewesen zu sein. Und damit ist der Thron Norlands vakant. Wir haben Befehl, über die Tumber zu setzen und die Hauptstadt zu belagern, komme, was wolle. Es werden schwere Zeiten auf Eure alte Heimat zukommen, fürchte ich. Es tut mir leid."

Diesmal hatte sie sich besser im Griff. Sie nahm die Nachricht ohne äußere Regung auf, nickte und sagte ruhig: „Ich danke Euch, Euer Gnaden, dass Ihr es mir gesagt habt und dass Ihr ehrlich wart."

Sie ging weiter, um den fehlenden Offizieren Wein nachzuschenken, begab sich dann in Ruhe aus dem Nebenzelt, lief durch das Hauptzelt nach draußen und stieg dort über eines der Spannseile, bis sie sich alleine glaubte, und begann stumm zu weinen. Kein erschütterndes Weinen war es, das einen schüttelte und überwältigte, sondern ein stilles und trauriges, und die Tränen flossen gerade und weich ihr Gesicht hinab. Sie hatte ihn doch gar nicht gekannt, sagte sie sich, diesen kleinen Jungen, der ihr Bruder war, weshalb also ließ sein Tod sie sich so alleine fühlen? Vielleicht, weil sie in ihm die Rettung gesehen hatte, immer dann, wenn sie sich vorgestellt hatte, nach Lidium und an den Hof zu gelangen, war ihr Bruder es gewesen, zu dem sie sich hätte führen lassen, und seine Hilfe war es, auf die sie gehofft hatte. Wer blieb ihr denn noch bei Hofe, der ihr vertraut war? An welche Person sollte sie sich wenden, wenn sie jemals wieder zurückkam?

„Was machst du denn hier?", hörte sie eine Stimme hinter sich.

Kathryn erschrak und drehte sich um. Cara war es.

„Heulst du etwa?", fragte sie.

Kathryn wischte sich die Tränen aus dem Gesicht und sagte: „Es ist nichts." Dann schaute sie Cara in die misstrauischen, dunklen Augen. Zusammengekniffen waren sie und dahinter tosten und wirbelten die Gedanken gleich einem Sturm. Es blitzte und funkte. Erkenntnis war es, die Kathryn sah.

„Du… du bist es. Du bist es wirklich… Götter, deshalb auch der Name… deshalb sind die so nett zu dir… das Reden und deine Art… dann… dann war er dein Bruder und du bist… du bist jetzt… Götter, und ich hab dir gezeigt, wie ein Schwengel funktioniert." Sie hielt sich entsetzt die Hände vor den Mund.

Unweigerlich musste Kathryn lachen. Es brach einfach aus ihr heraus. Erleichternd und befreiend.

„Und dafür werde ich dir ewig dankbar sein", sagte sie milde und griff nach Caras Händen.

„Dann bist du es also wirklich?", fragte Cara.

„Ich weiß gar nicht so genau, was ich gerade bin, aber ich bin auf jeden Fall die Person, an die du denkst."

„Und Aris und Bortos wissen es?"

„Ja. Und Cora auch."

Eine Weile blieb die kleine Dirne still, schien zu verarbeiten, wessen sie eben gewiss wurde.

„Und was hast du jetzt vor?", fragte sie dann.

Ja, dachte Kathryn bei sich, *genau das ist die Frage. Was habe ich jetzt vor?* Und noch während die Frage in ihrem Kopf nachhallte, entdeckte sie im Hintergrund die Gestalt von Aris. Auch er entdeckte sie, schien sie gesucht zu haben und kam nun auf sie zu. Und in seinen Augen sah Kathryn, dass etwas nicht stimmte.

~

Hauptmann Vargas hatte ihnen den Passbrief erstellt. Aris hatte ihm zwar nicht erzählt, weshalb genau er beim Lagerkommandanten vorsprechen wolle, doch die Versicherung, dass es von großer Wichtigkeit sei, und zudem Gonzalo, der für ihn gebürgt hatte, waren dem Hauptmann genug gewesen.

So saßen sie nun unweit des Kommandantenzeltes, das sich in einem abgesperrten Bereich im Zentrum des Lagers befand, rauchten Pfeife und warteten seit nunmehr einigen Stunden darauf, dass man sie vorlasse, denn im Zelt wurde fleißig Kriegsrat gehalten.

Aris spuckte missmutig aus und stopfte sich die nächste Pfeife, obgleich er des Rauchens längst überdrüssig war.

„Weißt du, Bruder, du musst es nicht tun“, sagte Gonza neben ihm, der ihn genau musterte.

Sie hatten sich die Zeit damit vertrieben, dass Aris ihm den Hergang ihrer ganzen Flucht geschildert hatte, von dem Überfall, dem Kampf gegen den Schwertsänger, dem Hexenjäger, ihrer Reise durch die Ewige Marsch. Auch von Kathryn hatte er erzählt.

„Was meinst du?“, fragte Aris.

„Na, das, weswegen wir hier sind. Gute Götter, du solltest mal dein Gesicht sehen. Siehst nicht gerade aus, wie einer, der gleich eine fette Belohnung einsackt, sondern wie einer, den sie zum Peitschen schicken.“

„Nein, es muss sein. Einer muss der Vernünftige sein. Ich hätte es gerne anders, aber die Wahrscheinlichkeit, sie unbeschadet nach Lidium zu bringen…“ Er schüttelte den Kopf. „Wäre ein Würfelspiel, nichts weiter. Und ich hatte noch nie Glück im Spiel.“

„Auch auf einen Hundearsch scheint mal die Sonne“, meinte Gonzalo. „Kannst nicht immer Pech haben, Aris. Die andere Möglichkeit wäre, zu warten, bis wir die Stadt eingenommen haben. Dann kommt ihr leicht hinein." Er grinste.

„Das käme auf das Gleiche raus. Wenn Sippan dort das Sagen hat, dann kann ich sie auch gleich hier und jetzt übergeben", meinte Aris. „Achtung, da kommt was in die Gänge."

Eine Truppe Soldaten kam auf das Kommandantenzelt zumarschiert. Eine ganze Rotte, die einen Mann in ihrer Mitte umringte. Für einen Augenblick wurde der Blick frei. Und Aris drehte sich abrupt um und zog seinen Hut tief ins Gesicht.

„Was ist?", fragte Gonza verwundert.

Aris rührte sich nicht. Es bestand kein Zweifel. Der seltsame Hut, die weiße Robe, das absurd große Schwert. Der verdammte Schwertsänger war hier und es konnte nur einen Grund dafür geben.

„Siehst du den Kerl in der Mitte der Soldaten?"

„Scheißt der Teufel in den Wald! Das ist ein… ist das der, von dem du erzählt hast?"

„Ja!", sagte Aris, den Soldaten und dem Schwertsänger immer noch den Rücken zugewandt. „Wohin führen sie ihn?"

„Zum Kommandantenzelt", sagte Gonzalo.

„Teufel, was hat das zu bedeuten?" Aris dachte scharf nach. Seine Pläne zerstoben vor seinen Augen wie Pfeifenrauch. „Ich muss los. Ich muss die anderen warnen. Hör zu, Gonza. Du musst da rein. Du musst rausfinden, was da vor sich geht, verstanden."

„Geht klar!", meinte Gonza. „Ich kenne zwei von den Kerlen dort. Die ihn bewachen. Sind von der Roten." Beide erhoben sich.

„Gut! Wenn du mehr weißt, komm zu Mama", sagte Aris und lief los.

Vor dem Coras entdeckte er Kathryn. Cara war bei ihr und Aris hatte den Eindruck, dass Kathryn geweint hatte. Seine Neuigkeiten würden ihre Stimmung wohl kaum bessern, dachte er bei sich. Sie schien seinem Gesicht die Lage abzulesen, denn sie kam sofort auf ihn zu und fragte, was geschehen sei?

„Der Schwertsänger! Er ist im Lager."

„Wo?“, fragte sie, die Augen geweitet vor Schreck. Sie schaute Aris über die Schulter, als könne der Schwertsänger jeden Moment dort erscheinen.

„Sie haben ihn zu den Offizierszelten gebracht. Zum Lagerkommandanten, nehme ich an.“

„Dann wissen sie, dass wir hier sind?“

„Ich weiß es nicht“, sagte Aris. „Aber warum sollte er sonst hier sein? Ich habe Gonza dort gelassen, um mehr herauszufinden. Ich denke, wir müssen verschwinden. Und zwar heute noch.“ Kathryn nickte.

„Ich suchte Bortos“, meinte Aris. „Und du Mama. Wir treffen uns im hinteren Zelt. Los! Viel Zeit wird uns nicht bleiben.“

~

Hinten im Hauptzelt saßen sie, im verborgenen Teil, am selben Ort und selben Tisch, an dem Aris und Bortos Cora mitgeteilt hatten, wer Kathryn sei, und genau wie damals hatten sie verschworen die Köpfe zusammengesteckt und sprachen leise, auf dass man sie durch die dünnen Zeltwände hindurch nicht höre.

„Er war's auch bestimmt?“, fragte Bortos.

„So sicher, wies der Götter vier sind“, antwortete Aris. „Mit so einem Schwert werden keine zwei rumlaufen.“

„Potztausend, glaubst du, er wird gleich hier sein?“ Bortos warf bei der Frage einen Blick auf seine Waffen. Zweihänder und Katzenkopf lagen auf dem Boden an seiner Seite, sein schwerer Brustpanzer gleich daneben. Auch Aris hatte seine Kampfmontur mitgebracht und Kathryn vermisste plötzlich ihre Pistole, die sie in einem der Lagerwagen untergebracht hatte. Sie spürte, wie Sorbas sich unter dem Tisch an ihre Beine schmiegte.

„Weiß der Teufel. Es waren Wachsoldaten, die ihn bei sich hatten, und es sah eher so aus, als würden sie ihn bewachen, als dass sie zu ihm gehörten. Ich denke, sie haben ihn zum Kommandanten gebracht.“ Seine Augen glitten zu Kathryn, und für den Bruchteil einer Sekunde glaubte sie, etwas wie Scham darin zu spüren, doch verstand sie es nicht, und sogleich war es wieder verschwunden. „Gonza sollte uns gleich mehr erzählen können. Aber was immer er auch berichtet, wir müssen verschwinden."

„Was wird dann aus den Anderen?", fragte Kathryn. Sie sah Cora an, als sie fortfuhr. „Droht euch denn keine Gefahr?"

„Ach Götter, süßes Kind", sagte sie, streckte ihre Hand aus und streichelte Kathryns Backe. „Um dich selbst mach dir mal Sorgen. Von uns wollen die doch nichts."

„Ihr wisst, wer ich bin."

„Nur ich weiß es", sagte Cora.

„Nein, Cara weiß es auch." Kathryn erzählte ihnen von ihrem Bruder, und wie Cara es erraten hatte.

„Dein Bruder ist also tot?", sagte Aris. Mehr Feststellung als Frage war es und er fügte an: „Das tut mir leid."

„Dennoch, warum sollte er uns etwas tun? Was könnten wir mit dem Wissen schon anfangen?", fragte Cora. „Sorge dich um dich selbst, Kind. Mich alte Dirne wird hier keiner anrühren und Cara ebenfalls nicht."

„Das denke ich auch", sagte Bortos. „Dich wollen sie. Und sobald wir dich hier fortgeschafft haben, wird er hinter uns her sein."

„Und das sollte gleich geschehen", meinte Aris.

„Ist Abend, mein Sohn. Die Sonne geht gleich unter und bei dem Nebel ist es da draußen schwarz wie in einem Büffelarsch. Wollt ihr euch in der Dunkelheit rausschleichen?"

Aris wollte eben antworten, als die Zeltplane beiseite geschoben wurde und Gonzalo den Raum betrat.

„Hast du was rausbekommen?", fragte Aris sogleich.

Er nickte ernst, griff nach einem klapprigen Stuhl und setzte sich zu ihnen an den Tisch.

„Er ist es. Und er sucht nach euch!", begann er. „Ich konnte alles mit anhören. Er hat Euch beschrieben, meinte, er würde eine Hexe suchen." Seine Augen wanderten zu Kathryn. Er wusste, wer sie in Wirklichkeit war, erkannte Kathryn.

„Und was hat Talgo gesagt?", fragte Bortos.

„Dem hat die Angelegenheit wenig gefallen, das kann ich euch sagen. Hat dem Schwertsänger gesagt, dass wir uns im Abmarsch befänden und so weiter und dass er keine Zeit habe, irgendwelche Scheiterhaufen brennen zu sehen. Das hier sei nicht das Reich, hat er ihm gesagt, und die Inquisition habe hier keine Rechte. So gings jedenfalls 'ne Weile hin und her. Am Ende hieß es, dass der Schwertsänger die Erlaubnis habe, am nächsten Tag das Lager zu durchsuchen, aber erst, wenn die Soldaten weg sind."

„Dann ist morgen tatsächlich Abmarsch?", fragte Aris.

Gonzalo nickte: „Im Morgengrauen geht's los. Die Befehle an die Hauptmänner gingen gerade raus."

„Wie schaffen sie euch rüber?", fragte Cora Gonzalo.

„Mit Transportschiffen, Mama. Der ganze Himmel war doch voll davon, hast du sie nicht gesehen?"

„Aber die können doch nicht alle mit den Schiffen rüberfliegen, oder?", fragte sie weiter.

„Nein, haben noch hunderte Boote an den Ufern liegen. Aus der ganzen Gegend haben wir sie beschlagnahmt und zusammengetragen."

Cora dachte nach, die Mundwinkel nach unten gezogen, mit der Hand das Kinn streichelnd.

„Was, wenn ihr die nehmt?", schlug sie nach einer Weile vor. „Morgens im Nebel… zieht ihr ihr" – Kathryn war gemeint – „Hut und Hosen an, so, wie ihr sie hergebracht habt, und gebt ihr dazu noch ein Gewehr. Kannst doch bestimmt was mit den deinen drehen, Gonzalo? Verteil ein paar Münzen und setzt euch zusammen in einen Kahn. Überqueren die zu hunderten den Fluss, dürftet ihr nicht weiter auffallen. Und drüben schleicht ihr euch im Durcheinander davon. Eine bessere Gelegenheit werdet ihr kaum kriegen, sag ich."

„Teufel, das ist ein Plan, Mama!", meinte Gonzalo. „Ich war zum Flug eingeteilt, aber mich versetzen lassen, sollte kein Problem sein. Ich spreche mit Eduardo, der teilt die Boote ein. Der kann uns bestimmt eins abzweigen und dann haben wir eines ganz für uns."

„Und die Nacht über bleiben wir hier?", fragte Aris zweifelnd.

„Kannst mir glauben, Bruder", sagte Gonzalo. „Talgo war nicht heiß auf einen Schwertsänger der Inquisition, der hier durchs Lager wütet. Ich denke wirklich nicht, dass heute Nacht etwas droht. Mamas Plan ist gut."

„So machen wir es", sagte Bortos. „Gonza, geh, und mach das Boot klar und gib dann Bescheid. Und wir machen uns hier bereit."

Die Entscheidung war getroffen und stumm nickten sie sich ihr Einverständnis zu.

„Kinder!", rief Cora darauf: „Kommt!"

Cara war die erste, die hinter dem Vorhang auftauchte und Kathryn zweifelte nicht, dass sie das Meiste des Gesprochenen mitbekommen hatte. Es folgten Rania und Ilsa, die am Arbeiten gewesen waren, dann Isabella und Hector, Ramos und Victor und zuletzt kam der kleine Tucco herein. Alle Geschwister waren versammelt.

„Also hört, Kinder", sagte Cora, als alle um ihren Tisch herum standen. „Ich habe Neuigkeiten, und schöne sind es nicht. Die Götter treiben ihre Spielchen mit uns. Eure beiden Brüder müssen wieder weg."

Eine Welle von Fragen brandete gegen die Sitzenden, bis Cora die Hand hob und zur Ruhe aufrief.

„Sie werden morgen früh aufbrechen, drum verabschiedet sie heute nochmal ordentlich, die Götter allein wissen, wann ihr sie das nächste Mal wiederseht."

Erneut prasselte eine Flut von Fragen auf sie ein.

„Jetzt haltet mal alle die Schnauze, potztausend nochmal!", rief Cora endlich. Sie schaute streng, bis auch der Letzte dem nachgekommen war.

„Für Fragen wird die nächsten Tage genug an Zeit verbleiben. Dann sollt ihr alles erfahren, aber jetzt ist es noch zu früh dafür. Jetzt sollt ihr eure Brüder drücken und nochmal ordentlich einen mit ihnen saufen zum Abschied, so wie's sich gehört. Rania! Ruf die Mädchen. Frisches Bier für meine Jungs, und Thomas soll das starke Kraut rausholen. Ilsa! Hol ein Fass von dem guten Sippanischen. Victor, hilf ihr beim Schleppen!"

Bald war das kleine Nebenzelt voller Lärm und Leute. Die Mädchen brachten Bier und Essen und es wurde getrunken, geraucht und viel gelacht. Auch Kathryn trank und rauchte, das Lachen aber fiel ihr schwer. Die Angst vor dem Bevorstehenden lag wie ein bleiernes Korsett auf ihrer Seele.

Sie betrachtete ihre beiden Gefährten. Bortos leerte mit Ramos und Victor einen Becher nach dem anderen und lauthals lachten sie, als der kleine Tucco sich übergeben musste, weil er mit ihnen mitzuhalten suchte. So unbeschwert wie am besten aller Tage schien ihr der große Söldner. Aris hatte Cara auf dem Schoß, ihren Kopf an seine Schulter gelehnt, sprach derweil lachend mit Hector, später mit Gonzalo, als dieser von seinem Auftrag zurückgekommen war. Auch Aris schien bester Laune. Ihre Augen kreuzten sich. Einiges war darin zu sehen, Trauer und Aufregung, Bedauern und Wehmut, und doch keine Spur von Furcht. Vielleicht mussten Söldner so sein, dachte Kathryn bei sich, mussten in der Lage sein, jeden Moment für sich zu genießen, als sei er losgelöst von dem Davor und dem Danach. Sie aber war kein Söldner.

Jemand stellte ihr einen frischen Krug Wein hin. Elena war es. Ihre großen, schönen Augen suchten ihren Blick. Traurig sahen sie aus.

„Cora. Wenn wir noch bis morgen bleiben“, sagte da Kathryn an Cora gewandt. „Dann würde ich gerne noch ein letztes Mal baden.“

Elena war schon am Weggehen, drehte sich um und schenkte Kathryn ein strahlendes Lächeln.

~ 31. Kapitel ~

Duke

Der Duke lehnte mit dem Kopf gegen die Scheibe seiner Kutsche und beobachtete die Menschen, an denen sie vorbeifuhren. Eine eigentümliche Schwere hatte sich über die Stadt gelegt, vielleicht über das ganze Land, dachte der Duke. Bekümmert und freudlos schienen ihm alle Gesichter, voller Sorgen die Augen von Jung und Alt, und er konnte sich nicht entsinnen, wann er das letzte Lachen vernommen hatte. Kein Tag verging, an dem nicht Kanonendonner zu hören war, in der Ferne zwar, drüben auf der anderen Flussseite, in Southgate, was die Sippaner hartnäckig einzunehmen suchten, oder von himmelwärts entlang der Tumber, wo die Schiffe sich Scharmützel lieferten, doch blieb es eine immerwährende Mahnung daran, was für eine Gefahr der Stadt drohte. Und der Tod des Königs hatte die Stimmung noch zusätzlich verschlechtert.

Überall vernahm man schlechte Reden. Von unheilvollen Omen sprachen seine Männer, von der Abkehr der guten Götter, die ihr Land im Stich gelassen hätten, über den Fluch des Königsgeschlechts, welches nunmehr ausgelöscht war, und irgendwie hatte die schlechte Stimmung auch den Duke befallen. Fröhlich sollte er eigentlich sein, ewig hatte er auf diesen Moment hingearbeitet und greifbar war endlich, was er sich über alles erträumt hatte. Er war kurz vor dem Ziel und doch verspürte er nichts von der Euphorie, von der er glaubte, sie verspüren zu müssen.

An ihr lag es. Ihr, deren Namen er nicht einmal denken wollte. Die wie ein Henkersbeil über seinem Nacken schwebte. Die Sünde, die ihn einzuholen drohte. Sein Blick glitt zu Frederick. Er hatte ihn zurückbeordert, denn er brauchte ihn hier, aber gleichzeitig sorgte er sich, ob der verfluchte Grimmton seiner Aufgabe gewachsen war. *Aufgabe gewachsen?* Ein Mädchen aufzuspüren und aus dem Weg zu schaffen, was konnte daran schwierig sein? Und doch waren sie und ihre beiden Helfer schon wieder entkommen und blieben seither verschwunden.

Er bannte das Mädchen aus seinem Kopf, rief seinen Geist zur Ordnung auf und zwang sich, sich auf seine bevorstehende Aufgabe zu konzentrieren. Die Kur stand bevor! Eine Königswahl in Norland. Seit Jahrhunderten hatte es keine mehr gegeben. Manchmal fragte er sich, warum nicht jeder König derart bestimmt wurde, eine Wahl, die aus den fähigsten Kandidaten den Fähigsten berief, so wie der Imperator ja auch durch eine Kur bestimmt wird. Sogleich korrigierte er sich aber. Nicht die Fähigkeit des Kandidaten, wie immer man die solche auch definieren wollte, bestimmte seine Wahl auf den Reichsthron, sondern Blut und Macht, und nicht von ungefähr kam es zu den fatalen Imperatoren der jüngsten Vergangenheit, alle dem Schoße Warsteins entsprungen, zu Mautius dem Zweiten, der tatenlos die Ausbreitung des Unismus zugelassen hatte, zu Franz dem Sechsten, den sie den Weichen nannten, und der den Kurfürsten die Macht über das Reich gewährt hatte, oder zuletzt zu Siegdahl, der schon zu Lebzeiten den Beinamen der Schwachsinnige innehat, der unfähigste von ihnen allen, der sein Reich verkommen lässt, während er sich in seinen Gemächern versteckt. Nein, auch hier in Norland würde Befähigung nicht den vorrangigen Ausschlag geben, und letztlich war allein sein Blut, gleich wie unrein es auch war, für den Duke der Schlüssel zum Thron.

Der Palast näherte sich. Ein stattliches Gebäude mitten in Highfair und gewiss eines der größten überhaupt. Die Kutsche hielt. Der Duke und Frederick stiegen aus. Die Baker Brüder sprangen vom Kutschbock, zuletzt kam Vaggan hinabgeklettert. Zu anderen Zeiten hätte ihm Frederick allein genügt, doch er wäre nicht der Erste, der bei dem Spiel, das er gerade spielte, umgebracht worden wäre, und selbiges gedachte er tunlichst zu vermeiden. Die Baker Brüder sollten einen gewissen Schutz bieten, jeder ein Riese und breit wie ein Ochse, dazu kampferprobte Kriegsknechte, die sich mit dem Schwert so gut wie mit dem Gewehr auskannten. Charles, dem jüngeren, hatte eine Granate die Hand weggesprengt, und ein stählerner Hacken war sein Ersatz. Bei Sev, dem älteren, war eine Gesichtshälfte von Brandnarben übersät, die er bei der Erstürmung Persunds erhalten hatte. Beide hatte der Duke nach dem Militärdienst aus der Gosse herausgeholt, wo so viele verdiente Soldaten endeten, hatte ihnen gute Arbeit und guten Lohn gegeben und treu waren sie ihm seitdem ergeben.

Vaggan hatte er des Lords wegen mitgenommen. Er kannte Gillham nicht besonders gut, selten hatten sich ihre Wege gekreuzt, denn jener gehörte dem ältesten Hochadel an, der wenig an Handel oder Politik interessiert war und seine Zeit auf Bällen oder Jagdgesellschaften verbrachte, aber wie bei allen ihrer Art war auch dieser gewiss mit standesgemäßem Dünkel behaftet und würde zweifellos die Nase rümpfen über einen Mann, der ohne seinen Link zu einer Einladung kam.

Ein Diener nahm sie in Empfang, versprach, sich um des Dukes Gefolge zu kümmern und führte ihn selbst sogleich in einen prächtigen Salon. Feuer brannte in dem großen Kamin, vor dem ein breites Sofa stand. Samtbezogene Stühle standen um runde Tischchen und eines jener neumodischen Musikinstrumente, die sich Flügel nannten, fand sich in einem großzügigen Erker. Offene Vorhänge ließen das helle Licht des Vormittags in den Raum. Lord Gillham saß an einem großen Tisch, und er war nicht allein.

„Mylord Gillham, Lord Kanzler", grüßte der Duke.

Der Gruß wurde erwidert und danach am Tisch Platz genommen. Gillham befahl einem der Links, Wein zu bringen, der kurz darauf in silberne Becher geschenkt wurde. Man prostete sich zu, wobei der Duke nur einen kleinen Schluck nahm und den Becher wieder abstellte. Der alte Townsend musterte ihn aus seinen schlauen, kleinen Augen.

„Nun denn, Mylord Fargold, da sitzen wir also", begann Gillham. „Zwei Kandidaten für den Thron."

„Ich denke, dabei wird es nicht bleiben, Mylord. Wie mir zu Ohren kam, wird die Duchess of Northam demnächst ihre Kandidatur bekanntgeben. Ebenso wie der alte Lord Lionar."

„Dann haben wir dasselbe gehört", sagte Gillham. „Vier Kandidaten, für die vier Götter. Wie passend, meint Ihr nicht?"

„Es fragt sich nur, wer darunter der Teufel ist?", sagte Townsend. Falsche Lacher wurden getauscht.

„Wir beide haben die meisten Stimmen. Also nehme ich an, dass es sich zwischen uns entscheiden wird“, sagte Gillham.

„In diesem Falle werde ich es wohl werden, denn ich habe mehr Stimmen als Ihr“, erwiderte der Duke.

Gillham lachte.

„Tja, aber die Mehrheit im Parlament habt auch Ihr nicht. Keiner von uns wird sie erreichen“, sagte Gillham. „Außerdem glaubt Ihr nur, mehr Stimmen zu haben. Wie die Lords am Ende tatsächlich stimmen, entscheidet sich bei der Kur.“

„Sollten meine Schätzungen nicht sehr daneben liegen, bin ich dennoch der einzige Kandidat, dem nur einer der anderen beitreten muss, um die Wahl zu gewinnen.“ Townsend wusste sehr genau, wie die Verhältnisse im Parlament waren, als dass der Duke sich scheute, sein Wissen preiszugeben. „Selbst mit den Stimmen der Duchess sollte ich bereits die Mehrheit erreichen können. Wir Trinisten sind in der Überzahl.“

„Dafür habt Ihr gesorgt, ja“, sagte Townsend. „Ihr habt beeindruckende Arbeit geleistet, Mylord. Wie viele mittellose Landadlige haben sich durch Euer Geld ins Parlament eingekauft? Man könnte geradezu den Eindruck erhalten, Ihr rechnetet mit dieser unglücklichen Situation.“

Der Duke bedachte Townsend mit einem kalten Blick, doch noch war der Moment für offene Konfrontation nicht gekommen.

„Für die Wollust meines Bruders war er selbst verantwortlich und auf Krankheiten haben allein die Götter Einfluss. Etwas anderes zu behaupten, nennt sich Verleumdung. Wollen wir wirklich dieses Spiel spielen?“

„Der Kanzler meint es nicht so, Mylord“, sagte Gillham beschwichtigend und versuchte mit einem künstlichen Lachen, der Situation die Schärfe zu nehmen. „Es sind eben Dinge, die geschehen, so unglücklich sie auch sind. Wir wollen uns hier nicht streiten, nicht wahr? Wir wollen darüber reden, wie es weitergeht. Was wir für Möglichkeiten haben. Denn es sind schwierige Entscheidungen, die uns bevorstehen, und unser Land kann sich diese Zwistigkeiten nicht leisten. Ich bin der Meinung, dass zwei vernünftige Männer, wie wir es sind, gewiss einen Weg finden werden, um das Beste für unser Land zu ersinnen, meint ihr nicht auch?“

Der Duke nickte und musterte dabei seine Gegenüber. Die Einladung war von Gillham ausgegangen, erkannte er jetzt. Bis eben hatte der Duke geglaubt, Townsend sei der Initiator gewesen, denn jener war es schließlich, der die Fäden zog. Doch offenbar hatte hier seine Marionette den eigenen Kopf durchgesetzt. Und das gefiel dem alten Townsend scheinbar gar nicht.

„Und welche Möglichkeiten sind das?“, fragte der Duke.

Gillham lächelte überheblich. Er schien sich in der Rolle des Politikers zu gefallen.

„Die kann ich Euch sagen. Ihr seid eine schlauer Mann, Fargold, ich denke, Ihr seid Euch der Situation sehr genau bewusst. Keiner der anderen Kandidaten würde jemals in Euer Lager wechseln, so ist es nunmal, das wisst Ihr so gut wie ich. Auch die Duchess nicht, Trinismus hin oder her. Sie werden Euch niemals akzeptieren.“

Immerhin besaß Gillham den Anstand, das Wort *Bastard* nicht auszusprechen. Er hatte nicht Unrecht. Hinter der Duchess würde sich der alte trinistische Hochadel versammeln, bornierte, von Standesdenken durchsetzte Adlige, denen die Reinheit des Blutes über alles ging.

„Und was den alten Löwen angeht“, fuhr Gillham fort. „Er ist strenggläubiger Unist. Niemals würde er einen Trinisten unterstützen. Früher oder später wird er sich mir anschließen, daran besteht kein Zweifel. Die alte Vettel vielleicht nicht, aber die spielt ohnehin keine Rolle. Werden wir uns nicht einig, zählen die Stimmen der Gemeinen, und das wollen wir beide nicht. Ihr nicht, weil die Gemeinen mehrheitlich Unisten sind, und ich nicht, weil es sich nicht gehört, dass der Pöbel den König bestimmt. Warum also sollten wir die Angelegenheit nicht einfach unter uns entscheiden?“

„Und wie würde eine solche Entscheidung aussehen?“ Der Duke sah zu Townsend, der seinem Blick jedoch auswich.

„Unterstützt mich“, sagte Gillham. „Mit Euren Stimmen ist die Sache entschieden. Sagt mir einfach, was Ihr wollt. Ihr seid doch ein Händler, nennt mir den Preis und ich bin sicher, wir finden eine Lösung, die uns beiden zusagt. Ihr versteht, was ich meine?"

Der Duke verstand nur zu gut. Ein Händler? Ja, so sah er den Duke, ein gemeiner Händler, der in Kreise aufgestiegen war, in die er nicht gehörte. Gillham glaubte, ihn durchschaut zu haben, dabei war es gerade umgekehrt. Der Duke wusste nun, was für einen Menschen er vor sich hatte. Gillham war ein Idiot.

„Was seid Ihr denn bereit, mir anzubieten? Als Händler verstehe ich mich auf das Feilschen, Ihr versteht?"

„Zweihunderttausend in Gold! Dazu das Amt, das Ihr wollt. Außer freilich das des Erzkanzlers, das wollen wir unserem guten Townsend nicht abspenstig machen."

Zweihunderttausend für die Krone Norlands. *Lächerlich!* Welcher Narr würde schon Geld für Macht eintauschen?, dachte der Duke ärgerlich.

„Ein verlockendes Angebot, Mylord", erwiderte der Duke mit ernster Miene. „Ohne Frage, ein verlockendes Angebot. Doch einige Bedenken bleiben. Und es sind keine kleinen, fürchte ich. Ich habe nie einen Hehl aus meiner Überzeugung gemacht, dass es ein Fehler war, mit der Kirche zu brechen. Aus politischen, wie aus moralischen Gründen. Ich habe meine Gefolgschaft auch deshalb. Würde ich Euer Angebot in Erwägung ziehen – und ich sage nicht, dass ich das tue –" Der Duke betonte den letzten Satz, als suggeriere er das genaue Gegenteil. "Was könnte ich den Meinen als... nennen wir es... Entschädigung anbieten?"

„Seht Ihr, wir liegen bei diesen Dingen nicht so weit auseinander, wie Ihr vielleicht denkt. Ich war in den Dingen der Religion immer pragmatisch. Ihr wollt die Karnische Kirche wieder im Land haben? Vielleicht wird Lidium ein doppeltes Bistum. Dann kann sich Manning Bischof nennen, statt Hohepriester. Und in der Martensius Kathedrale kann einmal die Woche wieder der Gute Gott besungen werden. Wie sähe das aus?"

Der Duke tat, als denke er intensiv darüber nach, schüttelte dann resigniert den Kopf.

„Ich fürchte, das wird den Meinen nicht genügen. Einen Scheinbischof zu ernennen… nein. Wir Trinisten sind nun einmal die Mehrheit im Parlament. Das Zeichen müsste ein deutlicheres sein."

„Ich verstehe. Und wie klänge ein Trinist als König?", sagte Gillham und sah den Duke bedeutungsschwer an.

So weit war sein Gegenüber also bereit zu gehen. Der Duke war beinahe enttäuscht. Nicht von Gillham, den er ja kaum gekannt hatte, und der sich als all das entpuppte, was Dünkel und Dekadenz zu formen pflegten, nein, von Townsend war er enttäuscht. Sein alter Widersacher hatte auf den falschen Hund gesetzt. Für formbar und lenkbar musste er Gillham gehalten haben, einen König, den er nach Belieben steuern konnte, wenn er ihm zur Macht verhelfe. Offensichtlich hatte er sich geirrt. Der alte Lionar wäre die bessere Wahl gewesen.

„Das wäre natürlich eindeutig", sagte der Duke nickend. „Ja, damit wären sicherlich alle einverstanden."

„Dann sind wir uns also einig?", fragte Gillham fordernd.

„Ihr müsst verstehen, Mylord, dass ich darüber zuerst nachdenken muss. Eine solche Entscheidung kann nicht aus dem Moment heraus getroffen werden, so verlockend sie auch ist."

„Tut das! Denkt darüber nach, aber Ihr solltet Euch nicht zu viel Zeit damit lassen. Die Wahl ist bald und Norland braucht seinen König."

Sie hatten kaum die letzten Stufen der Palasttreppe hinter sich gelassen, da sagte der Duke zu Frederick: „Schick sofort einen Boten zur alten Vettel und zu Lionar, mit Bitte um ein Treffen."

„Bei wem zuerst?", fragte sein Diener.

Der Duke überlegte.

„Bei der Vettel. Das Unangenehme bringt man am besten gleich hinter sich."

Frederik nickte, dass er verstanden habe.

Die Räumlichkeiten der alten Vettel lagen in einem der neuen Flügel des Ivoryhouse. Es war schwer zu sagen, welchen Anspruch sie auf die Besetzung von annähernd zwanzig Zimmern hatte, doch wie sein Bruder sie schon ignoriert hatte, aus Gründen von Pietät und schlechtem Gewissen, wurde sie auch jetzt noch ignoriert, nunmehr eher aus Furcht. Eine Link führte den Duke in einen ausladenden Salon, wo die alte Vettel bequem auf einer Couch lag. Sie machte sich nicht die Mühe, aufzustehen, und wies dem Duke einen Stuhl ihr gegenüber.

„Lord Fargold, was für ein unerwarteter Besuch. Welchem Umstand verdanke ich die Ehre?"

„Ich denke, das wisst Ihr, Mylady", erwiderte der Duke.

„Ich habe so meine Vermutung, ja", sagte die Duchess.

„Schwer zu erraten ist es in der Tat nicht", erklang eine affektierte, männliche Stimme. Der Duke hatte den Mann nicht bemerkt, der neben der Eingangstür saß, sich nun erhob, um neben der Duchess Platz zu nehmen. Der Earl of Devon, ein junger Edelmann von mitte zwanzig Jahren, mit hinterlistigen Augen und eitler Garderobe. Sein Vater hatte den letzten Rest seines Erbes versoffen und verspielt und sein Platz im Parlament war eines der wenigen Dinge, die sein stolzer Name ihm noch hinterlassen hatte.

„Lord Fargold, soll ich einen Link schicken, Euch einen Becher Wein zu bringen? Ich nehme an, Ihr habt einiges zu verhandeln und Wein macht bekanntlich die Zunge schnell." Er zwinkerte dem Duke zu.

„Nein danke. Ich trinke nicht gern während geschäftlichen Unterredungen."

„Sieh an, eine geschäftliche Unterredung ist dies also für Euch", sagte der junge Earl. „Und ich dachte, es geht um das Wohle des Landes."

„Vielleicht ist das Wohl des Landes mein Geschäft", erwiderte der Duke.

„Wie man hört, ist so allerlei Euer Geschäft, dass man schwer glauben kann, dass das Landeswohl noch Platz in Eurer Planung hat."

„Manch einem würde das Geschäftliche gut tun, dann müsste er nicht von dem leben, was er nicht hat."

„Und manch einem ist es unter seiner Würde, wie der gemeine Pöbel zu schachern. Selbst wenn es bei der Schacherei um die Krone geht."

Der Duke wandte sich an die Duchess: „Wollen wir die Kinder nicht hinausschicken, Mylady, und ernsthaft reden?"

„Ihr habt hier nichts zu bestimmen, Fargold", sagte der junge Earl, doch die alte Vettel legte ihm eine Hand auf den Arm und sagte: „Bitte, mein lieber Thomas, lasst Lord Fargold und mich alleine."

Er schnaubte verächtlich, erhob sich dann aber und ging. Ihr Blick folgte ihm, als der Earl widerwillig den Raum verließ.

„Verzeiht Thomas, er ist noch jung und ungestüm", sagte die Duchess und der Tonfall erzeugte dem Duke Übelkeit. „Also, sprecht, was ist Euer Anliegen?"

„Wir haben die Stimmmehrheit, Mylady. Und wir sollten sie einsetzen, damit in diesem Land wieder der wahre Glaube herrscht. Wir waren uns nie nahe, das weiß ich, aber ich weiß auch, dass Ihr vom wahren Glauben seid und nicht nur dem Mund nach. Ihr verehrt die guten Göttern ernsthaft, genau wie ich, genau wie es sein sollte. Es war schändlich, was mein Bruder Euch angetan hat. Schändlich, zu welchen Mitteln er dazu gegriffen hat. Und schändlich auch, zu was es geführt hat. Es wird Zeit, dass das heilige Dreieck wieder über dem Parlament und der Kathedrale weht, und das Kreuz für immer verschwindet."

Die Alte sah ihn mit unergründlicher Miene an. Sagte dann: „Und Ihr seid derjenige, der dies alles bewerkstelligen wird, nehme ich an?"

„Mit Euren Stimmen, mit der Gesamtheit der trinistischen Stimmen, ist die Wahl entschieden. Dann wird die wahre Kirche wieder Einzug erhalten in Norland. Dann wird das Unrecht, das mein Bruder über uns gebracht hat, rückgängig gemacht. Und dann werden die ganzen stimmlosen Priester ihre Lügen wieder in den Gassen und Hinterzimmern erzählen müssen." *Und ich werde König sein*, dachte er, ohne es freilich auszusprechen.

„Ist das so? Und was ist mit mir? Mit dem Unrecht, das mir angetan wurde?“, fragte sie. „Ihr wollt vom wahren Glauben sein und für ihn einstehen, und doch verleugnet Ihr mein Recht und das, was mir zusteht?“

„Von welchem Recht sprecht Ihr?“, fragte der Duke.

„Von dem Recht der Krone!“, zischte sie. „Der Krone! Meine Scheidung war gegen das göttliche Recht. Sie war unzulässig. Sie hätte niemals geschehen dürfen.“

„Mag sein, aber dafür, Mylady, war allein mein Bruder verantwortlich. Es hat mit der jetzigen Situation nichts zu tun, so sehr ich die Entscheidung meines Bruders damals auch bedauert habe.“

„Falsch!“, fuhr ihn die Alte an. „Es hat sehr wohl etwas mit der jetzigen Situation zu tun. Alles hat damit zu tun. Ich sollte mich nämlich zu keiner Wahl stellen müssen. Ich sollte bereits Königin sein! Vor den guten Göttern war die Scheidung ungültig, daher ist niemand anderes als ich die legitime Thronfolgerin.“

„Jakob war nach Euch noch fünfmal verheiratet“, wandte der Duke ein.

„Illegitim!“, rief die Alte. „Illegitime Verbindungen ohne Wert. Vor den Göttern waren es nichts als Dirnen und Huren. Nichts weiter. Und ihre Kinder – sie allesamt – waren nichts als Bastarde.“ Sie funkelte ihn böse an. „Genau wie Ihr.“ Sie machte eine Pause, fuhr dann fort. „Ihr sagt, Ihr wollt das alte Unrecht wieder gutmachen? So tut es! Tut es, indem Ihr mir Eure Stimmen gebt. Nur dann ist das Unrecht aufgehoben.“

„Ich habe viel mehr Stimmen als Ihr. Das wäre… unüblich. Wollt Ihr wirklich riskieren, dass die andere Seite den Thron ergattert?“, fragte der Duke.

„Ich werde Euch niemals meine Stimmen geben, Fargold. Hört Ihr? Niemals! Ihr seid, was Ihr seid, das gilt vor Göttern wie vor Menschen. Hätte Euer Vater Euch als des Thrones würdig empfunden, hätte er Euch dazu bestimmt. Aber das hat er nicht! Keiner scheint sich mehr um Anstand und Recht zu scheren, um die Tradition. Ich tue es aber und diejenigen, die noch an die alten Werte glauben, die Norland ausgezeichnet haben, tun es auch. Ihr wollt ein trinistisches Königreich, sagt Ihr? Dann tut das einzig Richtige und gebt mir, was mir zusteht."

Als die Tür sich hinter dem Duke schloss, atmete er einmal tief durch. Er hatte nichts anderes erwartet und dennoch brannte der Zorn in ihm, und lautlos verfluchte er dieses alte, hasszerfressene Weib.

„Hat Euch die Duchess ordentlich in die Schranken gewiesen, was?", hörte er die Stimme des jungen Devon. Mit süffisantem Lächeln kam er auf den Duke zu.

„Sagt, Devon, wie macht Ihr es?"

Der Earl runzelte fragend die Stirn.

„Na, wenn Ihr es tut. Schließt Ihr dann fest die Augen und stellt Euch einen großen Haufen Geld vor? Oder bereitet es Euch am Ende gar Vergnügen? Ich hörte, dass so mancher Bauernsohn Ziegen schätzt."

„Ihr wagt es…", zischte Devon, griff an seiner Seite hinab und zog seinen Degen. Da war der Duke bei ihm, packte die Hand, die den Degen hielt, und drückte das Schwert zurück in seine Scheide.

„Macht Euch nicht lächerlich!", sagte er und stieß Devon grob von sich, dass er auf dem Boden landete. Er trat vor den Gefallenen hin und schaute auf ihn nieder. „Das nächste Mal, dass Ihr in meiner Gegenwart einen Degen zieht, wird es das letzte sein, was ihr je getan habt." Dann ging er davon.

Die Atraxis näherte sich langsam der Triumph. Der Morgen war noch jung, die Luft frisch und feucht und die Welt unter ihnen durch einen Schleier von Nebel verborgen. Seitlich zueinander schwebten die Luftschiffe fünfhundert Schritte über dem Boden. Die Enterhaken waren bereits ausgeworfen und von beiden Seiten zog man an den Seilen und verband schließlich die Decks mit einer schmalen Gangway, die der Duke und Frederick alsbald beschritten. Neben seinem Kapitän und einer Handvoll anderer begrüßte sie der alte Löwe persönlich an Bord seines Flaggschiffes. Und was für ein Schiff es war! Die Augen des Dukes wanderten über die riesigen Heckrotoren zum Hinterkessel, wo zwei rußverschmierte Maschinenmänner seine Ankunft verfolgten, zu dem stahlverstärkten und geschwärzten Hauptkessel, in dem sich Flux im Werte einer ganzen Grafschaft befinden musste, weiter zum Bug, wo die Läufe zweier gewaltiger Bugkanonen zu erkennen waren. Das größte Schlachtschiff Norlands und das einzige, das es von Größe und Besetzung her mit den sippanischen Zerstörern aufnehmen konnte. Ein großer Steppenlöwe, das Wappenzeichen der Lionars, zierte als Gallionsfigur das Schiff, das offene Maul voller langer Zähne, die Pranken nach vorne ausgestreckt. Ein passendes Wappentier für den Mann, der ihn begrüßte, dem ebenfalls löwenblondes Haar, wenngleich von zwei weitreichenden Geheimratsecken unterbrochen, in dichtem Wuchs bis zu den Schultern hing.

„Lord Fargold, seid willkommen. Was ist so dringend, dass es Euch zu mir hinaufführt?"

„Lord Lionar, ich danke Euch, dass Ihr mich empfangt", sagte der Duke. „In Zeiten des Krieges ist alles mehr oder weniger dringlich. Und ich bin kein Mensch, der Dinge gerne hinauszögert. Die Kur naht und wir sind beide Kandidaten. Ich denke, darüber gibt es einiges zu besprechen. Diese Wahl ist für unser Land von entscheidender Bedeutung und auch wenn wir dort in unterschiedlichen Lagern stehen, sind wir beide Patrioten und lieben unser Land."

Der Alte nickte, streckte dann den Arm aus, als Zeichen, ihm zu folgen.

„Gehen wir in die Kapitänskajüte, dort können wir ungestört reden."

Die Kajüte war erstaunlich geräumig, mit einem breiten Arbeitstisch, hinter dem sich der Lord sogleich niederließ, zwei Stühlen davor, von welchen der Duke einen für sich beanspruchte, einem großen Kartentisch, auf dem mit Klammern festgehalten eine Landkarte ausgerollt lag, dazu zahlreiche Schränke und Kartenregale, die entlang der Außenwände passgerecht eingebaut waren. Ein Höhenmessgerät und ein Kompass fanden sich ebenso. Sie waren nur zu zweit und Lionar machte keine Anstalten, ihm Wein oder dergleichen anzubieten, was dem Duke nur recht war. Wie er hinter dem Tisch saß, wirkte der Lord heimisch und vertraut und der Duke zweifelte nicht, dass er die Kajüte als seinen Raum betrachtete und der Kapitän, der sein zweiter Sohn Walter Lionar war, sich dem unterzuordnen hatte.

„Ihr seid viel hier oben", stellte der Duke fest.

„Meine Frau meint, die Luft sei meine Geliebte. Und manchmal spottet sie, ich sollte mir lieber eine aus Fleisch und Blut zulegen, so sehe sie mich wenigstens hin und wieder zu Boden. Wahrscheinlich wär der Greif ein besseres Wappentier für mich gewesen."

„Ich kann Euch gut verstehen. Wie heißt es noch gleich? *Zu Luft ist man den Göttern am nächsten.* Ich habe mich niemals freier gefühlt, als wenn ich von Himmel und Wolken umgeben bin und die ganze Welt wie ein Teppich unter mir liegt." Er schaute hinter dem Lord durch die Kajütenfenster auf das Nebelmeer unter ihnen. „Es ist ein wunderbares Schiff", fügte der Duke dem Gesagten hinzu.

„Das ist es!", stimmte der Lord unbescheiden zu. „Jetzt lasst uns darüber reden, weshalb Ihr hier sein. Ich bin kein Freund von politischen Spielchen, wo das, was man sagt, nicht das ist, was man meint. Und ich fühle mich zu alt, um es noch zu lernen. Also sagt, was Ihr von mir wollt? Ich bin einigermaßen gespannt, denn Ihr werdet wohl kaum hergekommen sein, um mich um meine Unterstützung zu bitten."

„Warum nicht?", fragte der Duke.

Lord Lionar runzelte die Stirn.

„Ich bin Unist. Und zudem alt genug, mich an die Zeiten zu erinnern, als unsereins dem Feuer überantwortet wurde. Ich werde nicht riskieren, dass so etwas wieder geschieht."

„Unter meiner Herrschaft würde es das nicht. Der Frieden der Religionen ist mir so viel wert wie Euch. Nur in den alten Stätten soll wieder das Dreieck angebetet werden, so wie es schon hunderte Jahre davor war."

„Ha! Der Friede soll Euch so viel wert sein, wie uns? Das glaube ich nicht. Wir haben keine Inquisition. Und noch habe ich keinen Anhänger des alten Glaubens im Feuer brennen sehen. Wir sind es, die um unser Leben fürchten müssen."

Das gemeine Volk ist es, das um sein Leben fürchten muss, ging es dem Duke durch den Kopf, *die Lords eher nicht.* Sagen tat er: „Auch auf unserer Seite hat es Opfer gegeben. Aber Ihr habt recht, es waren weniger und gebrannt haben sie nicht. Ich will mich deshalb auch nicht mit Euch streiten. Ich will Euch nur versichern – und bin gerne gewillt, Euch mein Wort dazu zu geben – dass der Friede der Religionen und das Recht eines jeden Unisten, seinen Glauben frei zu praktizieren, von mir niemals in Frage gestellt werden."

„Ein schönes Versprechen", meinte der alte Lord und zuckte gleichgültig mit den Schultern. „Aber bedeutungslos. Warum sollte ich erwägen, Euch zu unterstützen, wenn stattdessen ein Unist König werden kann?"

„Weil es nicht soweit kommen wird. Wir haben die Mehrheit", sagte der Duke.

„Haltet Ihr mich für so töricht? Ich mag selten hier unten sein, über die Verhältnisse bin ich aber durchaus informiert. Die Duchess und ihre Anhänger werden Euch nicht unterstützen. Und Gillham und ich haben zusammen immer noch mehr Stimmen, als Ihr alleine. Wenn am Ende die Gemeinen entscheiden, dann wird einer von uns die Krone tragen."

„Mag sein, aber wenn Ihr Eure Stimmen Gillham gebt, wird auf dem Thron am Ende ein Trinist sitzen."

Der Alte runzelte die Stirn.

„Ich verstehe nicht."

„Gillham", sagte der Duke. „Er bot mir an, den alten Glauben anzunehmen, so ich ihn auf den Thron brächte. Ich nehme an, er hat ein ähnliches Abkommen mit der Duchess. In dem Moment, wo Ihr ihm Eure Stimmen gebt, wird er das Lager wechseln."

Die Kiefer des alten Lords mahlten. Der Duke konnte seine Gedanken förmlich an den faltigen Gesichtszügen ablesen. Da klopfte es dringlich an der Tür.

„Was ist denn!", rief Lionar etwas zu laut.

Sein Sohn erschien in der Tür.

„Vater! Die Sippaner sind über dem Fluss."

~ 32. Kapitel ~

Kathryn und Aris

Alles um sie herum war grau. Grau und still. Allein das plätschernde Geräusch der Ruder war zu hören. Aris saß vorne am Bug und spähte in die Gräue. Schemenhaft glaubte er manches andere Boot zu erkennen, sicher war er nicht. Einige und mehr Boote mussten dort sein, das wusste er, denn zu hunderten waren sie losgerudert. Doch der Nebel war so dicht und dick, dass die Sicht keine zehn Schritte reichte, und Gesicht und Kleidung feucht wurden. Die Sonne war bereits aufgegangen, ihr gelber Schein lag über dem Nebel wie eine goldene Decke. Die Strömung war schwach, der Wellengang kaum vorhanden. Eine bessere Witterung hätten sich die Sippaner kaum wünschen können.

Aris dachte zurück an den Abschied. Schön war der Abend gewesen. Ein letztes Mal hatten sie zusammen getrunken und gelacht, seine ganzen Brüder und Schwestern, und des Nachts hatte Cara ihm das Zelt gewärmt. Der Morgen dagegen war traurig gewesen. Viele Tränen waren geflossen, selbst Mama hatte geweint. Sie war keine Frau, die oft weinte. Sie hatte zum Abschied Aris Gesicht in ihre Hände genommen, ihn geküsst und gesagt: „Komm zurück, hörst du, und bring mir den Dicken mit!"

Würde er das? Zwiegespalten war sein Inneres seit dem vorigen Tag. Fast erleichtert war er gewesen, als er vom Kommandantenzelt weggelaufen war, erleichtert, dass ihm der Verrat erspart worden war; erleichtert, trotz aller Konsequenzen, die sich daraus ergaben.

Dann wieder plagte ihn dieses schlechte Gefühl, diese unbestimmte Sorge, die ihn einfach nicht loslassen wollte. War es das Verlassen seiner Familie? Oder die Ahnung auf Bevorstehendes? Das Schicksal hatte entschieden, sagte er sich, die Würfel hatten bestimmt, doch Glück hatten sie ihm nie gebracht und er fürchtete, dass es auch diesmal so sein werde.

Er drehte sich um und schaute Kathryn an, die im Heck saß. Sie hatte wieder Hose und Hemd an, dazu einen alten Koller von Victor, ein flickiges Halstuch, um ihr Gesicht ein wenig zu verbergen und einen Hut, den sie tief trug. Ein kleines Gewehr hing ihr über der Schulter. Kein Mensch würde sie für eine Prinzessin halten. Plötzlich musste er schmunzeln bei dem Gedanken, wie die Anderen reagieren würden, wenn sie erfuhren, wer Kathryn tatsächlich gewesen war. Die Geschichte darüber würden sie sich Lebtags immer wieder erzählen. Aris hoffte, dass ihr Ende ein gutes wäre.

Aris öffnete sein Felleisen und machte Inventur, wie er es noch stets vor einer Schlacht oder einem Kampf zu machen pflegte. Thomas hatte ihnen noch manches Nützliche besorgen können. Zwei Granaten hatten sie, tönerne nur, aber auch diese knallten, dazu eine Handvoll Rauchbomben, eine in Teer ummantelte Mischung aus Torf, Pulver und Dung, und schließlich holte Aris noch die kleine Dose Wachs hervor, die in ein Leinentuch gehüllt war. Er öffnete sie. Weiches Wachs war es, das sich leicht zu allem Möglichen formen ließ. Er zerschnitt das Leinentuch in kleine Teile, tat Wachs hinzu und formte sie zu etwas, das nach einem Kirschkern mit Stiel aussah.

„Was ist das?“, fragte Gonza, der mit Bortos zusammen ruderte.

„Sind Ohrstöpsel!“ Bortos war es, der geantwortet hatte. „Hast noch nie welche gesehen? Benutzen sie bei der Artillerie, damit es ihnen nicht die Ohren verreißt, wenn sie die großen Kanonen feuern.“

Aris steckte sich zwei davon in die Ohren zur Probe.

„Aha“, sagte Gonzalo. „Und wo habt ihr die Kanonen versteckt, die ihr feuern wollt?“

„Da schau, es wirkt“, sagte Aris. „Ich kann den Unsinn, den du verzapfst, kaum mehr hören.“

Er zog sie wieder heraus.

„Ein Unsinns-Schutz! Teufel, Brüder, das könnte ich auch gut gebrauchen“, meinte Gonzalo spöttisch.

„Ist gegen den Schwertsänger“, erklärte Aris. „Sowas wie die Brille der Hexenjäger.“

„Die dunklen Glasgestelle, meinst du?“, fragte Gonzalo.

Aris nickte.

„Genau. Dadurch können die Hexen ihnen nicht in die Augen schauen und sie nicht verhexen. Und wenn wir die Stimme des Schwertsängers nicht hören, haben seine Zauber vielleicht auch keine Wirkung auf uns.“

„Na, ich wünsche euch lieber, dass ihr es nicht auf den Versuch ankommen lassen müsst“, meinte Gonzalo zweifelnd.

~

Das Ufer war sandig. Sacht setzte ihr Boot auf. Rufe erklangen aus dem Nebel und Lichter tauchten auf. Männer mit Fackeln in den Händen erschienen, als verschwommene Schemen zuerst, dann leibhaftig, riefen den gelandeten Soldaten zu, wohin sie gehen sollten. Kathryn zog ihren Hut tiefer ins Gesicht und ihr Halstuch hoch. Sie betastete ihre Pistole, die sie in der Hose stecken hatte. Der glatte Griff beruhigte sie. Über der Schulter hing ihr das alte Gewehr von Hector. Ein Dolch hing ihr an der Seite. Armlang, dünn und scharf, mit lederumwundenem Griff. Cara hatte ihn ihr geschenkt.

„Da, nimm“, hatte sie zu Kathryn am Morgen gesagt. „Da wo du hingehst, wirst ihn sicher gebrauchen können.“ Kathryn hatte ihn zuerst nicht annehmen wollen, denn für jemanden wie Cara war er gewiss viel wert, doch die kleine Dirne hatte darauf bestanden. „Dann denkst du vielleicht an mich, und ich kann sagen, dass ich einer Königin mal was geschenkt habe“, hatte sie gesagt. Zu einer echten Freundin war ihr Cara in der kurzen Zeit geworden und Kathryn legte ihr Empfinden in die letzte Umarmung, die sie sich gaben.

Coras Abschiedsgeschenk waren Worte gewesen.

„Leb wohl, mein Kind. Und merk dir; unsereins hat viel zu selten die Gelegenheit, da oben mitzumischen. Drum lass es dir nicht nehmen! Ein Krönchen will ich auf deinem Haupt sehen, und einen Thron unter deinem Arsch. Wird Zeit, dass ein bisschen weiblicher Verstand Einzug hält, dann wäre die Welt vielleicht nicht der Misthaufen, der sie ist. Also lass dich um der Götter

Willen nicht umbringen, hörst du. Zeig den Hunden, zu was wir imstande sind."

Ein schöner Abschied war es gewesen, ein ehrlicher und herzlicher, und Kathryn konnte nicht umhin, diese Familienbande zu beneiden, die ihr so fern und so fremd waren. Söldner und Huren waren sie, aber gute Menschen und treu zueinander. Nichts Gleichwertiges hatte Kathryn in ihrem eigenen Leben gehabt, und tot war der einzige Mensch, dem sie ähnliche Gefühle entgegengebracht hatte. *Ich bin allein*, dachte sie sich bitter, als sie die sich umarmende Familie betrachtete, *jetzt mehr, denn je zuvor*. Aber ihr war es nun einmal nie bestimmt gewesen, eine große, herzliche Familie zu haben, dachte sie bei sich, als sie dem *Coras* den Rücken zukehrte, nie bestimmt, umgeben zu sein von Menschen, denen sie vertraute, die sie liebte und umgekehrt. Ihr war anderes bestimmt, uns was immer es auch war, sie würde es sich holen.

Gonzalo half ihr aus dem Boot. Seit er wusste, wer sie in Wirklichkeit war, verhielt er sich viel galanter als zuvor und sie spürte seine verstohlenen Blicke. Mit einem Sprung landete sie auf dem Sand.

„Macht langsam", sagte Gonzalo leise. „Lasst die anderen vorgehen, dann könnt Ihr Euch besser davonstehlen."

Um nicht Gefahr zu laufen, dass Kathryn als Frau erkannt wurde, hatten sie eins der letzten Boote genommen und hatten es abseits im Wasser gelassen, dass sie ohnehin zu den letzten ankommenden Booten gehörten und kaum mehr Soldaten am Ufer standen. Sie folgten den hintersten Soldaten einen Weg entlang, der vom Ufer weg und hangaufwärts verlief. Der Nebel lichtete sich allmählich, der Morgen war vorangeschritten und sie gewannen an Höhe. Gonzalo signalisierte ihnen, noch langsamer zu gehen, bis einiger Abstand zwischen ihrer Gruppe und den Soldaten vor ihnen entstanden war. Dann schlugen sie eine andere Richtung ein, über einen Pfad durch bewaldetes Gelände, und bald waren die Rufe und Stimmen der Offiziere verklungen. Sie erreichten eine Stelle, wo zwei Pfade abgingen, einer hangwärts in Richtung der sippanischen Truppen, einer linksseitig weg von ihnen.

„Jetzt heißt es wohl Abschied nehmen", sagte Gonzalo. „Mylady, jetzt darf ich Euch so nennen, nehme ich an?" Er lächelte, als Kathryn nickte. „Wohlan, Mylady, dann wünsche ich Euch also eine gute Reise und alles, was man sonst noch Hochwohlgeborenen so wünscht." Er verneigte sich, wandte sich dann seinen Brüdern zu. „Und euch zwei Galgenvögeln wünsche ich; langes Leben, fette Beute!"

„Langes Leben, fette Beute, Bruder", sagten Aris und Bortos wie aus einem Mund, dann nahmen sie nacheinander ihren Bruder in die Arme.

„Gib auf dich Acht, hörst du?", sagte Bortos. „Die Norländer sind stark, genau wie ich. Mach's dir nicht zu leicht."

„Den Kopf geduckt halten, Bruder, wir sehn uns noch", sagte Aris.

Ein letztes Mal zum Abschied winkend, zog er ab, und alsbald hatte ihn der Nebel verschluckt.

„Dann auf", sagte Aris.

Kathryn sah ihn an, dann an ihm vorbei. Eine dunkle Kontur erschien im Nebel, schwarz, ein Mensch; einer mit großem Hut.

~

„Vorsicht!", schrie Kathryn, und warum Aris Reaktion darauf war, dass er sich auf der Stelle duckte, hätte er nicht sagen können. Das riesige Schwert verfehlte ihn so knapp, dass es seinen Hut spaltete und von seinem Kopf wehte. Mit solcher Wucht hatte der Schwertsänger zugeschlagen, dass das Schwert in den Baum neben Aris schlug. Bortos zog seinen Zweihänder, Aris den Degen.

„Steht still!", kam es aus dem Mund des Schwertsängers, durchdringend, unwiderstehlich. Wie eingefroren standen sie da. Der Schwertsänger hatte von seinem Schwert abgelassen. Kalt sah er Aris und Bortos an. Er zog einen Dolch.

„Da habe ich euch also endlich", sagte er. „Ihr habt mich einiges an Mühe gekostet, bei Jave, das habt ihr wirklich. Und mein Gehör zum Großteil auch, und das war mir einiges wert. Aber Jave ist gut zu seinen Dienern. Er gönnt mir die Rache."

Er kam näher. Sein Gesicht war entstellt von hässlichen Narben. Den Dolch hielt er bereit. Mordlust stand in seinen Augen. Sein zur Hälfte versenkter Mund war zu einem Grinsen verzogen.

Da ein Schuß! Von unweit gefeuert. Aris Augen drehten sich in den Höhlen in die Richtung, aus der er gekommen war. Gonzalo war es, keine fünf Schritte entfernt, das Gewehr erhoben. Unmöglich hätte er verfehlen können. Und doch stand der Schwertsänger immer noch unbeschadet da. Gonzalo schaute irritiert, ließ das Gewehr fallen und zog seinen Degen. Ein kurzer Blick zu Aris und Bortos, dann stürmte er auf den Gegner zu. Aris Inneres rebellierte, er konnte nicht einfach zusehen, durfte nicht einfach zusehen. Sein Geist befahl stillzustehen, keinen Muskel zu bewegen, doch eine Stimme, tief in seinem Inneren, schrie und kämpfte dagegen an, und doch wollte sein Körper nicht gehorchen.

Gonza stieß mit dem Degen nach dem Schwertsänger. Der wich nach hinten aus. Ein weiterer Ausfall, der Schwertsänger parierte mit dem Dolch. Gonza hatte die längere Waffe, der Schwertsänger aber die größere Fähigkeit. Leichtfüßig wich er den Ausfällen und Hieben aus, wartete auf seinen Moment. Gonzas Blick glitt erneut zu Aris und Bortos hinüber, sorgenvoll, fragend. Er war unterlegen, merkte es selbst, und dennoch sahen seine beiden Brüder stumm und reglos zu. Von irgendwo her drängte es Aris, sich zu erklären, sich zu entschuldigen, einfach irgendetwas zu tun, doch wie blockiert war alle Befehlsgewalt über seinen Körper. Da hob Gonzalo den Degen. *Zu weit!*, schrie es in Aris drin. Der Schwertsänger schnellte vor, packte den Arm. Die freie Hand stieß mit dem Dolch zu. *Nein!* Gonzalos Augen weiteten sich. Sein Degen flog ihm aus der Hand. Der Schwertsänger zog den Dolch aus dem Fleisch, stieß den Verwundeten von sich. Seine Lippen formten unbekannte Worte. Die letzte Silbe spie der Schwertsänger laut aus, ein Knall, eine Druckwelle. Vor Aris Augen zerfetzte es seinen Bruder, als habe ihn ein Kanonenschlag getroffen. *Nein!*, schrie es in ihm drin.

Ging über zu seinem Mund. Als schreie er das Wort in einem Traum, aus dem er gerade erwachte. Ein langgezogenes *Nein!* Fremd klang es und tief, wie von einem anderen gesprochen. Wieder ein *Nein*. Diesmal klang es mehr nach ihm. Sein Körper begann sich zu bewegen, schwerfällig und taub, aber er bewegte sich. Der Schwertsänger hatte ihn ebenfalls gehört.

„Sieh an", sagte er. „Euer Wille ist stark."

Aris bemerkte im Augenwinkel, dass auch Bortos sich rührte. Arme und Körper bewegten sich wie durch Wasser. Der Schwertsänger ging zu seinem Schwert. Mit einem kräftigen Ruck befreite er es vom Baum.

„Du hast meinen Bruder getötet!", hörte Aris Bortos sagen. Sein Mund schien taub und ihm nicht ganz zu gehorchen.

„Das habe ich wohl", sagte der Schwertsänger gleichgültig. Er stellte sich breitbeinig vor die Brüder. „Vielleicht sollte ich euch die Gelegenheit geben, eure Schwertkunst an mir zu messen. Was meint ihr? Ihr habt den Bann fast gebrochen. Alle beide sogar. Bemerkenswert. Mal sehen, ob ihr dazu imstande seid, ihn ganz abzulegen."

Verzweifelt versuchte Aris, seine Arme zu bewegen, aber immer noch widerstrebten sie.

„Ein neuer Anreiz könnte helfen, denke ich", sagte der Schwertsänger. „Ihr solltet vielleicht erfahren, dass ich heute Morgen auch eure Mutter kennengelernt habe. So nannte sie sich zumindest. Cora war ihr Name." Aris Brust schnürte sich zusammen. *Sag es nicht!*, rief es in ihm. *Sprich nicht weiter!* „Von ihr habe ich erfahren, wo ich nach euch suchen sollte. Ich musste sie leider ebenfalls töten, denn sie schien mir zu viel zu wissen."

„Nein!", schrie es neben Aris. Bortos bäumte sich auf, hob sein Schwert. Der Bann war fast gebrochen.

Da plötzlich sprang Kathryn aus dem Nebel hervor. Kurzzeitig hatte Aris vergessen, dass sie überhaupt da war. Die Pistole erhoben, zielte sie auf den Kopf des Schwertsängers. Blitzartig reagierte dieser. Seine freie Hand schnellte vor, griff nach dem Pistolenlauf. Es blitzte und knallte. Ein Schrei erklang. Die Kugel hatte seine

Hand durchschlagen, den Kopf aber verfehlt. Der Krieger Javes flog nach hinten und ging in die Knie.

~

„Lauft!", schrie Kathryn. Sie spürte den Luftzug des Schwertes, das sie verfehlte. Geblendet vom Mündungsfeuer, schwang der Schwertsänger blind. Nur Sekunden blieben ihnen, bis er wieder ganz bei sich war. Sie rannte zu ihren Gefährten.

Der Bann schien endgültig gelöst, ihre Bewegungen wurden wieder normal.

„Lauft!", schrie Kathryn erneut. Jetzt war sie bei ihnen, packte beide am Arm. Kurz spürte sie Widerstand, dann rannten sie los.

„Haltet euch die Ohren zu", rief Kathryn und steckte sich selbst die Zeigefinger in die Ohren. Die beiden Männer taten es ihr gleich. Den dumpfen Knall hörte Kathryn dennoch. Knapp verfehlte sie das magische Geschoss, traf einen Baum, und Rinde und Stamm barsten. Wie von Sinnen rannten sie weiter. Der Pfad ging in einen breiteren Weg über. Der Nebel war beinahe verschwunden. Menschen tauchten vor ihnen auf. Soldaten!

„Wir werden angegriffen!", schrie Aris neben ihr.

Die Soldaten reagierten, machten ihre Gewehre bereit. Kathryn, Aris und Borts rannten zwischen ihren Reihen hindurch. Wieder ein Knall. Zwei der Soldaten zerfetzen neben ihnen. Schreie erklangen, dann Gewehrfeuer. Kathryn schaute zurück. Der Schwertsänger kam aus dem Nebel gerannt. Das riesige Schwert mit nur einer Hand haltend, die Augen glühend vor Zorn. Schüsse prasselten auf ihn ein, ihre Wirkung blieb aber aus. Schon war er bei den ersten Soldaten. Spaltete einen Kerl mit einem Streich. Dem nächsten schlitzte er die Brust auf.

„Wir müssen weiter", hörte sie Aris rufen.

Mehr Soldaten kamen angerannt. Sie beachteten die drei Gefährten nicht, alle Aufmerksamkeit war auf den um sich wütenden Schwertsänger gerichtet. Es starb, wer ihm zu nahe kam. Doch auch er kam in Bedrängnis. Kathryn sah, dass die nahe gefeuerten Gewehre ihm zusetzten, Kugeln schienen ihn zu treffen. Verwunden taten sie ihn nicht, aber sie schlugen kräftig gegen seinen Körper. Er blickte auf, sah Kathryn und ihre Gefährten. Noch auf die Entfernung hin spürte sie seinen brennenden Zorn. Dann drehte er sich um und rannte unnatürlich schnell davon und verschwand im Nebel.

~

Sie liefen immer noch, atmeten laut und gierig. Der Weg vor ihnen war frei, kein Mensch zu sehen. Er führte eine Weide entlang, die bogenförmig zur Tumber verlief, und einen guten Blick bot auf den Fluss und den sich auflösenden Morgennebel. Aris schaute zurück. Sie hatten schon geraume Zeit keine Schüsse mehr gehört.

Die Soldaten hatten den Schwertsänger verfolgt und noch lange danach hatten sie ferne Schüsse vernommen. Einiges an Durcheinander hatte geherrscht, das halbe Heer schien in Aufruhr gewesen zu sein, was Aris und seine Gefährten genutzt hatten, um sich davonzustehlen. Nun liefen sie gen Westen in Richtung Lidium und Aris Nacken prickelte, im sicheren Wissen, dass sie verfolgt wurden. Doch noch war hinter ihnen kein unheimlicher Geselle mit großem Hut und großem Schwert zu sehen. Schiffe dagegen schon. Unzählige davon schwebten dicht über der Erde, schwere Transporter, die dort landeten, wo Aris das Feldlager vermutete, andere flogen hoch im Himmel, große und kleine Kampfschiffe, und deckten das Geschehen mit ihren Kanonen. Das Gros der Armee musste bereits übergesetzt haben, schätzte Aris, und so frei und menschenleer Land und Wege waren, hatten die Norländer inzwischen davon Wind bekommen, dass ihre Heimat besetzt wurde. Die ersten Schwadrone norländischer Schiffe flogen patroullierend in sicherem Anstand.

„Wartet!“, sagte Aris und verfiel vom Laufen ins Gehen. „Sind weit genug gerannt, denke ich.“

Auch Kathryn und Bortos drosselten ihre Geschwindigkeit. Alle schnauften schwer.

Aris holte seine Feldflasche hervor und trank. Er langte sich an seinen bloßen Kopf. Er war es nicht gewohnt, keinen Hut zu tragen.

„Wir hätten nicht wegrennen dürfen", sagte Bortos da. Unklar war, zu wem er sprach. „Wir hätten es nicht dürfen."

„Ihr wärt jetzt tot, wenn ihr dort geblieben wärt", sagte Kathryn.

Der große Mann schüttelte den Kopf, hielt gänzlich an.

„Es war falsch. Wir hätten kämpfen müssen. Gonza..." Er kniete sich hin und schlug mit der Faust gegen die Erde. „Wir haben einfach zugesehen. Einfach zugesehen..."

Aris wollte etwas erwidern, aber er brachte nichts über die Lippen. *Der Zauber war es!*, sagte sein Verstand. *Der Bann war zu stark gewesen! Es war nicht ihre Schuld!* Und doch lastete diese Schuld schwer wie tausend Steine auf seiner Seele. Er dachte an den Ausdruck auf Gonzalos Gesicht zurück. Das Unverständnis darin. Gleich Übelkeit stiegen Scham und Trauer in ihm auf.

„Es war nicht eure Schuld", sagte Kathryn ruhig.

„Mama!", stieß Bortos aus. Er schien von Kathryns Worten keine Notiz genommen zu haben. „Mama...", sagte er erneut, spach es, als sei es das letzte Wort auf Erden.

„Vielleicht hat er gelogen", sagte Aris. Er glaubte nicht daran. In dem Moment, da er es aussprach, war er sich dessen bewusst.

„Sie lügen nicht...", schrie Bortos. Dann leise anfügend: „Sie lügen doch nicht, diese Hundesöhne." Er weinte.

„Sie sollten auch nicht morden, oder?", sagte Aris. „Aber dieser Hundsfott hat es getan."

Er sagte es, um eine vergebliche Hoffnung aufrechtzuerhalten, das wusste er selbst. Und Bortos wusste es ebenso.

„Was ist mit den Anderen?", fragte Bortos. Jetzt sah er auf, schaute seinen Bruder an.

Aris schüttelte bedächtig den Kopf.

„Wenn er sie umgebracht hätte... ich glaube, dann hätte er es uns gesagt. Er wollte, dass es uns wehtut. Er hätte es gesagt."

„Wir hätten kämpfen sollen!", sagte Bortos wieder.

„Dann wärt ihr jetzt tot! Und er hätte gewonnen!", rief Kathryn. Sie kniete sich zu Bortos. Legte ihre Hand auf seine Schulter. „Ihr hättet eurem Bruder beiseite gestanden, wenn ihr gekonnt hättet. Wenn ich das weiß, ganz sicher weiß, dann solltet ihr es auch wissen."

Eine Weile blieben sie so, jeder seinen Gedanken nachhängend. Schließlich ging Aris zu seinem Bruder.

„Wie müssen weiter, Bortos. Es hat keinen Zweck."

Der große Mann nickte. Aris half ihm beim Aufstehen. Dann gingen sie weiter.

~

Abseits der Wege hielten sie sich, denn die Vorhut der Sippaner hatte die Gelegenheit genutzt, Land und Leute zu plündern. Dunkle Rauchsäulen stiegen in regelmäßigen Abständen gen Himmel, herrenloses Vieh lief verwirrt durch die Landschaft und menschenleer schien die Welt. Sie kamen vorbei an ausgebrannten Höfen, von denen mancher noch in Flammen stand, Ställe und Wohnhäuser waren ausgeplündert und das Vieh fortgeführt. Sie erreichten ein kleines Dorf. Die Häuser waren ausgebrannt, die Straßen waren übersät von Unrat und zerschlagenem Mobiliar, das wahllos auf dem Boden lag. Auch Tote sahen sie. Für die beiden Söldner schien es ein vertrautes Bild, für Kathryn aber war der Anblick schrecklich und sinnlos. *Kriegsland*, nannten die beiden es, als sei damit alles gesagt.

Unweit des Dorfes entdeckten sie eine Wagenkolonne, die ebenfalls von den Soldaten erwischt worden war. Eine Händlerkolonne, urteilten ihre Gefährten, weshalb sie einen Blick riskierten, ob den Soldaten etwas entgangen war. Doch gründlich mussten diese gewesen sein, gründlich im Plündern und gründlich im Töten, denn etliche Leichen lagen herum und nichts von Wert mehr fand sich im Wagen. Bei einer Leiche blieb Aris stehen, drehte den Körper des alten Mannes herum und kniete zu ihm nieder. So blieb er eine Weile, schloss dem Mann dann die Augen. Als er sich wieder erhob, sah er Kathryn an und überrascht stellte sie fest, dass es echte Trauer war, die sie in ihm spürte, dazu ein Schmerz, den sie nicht zu benennen wusste.

„Kanntest du ihn?“, fragte Kathryn ihn verwundert.

Er schüttelte den Kopf.

„Nein“, sagte er, und obgleich sie spürte, dass es keine Lüge war, wusste sie auch, dass mehr dahintersteckte.

„Dort ist es!“, sagte Aris, als der Mittag sich schon dem Ende neigte, und deutete auf eine graue Zeile am Horizont. „Fünfzehn lange Meilen, zwanzig vielleicht. Morgen sollten wir da sein.“

Lidium! So lange war es nun schon ihr Ziel gewesen, jetzt war es in Sichtweite. Der dämmernde Himmel darüber war von schwarzen Punkten gesprenkelt. Unzählige Schiffe mussten es sein. Auch über ihren Köpfen kreisten sie, hoch oben, knapp unter der Wolkendecke. Nach dem Feind hielten sie Ausschau, der es gewagt hatte, die Tumber zu überqueren. Und sie waren nicht allein. Andere Flugkörper zogen ebenfalls ihre Runden, tiefer flogen sie und seltsam war ihr Anblick. Kathryn schirmte ihre Augen gegen die untergehende Sonne ab.

„Was sind das?“, fragte Bortos.

„Sind das Greife?“, fragte Aris.

Es mussten welche sein, dachte Kathryn bei sich, denn von solcher Größe gab es keine anderen flugfähigen Wesen hier im Norden.

„Ja! Es sind Greife. So viele, wie es sind, müssen es die Greifenreiter sein“, sagte Kathryn.

„Druiden?“, fragte Aris.

„Ja“, sagte Kathryn. „Nur in Erinshain werden sie ausgebildet. Die Druiden sind gekommen.“ *Gekommen, um Norland zu verteidigen,* dachte sie.

Sie zogen weiter. Bald erhob sich zur Tumber hin ein steiles Gebirge, dass sie nordwärts ausweichen mussten und durch ein Tal kamen, das beiderseits von bewaldeten Hängen umschlossen war und durch das sich eine kleiner Bach schlängelte. Hin und wieder waren ihnen noch Flüchtige begegnet, die sich vor dem Heer und den Plünderern Sippans in Sicherheit brachten. Misstrauisch bemaß man sich dann gegenseitig mit Blicken und obgleich ihre Gefährten inzwischen die Feldzeichen Sippans abgenommen hatten, sahen sie noch zu sehr nach Soldateska aus, dass die Leute ihnen lieber auswichen. Hier im Tal begegneten sie niemandem mehr.

„Da, seht", sagte Aris irgendwann. „Ein Schiff."

Dicht über dem Gebäum flog es. Langsam, patrouillierend.

„Ist kein Kriegsschiff", meinte Bortos. „Zu schwach bewaffnet dafür."

„Schnell, unter den Baum!", befahl Aris. Sie verbargen sich hinter dem Stamm einer dichten Trauerweide, die am Rand des Baches wuchs.

„Warum verstecken wir uns?", fragte Kathryn.

„Lieber kein Risiko eingehen", meinte Aris vage.

Als das Schiff außer Sichtweite war, zogen sie weiter, aber Aris ließ sie abseits der Wege gehen, zwischen Bäumen und Felswänden entlang. Er schien angespannt, beäugte misstrauisch die Gegend und seine Nervosität färbte auf Kathryn ab. Die Hänge wurden zunehmend steiler, und das Tal verengte sich auf keine halbe Meile an Breite.

„Da ist jemand!", sagte Aris plötzlich. Alle drei hielten inne, spitzten die Ohren und lauschten.

„Ich höre nichts", meinte Bortos nach einer Weile.

Kathryn widersprach.

„Doch, ich höre es auch." Stimmen hörte sie, leise und noch fern. Aber sie waren da.

„Wir schleichen uns näher. Bleibt an mit dran", sagte Aris.

Aris wählte einen Pfad, der sie die Felsen entlang auf eine höhere Position brachte. Die Stimmen wurden lauter. Männliche Stimmen. Aris deutete Bortos und Kathryn, zu warten, schlich dann bäuchlings zu einem Felsvorsprung und spähte auf das darunterliegende Tal. Regungslos verharrte er so. Schließlich verlor Kathryn die Geduld und schlich ebenfalls zu Aris vor. Er rührte sich nicht, als sie neben ihm über den Fels lugte. Der Weg durch das Tal war gut sichtbar. Gegenüber von ihnen befand sich eine kleine Hütte. Ein altes Zollhäuschen vielleicht, dachte sich Kathryn, denn die Wände waren aus Stein erbaut. Männer standen davor und waren gerade dabei, ein Feuer zu machen, denn die Sonne stand tief und alsbald würde es dunkel werden. Ein paar von ihnen hatten Gewehre geschultert.

„Jäger?", fragte Kathryn.

Aris schwieg, starrte weiter konzentriert auf die Männer, als ein weiterer Kerl aus der Hütte kam. Er trug eine Kampfhaube und sein Gesicht zierte ein so gewaltiger Schnauzbart, dass er selbst auf die große Entfernung hin gut erkennbar war. Dieser war gewiss kein Jäger, dachte Kathryn.

„Dem Teufel sein verdammtes Arschloch!", zischte Aris neben ihr.

„Sind das Soldaten?", fragte Kathryn, gleichwohl sie die Antwort längst wusste.

„Ja. Und nicht irgendwelche", sagte Aris düster. „Sind unsere alten Kameraden. Teufel, wieso finden die uns nur immer wieder?"

„Eure Kompanie?", fragte Kathryn irritiert. „Aber ich sehe höchstens acht oder neun Mann."

„Irgendwo werden die anderen schon stecken", meinte Aris. „Das Schiff vorhin… ich dachte gleich, es kommt mir bekannt vor."

„Und was bedeutet das?", fragte Kathryn.

Aris sah sie nicht an, als er erwiderte: „Dass wir verdammt nochmal schon wieder knietief in der Scheiße stecken."

~

Das Feuer loderte. Der Geruch des brennenden Kiefernholzes stieg Aris angenehm in die Nase. Er säuberte seine Pistole. Den Lauf hatte er bereits ausgewischt, jetzt klemmte er den frischen Feuerstein in den Hahn und säuberte die Pfanne. Danach würde er Halfter und Hahn einfetten. Bortos hatte seinen Zweihänder auf den Knien liegen und schärfte ihn mit dem Schleifstein und kaute dabei Bitterblatt.

Nachdem sie Bortos über die Lage informiert hatten, waren sie den Weg ein Stück zurückgegangen, dann hatte Aris sie die Hänge hinaufgeführt, bis sie auf ein flaches Plateau gestoßen waren, das von Felsen umgeben einen passablen Lagerplatz abgab. Schweigend hatten er und Bortos die Zelte aufgebaut und das Feuer gemacht. Und immer noch schweigend, säuberten und warteten sie nun ihre Waffen, wie immer, stand ihnen am nächsten Tag ein ordentlicher Kampf bevor.

Kathryn hatte manche Fragen gestellt. Was sie jetzt machen sollten? Wie es weitergehe? Welche Möglichkeiten ihnen zur Verfügung stehen würden? Einsilbig waren Aris Antworten ausgefallen, und da auch Bortos seit seinem Ausbruch am Morgen kaum ein Wort gesprochen hatte, hatte sie es schließlich aufgegeben. Nun bereiteten sie ihr Zelt und Lager vor. Von Mama hatten sie drei kleine, längliche Soldatenzelte mitbekommen, dazu jeder eine dicke Wolldecke und eine Filzmatte.

„Wird scharf morgen!", sagte Aris. Leise war es gesprochen, dass nur Bortos es hörte. Der große Mann brummte zustimmend.

„Wird hart, auch für uns", fuhr Aris fort. *Mehr als das*, dachte er bei sich, *es wird unmöglich*. Ihre ganze Kompanie war hier, daran bestand kein Zweifel, knapp dreihundert Mann. Woher zum Teufel hatten sie gewusst, woher sie kommen würden? Genau wie vor Avion war es. Grimmton hatte die Kompanie gewiss aufgeteilt, damit sie einen möglichst großen Bereich abdeckten. Hinter jeder Ecke, hinter jedem Felsen mochte sich eine Rotte verstecken. Ein Schiff hatten sie als Luftunterstützung, Hunde wahrscheinlich ebenfalls. Einmal aufgespürt, wären sie verloren, daran bestand kein Zweifel. Und der verdammte Schwertsänger klebte ihnen ebenfalls noch an den Hacken.

„Wir werden es nicht schaffen, Dicker", sagte er zu Bortos. Unschön war es, sich die Wahrheit einzugestehen, aber so war es nun einmal. Wer so viel Pech hatte wie Aris, musste seine Chancen desto besser einschätzen lernen. Vor ihnen erwartete sie eine Horde Soldaten, und hinter ihnen ein unbesiegbarer Schwertsänger. Die Lage war aussichtslos. Er sah nur eine einzige Möglichkeit, sie zu retten. Und diese war häßlich.

Kathryn kam ans Feuer. Sie sahen sich über das Feuer hinweg in die Augen. Der Feuerschein ließ ihre Haare wirken, als stünden sie in Flammen.

„Ich komme gleich wieder", sagte sie, drehte sich um und entschwand in die Dunkelheit. Aris sah ihr nach.

Als er den Kopf zu Bortos wandte, bemerkte er, wie sein Bruder ihn genau musterte.

„Hör auf damit, Aris!", sagte er.

„Was meinst du?", fragte Aris.

„Das weißt du genau!", erwiderte Bortos und spuckte einen Klecks Bitterblatt aus. „Ich bin nicht blöd, Bruder. Du hast den Schwertsänger vor dem Kommandantenzelt entdeckt. Glaubst du, ich wüsste nicht, was du da gewollt hast?" Aris schwieg. „Ich kenne dich, Aris. Ich weiß, was in deinem Kopf vorgeht, auch wenn ich es nicht immer verstehe. Und das jetzt verstehe ich überhaupt nicht. Weißt du noch, was du neulich zu mir gesagt hast? Diese Sache. Sie passt nicht zu mir, hast du gesagt, und recht hattest du. Jetzt sage ich das Gleiche zu dir. Ich sage, die Scheiße passt nicht zu dir, und gefallen tut sie mir auch nicht."

„Bortos, es geht um unser Leben!", rechtfertigte sich Aris.

„Wir sind Söldner, potztausend, es geht immer um unser Leben! Als hätten wir es nicht schon hundertmal zuvor in die Waagschale gelegt. Hör doch auf, Bruder!" Bortos schaute eindringlich und streng und zum ersten Mal in seinem Leben erkannte er in Bortos etwas von Mama wieder. „Außerdem geht es hier um viel mehr als das; es geht um unsere Ehre und darum, für was man kämpft. Du spottest immer über meine Norland-Sache, das weiß ich, aber ich habe wenigstens eine Sache, die mir was wert ist. Schau doch, wie es bisher bei uns war. Haben für Sippan gekämpft, ohne wirklich Sippaner zu sein. Mal für Barbon, ohne Barbonen zu sein. Für das Reich, ohne Karner zu sein. Was sind wir?, frag ich dich. Und wer sind die, für die wir kämpfen? Ich versteh schon; als Söldner ist es eben so, aber ich mag die Idee, für etwas zu kämpfen, das mir was bedeutet. Ich bin lieber Soldat als Söldner. Und jetzt kennen wir mal jemanden, für den wir kämpfen können, jemanden von königlichem Blut verdammt, den wir sogar noch mögen und für den es sich zu kämpfen lohnt, und was machst du? Bei Gonzalo haben wir nur zugesehen und jetzt willst du wegsehen? Du bist seltsam, Aris, weißt du das?, was sie angeht, bist du verdammt seltsam. Es ist, als wolltest du dir selbst beweisen, dass du ihrer nicht wert bist."

Eine Weile schwiegen sie.

Irgendwann sagte Aris: „Ich hab es doch nicht ernst gemeint." Und als er es sagte, hoffte er sehr, es sei wahr. „Ich habe nur über unsere Lage nachgedacht."

„Dann denk weiter darüber nach, denn denken kannst du, was du willst, und deinen Kopf werden wir brauchen", meinte Bortos. „Am Ende ist es aber das Handeln, das zählt. Und da will ich mich auf dich verlassen können, so wie es bisher immer war. Denn in einem hast du recht, morgen wird es scharf." Erneut spuckte er aus, wischte sich den Mund mit dem Handrücken. „Und noch was, Bruder. Sollte es wieder so weit kommen… noch einmal laufe ich nicht davon, Kogan ist mein Zeuge, das nächste Mal werde ich kämpfen, komme, was wolle."

„Und ich werde dann an deiner Seite stehen, Bruder, so wie immer", sagte Aris.

„Das weiß ich doch", meinte Bortos, lächelte versöhnlich und griff nach Aris Kopf und drückte ihn an seinen. „Morgen, Bruder! Und jetzt leg ich mich ins Stroh!"

Spät war es und hell, denn der Mond schien voll und riesig über ihnen, und bei Aris wollte sich der Schlaf einfach nicht einstellen. Er überlegte, draußen noch eine Pfeife zu rauchen, da hörte er ein Geräusch an seinem Zelteingang. Jemand kam hereingekrochen.

„Ich bin es!" Es war Kathryn.

„Kannst du auch nicht schlafen?", fragte sie und legte sich neben ihn. Er rückte beiseite, dass sie mehr Platz auf seiner Matte hatte. Ihr warmer Körper berührte den seinen.

Er schüttelte den Kopf und sagte: „Nein."

Unauffällig sog er den Duft ihres Haares ein. Erst jetzt wurde er sich bewusst, dass sie sich schon lange nicht mehr so nahe gewesen waren. Seit der Ewigen Marsch nicht mehr. Sie schwiegen eine Weile.

„Du glaubst nicht, dass wir es schaffen können, habe ich recht?", fragte Kathryn.

„Es…“ Er holte tief Luft. „Es wird nicht einfach.“

Sie legte sich seitlich. Ihre Hand war auf seiner Brust.

„Du glaubst, dass wir morgen wahrscheinlich sterben werden?“

„Ich habe schon so oft gedacht, dass ich bald tot bin“, sagte Aris. „Und sieh mich an, hier bin ich. Bortos und ich haben schon in so mancher üblen Situation gesteckt und am Ende sind wir durchgekommen. Warum sollte es diesmal anders sein? Irgendwie schaffen wir es immer, glaub mir!“ Er sagte es so zuversichtlich, wie er konnte, und zuversichtlicher, als er sich fühlte. Sie durchschaute ihn, das wusste Aris, ohne sagen zu können, woher.

Er spürte, wie ihre Hand ihn zu streicheln begann.

„Weißt du, wenn… wenn es morgen so kommen sollte…“, sagte sie. Ihre Stimme stockte kurz. „Ich wüsste einfach gerne, wie es ist.“

Aris drehte den Kopf zu ihr. Nur Konturen konnte er sehen und das bedauerte er.

„Bist du dir sicher?“, fragte er.

Sie nickte. Ihre Hand war auf seinem Gesicht. Ihre Lippen näherten sich langsam.

~ 33. Kapitel ~

Duke

Ein Anblick, aller Götteraugen wert!, ging dem Duke der alte Ausspruch durch den Kopf, während er auf das schaute, was sich vor ihm auftat. Vorn am Bug seiner Atraxis stand er, Frederick an seiner Seite, beide zum Kampf gerüstet mit Degen an ihren Seiten, Pistolen an ihren Gürteln und zudem zwei geladenen Gewehren, die an der Reling lehnten. Die Sonne stand hoch im grauen Himmel, ein leichter Wind frischte bugseits auf und das Brummen des Kessels mischte sich mit dem Summen der Rotoren. Er betrachtete die Armee des Feindes, die ihnen gegenüber Aufstellung nahm. Zu Luft dutzende sippanische Kriegsschiffe, manches doppelt so groß wie die Atraxis, kanonenbespickt, mit gewaltigen, gepanzerten Kesseln, wehenden Fahnen und Seitensegeln, und umschwirrt von kleinen Einmann-Spatzen. Darunter das feindliche Heer. Tausende sippanische Kriegsknechte, die die Landschaft wie ein Tuch bedeckten. Gute Götter, er hatte nicht geglaubt, in seinem Leben noch einmal in eine solche Situation zu geraten, noch einmal selbst im Krieg mitkämpfen zu müssen. Aber hier stand er!

Auf siebenhundert Fuß flog die Atraxis, der Kessel unter vollem Dampf. Über und neben und unter ihnen schwebten Schiffe, alle unter der Fahne Norlands, dem blau-roten Stern auf weißem Grund, alle kampfbereit, mit geladenen Kanonen und rauchenden Schornsteinen, und weißen Würmern gleich zogen lange Rauchschwaden hinter ihnen her. Sein erster Luftkampf erwartete den Duke.

Unter ihnen befand sich das eigene Heer. Die Kompanien waren in großen Karrees aufgestellt, in breiter Formation, einer Perlenkette gleich mit eckigen Perlen, dazwischen Kampfwagen, schwere, dampfbetriebene Kutschen mit gepanzerten Wänden, hinter denen Scharfschützen Schutz fanden, und Dampfpanzer, mit ihren großen Bug- und kleinen Seitenkanonen, aus deren sternförmigen Schornsteinen bereits der Dampf quoll, und allesamt umschwärmt von Schwadronen kleiner, wendiger Hundekutschen. Auch seine eigenen Männer befanden sich dort unten, eine ganze Kompanie unter Hauptmann Wilson, einem fähigen Offizier, der ebenfalls in Persund gekämpft hatte. Er hoffte, sie würden ihm Ehre machen.

Hinter dem Fußvolk war die Artillerie aufgestellt, auf drei eilig ausgehobenen Schanzen verteilt, gleich hinter dem Feld, auf dem sogleich das Blut vergossen würde. Das Schlachtfeld.

Der Feind war in der Überzahl. Selbst ein ungeschultes Auge würde es erkannt haben. Die Sippaner hatten vielleicht keine Panzer und keine Kampfwagen, aber sie waren mehr, deutlich mehr, und eine Schlacht wurde letztendlich von den Soldaten entschieden. Butterbear riskierte viel, und jetzt, wo der Duke die Macht des Feindes vor sich aufgestellt sah, glaubte er; vielleicht zu viel.

Die Argumente waren gut gewesen. Wenn der Feind mit voller Stärke diesseits der Tumber war, wäre jede offene Konfrontation aussichtslos. So aber hatten sie es nur mit der Hälfte der sippanischen Armee zu tun, und gelang es ihnen, sie heute zu besiegen, wäre Sippan am Ende. Denn – und auch hier musste der Duke dem Kriegsverständnis des Bären zustimmen – bei einem Sieg gab es für Sippan keine Rückzugsmöglichkeit und ihr Heer würde vollständig vernichtet werden. Doch noch eine weitere Regel des Krieges gab es, und der Duke bedauerte, dass es ihm erst jetzt in den Sinn gekommen war. Ein Gegner, der mit dem Rücken zur Wand steht, kämpft gemeinhin doppelt so stark.

Schrill ertönte die Dampfpfeife des Flaggschiffs. Die *Triumph* unter dem alten Lionar schwebte in der Mitte ihrer Formation. Die Morselampen der Schiffe blinkten auf, teilten Ordern mit in der Sprache von Licht und Rhythmus. Der Angriff begann!

Die Männer versammelten sich im Heck der Atraxis, ein Dutzend Mann Besatzung, Der Duke und Frederick, Rogers, der Chefkanonier, und Thomas, sein Gehilfe, Walters, der Bombenmeister, Turner, Williams und Brown, die Luftmatrosen, Biden, der Chefmechaniker, Todson, sein Gehilfe, Martin, der Steuermann und Styles als Kapitän. Für die Schiffsgröße der Atraxis eine passende Besatzung, denn Männer bedeuten Gewicht und im Kampf zählte jedes Gramm. Ein junger Priester trat vor sie, der zum Schiffskaplan berufen worden war, und die Männer knieten nieder zu Ehren des Guten Gottes. Hohepriester Manning hatte Wort gehalten, kein Schiff, zumindest keines der regulären Flotte, war ohne Kaplan geblieben, und auch am Boden spendeten Erleuchtete in jeder Kompanie ihre stärkenden Segen.

„Macht euch bereit, die Segnungen Javes zu empfangen", sprach der Priester. Lockhart war sein Name, kaum zwanzig Jahre dürfte er zählen, schätzte der Duke, mit furchtsamen, großen Augen und einem weichen, fliehenden Kinn. Der Duke meinte, die Furcht aus seiner Stimme herauszuhören, doch als er sang, war es kraftvoll und durchdringend.

Jeden der drei Kriegssänge Javes beherrschte er, die vor Kämpfen gesungen werden, den der Kraft, der Furchtlosigkeit und der Konzentration, und als er sie beendet und der Duke sich erhoben hatte, fühlte er sich so stark und frisch wie lange nicht mehr. Er trat vor den Priester, neigte den Kopf und sagte: „Ich danke Euch, Hochwürden. Der Gute Gott hat sich in Euch einen würdigen Diener auserwählt."

„Ich danke Euch, Mylord", antwortete der Priester fast schüchtern. „Nun lasst mich Euch noch den Segen des guten Gottes spenden, auf dass er mit Euch sei in diesen kommenden Stunden."

Styles befahl volle Kraft voraus, nahm Posto vor dem Steuermann und der Duke begab sich mit Frederick wieder an den Bug. Auch das Fußvolk hatte sich indessen in Marsch gesetzt und das Trommeln der vielen Spielleute drang bis zu ihnen hinauf. Die ersten Kanonen der Artillerie wurden gefeuert, die Rauchpilze pufften aus den Mündungen, der Donner folgte verspätet. Zu Luft schwiegen die Rohre noch. Der Duke zog sein Fernrohr heraus, spähte hindurch. Die Schiffe waren den Männern am Boden voraus, wie üblich in der Schlacht. Es galt, den Luftraum über dem Heer zu behaupten, denn wer den Sieg zu Luft davontrug, konnte Granaten und Bomben auf die Männer darunter werfen. Styles ließ ein paar Grad Backbord wenden. Der Feind war nah. Die ersten Männer auf den sippanischen Schiffen waren als bohnengroße

Punkte zu erkennen. Gleich würde der Kampf entbrennen und dem Duke sträubten sich die Nackenhaare, der Mund wurde ihm trocken. Seine Kopfhaut kribbelte unangenehm. Er sah hinab in die Tiefe. Mit einem Mal wurde er sich der Höhe bewusst. Fest und sicher und auch frei von Angst waren seinen Fliegerbeine noch stets gewesen, hier aber überkam ihn eine plötzliche Welle von Furcht, und er stellte sich vor, was es hieße, abzustürzen. *Geradeaus schauen!*, ermahnte er sich. Er beruhigte seinen Atem, sammelte seinen Geist, spürte die Kraft der Segen in sich, die ihn stärkten. Er wurde klarer. Schon immer war Verlass auf seine Nerven gewesen, zumindest, wenn es darauf ankam, und nicht zum ersten Mal befand er sich in einer solchen Situation. Auch diese würde er überstehen, sagte er sich. Er durfte nur nicht übermütig werden, nicht unvorsichtig. Er hatte Wichtigeres zu tun, als sich von irgendeinem Soldaten totschießen zu lassen, oder hunderte Schritte in den Tod zu stürzen. Sein Überleben war das Wichtigste. Erschütternd knallten die ersten Kanonen.

„Feuer!“, schrie Styles vom Heck aus.

Laut donnerte die Bugkanone. Der Rückstoß durchfuhr das ganze Schiff, sodass der Duke nach vorne taumelte. Die Seitenkanonen feuerten, ließen das Schiff wackeln und seitlich ausbrechen. Der Duke kniete sich an die Reling, machte sein Gewehr bereit. Der vertraute Pulvergeruch des Krieges stieg ihm in die Nase.

Styles brüllte Befehle in Folge. „Laden!“ „Nord-Nord-West!“ „Dampflassen!“

Kugeln zischten durch die Luft, scharf und pfeifend die vielen kleinen Gewehrkugeln, vibrierend und dumpf die der Kanonen. Der Duke schoss seinen ersten Schuss, machte sich ans Nachladen. Seine Rolle war die des gewöhnlichen Schützen. Nachladen, schießen, nachladen, schießen. Die ersten Gewehrkugeln schlugen ein, ließen Holz splittern, Metall klingeln. Plötzlich sauste ein Schatten an ihnen vorbei. Ein weiterer. Die Greifenreiter flogen ihren Angriff, begleitet vom markdurchdringenden Kreischen ihrer Tiere. Der Duke sah auf und folgte ihnen mit den Blicken. Etwa dreißig der Tiere flogen im Geschwader auf eines der großen Kriegsschiffe zu. Ein Greif wurde von einer Kanonenkugel durchschlagen, dass Blut und anderes durch die Lüfte spritzten, der riesige Körper in der Tiefe verschwand. Ein weiterer wurde von den Kugeln durchsiebt. Doch zu viele waren es und zu schnell und wendig für die Sippaner, und schon waren die Tiere am Schiff und die riesigen Schnäbel und Klauen suchten sich Opfer.

Die Atraxis driftete weiter auf die feindliche Flotte zu. Die Orientierung war schwer, denn überall, oben, unten, rechts und links, schwebten die Schiffe, feuerten Kanonen und Gewehre und erschufen Wolken aus Pulverdampf. Das Zentrum sah gut aus, wo die stärksten Kampfschiffe Norlands positioniert waren, und den Sippanern mit ihrer Überzahl schwer zusetzten. Doch deren riesige Kriegsschiffe wehrten sich mit ihren vielen Kanonen und die größeren Besatzungen schossen Salve um Salve auf die Schiffe Norlands ab. Die kleinen Spatzen schwirrten dazwischen umher, feuerten aus ihren kleinen Bordkanonen, und jeder Schuss ließ sie ein wenig nach hinten schnellen.

Ein lauter Knall lenkte des Dukes Aufmerksamkeit nach unten. Eines der größten Schiffe der Sippaner stand in Flammen und verlor rasch an Höhe. Sein Blick glitt noch weiter hinab, auf die Feldschlacht, wo die Heere sich angenähert hatten und der Kampf begann. Salven wurden ausgetauscht und ihr Rattern drang bis zu ihnen. Das Mündungsfeuer eines Panzers blitzte auf. Explosionen ließen Krater hinter sich zurück. Pulverdampf zog über das Schlachtfeld gleich einem Nebel.

Aus dem Nichts, Blitz und Donner und berstendes Holz! Eine Explosion! Es warf den Duke zur Seite. Fast hätte es ihn über die Reling katapultiert. Verzweifelt krallte er sich an einem der vielen Seile fest, die vom Kessel über ihnen zum Schiffsrumpf hinabreichten, kletterte wieder an Deck. Seine Ohren summten und piepsten. Eine Kanone musste die Atraxis getroffen haben. Er wollte nach Frederick sehen. Da knallte es wieder! Ein gewaltiger Ruck ging durch das gesamte Schiff. Er fiel zu Boden. Styles schrie Befehle. Zwei Arme packten ihn, zogen ihn auf die Beine. Frederick war es, das Gesicht schmutzig von Pulver und Asche.

„Alles in Ordnung, Mylord?“, fragte Frederick.

„Ja, ja“, gab der Duke zurück, riss sich los und ging nach hinten zu seinem Kapitän.

„Die Lage, Captain?“, rief er Styles zu.

„Noch fliegen wir, Mylord, noch fliegen wir.“

Der Duke überblickte die Luftschlacht. Im Zentrum schienen sie die Oberhand zu gewinnen. Der Duke sah abstürzende Spatzen, bedrängte Kriegsschiffe Sippans, dazwischen Greife, die Zugvögeln gleich in geometrischen Formationen flogen. Aber auch die Ihren mussten einstecken und der Duke sah die *Northstar* in Flammen stehen, sah Männer in die Tiefe stürzen, um so dem Flammentod zu entgehen. Walters, der Bombenmeister, rief, dass man sich über den Reihen des Feindes befände und Styles befahl, das Kanonenfeuer einzustellen, um ihre Bomben und Granaten zu werfen. Auf der rechten Franke meinte der Duke, ein Ungleichgewicht zu ihren Ungunsten auszumachen.

„Die Flanke scheint mir schwach“, rief er Styles zu.

„Aye, Mylord. Den verdammten Piraten ist ihr Leben zu teuer. Sie weichen zurück, die Hunde. Der Teufel hole sie!“

Jetzt erkannte es auch der Duke. Der alte Lionar hatte die Piraten absichtlich an den Flanken und weit oben positioniert, wo die Kämpfe weniger scharf sein würden. Doch vier Kriegsschiffe der Sippaner hatten sich in niedrigen Vormittagswolken versteckt gehalten und brachen nun zwischen ihren Reihen hervor. Ihre Flotte drohte in eine Zange zu geraten.

„Wir helfen ihnen!“, befahl der Duke.

„Das wird scharf, Mylord. Sind vier von den großen!“, warnte Styles, aber ein Blick des Dukes genügte. „Aye, Mylord!“, sagte Styles, um dann eine Serie von Befehlen zu brüllen. „Gebt Feuer unterm Kessel! Hart Steuerbord! Alles Backbord positionieren. Kanonen schussbereit.“

Frederick reichte dem Duke das geladene Gewehr, als er wieder vorn am Bug ankam. Die Kanonenkugel war unweit ihrer vorigen Position eingeschlagen, hatte die Außenwand zerschlagen und die Planken aus leichtem Lärchenholz ragten auf wie Knochen aus einem Kadaver. Der Duke spürte, wie sie an Höhe gewannen, sah, dass sie in Schussreichweite der Sippaner kamen, und hörte die ersten Kanonen, die in ihre Richtung abgefeuert wurden. Eines der Kriegsschiffe drehte sich ihnen zu, bereit, den Kampf aufzunehmen. In Überluft stand es und machte sich schussbereit. Schon donnerten die Kanonen. Eine Kugel streifte schrill den Kessel, Dampf zischte pfeifend heraus. Eine andere Kugel sprengte von jetzt auf gleich einen ihrer Matrosen weg, Turner war es, und mit ihm einen Teil der Reling, dass nur ein klaffendes Loch verblieb. Holzsplitter und Blut flogen dem Duke um die Ohren.

„Wir müssen höher! Höher!", brüllte er an niemand bestimmten. Solange die Sippaner in Überluft standen, konnte die Atraxis sie mit ihren Kanonen nicht erreichen.

Styles schrie passende Befehle. Todson kletterte die Wanten hinauf zum Kesselleck, und der Duke staunte, wie behände der junge Mann mit solch schauriger Höhe im Rücken agierte. Weiter donnerten die Kanonen, prasselten die Salven auf sie nieder, und nicht allein der Duke schickte Stoßgebete an die guten Götter, die sie zu erhören schienen, denn von Treffern blieben sie verschont. Sie stiegen weiter auf. Er und Frederick und die Matrosen feuerten Schuss um Schuss ihrer Gewehre, doch lächerlich wenig kam es dem Duke vor, im Vergleich der Salven, die die Sippaner auf sie abgaben.

Auf selber Höhe angekommen, schoss ihre Bugkanone. Gerade einmal fünfzig Schritte waren sie entfernt gewesen, und krachend schlug die Kugel an Bord des Feindes ein. Die Seitenkanonen feuerten, Holzteile flogen durch die Luft, die Schreie des Feindes drangen bis zu ihnen. Der Duke drehte sich weg, um nachzuladen, da sah er es. Ein zweites Kriegsschiff näherte sich von der anderen Seite. Die Piratenschiffe waren abgedrängt und mit den übrigen beiden Kriegsschiffen beschäftigt. Sie würden keine Hilfe sein. Die Atraxis war in der Zange. Sie waren verloren, ging es ihm durch den Kopf. Kanonen donnerten, Holz splitterte, Rauch und Feuer überall. Das Schiff schwankte so stark, dass der Duke über das Deck rollte. Jeden Moment rechnete er damit, dass der Kessel platzte, das Flux ausströmte, sie in die Tiefe stürzten. Er rappelte sich auf. Rannte den wankenden Boden entlang zu Styles.

„Bringt uns ran, Styles. In freier Luft sind wir verloren!“

Styles stand breitbeinig am Steuerruder, die einzige Hand fest am Rad. Steuermann Martin war nicht zu sehen, aber der Duke zweifelte nicht, dass er tot war. Er sah sich um, schätzte die Lage ein und traf eine Entscheidung.

„Fliegt in einen hinein, Styles! Nehmen wir wenigstens noch eines mit!“, rief der Duke.

Styles sah ihn an, nickte dann grimmig und mit einer entschlossenen Bewegung kurbelte er das Steuerrad.

Der Duke ließ ihn zurück, lief wieder nach vorn und brüllte auf dem Weg: „Angriff, Männer! Wir schnappen uns die Hundesöhne. Zum Angriff!“

Er hatte den Degen in der Hand, ohne sich zu erinnern, wann er ihn gezogen hatte. Am Bug erwartete ihn Frederick, ebenfalls die blanke Klinge in der Hand. Sie duckten sich hinter die Reling. Andere Männer kamen ihnen zur Seite. Die Atraxis steuerte geradewegs auf eines der Kampfschiffe zu. Die Sippaner versuchten auszuweichen. Dampf pfiff aus allen Ventilen heraus. Doch Styles glich den Kurs an. Der Duke spähte zum Feind. Gleich war es soweit. Sein Herz raste. Sein Innerstes rebellierte. Übelkeit stieg in ihm auf. Wie war er nur in diese Lage gekommen?

Da erklang hinter ihm ein Sang. Voller Kraft und Stärke durchdrang er alles und Javes Stimme erfüllte seinen Geist und seinen Körper. Er spürte, wie ihn die Angst verließ, sein Geist klar, seine Glieder ruhig wurden. Keine Zuversicht war es, die er fühlte, kein Glaube, dass alles gut werden würde oder dergleichen, sondern Gleichgültigkeit vor Gefahr und Tod, und Freude auf den bevorstehenden Kampf. Er blickte sich um, sah den jungen Lockhart mit geschlossenen Augen singen. Als er fertig war, trafen sich ihre Blicke. Der Duke nickte, dann erhob er sich. Die anderen taten es ihm gleich. Kugeln zischten durch die Luft. Gewehre knallten. Der Aufprall stand kurz bevor. Ein Lächeln stahl sich auf seine Lippen. *Der Mann, der König sein wollte!*, dachte er spöttisch. Dessen statt würde er nun für sein Land sterben. Es gab wahrlich schlimmere Tode, dachte er bei sich, und für einen Augenblick schweiften seine Gedanken zu Beth, an die er die letzten Tage kaum je gedacht hatte, und dass er sie womöglich gleich wiedersehen würde. Berstend krachten die Schiffe aufeinander!

Der Bug der Atraxis schrammte über das Deck des feindlichen Schiffes. Der Aufprall warf den Duke nach vorne und er nutzte den Schwung, um über die Reling zu springen und auf das gegnerische Deck. Er rollte sich ab, stieß sich dabei hart die Schulter. Das ganze Schiff wackelte und war durch die Atraxis, die sich zwischen Kessel und Deck eingekeilt hatte, in starker Schieflage. Ein Matrose tauchte vor dem Duke auf, das Gewehr wie einen Knüppel haltend. Der Duke wich dem Schwung aus, stieß mit dem Degen zu. Der Mann keuchte, als die Klinge ihn durchbohrte. Der Duke befreite seine Klinge, versuchte sich zu orientieren und gleichzeitig das Gleichgewicht zu halten. Ein Gewehr wurde nach ihm abgefeuert, er spürte den Luftzug der Kugel. Zwei weitere Matrosen stellten sich ihm, der eine mit Schwert, der andere mit Speer bewaffnet. Ein Schuss an seiner Seite! Frederick war da, sein Schuss hatte den mit dem Schwert gefällt. Der Duke feuerte seine eigene Pistole auf den anderen, doch des Wankens wegen ging der Schuss daneben. Da kamen hinter dem Matrosen noch weitere seiner Kameraden.

Der Aufprall hatte die sippanische Mannschaft aus der Fassung gebracht, nun aber sammelten sie sich. Und sie waren mehr… viel mehr. Sippanische Kampfschreie wurden ausgestoßen, Schwerter gezogen und Gewehre geladen. Die übrigen Männer der Atraxis kämpften verzweifelt gegen die Übermacht, Todesschreie wurden ausgestoßen. Zwei Matrosen legten auf den Duke an und er wusste nichts zu tun, als ihnen einfach zuzusehen. Ein Schuss ging los, verfehlte den Duke um Handbreite. Der Andere feuerte gleich darauf. Doch nicht dem Duke hatte der Schuß gegolten. Fredericks Schrei war kurz und abgehackt. Der Duke sah zu seinem Diener, der zu Boden gegangen war. Für den Bruchteil einer Sekunde dachte er daran, ihm beizustehen. Dann besann er sich, umschloss fest den Griff seines Schwertes und stürmte in den Kampf. Der erste Matrose stellte sich ihm. Da traf ihn etwas am Kopf, etwas Gefiedertes. Die Ablenkung nutzend stieß der Duke zu. Sein Degen drang tief ein. Zu tief! Der Duke versuchte, seine Waffe zu befreien, da war ein weiterer Feind bei ihm. Mit erhobenem Gewehr wollte er auf den Duke los, als auch diesem etwas gegen den Kopf flog. Flügel und Federn flatterten um ihn herum. Ein Vogel, erkannte der Duke. Nein, zwei! Kurz stockte er über die Absurdität, dann glitt sein Blick zur Seite. Ein ganzer Schwarm Vögel kam auf sie zu, eine unstete, flatternde Form, schwarz und grau, aus hunderten Tieren. Die Götter selbst mussten es sein, die ihm zur Hilfe kamen, ging es dem Duke für eine Sekunde durch den Kopf. Da öffnete sich der Schwarm und aus seinem Inneren tauchte ein noch größerer Vogel auf, riesig und schrecklich, und auf seinem Rücken reitend eine Gestalt. Die Gestalt sprang von ihrem Reittier, kaum dass sie das Schiff erreicht hatten, und was da an Bord kam war kein Mensch, war nicht der Druide, den der Duke erwartete hatte, war eine Bestie mit felligen Armen und Klauen und einem Maul wie ein Bär. Seine Pranke durchfuhr den ersten Sippaner, den er erwischte, hinterließ klaffende Wunden und den Schrei eines Sterbenden. Schon stürzte sich die Bestie auf den nächsten. Der Karmore hatte einen Matrosen unter seinen Pranken und sein riesiger Schnabel ließ einen weiteren in Deckung hechten. Die Luft war erfüllt von tausendfachem Flügelschlag. Der Duke schaffte endlich, seinen Degen frei zu bekommen. Gerade rechtzeitig, um dem Schlag des Matrosen auszuweichen. Er warf sich mit der Schulter gegen den Sippaner, dass dieser fiel. Bohrte ihm dann den Degen durch die Brust.

Sein Blick glitt zu den anderen Kriegsschiffen. Auch dort waren die Druiden zu Werke. Schwadrone von Greifen umschwärmten die großen sippanischen Schiffe, krallten sich an Wanten und Reling fest und schrill war ihr Kreischen. Das Waldvolk tat seinen Schwüren alle Ehre.

Ein Kanonendonner ließ den Duke hinter sich schauen. Von der Atraxis war er gekommen, hatte den Kessel des Kriegsschiffs durchschlagen und Dampf zischte in breitem Strahl aus einem klaffenden Riss. Das Schiff neigte sich weiter, drückte die Atraxis mit sich in die Tiefe, und der Duke spürte, dass sie schnell an Höhe verloren.

Die Bestie, die nur Gwydion sein konnte, hatte inzwischen zwei weitere Sippaner getötet, darunter einen Mann mit großem Offiziershut, in dem der Duke den Kapitän vermutete. Der Feind schien besiegt und in dem Chaos aus Schreien, Vögeln und Dampf fand der Duke vorerst keinen Gegner mehr. Da kam die Bestie auf ihn zu.

„Das Schiff stürzt ab!“, rief sie und der Duke erkannte Gwydions Stimme, wenngleich tiefer und wilder. „Er kann uns nicht beide tragen“, sagte der Druide, auf sein Reittier deutend.

Der Anblick des Druiden war schaurig.

„Ihr habt getan, was Ihr konntet“, sagte der Duke erst. „Seht, dass Ihr davonkommt. Wir tun das Gleiche.“ Er nickte dem Druiden zu, wandte sich dann ab und suchte Frederick. Er fand ihn am Boden liegend. Die Kugel hatte ihn in die Brust getroffen, doch offenbar lebte er noch. Er half ihm auf und schwang sich seinen Arm über die Schulter. Das Schiff war inzwischen ins Trudeln geraten, stürzte spiralförmig gen Boden. Mit der Last von Frederick auf sich kämpfte der Duke sich auf die Atraxis zu. Beim Schiffsrumpf angekommen, war plötzlich der junge Todson bei ihm.

„Wir stürzen ab, Mylord!“, brüllte er das Offensichtliche.

„Hilf mir!“, befahl ihm der Duke. „Hilf mir, ihn an Deck zu heben.“

Mit vereinten Kräften hievten sie Frederick an Bord. An Deck ließ der Duke seinen Diener zurück und begab sich zu Styles, der, immer noch das Steuerrad in der Hand, aus voller Kehle Befehle brüllte. Die Welt um den Duke herum drehte sich, kalter Wind pfiff in seinen Ohren. Einem Betrunkenen gleich torkelte er über das schwankende Deck. Seine Eingeweide kribbelten des schnellen Absinkens wegen, sein Körper schien ihm beinahe schwerelos, als könne er jeden Moment abheben.

„Wir müssen uns von ihnen lösen“, schrie er Style zu. Der Boden kam schnell näher, keine hundert Schritte konnten sie mehr in der

Luft sein. „Wir müssen uns frei bekommen!“, brüllte er, ohne eine Lösung parat zu haben.

„Feuer!“, schrie da Styles. „Feuer!“ Ein kurzes Crescendo von Kanonenschüssen folgte auf den Befehl. Zeitgleich beinahe. Ein gewaltiger Ruck ging durch das Schiff, reißende und schrammende Geräusche kamen auf. Vier der fünf Kanonen der Atraxis hatten gefeuert. Augenblicklich verstand der Duke die Idee dahinter. Der Rückstoß sollte die Atraxis von ihrer Verkeilung lösen und tatsächlich glaubte der Duke zu sehen, wie die Schiffe auseinander gingen. Ein letzter Ruck, da waren sie frei. Der Fall verlangsamte sich, das feindliche Schiff verschwand unter ihnen. Dennoch rotierten sie weiter auf den Boden zu, langsamer zwar, doch immer noch zu schnell. Jetzt konnte der Duke den Grund erkennen, sah Feld und Gras und rennende Menschen. Er hörte Styles brüllen, hörte die Schreie anderer. Er krallte sich an einem Seil fest, schloss die Augen, jeden Moment musste der Aufschlag kommen. Die Summe hunderterlei Geräusche überlagerte alles. Es warf ihn zu Boden, drückte ihm die Luft aus seinen Lungen, ließ ihn niedergehen in einem Chaos aus Zerstörung. Kurz darauf wurde ihm schwarz vor Augen.

Er lebte noch, die Erkenntnis war beinahe irritierend. Er befreite sich von losen Holzbalken, die über ihm lagen, rappelte sich auf. Wie lange war er ohnmächtig gewesen? Sein Blick glitt über die Schneise, die sie auf dem begrasten Feld hinterlassen hatten, hinüber zum Kessel, der auf das Schiffswrack hinabgekracht war und aus dem an etlichen Stellen Dampf ausströmte. Qualm und Rauch waren überall. Die Luft schwer von Schwefeldunst. Erst Sekunden seit dem Absturz konnten vergangen sein, erkannte der Duke. Seine Augen blieben beim Leichnam von Styles hängen. Die eine Hand noch fest am Steuerrad, der Oberkörper von einem gebrochenen Balken durchstoßen, der ihn grotesk in halb-aufrechter Position beließ. Der Rest seines geliebten Schiffes war nichts als Schutt und Trümmer und nichts Lebendes konnte er im Nebel erkennen. Er kletterte die Schiffswand hinab, betrat aufgewühlten Grund. Sein Kopf schwirrte ihm, seine Sinne schienen wirr. Woher kam der ganze Lärm?, fragte er sich. War es Einbildung?

Müsste es nicht leise sein, fragte er sich, ohne zu wissen, weshalb es so sein sollte. Doch da waren Schreie und Rufe, Getrommel und Schießlaute. Der schwefelgeschwängerte Dunst erschwerte die Sicht, ließ ihn kaum einen Bogenschuss weit sehen. Aber dieser Geruch! Er kannte ihn, kannte ihn nur zu gut, und da traf ihn die Erinnerung, und mit ihr wurden seine Sinne scharf und er verstand. Schlachtgeruch war es, den er da roch, und Kampfeslärm, was ihm so hartnäckig in den Ohren klang. Sie mussten mitten auf das Schlachtfeld gestürzt sein.

Schatten tauchten im Nebel auf, verwandelten sich in Soldaten, die auf ihn zurannten. Gewehre wurden auf ihn gerichtet. Der Duke erkannte die blauen Feldzeichen an den Oberarmen.

„Ich bin Norländer", rief er.

„Fargold?", fragte ein Offizier mit großen Augen. „Seid Ihr das? Teufel, war das Euer Schiff?" Die Gewehre wurden gesenkt.

Der Duke nickte Wellington zu, den er jetzt erkannt hatte. Ein auffrischender Wind ließ die Sicht aufklaren. Weitere Männer tauchten auf, norländische Soldaten.

„Es ist der Duke!", hörte er aus mehr als einem Mund brüllen. Die Stimmen waren ihm vertraut.

„Es was die Atraxis! Sie war es wirklich!"

Seine Männer waren es, schlammverschmiert und atemlos kamen sie zu ihm gerannt und schauten ihn an, als sei er ein Geist. Aber was taten sie hier?, dachte der Duke irritiert. Der Kampf war noch im Gange, die Frontlinie keine hundert Schritte entfernt.

„Was geht hier vor sich?", fragte er.

„Die Reihen lösen sich auf, Mylord. Die Schlacht ist verloren", rief einer seiner Männer.

„Nein!", schrie er. Nicht nach allem, was er eben erlebt hatte. Nicht nach dem, was geschehen war. „Sammeln! Neuformieren!", schrie er aus Leibeskräften. Das Schlachtfeld war kein Ort für leise Töne.

„Bei allen Göttern, Mylord", hörte er Lord Wellington neben sich. „Ihr seid eben vom Himmel gestürzt. Ihr solltet eine Schwester aufsuchen."

„Nein! Die Schlacht wird nicht verloren! Nicht mit mir!"

Wellingham sah ihn an, als habe er den Verstand verloren, doch nie im Leben hatte sich der Duke klarer gefühlt. Er würde heute nicht sterben. Hätte er sterben sollen, wäre es schon längst geschehen. Und verlieren würde er heute auch nicht.

„Zurück zum Angriff!", schrie er und trabte in Richtung Kampfgeschehen.

Immer mehr Männer kamen ihm entgegen, tauchten mit angsterfüllten Augen im Schlachtfelddunst auf. „Zum Angriff!", schrie er alle an, gleich, ob es seine Männer waren oder andere. „Zum Angriff!" hörte er neben sich den Ruf aufgreifen. „Zum Angriff!", schallte bald aus hunderten Mündern.

Da waren die Baker Brüder plötzlich neben ihm. Als Korporale waren sie beide eingesetzt. Nun rannten sie neben ihm in den Kampf, die Gesichter grimmig, wie es ihnen entsprach.

„Hier, Mylord!", rief Sev, dem Duke dabei einen Degen hinhaltend. Erst jetzt wurde ihm bewusst, dass er gänzlich unbewaffnet war.

„Wo ist Hauptmann Wilson?", fragte er die Brüder.

„Tot!", antwortete Charles. Mehr braucht er nicht zu sagen.

Einen letzten Schleier dichten Pulverdampfs durchbrachen sie, da stand der Feind vor ihnen. Auch sie waren versprengt und nur in loser Formation. Jetzt entdeckte der Duke das zweite Schiffswrack, das brennend auf dem Schlachtfeld lag. Das sippanische Kriegsschiff war in die Formation des Feindes gestürzt. Drumherum wurde wild gekämpft.

„Zum Angriff!", schrie der Duke zum tausendsten Mal, ging über in den vollen Lauf.

Kampfrufe wurden zu seinen Seiten gebrüllt, aus den Augenwinkeln sah er Männer mit Piken und Schwertern in den Kampf stürmen. Die Sippaner legten ihre Gewehre auf die Anstürmenden an. Schossen eine unregelmäßige Salve ab. Kugeln zischten, schlugen ein. Doch zu wenige waren es, sie aufzuhalten.

Schon waren sie bei ihnen, drangen in ihre Reihen ein. Von Schrecken gezeichnete Antlitze umgaben den Duke. Die Wucht des

Angriffs hatte die Sippaner völlig überrumpelt. Ihre Formation war nicht geschlossen, ihre Pikenträger nicht bereit, ihre Schwerter nur zum Teil gezogen. Der Duke stach einem ersten Kerl seine Degen in den Wanst. Zog ihn heraus und stach einem nächsten in die ungedeckte Seite. Er sah Charles seinen Kriegszweihänder schwingen und einem Kerl damit den Kopf spalten. Er sah Sev an seiner Seite mit Schild und Rapier einen Feind niedermachen. Hart war der Kampf und gnadenlos und bald bedeckten Tote den Boden, über die man stolperte. Alles Denken war aus seinem Kopf verschwunden, nur Instinkt war übrig und der Duke kämpfte und tötete und schrie, bis seine Kehle wie Feuer brannte. Und plötzlich war sie weg, die Gegenwehr, weg waren die immer neuen Gesichter, der Feind drehte ihnen den Rücken zu. Die Reihen brachen, die Sippaner flohen.

Die meisten Männer setzten ihnen nach, aber der Duke blieb stehen, sah sich um. Der Schlachtennebel machte das Sehen schwer, dennoch erkannte der Duke zwischen den Pulverdampfwolken noch mehr fliehende Sippaner. Die rechte Flanke, an der er und seine Männer sich befanden, war vollständig aufgerieben, und im Zentrum der Schlacht begannen die Sippaner nun ebenfalls zu wanken. Die Umrisse riesiger Tiere wüteten zwischen den Reihen der Soldaten, und für einen Augenblick tat sich vor dem Duke der Anblick eines riesigen Mähnenbären auf, das Maul zornig aufgerissen, mit den Pranken Kriegsknechte wie Spielzeugpuppen durch die Luft schleudernd. Die Bodentruppen des Waldvolks waren doch noch angekommen. Die Schlacht war gewonnen.

Die Kraft verließ ihn. Vielleicht war schon geraume Weile keine mehr in seinem überanstrengten Körper verblieben und nun erst wurde er sich dessen bewusst. Der Degen entglitt seiner Hand, fiel auf die Erde. Am liebsten wäre er in die Knie gegangen. Aber Männer sammelten sich um ihn herum, schauten ihn mit fanatischen Gesichtern an. Sie riefen etwas. Erst nach und nach drang es an seine Ohren. „Duke! Duke!“, riefen sie, sangen das eine Wort, wie ein Schlachtgesang. „Duke! Duke!“

Er wollte lächeln, wollte etwas sagen. Aber ihm fehlte schlicht die Kraft. Er drehte sich um und ging davon. Es gab etwas, das er tun musste, gleich, wie erschöpft und schwach er sich fühlte. Er musste nach seinem treuen Frederick sehen. Musste sehen, ob er noch lebte, und wenn nicht, so zumindest seinen Leichnam bergen.

~ 34. Kapitel ~

Kathryn und Aris

Als Kathryn ihre Augen öffnete, war ihr erster Eindruck sein Geruch. Sie lag an seine Brust gelehnt. Er hatte ihr Platz gemacht, dass sie den größten Teil der weichen Filzmatte beanspruchte. Ihre Gedanken kehrten zurück. Zurück zur Nacht, zu dem Erlebten. Wie es geschehen war, wie es gerochen hatte und wie sich angefühlt. Schön war es gewesen. Im Ganzen schön.

Aris war sehr zärtlich gewesen. Viel zärtlicher, als sie erwartet hatte. Und sie waren sich auf eine Art nahe gewesen, wie sie Kathryn nicht gekannt hatte, und das Einzige, das sie bedauerte, war, dass sie seine Augen in der Dunkelheit nicht hatte sehen können.

„Bist du wach?", flüsterte er.

Sie nickte. Es war noch dunkel, aber sie glaubte, das erste Dämmerlicht wahrnehmen zu können. Der Morgen brach an.

„Geht es dir gut?", fragte er.

Wieder nickte sie.

„Schlaf noch ein wenig, morgen wirst du deine Kräfte brauchen", sagte er.

„Und du?"

„Ich habe geschlafen. Mehr als auch schon." Nach kurzer Pause fügte er an: „Es war schön heute Nacht."

Sie nickte und schob ein „Ja" hinterher.

Kathryn schloss die Augen, doch der Schlaf war davongezogen. Nach einer Weile fragte sie: „Wie glaubst du, ist es?"

„Was meinst du?"

„Wie ist es, wenn man stirbt?"

„Wer weiß das schon?", sagte Aris langsam. „Ich habe viele sterben sehen und schön war das nie. Aber wie es ist, wenn man selbst an der Reihe ist… Als mich die Kugel neulich erwischt hat, war's sicher knapp, aber ich war zu benommen, um groß darüber nachzudenken. Außerdem habe ich nicht wirklich geglaubt, dass ich sterben könnte. Teufel, ich habe nicht mal meine Worte gesagt."

„Deine Worte?“

„*Te, mia Alma*“, sagte Aris. „Ist ein Ausspruch, den mich mein Meister gelehrt hat.“

„Dir, meine Seele“, übersetzte Kathryn.

„Ich dachte mir, dass du die Bedeutung kennst“, sagte Aris und lächelte dabei. „Ich kannte sie nicht. Aber mein Meister hat mir gesagt, was es heißt.“

„Es ist Alt-Karnisch“, meinte Kathryn, wie um sich für ihr Wissen zu entschuldigen. „Und was hat es damit auf sich?“, fragte sie weiter.

„Es ist ein Spruch, den seine Anhänger sagen. Sie sagen es, bevor sie sterben, oder wenn sie in den Kampf ziehen. So wie die Soldaten vor der Schlacht gesegnet werden oder Sterbende den Letzten Sang hören. Wir sagen, *Te, mia Alma*, in der Hoffnung, dass unser Herr uns erhöre, und bei sich aufnehme. Mir hat das immer gefallen. So will ich es auch machen.“

„Und was dann?“, fragte Kathryn. „Was erwartest du dir davon? Dann bist du verdammt und kommst in die dunkle Hölle.“

„Das sagen *die*!“, meinte Aris abfällig. „Aber ich glaube das nicht. Und da bin ich nicht der Einzige. Warum sollten wir mehr verdammt sein, als die anderen? Die Gelehrten und das Waldvolk haben ihren eigenen Himmel, warum wir nicht auch? Und in den Himmel, von dem uns die Pfaffen und Kuttenträger immer erzählen… in den will ich ohnehin nicht. Ein Ort voller Bücklinge und alter Jungfern, die nichts als beten und predigen können. Nein, das ist nichts für mich. Ich will die Endlosigkeit nicht kniend verbringen. Ich will dahin, wo sie wie ich sind. Die einen schönen Kampf schätzen und einen guten Suff und… was es sonst noch so Schönes gibt.“ Er schaute zu Kathryn. Das Dämmerlicht war inzwischen stark genug, seine Pupillen zu offenbaren. „Nur weil die anderen Götter für uns nichts sind, heißt das nicht, dass wir schlecht sind. Mein Meister war ein Ehrenmann, niemand könnte daran zweifeln. Und ich bin es auch! Wir… wir haben nur auch eine andere Seite in uns.“

„Die dunkle Seite der Seele“, sagte Kathryn leise.

„Woher hast du das?“, fragte Aris.

„Habe ich irgendwo mal gehört“, antwortete Kathryn unbestimmt.

„Die dunkle Seite der Seele…“, sagte Aris. „Ja, das gefällt mir. So kann man es sagen. Trotzdem… nur weil wir diese Seite kennen, sagt das nichts über uns aus. Die dunkle Hölle… die ist für andere bestimmt, für die Ehrlosen da draußen, die meucheln und aus Freude töten. Die ihre Familie und Freunde betrügen. Von denen hat es genug. Ich weiß, ich habe in meinem Leben ein paar üble Sachen gemacht, und ich wusste auch, dass es üble Sachen sind, aber die Götter wissen; gerne habe ich sie nie gemacht. Und einiges und mehr gibt es, das ich bereue. So ist es halt; als Söldner macht man sich die Hände schmutzig, egal, wie sehr man sich bemüht. Aber ich habe nie zum Spaß getötet, hab nie aus Spaß einen gedrillt oder gefoltert. Ich hab nie feige gekuscht und nie einen Kameraden zurückgelassen und auch nie einen verraten…“ Er stockte plötzlich, hielt inne. In seinen Augen blitzte etwas auf. Eine Erkenntnis, und sie schien schmerzhaft. Kathryn konnte den Stich spüren, die Ursache verstand sie aber nicht. Es brauchte eine Weile, bis er weitersprach. „Und das ist gut so. Darum bin ich dankbar. Und vielleicht reicht es ja, und dann sehe ich auf der anderen Seite meinen Meister wieder, und hoffentlich noch einige Kameraden mehr… aber noch ist es nicht soweit. Jetzt schaffen wir dich erstmal nach Lidium, und zwar lebend.“

Als er sie ansah, erlas Kathryn seinen Augen eine Entschlusskraft, die sie lange nicht mehr gesehen hatte.

~

Aris stieg als erster aus seinem Zelt. Sterne prangten noch vereinzelt auf dem blauen Himmel. Jeden Moment würde die Sonne aufgehen. Bortos hatte bereits das Feuer wieder entfacht und säuberte seinen Katzenkopf. Ungewöhnlich war es, ihn so früh wach zu sehen. Als er Aris bemerkte, sah er auf. Sein Blick glitt zu Kathryn, die eben das Zelt verließ, dann zurück zu Aris, und ein kaum merkliches Lächeln umspielte seine Lippen.

„Kommt! Esst einen Happen, dann geht's los", sagte Bortos. „Wir haben einiges vor uns, und unten in Sippan sagen sie; *ein Abenteuer lässt man nicht warten.*"

Aris hörte den morgendlichen Ruf einer Eule erschallen, ganz in der Nähe musste sie sein, doch bewusst entschied er sich, nicht dorthin zu sehen. Er half Kathryn vollends aus dem Zelt, dann setzten sie sich ebenfalls ans Feuer.

Allen dreien war es schwer gefallen, den Happen zu essen, denn klamm waren ihnen die Hälse und zugeschnürt die Kehlen, wie es eben ist vor einem solchen Unterfangen, wie es ihnen bevorstand. Aber Aris hatte sich gezwungen, den Käse und das Dörrfleisch hinunterzuwürgen und Kathryn hatte er geraten, es ihm gleich zu tun, was sie getan hatte. Sie würden ihre Kräfte noch brauchen.

Über schmale Pfade oberhalb des Tales führte er ihre kleine Rotte, zwischen hohem Fels hindurch und steilen Hängen entlang. Auf Höhe der Hütte mussten sie sich befinden, schätzte Aris, nur weit oberhalb. Seine Augen suchten den Himmel ab. Immer noch war kein Schiff zu sehen, den Göttern sei Dank, denn kaum Bäume wuchsen auf den steinigen Hängen und ein Leichtes wäre es gewesen, sie zu erspähen.

Hintereinander marschierend folgten sie einem schmalen Weg, der aus Felsvorsprüngen und großen Felsen bestand. Immer wieder fielen Gesteinsbrocken von oben herab oder hinunter in die Tiefe, dass Aris sich vorerst über den runden Stein nicht wunderte, der plötzlich zu seinen Füßen kullerte. Erst Rauch und zischendes Geräusch ließen ihn schreien: „In Deckung!"

Er packte Kathryns Arm, die sich direkt hinter ihm befand, und riss sie mit sich nach vorn. Sie warfen sich hin. Die Granate explodierte. Ein zweiter Knall folgte nur Sekunden später. Hatte er einen Schrei gehört? Zwischen den Explosionen! Er schaute auf. Rauch erschwerte die Sicht. Geröll und Steinsplitter prasselten auf sie nieder. Er sah den Fels hinab. Sah Bortos. Er musste hinabgesprungen sein. Gut fünf Schritte tief, doch er regte sich. Da waren sie schon bei ihm. Vier Kerle mit Gewehren. Soldaten augenscheinlich. Sie setzten ihn fest, schauten dann hoch. Von anderer Seite donnerte das Mündungsfeuer. Kugeln zischten und schlugen in den Fels.

„Geht es dir gut?“, schrie er Kathryn zu, die benommen nickte. „Komm! Steh auf, wir müssen weiter.“

Geduckt rannten sie die Felswand entlang. Kugeln schlugen neben und über ihnen ein. Aris kramte eine eigene Granate aus dem Felleisen. Schlug sie mit dem Hahn seiner Pistole an und warf sie hinab. Es knallte und kurz verstummten die Gewehre. Aber nicht für lange. Ein Felsspalt tat sich zu ihrer Rechten auf. Aris zwängte sich hindurch und zog Kathryn nach. Die Steilwand, an der sie entlanggelaufen waren, ging noch ein geraumes Stück weiter und ihre Verfolger konnten sie so leicht nicht erklimmen.

„Warte!“, sagte Aris zu Kathryn und holte seine letzte Granate hervor. Unten zwischen die Felsspalte klemmte er sie, schlug die Lunte an. Sie rannten weiter, bis es knallte, dann drehten sie sich um. Der schmale Durchgang war verschüttet. Ihre Verfolger würden eine ganze Weile brauchen, bis sie ihn wieder freigeräumt hätten.

~

Mittag war es, als Aris sein Tempo verlangsamte, sich gegen Felsen lehnte und keuchend in die Knie ging. Auch Kathryn ließ sich erschöpft zu Boden gleiten, griff nach ihrer Trinkflasche und trank so gierig, dass das Wasser ihr über Mund und Kinn floss, bis zur Brust hinunter, und es war ihr egal. Nachlässig wischte sie sich den Mund.

„Haben wir sie abgehängt?“, fragte sie, als sie fertig war.

Die Antwort blieb aus. Sie sah zu ihrem Gefährten. Die Augen waren in die Ferne gerichtet, nicht der Erschöpfung wegen, sondern weil seine Gedanken rasten. Sie rappelte sich auf und setzte sich neben Aris.

„Haben wir sie abgehängt?“, wiederholte sie.

Er sah sie an. Nickte dann.

„Ja. Aber wer weiß, für wie lange“, sagte er.

„Dann müssen wir weiter, oder?“

Aris zögerte.

„Ich kann nicht“, sagte er schließlich und schüttelte den Kopf. „Geh du! Geh weiter. Du kannst es schaffen! Lidium ist nicht mehr weit. Halte dich oben zwischen den Felsen und dann einfach weiter nach Westen. Ich gebe dir mein Felleisen mit. Du kannst es schaffen.“

„Und du?“

„Ich kann ihn nicht zurücklassen. Ich kann es einfach nicht. Er hat noch gelebt…“

„Wie willst du zu ihm gelangen? Du wirst ihnen geradewegs in die Arme laufen.“

„Ich gehe über die andere Seite des Tals zurück. Die haben ihn sicher zu der Hütte gebracht. Mit einem Angriff dort rechnen sie niemals und die meisten von ihnen sind noch mit der Verfolgung beschäftigt.“

„Ohne dich schaffe ich es nicht“, sagte Kathryn.

„Doch! Das tust du. Es kann nicht mehr weit sein. Eine Meile, vielleicht zwei. Und wenn ich sie angreife, sind sie beschäftigt. Geh, Kathryn, ich bitte dich. Mit oder ohne mich, jetzt macht es keinen Unterschied mehr. Du musst nur bis zu den Stadttoren gelangen.“

Seine Entscheidung stand fest, erkannte Kathryn. Sie spähte zum Ende des Tals. Gleich dahinter musste sich Lidium befinden. So nahe war sie ihrem Ziel…

„Versteh doch“, sagte Aris. „Die töten ihn.“

Vielleicht haben sie es schon, dachte Kathryn bei sich. Es war Wahnsinn, purer Wahnsinn, zurückzugehen.

„Dann komme ich mit dir“, hörte sie sich sagen.

~

Er hatte es versucht. Hatte Kathryn angefleht, ohne ihn zu gehen, doch das verdammte Weib war dickköpfiger als der verdammte Bortos. Jetzt schlich sie hinter ihm durch dichtes Gebüsch, das

Gewehr zum Kampf bereit, und Aris konnte sich kaum eingestehen, was es ihm bedeutete.

Wie erwartet waren sie problemlos durchgekommen. Einige Hunde hatten sie bellen gehört, von weit her jedoch, und da die Männer zuvor keine bei sich gehabt hatten, machte sich Aris darüber wenig Sorgen. Zwei Männer standen vor der einzigen Tür, die Aris ausmachen konnte, Wache. Er erkannte beide. Zwei Norländer aus der Rotte eines alten Eisenfressers namens Halsten. Sie waren Freunde von Ben, dem stämmigen Schildler, gewesen. Es würde nicht schön werden, die alten Kameraden zu erledigen. Er wollte sich unter dem Hut kratzen, stellte dann fest, dass er ja keinen mehr besaß.

„Also, hör zu. Du positionierst dich dort oben" – er wies auf eine felsige Anhöhe, von der aus man die Hütte gut im Blick hatte, die vor allem aber gute Fluchtmöglichkeit bot – „und wenn die Rauchgranate losgeht, schießt du auf den Kerl, der näher zu uns steht, verstanden? Danach nimm aufs Korn, wer immer dir richtig erscheint, denn die zwei werden gewiss nicht alleine sein." Er nahm ihr Gewehr in die Hand und prüfte, ob es gut geladen war. Selbiges tat er mit der Pistole.

„Da oben bin ich weit weg. Ist es nicht besser, wenn ich hier unten in Position gehe?", fragte Kathryn.

„Nein!", sagte Aris entschieden. „Wenn es mich erwischt, dann haust du ab, hörst du? Dort über die Hänge kannst du abhauen und sie können dich nicht so leicht einkreisen. Halte dich oben in den Hängen und dann geradewegs nach Lidium. Mach das! Ich will dein Wort darauf!" Sie zögerte und in diesem Moment war sie für ihn der schönste Mensch auf der Welt. „Bitte, Kathryn. Es soll nicht alles umsonst gewesen sein. Wenn du siehst, wie ich niedergehe, hau ab, ohne zu zögern. Es ist in Ordnung. Bitte!" Sie nickte endlich.

„Wenn ich die Granate werfe, dann wird…" Ein Knacken hinter Aris ließ ihn sich umdrehen. Der Kolben, der auf seinen Kopf niederging, war das Letzte, was er sah, und Kathryns erschrockenes Aufkeuchen das letzte Geräusch, das er hörte.

Mit dem Wiederkehren seiner Sinne zuckte sein Körper zusammen. Er spürte den Widerstand um seine Handgelenke, noch ehe die Sicht ihm klar wurde, und wusste sofort; er war gefesselt.

„Du bist wach!“, sagte eine raue, vertraute Stimme.

Aris saß auf einem Stuhl, die Arme hinter Rücken und Lehne gefesselt. Er schloss nochmals die Augen und schüttelte den Kopf, um die letzte Wirkung seiner Ohnmacht zu vertreiben. Sein Kopf schmerzte. Eine Beule pochte an seiner Stirn und ohne sie zu sehen, wusste er, sie musste groß sein. Als er die Augen wieder öffnete, schwirrten immer noch flackernde Sternchen gleich einem Schwarm Glühwürmchen vor seiner Sicht herum.

Er sah sich um. Rumford nahm sich gerade einen Stuhl und stellte ihn vor Aris. Seine Augen glitten durch die Hütte. Da war Bortos! Gefesselt und geknebelt saß er in einer Ecke ihm gegenüber. Feldweibel Beezy stand bei ihm, den Schützendegen gezückt und auf ihn deutend. Auf der anderen Seite der Hütte saß eine weitere Person auf einem Stuhl. Ihre Hände waren gefesselt und über den Kopf war ihr ein Sack gestülpt worden. Feldweibel Sheppard stand daneben und hielt ihr eine Pistole an den verdeckten Kopf. Kathryn rührte sich nicht.

Aris Augen glitten zu Rumford, der indessen vor ihm Platz genommen hatte. Sie taxierten sich. Schließlich begann der Korporal zu sprechen.

„Dass ich dich noch einmal wiedersehe, hätte ich zum Teufel nochmal nicht gedacht.“ Er fuhr mit der Hand über seinen enormen Schnauzer. „Ich dachte, sie bringen mir früher oder später deinen Leichnam, denn weißt du, wir haben den Auftrag, euch auf der Stelle den Garaus zu machen, sobald wir einen erwischen, und zwar euch allen dreien. Unser ehrenwerter Hauptmann war da überaus deutlich. Und nun fragst du dich vielleicht, warum ich mit dir rede, statt dir die Kehle aufzuschneiden, wie man mir so überdeutlich befohlen hat.“ Er wartete Aris Bestätigung nicht ab und fuhr, die stechenden Augen Aris durchbohrend, fort: „Es ist nämlich so, dass ich nunmal gerne weiß, was zum Teufel so vor sich geht, und seit dem Tag, als Gimmton euch Jungs mitgenommen hat, da höre ich nur noch die seltsamsten Geschichten, und so sehr ich mich auch bemühe, ich kann mir einfach keinen verfluchten Reim darauf machen.“ Er lehnte sich zurück. „Da heißt es zum Beispiel; dass alle Mann, die Grimmton auf eine derart geheime Mission mitnimmt, dass man weder weiß, gegen wen sie sich richtet, noch, wo sie stattfinden soll, doch tatsächlich allesamt so mir nichts dir nichts draufgegangen sind. Einfach so. Harte Söldner, alle tot, ohne jede Erklärung. Obwohl… das stimmt so nicht ganz. Nein, tatsächlich sind nicht alle tot, genau zwei sollen überlebt haben und, man höre und staune, diese beiden Hundesöhne sind nun auch noch unter die Hexenknechte gegangen. Und auf einmal gibt es nichts Wichtigeres auf der ganzen, weiten Welt, als diesen Kerlen ebenfalls den Garaus zu machen, und das in Zeiten, wo meine geliebte Heimat von einer Armee von verfluchten dreißigtausend Sippanern bedroht wird, die über dem Ivoryhouse Sippans Flagge wehen sehen wollen.“ Er war lauter geworden beim Sprechen, wie es seinem hitzigen Gemüt entsprach, nun aber atmete er durch, und fuhr gemäßigt fort: „Was tue ich schlauer Luchs also? Ich packe mir deinen lieben Bruder hier, nachdem wir ihn in die Finger bekommen haben, und denke mir, den frage ich jetzt ordentlich aus, um endlich dahinter zu kommen, was verflucht nochmal in meiner eigenen Kompanie so vor sich geht und was da mit meinen Männern getrieben wird. Und da erzählt mir dieser Kerl doch tatsächlich die sagenhafteste und unglaublichste scheiß Lügengeschichte, die sich der Mensch überhaupt nur ausdenken kann, dass mir seitdem mein verdammtes Hirn schwirrt vor lauter Unsinn.“ Jetzt lehnte er sich wieder vor. „Und deshalb sitzt du hier, Aris. Denn ich will nicht mehr, dass mein Hirn mir schwirrt, und deshalb erzählst du mir jetzt genau, was seit dem Tag damals geschehen ist, als ihr weggeflogen seid, und bei allen Göttern, ich rate dir, die Wahrheit zu sagen, denn wenn sich deine Geschichte anders anhört, als seine da“, – mit dem Kopf deutete er in Bortos Richtung – „dann schlage ich dir persönlich den Kopf ab und bringe ihn dem Hauptmann, damit endlich Ruhe ist.“

Und so begann Aris zu erzählen.

~

Für den Augenblick herrschte Stille und zu gerne hätte Kathryn die Gesichter um sie herum gesehen, um sie zu deuten und in ihren Augen zu lesen, aber der Sack über ihrem Kopf ließ es nicht zu.

„Gute Götter!“ Hörte Kathryn eine Stimme neben sich, die bis dahin geschwiegen hatte. „Ich binde sie los“, verkündete die Stimme niemandem Bestimmten.

Kathryn spürte, wie kräftige Hände ihre Fesseln lösten. Der Sack wurde ihr vom Kopf gezogen. Ein hässlicher Kerl, dem ein Ohr und ein Auge fehlten, stand vor ihr, das übrige Auge ehrfürchtig geweitet. Der Mann, der Aris ausgefragt hatte, hatte sich erhoben und ebenfalls trat er nun zu ihr hin.

„Ist es wahr?“, fragte er.

Kathryn stand auf, zwang sich, aufrecht zu stehen, sah die beiden Männer streng an und sagte: „Ja! Ich bin Kathryn Griffin, Tochter von Mary Boylin und Jakob Griffin dem Achten, König von Norland. Alles, was Aris gesagt hat, ist wahr.“

„Dann…“

Die beiden Soldaten sahen sich an, dann wieder Kathryn. Der Hässliche war der erste, der niederkniete, es folgte derjenige mit dem enormen Schnauzer, zuletzt kam der Bewacher Bortos herbei und tat es seinen Kameraden gleich.

„Majestät!“, sagte der Schnauzbart. „Wir hatten keine Ahnung, die Götter können es bezeugen. Wir sind Eure Diener.“

Majestät hatten sie gesagt, und eigentümlich war das Gefühl, das Kathryn nun durchströmte, derweil diese drei fremden Männer vor ihr knieten.

„Erhebt euch!“, sagte sie schließlich. „Bindet die beiden los!“, befahl sie, dabei auf ihre Gefährten deutend. Es wurde befolgt.

„Wie lautet Euer Name?“, fragte Kathryn den Schnauzbart.

„Korporal Yorick Rumford, Majestät!“, antwortete dieser mit durchgedrückter Brust.

„Wie habt Ihr uns gefunden, Korporal? Ich meine nicht nur hier, ich meine auch auf dem Weg nach Avion?“

„Es war dieser Schwertsänger, Majestät. Beezy hat's gesehen, stimmt's?“ Der stämmige Beezy nickte stumm. „Es war ein Zauber. Er hatte Haare von Euch. Er hat sie verbrannt und der Rauch deutete ihm, in welcher Richtung ihr euch befindet. Zuletzt hieß es, ihr seid im Lager des Feindes. Doch da kamen wir nicht an euch heran. Also schickte uns Grimmton über die Tumber, um vor Lidium zu patrouillieren. Gestern dann kam ein Vogel mit der Nachricht, dass ihr euch auf dem Weg hierher befändet und wir euch am Erreichen der Stadt hindern sollen.“

„Ist die ganze Kompanie hier?“, fragte Aris. Er und Bortos hatten sich eben kurz in die Arme geschlossen. Jetzt ließen sie sich ihre Waffen wieder aushändigen.

„Ja. Wir stehen verteilt die Tumber entlang und auf allen Wegen, die südlich zur Hauptstadt führen. Überall nur ein bis zwei Rotten, damit wir so viel wie möglich abdecken.“

„Wenn wir von hier aus nach Lidium ziehen, treffen wir dort auf wen?“

„Ohja!“, sagte Rumford. „Grimmton selbst ist dort positioniert, damit ihn die Nachrichten von allen Seiten erreichen. Aber viele Mann hat auch er nicht bei sich, fünfzehn, soweit ich weiß, dazu er und sein Link.“ Er wandte sich an Kathryn. „Majestät, mit uns zusammen sollte es keine Schwierigkeiten geben. Ich habe ein Dutzend Mann hier. Vier sind noch in den Bergen auf der Suche nach euch, aber der Rest steht bereit. Außerdem glaube ich kaum, dass die Männer bei Grimmton wissen, was hier eigentlich gespielt wird. Da sind einige gute Männer dabei, Männer, die ihr Land lieben, wie wir auch, Majestät. Wenn sie es von uns hören, werden die meisten bestimmt die Seite wechseln.“

Kathryn nickte.

„Sehr gut! Dann ruft Eure Männer zusammen. Wir dürfen…“ In diesem Moment klopfte es an der Tür.

„Was gibt's?“, fragte Rumford ungehalten.

„Verzeihung, Korporal, aber der Schwertsänger ist da.“

~ 35. Kapitel ~

Duke

„Er ist vom Himmel gestürzt! Mögen mich die Götter augenblicklich niederstrecken, wenn ich lüge! Vom Himmel mitten auf das Schlachtfeld. Die Schlacht war verloren, sage ich euch, verloren, und Teufel, da…“

Der Duke wollte nicht weiter lauschen, machte einen lauten Schritt und trat um die Ecke, die ihn verborgen hatte. Der alte Daniels stand bei zweien der Burschen. Als sie ihn entdeckten, verstummten sie, verneigten sich und gaben ein „Mylord“ von sich. Er ging an ihnen vorbei und spürte ihre ehrfürchtigen Blicke, Blicke, die ihn seit der Schlacht begleiteten, genau wie ihre Erzählungen. Es war, als lauschte er den Geschichten eines anderen. Nur fragmentarisch vermochte er sich an die Geschehnisse zu erinnern, musste sie tief aus seiner Erinnerung hervorkramen, und wenn er es tat, schienen sie ihm irgendwie unwirklich. Die Blicke konnte er dennoch genießen.

Er erreichte eine geschlossene Tür und klopfte an. Eine zarte Stimme drang aus dem Inneren, die ihn zum Eintreten aufforderte. Eine Weiße Schwester neigte ihren Kopf zum Gruß, als er eintrat, dahinter, in einem Bett liegend, lächelte ihm Frederick zu.

„Mylord“, grüßte sein Diener und wollte sich erheben. Stöhnte dann aber von der Bewegung und ließ sich wieder zurücksinken.

„Bleib liegen“, befahl der Duke und begab sich neben das Bett. Er schaute auf seinen Diener herab und die Bilder seiner Erinnerung erschienen vor seinen Augen. Inmitten der Trümmer seiner Atraxis hatte er ihn gefunden, der Körper so leblos, dass kaum zu glauben war, ihn nun lebendig vor sich zu sehen. Nur vier Männer der Mannschaft der Atraxis hatten den Absturz überlebt, Lockhart, der Priester, dem zweifellos sein Gott beigestanden war, der junge Maschinist Todson, Frederick und er selbst.

„Wie ist es ausgegangen?“, fragte Frederick gespannt, auch wenn die Stimme immer noch schwach war.

„Auch die zweite Wahlrunde hat keine Entscheidung gebracht. Neunundachtzig Stimmen für mich, zwölf für die Vettel, sechsundfünfzig Gillham und einundvierzig der Löwe."

Neunundachtzig Stimmen! Mehr, als er je erwartet hatte. Die Erzählungen über sein kleines Schlachtabenteuer hatten ohne Zweifel das ihre dazu beigetragen.

„Und Gillham und der Löwe vereinen ihre Stimmen nicht?", fragte Frederick.

„Es sieht nicht danach aus."

„Alles läuft genauso, wie Ihr es geplant habt, Mylord", meinte sein Diener. „Er wird geschehen, wie Ihr immer gesagt habt."

„Noch ist das Wild nicht erlegt. Aber die Entscheidung naht."

Sein Diener nickte.

„Was ist mit der anderen Sache?", fragte Frederick dann, warf dabei einen unauffälligen Blick hinüber zur Weißen Schwester.

Der Duke schüttelte den Kopf. Kein Wort von Grimmton hatte er gehört, wie vom Erdboden verschluckt war er, war seine ganze Truppe. Jede Erklärung schien ihm absurder als die nächste und es machte ihn wahnsinnig. Doch es war kein Ort, um es weiter zu besprechen.

„Ich muss wieder los. Die dritte Wahlrunde steht an. Dann wird es zur Entscheidung kommen."

„Ich wäre gerne dabei, wenn Ihr Euren Sieg erlangt, Mylord."

„Werde erstmal wieder gesund, das ist wichtiger. Eine Menge Arbeit steht uns bald bevor, und da brauche ich dich an meiner Seite."

Laut und aufgeregt war es in den Gängen des Parlaments und die Luft war erfüllt von knisternder Erwartung. Der Duke lief von den Baker Brüdern flankiert die Gänge entlang und die Köpfe folgten ihm wie Kompassnadeln einem Magneten.

„Griff!", erklang eine Stimme.

Der Duke blieb stehen.

„General!", grüßte der Duke seinen alten Mentor und lächelte. „Was macht Ihr hier? Ich dachte, Ihr seid noch im Krankenlager."

Silvergroove lehte schwer auf zwei Krücken, indessen ein Diener und sein Leiblink Acht gaben, dass er nicht falle. Offenbar bereitete ihm das Laufen einige Mühe und der Duke kam ihm sogleich entgegen.

„Ha, das Spektakel lasse ich mir doch nicht entgehen. Die Weißen Schwestern haben schon genug für mich gesungen."

„Wie geht es Euch?", fragte der Duke.

Eine Kanone des Feindes hatte während der Schlacht einen ihrer Pulverwagen getroffen und bei der Explosion waren etliche Artilleristen ums Leben gekommen. Silvergroove hatte dabei einiges abbekommen, aber augenscheinlich befand er sich auf dem Weg der Besserung.

„Die Feldscher haben genug Holzsplitter aus meinem Körper geholt, um damit ein Feuerchen zu machen. Aber es wird schon wieder."

„Verzeiht, dass ich noch keine Gelegenheit fand, Euch zu besuchen."

Der Alte machte eine wegwerfende Handbewegung, bei der seine Krücken bedenklich wackelten.

„Ihr habt wichtigeres zu tun, bei den Göttern! Ich bin unterrichtet. Mein Sohn vertritt meinen Sitz im Parlament und Ihr könnt Euch sicher sein, wem seine Stimme gehört hat. Teufel, Ihr habt es weit gebracht, wenn ich an den dürren, blutüberströmten Leutnant von damals denke… Griff… bald werde ich Euch nicht mehr so nennen können. Majestät… es soll mir recht sein."

„Nun, noch ist es nicht soweit, General."

„Beinahe neunzig Stimmen habt Ihr doch schon. Wenn nur jeder fünfte Gemeine Euch wählt, seid Ihr König. Ihr habt es verdient!" Er legte seinen Arm schwer auf die Schulter des Dukes, wobei ihm eine Krücke umfiel, was er nicht weiter beachtete. „Ich habe den Schlachtbericht gelesen." Er nickte ernst. „Dass wir heute hier friedlich wählen können, ist Euer Verdienst."

„Ich danke Euch, aber auch ich habe ihn gelesen. Viele haben tapfer für ihr Land gekämpft, nicht nur ich. Und wenn wir den Sieg wirklich jemandem verdanken wollen, dann dem Waldvolk. Die

Druiden haben sich Ehre bereitet. Sie sind machtvolle Verbündete. Es darf nicht vergessen werden."

„Das darf es nicht, da habt Ihr recht. Es war eines der letzten Dinge, die ich sah, bevor sie mich vom Feld schleppten. Wie hundert oder noch mehr Bären aus dem Wald gestürmt kamen und auf den Feind losgingen. Was für ein Anblick, Griff! Danach ist alles aus meinem Kopf verloren. Aber das ist nicht wichtig. Hauptsache, es ist geendet, wie es geendet ist. Und jetzt geht und holt Euch Eure Krone. Ihr habt sie Euch verdient."

Sappa reichte seinem Herrn die umgefallene Krücke und der General verabschiedete sich vom Duke.

Nur wenige Schritte weiter wurde er erneut angesprochen, diesmal weit weniger freundlich. Lord Gillham war es.

„Lord Fargold. Da treffe ich Euch also endlich. Ihr seid wahrlich schwer ausfindig zu machen. Seid Ihr nun willig, mir einen Augenblick Eurer kostbaren Zeit zu gewähren."

„Lord Gillham, seid gegrüßt", antwortete der Duke. „Ihr müsst verzeihen, doch ich war die Tage mit Kriegsangelegenheiten beschäftigt. Ihr habt es vielleicht gehört; es kam zu einer kleinen Auseinandersetzung mit Sippan. Aber Ihr könnt unbesorgt sein, es hat sich alles zum Guten gewandelt."

Der Spott prallte unkommentiert an dem Lord ab und sie begaben sich in eine Ecke, wo sie ungestört waren.

„Ich sandte Euch Boten, doch scheinbar verblieb Euch nicht einmal die Zeit für einen kurzen Brief. Nun gut, hier seid Ihr ja. Ihr habt Euch bestimmt Gedanken über unsere Abmachung gemacht. Es ist die letzte Gelegenheit. Noch können wir die Sache unter uns Adligen entscheiden."

„Ich fürchte, ich werde Euer Angebot nicht annehmen können", sagte der Duke ohne jedes Bedauern in der Stimme.

Gillham nickte verächtlich.

„Ja, Townsend hatte mich bereits gewarnt, was Euer Wort wert ist."

„Ich kann mich nicht erinnern, Euch mein Wort je gegeben zu haben. Tatsächlich kann ich mich nur daran erinnern, dass Ihr

Euch die Krone dieses Landes für Gold kaufen wolltet. Und es war nicht einmal viel."

Lord Gillham bedachte ihn mit einem Blick, der wohl gefährlich sein sollte. Dann lächelte er.

„So wird es eben der Pöbel entscheiden, ganz wie Ihr wollt. Seid Euch aber gewiss, dass ich dieses Gespräch nicht vergessen werde. Viel Glück bei der Wahl, Fargold." Mit welchen Worten er den Duke stehen ließ.

„Ist alles in Ordnung, Mylord?", fragte Sev Baker, als seine beiden Leibwächter sich zu ihm gesellten.

„Das will ich hoffen", antwortete der Duke und schaute gedankenversunken Gillham hinterher.

Sein Wahlzettel verschwand in dem Schlitz der Urne, die ein Parlamentshelfer ihm hinhielt, und trotz all seiner Jahre im Parlament und seiner ganzen Erfahrung empfand er es als seltsam, seinen eigenen Namen auf den Zettel geschrieben zu haben. Die Auszählung begann. Nacheinander wurden die Stimmzettel gezogen, der Name darauf laut ausgerufen und die Stimmen auf einer Zähltafel festgehalten, die wie ein zu großer Abakus aussah.

Das Zählen dauerte und das Gemurmel zwischen den Reihen wurde lauter. Die Spannung war verhalten, denn keiner rechnete ernsthaft mit einer Überraschung. Zu verhärtet waren die Fronten. Als die letzte Stimme ausgezählt war, kam die Duchess auf elf Stimmen, Gillham auf einundsechzig und der alte Löwe auf fünfunddreißig. Der Duke kam auf ganze neunzig Stimmen.

Seine Augen wanderten zum Platz des alten Löwen. Wahlrunde um Wahlrunde hatte er Stimmen verloren, nun war seine letzte Gelegenheit, seine verbliebenen Stimmen Gillham zu überlassen. Tat er es, wären er und Gillham beinahe gleichauf. Nicht dass es dem Duke Sorgen bereiten würde, nein, er hatte ein solches Ergebnis vorausgesehen, doch zumindest könnte es knapp werden.

Der Lord Sprecher verkündete mit seiner saalfüllenden Stimme das Ergebnis, machte es damit offiziell. Wie immer fragte er zuletzt, ob einer der Lords etwas zu sagen habe, und sah routiniert über die Reihen vor ihm. Die Augen den Dukes blieben auf Lord Lionar geheftet. Er machte keine Regung. Zeitgleich, als der Lord Sprecher sie entließ, stand der alte Löwe auf, zog sein Frack zurecht, wandte sich um und ging in Richtung Ausgang. Er würde seine Stimmen für sich behalten. Nichts konnte ihn jetzt noch aufhalten!

Die folgende und letzte Wahl würde in einer Stunde stattfinden, dann würden die Gemeinen wählen und ihre Stimmen denen der Adligen hinzugefügt werden, wobei vier Stimmen der Gemeinen einer eines Noblen entsprachen. Wer dann die meisten Stimmen vereinen konnte, war der nächste König von Norland.

Mehr als ein Gesicht auf dem Weg hinaus nickte ihm zu, mehr als eine Hand klopfte ihm auf die Schulter. Mancher Glückwunsch wurde gar ausgesprochen. Er sah Breadhead vor sich den Saal verlassen und beschleunigte. Auch auf den Gängen draußen war reges Gedränge. Breadheads rot-goldenes Jackett, das der modisch Farbenfrohe für diesen Tag gewählt hatte, verschwand zwischen den Umstehenden. Der Duke setzte ihm nach. Kurz drehte sich Breadhead um und der Duke suchte Augenkontakt, doch da war der Vorsitzende der Gemeinen schon weitergegangen. Eine Stimme sagte seinen Namen.

„Lord Fargold!" Er war der alte Löwe, der ihm aus einem anderen Ausgang entgegenkam.

„Lord Lionar!", begrüßte der Duke den alten Löwen. Man gab den beiden Kandidaten respektvollen Platz, wenngleich nicht so viel, als dass die Umstehenden nicht dem Gesprochenen hätten lauschen können.

„Dann soll es wohl so sein. Es wird weiterhin ein Griffin auf dem Thron sitzen."

„Der Bär muss erst erlegt sein, bevor man sein Fell verteilt."

„Wir haben seit der Schlacht nicht wirklich sprechen können, doch ich wollte Euch noch etwas sagen. Ich habe von Euch als Kandidat nie viel gehalten", sagte der Alte. „Aber was Ihr bei der Schlacht geleistet habt…" Er verzog anerkennend den Mund. „Ich dachte daran, Euch sogar meine Stimmen zukommen zu lassen, doch das hätte meinen Wählern nicht gefallen. Einem Trinisten… Aber Ihr habt bewiesen, ihr seid der Krone würdig. Ihr hoffe, Ihr habt nicht vergessen, was Ihr mir auf meinem Schiff sagtet? Dass der Friede der Religionen niemals in Frage gestellt werden soll?"

„Das habe ich durchaus nicht vergessen und so werde ich es auch halten, sollte ich tatsächlich als Sieger hervorgehen."

„Dann hoffe ich, dass Ihr so ehrenvoll seid wie tapfer, denn letzteres haben wir bezeugt." Der Alte sparte mit Komplimenten gewiss, wie er mit Worten sparte, dass aus seinem Mund auch solche desto mehr wogen. Der Duke fühlte sich geschmeichelt. Er wollte etwas erwidern, als zwischen dem Gewusel der Lords hindurch kurzzeitig das Gesicht von Gillham zu sehen war. Ein lachendes Gesicht.

Ein plötzlicher Schrecken durchfuhr den Duke, ohne ihn genau benennen zu können. Er stammelte ein „Vielen Dank!", ging dann weiter. Irgendetwas stimmte nicht. Schon zuvor hatte Gillhams Reaktion nicht gepasst, war seiner Lage unangemessen. Er sah sich weiter nach Breadhead um, doch konnte er ihn nirgends finden. So beschloss er, die Treppe hinab zu den Eingängen der Gemeinen zu nehmen. Sie waren einen Stock tiefer gelegen und nur ihrem Vorsitzenden war es gestattet, mit den Lords zu sitzen und sich bei ihnen aufzuhalten. Hier unten waren die Gänge schlicht und hölzern, während sie oben prächtig und marmorn waren. Die Lords oben trugen Seide und Samt, die Ständevertreter der Gemeinen einfachen Stoff und Leinen. Köpfe drehten sich in seine Richtung.

Nicht wenige der Gesichter waren ihm vertraut. Mit vielen hatte er schon in der Vergangenheit Geschäfte gemacht oder gehandelt, doch vor allem jüngst hatte er Abmachungen mit ihnen getroffen, nicht persönlich vielleicht, aber über Mittelsmänner, und zwar mit ihnen allen. Ihm war von Anfang an klar gewesen, die Mehrheit im Parlament zu erhalten würde kaum einem der Kandidaten gelingen können, und so viele Stimmen zu erhalten, wie er selbst nun unter sich vereint hatte, wäre vor wenigen Jahren noch undenkbar gewesen. Zu zerstritten waren die einzelnen Parteien, zu uneins die Lords und zu tief war das Misstrauen zwischen den beiden Konfessionen. Die Gemeinen würden die Wahl entscheiden, dessen war er sich immer bewusst gewesen, und darauf hatte sein ganzer Plan abgezielt. Und nun schauten ihn seine vermeintlichen Verbündeten mit Scham in den Augen an und etliche wichen seinem Blick sogar aus. In diesem Moment wurde dem Duke klar, dass etwas nicht stimmte. *Breadhead!* Er musste zu Breadhead.

Er eilte wieder die Treppen hinauf. Die Gänge begannen sich bereits zu leeren. Die Glocken der Parlamentshelfer bimmelten, als Signal an die Lords, dass man sich in den Saal begeben möge. Bischof Eugenius stand einsam an einer Wand und musterte ihn misstrauisch, machte dann einen Schritt auf den Duke zu. Aber er hatte keine Zeit, sich mit dem Bischof auseinanderzusetzen. Beinahe rennend bewegte er sich durch die Gänge. Suchte zwischen den vielen Köpfen den passenden. Da sah er ihn! Abseits und mit dem Rücken zum Duke stand Breadhead, in sein Gespräch vertieft, dass offensichtlich am Ausklingen war.

„Breadhead!“, sagte der Duke. Dieser drehte sich um. Jetzt erkannte der Duke auch, wer der Gesprächspartner gewesen war. Townsend!

„Dann lasse ich Euch mal!“, sagte der Kanzler und ging in Richtung Parlament davon, der Mund war zu einem spöttischen Grinsen verzogen.

Einen langgezogenen Moment sahen sich Breadhead und er einfach an. Dann durchbrach der Duke das Schweigen. „Wieso?“, fragte er nur.

„Ich kann nicht gegen meine Überzeugungen wählen“, antwortete Breadhead.

Aber der Duke schüttelte den Kopf, erkannte die Lüge in Breadhead.

„Es ist wegen dem Mädchen, habe ich recht? Alles nur wegen dem Mädchen.“

Breadhead antwortete nicht, doch der Duke spürte, dass er recht hatte. Er packte Breadheads Arm und zog ihn zu sich her.

„Wenn ich heute nicht zum König gewählt werde – darauf gebe ich Euch mein Wort, Breadhead –, dann werdet Ihr die Krönung nicht mehr erleben.“

Breadhead löste sich mit einem Ruck.

„Sie war nicht nur ein Mädchen. Und bei dem Spiel, das wir spielen, muss man sich gewahr sein, nicht immer gewinnen zu können. Ihr könnt mich töten lassen, Mylord, doch welchen Nutzen brächte es Euch? Uns selbst wenn… für Eure Pläne ist es jetzt zu spät." Damit ließ er ihn stehen und ging davon.

~ 36. Kapitel ~

Kathryn und Aris

„Teufel!“, stieß Aris aus.

Er schaute seinen Bruder an. Den Zweihänder hatte Bortos von seiner Scheide entblößt, Katzenkopf feuerbereit über die Schulter gehangen; in seinen Augen brannte lodernder Zorn. Aris kannte seinen Bruder, wenn er so war, aber es war nicht die Zeit für unüberlegte Manöver. Kathryn zu retten hatte Priorität.

„Bleib ruhig, Bortos. Wir müssen einen kühlen Kopf bewahren.“

„Ich gehe raus und versuche, ihn abzuwimmeln“, sagte Rumford. „Beezy, du kommst mit. Sheppard, du bleibst hier.“

„Der Kerl ist verdammt stark“, warnte Aris den Korporal. „Hat Oskar und Olaf und die ganzen anderen niedergemacht, ohne auch nur einen Kratzer abzubekommen. Seht euch vor!“

Rumford prüfte den Sitz seines Schwertgurtes, dann seine Pistole. Er nickte Beezy zu, der ebenfalls seine Waffen geprüft hatte.

„Sollte etwas schief gehen.“ Zu Aris, Bortos und Sheppard war es gesprochen. „Dann schafft ihr die Königin hier raus, verstanden? Kümmert euch nicht um uns.“

Rumford und Beezy verließen die Hütte. Sofort eilte Aris zum Fenster. Ein altes, löchriges Tuch hing davor, welches er ein Stück zur Seite zog und Korporal und Feldweibel hinterhersah. Und da stand er! Umringt von drei Soldaten, das gewaltige Schwert wie einen Gehstock benutzend, stand er da, das Gesicht unter der übertriebenen Krempe seines Huts verborgen. Unweigerlich lief Aris ein Schauer über den Rücken. Es juckte ihn, den Kerl mit seiner Pistole aufs Korn zu nehmen, aber er glaubte nicht, dass es etwas bringen würde. Sheppard nahm Aris gegenüber Stellung und sah ebenfalls hinaus. Bortos war bei ihm. Kathryn kam an Aris Seite und spähte ihm über die Schulter. Ihr Duft wehte in seine Nase.

Rumford und Beezy erreichten den Schwertsänger. Einige Worte wurden gewechselt, ruhig, besonnen. Rumford schüttelte einige Male den Kopf. Dann plötzlich der laute Ruf: „Sprich die Wahrheit!" Durchdringend die Stimme, übermenschlich.

„Wo ist das Mädchen?", fragte der Schwertsänger laut, die Stimme jetzt wieder normal.

„In der Hütte!", sagten Rumford und Beezy beinahe gleichzeitig.

Als wären sie sich plötzlich bewusst geworden, was sie gesagt hatten, zogen die beiden ihre Waffen. Doch der Schwertsänger war schneller! Schon war das gewaltige Schwert von der Scheide befreit, ein Streich von unten nach oben geführt. Rumford warf sich zur Seite. Seine Pistole hatte er erhoben, da durchtrennte das Schwert seinen Arm, ließ beides, Arm wie Waffen, hoch durch die Luft fliegen. Beezy hieb den Degen nach dem Gegner. Dieser parierte mir der Scheide seines Schwertes. Aris sah die Lippen unter dem Hut leise Worte murmeln. Die Luft um den Schwertsänger herum begann zu flimmern, Hitzeschlieren gleich, die sich über heißem Wüstensand bilden. Ein Knall! Dumpf und bebend. Eine Druckwelle warf Beezy und die anderen drei Soldaten etliche Schritte von den Füßen. Zwei weitere Soldaten kamen in Aris Sichtfeld. Den Zugang zur Hütte mussten sie bewacht haben. Nun zielten sie mit ihren Gewehren auf den Angreifer. Zwei Schüsse folgten. Erneut blieb die gewünschte Wirkung aus. Indessen war der Schwertsänger zu Beezy gegangen. Sich nicht um die Schüsse kümmernd, hob er sein Schwert und durchbohrte den Liegenden, indem er das Schwert durch den Menschen in den Boden rammte. Die drei gefallenen Soldaten waren inzwischen wieder erhoben, zogen ihre Waffen. Aber Aris hatte genug gesehen.

„Wir müssen weg! Die werden nicht mit ihm fertig", sagte er. „Dort aus dem Fenster raus."

Er deutete auf die gegenüberliegende Wand. Sheppard und Kathryn rannten zum Fenster und begannen, die Planken wegzureißen, mit denen es vernagelt war. Nur Bortos blieb zurück. Er hatte sich nicht von der Stelle gerührt, die Knöchel seiner Hand, um den Schwertgriff geballt, waren weiß vor Anspannung. Aris ging zu ihm.

„Bruder, wir müssen weg! Wir müssen Kathryn retten."

Eindringlich sah er ihn an. Endlich kam Bortos zur Besinnung. Ein kurzes Nicken, dann lief er zum Fenster.

~

Kathryn kletterte als erste durchs Fenster. Aris folgte. Schreie und Gewehrschüsse begleiteten sie im Hintergrund und jeden Moment rechnete Kathryn damit, dass der Schwertsänger vor ihnen stand. Bortos kam zuletzt. Als Aris draußen war, wollte er Sheppard die Hand reichen, doch dieser schüttelte den Kopf.

„Ich halte den Kerl auf. Hab eine kleine Überraschung für ihn." Er hielt eine Granate hoch. „Bei euch hat's doch auch geholfen."

Kathryn ging zu ihm hin.

„Ihr bleibt?", fragte sie, ohne dass es eine Frage war.

„Aye, meine Königin", sagte er, in seinem einen Auge war Entschlossenheit, kein Bedauern. „So mache ich den schändlichen Einstand, den wir hatten, hoffentlich ein wenig gut."

„Es gibt nichts gut zu machen, Mister Sheppard."

„Dann tue ich es, um meiner Königin zu dienen, und eine Ehre soll es mir sein. Und nun geht, Majestät. Lasst es nicht umsonst sein." Er brachte es fertig, sie anzulächeln, und was sie in diesem Moment in dem Auge dieses fremden Mannes las, schnürte ihr vor Rührung die Brust zu. Sie brachte kein Wort hervor, nickte zum Abschied und Aris zog sie mit sich.

Über denselben Weg, der sie hergeführt hatte, flüchteten sie nun, rannten durch die zerklüftete Felslandschaft, so schnell die Beine sie trugen. Die Gewehrschüsse und Schreie waren bald danach verklungen. Ein lauter Knall war das Letzte, was sie an Kampfeslärm hörten, und Kathryns Herz wurde schwer beim Gedanken, was er bedeutet haben möge. Kein Wort sprachen sie, waren ganz auf Lauf und Flucht konzentriert und erst, als sie das Ende des Tals erreichten, hielt Aris an, um sich zu orientieren. Flach war das Land, das sich vor ihnen erstreckte, bestellte Felder voller Korn und Rabs und Fruchtbäumen mit weißer Frühlingsblüte, dazwischen mancher Hof und vereinzeltes Stück Wald. Und dahinter, über die Felder und Bäume hinweg ragend, eine breite Wand von spitzen Zacken und unnatürlichen Formen, grau und groß und endlos breit. Lidium!

Dann ein Bellen. Von einem Fels über ihnen kam etwas angeflogen. Dunkles, rostfarbenes Fell. Ein aufgerissenes Maul, mit Zähnen gespickt, schnellte Kathryn entgegen. Bortos Zweihänder sauste so dicht an ihrem Kopf vorbei, dass sie den Windzug spürte. Der Schwung des Sprunges, dazu der beidhändig geführte Schlag, ließ das Schwert längs durch den halben Hund gleiten. Ein Schwall von Blut führte den Flug weiter und klatschte warm in Kathryns Gesicht. Der tote Körper des Tieres landete vor ihren Füßen. Ein weiterer Hund sprang auf Aris zu. Ein Schuss aus seiner Pistole beendete sein Leben. Rufe erklangen, weiteres Gebell.

„Weiter!“, schrie Aris. „Mir nach!“

Kathryn rannte Aris hinterher, Bortos gab die Nachhut. Sie hörte, wie sich das Bellen näherte. Westwärts führte sie Aris, weg vom bestellten, offenen Land, in einen schmalen Waldstreifen. Schüsse erklangen, Kugeln zischten durch die Luft. Aris warf sich in einen flachen Graben und Kathryn sprang ihm hinterher. Ein Schrei war zu hören. Bortos rutschte die Grabenwand herab, ein Kriegshund hatte ihn am Stiefel gepackt. Da war Aris bei ihm und schlug mit dem Degen auf den Hundekopf, dass es dem Tier den Kopf spaltete. Der nächste Vierbeiner sprang zu ihnen hinab, suchte sich sogleich Kathryn als Beute aus. Sie riss ihr Gewehr von der Schulter. Der Hund war schon über ihr, als sie schoss. Ein spitzes Jaulen. Dann brach er über ihr zusammen. Blut und Sabber klebten auf ihrer Kleidung, als sie ihn panisch von sich zerrte.

„Nachladen!“, hörte sie Aris keuchen. „Ladet nach!“

Den eigenen Befehl befolgend, legte er sich rücklings hin, stopfte Pulver und Kugel in seine Pistole. Kathryn griff nach ihrer eigenen Pulverflasche, öffnete sie und schüttete ungeschickt Pulver in den Lauf ihres Gewehrs, dass die Hälfte daneben ging. Ihre Hände zitterten und als sie nach einer Kugel im Kugelbeutel kramte, fielen ihr die ersten beiden aus der Hand. Bortos war unterdessen oben an den Grabenrand gerobbt.

Er sah zu Aris, streckte die fünf Finger seiner Hand aus, ballte sie zur Faust, um gleich darauf drei Finger auszustrecken. Aris war mit dem Laden fertig und krachselte zu seinem Bruder. Endlich hatte auch Kathryn eine Kugel in den Lauf bekommen, zog den Ladestock und stopfte sie fest. Eilig robbte sie zu den Brüdern, die ihre Gewehre schon im Anschlag hatten.

Sie spähte über den Rand. Eine Gruppe Männer kam auf sie zugerannt, bewaffnet und bereit, sie zu töten, aber auch unvorsichtig. Sie schienen mit keiner unmittelbaren Gefahr zu rechnen, mussten nicht mitbekommen haben, dass Kathryn und ihre Gefährten im Graben bereitagen.

„Zweiter, links!", zischte Aris.

„Vierter!", Bortos.

Kathryn lag neben ihm und Bortos flüsterte ihr zu.

„Du, zweiter rechts."

„Hab!", sagte Aris.

„Hab!", Bortos.

Kathryns Herz drohte ihre Brust zu sprengen. Schweiß floss ihr über die Augen, brannte und machte das Zielen schwer. Ihr Hals war trocken, ihre Kehle zugeschnürt. Die Angst selbst glaubte sie auf ihrer Zunge zu schmecken. Und plötzlich dachte sie; *Was zum Teufel tue ich hier?*

„Hab!", sagte sie und drückte ab.

~

Es blitzte, knallte, der Rückstoß schlug ihm schmerzhaft gegen die Schulter, denn er hatte mit doppelter Ladung geschossen. Des Rauches wegen sah Aris nicht, wie sein Ziel niederging, die Erfahrung sagte ihm aber, dass er getroffen hatte. Er legte sich auf den Rücken, holte drei Rauchgranaten hervor und schlug sie an. Eine warf er in den Graben, zwei im hohen Bogen zwischen die Bäume hinter ihnen. Als er sich ans Laden machte, kreuzten seine Augen Kathryns. Groß und grün waren sie, und voller Angst. Er kannte den Ausdruck in ihrem Gesicht, hatte ihn gesehen zu hunderten schon, den Blick, wenn Schlacht und Kampf beginnen, und die jungen Rekruten noch nicht wissen, was auf sie zukommt.

„Nach dem nächsten Schuss rennen wir in den Rauch, verstanden?"

Sie nickte und versuchte, das Gewehr zu laden, und Aris sah, wie ihre Hände zitterten. Gesicht und Kleidung waren voller Blut. Es würde nicht weniger werden. Aris machte sich an sein eigenes Gewehr. Als er den Ladestock wieder unter den Lauf schob, war Kathryn noch am Stopfen, Bortos lag dafür bereit. Aris legte an.

Nah war der Feind, und vorsichtiger jetzt. Geduckt und das Gewehr vor sich haltend, näherten sie sich. Sechs Mann zählte Aris noch. Manches Gesicht kam ihm bekannt vor, doch versagte er sich, darüber nachzudenken. Einen Schuss hatten sie noch, keinen mehr. Gleich danach würden die Kerle auf sie zustürmen, das wusste Aris.

„Rechts", sagte Bortos.

„Links", Aris.

„Hab."

„Hab."

Auf Kathryn zu warten, verblieb keine Zeit. Die Schüsse knallten parallel, Feuer und Rauch spieen aus den Läufen. Diesmal sah Aris sein Ziel niedergehen, denn keine fünfzehn Schritte waren die Feinde entfernt. Beide Brüder warfen ihre Gewehre beiseite. Zum Nachladen würden sie ohnehin nicht mehr kommen.

Aris rollte sich zu Kathryn, wollte sie gerade mit sich ziehen, da erhob sie ihr frisch geladenes Gewehr und zielte in die entgegengesetzte Richtung. Aris folgte ihrem Blick. Vier Soldaten standen im Wald hinter dem Graben, die Gewehre angelegt. So nahe standen sie, dass Aris das schwarze Loch eines Laufs erkennen konnte, und das Loch zielte auf ihn. Laut knallte ein Schuss und Aris zuckte zusammen, doch nicht der Feind hatte zuerst geschossen, sondern Kathryn. Sie traf einen der Kerle, just bevor sie selbst feuerten. Der Schuss schlug in die Brust eines Soldaten und das Glück der Götter war mit ihnen, denn vom Treffer abgelenkt, verfehlten die Kugeln der Übrigen aus sicherer Distanz. Es zischte und sauste um Aris herum, Dreck und alte Blätter spritzten hoch. Kurz horchte Aris auf sein Körpergefühl, in Sorge, dass ihn eine Kugel getroffen, er sie jedoch nicht gespürt habe. Doch im nächsten Moment dachte er sich, dass es eigentlich gar keine Rolle spielte.

„Komm!“, schrie er zu Kathryn, zog sie auf die Beine und rannte auf die Rauchwolke zu.

Kaum eingetaucht, bog er scharf links ab, den Kerlen entgegen, die eben noch auf sie gefeuert hatten. Er spürte Kathryn und Bortos hinter sich, ohne den Sinn benennen zu können, der ihm sein Wissen eingab. Der Gestank des Rauches brannte in seiner Nase. Kurz strauchelte er und stürzte beinahe, als er den Grabenrand erreichte. Fand aber sogleich sein Gleichgewicht wieder und rannte weiter durch das beißende Grau.

Und plötzlich war der Rauch weg und der Feind da. Aris fiel mit dem Degen aus, um den ersten Kerl sogleich niederzustrecken, doch ein Schild lenkte seinen Ausfall ab. Ein Schildler hatte sich vor seinen Kameraden geworfen. Das grimmige Gesicht seines alten Fähnrichs blickte ihm entgegen. McGrail rammte ihm das schwere Schild gegen die Brust, der andere Soldat hatte sein Gewehr umgedreht erhoben und schlug es nach Aris. Mit Pistole und Degen hielt er den Schlag auf. Da fuhr das Kurzschwert McGrails auf ihn nieder. Gerade noch wich er zur Seite aus, ging mit einem Knie auf den Boden. Der Soldat hob sein Gewehr erneut. Aris sah keinen Weg auszuweichen, warf sich endgültig zu Boden. Da tauchte Kathryn hinter dem Soldaten auf. Ein Schrei. Der Kerl ging nieder. McGrail, abgelenkt vom Angriff auf seinen Kameraden, passte eine Sekunde nicht auf. Aris trat mit beiden Beinen gegen das Schild, dass der große Fähnrich ins Straucheln geriet. Schon war Aris wieder auf den Beinen, schlug auf seinen Gegner ein, der alte Recke parierte mit seinem Schwert. Aus dem Augenwinkel sah Aris eine weitere Gestalt.

„Vorsicht!“, rief er Kathryn zu, doch da war Bortos da, schlug mit seinem Schwert gegen das Gewehr des Mannes, dass es ihm aus den Händen flog. Packte ihn dann und warf ihn außer Sicht.

McGrail nutzte Aris Ablenkung und stürmte mit dem Schild voraus heran. Aris duckte sich, fiel unter dem Schild aus und sein

Degen bohrte sich tief in den Oberschenkel. Kein Schrei, nur ein trotziges Gruzen kam dem Fähnrich über die Lippen. Doch seine Aufmerksamkeit litt und plötzlich war Kathryn über ihm, rammte ihm ihren Dolch seitlich unter den Brustpanzer. Einmal, zweimal. Er fiel und sie hinterher. Auf dem Boden stach sie weiter auf ihn ein, bis sich der alte Eisenfresser nicht mehr rührte. Nass von Blut stand sie auf, die Zähne gebleckt, die Augen weit aufgerissen, und hell glimmte das Kriegsfeuer darin.

Und für einen Wimpernschlag reiste Aris Geist in die Vergangenheit, kehrte zurück zu ihrer ersten Begegnung, die hundert und mehr Leben her zu sein schien. Vor der Kutsche damals, als jenes junge, unschuldige Marmorpüppchen sich verwandelt hatte. Wie sie ihn angegriffen, ihm das Gesicht zerkratzt hatte, wie sie zur Kriegsfurie geworden war, nachdem sie ihre Amme getötet hatten, und genau wie jetzt dachte sich Aris; *das verdammte Weib trägt den Teufel in sich!* Und in diesem Moment, gleichwohl er es schon lange geahnt hatte, wusste er, dass er sie liebte.

~

Der Mann vor ihr war tot, der Dolch in ihrer Hand voller Blut. Ihre Ohren rauschten, ihr Blut kochte, und sie glaubte, jede Faster, jeden Muskel ihres Körpers zu spüren. Blitz und Feuer durchströmten sie, vom Kopf bis zu den Zehenspitzen. Die Angst war verflogen und ihrer statt hatte ein wilder Zorn sich ihrer ermächtigt, hatte alles andere verdrängt. Da kam Bortos von irgendwo her, sein großes Schwert war blutgetränkt.

„Kommt!“, rief er und rannte zurück in die Rauchwolke.

Kathryn sah Aris an, sah seine großen, blauen Augen und meinte, etwas darin zu sehen, doch blieb keine Zeit für derlei und sie nickten sich zu und liefen Bortos hinterher.

Längst hatte sie die Orientierung verloren, folgte einfach der großen, grauen Gestalt vor ihr durch den Rauch. Rufe erklangen, manche fern und leise, andere wiederum so nah, als stünden sie direkt bei ihnen. Die Sicht wurde unvermittelt klar. Bortos hatte das

Schwert erhoben, stürzte sich, ohne zu zögern, in den Kampf. Mitten in eine Truppe Männer waren sie gestürmt, erkannte Kathryn, überall waren erschrockene Gesichter. Dem ersten Kerl vor ihm schlug Bortos grausig den halben Kopf weg, um gleich danach seinen Hintermann mit dem Rückschlag zu töten. Ein Gewehr wurde auf den Rasenden gerichtet. Neben Kathryn erklang ein Schuss. Aris war es, hatte dem Kerl eine Kugel in den Wanst gejagt und sprang nun neben seinem Bruder in den Kampf. Bortos hatte derweil einen weiteren Gegner niedergemacht, zog jetzt seine abnorme Pistole. Der laute Schuss ließ einen Soldaten Schritte weit durch die Luft fliegen. Kathryn rannte zu den Brüdern, Dolch und Pistole je in einer Hand. Da ein Geräusch hinter ihr! Ein Feind kam selbst aus dem Rauch, schwang einen Degen nach Kathryn. Die Klinge schimmerte im Sonnenlicht. Kam auf sie zu. Aris warf sich dazwischen, parierte den Schlag gerade noch. Die Klinge fuhr ihm über den Arm, als der Gegner sie zurückziehen wollte, doch kein Laut kam aus Aris Lippen. Mit dem Pistolengriff schlug er auf den Feind ein. Zwei Soldaten erhoben ihre Gewehre, unterhalb von ihnen standen sie und zielten auf Kathryn und Aris.

„Aris!“, schrie Kathryn zur Warnung, erhob ihre eigene Pistole und schoss. Daneben! Zu hektisch hatte sie gezielt. Die Gewehre waren schussbereit.

Da packte Aris den Gegner, mit dem er rangelte, und zerrte dessen Körper vor sich und Kathryn. Schüsse knallten, zwei Kugeln schlugen in den Rücken des Soldaten ein. Eine fuhr hindurch, streifte Kathryn am linken Oberarm. Sonst waren sie unverletzt.

Ein Schrei, eine Fluch! Bortos war von ihrer erhöhten Position aus auf die beiden Soldaten gesprungen. Sein Zweihänder durchschlug den Körper des einen, vom Hals bis unter die Achsel, dass aus einem Körper nunmehr zwei geworden waren. Aris stieß den toten Soldaten, der ihnen als Schild gedient hatte, von sich, drehte sich um mit erhobenem Degen. Hinter Kathryn kam ein weiterer Mann aus dem Rauch, dieser mit einem Gewehr bewaffnet. Die plötzliche freie Sicht ließ ihn stocken. Einen Augenblick zu lang!

Aris war bei ihm, durchbohrte ihn mit dem Degen. Der Schuss seines Gewehrs ging weit daneben.

„Zu Bortos!", sagte Aris und sie rannte hangabwärts zum großen Mann, der indessen den zweiten Schützen getötet hatte und wie ein wildes Tier nach dem nächsten Feind um sich spähte, den es zu töten galt. Doch vorerst war keiner mehr zu sehen.

Kathryn schaute sich um. Rauch und Pulverdampf verwehten teils, stellenweise waren sie aber immer noch dicht und undurchsichtig. Im Graben von zuvor befanden sie sich, nur ein Stück tiefer im Wald. Breiter und flacher war der Graben hier, der einseitig an den Weg angrenzte, der sie hergeführt hatte, auf der anderen Seite an einem bewaldeten Hang. Die zwei toten Soldaten, die Bortos erledigt hatte, lagen zwischen ihnen, der eine zweigeteilt, dass man in seine offene Lunge und sein Körperinneres schauen konnte, der andere mit grotesk verdrehten Gliedern. Drei Tote hingen kopfüber entlang des Hangs, der vom Graben aus recht steil hinauf verlief, und weiter oben lagen, zwischen eng gewachsenem Gebäum und von Rauchschwaden umweht, noch weitere. *Götter*, dachte Kathryn bei sich, *im Töten sind die beiden wirklich gut!* Und sie selbst hatte ebenfalls ihren Teil dazu beigetragen.

Ein Schuß! Ein klingelnder Schlag, als es Bortos traf. Es warf den großen Mann um.

„In Deckung!", schrie Aris und er und Kathryn sprangen hinter einen Baum. Ein weiterer Knall, die Kugel schlug in den Baum ein. Zwei Mann sprangen in den Graben, der eine groß und schildbewehrt, mit einer Kampfhaube auf dem Kopf, der andere mit edler Kleidung, schimmerndem Brustpanzer und einem schönen Hut mit weißer Feder.

Der mit dem Schild führte eine große, zweiläufige Pistole, mit der er auf den am Boden liegenden Bortos zielte. Er näherte sich dem großen Mann, da fuhr dieser herum, erhob sich gleichzeitig und schwang sein Schwert. Er traf die Pistole, ehe der Mann reagieren konnte, und schlug sie ihm aus der Hand. Der Getroffene drehte sich um die eigene Achse, und als er wieder gerade stand, hatte er einen kurzen, breiten Degen gezogen.

„Der Klingenpanzer… ich hätte daran denken müssen", sagte der Mann mit dem Schild. Bortos nickte.

„Das hättest du, Ben. Aber deine Betsy hat mich dennoch ordentlich erwischt." Er befühlte seine Seite. Eine tiefe Beule war in seinen Brustpanzer geschlagen. „Ich glaube, ein, zwei Rippen sind nicht mehr ganz."

Aris war derweil aus seiner Deckung getreten, nur Kathryn verblieb hinter einem Baum versteckt.

„Sieh an!", sagte Aris an den Mann mit edlem Hut gewandt. „Unser ehrenhafter Herr Hauptmann."

Der Angesprochene betrachtete die Szenerie. Seine Augen glitten über die vielen Toten, hinüber zu Bortos, dann zu Aris.

„Ihr verdammten Hurensöhne!", zischte der Hauptmann.

Aris lachte: „Ja, allerdings, das sind wir. Verdammte Hurensöhne, wenn nichts sonst." Er spuckte auf den Boden.

„So ist es!", stimmte Bortos zu. „Und diese beiden Hurensöhne werden euch jetzt den Garaus machen."

Der Hauptmann richtete den Degen gegen Aris. Der Mann mit dem Schild nahm sich Bortos an.

„Du hast keine Ahnung, was hier vor sich geht, Ben", sagte Bortos. „Ihr wurdet reingelegt. Wir alle wurden reingelegt. Streck deine Waffen und hör es dir an. Dann soll es gut sein. Du musst heute nicht sterben."

„Ihr habt meine Kameraden niedergemacht und ich soll jetzt mein Schwert wegwerfen? Niemals! Nicht ich bin es, der seine Ehre besudelt hat, in dem er das Blut seiner eigenen Leute vergossen hat. Jetzt zeige ich dir, wie ein echter Norländer kämpft, du dreckiger Hundsfott."

Bortos hob sein Kinn, der Ausdruck auf dem Gesicht hart und bedauernd zugleich. Er spuckte aus.

„Dann gibt es nichts weiter zu sagen."

Mit angehaltenem Atem beobachtete Kathryn, was als nächstes passieren würde. Sie rieb sich den Arm, der von dem Streifschuß schmerzhaft brannte. Da bemerkte sie etwas in ihrem Augenwinkel.

~

Grimmton! Kampfbereit stand er vor ihm, einen edlen Degen in der Hand, wie es einem Adelsmann gebührte, doch der in Aris Hand war von nicht minderer Qualität. In der Linken hielten beide eine Pistole, deren Schuss bereits abgegeben war. Die Götter mussten es gut mit ihm meinen, ihm eine solche Gelegenheit zu bieten, dachte Aris bei sich, und gleichzeitig warnte er sich selbst, nicht übermütig zu werden. Gimmton war ein Edelmann und gewiss hatten die besten Schwertmeister ihn unterrichtet. Und, war ihre Bewaffnung auch gleich, Grimmton trug dazu noch eine Rüstung, die Brust, Schultern und Oberarme schützte. Grimmton musste zu demselben Schluss gelangt sein, denn er schaute abfällig und sein schmaler Mund deutete ein Grinsen an.

Der Hauptmann tat den ersten Ausfall. Gerade, unoriginell. Aris wich nach hinten aus, da war sein Gegner schon wieder in Grundstellung. Sie kamen sich näher. Die Degenklingen tasteten sich ab, wie es ihre Führer taten. Einige Ausfälle wurden getan, doch nie mit letzter Konsequenz, und meist war die Klinge bereits zurückgezogen, ehe die Parade vollendet war. Aris begann sich seitlich zu bewegen. Sein Meister hatte es ihn gelehrt. Allzu oft wurde nur in statischen Stellungen das Fechten gelehrt, dass sich viele schwertaten, wenn der Gegner von der Seite kam. Grimmton passte seine Stellung an, die Falte auf seiner Stirn zeigte Aris allerdings, dass es ihm nicht gefiel. Für den nächsten Ausfall sprang Aris seitlich, hieb mit dem Degen in entgegengesetzter Richtung nach dem Kopf. Die Parade kam, aber sie kam spät. Aris Degenspitze streifte über Grimmtons Stirn und sogleich wurde eine rote Linie über einer Braue sichtbar. Wütend warf sich Grimmton in einen Angriff, fiel mehrfach aus, schlug manche Finte, doch Aris hatte damit gerechnet, ließ sich weit zurückfallen und wich geschickt aus. Dann der schnelle Gegenangriff, der weite Ausfall, dass Aris Knie beinahe den Boden berührte. Hart schlug die Klinge seitlich in den Brustpanzer. Ohne Panzer wäre der Kampf beendet gewesen, doch der Stahl hielt stand, die Lücke unter der Achsel, auf die Aris gezielt hatte, war verfehlt. Das Grinsen war dafür aus Grimmtons Gesicht weggewischt. Zornig ließ er die zusammengebissenen Zähne sehen, dafür war es nun an Aris, seinen Mund zu einem spöttischen Grinsen zu verziehen. Aris konnte seinem Gegenüber regelrecht aus den Augen lesen, was er dachte. Mit solchen Fechtkünsten eines gemeinen Gegners hatte der feine Edelmann nicht gerechnet.

Ein lauter, metallischer Klang lenkte Aris ab. Er wandte den Kopf und sah Bortos wilde Hiebe auf das Schild von Ben verteilen. Der Schildler aber blieb ruhig, lenkte das große Schwert zur Seite, hieb mit seinem Kurzschwert zu. Kurz glaubte Aris seinen Bruder verloren. Wie Bortos es schaffte, mit seinem massigen Körper längs auszuweichen, schien unbegreiflich.

Da drang Grimmton durch Aris Deckung. Einen Augenblick zu lange war Aris unaufmerksam gewesen, hatte das Gewicht auf dem falschen Fuß gehabt. Tief war der Ausfall, die Degenspitze drang durch Koller und Fleisch. Stechend war der Schmerz. Aris schlug ebenfalls zu, doch Grimmton war schon außer Reichweite. Aris langte sich an die Hüfte. Die Klinge war nicht ins Gedärm gefahren, war an seinem Hüftknochen entlanggeschrammt und nicht tief eingedrungen, aber Schnitt und Knochen schmerzten höllisch. Siegesgewissheit stand plötzlich in des Hauptmanns Augen geschrieben, doch er schaute nicht zu Aris, nein, er schaute an ihm vorbei. Den Bruchteil einer Sekunde fragte sich Aris, was es wohl bedeuten möge, da wandelte sich schon wieder der Ausdruck in Grimmtons Gesicht, die Augen weiteten sich und ein gepresstes „Nein!“ entfuhr dem Mund des Hauptmanns.

Aris konnte nicht anders, sah kurz über seine Schulter. Kathryn stand dort bei einem Baum, in der Hand einen blutigen Dolch und zu ihren Knien die zusammengesackte Gestalt eines Links. Grimmtons Link, der sich die Kehle hielt, vor sich liegend das Gewehr, das eben noch, daran zweifelte Aris nicht, auf seinen Rücken gezielt hatte.

Mit einem untypischen Schrei schritt Grimmton zur Attacke, wutverzerrt das Gesicht. Aris wich seitlich aus, ging wieder in die umkreisende Bewegung. Wehrte ein, zwei Schläge mühelos ab, wechselte die Richtung der Rotation. Grimmtons Ausfälle wurde wilder, verzweifelter. Ein weiterer Ausfall. Aris parierte mit der Pistole. Da war die Lücke! Aris schnellte vor, aus dem Handgelenk kam der Hieb, traf Grimmton seitlich am Hals.

Blut pulsierte aus der getroffenen Ader, spritzte heraus, als läge ihm nur noch daran, den geschlagenen Körper zu verlassen. Grimmton ließ seine Waffen fallen, ging in die Knie und hielt die Wunde zu.

Schnell sah sich Aris nach Bortos um. Der große Mann war auf dem Boden über seinen Gegner gebeugt. Ben war tot oder am sterben. Der Kampf war vorbei. Was wunderte er sich überhaupt?, ging es Aris durch den Kopf. Außer seinem Meister kannte Aris keinen Menschen auf der Welt, der ein besserer Krieger war als Bortos.

Seine Augen kehrten zu Grimmton zurück. Der Hauptmann lag inzwischen, die Hände immer noch auf den Hals gedrückt. Aris ging auf ihn zu. Da fiel ihm der schöne Hut des Hauptmanns auf, der am Boden lag. Er hob ihn auf, betrachtete kurz die feine Verarbeitung, um ihn sich dann aufzusetzen.

Über dem Hauptmann stehend sagte Aris: „Und deine Stiefel, du ehrloser Hundesohn, die hole ich mir auch noch." Hasserfüllt schauten die Augen zu ihm hoch, die Lippen bebend, aber geschlossen. „Doch zuerst, Herr Hauptmann, will ich dich noch schreien hören." Worauf er dem Liegenden seinen Degen unter dem Brustpanzer tief in die Eingeweide stach. Grimmton schrie, schrie laut und markerschütternd, so lange, bis das Leben endlich von ihm abließ.

~

Die beiden Brüder gingen aufeinander zu, riefen gleichzeitig: „Noch nicht!" Gaben sich eine kurze, feste Umarmung und begannen zu tanzen. Kathryn rutschte in den Graben hinab, ein letzter Blick galt dem toten Link, dem sie die Kehle durchgeschnitten hatte, dann lief sie zu ihren Gefährten. Jeder Schritt fiel ihr schwer, jeder Muskel im Körper schien ihr taub und widerspenstig, jede Kraft schien sie mit dem Ende des Kampfes verlassen zu haben.

„Tanz!", forderte Aris sie auf.

„Mir ist nicht nach Tanzen", sagte sie.

„Bitte! Tanz mit uns", bat er sie und sah sie dabei an, dass sie die Bitte kaum ausschlagen konnte.

Also begann sie ihren Körper zu bewegen, sich zu drehen und die Arme zu heben, wie die anderen beiden auch, und so tanzten sie, tanzten inmitten von Blut und Leichen, umgeben von Rauch und Dreck und Tod, und Tränen rannen Kathryn über das Gesicht. Sie war glücklich und war es nicht. War traurig, endlos traurig, und doch froh, es überstanden zu haben. Sah sie in das Gesicht eines ihrer Gefährten, lächelte sie, doch sogleich überkamen sie wieder die Schwere und Trauer, tauchten die Szenen des Kampfes in ihrem Geiste auf, die toten Gesichter mit ihren leeren Augen und mit ihnen kam die Erkenntnis, was sie alles getan hatte.

Der Tanz endete irgendwann, ohne Absprache, einfach so. Ausgetanzt war es. Die beiden Brüder trockneten sich die eigenen feuchten Augen und machten sich daran, ihre Waffen einzusammeln und zu laden. Dann kehrten sie zum Weg zurück, der sie hergeführt hatte. Rauch und Pulverdampf waren zum Großteil verzogen und man konnte in die Ferne sehen. Hinter dem schmalen Waldstreifen führte der Weg zwischen Felder und Äcker hindurch, und obgleich sie die Stadt nicht ausmachen konnte, wussten sie; am Ende des Weges würde sie sie erwarten.

Ihr Blick glitt zurück, von wo sie gekommen waren, blieb dort verhaftet. Auch ihre beiden Beschützer rührten sich nicht mehr, die Augen starr in eine Richtung schauend. Eine einsame Gestalt stand dort in weißer, wehender Robe. Das riesige Schwert wie einen Gehstock haltend, der große Hut tief ins Gesicht gezogen.

Aris zog etwas aus seinem Felleisen, stupste Bortos mit dem Ellenbogen an und zeigte ihm, was er in der Hand hielt. Der große Mann nickte, holte seine eigenen Ohrenstöpsel heraus und steckte sie sich in die Ohren. Sie zogen ihre Waffen. Der Schwertsänger war indessen gemächlich den Weg entlangspaziert, betrachtete die vielen Toten, die den Graben und Hang entlang verstreut lagen. Seine linke Hand war mit einem Verband umwickelt, offenbar aber einsatzfähig, denn sie hielt das große Schwert samt Scheide. Dann schaute er zu ihrer Gruppe, hob den Kopf, dass man sein vernarbtes Gesicht sehen konnte. Zufrieden nickte er ihnen zu.

Aris drehte sich zu Kathryn um.

„Lauf!", zischte er.

Refexartig schüttelte sie den Kopf.

„Nein, ich…"

„Lauf!", wiederholte Aris, legte ihr die Hand aufs Gesicht. „Lauf, Kathryn, und warte nicht auf uns. Es ist gut so, wirklich. Renn, wie du nur kannst, es ist nicht mehr weit. Ich bitte dich. Du kannst uns hierbei nicht helfen."

Sie zögerte.

„Los!", befahl er streng.

Also drehte sie sich um und rannte los.

„Steht still!", hörte sie hinter sich den Ruf, da war sie kaum zehn Schritte weit gekommen. Durchdringend der Klang. Kurz verlangsamten sich ihre Schritte, doch nicht ihr hatte der Ruf gegolten, und mit ihrem Willen schüttelte sie den Befehl ab.

Da erklang ein Schrei hinter ihr.

„Nein!"

Aris Stimme war es, angsterfüllt, wie es nicht zu ihm passte. Kathryn schaute zurück. Der Schwertsänger kam direkt auf sie zu. Sie drehte sich ganz um, nicht mal eine Waffe hatte sie gezogen. Sein Schwert fuhr aus der Scheide. Sie versuchte auszuweichen, sprang in den Graben. Die Klinge blitzte auf. Ein erneuter Schrei erklang. Sie spürte einen schrecklichen Schmerz an ihrem Hals.

Sie landete auf dem Rücken, griff sich sofort an die Kehle. Sie spürte Blut zwischen ihren Fingern hervorquillen. Der Geschmack von Eisen machte sich auf ihrer Zunge breit. Das Atmen wurde ihr schwer und Schwindel vernebelte ihre Sinne. Und in diesem Moment begriff sie, was es bedeutete…

Da dachte sie zurück. Erinnerungen tauchten auf, Szenen und Bilder, im Ivoryhouse, in Steffordsgrave, von ihrer Mutter und von Ann, von Breadhead und dem Duke, von Colette und Tissy, von dem Narren mit den endlos schwarzen Augen… dann wieder Bilder von ihrer Flucht, von diesen wenigen Tagen ihres kurzen Lebens, die ihr die Welt und mehr gezeigt hatten. Die Tiefen des Greenwood sah sie vor sich, mit seinen gigantischen Bäumen, sah die Hütte mitten im Wald, die Hexe, wie sie so schrecklich vor ihnen gestanden war, sie sah die Lange Flur, wie sie sich durch die Landschaft schlängelte, die Grenzenlosigkeit der Ewigen Marsch. Sie dachte an Willy und den Hydrentanz, an ihre Kämpfe und die vielen Abenteuer, die sie erlebt hatte, an das Lager, an Cora und Cara, und an die übrigen Geschwister, an Elena und den schönen Sippaner. Sie dachte an Bortos… und vor allem dachte sie an Aris, mit seinen blauen Augen und seiner gebrochenen Seele, erinnerte sich an den Geschmack seiner Lippen, den Geruch seines Körpers. Und plötzlich stahl sich ein Lächeln auf ihre Lippen. *Te, mia Alma!*, sprach sie in Gedanken, denn ihr Mund war voll von Blut, und im nächsten Moment versank sie in ewige Schwärze.

~

„Nein!", schrie Aris. Richtete seine Pistole auf den Kerl und drückte ab. Die Verzweiflung hatte ihn getrieben, denn er glaubte nicht an eine Wirkung.

Er hatte seinen Zauber versucht, der Schwertsänger, hatte irgendwelche Worte gesprochen, die Aris nicht gehört hatte, und war auf sie zugestürmt. Wie auf Kommando waren Bortos und er zum Angriff geschritten, Bortos hatte sein Schwert geschwungen, Aris mit dem Degen zugestochen. Der Schwertsänger hatte mit dem Angriff nicht gerechnet und dennoch augenblicklich reagiert. Bortos Streich hatte er mit einem eigenen Hieb pariert, Aris Degenstoß war er ausgewichen. Dann, ehe Aris etwas machen konnte, war er durch sie hindurch… war unmenschlich schnell Kathryn hinterher.

Er hat nicht getroffen!, schrie es in Aris Geist. *Er darf nicht getroffen haben.*

Die Kugel hatte wie erwartet keine Wirkung gezeigt, aber immerhin sprang der Schwertsänger nicht Kathryn hinterher. Er drehte sich stattdessen zu ihnen um, machte in Ruhe ein paar Schritte auf die Mitte des Weges zu. Angekommen, legte er die Scheide seines Schwertes beiseite, knotete das Band seines Hutes auf und warf den Hut zur Scheide. Herausfordernd reckte er sein Kinn in Richtung seiner Gegner und ging in Kampfstellung.

Bortos und Aris wechselten einen kurzen Blick, dann gingen sie auf den Feind zu, Aris links, Bortos rechts, dabei den Abstand zwischen sich vergrößernd. Kurz vor ihm standen sie still. Einen ganzen Moment lang standen sie reglos da, jeder in Stellung und kampfbereit, jeder auf ein Signal wartend, das er nicht kannte. Dann griffen die Brüder an.

Aris fiel tief aus, stimmte es ab mit dem schweren Hieb von Bortos. Die riesige Klinge des Schwertsängers schlug gegen seinen Degen, um gleich darauf Bortos Zweihänder abzuwehren. Aris hatte aber mit der Parade gerechnet, zog seinen Degen nun längs für einen Rückhandhieb. Der Schwertsänger duckte sich unter dem Schlag hindurch, drehte sich und fuhr sein Schwert wie eine Sense durch die Luft. Aris warf sich nach hinten. Bortos wehrte mit dem Schwert ab. Laut und metallisch traffen die Klingen aufeinander, so hart, dass es Bortos Arme zurückwarf und er das Gleichgewicht verlor. Da war der Schwertsänger schon wieder bei Aris, die große Klinge schlug ihm den Degen beiseite, der Rückschwung hätte ihm den Kopf geteilt, wäre er nicht in die Knie gegangen. Aris warf sich vor, drückte den Arm mit Schwert beiseite und wollte dem Gegner seinen Degenkolb ins vernarbte Gesicht schlagen, doch der packte Aris Schwerthand mit seiner freien. Aris versuchte, sie zu befreien, aber der Griff des Kerls war unerbittlich wie ein Schraubstock. Kurz sahen sie sich von Angesicht zu Angesicht, und Aris sah in die hässliche Fratze seines Gegenübers, die Zähne waren vor Vergnügen gebleckt. Seine Kopfnuss traf ihn härter als jeder Faustschlag. Aris taumelte zurück, als ihn noch ein Tritt traf, so kräftig, dass er einige Schritte rückwärts flog und zu Boden ging. Schnell rappelte er sich auf. Aber der Schwertsänger hatte bereits von ihm abgelassen und war nun bei Bortos. Mann gegen Mann kämpften sie. Bortos verteilte Schlag um Schlag, doch im Angesicht des Schwertsängers sahen seine Ausfälle plump und kraftlos aus. Dieser parierte die Hiebe, die andere Männer ins Verderben gestürzt hätten, ohne jede Mühe, wich dem großen Zweihänder Bortos aus, als sei es ein Übungsschwert.

Er spielt nur mit uns!, ging es Aris durch den Kopf, *der elende Hundsfott spielt mit uns!* Und die Erkenntnis machte ihn rasend.

Ein Schlag von Bortos geriet zu weit, der Schwertsänger setzte zum Gegenangriff an, schlug tödlich zu. Aris stockte der Atem. Bortos warf seinen Oberkörper zurück, doch nicht weit genug... Das Schwert traf ihn im Gesicht. Ein Schrei. Der große Mann ging in die Knie, hielt sich das Gesicht. Aris sah Blut die Hand herabtropfen.

Te, mia Alma!, sprach Aris stumm zu sich. Alles war ihm egal in diesem Moment, nur zu kämpfen zählte noch, und er rannte los.

Er griff an, wild und furchtlos, ohne jede Rücksicht auf sich selbst. Stieß mit dem Degen zu, wartete die Parade kaum ab, um erneut zuzustoßen. Wie im Rausch hieb er auf den Feind ein, wollte ihn zerhacken, gleich, was es ihn kostete. Da hörte er Bortos fluchen. An seiner Seite war sein Bruder plötzlich, das Gesicht blutüberströmt, die Augen blitzend vor Kampfeswut, wie Aris auch. Zusammen schlugen sie auf den Schwertsänger ein, ein Hieb nach dem anderen, ein Ausfall folgte dem nächsten. Nicht nebeneinander kämpften sie, sondern miteinander, denn sie kannten sich von hundert und mehr gemeinsamen Kämpfen. Wo der eine eine Lücke ließ, deckte sie sein Bruder, und wo der andere ein Ziel sah, war Verlass, dass sie es zusammen angriffen.

Sie drängten ihn zurück, und zum ersten Mal schien der Gegner in Bedrängnis zu geraten. Kein Vergnügen war mehr in seinem hässlichen Antlitz zu sehen, was Aris noch weiter antrieb. Da sah er die Lippen des Schwertsängers Worte murmeln. Schnell wich Aris einen Schritt zurück. Das letzte Wort spie der Sänger laut aus, dass es selbst durch die Stöpsel hindurch gut zu hören war. Die Kraft der Druckwelle drückte ihm alle Luft aus der Lunge, ließ ihn durch die Luft segeln und warf ihn weit zurück. Seine Waffen flogen ihm aus den Händen. Hart schlug er auf. Beinahe augenblicklich zwang er sich auf die Beine, torkelnd und orientierungslos, suchte nach seinem Schwert. Plötzlich war der Schwertsänger bei ihm, und mit ihm ein ungeheurer Schmerz. Aris schaute ungläubig an sich herab. Mittig hatte ihn das Schwert durchbohrt. Er sah wieder auf, blickte in das Antlitz dieses Mannes. Das brandnarbige Gesicht, die kalten Augen. Den Hauch eines Lächelns meinte Aris zu erkennen. Der Mörder von Mama, von Gonza, von seinen Kameraden. Er würde auch sein Mörder werden.

Der Schwertsänger wollte ihm die Klinge aus dem Leib ziehen. Da packte Aris das Schwert, umklammerte die Klinge mit der Hand, so fest er konnte. Er sah Verwunderung im Gesicht seines Feindes, keine Sorge, nur Verwunderung. Der Schwertsänger öffnete den Mund; um einen Zauber zu wirken, oder um etwas zu sagen, Aris würde es nie erfahren. Seine andere Hand schoss vor, griff in das räudige Maul dieser Bestie und drückte mit aller verbliebenen Kraft zu. Den Unterkiefer unerbittlich haltend, begann Aris zu schreien.

„Jetzt!", schrie er. „Jetzt!"

Er hatte sich doch nicht getäuscht? Er durfte sich nicht getäuscht haben! *Lass mir die Kraft, lass mich jetzt nicht schwach werden,* flehte er. Der Schwertsänger wand sich, biss in seine Hand, versuchte sich verzweifelt zu befreien.

„Tu es", schrie Aris. „Tu es!"

Endlich sah er ihn. Sah den Lauf vom Katzenkopf auftauchen. Direkt neben dem Kopf des Schwertsängers. Der laute Knall! Das blendende Mündungsfeuer. Das verfluchte hässliche Gesicht des Schwertsängers zerfetzte vor seinen Augen, zusammen mit seiner Hand.

~

Ihre Augen öffneten sich. Sie sah. Doch verstand sie nicht. Alles schien ruhig und verlangsamt… alles leise. Kein anderer Sinneseindruck war da, nur ihre Sicht, diese dafür völlig klar und vollkommen, aber auch verwirrend in ihrer Vollkommenheit. So viel war sichtbar, so endlos viel, dass unmöglich alles erfasst werden konnte, und doch wurde es gesehen, gesehen von ihr. Kleinste Partikel konnte sie ausmachen, winzige Staubkörnchen, die durch die Luft flogen, Sporen von Pflanzen, Pollen und feine Härchen, die von den Strömen des Luftzugs bewegt und getrieben wurden. Sie tanzten vor ihren Augen, langsam und harmonisch, drehten sich, zogen Bahnen und bildeten Wirbel. Da war noch mehr, viel mehr. Sie sah eine Fliege, sah alles an ihr, ihre kleinen durchsichtigen Flügel, sah ihren Flügelschlag, konnte ihn beobachten, als sei die Zeit selbst verlangsamt, sah jedes Detail, wie die Flügel sich hoben und wieder senkten, wie sie sich gegen den Widerstand der Luft bogen, sah die facettierten Augen, die kleinen Beinchen, sah die winzigen Haare auf ihrem Leib vibrieren. Ihre Aufmerksamkeit glitt in die Ferne. Sonnenlicht strahlte auf sie herab, bahnte sich Weg durch die Bäume, bildete Muster und Formen von tausenderlei Art. Sie sah die Blätter träge umherwehen, schweren Wellen gleich, die im offenen Meer entstanden, um wieder zu vergehen. Sie sah einen Vogel, beobachtete ihn im Flug, sah seine spitzen, schönen Flügel, sah die geschichteten Federn und ihre endlos feinen Lamellen. Und noch mehr an ihm sah sie, mehr, als da sein dürfte, sie sah, was er war, sein eigentliches Selbst. Sie durchschaute ihn.

Bin ich tot? Plötzlich kam die Frage in ihren Sinn, plötzlich auch die Erinnerung, warum sie sie stellte. War dies der Übergang? War es ihre Seele, die ihren Körper verließ? Waren ihre Sinne befreit und deshalb übermenschlich? Doch warum dann nur die Sicht, und warum war, was sie sah, die Welt um sie herum, kein Himmel, keine Hölle, nichts Unbekanntes?

Etwas Neues lenkte ihre Aufmerksamkeit auf sich. Am Rande ihres Sichtfeldes befand es sich, hoch im Gebäum, zwischen Ästen und Blattwerk versteckt. Es schien sie zu beobachten und etwas daran schien sie anzuziehen. Ein Kauz war es. Ein großer Schleierkauz. Sein schwarz-weißes Gefieder hüllte ihn wie ein Mantel ein, seine gebückte Haltung ließ ihn beinahe menschlich wirken. Sein unheimlicher Kopf war genau in ihre Richtung gedreht. Sie sah seine Augen, sah hinein. Endlose Schwärze tat sich vor ihr auf, bodenlos tief, und doch war dort etwas… verborgen, als lauere es in der Dunkelheit, eine Form, eine undeutliche Gestalt, und Kathryn drang noch tiefer… und plötzlich sah sie es! Und es schaute zurück! Kathryn erschrak… und es katapultierte sie heraus aus ihrer Sicht, und alles nahm Abstand, flog davon, und es kam ihr vor, als ob sie falle… körperlos falle. Da fühlte sie plötzlich wieder, war zurück in ihrem Körper, spürte Arme und Beine und merkte einen Widerstand in ihrem Hals, als sie nach Luft rang. Sie stöhnte auf, legte sich seitlich, würgte und erbrach sich. Sie spuckte einen Schwall Blut und geronnene Blutklumpen aus, bis sie es nicht mehr auszuhalten glaubte, dann keuchte sie und sog gierig fehlende Luft in ihre Lungen.

Nachdem sie etwas klarer wurde, versuchte sie sich zu orientieren. Sie war immer noch in dem Graben, immer noch im Wald, und lag auf dem Boden. Die Erinnerung kam! Sie griff sich an den Hals, betastete ihre Kehle. Kein Schnitt war mehr da, kein Schmerz mehr vorhanden. Nur eine feine Narbe meinte sie zu erspüren. Ein gewaltiger Knall ließ sie aufschrecken. *Der Kampf!*

Sie erhob sich, krabbelte dann die Böschung hinauf zum Weg. Die Szene, die sich vor ihr auftat, ließ ihr den Atem stocken. Der Schwertsänger war tot. Ein Körper in weißer Robe lag auf dem Boden, der passende Kopf zu dem Körper fehlte aber. Gleich daneben die beiden Brüder. Kathryn brauchte nicht zweimal hinzusehen, um die Lage zu erfassen. Das riesige Schwert ragte aus Aris Brust. Bortos lag über ihn gebeugt und zog ihm gerade die Stöpsel aus den Ohren. Sie näherte sich langsam, hörte Aris schwache Stimme.

„Wir haben es geschafft, Bruder, was? Der Hundsfott ist tot."

„Ja, Bruder", schluchzte der große Mann. „Das ist er."

„War… war für Gonza… und für Mama."

Bortos nickte, streichelte seinem Bruder Blut aus dem Gesicht.

„Haben wir gut gemacht“, sagte Aris. „Oder?“

„Ja, haben wir. Haben es dem Hundsfott gezeigt.“

Dann nach einer Pause plötzlich lächelnd. „Ich hab eine Prinzessin gefickt, Bruder. Hörst du.“

„Ja, das hast du, Bruder!“, sagte Bortos. „Das hast du!“

Da bäumte der Sterbende sich auf, versuchte mit den Händen nach Bortos Gesicht zu greifen, doch die eine war nur noch ein blutiger Stumpf. Bortos stützte ihn, bis ihre Gesichter sich ganz nahe waren.

„Hör mir zu, Bortos“, sagte Aris. „Hör mir zu! Du musst sie beschützen, hörst du. Du musst sie beschützen, Bortos, versprich es mir, du musst es mir versprechen.“ Dann, als dächte er an etwas anderes. „Sie… sie… geht es ihr…“ Seine Augen schauten sich erschrocken um, blieben an Kathryn hängen. Ein beruhigtes Lächeln umspielte seine Lippen. Und sie sahen sich an und Kathryn blickte in ihn hinein, blickte hinter die schönen blauen Augen und glaubte, etwas darin zu sehen, doch im nächsten Moment war es bereits erloschen. Tot sank Aris zurück.

Sie beerdigten ihn unter einem Baum in der Nähe. Eilig hatten sie ein flaches Grab gegraben, Steine und Erde um ihn herum zu einem Haufen aufgeschüttet. Bortos hatte ihm Degen und Pistole mit ins Grab gelegt. Mit ihrem Dolch ritzte Kathryn Aris Namen in den Baum. Sie betrachtete ihr Werk. Bortos stand schweigend neben ihr. Sollte sie etwas sagen? Ein Gebet sprechen? Doch zu welchem Gott?

Ihre Hand glitt zu ihrer Kehle. Die Narbe war kaum zu spüren. Sie wusste, was geschehen war. Sie kannte weder das Wie und das Warum, aber sie wusste es, gleichwohl sie es in Gänze noch nicht verstand. Sie war erleuchtet worden. Erleuchtet von dem dunklen Gott. Das Wort, das sie ihr Leben lang begleitet hatte, das sie gefürchtet und verflucht hatte, hallte in ihrem Kopf wieder. Hatte ihre Mutter dasselbe erlebt? Und was bedeutete es für Kathryn? Gab es nur noch einen Gott, an den sie ihre Gebete richten konnte?

Sie kniete nieder, legte eine Hand auf das Grab und flüsterte: „Te mia Alma."

Sie erreichten Lidium mit der Abenddämmerung, zusammen mit einem Strom von Flüchtlingen und Soldaten. Eine Schlacht sei vor kurzem geschlagen worden, hörten sie, und Norland habe gewonnen. Versteckt in der ankommenden Masse gelangten sie trotz blutverschmierter Kleidung problemlos durch die Stadttore. Kaum hatten sie die Stadt betreten, begannen überall die Glocken zu läuten, und nicht nur die großen, schweren Kirchturmsglocken, auch die Wacht- und Torglocken wurden geläutet, und in der ganzen Stadt erklang das unmelodische Spiel. Da ging Kathryn zu einer Frau am Straßenrand und fragte, was das zu bedeuten habe. Die Frau sah sie an, als sei sie der unverständigste Mensch auf der Welt und sagte: „Es bedeutet, mein Kind, dass wir einen neuen König haben!"

~ 37. Kapitel ~

Duke

Der ganze Saal stand und klatschte, manche euphorisch und begeistert, andere verhalten und widerwillig. Und der Duke stand mittendrin und im Zentrum der Aufmerksamkeit, denn ihm allein galt der Applaus. Man klopfte ihm auf den Rücken, drängte ihn vor auf die Bühne des Parlamentes und jemand stellte sich hinter ihn und hängte dem Duke den schweren Königsmantel über die Schultern. Applaus und Jubel wurden lauter. Pfiffe wurden ausgestoßen. Er spürte, dass sein Mund lächelte, doch passte es nicht zu seinem Empfinden. Er sah Townsend mechanisch klatschen, der Mund verkniffen, der Blick leer vor ungläubigem Entsetzen, und dachte bei sich; so müsse er eigentlich aussehen. Dies war der Moment, auf den er so lange hingearbeitet hatte, doch nun, da er ihn erlebte, schien ihm alles unwirklich und fremd.

Eben noch war er da gesessen, die Scherben seines großen Planes vor Augen, sein ganzes Lebenswerk vernichtet. Er hatte die einzige weibliche Stimme im Saal zunächst gar nicht gehört, erst durch die zunehmende Unruhe war er sich bewusst geworden, dass die alte Vettel aufgestanden war und das erste Mal, an das er sich erinnern konnte, überhaupt etwas im Parlament gesagt hatte. Und zu seinen Gunsten war es.

Townsend hatte Einwand erhoben, gesagt, dass es zu spät sei, ihre Stimmen dem Duke zu überlassen, und ein wildes Stimmengewirr hatte sich im ganzen Saal erhoben, bis Lord Sprecher Cunningham seinen Hammer geschwungen hatte und um Ruhe gebeten. Dann war seine kräftige Stimme durch den Saal gedrungen und hatte verkündet, dass die Stimmen zu jeder Zeit vor dem nächsten Wahlgang übertragen werden könnten und bald darauf waren die Worte gefolgt, die zu hören der Duke so lange geträumt hatte.

„Von diesem Moment an erkläre ich, Lord Benjamin Cunningham, als Lord Sprecher dieses ehrenvollen Hauses, Francis Griffin, den Duke of Fargold zum neugewählten König Norlands und Istlands, zum Herrscher des Nordens und der Ewigen Marsch."

Umgeben von zehn Männern der Königlichen Garde lief der Duke durch die Gänge des Ivoryhouse. Stunden waren seit seiner Wahl vergangen, Stunden, in denen er allerhand Formalia und Vorbereitungen für sein künftiges Amt hatte erledigen müssen, aber auch Stunden, in denen er über die vergangenen Ereignisse hatte nachdenken können. Er erreichte die Räumlichkeiten, zu denen er wollte, klopfte und befahl seiner Entourage, draußen zu warten.

Bischof Eugenius saß alleine hinter seinem Arbeitstisch, die Hände an den Fingerkuppen zusammengedrückt, und betrachtete ohne jedes Zeichen von Überraschung seinen Gast, wie er das Zimmer betrat. Der Duke ging zum Tisch und setzte sich dem Bischof gegenüber, der keine Anstalten irgendeiner Begrüßung machte.

„Meinen Glückwunsch, Eure Majestät", sagte der Bischof nach einem Moment des gegenseitigen Musterns.

„Ihr wart es! Habe ich recht?", sagte der Duke. Die alte Vettel hätte ihn niemals freiwillig gewählt, und noch weniger, ohne ihm vorher nicht alle möglichen Bedingungen abzutrotzen. „Ihr habt sie mit Eurer Macht dazu gebracht, ihre Stimmen mir zu geben…"

Der Bischof schwieg, doch ein bestätigendes Schweigen war es.

„Was wird geschehen, wenn sie wieder zu sich kommt?", fragte der Duke.

„Sie wird sich nicht daran erinnern. Sie wird glauben, dass es alleine ihrem Wunsch entsprach, selbst wenn sie es danach bereuen sollte."

„Seid Ihr Euch sicher?"

Der Bischof zuckte mit den Schultern.

„Gewisse Seelen vermögen es beizeiten, einen Bann zu durchbrechen oder auch, sich ihm zu widersetzen, selbst wenn sie von keinem Gott erleuchtet sind. Aber so etwas erfordert eine bestimmte… sagen wir Charakterstärke… einem gewöhnlichen

Menschen ist dies schwer begreiflich zu machen. Im Falle der Duchess habe ich jedenfalls sehr wenig Bedenken. Sie ist nur ein Weib und ein lasterhaftes dazu."

„Habt Ihr diese Kraft jemals bei mir eingesetzt?"

Der Bischof zeigte ein undurchschaubares Lächeln, ohne ihn einer Antwort zu würdigen. Der Duke forschte in seinen Erinnerungen, dachte an seine Begegnungen mit dem Bischof, versuchte sich, an etwas Seltsames oder Verdrängtes zu erinnern, aber da war nichts. Würde auch er es einfach vergessen haben? Wäre er ein zu schwacher Charakter? Der Duke verdrängte die störenden Gedanken, er musste beim Wesentlichen bleiben.

„Habt Ihr etwas von Meister Tusko gehört?", fragte der Duke.

„Noch nicht. Aber er wird sich schon bald melden. Dort draußen herrscht einiges an Chaos und Unruhe. Das ist bestimmt der Grund. Die Schlacht ist erst wenige Tage her. Seid zuversichtlich, so wie ich es bin. Jave wird ihm die richtigen Wege schon weisen."

Der Duke wünschte sich, von gleicher Zuversicht erfüllt zu sein.

„Ihr habt viel riskiert, Exzellenz", sagte er dann. „Ohne Euer Einschreiten wäre unser Plan gescheitert."

„Euer Plan war nie so gut, wie Ihr ihn Euch zurechtgelegt habt", sagte der Bischof. „Euer Vertrauen auf einen Unisten zu setzen…" Er schüttelte den Kopf. „Einen Unisten… Ich hatte schon geraume Zeit Alternativen erwogen. Eure Pläne haben sich als überaus unzuverlässig erwiesen."

Der Rüffel, so direkt ausgesprochen, überraschte den Duke. Wie immer, wenn er dem Bischof gegenübersaß, hatte er das Gefühl, unterlegen zu sein, und nichts hasste der Duke mehr. Doch er schluckte seinen aufkeimenden Ärger hinunter. Er war sich bewusst, was er alles dem Bischof verdankte.

„Ihr habt recht. Es ist mehr schiefgegangen, als ich mir gewünscht hätte. Dennoch sitze ich nun hier und alsbald habe ich eine Krone auf dem Kopf. Wir haben gewonnen. Wir sollten uns nicht streiten, sondern vielmehr feiern, glaubt Ihr nicht. Die wahre Kirche wird wieder in Norland einziehen und das Dreieck wird wieder über der Martensius Kathedrale wehen. Und Ihr…

Ihr könnt Euch aussuchen, wie Eure Rolle fortan aussehen wird. Bischof von Lithium? Oder vielleicht über ganz Norland? Ein neues Amt, eigens für Euch geschaffen."

„Ihr beleidigt mich", erwiderte der Bischof kalt. „Glaubt Ihr, deshalb habe ich es getan? Deshalb habe ich die Seelen guter Menschen mit dem Tod besudelt? Ich diene höheren Zwecken als den eigenen Ambitionen. Es sind keine Titel, die ich von Euch erwarte, sondern das richtige Handeln. Ich habe schon lange erkannt, dass sich unsere heilige Kirche auf einem Irrweg befindet. Die Kirche hat sich um die geistlichen Belange zu kümmern, der Staat um die weltlichen, so lehrt es uns Jesaja, aber was, wenn der Staat versagt? Wenn die Herrscher sich von der heiligen Kirche abwenden und ihre Bevölkerung der Verdammnis aussetzen?" Eugenius war aufgestanden und schritt durch den Raum. „Viel zu lange hat die Kirche einfach zugesehen, während die Irrlehre sich verbreitet hat. Vorübergehen werde der Wahnsinn, glaubten sie, wer würde sich schon einem Gott zuwenden, der nichts vermag, der nichts bewirkt, der eine Lüge ist!" Er wurde laut bei den letzten Worten. „Und doch… seht, wo wir stehen. Überall wuchert das Geschwür, und was bringt es mit sich? Krieg und Leid und Tot. Und schlimmer noch, es verdirbt die Seelen, lässt die Menschen sich abkehren von den guten, wahren Göttern, auf dass ihre Seelen verdammt sind auf alle Zeit. Ja, um viel mehr geht es hier, als Euch die Krone auf das Haupt zu setzen oder mir irgendwelche Posten zu verschaffen. Es geht darum, den Krieg endlich anzunehmen, und ihn zu bestreiten, wie es erforderlich ist."

„Welchen Krieg?", fragte der Duke verwirrt.

„Den wahren Krieg! Der zwischen dem Licht und der Dunkelheit, zwischen der Ordnung und dem Chaos. Es ist der alte Feind, der hier sein Unwesen treibt. Im Gewand der Unisten kommt er daher und lehrt seinen ketzerischen Unsinn. Kein anderer als der Teufel selbst verbirgt sich darunter, und zu lange hat die Kirche dabei zugesehen. Es wird höchste Zeit, dem Einhalt zu gebieten. Ist das Brot schimmelig, muss der Schimmel herausgeschnitten werden, sonst verdirbt das Ganze. Die Stimme hat viel zu lange gezögert."

Auf Geheiß von Soterius dem Siebten, der Stimme Javes auf Erden, brannten in etlichen Ländern bereits wieder die Scheiterhaufen. Aber hier musste sich der Duke unweigerlich fragen, zu welchen Maßnahmen die karnische Kirche wohl griffe, wenn ein Eugenius zur nächsten Stimme gewählt würde.

„Ich stehe zu unserer Abmachung, Exzellenz", sagte der Duke vorsichtig. „Die Kirche soll wieder vorherrschen in Norland, wie es immer war. Es wird meine erste Handlung als König sein, darauf könnt Ihr Euch verlassen. Aber ich gedenke nicht, einen offenen Krieg mit den Unisten zu beginnen. Es würde zu Aufständen kommen. Zum Bürgerkrieg womöglich. Fast das halbe Land ist unistisch."

„Umso schlimmer, wenn der Irrglaube schon so weit gedrungen ist!", fuhr der Bischof auf, um dann ruhiger weiterzusprechen: „Natürlich sollt Ihr nicht Eure Regentschaft mit einem Konflikt beginnen, der das Land entzweit. Solche Dinge müssen nach und nach geschehen. Die Wiedereinsetzung des Trinismus als Staatsreligion ist der erste Schritt. Der nächste wird sein, unsere Brüder ins Land zu lassen."

„Ihr wollt, dass ich die Inquisition nach Norland lasse?"

„Allerdings! Und es wird höchste Zeit. Sie kann hier viel bewirken."

„Bei allem Respekt, Exzellenz. Ich weiß, was Ihr für mich getan habt, und werde mich dessen auch erkenntlich zeigen. Aber hier werden keine Scheiterhaufen brennen, wie sie es in Karn tun. Ihr seid auf mich zugekommen und habt mir Euer Angebot unterbreitet. Ich war bereit, die Krone zu tragen, nicht aber dazu, ein Vasall der Inquisition zu sein."

Der Bischof sah stehend auf ihn hinab. Schnaubte dann. „... *bereit, die Krone zu tragen*. Was glaubt Ihr denn, weshalb ich Euch damals aufsuchte? Ich wusste längst, wie Eure Antwort lauten würde. Dass Ihr alles dafür tun würdet, um diese Krone zu tragen, wie Ihr sagt."

Der Duke runzelte die Stirn.

„Glaubt Ihr, ich wusste nicht längst, dass Ihr es wart, der Euren Bruder damals vergiftet hat? Mein Einfluss war es, der verhinderte, dass unsere Schwestern ihn heilten, als er im Sterben lag. Und wäre dieser Druide nicht gewesen, Euer Plan wäre vielleicht sogar aufgegangen. Aber die Götter waren nunmal anderer Ansicht." Der Bischof hob die Hände zu einer hilflosen Geste. „Ich wusste, es konnte für Euch nur einen einzigen Grund geben, Euren Bruder zu vergiften. Ihr wolltet selbst König werden. Von da an hatte ich in Euch meinen Kandidaten gefunden. Als ich dann erfuhr, dass der Prinz krank war, wusste ich, der Moment, Norland wieder auf den rechten Weg zu führen, war gekommen. Ihr hattet das Hexenkind schon damals nur bei Euch aufgenommen, um es bei passender Gelegenheit loszuwerden. Ihr würdet es wieder tun, so es erforderlich war. Nur das andere Mädchen musste noch beseitigt werden…"

Der Duke brauchte, um zu verstehen, wen der Bischof meinte.

„Prinzessin Margareth… das wart Ihr?"

„Es fand sich jemand, der sich dem angenommen hat", sagte Eugenius vage.

„Und mein Bruder?"

Der Bischof schnaufte verächtlich.

„Nein, dort war unser Zutun nicht nötig, das hat er schon ganz alleine geschafft. Die Verdorbenheit seiner Seele zeigt sich in seinem Niedergang. Wir haben Euretwegen einiges an Mühen in Kauf genommen, also wagt es nicht, es so darzustellen, als seien wir die Bittsteller. Eure Gier nach der Krone hat uns erst hierher gebracht."

Der Duke brauchte kurz, diese ganzen Informationen zu verarbeiten, dann sagte er: „Es stimmt. Ich will König sein. Ein König zum Wohle Norlands. Ein starkes Norland will ich erschaffen, am liebsten mit einer einzigen starken Kirche, so wie es sein soll. Die Götter wissen, ich war der wahren Kirche immer treu. Jedoch Menschen ins Feuer zu schicken, allein für das, was sie glauben, will ich ebenfalls nicht."

„Um ihren Glauben geht es aber doch gerade! Glaube! So harmlos klingt das Wort. Aber das ist es nicht! Was sind die Menschen zu tun bereit, nur für ihren Glauben? Ich habe es gesehen! Zu sterben sind sie bereit und zu töten auch. Sie sind bereit, ihr Glück, ihr Leben, ihre Familie und alles, was sie haben, zu opfern, und wofür? Für etwas, das sie nie gesehen, nie erlebt haben. Der Glaube ist etwas Gefährliches, etwas unglaublich Gefährliches."

„Ist nicht jede Religion eine Art von Glaube?", wagte der Duke einzuwenden.

Eugenius bedachte den Duke mit einem Blick, der ihn bange machte. Dann schloss der Bischof seine Augen, hob das Kinn und holte Luft. Ein Klang ertönte, so durchdringend und rein, so mächtig und laut. Ein Gesang, aus nur einem Ton bestehend. Tisch und Stühle begannen zu wackeln, der Boden zu beben, Putz flog von der Decke. Alle Luft drückte es dem Duke aus der Lunge. Alle Kraft war ihm genommen, und klein und wehrlos fühlte er sich vor dieser endlosen Macht, die sich vor ihm auftat. Die ihn blendete, nicht die Augen blendete, sondern seinen Geist. Der Sang verklang irgendwann, und der Duke erwachte aus einer Trance und hätte nicht sagen können, wie lange es gedauert hatte.

„Ist das Glaube?", sagte Eugenius und trat mit erhobenem Haupt vor den Duke. „Glaube? Nein! Jave ist es, der mir diese Macht verleiht. Seine Stimme ist es, die aus meinen Lippen kommt. Er mag sich uns nicht zeigen und mag nicht mit uns sprechen, aber seine Macht und Güte zeigt er uns zu jeder Zeit. Jave ist da, wer könnte das bezweifeln? Selbst die Ketzer tun das nicht. Wie auch die anderen guten Götter da sind. Wie der Teufel da ist, oh ja, auch er. Und an sie zu glauben ist bei weitem nicht genug, sie zu verstehen, zu erkennen, was sie wollen, das ist unsere Aufgabe!" Eugenius begann wieder, durch den Raum zu schreiten. „Und was lehren die Ketzer stattdessen? Dass die Götter; Götter!" – er schrie das Wort beinah – „Untergeordnet seien. Dass es da diesen Einen gäbe, diesen fabelhaften und wunderbaren, den keiner je gesehen oder gespürt hat, der kein Geschlecht hat, nicht einmal einen Namen, und auf ihn alleine käme es an? Und das soll die Wahrheit sein?" Er schüttelte energisch den Kopf. „Welch Wahnsinn, seine Seele, seine unsterbliche Seele!, auf etwas zu setzen, an das man bloß glaubt, statt auf etwas, von dem man weiß, etwas, das man sieht und spürt.

Nein, nein, ich sage Euch, das größte Bubenstück des Teufels war es, eine Religion zu erfinden, bei der der Glaube allein die Erlösung brächte." Endlich setzte sich der Bischof wieder hin, lehnte sich zurück. „Es ist nicht, dass ich sie nicht verstehen könnte. Oh nein, ich verstehe sie nur zu gut. Wie angenehm, wenn alles, was man tun muss, ein bisschen glauben ist. Ein bisschen glauben und alles wird gut, aber so ist die Welt nun einmal nicht beschaffen. Ihr sagt, Ihr wollt die Menschen nicht auf den Scheiterhaufen bringen. Ihr wollt sie vor dem läuternden Feuer bewahren. Euer Gewissen treibt Euch an, und das ist löblich. Aber bedenkt, was schlimmer ist. Der kurzweilige Schmerz, und mag er auch schrecklich sein. Oder die ewige Verdammnis der Seele? Euer Vater hätte es verstanden."

Jakob der Brenner... ja, der hätte es verstanden. Er starrte in die fanatischen Augen seines Gegenübers, ein Mann des Guten Gottes, und es wurde ihm klamm um die Brust. Es war, als sehe er das Wesen dieses Mannes zum ersten Mal.

„Seid König, wie Ihr es Euch immer gewünscht habt. Regiert Euer weltliches Reich, ganz wie Ihr es für richtig haltet. Doch an uns ist es fortan, sich um die geistlichen Belange des Volkes zu kümmern. Die Ordnung wird wieder in Norland herrschen, zum Wohle aller. Ein neues Zeitalter erwartet uns und Ihr könnt Euch freuen, dass Ihr den Weg dazu bereitet habt."

~ 38. Kapitel ~

Die Rikscha hielt vor einer jener typischen weißen Fassaden, die die Häuser und Paläste von Highfair auszeichneten. Es war bei weitem nicht das größte und mit Abstand nicht das edelste unter den Gebäuden der Umgebung, aber für den Sohn eines gemeinen Händers war es aller Ehren wert. Breadhead faltete das Zeitungsflugblatt, das er gerade studiert hatte, zusammen, klemmte es unter die Achsel und sprang gewandt vom Wagen auf den Bordstein. Er warf Collin, seinem Fahrer, eine Münze zu, die der junge Mann geschickt auffing.

„Morgen zur selben Zeit!", rief Breadhead ihm zu, da hatte Collin die Rikscha schon angehoben und war losgelaufen.

Breadhead stieg die Treppen hoch zur Tür. Kurz wunderte er sich, weshalb Winston, sein Bursche, nicht bereits die Tür geöffnet hatte, wie er es sonst zu tun pflegte, doch als er den Schlüssel einsteckte und selbst aufmachte, war der Gedanke bereits verflogen. Er hängte Hut und Mantel an den Kleiderständer, warf das Flugblatt auf eine Kommode und begab sich in den großen Salon. Einige Schritte war er schon in den Raum gegangen, den Kopf wie gewohnt so voller Gedanken, dass ihm viel der Außenwelt entging, als ihm endlich doch die ungewohnte Dunkelheit auffiel. Er runzelte die Stirn. Die Vorhänge waren allesamt zugezogen, obzwar erst früher Abend war, dazu war der Kamin aus, alle Lampen erloschen und nicht eine Kerze brannte auf den zahlreichen Kerzenständern, wie sie es um diese Uhrzeit üblicherweise noch zuhauf taten. Er rief nach Winston, eine Antwort aber blieb aus. Da fiel sein Blick auf seinen Lesesessel in der Ecke des Raums. Seine Stirn krauste sich noch weiter. Waren dort die Umrisse einer Person zu erkennen? Er kniff die Augen zusammen und ging einen Schritt darauf zu.

So plötzlich wie der Griff, kam der Schmerz. Sein Arm wurde auf den Rücken gedreht, ein kräftiger Unterarm schlang sich um seinen Hals. Wer immer ihn gepackt hatte, er war um einiges größer als Breadhead und gewiss auch um einiges stärker. Reflexartig versuchte er, sich zu wehren, sobald aber sein Verstand einsetzte, gab er die Versuche auf. Der Griff wurde gelockert, dafür fühlte er jetzt ein Messer an seinem Hals, die scharfe Klinge drückte unangenehm gegen seine Haut. Sein Verstand raste. Hatte der Duke seine Rache so schnell zu Wege gebracht?

„Wer seid Ihr?", fragte er." Was wollt Ihr von mir?"

Einer Antwort statt, beförderte ihn der Riese in Richtung des Lesesessels und drückte Breadhead auf einen Schemel nieder.

„Was habt Ihr mit meinem Burschen gemacht?", fragte Breadhead. „Und was ist mit dem Rest von meinem Gesinde?" Er verfügte über keine große Dienerschaft, neben Winston nur noch Willma, seine Haushälterin, und Lisa, seine Kammerzofe, doch er schätzte alle drei und seine Sorge um sie war nicht gespielt.

„Es geht ihnen gut!", sagte eine Stimme vom Sessel her, eine junge, weibliche Stimme.

Er kannte sie, und doch glaubte er zuerst, sich getäuscht zu haben. *Das ist unmöglich!* Die Person erhob sich, ging zu den Vorhängen hinüber und zog das erste Paar auf. Das schwache Licht des frühen Abends erhellte ihr Gesicht. Sie war in einfache Kleidung gekleidet, Leinen und billigen Stoff, die Haare waren ungekämmt, das Gesicht ungeschminkt. Sie ging zu dem nächsten Paar Vorhänge, zog sie auf, kehrte dann zum Sessel zurück, drehte ihn frontal zu Breadhead und setzte sich ihm gegenüber.

„Kathryn…", sagte Breadhead. Kathryn Griffin saß vor ihm, keine Sekunde zweifelte er daran, dass sie es war, wenngleich er meinte, dass sich etwas an ihrem Aussehen verändert hätte. Der Ausdruck in ihrem Gesicht war es. Das Weiche und Unsichere, das Kindliche, das die alte Kathryn, wie er sie gekannt hatte, gleich einem Schleier umgeben hatte, war verschwunden, und seiner statt umgab sie nun eine finstere Härte. Immer schon hatte sie etwas Düsteres an sich gehabt, doch verborgen nur, und ihre Biographie bedenkend kaum verwunderlich. Nun aber stand es offen zu Tage. Ihn schauderte.

„Es hieß… Ich… Sie sagten, Ihr seid tot. Ich… ich war auf Eurer Beerdigung…“, stammelte er.

„Eine traurige Veranstaltung, nehme ich an.“

Breadhead wusste nicht, was er dazu erwidern sollte.

„Bei Gelegenheit sollte ich einmal mein Grab besuchen“, fügte Kathryn an.

„Ihr seid am Leben…“, stellte Breadhead fest. „Wie… wie ist das möglich?“

„Tja, das ist eine gute Frage. Wie ist es möglich, dass ich noch lebe, wo doch mein Onkel und Ihr alles daran gesetzt habt, dass dem nicht so ist?“

Kälte durchströmte ihn. Woher sollte sie das wissen? Für eine Sekunde fragt er sich, ob es ein Geist war, der hier vor ihm saß, ob er sich durch seine Taten mit den Göttern angelegt habe. Aber sie war kein Geist, sie war echt, soweit vertraute er seinen Sinnen.

„Ich weiß nicht, wovon Ihr redet“, sagte er.

Das „Lügt nicht!“, kam wie eine Peitschenschlag.

„Lügt nicht!“, wiederholte sie und beugte sich vor. Sie sah ihn an und ihre Augen kamen ihm auf einmal schwarz wie Pech vor. „Ich kenne die Wahrheit. Und ich merke, wenn Ihr lügt. Von nun an werdet Ihr die Wahrheit sagen, denn meine Zeit ist zu knapp bemessen, um mir Eure Lügen anzuhören. Und solltet Ihr Euch nicht daran halten, wird mein Freund Bortos hier, so wahr es der Götter vier sind, Euch etwas abschneiden, etwas, das Ihr sicher lieber behalten würdet. Haben wir uns verstanden?“

Er nickte zur Antwort. Ihr Blick schien ihn zu durchbohren, ja, geradewegs in ihn hineinzusehen. *Nein*, dachte Breadhead bei sich, *diese Frau war eine andere als das Mädchen, das er gekannt hatte.*

„Ihr habt mit meinem Onkel gemeinsame Sache gemacht, ich weiß es. Er hat Euch erzählt, dass er mich umbringen würde, um an die Krone zu gelangen. Und Ihr solltet ihm die nötigen Stimmen für seine Wahl besorgen, wofür er Euch den Grafenstand versprochen hat. Wie sagte der große Dichter noch gleich? *Bekleckert man sich nicht mit Ruhm, so doch zumindest mit Titeln.*“

Es klang nach ihm, und auch nach einer Anspielung, aber er war sich nicht sicher, wo er solches gesagt haben sollte.

„Meine Worte?“, fragte er.

„Ja. Ich wusste nur lange nicht, dass es Eure waren. Ich war sieben Jahre alt, als ich sie hörte.“

Das erste Treffen mit dem Duke! Breadhead erinnerte sich.

„So lange wisst Ihr bereits, was Euer Onkel mit Euch vorhatte?“, sagte Breadhead. „Und Ihr habt nie etwas gesagt?“

„Wem hätte ich es sagen können? Wer hätte einer Hexentochter schon geglaubt? Wen hätte mein Leben überhaupt gekümmert?“, fragte sie. „Hätte es Euch gekümmert?“

Er senkte den Kopf, schwieg eine Weile.

„Ich wollte Euch warnen“, sagte er dann.

In den eigenen Ohren klang Gesagtes so schwach und heuchlerisch, wie es sich im Inneren anfühlte.

„Damals, ja… als Ihr zu mir nach Steffordsgrave kamt. Aber Ihr habt es nicht getan…“

„Nein…“, sagte er. „Nein, das habe ich nicht.“ Nach einigem Zögern fuhr er fort. „Ich wusste nicht genau, wann es geschehen sollte. Ich war nicht… ich war nicht so sehr in seine Pläne involviert, wie Ihr vielleicht glaubt. Ich wusste, er plante etwas, doch weder wusste ich wann, noch in welcher Form es geschehen sollte.“

Sie sagte kein Wort, hörte nur zu.

„Als ich dann zu Euch kam und hörte, dass Ihr in den Hof umzieht, da… ich vermutete, dass es dort geschehen könnte. Am Hof wäre es zu spät, zu gefährlich gewesen. Doch ich war mir nicht sicher, versteht Ihr. Ich war mir nicht sicher, ob er es wirklich wagen würde. Es wäre seltsam gewesen, Euch zu warnen, ohne sicher zu sein.“

„Nun, es hat Euch bis zu uns aufs Land gelockt. Eure Ahnung war stark genug, die Fahrt auf sich zu nehmen, doch offensichtlich nicht stark genug, eine Warnung auszusprechen. Oder auch mit mir in jene Kutsche zu steigen, wie ich es Euch anbot.“

„Nein“, gab er zu.

„Und so ließt Ihr mich losfahren auf eine Fahrt, von der Ihr glaubtet, dass sie meine letzte wäre. Ihr ließt mich in den Tod fahren."

So ausgesprochen klang es schrecklich und es drängte Breadhead dazu, sich zu entschuldigen, doch gleichzeitig kam es ihm unpassend und lächerlich vor, dass es ihm letztendlich nicht über die Lippen ging.

„Ich will Euch nicht um Vergebung bitten. Ich habe sie wohl auch nicht verdient. Was ich Euch sagen kann, ist, dass ich es bereut habe, ehrlich bereut. Ich versuchte ihn aufzuhalten, Euren Onkel, später, meine ich… doch auch dazu hat mir wohl die Stärke gefehlt."

Wenn man mit Mammuts spielt, wird man früher oder später zerquetscht, hatte sein Vater einst zu ihm gesagt, erinnerte er sich plötzlich. Und sein jüngeres Ich hatte selbstbewusst erwidert; außer man ist selbst ein Mammut. Er setzte sich aufrecht hin. Vor seinen Richter muss man aufrecht treten, auch das hatte sein Vater ihn gelehrt.

„Warum seid Ihr hier?", fragte er.

„Um mich zu rächen", sagte sie prompt. „Zu rächen an all jenen, die mir das angetan haben. Aber auch um ein paar Fragen zu stellen. Wie Ihr diese Fragen beantwortet, entscheidet darüber, wie Ihr die nächsten Stunden zubringen werdet."

Er nickte als Zeichen, dass er verstanden habe.

„Was bin ich?", fragte Kathryn.

Kurz runzelte er die Stirn, ob der Banalität der Frage, sogleich aber verstand er und vertiefte sich in seine Gedanken. Nach einer Weile antwortete er: „Ihr seid die Königin!"

„Ist das so?"

„Ja. Eigentlich seid Ihr die Königin."

„Eigentlich?", hakte Kathryn nach.

„Ich verstehe, was Eure Sorge ist. Dem Rechte nach… nun, da seid Ihr in dem Moment, als Euer Bruder starb, Königin geworden. Die Königswürde ging auf Euch über. Eine Krönung wäre nur ein formeller Akt, dies zu bestätigen. Ihr seid die Königin! Aber ja…

was ist dann er? Er wurde gewählt; offiziell gewählt zum König. Einen solchen Fall gab es freilich noch nie.“

„Morgen ist die Krönung. Was, wenn er gekrönt ist?“

„Ich weiß es nicht, Majestät. Eigentlich sollte sich selbst dann daran nichts ändern, denn der ganze Akt ist unrechtens, schließlich gibt es ja Euch. Allerdings…“

„Was?“

„Nun, es ist nicht direkt abgedeckt. Im juristischen Sinne, meine ich. Am Ende steht allein die Frage, ob es akzeptiert wird. Das Parlament hat ihn gewählt und wird ihm die Krone aufsetzen. Dann ist er König. Ich…“ Er schüttelte den Kopf. „Ihr solltet es besser nicht dazu kommen lassen.“

„Was wird geschehen, wenn ich an den Hof gehe?“

Breadhead braucht nicht lange zu überlegen, und mit der Erkenntnis verstand er ihr ganzes Dilemma.

„Er wird Euch töten lassen.“

Sie nickte.

„Das denke ich auch.“

„Ihr müsst Euch Verbündete suchen“, meinte Breadhead. „Ihr braucht jemanden, der Euch schützt. Einen Adligen. Jemanden mit Macht und Einfluss.“

Townsend kam ihm in den Sinn, doch der Kanzler entstammte einem kleinen Haus und hinter dem Duke stand nun die ganze Macht der Krone. Der alte Lionar vielleicht?

„Ich kenne niemanden wirklich und vertrauen tue ich keinem. Es war schlau von meinem Onkel, mich von Hof und Gesellschaft fernzuhalten. Und die Krönung ist bereits in zwei Tagen, Zeit verbleibt also auch keine. Wer ist mächtig genug, und auch willens, für mich jetzt noch den Kampf zu führen? Und wer vermag es, mich zuverlässig zu schützen?“, fragte sie. Die Frage schien so sehr an sie selbst gerichtet wie an Breadhead.

Ganz gleich, wen sie wählte, dachte Breadhead bei sich, der Duke würde alle seine Macht einsetzen, um sie aus dem Weg zu schaffen, denn es blieb ihm schlicht keine andere Wahl. Wer war mächtig genug, sie davor zu schützen?

Eine Weile verblieb er still, dachte nach, derweil sie ihn beobachtete. Da war etwas! In den hinteren Windungen seines Geistes regte es sich; eine Idee. Schön war sie und gewagt und in seinem Kopf ergab sich plötzlich ein wunderbares Bild.

„Ihr könntet auch einen anderen Weg gehen“, sagte er sinnierend.

„Und welchen?“, fragte sie.

Als er geendet hatte, lächelte sie ihn an.

„Das gefällt mir“, sagte sie. „Ja, ich denke, es wäre den Versuch wert. Dann wäre es zumindest schnell entschieden. Ich danke Euch, Breadhead.“

Mit einem Kopfnicken machte sie dem Mann hinter ihm ein Zeichen. Breadhead wandte den Kopf, sah zu einem riesigen Mann auf, dem eine frische, schlimm aussehende Narbe über das Gesicht verlief. Dieser zog eine Klinge.

„Wartet“, stöhnte Breadhead. „Ich könnte Euch helfen. Mit mir zusammen wird es viel einfacher gehen. Ich habe einen Fehler begangen, das gebe ich zu, aber ich kann Euch helfen, ich kann Euer Mann sein.“

Sie sah ihm nachdenklich in die Augen.

„Dann beantwortet mir noch eine letzte Frage.“

Er nickte und seine Gedanken überschlugen sich, was für eine Frage das sein könne.

„Warum habt Ihr es getan?“

Er ging in sich, dachte nach. Schließlich lächelte er ein trauriges Lächeln.

„Ich bin ein Politiker“, antwortete er.

Da lehnte Kathryn sich vor, sah ihn eigentümlich an und erwiderte: „Aber das bin ich doch auch…“

~

Colette nestelte nervös an ihrem kleinen Täschchen herum. Der Mann ihr gegenüber hatte ein Gesicht wie aus Stein gemeißelt.

Allerdings musste der Bildhauer nicht besonders fähig gewesen sein. Seit sie in die schöne Kutsche gestiegen war, hatte er kein Wort mehr gesprochen, und seine Antworten auf ihre Fragen waren immer dasselbe „Das weiß ich nicht, Mylady!“ gewesen. Und nun war die schöne, grüne Landschaft dem backsteinfarbenen Häusermeer Lidiums gewichen und immer noch wusste sie nicht, was genau sie hier sollte.

Zweihundertfünfzig Kronen, um jemanden einzukleiden? Und warum gerade sie? Wer kannte sie schon in Lidium? Und warum sollte sie weder Stoff noch anderes Utensil mitnehmen? Das alles erschien ihr äußerst merkwürdig.

Sie hatte überlegt, ob es sich womöglich um einen Trick handle, um sie zu entführen. Und sogleich hatte ihr Geist begonnen, sich die abenteuerlichsten Geschichten dazu auszudenken, wie er es immer zu tun pflege. So träumte sie, wie sie in einen hohen Turm oder ein tiefes Verlies eingesperrt werden würde, für Wochen und Jahre vielleicht, und wie sie sich daraus befreien müsse, indem sie sich selbst Seile herstellte, um sich die Fenster hinabzulassen, oder mit einer selbstgebastelten Feile Gitterstäbe durchsägen müsse, was, ihrer Schätzung nach, Monate dauern könnte. Dann wieder träumte sie, wie sie ihren Wärter bezirzte, wie sie ihn gar verführte und sie gemeinsam die Flucht ergriffen und vor ihren gemeinen Häschern entkamen, die sich als mächtige Bande von Adligen entpuppten, die mit ihrer Entführung einen perfiden und schrecklichen Plan verfolgten, doch wie dieser genau aussähe und warum gerade sie dazu vonnöten sei, wollte ihr leider nicht so recht einfallen. Lange hielt sie sich damit allerdings nicht auf, und schon schwebte ihr eine andere Lösung vor. Ja, Harrison wäre es, der sie befreien müsse, der sie niemals aufgeben würde und alles in seiner Macht Stehende tun würde, um sie zu befreien, ganz gleich, wie lange es auch dauere. Heldenhaft würde er in die Burg des adligen Strippenziehers eindringen, den Degen in der Hand, und sie aus den Klauen jener üblen Schurken befreien.

In solcherlei Abenteuer vertieft, war die lange Reise bis Lidium recht zügig vergangen, und nur selten hatte sie sich von den störenden Einwänden der Logik unterbrechen lassen, die ihr sagten, dass kein Entführer eine solch edle Kutsche geschickt haben würde und wohl auch keiner das horrende Honorar im Voraus würde übergeben haben.

Das Ankommen in der Hauptstadt hatte ihren fantasievollen Überlegungen allerdings ein Ende bereitet, und praktischere Erwägungen beschäftigten nun ihren wachen Geist. Sollte sie ihren Aufenthalt nutzen, um Mutter und Vater zu besuchen? Vater war zur Krönung gereist als Mitglied des Parlaments, und Mutter hatte ihn begleitet. So aufgeregt hatte sie Mutter lange nicht mehr erlebt. Das Haus Arlington sei wieder vom Aufstieg begriffen, hatte sie neulich erst verkündet. Der künftige König sei ihnen gewogen, würde sie als Freunde bezeichnen, und Vater sei im Parlament bestens aufgenommen worden. Vielleicht würden sie bald an den Hof geladen werden. Colette mochte dieses Gerede nicht. Sie mochte den Duke nicht. Den künftigen König, dachte sie bitter.

Harsch war er zu ihr gewesen und unfreundlich, als sie ihn nach Kathryn gefragt hatte. Er hatte sich seltsam verhalten für einen Menschen, dem ein geliebter Mensch entführt worden war. Und zu gut erinnerte sich Colette an die Dinge, die Kathryn ihr über ihn erzählt hatte. Sie hatte ihm nie vertraut, und auch wenn sie Colette nie genau gesagt hatte, weswegen sie ihm so misstraute, spürte Colette, dass es einen triftigen Grund gegeben haben musste. Sie vermisste ihre Freundin.

Sie vermisste ihr Gesicht und ihre Stimme, vor allem aber vermisste sie es, mit ihr zu reden. Mit niemandem hatte sie reden können wie mit Kathryn, mit niemandem so ehrlich. Kathryn würde sie verstanden haben, dachte Colette, auch jetzt. Die Harrison-Sache; sie würde sie verstanden haben, wenn es auch sonst keiner verstand.

Er hatte bei ihr aufgewartet, Harrison, der Earl of Wallshire. Sie hatten Tee getrunken, waren spazieren gegangen, hatten geredet und hatten gelacht, und alles war eigentlich ganz wundervoll. Immer wieder war er sie besuchen gekommen seither, und schließlich war es geschehen und er hatte bei Vater um ihre Hand angehalten.

Und alle waren sie so glücklich und begeistert und voller Freude, und sie allein schien davon nichts zu verspüren. Sie mochte ihn. Wie auch nicht? Mit seinen schönen Haselnussaugen und den lockigen Haaren und dem Grübchenkinn.

Aber er hatte gelacht… und es wollte ihr einfach nicht aus dem Kopf gehen. Sie hatte ihm ihre Kleider gezeigt, ihre Arbeit, und da hatte er gelacht, sie bei den Händen genommen und gemeint, wenn sie seine Frau wäre, würden andere für sie die Kleider nähen.

Die Kutsche kam zum Stehen.

„Wir sind da, Mylady", verkündete ihr Weggefährte das Offensichtliche.

Er half ihr aus der Kutsche und geleitete sie hinauf zum Eingang eines Hauses. Noch bevor er den Türklopfer betätigen konnte, schwang die Tür auf und ein junger Diener nahm sie in Empfang. Er führte Colette durch einen Flur in einen Salon, wo ein Mann mit auffälliger, roter Schleife stand, den Colette von der Beerdigung der Duchess her kannte.

„Mylady Arlington!", grüßte er sie. „Mein Name ist Oliver Steward, schön, dass Ihr da seid und schön, dass Ihr Euch bereit erklärt habt, den Auftrag anzunehmen."

„Mister Steward, wir kennen uns von Steffordsgrave, wie ich mich erinnere. Ich danke Euch, auch wenn ich gestehen muss, dass ich keine Ahnung habe, worin denn mein Auftrag bestehen soll."

„Oh das… das wird Euch die Dame am besten selbst erklären. Zuerst muss ich sie allerdings warnen. Ich fürchte, wenn sie…"

In diesem Moment hatten Colettes umherhuschende Augen hinter sich geblickt und waren bei der Person hängen geblieben, die gerade den Salon betrat. Ihre Beine wurden weich und gaben nach. Männliche Arme hielten sie und sorgten dafür, dass sie weich auf dem Boden landete. Eine andere Edeldame wäre vielleicht ohnmächtig geworden. Colette hörte, dass ein Mann irgendetwas sagte, doch die Worte drangen nicht bis zu ihrem Verstand durch. Sie starrte nur die Frau vor ihr an. Diese war in die Knie gegangen und lächelte Colette an, blieb aber auf Distanz, als fürchte sie, Colette zu sehr zu erschrecken.

„Bist du es wirklich?“, fragte Colette.

„Ja!“, antwortete Kathryn. „Ich bin kein Geist.“

„Aber… aber ich war…“

„Auf meiner Beerdigung?“, beendete Kathryn den Satz für sie. „Ja, ich weiß. Ich selbst fand leider keine Zeit, daran teilzunehmen.“

Es ist Kathryn!, dachte Colette und warum sie plötzlich weinte, wusste sie nicht. Da war sie bei ihr. Als müsse sich Colette noch einmal vergewissern, berührte sie Kathryns Gesicht. Dann fiel sie ihr um den Hals und beide Damen knieten auf dem Boden, die Arme um ihre Hälse geschlungen.

Als sie endlich voneinander abließen, fragte Colette: „Wie ist das alles möglich? Was ist dir passiert?“

„Später“, sagte Kathryn. „Später wird für alle deine Fragen Platz sein, und es wird mir eine Freude sein, dir alles zu erzählen, so ausgiebig, wie du nur willst. Aber zuerst musst du etwas für mich tun, denn wir haben nicht viel Zeit. Es steht schon alles bereit. Ich muss etwas erledigen, verstehst du, und dazu brauche ich deine Hilfe.“

„Meine Hilfe?“, wunderte sich Colette.

„Ja! Ich will, dass du mich einkleidest. Vollständig. Du musst nicht schneidern oder so, dazu bleibt keine Zeit, aber ich will, dass du alles aussuchst und zusammenstellst. Du musst mich sozusagen verkleiden?“

Colette hatte keine Vorstellung, was ihre Freundin von ihr wollte, aber sie war so dankbar, sie vor sich zu sehen, dass sie in diesem Moment alles für sie getan hätte.

„Und wie willst du aussehen?“, fragte sie und Kathryn antwortete: „Wie eine Königin.“

~

„Seid Ihr bereit?“, fragte Breadhead.

Bin ich das?, fragte Kathryn sich selbst. Ihre Brust war zugeschnürt und es lag nicht nur an dem engen Mieder, das sie unter mehreren Schichten Stoffes trug. Vor dem Parlament waren tausende Menschen gewesen, Massen, wie sie Kathryn noch niemals zu Augen gekommen waren, halb Lidium musste auf den Beinen sein, um sich das Spektakel anzusehen. Halb? Ganz Lidium! Die Freude über die gewonnene Schlacht und die Königswahl hatten die Einwohner auf die Straßen getrieben, und es wurde gefeiert und gejubelt, und die halbe Nacht waren die Siegesrufe auf Norland zu hören gewesen.

Mit der riesigen Schreiterkutsche, die Breadhead organisiert hatte, waren sie kaum durch die Menschenmassen gekommen, doch schließlich hatten sie es geschafft und standen nun vor den Eingangspforten des Parlaments, in welchem sich gleich Kathryns Schicksal entscheiden würde. Der Beginn der Krönungszeremonie stand kurz bevor.

Weder Ort noch Augenblick waren leichtfertig gewählt. Als ausländischer Ehrengast hatte Breadhead sie angekündigt und erst unmittelbar vor dem Beginn sollte sie eintreten, damit der Duke nicht gewarnt werden konnte und keine Möglichkeit mehr fand, ihren Auftritt zu verhindern. Und nun nahte der Moment und vor der dünnen Tür der Kutsche lauerten, wie Kathryn bewusst war, all jene Menschen, vor denen sie sich ihr ganzes Leben lang gefürchtete hatte. Dort waren der gesamte Hof und das gesamte Parlament versammelt, beinahe jeder Norländer von Macht und Stand, und sobald sie die Kutsche verlassen würde, wären tausende von Augen allein auf sie gerichtet und kein Zurück würde es mehr geben. Ihr wurde schlecht.

Sie hielt sich die Hand vor den Mund. Kurz meinte sie, sich übergeben zu müssen. Da spürte sie Breadheads Hand auf ihrem Knie. Ihr gegenüber saß er, denn ihr Kleid war so gewaltig, dass sie die ganze Sitzbank der Kutsche damit ausfüllte und den Großteil des Platzes zwischen ihnen auch. Er musste eine Weile nach ihrem Knie getastet haben.

„Es ist in Ordnung“, sagte er einfühlsam. „Das ist normal.“

„Seid Ihr sicher?“, fragte Kathryn gequält.

„Ja, allerdings“, antwortete er und sie sah die Ehrlichkeit in seinen Augen.

Er reichte ihr eine metallene, flache Flasche.

„Trinkt!“

Sie nahm einen Schluck und wunderte sich, dass es nur Wasser war.

„Sobald die Sache losgeht, wird alles wie von alleine geschehen, vertraut mir. Der erste Moment ist immer der schwerste, dann wird es leichter. Ihr schafft das! Ihr seid stark!“ Er schenkte ihr ein zuversichtliches Lächeln. „Also, seid Ihr bereit?“

Tausend Dinge gingen ihr durch den Kopf, machten sie ganz wirr und durcheinander, lähmende Angst lastete wie Blei auf ihrem ganzen Körper, alles schien ihr mit einem Mal absurd und unmöglich, und plötzlich fragte sie sich: *Was zum Teufel tue ich hier?*

„Bereit!“, sagte sie.

Ihre Brust war durchgedrückt, ihr Gang aufrecht und ihr Kopf schaute strikt geradeaus, und die vielen Augenpaare, die sie auf Schritt und Tritt verfolgten, blendete sie aus. Sie ging gerade auf die große Eingangstür zu, mittig durch den Gang laufend, flankiert von Breadhead. Ihr Kleid, obzwar es aus mehreren Schichten Stoff bestand, fühlte sich im Tragen erstaunlich leicht und angenehm an, nur das enge Mieder störte. Breadhead hatte keine Kosten gescheut. Wie hatte er gesagt? „Setzt man sein Leben auf eine einzige Karte, hat es keinen Zweck, Reserven aufzusparen.“

Die berühmtesten Kleidermacher Lidiums hatte er kommen lassen, die bekanntesten Friseure und Schuh- und Schmuckmacher, und Colette hatte das ihre getan, hatte dieses verworfen und jenes kombiniert, und unter den mürrischen Gesichtern der Männer war ein wunderbares Ganzes entstanden. Aus grüner Seide und Goldfaser bestand das Kleid, mit eingewebten Perlen und mit Samt gepolstert. Ein teils durchsichtiger Kragen umspannte Hals und Kopf wie ein Fächer, eine goldene Kette mit Edelsteinen schmückte ihr Dekoltee und auf ihren hochgesteckten Haaren lag ein Diadem. Hätte es je eine Königin gegeben, nicht königlicher hätte sie aussehen können.

Eine kleine Gruppe von Männern stand vor der Eingangstür und hatte sie noch nicht bemerkt. Jetzt drehte sich einer der Männer um, entdeckte Kathryn und sein frettchenhaftes Gesicht durchlief alle möglichen Phasen der Überraschung. Er hatte sie sofort erkannt. Auch die anderen Männer wandten sich nun Kathryn zu. Da blieb sie unvermittelt stehen, schaute Baron Arlington in die Augen und wartete. Sie sah, wie die Gedanken in ihm wirbelten und da verfiel sie in die Sicht und drang in ihn ein. Sie war noch unvertraut mit ihren neuen Fähigkeiten und wenig Zeit zu üben hatte sie bisher gehabt, doch ihr Instinkt leitete sie. In ihm war sie, in seinem Geist, sah sein wahres Wesen, unverfälscht und rein, und sie lauschte dem Wirrwarr seiner Gedanken, seiner Erwägungen, als seien sie in ihrem eigenen Kopf. Und dann lenkte sie sie, wies ihnen den Weg, bis sie dort waren, wo sie sie haben wollte. Nur Bruchteile von Sekunden waren vergangen, als sie wieder bei sich war.

„Eure Majestät!“, stotterte der Baron. „Ich… es ist schön, Euch wohlauf zu sehen.“

Seine Verneigung war tief, wie es sich für einen Edelmann gehörte. Die anderen Edelmänner beobachteten die Szene verwundert. Dann verneigte sich auch der Erste von ihnen, murmelte ein „Eure Majestät!“ und bald darauf folgten auch die Übrigen seinem Beispiel. Kathryn neigte den Kopf ein wenig, dann lief sie zu Breadhead, der dem Ganzen aufmerksam gefolgt war.

„Nun, das ist immerhin ein Anfang, würde ich sagen“, sagte er.

Sie stellte sich vor die Tür zur Kammer der Lords, wohinter sich gleich alles entscheiden würde. Breadhead reichte ihr noch einmal das Fläschchen mit Wasser.

„Trinkt einen Schluck, aber behaltet das Wasser im Mund. Euer Hals wird gleich ganz ausgetrocknet sein. Schluckt erst, wenn Ihr zu sprechen bereit seid, das wird Euch helfen.“ Sie tat wie geheißen und reichte ihm das Fläschchen zurück.

„Na dann wollen wir den Spaß mal beginnen lassen“, sagte Breadhead und öffnete die Tür.

Ihr gegenüber stand der Thron. Siebenundzwanzig Stufen hoch, über allem thronend. Sie lief die flache Treppe hinab, zwischen den vielen Bänken genau darauf zu.

Das Parlament war wie ein großes Theater aufgebaut, und halbmondförmig waren die Sitze der Lords auf eine breite Bühne ausgerichtet, auf welcher normalerweise ein Sprechpult stand, der heute allerdings, der Krönung wegen, nicht zu finden war. Dahinter versetzt befanden sich die Sitze des Kronrates und der obersten Richter, und auf einer weiteren Erhöhung saßen zuletzt der Erzkanzler und der Lord Sprecher. Durch ihre Mitte führten die Stufen hinauf zu jenem Sitz, den sie heute erklimmen wollte.

Aus den Augenwinkeln sah sie, wie auf den Bänken und Sitzen der Lords Bewegung entstand, Männer die Reihen entlangliefen, aufgeregt gestikulierten und auf sie deuteten. Laut war es gewesen, als sie eingetreten war. Hunderte männliche Stimmen hatten miteinander um Aufmerksamkeit gerungen, ausgelassen und heiter. Mit jedem Schritt, den Kathryn nun tat, jeder Stufe, die sie hinter sich ließ, veränderte sich die Stimmung im Raum. Stille breitete sich gleich einer Welle aus und die vormals heiteren Mienen schauten nunmehr aufgeregt und irritiert.

Sie hatte den halben Weg hinab zurückgelegt, da erblickte sie ihn. Den Duke. Seitlich und mit dem Rücken zu ihr, den schweren königlichen Mantel über die Schultern geworfen. In ein Gespräch vertieft, hatte er sie noch nicht gesehen. Sie zwang sich, schnell wieder wegzusehen.

Breadhead und sie erreichten die vordersten Reihen und standen vor der Bühne. Der Kanzler wurde ihrer gewahr und sprach Breadhead an.

„Mister Steward! Es ist wahrlich die falsche Zeit für eine Ansprache von Euch“, sagte er. „Und wer…“ Weiter kam er nicht.

Es wäre keiner Gabe nötig gewesen, sein Erkennen zu bemerken. Sein Mund war offen geblieben, seine Augen geweitet vor Überraschung.

Wie sie es von vornherein abgesprochen hatten, betraten Breadhead und Kathryn nun die Bühne, und als sie sich zum Publikum drehten, waren aller Lärm und jede Bewegung verklungen. Alle Augen und alle Aufmerksamkeit waren allein auf sie gerichtet.

Auch der Duke schaute. Bewusst hatte Kathryn ihn ausgeblendet, kaum, dass sie ihn entdeckt hatte, hatte sich nur auf ihr Ziel und auf ihr Gehen konzentriert. Jetzt aber wandte sie sich ihm zu, schaute ihm in die Augen und er sah zurück. Sie ging einige Schritte auf ihn zu. Von oben herab sah sie auf ihn nieder, und wie von selbst verfiel sie in die Sicht, drang in ihn ein.

Und da lag er vor ihr, der freie Geist des Dukes, seine Seele, und seltsam vertraut war ihr, was sie erblickte. So viel sah sie, so viel... sah Schock und Unglauben, sah Angst und Zorn, aber auch andere Gefühle, versteckt im Hintergrund, erkannte Kathryn sie, sah die Trauer und fühlte die Scham, die ihn durchdrangen, und noch weiter dahinter, verborgen und klein, etwas, dass sich beinahe wie Erleichterung anfühlte. Sie hatte ihn lähmen wollen, ihn in Starre versetzen, wie es ihre neuen Fähigkeiten ihr ermöglichten, doch jetzt verstand sie, dass es gar nicht nötig war. Als sie wieder bei sich war, hörte sie, wie Breadhead zu sprechen begann.

„Verehrte Lords, verehrte Mitglieder des Parlaments, ich bin hier, um Ihnen zu sagen, dass diese Krönung unrechtens ist! Die Krone Norlands kann nicht vergeben werden, denn sie ist es bereits. Dies hier, verehrte Lords, ist niemand anderes als Kathryn Griffin, Tochter Jakob Griffins dem Achten, Tochter von Mary Boylin, und, nach dem Gesetz von Land und Göttern, rechtmäßige Königin von Norland."

Gemurmel brandete auf, Köpfe wurden geschüttelt, Oberkörper beugten sich zu ihren Sitznachbarn und flüsterten sich Dinge zu.

„Es hieß, sie sei tot", rief es von einer Seite her.

„Wie kann es sein? Sie wurde beerdigt", vernahm sich eine andere Stimme.

„Woher wissen wir, dass es kein Schwindel ist? Dass sie die echte ist?"

Letztere Frage griff Breadhead auf.

„Ob sie die echte Kathryn Griffin ist, fragt ihr? Darüber können allein in diesem Raum Unzählige Zeugnis liefern. Doch wollen Sie die Wahrheit wissen, brauchen Sie nur einen Blick in das Gesicht des Dukes von Fargold zu werfen, und sie haben die Antwort!"

Etliche Köpfe drehten sich zum Duke. Immer noch reglos stand dieser da, offenen Mundes, und es war, als wische der Ausdruck in seinem Gesicht jeglichen Zweifel beiseite.

Da nickte Breadhead Kathryn zu, als Zeichen, dass nun sie an der Reihe wäre. Sie schluckte das Wasser in ihrem Mund herunter, hob die Arme, bis wieder Ruhe einkehrte.

„Mylords, ihr bin hier, um Sie über ein Komplott zu unterrichten. Ein Komplott, das nicht weniger zum Ziel hatte als die Krone Norlands." Die ersten Worte waren ihr noch schwer und widerwillig über die Lippen gegangen, doch mit jedem weiteren, das sie sprach, wurde ihre Stimme fester. „Mein eigener Onkel, der Duke von Fargold, hat versucht, mir das Leben zu nehmen. Zusammen mit dem Hauptmann Daniel Grimmton, dem Earl von Ristol, ließ er meine Kutsche von einer Gruppe Söldner überfallen, die sich als Sippaner ausgaben. Doch ich konnte entkommen. Seit diesem Tag haben mich seine Häscher quer durch das Land gejagt und mehrmals musste ich um mein Leben fürchten. In dem Bestreben, dass niemand nach mit suchen lasse, präsentierte er dem Hof und der Welt eine falsche Leiche. Dies alles geschah mit keinem anderen Ziel, als sich die Krone Norlands anzueignen, und beinahe wäre es ihm auch geglückt. Wer weiß, welcher Verbrechen er sich noch schuldig gemacht hat?" Sie wandte sich an Townsend. „Lord Kanzler, Mylord Townsend! Könnt Ihr bezeugen, dass ich Kathryn Griffin bin, als die ich mich ausgebe? Tochter des Jakob und der Boylin."

Der Erzkanzler erhob sich.

„Ja! Ich bezeuge, dass Ihr Kathryn Griffin seid!"

„Und bin ich, dem Rechte dieses Landes nach und dem Gesetz der Götter, die Thronfolgerin meines Bruders gewesen und somit Königin von Norland?"

„Das seid Ihr, Eure Majestät", sprach er und verbeugte sich daraufhin tief.

„Dann Lord Sprecher, Mylord Cunningham, befehle ich, lassen Sie meinen Onkel festnehmen!"

Auf ein Zeichen des Lord Sprechers ergriffen einige Wachen den Duke. Er hätte sich verteidigen können, etwas sagen können, fast hoffte sie, er würde irgendetwas tun, doch er ließ alles stumm mit sich geschehen und sah sie dabei einfach nur an. Der königliche Umhang wurde ihm von den Schultern gerissen.

„Er soll in den Krähenturm gebracht werden und eine Untersuchung wird klären, wessen er sich schuldig gemacht hat und was noch alles im Dunklen liegt“, befahl Kathryn.

Mit einem Nicken bestätigte der Lord Sprecher den Befehl und der Duke wurde abgeführt. Ein letztes Mal kreuzten sich ihre Blicke, dann war er fort. Mit dem Zufallen der Türen hinter dem Duke legte sich erneute Stille über den vollen Parlamentssaal. Mit Spannung warteten die Lords, was als nächstes geschehen würde, denn jedes Protokoll war verloren und keiner schien zu wissen, wie sich zu verhalten.

Kathryn stand auf ihrer Bühne und während ihr Herz vormals zu zerspringen gedroht, ihre Nerven geglüht, ihre Hände gezittert hatten, war sie nun in einen Zustand eigentümlicher Ruhe verfallen. Mit durchgedrückter Brust stand sie da, vor all diesen Männern, die sie aus hunderten Augenpaaren anblickten, und sie spürte deren Unsicherheit, spürte eine leise Angst. Ehrfurcht lag in ihren Augen. Und sie labte sich daran, denn mächtig ließ es sie sich fühlen.

„Mylords“, sprach sie und ihre Stimme war nun stark und kraftvoll. „Ich verstehe, dass Sie viele Fragen haben und vieles noch geklärt werden muss. Doch ich versichere, dass alle Fragen beantwortet werden, alles, was im Dunkeln liegt, soll zu Tage gefördert werden, und jeder, der an diesem schändlichen Verbrechen beteiligt war, wird zur Rechenschaft gezogen werden. Jetzt aber ist es an der Zeit, dass ich den Platz einnehme, der mir zusteht.“

Kathryn drehte sich um und ging auf die langen Stufen des Parlamentsthrons zu.

Sie schritt vorbei am Pult des Lord Kanzlers, am Pult des Lord Sprechers, die sich beide tief verbeugten, schritt hinauf, eine Stufe nach der anderen, siebenundzwanzig an der Zahl. Sie lauschte, wartete auf einen Einwand, dass jemand sie aufhalte, doch nichts dergleichen geschah, bis sie endlich oben angekommen war. Vor dem Thron drehte sie sich um. Greifbar war die Stille, die herrschte.

Kathryn sagte laut, dass es im stillen Saal widerhallte: „Mylord Kanzler! Wie ich hörte, sind alle Vorbereitungen für eine Krönung getroffen worden."

Townsend verneigte sich und antwortete: „So ist es, Majestät."

„Dann lasst uns die Mühen nicht umsonst gewesen sein!"

Und sie setzte sich auf ihren Thron.

~ Epilog ~

Die Stufen hinab zu den Verließen waren glatt und rutschig. Der Krähenturm. Der Name passte so wenig zu dem Gebäude wie ihr farbenfrohes Kleid an diesen trostlosen Ort. Es war kein Turm, es war eine Festung, eine Festung, die ein Gefängnis war. Und die Gefangenen wurden auch nicht in eine luftige Zelle in irgendeinem Turmzimmer gesteckt, sondern tief unter der Erde in den Katakomben wurden sie eingesperrt, in kleine, feuchte Zellen, deren Wände schwitzten, denn sie lagen noch unterhalb des Wasserstandes der Tumber. Nur einen Abstieg gab es und kein Entkommen. Dort unten in der Tiefe waren die Gefangenen weggesperrt, bis der Henker sie erwartete oder, was vielleicht noch schlimmer war, bis ihr Leben von selbst ein Ende fand. Auch ihre Mutter war dort gewesen. Eingesperrt in eine dieser grauen Zellen. Kathryn wusste nicht, in welcher. Sie hatten sie sie damals nicht besuchen lassen, so sehr sie auch darum gebettelt hatte. Kurz überlegte Kathryn, den Kerkermeister zu fragen, welche Zelle es gewesen sei. Entschied sich dann aber dagegen.

„Wir sind da, Eure Majestät", sagte der Kerkermeister.

Ihre beiden Rüden knurrten und fletschten die Zähne. Sie mochten andere Menschen nicht, vor allem Männer.

„Macht auf!", befahl Kathryn.

Quietschend drehte der Kerkermeister den Schlüssel im Schloss und öffnete die dicke Holztür. Finsternis wartete dahinter.

„Wir werden Licht brauchen", sagte Kathryn, und eine Wache nahm zwei Fackeln von den Wandhalterungen und brachte sie in den Raum. Eine andere Wache schleppte einen kleinen Tisch heran, stellte ihn in die Mitte des Raumes, um dann noch zwei Stühle zu holen. Im fahlen Licht der Fackeln entdeckte sie die Gestalt, die in einer Ecke kauerte. Die Gestalt erhob sich, ging zum Tisch und ließ sich auf einem Stuhl nieder.

Als die letzte Wache den Raum verließ, schnappte einer ihrer Rüden nach ihm. Kathryn schlug dem Hund auf die Schnauze, dass er wimmerte und sich mit eingezogenem Schwanz zu ihren Füßen legte. Sie musste streng mit ihnen sein.

Sie reichte die Leinen der Hunde ihrer neuen Zofe. Sie hatte Cara in der Nähe von Berga ausfindig machen lassen. Wie sich herausstellte, war Cora nicht die Einzige gewesen, die der Schwertsänger getötet hatte, auch Ramos und der einbeinige Thomas waren ihm zu Opfer gefallen. Isabella hatte das Coras übernommen und obgleich Kathryn ihr und den anderen Geschwistern ebenfalls angeboten hatte, ihr Glück in Norland zu versuchen, war nur Cara es gewesen, die zu ihr an den Hof gereist war. Die ehemalige Dirne nahm die Leinen und nickte Kathryn aufmunternd zu.

„Seid Ihr sicher, dass Ihr alleine mit ihm sprechen wollt, Eure Majestät?“, fragte der Kerkermeister.

„Das bin ich!“, erwiderte Kathryn.

Sie betrat die Zelle. Mit einem Quietschen fiel hinter ihr die Tür ins Schloss.

„Mylady Kathryn“, begrüßte sie der Duke. „Oder vielmehr, Eure Majestät, sollte ich dich jetzt wohl nennen.“

„Hallo, Onkel“, sagte Kathryn.

Sie ging zum Tisch und nahm Platz.

„Ich habe Euch etwas mitgebracht.“

Sie stellte den Korb, den sie dabeihatte, auf den Tisch, holte zuerst ein ledernes Päckchen daraus hervor und schob es dem Duke hin. Er entpackte es, und eine Pfeife und ein Beutel Kraut kamen zum Vorschein. Er lächelte.

„Ich hoffe, das Kraut ist nach Eurem Geschmack“, sagte sie.

Der Duke stopfte sich die Pfeife, derweil Kathryn mit einer Kerze, die sie dem Korb entnahm, zu einer Fackel ging. Sie brachte ihm die Kerze und er entzündete sich die Pfeife. Tief sog er ein. Nickte dann.

„Ja, das ist nach meinem Geschmack“, sagte er und blies genüsslich aus.

Kathryn holte eine Flasche Wein aus dem Korb. Dunkler, schwerer Wein aus Barbon, von so tiefem Rot, dass er im Fackellicht schwarz wirkte. Aris würde er geschmeckt haben.

Sie goss ihn in zwei Becher, ihre letzten Mitbringsel.

Eine Weile sahen sie sich nur an, während der Duke rauchte und einen großen Schluck Wein nahm.

Schließlich fragte er: „Was sind das für Hunde da draußen?"

„Das sind meine", sagte Kathryn.

„Sie sehen wie Kriegshunde aus", sagte der Duke verwundert.

„Das sind sie. Sie sind sehr jung und müssen sich auf mich prägen, deshalb nehme ich sie überall hin mit. Ich habe sie Alessis und Capaigas genannt."

„Nach den Kindern des Helios, die Wächter der heiligen Insel. Gute Namen!"

„Ich danke Euch. Ich dachte mir, sie könnten Euch gefallen", sagte Kathryn.

„Wieso hast du sie?", fragte ihr Onkel. „Kriegshunde können gefährlich sein. Jeder von ihnen wird bald einen Menschen reißen können. Sie geben keine guten Haustiere ab."

„Aus Studienzwecken", antwortete Kathryn.

Er schien zu warten, ob sie sich noch genauer erklären würde, da sie es aber unterließ, fragte er: „Also, was willst du hier? Willst du deinen Triumph auskosten? Oder willst du, dass ich dich um Vergebung anbettele?"

„Ich weiß es nicht", gestand Kathryn. „Ich dachte, ich sollte Euch noch einmal sehen. Ein letztes Mal", setzte sie hinzu.

Sie hatte ihn während des Prozesses gesehen, dem sie vorgestanden war, doch kein Wort hatte sie mit ihm geredet und er nicht mit ihr. Überhaupt war sie dem Ganzen stillschweigend gefolgt und hatte Richter und Anwälte ihre Arbeit tun lassen. Sie stand nun über ihnen und wollte nicht als rachsüchtiges Weib erscheinen.

„Ein letztes Mal, hmm", sagte der Duke. Er trank einen Schluck, sog danach an seiner Pfeife. Sie erlas seinen Augen, dass ihre letzten Worte ihn bewegt hatten.

„Wie geht es Frederick?", fragte der Duke.

„Er wurde gestern hingerichtet." Sie sagte es ohne jede Genugtuung. „Alle Eure Männer, zumindest diejenigen, die irgendwie beteiligt waren, sind inzwischen tot."

„Alle tot...", sagt er. Dann, vielleicht um von den Gedanken abzukommen, fragte er: „Wie verläuft der Krieg?"

„Gut! Die Verluste von der Schlacht wird Sippan so schnell nicht verschmerzen können. General Fouler hat sein Heer endlich mit dem von Butterbear vereint und der Bär jagt nun Spinola hinterher. Breadhead meint; Sippan wird bald seine Friedenshändler schicken und wir können uns schon mal die Hände reiben, bei den ganzen Forderungen, die wir ihnen für einen Frieden stellen werden."

„Breadhead! Ihr meint wohl, der neue Lord Fargold", sagte der Duke bitter.

„Eben der. Ich wollte ihn adeln und Fargold war gerade frei geworden. Es steckt nichts Persönliches dahinter, ob Ihr es glaubt oder nicht."

„Der Mann ist ein Verräter!", spie der Duke ärgerlich aus.

„Er hat vor allem Euch verraten, wollt Ihr sagen. Ich habe das Gefühl, mir gegenüber wird er loyal sein."

„Wenn du dich da mal nicht täuschst. Unisten... ich hätte niemals einem von ihnen trauen dürfen."

Er musterte Kathryn plötzlich misstrauisch und sie erriet seine Gedanken und kam der Frage zuvor.

„Ich bin keine Unistin."

„Dann haben wir wenigstens das richtig gemacht", sagte der Duke.

„Das hat nichts mit Euch zu tun!", erwiderte Kathryn kalt. „Ann hat mir die Vier näher gebracht." Was ihre Amme wohl sagen würde, wüsste sie, was aus Kathryn inzwischen geworden war? Der Gedanke allein schmerzte sie bereits. Doch es war weder Ort noch Zeit, sich mit derlei Überlegungen zu befassen.

„Hat die wahre Kirche in Norland also wieder das Sagen?", fragte der Duke. „Ich hoffe, du hast den verdammten Branaged aus dem Land gejagt."

„Weder noch. Erinnert Ihr Euch, was Ihr damals im Thronsaal zu mir sagtet? Wie Ihr das Edikt verflucht habt? Ihr spracht davon, dass Norland seine eigenen Magier einsetzen können sollte, dass wir frei und unabhängig vom Reich werden müssten. Und gleichzeitig wollt Ihr, dass die Karnische Kirche wieder in Norland bestimmt, wo sie doch nicht weniger von Karn beherrscht wird als die Gilde der Magier. Was, wenn sie verbietet, dass wir unsere eigenen Priester im Kampf einsetzen dürfen, wie sie es schon früher getan hat? Was, wenn sie uns die Heilenden Schwestern nimmt? Das scheint mir keinen Sinn zu ergeben."

„Beim Glauben geht es nicht um Politik, sondern darum, was richtig ist und was nicht", antwortete der Duke.

„Ich gestatte mir, anderer Meinung zu sein", meinte Kathryn. „Aber es spielt auch keine Rolle. Ich werde eine eigene trinistische Kirche in Norland gründen, welche neben der unistischen besteht, und unabhängig ist vom Reich."

„Pah. Das würden sie niemals zulassen", sagte der Duke abfällig.

„Sie haben es bereits. Manning wird Erzbischof, aber Oberhaupt der Kirche werde ich selbst sein. Wir erkennen die Stimme als obersten Vertreter Javes auf Erden an, dennoch sind unsere Priester und Schwestern unabhängig von Karn und unterstehen ausschließlich Norland und mir." Sie gab ihrem Onkel Gelegenheit, etwas dazu zu sagen, doch ihm schienen die Worte zu fehlen, daher fuhr sie fort: „Die Verhandlungen stellten sich tatsächlich als nicht allzu schwierig heraus. Ich denke, die Kirche wollte nicht, dass ich zu sehr nachhake, wieso ausgerechnet ein Schwertsänger mir nach dem Leben trachtete, wo diese doch allein der Kirche unterstehen. Und so ist ihnen diese Lösung lieber, als dass der Unismus bei uns weiterhin Staatsreligion bliebe."

Der Duke trank einen tiefen Schluck und rauchte eine Weile schweigend vor sich hin. Plötzlich fuhr er auf und seine Stimme war voller Wut. „Glaubst du wirklich, dass du dazu in der Lage bist. Du? Glaubst du wirklich, dass du das hast, was es dazu erfordert? Du hast keine Ahnung, was da auf dich zukommt. Ich habe dieses Land gerettet. Ohne mich würde Sippan jetzt hier regieren."

„Ich habe mir berichten lassen, was Ihr getan habt. Nicht nur von Euren Gegnern. Ich weiß, dass dieses Land Euch einiges verdankt."

„Ich sage dir, ich sollte König sein!", sagte der Duke, und Trotz und Zorn glühten in seinen Augen.

„Aber nun bin es, die Königin ist", stellte Kathryn schlicht fest.

„Ja, das bist du… Eine Hexenkönigin bist du."

Unweigerlich glitt Kathryns Hand zu ihrem Halstuch. Die Narbe darunter war dünn und schwer sichtbar, obwohl sie lang wie ein Mittelfinger war.

„Beleidigungen sind die letzte Waffe des Machtlosen", erwiderte Kathryn dann.

Der Duke stockte. Trotz und Zorn waren wie weggewischt aus seinem Blick, und etwas anderem gewichen. Seine schmalen Lippen formten ein Lächeln, das zu einem kurzen Auflachen wurde.

„Du hast zugehört."

Sie nickte.

„Das habe ich."

„Du hast recht", sagte er. „Verzeih mir, das war unwürdig."

Er klopfte seine Pfeife aus und stopfte sie sogleich neu. Als er wieder zu sprechen bereit war, sagte er: „Eine Wache sagte mir außerdem, dass sie dir schon einen anderen Namen gegeben haben. Den Stern des Nordens nennen sie dich jetzt."

„Mir kam der Name auch zu Ohren." Sie zuckte die Schultern. „Man kann sich die Namen, die sie einem geben, nicht immer aussuchen. Aber gegen diesen habe ich nichts."

Auch sie nahm sich einen Schluck Wein. Mittlerweile hatte sie Gefallen gefunden an rotem, schwerem Wein. Tagsüber nie, denn sie wollte einen klaren Geist, während sie regierte, doch abends gerne. Er ließ sie an Vergangenes denken… und schlafen.

„Ihr glaubt, ich tauge nicht als Königin", ergriff Kathryn wieder das Wort. „Ich verstehe das. Ich selbst zweifle oft genug daran. Aber eins sage ich Euch; muss ich nur besser als mein Vater sein, scheint mir die Aufgabe durchaus lösbar."

Zum ersten Mal lachte der Duke. Ein trauriges Lachen.

„Ja. Ja, das ist wohl wahr! Euer Vater war ein Narr."

„Nun, darin sind wir uns immerhin einig."

Nach einem weiteren Moment der Stille fragte Kathryn: „Was ist eigentlich aus der Link geworden?"

Der Duke runzelte die Stirn. Dann verstand er, wen Kathryn meinte. „Die Lustlink? Sie haben sie ins Feuer geschickt, soweit ich weiß."

Sie dachte zurück an jenes hübsche Wesen, das so furchtvoll vor ihnen gestanden war. Dachte an die Angst in ihren bernsteinfarbenen Augen, die sie so eindringlich gespürt hatte, ohne zu wissen, dass die Fähigkeit etwas Besonderes war. Dann kehrte ihre Aufmerksamkeit zurück zum Duke.

„Nehmen wir an, es wäre nicht so, wie es ist. Und Ihr hättet mich nicht umzubringen versucht und würdet mich nicht verachten. Ihr wärt einfach mein Onkel und ich würde Euch um Rat fragen. Was würdet Ihr mir sagen?"

„Ich habe dich nie verachtet. Ich kenne dich doch gar nicht. Ich hatte meine Pläne und du warst mir im Weg. Du warst mir egal."

„Das ist noch schlimmer."

„Ja, das ist es wahrscheinlich." Er trank und rauchte und in seinen Augen erkannte Kathryn manches Gefühl, doch verbot sie sich, tiefer zu blicken, denn es kam ihr unanständig vor. „Was ich dir raten würde?" Der Duke dachte nach. „Der Kronrat. Von dort aus wird regiert. Er ist dein wichtigstes Instrument. Besetze ihn gut. Männer, denen du vertraust, die dir was schuldig sind, und die du kontrollieren kannst. Sie müssen dir gegenüber loyal sein, gleichzeitig aber untereinander misstrauisch. Sie müssen miteinander arbeiten können, dürfen aber nicht verbandelt sein. Keiner von ihnen sollte aus einem der mächtigen Häuser kommen. Aus ihm heraus darf es nie eine Opposition gegen dich geben. Und scheu dich nicht, regelmäßig jemanden auszutauschen. Das erinnert sie daran, wer das eigentliche Sagen hat." Er sog an seiner Pfeife, blies langsam und gleichmäßig aus. „Der Hof. Halte ihn klein. Er verschlingt das Geld und ist keinem außer sich selbst nütze. Und doch wirst du ihn brauchen, um die Familien an dich zu binden. Dann das Parlament. Das Parlament ist wichtig! Es ist deine Verbindung zum Landadel und dem gemeinen Volk. Es hat keine solche Macht wie der Rat oder die Krone, aber es kann dir zeigen, wie die Stimmung im Land ist, besser und direkter als es Rat oder Hof je könnten. Hör ihnen zu, sie werden es dir danken. Dein Vater hat nie verstanden, wie mächtig ein König sein kann, den sein Volk liebt. Und das Parlament ist dazu der Schlüssel." Er sah versonnen zur grauen, feuchten Decke. „Was noch? Deine Feinde. Im Moment wirst du dich sicher fühlen, nehme ich an. Dein Auftritt wird dich stark gemacht haben. Die von den Toten Auferstandene! Alles wird dir zugeschrieben worden sein. Die Schlacht, der Sieg, der günstige Kriegsverlauf… Der Stern des Nordens!" Ein Hauch von Spott war in den letzten Worten verborgen, aber Kathryn konnte es ihm nicht verdenken. „Ja, im Moment wirst du fest auf deinem Thron sitzen. Aber das kann sich schnell ändern. Darauf musst du vorbereitet sein. Es werden Feinde auftauchen. Sie tauchen immer auf."

„Woher weiß ich, wer meine Feinde sind? Wie erkenne ich sie?", fragte Kathryn.

„Das ist schwer zu sagen. Die gefährlichsten Feinde sind ja gerade die, die man nicht erkennt. Aber du kannst dich vorbereiten. Du kannst dir denken, was sie angreifen werden, und wie."

„Die Hexen-Sache…", sagte Kathryn.

„Ja! Außerdem werden sie deinen Anspruch insgesamt in Frage stellen. Auch deine Befähigung als Weib. Sie werden dir weniger schön klingende Namen geben, so wie ich vorhin. Du wirst sie ertragen müssen, das wirst du, aber niemals darfst du sie hinnehmen. Du musst hart sein, hart und unbarmherzig gegen jeden, der es auch nur wagt, an dir zu zweifeln."

Den letzten Satz hatte er mit Emotion gesprochen und versehentlich stieß er mit der gestikulierenden Hand gegen Kathryns Becher. Instinktiv verfiel Kathryn in die Sicht. Alles verlangsamte sich, alles wurde still. Sie sah den Becher fliegen, sah Tropfen von Wein endlos langsam durch die Luft schweben. Sie steuerte ihre Hand auf den Becher zu, packte ihn, lenkte den Becher dann weiter entlang des Weins, der für sie in der Luft hing, fing den Großteil auf und hielt den Becher schließlich wieder gerade. Die Sicht verschwand. Da wurde sie sich bewusst, was sie getan hatte. Sie musste vorsichtiger sein!

„Gute Götter!", sagte der Duke. „Eine bemerkenswerte Reaktion."

Kathryn lächelte, hielt dabei die Augenlider gesenkt, damit man ihre Pupillen nicht sehen konnte. Sie hatte es vor dem Spiegel geübt. Es brauchte eine Weile, bis die weiten, schwarzen Pupillen verschwanden, und wegen ihrer grünen Augenfarbe war die Veränderung besonders auffällig. Als sie das Gefühl hatte, ihre Augen seien wieder ganz normal, sah sie auf und sagte: „Das war nur Glück."

Der Duke ging nicht weiter darauf ein. Der Wein schien ihm ein wenig zu Kopf gestiegen zu sein, bemerkte Kathryn. Seine Zunge war schwer, als er fortfuhr.

„Wo waren wir? Achja, du wirst heiraten müssen. Eine gute Partie sollte weitere Zweifel beseitigen. Jemanden aus Norland würde ich empfehlen, ein Spross aus den anderen großen Häusern, um die letzten zweifelnden Stimmen zum Schweigen zu bringen. Aus dem Norden am besten. Einen Coburg oder einen der Lionars. Das sollte es schwierig machen, genug Verbündete gegen dich aufzubringen."

„Ich werde nicht heiraten", sagte Kathryn.

Der Duke sah sie an, als habe sie eine andere Sprache gesprochen.

„Du willst niemanden aus Norland heiraten?"

„Nein, ich will überhaupt niemanden heiraten. Niemals", sagte Kathryn und nahm einen Schluck vom geretteten Wein. Eine Weile sah der Duke sie stumm an.

„Nun, das wird es dir nicht leichter machen", sagte er dann.

„Oder es macht es gerade leichter", erwiderte Kathryn. „Meiner Erfahrung nach können Ehen auch unschöne Folgen haben."

„Ja, vielleicht. Deiner Mutter hat die ihre gewiss kein Glück gebracht. Aber vor allem musst du den Platz dort oben dann mit niemandem teilen.“ Er lächelte wissend und Kathryn glaubte, etwas wie Anerkennung in seinem Blick zu spüren.

„Erzählt mir davon. Erzählt mir von meiner Mutter“, forderte Kathryn plötzlich. Zu lange hatte sie diese Fragen vor sich hingeschoben und ein Gefühl sagte ihr, dass ihr Onkel ihr einiges dazu würde sagen können.

„Von deiner Mutter? Was soll ich dir dazu erzählen?“, fragte der Duke verwundert.

„Erzählt mir, wie es zu ihr und Vater kam? Und wie zu der anderen Sache.“

„Wenn du glaubst, ich hätte etwas damit zu tun gehabt, dann täuschst du dich. Ich habe getan, was ich getan habe. Ich werde dich dazu nicht belügen. Aber das mit deiner Mutter… das waren andere.“ Sie konnte nicht verhindern, in ihn hineinzusehen. Zu groß war ihre Neugier. Er sprach die Wahrheit, sie konnte es sehen.

„Ich glaube Euch“, sagte sie. „Aber Ihr könnt mir bestimmt einiges darüber berichten.“

„Weniger, als du vielleicht hoffst. Ich war damals zwar bei Hofe, aber hatte noch nicht den Stand, der mir später inne war. Ich weiß nur, was damals eben jeder wusste. Vielleicht ein bisschen mehr…“

„Dann lasst es mich hören.“

Der Duke sog an der Pfeife.

„Viel gibt es dazu wirklich nicht zu sagen. Sie war schön, deine Mutter. Eine schöne Frau. Und dein Vater… war dein Vater. Er ist schon immer hinter allem Schönen hergerannt. Doch sie machte es ihm nicht leicht. Das war schlau. Sie zierte sich, und je mehr sie sich zierte, desto dringender wollte dein Vater sie haben. Irgendwann hörte man davon, dass deine Mutter verkündet habe, seinem Werben nur dann nachgeben zu wollen, wenn er sie zur Frau nehme, aber kaum einer, auch ich nicht, glaubte, dass sie es wirklich ernst meine. Aber sie meinte es ernst und hielt stand, trotz der ganzen Avancen und Versprechungen, die er ihr machte. Und am Ende schaltete der brünstige Bock tatsächlich jeglichen Verstand aus, der ihm geblieben war, und brach mit der Kirche, brach mit seinem hässlichen Weib, und gelobte, deine Mutter zu heiraten." Er blies gedankenversunken Rauch aus. „Tja, so erzählt, klingt es nach einer jener romantischen Sagen aus anderen Zeiten. Die Erwählte des Königs, die Heirat aus Liebe gegen alle Widerstände… Es hätte eine schöne Geschichte werden können, wenn dein Vater nicht dein Vater gewesen wäre. Er wurde schon immer schnell der Dinge überdrüssig, nach denen es ihn eben noch so inbrünstig verlangt hatte."

„Und meine Mutter?", fragte Kathryn.

„Wir bei Hofe glaubten freilich, deine Mutter habe es von Anfang an allein auf den Thron abgesehen, und entsprechend wurden Gerüchte gestreut und an Spott und Misstrauen mangelte es nicht. Und bestimmt hatte sie es auch in irgendeiner Weise. Macht ist verlockend. Der Thron ist verlockend. Aber ich weiß noch, wie ich sie in der Anfangszeit sah, deinen Vater und sie, und ich weiß auch noch, wie fröhlich sie wirkte. Ja, ich glaube, zu Beginn hat sie diesen fetten Idioten tatsächlich geliebt."

„Und dann?"

Der Duke verzog gelangweilt das Gesicht.

„Dann hat dein Vater das Interesse verloren, wie immer. Die ersten Favoritinnen tauchten auf, so nennt man das bei Hofe. Und deine Mutter machte ihm seine Treulosigkeit schwer. Gute Götter!, das tat sie. Es gab Szenen und Streit und Machtkämpfe… der Hof hatte seine wahre Freude daran. Euer Vater weniger. Als sie mit dir schwanger war, wurde es besser für eine Zeit, doch der Frieden währte nicht lange. Und irgendwann hörte man von diesen anderen Dingen…"

„Wann begann es? Wer steckte dahinter?"

„Wie gesagt, ich hatte damit nichts zu tun. Die Gerüchte gab es schon lange, bevor es wirklich ernst wurde. Ich denke, die alte Vettel hatte gewiss ihren Anteil daran. Ja, unterschätze nie den Zorn des verschmähten Weibes, heißt es nicht so? Die Geschichte, dass deine Mutter den König verzaubert habe, hörte man bereits vor ihrer Hochzeit, und ihr Ursprung liegt ohne Zweifel bei der Alten. Doch mit der Zeit wurden die Geschichten mehr. Und wahnwitziger. Deine Mutter hatte sich bei Hofe einige Feinde gemacht und diese wurden nicht müde, sich allerhand auszudenken. Bald hörte man die abenteuerlichsten Gerüchte über sie."

„Was waren das für Gerüchte?"

„Gerüchte am Hof sind wie Wellen auf dem Meer. Warum willst du sie wissen? Was ist dir daran gelegen? Willst du mich ernsthaft fragen, ob sie eine Hexe war?"

„War sie eine?"

Der Duke runzelte die Stirn, musterte Kathryn intensiv, bevor er antwortete.

„Nein… ich denke nicht. Ich kann mir auch nicht vorstellen, dass das jemand ernsthaft geglaubt hat."

„Wie lauten die Gerüchte? Bitte, sagt es mir."

Er schien unschlüssig, doch Kathryn schwieg und wartete, bis er sich schließlich zu einer Antwort durchrang.

„Es hieß, wie gesagt, dass sie deinen Vater mittels eines Zaubers bezirzt habe, aber glaub mir, eine so schöne Frau wie sie brauchte bei meinem Bruder wahrlich keinen Zauber, um wahrgenommen zu werden. Dann hieß es, sie hätte auch andere Leute verzaubert. Sie hätte Hexenaugen, sagten manche, du weißt, die Hexensicht, von der es heißt, der Dunkle verleihe sie. Es hieß, sie würde mit Katzen spielen, schwarzen natürlich, und mit Raben und allen möglichen Tieren, die dem Teufel zugeordnet werden. Es hieß, sie würde keine Priester mehr zu sich lassen, und Javes Segen nicht hören wollen, und nachts würde man seltsame Geräusche aus ihrem Zimmer vernehmen. Und solcherlei vieles mehr. Und dann war da noch die Sache mit dem Narren…"

„Dem Narren?", hakte Kathryn nach.

„Warum willst du dich so quälen, Kind?", fragte der Duke und das Mitleid, das von ihm ausging, irritierte Kathryn. „Sie war keine Hexe. Diese Antworten werden dir keinen Frieden bringen."

„Sagt es mir bitte dennoch", beharrte Kathryn.

Er schnaufte.

„Es gab da einen Narren, den sie gerne bei sich hatte. Ein unheimliches Geschöpf. Das sorgte für einiges Gerede und Spott. Eine Zeit lang war er ihre ständige Gesellschaft, wie ein Schatten folgte er ihr überall hin. Manche behaupteten, er würde sogar bei ihr schlafen. Und so begannen die Leute zu reden, wie sie es eben tun."

„Kanntet ihr ihn?"

„Was? Nein", sagte der Duke. „Es war ein Narr, nichts weiter. Wie sie überall an Höfen zu finden sind. Ich sah ihn vielleicht das ein oder andere Mal. Er hatte einen seltsamen Namen, das weiß ich noch."

„Wie der Narr bei meines Vaters Bankett?", fragte Kathryn.

„Du meinst, ob es derselbe war?", durchschaute der Duke die Frage. „Mit der Tracht und mit der ganzen Schminke ist es schwer zu sagen. Von ihrer Art mag es möglich sein. Aber ich glaube es nicht. Er war zu jung, der auf dem Bankett."

„Und der Name? Könnt Ihr Euch an ihn erinnern?"

Er schüttelte den Kopf und bedachte sie mit einem bedauernden Lächeln, das nichts mit seiner fehlenden Erinnerung zu tun hatte.

„Es ist über zehn Jahre her, Kathryn. Ich weiß den Namen nicht mehr, und auch an den Rest kann ich mich nur schwerlich erinnern. Ich habe es vergessen, und bei den Göttern, das solltest du auch. Du hast dich um Wichtigeres zu sorgen." Das Thema schien für ihn damit erledigt. Er schenkte Kathryn Wein nach und goss sich selbst großzügig den Rest in seinen Becher, lehnte sich dann in seinem Stuhl zurück. „Wann ist es soweit?", fragt er, der Tonfall nun ganz verändert.

Kathryn verstand.

„Morgen…"

„Morgen…", wiederholte er. „Wirst du da sein?"

Sie nickte. „Ja. Ich werde da sein."

„Das ist gut…", sagte er. „Das ist anständig. Es ist verachtenswert, die Augen vor dem zu verschießen, das man verantwortet. Du bist nicht wie dein Vater. Vielleicht habe ich nicht gesehen, was du wirklich bist. Ich glaube, ich habe einiges übersehen… Ich hoffe, du bist, was dieses Land braucht." Er prostete ihr zu. „Danke, für den Wein und für das Kraut. Und auch, dass du gekommen bist."

„Das bin ich gerne, Onkel."

„Ein Letztes noch", sagte der Duke. „Eugenius. Er war es, der mich unterstützte. Manchmal frage ich mich sogar, ob er mir manches von dem, was ich tat, eingegeben hat. Er besitzt diese Macht. Jave ist stark in ihm…" Der Duke schaute gedankenverloren, schien sich an Vergangenes zu erinnern. Kurz darauf erwachte er aus seiner Trance und fuhr fort: „Ich will damit meine Taten nicht auf einen anderen abwälzen, das nicht. Ich weiß, was ich getan habe und auch, dass ich schuldig bin. Aber du solltest es wissen. Nimm dich vor ihm in Acht! Er ist ein mächtiger Mann."

„Ich danke dir für die Warnung, Onkel", sagte Kathryn.

Sie stand auf, denn sie spürte, das Ende des Gesprächs war erreicht. Auch der Duke erhob sich zum Abschied. Sie ging zur Gefängnistür, befahl, die Tür zu öffnen.

„Urian!", stieß der Duke hinter ihr plötzlich aus.

Die Tür schwang auf, doch Kathrin drehte sich nochmal um. Der Duke sah sie an und schüttelte erstaunt den Kopf.

„Urian! So hieß der Narr. Erstaunlich, an was man sich so alles erinnert."

Kathryn sah ihn eine Weile wortlos an. Dann sagte sie: „Lebt wohl, Onkel!"

Und der Duke: „Lebt wohl… Eure Majestät."

Die Tür hinter ihr schloss mit einem metallenen Schlag.

Ende

~ Inhaltsverzeichnis ~